挪威现当代文学译丛

我们中的一个

One of Us

[挪威] 奥斯娜·塞厄斯塔 / 著　钱思文 / 译

上海译文出版社

图书在版编目（CIP）数据

我们中的一个 /（挪威）奥斯娜·塞厄斯塔（Asne Seierstad）著；
钱思文译. — 上海：上海译文出版社，2019.8
（挪威现当代文学译丛）
书名原文：One of Us
ISBN 978-7-5327-8058-7

Ⅰ.①我… Ⅱ.①奥… ②钱… Ⅲ.①长篇小说—挪
威—现代 Ⅳ.①I533.45

中国版本图书馆CIP数据核字（2019）第128420号

This translation has been published with the financial support of NORLA

NORLA

图字：09-2018-692号

我们中的一个
［挪威］奥斯娜·塞厄斯塔 著 钱思文 译
责任编辑 / 杨懿晶 装帧设计 / 胡枫

上海译文出版社有限公司出版、发行
网址：www.yiwen.com.cn
200001 上海福建中路193号
启东市人民印刷有限公司印刷

开本 890×1240 1/32 印张 17.75 插页 2 字数 331,000
2019年8月第1版 2019年8月第1次印刷

ISBN 978-7-5327-8058-7/I·4948
定价：88.00元

编者说明

　　奥斯娜·塞厄斯塔是挪威知名战地记者，曾获诸多新闻纪实类奖项，并出版过多部纪实类文学作品。《我们中的一个》是她第一次把视线转向自己的国家，以细腻的笔触还原和追溯了二〇一一年挪威七·二二爆炸枪击案的全过程，也对一个高福利国家如何应对本土增长的暴力事件提出了有力的质询，真实记录了我们这个时代最惨痛的悲剧之一。本书获选二〇一五年《纽约时报书评》、NPR、《卫报》、《出版人周刊》年度十佳图书，并入围二〇一六年纽约公共图书馆海伦伯恩斯坦杰出新闻图书奖决选作品。

　　于特岛惨案是自第二次世界大战结束以来挪威境内发生的最为严重的暴力袭击事件，行凶者安德斯·贝林·布雷维克因不满挪威政府的执政策略，以极端激进的方式犯下了这起骇人听闻的案件。

　　为了深入探询布雷维克极端行为背后的原因，最大程度地还原行凶者的心理活动，作者援引了大量第一手素材，包括布雷维克本人在网络、日记、法庭陈述以及其他有据可查的书面材料中说过的话，很多时候并不以第一人称的叙述方式直接援引，而是采用间接的方式，仅仅提及他的观点和想法，但所依据的始终是布雷维克本人的语言。书中涉及政治、宗教、文化等方面的激进言论均为布雷维克本人的想法和感受，不代表作者及出版者的立场和态度。

作者按

本书一切内容均以证词为基础。所有场景均根据目击者叙述而构成。

安德斯·贝林·布雷维克童年和青少年时期的经历源自几个方面，包括他的父母、朋友、家人，以及他本人对警方和法庭所做的陈述。我也得以在奥斯陆社会福利委员会调阅了关于他童年状况的全部报告。

涉及他本次恐怖行为的策划时，我在其他资料之外，还用到了他的日记，以及他那份宣言书当中的记录。谈到他在特定状况下的所思所想，以及有何感受时，我所依据的始终是他自己说过的话。通常我都直接援引，并使用他的原话；有时则采取间接的方式，仅仅提及他的表达。

于特岛上的其他资料来自幸免于难的受害人。他们把自己的经历和所见、想法和感受告诉了我。他们的口述，加上袭击者的描绘，使得重现这场恐怖袭击的每分每秒成为可能。

我在本书最后对自己的写作方法做了更长篇幅的阐释。

奥斯娜·塞厄斯塔

2014年12月于奥斯陆

她跑了起来。

跑上山顶，跑过青苔。她的威灵顿长筒靴陷进湿润的泥土。森林的地面在她脚下嘎吱作响。

她看见了。

她看见他开枪射击，一个男孩倒了下去。

"今天我们不会死的，姑娘们，"她曾经对伙伴们说过，"今天我们不会死的。"

枪声再度响起。急速的噼啪声，一阵停顿。紧接着又是一轮。

她已经来到了恋人小径。身旁都是撒腿跑着、想要找到地方藏身的人。

在她身后，一张生锈的铁丝网沿着小径铺展开去。铁丝网的另一边，陡峭的悬崖坠入蒂里湖中。几株铃兰的根须紧紧抓着山坡，看上去像是从坚硬的石头里长出来的。花期已过，叶片底部盛满了从石崖上淌下来的雨水。

从空中向下俯瞰，小岛一片葱绿。高大松木的顶部互相交织。细细的阔叶树把纤长的枝条伸向天际。

可是站在这里，从下方的地面上看过去，森林却很疏落。

不过在一些地方，草长得很高，足够把人盖住。平坦的岩石从一段倾斜的小径上伸出来，宛如盾牌，能让人从底下爬过去。

枪声又起，更响了。

开枪的人是谁？

她沿着恋人小径来来回回。匍匐前进。那儿有许多孩子。

"我们躺下来装死吧,"一个男孩说道,"用奇怪的姿势躺下来,这样他们就会以为我们已经死了!"

她躺了下来,一侧的脸颊朝着地面。一个男孩躺到她的身边,把手臂绕在她的腰上。

一共有十一个人。

他们都照着那个男孩的话做了。

要是他说了"快跑!",或许他们就会跑的。可是他却说了"躺下!"。他们紧贴着彼此躺了下来,头转向森林和深色的树干,腿靠着铁丝网。一些人相互依偎,一对情侣一动不动地倒在一起。两个女孩,最好的朋友,则手拉着手。

"会没事的。"十一个人中的一个说。

大雨已经减弱,但最后的几颗雨珠仍旧沿着他们的脖子和汗津津的脸蛋往下滴。

他们尽可能只吸进一点点空气,努力不出声地呼吸。

一丛覆盆子横生蔓长到了悬崖上。近乎纯白的浅粉色野玫瑰牢牢缠住了铁丝网。

随后他们听到了逐渐接近的脚步声。

他稳步向前,从石楠花中间穿过。他走过风信子、丁香和三叶草,靴子深深地踩进地里。几根腐朽的枝条折断了。他的皮肤苍白潮湿,稀疏的头发向后梳起。他的眼睛是浅蓝色的。咖啡因、麻黄素和阿司匹林奔涌在他的血管里。

到了这个时候,他已经在岛上杀了二十二个人。

开了第一枪之后,一切就都很容易了。第一枪让他吃到了苦头。差一点就做不到了。不过现在，手里握着手枪，他很放松。

他在挡住那十一个人的小山丘上面停了下来。站在那里，镇定地低头看着他们问道："见鬼，他在哪儿？"

他的声音响亮而又清晰。

没有人回答，没有人动。

男孩的手臂重重地搁在她的身上。她穿着红色防水夹克和威灵顿长筒靴，他穿着格子短裤和T恤。她晒得黝黑，他皮肤很白。

山坡上的男人从右侧开始。

第一枪打进了躺在队伍尽头的男孩的脑袋。

接着他瞄准了她的后脑。她卷曲的栗棕色头发在雨中潮湿发亮。子弹不偏不倚穿过她的头部，射进了她的大脑。他又开了一枪。

片刻之后，把手臂搂在她腰上的那个男孩被击中了。这一枪打中了他的后脑勺。

一个人口袋里的手机响了。另一部手机收到一条短信，发出哔的一声。

一个女孩头上挨枪的时候，用几乎听不见的声音轻轻地说道："不要……"她那声被拖长的"不——要——"消失在了寂静之中。

每隔几秒就是一枪。

他的武器上有激光瞄准具。手枪发出一道绿色的光束，步枪则是一道红色的。光束指向哪里，子弹就打到哪里。

靠近队伍另一头的女孩瞥见了他那双沾满泥浆的黑色靴子。在鞋跟后面，和地面平齐的地方，金属的靴刺露了出来，照亮了他裤子上那根格子图案的反光条。

她正和自己最好的朋友手牵着手。她们的脸庞转向了彼此。

一颗子弹穿过她童年好友的头顶、头骨和前额。女孩的身体抽搐了一下，痉挛传到她的手心里。她握着的手松开了。

十七岁的人生并不算长，还活着的那个女孩心想。

又一枪响起。

子弹嗖地掠过她的耳朵，划破了她的头皮。鲜血流过她的脸庞，没过她脑袋底下枕着的手掌。又是一枪。

她身旁的男孩小声说道："我快要死了。"

"救命，我快要死了，救救我。"他哀求着。

他的呼吸变得越来越轻，直到再也没有动静。

人群中间的某个地方传来一阵微弱的呻吟。

有无力的低咽和一点汩汩的声响。跟着就只有一两声轻轻的尖叫。没过多久便一片死寂。

这条小径上曾经有过十一颗跳动的心脏。如今只有一颗仍在搏动。

稍远一点的地方，一根原木斜卡在那儿，挡住了铁丝网上的一个破洞。几个年轻人已经爬过那个小小的缺口，攀下了陡峭的山坡。

"女孩子先走！"

一个男孩正在设法帮助大家下山。枪声从小路上传来的时候，他自己也纵身一跃，从恋人小径上跳了下来，落在潮湿的沙土、鹅卵石和页岩上。

一个一头鬈发的女孩正坐在岩架上最靠外的地方。她看见他跳了下来，叫出了他的名字。

他在双脚着地的同时顿了一顿，停下来环顾四周。

"坐到我这儿来！"她喊道。

整条岩壁上都是年轻人。他们挤在一起给他腾出位置。他在她身边坐了下来。

他们是昨天晚上认识的。他从北方来，她来自西部。

他在音乐会的时候把她托到了台上。他们在恋人小径上散了步，在岬角上休息了一会儿。那个七月的晚上又黑又冷。她还借了他的毛衣来穿。最后要爬上山回到帐篷里去的路上,他请她背一下自己,他实在是累坏了。她笑了,却还是背起了他。就为了让他能离自己近一点儿。

杀手踢了踢小径上的十一个人,看看他们死了没有。朝他们开枪用了两分钟。

这里已经结束了,于是他继续沿着恋人小径往前走。

他的制服里面戴着一块用银链穿着的圆牌,白色的珐琅上有一枚红色的十字架。十字架周围环绕着银色的装饰,一顶骑士的头盔和一颗头骨。此刻,他稳稳地阔步向前,四下打量,圆牌敲击着他脖子上的凹陷。一边是稀疏的树林,另一边是铁丝网之外的陡峭深渊。

他在原木旁边停了下来。从上面眺望过去,望向那陡直的山坡。

一只脚从一层岩架上露了出来。他在一堆灌木丛里看见了彩色的东西。

岩壁上的男孩和女孩攥住了彼此的手。听到沉重的脚步声停下来的时候,女孩闭上了眼睛。

穿着制服的男人举起步枪,瞄准了那只脚。

他扣动了扳机。

男孩叫了一声,他的手从她的手里滑了出去。沙土和砾石溅到了女孩的脸上。

她睁开了眼睛。

他跌了下去。是摔下去的还是跳下去的,她不知道。他又被打中了;打在背上,身体被抛得更远了。他飘到了空中。

他落在水边,倒在一块石头上。子弹穿透了他的外套,穿透了前一天他借给她的毛衣,穿过他的肺部和胸腔,然后打穿了颈部的动脉。

小径上的男人欢呼雀跃。

"今天你们都会死的！"

他再次举起了武器。

第一部

一个新生命（1979）

"人希望被爱，若没有，那么被崇拜，没有被崇拜，那么被畏惧，没有被畏惧，那么被仇恨和蔑视。人想给他人注入某种感情。灵魂害怕真空，不顾一切代价，它向往接触。"

雅尔玛尔·瑟德尔贝里，《格拉斯医生》，1905[1]

这是一个晴朗寒冷的冬日，奥斯陆光芒闪耀的日子。人们几乎已经遗忘的太阳，把积雪映照得熠熠生辉。滑雪爱好者们从办公室的窗口投下长长的一瞥，仰望着洁白的山顶、雪道和蓝天。

喜欢待在家里的人咒骂着零下十二度的气温，如果被迫冒险出门，便会带着一阵哆嗦，穿上厚实的皮毛大衣和带衬里的靴子。小孩子夹棉的雪衣底下，被好几层羊毛裹得严严实实。幼儿园操场的平底雪橇道上传来阵阵尖叫，随着越来越多的女性开始全职工作，到处都开起了幼儿园。

医院周围的栅栏旁边拢起了高高的雪堆，雪是从马路和人行道上清理出来的。严寒让雪地在经过城北医院旧楼的人们脚下发出咯吱咯吱的声响。

今天是十三号星期二，一年之中的第二个月。

汽车开到大门跟前，停下来等候，车门打开，即将生产的母亲小心翼翼地下车，靠在马上就要成为父亲的男人身上。所有人都聚精会神地投身这场属于自己的大戏，一个新的生命正在降临的路上。

从七十年代初期开始，公立医院就允许父亲陪产了。曾经被赶到走廊上，听着尖叫声从产房里传出来的父亲们，现在可以置身分娩的现场，看着胎头推出身体，嗅到鲜血流淌的气味，听见婴儿发出第一声啼哭。有些父亲从助产士的手里接过一把剪刀，以便剪断脐带。

"性别平等"和"新家庭政策"是贯穿这十年的关键口号。孩子和家庭不再纯粹是女性的领地。父亲们从出生开始就加入到对孩子的照顾中来。他们也要推婴儿车，准备婴儿食品，全面参与育儿工作。

一个女人正躺在一间房里忍受剧痛。宫缩非常猛烈，胎儿却一直不动。预产期已经过了九天。

"抓住我的手！"

她呻吟着对床头的男人说出这句话来。他拉起她的手紧紧握住。这是他第一次陪产。他的上一段婚姻有三个孩子，可那时候他会等在走廊里，直到婴儿被漂漂亮亮地包好，两个被裹在浅蓝色的毯子里，一个裹着浅红色的。

女人开始喘气。男人没有松手。

他们一年之前刚刚认识，在市里弗朗纳区一栋公寓楼的地下洗衣房里。她在一楼租了一间斗室，而他在楼上拥有一套更大的单元。他——刚刚离婚的挪威外交部外交官，在伦敦和德黑兰分别工作一段时间之后，被派回国内任职。她——一个助理护士兼单亲妈妈，有一个四岁的女儿。他四十三岁，消瘦憔悴，发丝渐稀，她比他小十一岁，苗条，漂亮，一头金发。

他们在洗衣房里认识之后不久，她就发现自己怀孕了。他们在波恩的挪威大使馆里结了婚，他在那里参加一个会议。他待了一个星期，而她只待了两天，一个朋友在奥斯陆照看她的女儿。

起初怀孕让她很是欣喜，然而不出一两个月，她就满心疑虑，不想

---

1 《格拉斯医生》，瑞典作家雅尔玛尔·瑟德尔贝里1905年出版的中篇小说，此处采上海译文出版社2012年版。

再要这个孩子。生活似乎难以预测，充满险恶。每次他上一段婚姻的三个孩子来看他，他都显得既冷漠又疏远。和一个看起来那么不喜欢孩子的人再生一个孩子，感觉就像是疯了。

她怀孕的那个月，允许经本人要求实施人工流产的立法在挪威议会上提出，以一票的优势获得通过。这条法律直到第二年才生效。它在妊娠的第十二周之前，赋予女性没有限制的堕胎权，无须接受医疗委员会的质询。十二周之后，只有出于特殊的理由才能实施人工流产。她花了太长时间才拿定主意，无论如何也已经来不及把胎儿掏出来了。它已经在她的子宫里生了根。

她很快就开始觉得恶心，对那个吸收了营养、不断生长、每周都在获得新感觉和新技能的小生命非常厌恶。它的心跳稳定而有力，它的头颅、大脑和神经都在以正常的速度发育。没有查出反常的地方，没有畸形足，没有多余染色体的迹象，没有脑水肿。相反，据医生所说，这是一个充满活力的孩子，身体健康。真可气，母亲觉得。"他几乎就像是故意在踢我似的，为了折磨我。"她说。

孩子出生的时候有点发青。

不正常，他的母亲心想。

一个漂亮的男孩，他的父亲说道。

时间是两点差十分，一天当中的正午时分。

男孩立刻开始锻炼自己的肺叶。

按照医院的说法，这是一次正常的分娩。

《晚邮报》[1]上有一则启事：

阿克尔医院。男孩。

1　《晚邮报》(*Aftenposten*)，挪威发行量最大的报纸。

二月十三日。温彻和延斯·布雷维克。

后来，他们会各自讲起自己关于这趟分娩的回忆。她会说那次真是糟透了，而且她完全不能接受让丈夫在场。他则会说一切都很顺利。

这孩子显然是被她用的那么多止痛药给影响了，他的母亲说。小男孩俊俏又健康，他的父亲说。

再后来，他们对大多数事情都说法不一。

挪威外交部已经对年轻父母采取了弹性工作制，允许新爸爸们在孩子刚刚出生的那段时间与妻儿一起待在家里。

然而当温彻从医院回家，回到弗朗纳那栋贵族气派的公寓大楼里时，却发现少了点什么。

一个在新生儿回家的时候，没有想方设法保证尿布台已经就位的父亲，是一个不欢迎孩子的父亲，温彻是这么听说的，她一边在浴室的地上给孩子换尿布，一边闷闷不乐地想着。时代或许已经变了，可延斯却是个老派的人，因而给孩子喂奶、唱歌，哄孩子睡觉的都是她。她忍过母乳喂养的艰辛，乳房胀痛，一碰就疼。一片阴影已然降临到了她的身上，一种将她之前的人生统统裹挟其中的忧郁。

终于，她对着丈夫大喊大叫，叫他去买一张尿布台。延斯照做了。但他们之间已经有了一道裂痕。

他们给男孩起名安德斯。

男孩六个月大的时候，延斯·布雷维克被派到伦敦任挪威大使馆参事。他先行一步，温彻和孩子们在圣诞节前跟了过去。

她在他们位于普林斯盖特的公寓里非常孤独。那房子大得惊人，大多数房间都闲置着。女儿开始在英国学校上学之后，温彻就跟安德斯和互惠生[1]一起待在家里。繁华的大都市让她紧张焦虑，心神不宁。在普林斯盖特，她日益封闭在自己的世界里，就像她小时候学到的那样。

不久之前，他们还很相爱。在奥斯陆的家里，她有一箱他写的短信和情书。

此刻她在这座宏伟的公寓里四处走着，满心悔恨。她责备自己嫁给了延斯，还让这个孩子把自己和他绑得更紧。她早就在丈夫身上察觉到了她不喜欢的特质。他总是板着脸，一切都要顺他的意，也不会体谅别人的感受；类似这样的事情都压在她的心里。我一定不能把自己和他拴在一起，她早就这样告诉过自己。然而她恰恰这么做了。

他们结婚的时候，她已经怀孕好几个月了。她闭着眼睛跨进了婚姻，希望等她再次睁眼的时候，一切都会变得美满。毕竟丈夫也有好的一面；他可以表现得既体贴又大方，而且是个非常整洁的人。他的工作似乎做得很出色；经常在外出席招待会和正式的晚宴。她希望等他们变成一个真正的家庭的时候，两个人的生活就会好起来。

在伦敦她变得越来越不快乐。在她看来，他似乎只是想要一个打扮得完美无瑕的妻子和一个一尘不染的家。这些才是他感兴趣的事情。而不是她。不是他们的儿子。

她觉得他是在强迫自己跟他同房。他则觉得她非常冷淡，没有在身边支持他。他说她是在利用他，嫁给他的时候只想着自己的私利。

到了春天，温彻已经陷入了深深的抑郁。不过她是不会承认的，她觉得是周围的环境让自己郁郁寡欢。她无法忍受丈夫，也无法忍受自己的生活。她的脑袋一片混乱，她的人生毫无意义。

一天，她开始整理行装。

---

1 互惠生（Au Pair），为学习语言和体验文化来到外国的年轻人，寄宿于东道主家庭，同时为该家庭做一些看护儿童的工作。

装箱打包三天之后，她告诉丈夫自己想带孩子们回家。延斯大吃一惊，请她留下来。可是出走似乎更容易一些。

于是她走了。离开延斯，离开海德公园，离开泰晤士河，离开那阴沉的天气，那个互惠生，那个做家务的帮工，那种享有特权的生活。她的大使夫人身份持续了六个月。

回到奥斯陆，她申请了离婚。现在她又是孤零零一个人了，这一次带着两个孩子。

温彻无依无靠。她和自己的家庭没有联系，那个家里有她的母亲和两个哥哥。她和她女儿的父亲没有往来。他是瑞典人，只见过女儿一次，在她几个月大的时候；他走得就像来时一样匆忙。

"你怎么放得下伦敦的优越生活和漂亮房子啊？"一个女朋友问她。

嗯，问题并不是伦敦，这会儿她说。实际上，一切都相当完美，只是在一起的人不对。顽固，喜怒无常和苛刻是她提起前夫时所用的词语。冷漠，没有感情——他是这么形容她的。

这段婚姻已经无法挽回。他们通过律师达成了一份协议。安德斯归她，而他会支付抚养费。根据协议，她可以在他位于弗里茨那大街的公寓里住上两年。

安德斯再次见到父亲已经是三年以后的事了。

温彻的人生一直都在失去。

一直都是孤身一人。

临海的克拉格勒镇，一九四五年。战争结束之后，一个建筑工人的妻子怀孕了。但在即将临盆的时候，她却开始出现类似流感的症状，因为手脚麻痹而卧床不起。安·玛丽·贝林被确诊患上了小儿麻痹症，一种让人非常害怕的疾病，还没有已知的治愈方法。一九四六年，人们剖开她的肚子，把温彻拿了出来。那时候，母亲腰部以下几乎已经完全动不了了，一只手臂也有点瘫痪了。温彻一出生就被送进了孤儿院，人生最初的五年都在那里度过。接着有一天，这个长着浅色头发的小女孩被带回了家里。孤儿院要关门了。

父母差不多是听任她自生自灭。她的父亲，奥勒·克里斯蒂安·贝林经常在外工作，她的母亲则把自己锁了起来，几乎从不出门和别人待在一起。谁也别想嘲笑她的畸形。

父亲在温彻八岁那年去世。家里变得越发暗无天日，母亲则变得越发难以伺候。是"邪恶"的温彻把"这个病"传给了她。

小女孩有两个哥哥。一个在父亲去世之后就离开了家，另一个生性暴躁，动不动就发脾气。他把自己的情绪发泄在妹妹身上。隔三差五地扇她耳光，她耳朵后面的皮肤总是擦破的，还用荨麻抽她的腿。哥哥在后面追她的时候，瘦骨嶙峋的小温彻经常会挤到炉子后面。在那里他的拳头碰不到她。

瞒着别人，保持沉默。家里的一切都沾染着羞耻。

哥哥心情不好的时候，她会整晚待在外面，等天黑了才回家。她一个人在克拉格勒四处游荡，她尿裤子，她浑身发臭，她知道自己回到家里又会挨一顿揍。

十二岁的时候，她想过从悬崖上面跳下去。那座悬崖是那么的陡峭，那么的诱人。

可她没有跳。每一次她都回家了。

家里的房子破旧不堪，也没有自来水。是她把东西理得整整齐齐，刷洗收拾，把床下那个和母亲共用的夜壶倒掉再洗干净。即便如此，母亲还是嚷着："你什么都做不好！这全是你的错！"

比起女儿，她情愿有一双健全的腿。

温彻不合格，不合群，不够好。她从来不准邀请任何人到家里来，也没有和其他女孩子交上朋友，她们很快就开始奚落她，排挤她。这个家庭过着极其封闭的生活，弄得家里的每个成员在旁人看来都阴沉沉的，甚至叫人害怕。大家都对他们敬而远之，尽管许多邻居都为这个拼命努力的小姑娘感到难过。

夜里温彻会躺在床上，脑袋来来回回地扭动，试图不去听家里的声音。最糟糕的便是母亲走动时的闷响。她用两只凳子在地板上拖着走。逐一把它们抬起来，轮流把身体靠在上面往前挪，再伴随着咚咚的响声，把它们一只接一只地放落到地板上。

温彻躺在那儿，希望有一天母亲会开始爱她。

可母亲却只是变得愈加刻薄，也愈加依赖她。哥哥则变得越发粗暴。温彻十多岁的时候，碰巧从一个邻居那里听说，实际上他只是她的半个哥哥——婚外生子，生父不明——当时这在克拉格勒是一件很不光彩的事情。这个秘密一直瞒着她，就像另外一个哥哥其实是她父亲先前那段婚姻所生的孩子一样。

母亲开始抱怨脑袋里能听见声音。有男人搬进来的时候，就指责说温彻想要把他抢走。然而她却仍旧指望温彻会待在家里，照顾她一辈子。

十七岁的时候，温彻带着一只箱子启程前往奥斯陆。那是一九六三年。她没有学历，举目无亲，但最后还是在一家医院找到了一份清洁工的工作，之后是在哥本哈根的乐堡酿酒厂，跟着又在斯特拉斯堡当互惠生。逃离母亲和哥哥，还有克拉格勒，逃了五年之后，她在离家乡一小时路程的波什格伦受训，成了一名助理护士，又在相邻的希恩市里的一家医院找到了工作。到了那里，她才惊讶地发现大家都很喜欢她。在工作的时候，她发觉自己受人尊敬，被人重视。

同事们觉得她手脚麻利，聪明伶俐，体贴周到，甚至还很风趣。

二十六岁的时候她怀孕了。孩子的父亲是瑞典人，他让她去做人工流产。她却坚持把孩子留了下来，并在一九七三年生下了一个女儿，伊丽莎白。

过了许多年，温彻才匆匆回了一次家乡。那时她的母亲已经病入膏肓。根据病历记录，她日益受到偏执臆想的折磨，还伴有被害妄想症和幻觉。她再也没有离开病榻，死在了克拉格勒的一间疗养院里。她的女儿没有来参加葬礼。

*

把所有痛苦或丑陋的东西掩饰过去，这种本领对温彻而言已是习惯成自然，在她余下的人生之中也会继续存在下去。将痛苦压在光鲜的外表底下，让它变得麻木。每次搬家，她都会在奥斯陆选择一个比较精致的地区来住，即便她住不起，即便身为一个助理护士，她"不适应"。迷人的外表就是她自己的风光门面。出门的时候，她总是衣着时髦，发型利落，偏爱穿高跟鞋，以及从首都那些高档服装店里买来的合身的裙子和套装。

从伦敦回来之后，她的生活开始土崩瓦解。现在她三十五岁，住在延斯位于弗里茨那大街的单元房里，却不认识几个人。她起初感到劳累，接着是疲惫，不久就完全陷入了精疲力竭的状态，没有人来帮她。她感到无能为力，与世隔绝。

安德斯一定有哪里不对劲，她确信。他从一个安静的婴儿和一个相当平和的一岁幼童，变成了一个非常缠人、哭哭啼啼的孩子。喜怒无常，凶残暴力。她很想把他从自己身上甩掉，她抱怨说。

晚上，她常常让孩子们独自待着。一位邻居有一个和伊丽莎白一样大的女儿，她对她说这样是不行的。"我走的时候他们睡着，回来的时候他们也睡着。"温彻回答。接着又说她能上多少夜班就得上多少。

"伊丽莎白家里从来不吃晚饭。"邻居的女儿告诉她的母亲。一切能藏到大门背后的东西都要厉行节约。

一九八〇年八月，他们一从伦敦回来，温彻就在奥斯陆威卡区的社会福利办公室申请了，也拿到了经济补助。第二年，一九八一年的五月，她给办公室打了电话，问能不能给孩子们找个护工，或者安排临时的看护。七月里，她给两个孩子申请了周末短期看护。根据办公室的记录，她告诉社会福利部门，她觉得给女儿找个男护工会是个不错的主意，可以是个年轻一点的学生。但最让她感到迫切需要找人来替她的却是安德斯，当时她告诉办公室的人。她再也应付不了他了，她说。

那个时候，安德斯已经过了两岁生日，伊丽莎白八岁了。她追随着温彻的脚步，渐渐变成了安德斯和母亲的"备用妈妈"。

一九八一年十月，安德斯获得批准，每月接受两次周末临时看护。他被分配给了一对二十多岁的新婚夫妇。温彻第一次把儿子带到他们家里去的时候，他们觉得她相当古怪。第二次，他们觉得她是个疯子。她询问安德斯能不能偶尔摸一摸他那位"周末爸爸"的阴茎。这对男孩的性别意识是非常重要的。他的生活里没有父亲的存在，而温彻希望这个年轻男人能够承担起父亲的角色。安德斯在外貌方面缺乏模仿的对象，温彻强调，因为"他只见过女孩子的裤裆"，不知道男人的身体究竟是如何运作的。

年轻夫妇无言以对。他们实在不好意思把她的原话如实上报，于是便没有再说什么。他们带着安德斯出门，去森林和乡间，去市里的各家公园和游乐场。他喜欢和他们在一起，他们也觉得他是个可爱的小男孩。

某一个周末，温彻没有带着安德斯出现。她认定这个周末之家不适合她的儿子。"母亲越发难以满足，要求不断增多。"社会福利办公室在一九八二年五月提到。她为儿子申请了另外一个周末看护家庭。"九岁的女儿开始尿裤子了。"社会福利部门写着。

17

一个月前，温彻去了儿童福利办公室的寄养家庭部。想看看有没有可能把两个孩子都送去寄养。她想让他们"见鬼去"，她对儿童福利办公室说。

秋天来临，生活变得更加暗无天日。十月，温彻把电话打到了弗朗纳医疗中心。"母亲似乎严重抑郁，"中心记录道，"想要就这么抛下孩子不管，把他们交给社会抚养，好去过她自己的生活。"

到现在，温彻和孩子们已经在弗里茨那大街上住了两年多一点。她和延斯约定的期限到了，延斯想要回自己的公寓。但温彻却迟迟没有搬走。她觉得自己没有精力搬家。

一个极度神经质的人，她是这么形容自己的。圣诞节临近的时候，她跌到了谷底。完全没法营造出一点节日的气氛。

她正在分崩离析。

她不得不一直留意着安德斯，好避免那些她所谓的小事故。他会动手打她和伊丽莎白。要是她教训他，他就只会得意地笑。要是她使劲晃他，他就只会嚷着"根本不疼，根本不疼"。

他没有一刻让她消停。夜里他会躺在她的床上，靠着她，紧紧地摁着她。她说那种感觉就好像是他要强奸她一样。

光的漩涡

其中最大的是爱。

保罗写给哥林多教会的第一封信[1]

暗夜已经降临在这个国家的北部，北极圈以北的地方。

起床的时候漆黑一片，出门的时候一片漆黑，中午几乎没有亮光，上床睡觉的时候又是伸手不见五指。严寒刺痛脸颊。人们砍下大量的木材，迅速地关上大门，把暴风雪和冬天关在屋外。

山中的狗熊已经躲进了巢穴。就连海里的鳕鱼也懒散了许多。这都是在为春天和阳光储存能量。人类和大自然业已开启一年一度的冬眠。人人都睡得多动得少。幸运的人们互相取暖。

大家也普遍不如夏天快乐。冬季的痛楚已然到来。

可是话说回来，昏暗的天空也有燃烧起来的时候。

"她想跳舞了。"人们边说边凝视着窗外。

因为欧若拉之光——北极光——从不静止。它们旋转着穿过天际，像缎带，像火花，有弧线，有圆环，它们翻卷起来，蜿蜒漫步，后退远离，逐渐暗淡到几乎杳无踪迹，接着又忽地浴火重生，簌簌抖动。

北极光这种东西谁也说不准，这种耀眼的光芒得名于罗马神话中的黎明女神——欧若拉，以及希腊语中表示北风的单词——波瑞阿斯。冬季，太阳将自己隐藏起来的时候，偶尔会将带电的微粒抛向地球，这些微粒与大气层发生碰撞，创造出能在极地附近被观察到的光焰。这些光芒有时会静静辉映，几乎不动，随即又突然如闪电般的一亮，再次迸发出长链和螺旋。

人这种东西同样谁也说不准。他们可以躺在羽绒被底下，被愁绪压得喘不过气，却又蓦地闪现出一丝隐约的生机。

他们梳妆打扮，走出家门。明亮的神采足可以与任何自然现象匹敌。

这天晚上便是如此，圣露西亚节[2]的夜晚，一九八〇年，拉旺恩。

年轻人在舞池中摇摆扭动。他们穿着紧身的长裤，有些还是喇叭口的。女孩身着泡泡袖的贴身上衣。男孩则穿着衬衫。台上的舞曲乐队正在翻唱烟雾乐队，埃尔顿·约翰和波尼M[3]的歌。他们出生长大的村庄散落在峡湾周围，一直延伸到北部特罗姆斯郡的腹地。这是每年一次的圣诞节前派对，这是希望和期许，也是醉酒和胡闹的时机。

托恩走了进来。她是个面色红润的十五岁美人。紧随其后的是古纳尔。一个十八岁的叛逆青年。

我配不上他（她）。那晚在昏暗的灯光下看见彼此的时候，他们的心里都是这么想的。

托恩用卷发器把刘海卷了出来，就像《查理的天使》[4]里的那个金发女郎一样。古纳尔顶着一个梭鱼发型：两鬓短，后侧长，还带些微卷。

1　《圣经·新约·哥林多前书》第十三章第13节，此处采用《圣经》简体中文和合本。

2　圣露西亚节（St. Lucia's Day），每年12月13日，纪念殉道者圣露西亚的传统节日。在北欧，女孩会身穿白袍，头戴环绕着蜡烛的皇冠，扮作带来光明的圣露西亚。古历中，这一天白昼最短，黑夜最长，人们会饱餐一顿，积蓄能量度过寒冬。

3　烟雾乐队（Smokie），英国摇滚乐队。埃尔顿·约翰（Elton John），英国著名歌手。波尼M（Boney M.），1976年成立的加勒比风情演唱组合。

4　《查理的天使》（*Charlie's Angel*），1970年代美国电视连续剧。

她还有一点婴儿肥，他则瘦长而又结实。

　　他们住在两处不同的峡湾沿岸，她在拉旺恩，他在萨兰根。托恩从前见过他一次。她得去萨兰根检查牙齿，因为她所在的村子里没有牙医。看完牙医之后，她通常都会去一下面包店，这也是她住的地方没有的便利设施。她就站在那儿，在那条通往峡湾的坡路上，那栋低矮的白色木屋窗边，买着酥皮面包。三个男孩经过店前。中间的那个在其他两人之中显得那么耀眼。

　　这是我这辈子见过的最漂亮的男孩子了，她心想。

　　而此刻他就在这儿。面包房门口的那个男孩。就立在她的面前。台上的乐队正在演奏贝拉米兄弟[1]的歌。

　　倘若我说你拥有曼妙身躯，你会不会让它靠近我的身旁？
　　倘若我发誓你宛如天使，今晚你会不会化身魔鬼，将我包围？

　　她当然说了会。

　　舞池里，一个女孩走到托恩身旁。

　　"你的朋友在外面排队，可她的钱不够，进不来。"托恩吃了一惊。"她让我过来找你，问你借点钱。"

　　"哦。"托恩咕哝了一句，可她并没有出去，当时没有，后来也没有。想想看，假如朋友要把此时此刻正搂着她腰肢的这个男孩抢走可怎么办。

　　不，现在她要跳舞。

　　他们尽可能多地见面。搭公共汽车来回，或者让朋友们开车接送。

1　贝拉米兄弟（The Bellamy Brothers），美国乡村音乐二人组。

单程都是一小时。古纳尔拿到驾照之后就更方便了，他会借来父亲的车，赶去见托恩，之后再慢慢地荡回家里。冬天结束的时候，他们欢庆太阳的回归。四月，古纳尔被派去更远的南方服兵役，在利勒哈默尔镇外的约什达摩恩。托恩写了长长的情书。古纳尔则尝试着写诗。通常他都把自己的努力成果揉成一团扔掉，但时不时地，他也会寄一首出去。

一个地方，十二月的一个夜晚，一对恋人相依而立，他们始终都会记得，他们永远不离不弃。浅蓝色的纸上这样写着。

各自对于生活的热爱是那一天，他们在彼此的臂弯里找到的东西，他们希望它永远相伴左右，不改变也不褪去。

你知道吗，我们就是我诗里的男孩和女孩，你不在身边我是如此的伤悲，所以请安慰我，写信给我吧。

托恩开始在哈尔斯塔念寄宿制高中，那里离拉旺恩一个小时的车程。

昨天我就这么待在房间里，哭了一整天。班上的一个朋友进来，问我出了什么事。我说不出话来，就给她看了你的照片。然后她就明白了，托恩写道，接着又写，星期天我的例假来了，我当然松了一口气。

在约好的那个时间，她会做好准备，坐在电话亭旁边的台阶上，守着它，担心有人会走过来，偏偏就在那个时候要用电话，就在古纳尔拿起两千公里之外那座军营里的电话，拨出那个号码的时候。电话铃每周响起一次，每次都在同样的时间。

古纳尔一服完兵役，就开始在特罗姆瑟念师范大学。他十九岁，就快二十了，专攻全新的电脑和信息科技专业。虽然大家都说电脑会成为未来的潮流，但他还是上了一些体育教学的选修课，以防万一。

托恩现在十七岁了，正在念中学的毕业班，她搬过来和他同住。两人租了一间属于自己的很小的住处。终于可以一直待在一起了。

"就像打赢落袋台球一样。"古纳尔这样形容自己与托恩的相遇，

"纯粹是运气。"

什么都不如她好。

那种幸福几乎让他们心痛。

黑暗的季节里，他们躲在羽绒被底下。只有在北极光起舞的时候才会抬头仰望。

还是少年的他们，已经在幻想着自己会有什么样的孩子。

国家之变

反复发作的偏头痛让上了年纪的首相心力交瘁。医生已经要求他请病假，放松休息，养精蓄锐，可这个谦恭的人觉得自己不能这么做。作为一个工人阶级家庭的儿子，他有很强的职业道德感，休息让他觉得不自在。不过他确实对身边最亲近的人暗示过，这个病有时候让他什么事也做不成。

从二十世纪七十年代中期开始，挪威的石油收益迅猛增长，这个身体抱恙，发丝渐稀，出生在铁道旁、树林里的男人，是第一个正经使用过这些新增钱款的首相。在漫长的政治生涯中，奥德瓦尔·努尔德利协助增加了挪威优厚的福利待遇，扩展了公立医疗系统。在他担任首相的一九七六年到一九八一年间，工会运动的力量得到了加强，人们获得了更多的休息时间，以及更多可以在休息时消费的金钱。在努尔德利治下，所有的工人从第一天病假开始，就有权享受全额的工资。

与此同时，全球经济却急转直下。挪威用自己的政策应对二十世纪七十年代中期的经济萧条，冻结工资和物价，让失业率保持在低位。努尔德利将是最后一位坚定不移地信奉国家强势干预经济，并对利率、房地产市场和金融业实行政策调控的挪威首相。然而美国和英国的右翼之风如今已经吹到了挪威。这位铁路工人之子，则将成为它最初的受害人之一。

挪威的工党——AP[1]——自一九三五年以来几乎一直不间断地掌管着国家事务。国内政治意愿的变化，恰好与工党领导层中日益加剧的阴谋活动碰到了一起。角落里的窃窃私语变成了喧嚣嘈杂，党内的不满情绪无法平息。

一九八一年一月末，工党新闻办公室发布了一则声明，宣称奥德瓦尔·努尔德利有意辞职。老首相并未参与发布此项声明的决议，也努力试图否认。然而事情发展得太快了，这是一场伏击，一次政变，而努尔德利，一个出了名的好人，对工党太忠诚了，是不会在媒体上谴责他们的。他咬紧牙关，默默地承认了失败。

整个国家都在等待。首相已经宣布下台，可谁会来接替他呢？

紧张的气氛终于在一次会议之后被打破。会议在努尔德利的前任，特里格弗·布拉特利家中进行，集合了党内的协调委员会，五个手握大权的男人和一个女人。

奥德瓦尔·努尔德利坚持说，他至少要在继任者的人选问题上有自己的发言权。他提名的是党内经验丰富的罗尔夫·汉森。然而六十岁的汉森坚决不愿意出任首相；他的解决方案是转向房间里唯一的女性，格罗·哈莱姆·布伦特兰，一位年轻的医生，免费人工流产的倡议者。这个选择与党内的意愿一致：一场让格罗成为领袖的基层运动刚刚兴起。

三天后，一九八一年二月四日，格罗·哈莱姆·布伦特兰向国王介绍完她的新一届政府，站在皇宫门外，对着记者们露出了微笑。内阁成员绝大多数都是男性，这个身着红蓝两色真丝礼裙的女人从前任那里继承了大部分班底。

不过，二月的这一天仍旧标志着一个新时代的开始。格罗，大家不久就开始这么叫她，是挪威的第一任女首相，也是第一位拥有大学学位的工党首相。她出生于一个政治精英家庭，父亲是杰出的内阁部长古德蒙德·哈莱姆。

---

1 挪威工党，挪威语 Arbeiderpartiet，简称 AP，以红色为主色。

战后的工党首相自始至终都来自工人阶级。埃纳尔·基哈德森，一位曾经的共产主义者，挪威福利国家的主要幕后缔造者，从十岁起就干上了跑腿的活计。二十世纪五十年代曾经短暂取代基哈德森出任首相的奥斯卡尔·拓尔普八岁就已经工作赚钱了。一九七一年当上首相的特里格弗·布拉特利则是一位鞋匠之子，当过跑腿杂役和建筑工人，后来又成了捕鲸人。

扎根工人阶层的工党努力奋斗，清除阶级社会发展晋升的障碍，确保雇员和雇主拥有同等的机会。

然而有一个领域，平等的理念却并不十分普及。掌权的是男性。成为党派领袖、工会主席和首相的是他们，还有——最重要的是——在核心集团里说话有人听的是他们。

二十世纪七十年代的女性运动为格罗·哈莱姆·布伦特兰铺平了道路。从小在一个认为父母双方分担家务天经地义的家庭中长大，她带着超乎常人的自信，悄然进入了挪威政坛。

反对她的运动同样也是强有力的，在一九八一年秋季大选前的准备阶段，各种方法都被用来对她进行打压。辩论的对手经常会提起"党内其他人士"说过的话，用来反驳她的观点。诸如"泼妇"和"悍女"之类的形容词四处传播，贴纸开始在窗玻璃和小汽车上出现，上面印着简单的口号，"让她滚"。

她收到恶意恐吓的信件，在街上被人凶狠辱骂；女人没法领导一个国家。别人叫她回家做家务的时候，布伦特兰的作风是置之不理。她是一个很有威信的人，极少让自己因为旁人的影响而改变方针。

停在精美独栋住宅区和奥斯陆西侧雅致公寓楼前的宝马和奔驰车上，"让她滚"的贴纸尤为显眼，住在那里的人们已经厌倦了工党几乎不曾间断的掌权。

温彻和她的孩子们就住在这样的地区。

工党和格罗没能在一九八一年九月的选举中赢得选民的信任。右翼在战后的挪威赢下第一场大选的时候，弗朗纳的高档住宅楼里，有人举起了酒杯。

　　税收总算要降下来了，而且政府也会把注意力放到个人自由上面了。

　　可是布雷维克一家需要福利国家的帮助。那时，安德斯的母亲已经和社会福利部门联络了好几次，寻求他们的支援。作为一个单亲妈妈，她被划定为弱势群体，因而国家会插手介入，为这个独自应付一切的女人提供经济资助。

　　然而，新上任的保守政权取消了利率上限，给予银行更多的运作空间，解除了对于房价的控制，还制订了让各类服务私有化的计划。

　　就在格罗下定决心，开始为重新上台而奋斗的时候，温彻和她的孩子们正竭力在一天一天宛如流沙一般的生活当中找到自己的立足之地。"地狱"是温彻用来形容当时那种生活状况的词语。离婚文件办了很久也没办完，她觉得自己被人遗忘了，被留下来一个人独自承担照顾孩子的责任，也没有一个属于自己的家。有关夫妻共有财产分配的争吵愈演愈烈。安德斯尤其心烦意乱，他只想找一个能让自己感觉安全的地方。

　　日后，是格罗，童年时代那个强大的女人，成了他仇恨的对象。那个象征着充满自信的崭新挪威的女人。在这个全新的挪威，年轻女性很快就将攻占男权的堡垒，勇敢地就任最高级别的职位，仿佛这是世界上再自然不过的事情。

天丝公寓的男孩

幸福的家庭都是相似的，不幸的家庭却各有各的不幸。

列夫·托尔斯泰，《安娜·卡列尼娜》[1]

三口之家住五个房间。空间宽敞、明亮、现代，而且还是簇新的。每人一间，有可以关上的房门，一间可以用来待客的起居室，一间厨房和一个阳台，俯瞰着公寓大楼之间，"蓝色花园"里的儿童游乐区。维格朗公园后面的这栋全新合作公寓[2]，在设计的时候就考虑到了家庭的需求。三层公寓楼以迷宫一般的布局延展，穿过公用绿地，有带顶棚的空地，人行小径和小小的花园区域，花园里的长椅、滑梯和秋千，都漆上了鲜艳的色彩。

合作公寓有一个动听的名字，希尔克斯特罗——天丝——而温彻是最早的一批买家之一。

多亏了延斯在奥斯陆住房和存款协会的会籍，他们才有机会买入股份。他还支付了那套单元房的押金。

从弗里茨那大街搬走似乎花了很久很久。所有的东西都是温彻自己打包的。先裹上报纸，再放进纸箱。她丢开了从前的生活，丢掉了积攒在抽屉和橱柜里的书信和文件。

他们终于在天丝公寓顶层那间精致舒适、光线充足的单元房里安顿下来之后，温彻可以松一口气了。她能到阳台上去抽支烟，能看见绿树、蓝天，还有一种真正的中产阶级田园生活。公寓楼后面就是一块林地，有少见的橡树、溪流和小径。

她可以在这里放松下来，他们可以过得很快乐。

然而她渐渐变得没精打采。从弗朗纳区搬到斯古耶恩让她筋疲力尽，终于成为现实的财产分割也是。从现在开始她要自力更生了。她周围的许多单元房依然还空关着。她的两个孩子老是争吵打架。安德斯是个很容易发脾气的孩子，他的拳头很重。

一九八三年新年伊始，温彻联系了奥斯陆卫生局的家庭问题辅导部门，要求给儿子安排新的临时看护。那些完全出于实际的日常需要，像是送他去从公寓走路就能到的维格朗公园托儿所，或者是下午去接他回来，似乎都成了无法解决的难题。在路上他可能会从她的眼皮底下消失：常常他不过就是跑开了。托儿所也对这个孩子表达了担忧。他发觉自己很难交到朋友，从来没有创造出属于自己的游戏，把自己弄疼了也不会哭。

"缠人又难相处，经常要人关心注意，"温彻对奥斯陆卫生局处理她这件个案的官员说，"暴躁好斗，而且非常凶。"情况记录上写着。

她很想找个人给安德斯诊断一下。说不定有什么药可以给他吃？她告诉顾问她怀疑安德斯有糖尿病，说起他在家里紧紧抱着的那瓶红色果汁。可他在托儿所里没有那个瓶子也应付过来了，而且和周末看护家庭在一起的时候也没把果汁带去。他在家里的时候才需要那个瓶子。而且他的血糖水平也没有问题。

温彻有两张面孔展现给世人。她多半让人看到微笑、健谈、无忧无

1　《安娜·卡列尼娜》是俄国作家列夫·托尔斯泰的长篇小说代表作，此处采上海译文出版社2006年版。

2　合作公寓（Housing Cooperative），公寓由股份公司所有，业主购买的并非公寓内某单位的产权，而是该公司的股份，从而享有该公司给予的公寓长期租赁使用权。

虑的一张。可有时候她却非常疏远，会不打招呼径直走过去，或者扭过头去看向别处。即便真的说了什么，也是拖长了声调，讲的话几乎都是含糊不清的。

邻居们谈起过这件事。她没喝醉，不是因为这个；会是因为吸毒吗？

住在温彻那一层楼的邻居们很快就开始感到，在这个家庭的房门背后，情况有点不太对劲。安德斯很少在儿童游乐区里出现；两个孩子都有点像是隐形的，默不作声，战战兢兢。邻居们管他叫"麦卡诺男孩"[1]，因为他就像是用建造模型拼搭出来的一般，非常僵硬，棱角分明。不过他们最担心的还是他的姐姐。她表现得就像是温彻和弟弟两个人的母亲。是她把家里收拾得井井有条，并且还照看着安德斯。

"温彻不会看人脸色。"一个邻居对另一个说。只要在楼梯上听见温彻的声音，住在对面单元房里的女人就会躲进自家的大门里。"你根本走不开。她滔滔不绝，讲一大堆废话，从一个话题跳到另一个话题，尤其是男女之间的事——对那种事她总是有好多话要讲。她曲解字词的意思，还经常被自己说的话逗乐。"她后来说道。让邻居们吃惊的是，温彻百无禁忌，哪怕孩子们就在一旁听着她那些充满暗示的说辞也一样。通常，最后都是伊丽莎白设法让母亲走进家门，说些"我们现在一定得走了，妈妈，否则冷冻的东西就要化了。我们还是把它们放进冷柜里好，不然可能会坏掉"之类的话。

谣言四处流传。有许多男人进进出出，邻居们议论纷纷。在楼梯上面碰见他们，避开他们的目光，或者是在他们按响温彻家门铃的时候

---

1 麦卡诺（Meccano），1901年获得专利的模型类玩具，包含金属片、轴承、滑轮等配件，通过螺丝钉接合，可搭建成各种模型。瞿秋白夫妇曾经送过一套给鲁迅的儿子周海婴，鲁迅在日记中仿照"积木"一词，称其为"积铁"。后国内厂商生产时译为"建造模型"。

从旁边经过，都让人尴尬万分。而且温彻总是出门在外，他们互相嘀咕着。就连晚上也是。从来没人见过"照看孩子的保姆或是外婆"进到他们家里。有一次温彻请一个邻居过来，看一下她房子里出了故障的东西，那位邻居猛然发现，她家里连一点孩子生活的迹象都没有；就好像他们俩不存在似的。

一天，延斯·布雷维克接到一位邻居打来的电话，抱怨说公寓里总是有噪音，而且温彻时常外出，白天晚上都不回家。那位邻居也暗示了为数众多的男性访客，还说孩子们都没有人管。

延斯什么也没有做。他在巴黎有了全新的生活，新的太太，新的烦恼。

一天早晨，一位年轻的女邻居听见单元房里不时发出很响的噪声，决定是时候去看个究竟了。她按响了门铃。伊丽莎白只把门打开了一条缝。"哦，没有，家里没什么问题。妈妈这会儿在睡觉呢。"她边说边把房门顶在原地。在她细瘦的手臂底下，一个男孩站在那里，直视前方，面无表情。

邻居们对于隐私权的尊重盖过了他们对两个孩子的担心。再说，反正这家人已经引起了儿童福利机构的注意，是温彻自己打了电话去求助的。温彻最近的一次到访，让威卡区社会福利办公室的顾问非常忧虑，她断定这家人需要的是精神问题方面的帮助，而不是儿童福利上的支持。她把他们转到了儿童与青少年精神病学中心。在安德斯四岁生日前的两周，一九八三年一月底，一家人被请来接受鉴定。

工作人员发现来和他们见面的这个女人神志不清，而且忐忑不安。她甚至连找到中心所在的地方都有很大的困难，尽管已经有人告诉过她详细的走法。事实证明她没法带着孩子找到过来的路，于是中心准许她免费乘出租车来。

一家人在日间家庭部注册登记，一位儿童精神分析学家会替孩子们进行评估，一位心理学家则会衡量他们的母亲。中心有治疗师、护士和儿童福利官员在场。这些专家会观察这家人在用餐、玩耍等日常活动中的互动情况，并对三人进行心理测试。儿童行为问题有时是由于家庭内部的关系所导致的，倘若"家庭内部的问题得到解决"，症状或许就会减轻。

安德斯被安排进了中心的托儿所。他也可以自由进入游戏室，那里有汽车、洋娃娃、泰迪熊、木偶剧场、牛仔和印第安人、颜料和蜡笔、剪刀和彩纸，还有很多可以玩的东西。

专家们见到了一个生活得一点儿也不快乐的男孩。与母亲所形容的那个难以满足的儿子判若两人。

"明显与做游戏的情绪格格不入。不喜欢玩具。其他孩子在玩耍的时候，他也和他们一起活动。对角色扮演游戏完全不熟悉。玩的时候总是非常警惕。安德斯缺少自发行为，对活动的兴趣、想象力和移情能力。他也没有同年龄段大多数孩子身上常见的情绪骤变。他不懂得表达情绪的词汇。"负责评估他的儿童精神分析学家佩尔·奥拉夫·纳斯写道。玩购物游戏的时候，他感兴趣的是收银机如何工作，而不是整个游戏本身。

"安德斯需要的关注出人意料的少。他小心谨慎，很有节制，极少纠缠任何人，极其干净整洁，没法保持干净的时候就会变得非常不安。他不会主动与其他孩子交流。他机械地参加活动，没有表露出任何喜悦或是热情。常常显得悲伤。他发觉自己很难表达感情，但在最终做出反应的时候却会异常激烈。"报告继续写道。

一旦他意识到有人，成年人或者其他孩子，想要与他接触，就会转而表现出焦躁不安的行为。就好像一旦有任何人对他表示出任何需要，他就会立刻启动一套防御机制，传递出"别打搅我，我很忙"的信息。这位儿童精神分析专家还注意到了一种假装出来的、戒备的微笑。

不过，安德斯很快就证明自己有能力适应全新的环境。仅仅几天之后，他就认定自己喜欢到中心的托儿所里来，而在疗程结束之后要走则是一件"蠢事"。他流露出掌握新技能的喜悦，也能够领受赞扬。中心的工作人员断定问题并不是安德斯个人的心理损伤；也就是说，那种无法通过将他放到一个全新的、主动给予关心的环境当中来加以复原的损伤。有很多方法都能让他恢复。是家里的情况正在渐渐毁掉他改善的希望。总的结论是，安德斯成了母亲灰心失望的替罪羊。

中心的心理学家与母亲展开了交谈，并进行了测试，他发现了一个生活在自己私密内心世界里的女人，关于如何与周围人相处的意识发育不全。她与身边亲近的人的关系，都带有焦虑的特征，在情绪上，她的抑郁症和她对此的否认都非常明显，她在中心的治疗时间结束时，案例总结上这样写着。

"混乱冲突使她感到危险，面对压力则会让她出现思维不合逻辑的征兆。精神上她处于人格障碍的临界点，行动非常不稳定。在井井有条的生活环境中能够表现良好，但在危急情况下则非常脆弱。"

温彻对安德斯的态度说变就变。上一分钟还和颜悦色，下一分钟就开始冲着他凶狠地吼叫。有时她拒绝的方式也很粗暴。中心的员工听见过她对儿子大喊："你死了才好呢！"

安德斯的母亲很快就成了员工之间的谈资。

"即便身处诊所的环境，她也不问是非地说起自己强烈的性幻想和性恐惧，她对男性员工的态度也非常矛盾。"心理学家阿里尔德·耶特森写道。有时她会非常轻佻。不过他也注意到，随着待在中心里的时间渐渐过去，她也变得越来越平静了。

四周的观察期过后，接受鉴定的家庭一般都会获准离开，然后由居住地的儿童福利和儿童心理问题机构来提供帮助。布雷维克一家在中心的治疗让专家们认定家庭生活正在对两个孩子造成伤害，尤其是安德斯，因而建议社会服务部门研究一下是否可以安排领养。

"整个家庭都被母亲的不良心理活动所影响。影响最大的是她与安德斯的关系。这段关系具有两重性，一方面她以共生的方式将他绑在身边，而另一方面又强烈地排斥着他。安德斯是母亲外化的偏执过激行为，以及对男性普遍性恐惧的受害人。伊丽莎白躲过了某些影响，身为女孩是最为显著的原因之一。而伊丽莎白的问题则是，在安德斯面前过早地承担起了母亲的角色，已经超出了正常的范围。"

结论是"需要把安德斯从家里带走，放到一个更好的环境当中照顾，因为母亲不断受到他的刺激，陷入一种又爱又恨的处境之中，使他无法按照自己的需求成长"。

中心认为母亲和女儿大概更能生活在一起。但对伊丽莎白的进展也应该加以密切关注，因为已经出现了一些危险的信号，例如她几乎没有朋友，而且时常会陷入自己的幻想之中。

儿童与青少年精神病学中心在一封写给当地儿童福利办公室的信中说道："安德斯和母亲之间根深蒂固的病态关系，意味着早期干预对于防止这个孩子在成长过程中发生严重畸形至关重要。为了取得理想的结果，他应该被转到一个稳定的寄养家庭中去。但是男孩的母亲强烈反对这种做法，也很难预测强制干预的后果。"

由于安德斯的母亲已经申请了周末家庭形式的临时看护，中心建议最初的工作以此为基础，让养父母明白这样的安排有可能长期固定下来。

儿童与青少年精神病学中心对本地儿童福利办公室强调说这件事情非常重要，寻找合适看护家庭的工作应当立即开始。中心会协助评估领养家庭，在布雷维克家与临时看护家庭之间调解斡旋，继续积极参与其中，保证事情向着正确的方向发展。

紧接着却发生了一件事，把整个计划搞得一团糟。目前派驻巴黎的延斯·布雷维克从儿童与青少年精神病学中心收到了鉴定报告。他通过律师要求立刻将安德斯转由他来照顾。这位外交官想申请一份暂时的禁止令，让他能够马上获得男孩的紧急监护权，同时再通过法庭诉讼寻求永久的抚养权。温彻之前是很乐意接受周末临时看护的，如今却断然拒绝了任何帮助。这样会让她的前夫在法庭上占得先机。温彻又雇用了那位替她打理离婚和财产分割事务的律师。这位律师写道："以寄养家庭的形式为安德斯提供临时看护，我的委托人完全反对这种解决方案。此外，对临时看护的需求在很久以前就停止了。"

此时儿童与青少年精神病学中心退到一旁，等待奥斯陆市立法院的判决结果。一九八三年十月，法庭裁定安德斯的情况不需要执行紧急措施，男孩可以和母亲生活在一起，直到主要诉讼程序开始为止。

按照延斯·布雷维克的理解，法院已经判定温彻并没有严重的疏忽照顾，因此他也几乎不可能获得儿子的监护权。无论如何，在二十世纪八十年代早期，法庭在未成年人监护权诉讼案中偏向父亲是极为罕见的。一般来说母亲都占有优先权。

延斯·布雷维克已经三年没见过儿子了。现在他放弃了负责照顾安德斯的要求，案子根本没有上庭。他的律师写信给儿童与青少年精神病学中心说，了解到在奥斯陆市立法院召开的预备会议的情况之后，延斯·布雷维克和他的现任妻子开始产生了一些怀疑。起初，"他们的感觉是安德斯的情况非常严重，而他们也毫不犹豫地向他敞开了自家的大门。而现在，他们感到自己必须要打官司才能得到安德斯。这是一项全新的进展，他们觉得自己被推进了一种原本无意卷入的局面"。

但儿童与青少年精神病学中心的年轻心理学家不想放弃安德斯。就在市立法院宣判一个月之后，阿里尔德·耶特森恩请奥斯陆的儿童福利机构启动收养安德斯的标准程序，也就是说，强行将他和母亲分开。耶特森强调说："我们坚持最初的结论，对安德斯的照料岌岌可危，他面临着出现严重精神机能障碍的风险，我们特此重申我们的鉴定结论，其他形式的照料对安德斯而言是必要的，基于《儿童法》第十二条第十六款，我们认为这么做是我们的责任。由于孩子的父亲已经撤回了民事诉讼，儿童福利机构理应在自身职权范围内着手处理这一个案。"

同年十一月，温彻的律师指控那位心理学家（儿童与青少年精神病学中心的那位）"偏执歧视"。

"诚然，我并不是心理学家，然而，在三十年的执业生涯中，我学到了一些年轻的耶特森可能没有学到的东西，那就是对人类行为广泛而又详尽的认识。在此基础上，我可以表达我坚定的信念，倘若温彻·贝林不够资格在没有儿童保护机构介入的情况下来照顾安德斯，那么事实上，这个国家能够独自抚养孩子的母亲即便是有，也是凤毛麟角。"他对儿童福利机构写道。

中心的专家们所能做的事情都已经做了。他们无权采取任何正式的措施；只有儿童福利部门才能这么做。

儿童与青少年精神病学中心的深切担忧，如今不得不与一份来自维格朗公园托儿所的全新评价放在一起比较，这份评价说安德斯是一个"高高兴兴，快快乐乐的小男孩"。延斯·布雷维克抗议说写下这份评价的托儿所雇员是温彻的一个朋友。

儿童福利委员会举行听证会，斟酌安德斯是否应该被送去收养的时候，温彻准备充分，和律师一起来到了威卡区社会福利办公室。律师强调说，那段艰难的离婚给安德斯的母亲带来了一段短暂的危机，如今她已经从危机之中恢复了过来。原先处理这一个案的官员已经离职了，年轻的继任者几乎没有任何关于儿童福利问题的经验，之前也从未被委员会传唤过。参加听证会时，她除了阅读文件之外，就没再研究过这个案子。听证会最后成了一段让这位青年福利官员非常不愉快的经历，她觉得自己是羊入虎口。

只有在特定且非常严重的情况下，比如殴打、虐待或者明显疏于照顾，才能根据儿童福利法案获得将儿童强制安排寄养的法定权利。社会服务部门提出了一个折衷的办法。对这家人暂时先观察一段时间。

一九八四年冬天一共进行了三次查访，一次有提前通知，两次没有。社会福利办公室对这几次天丝公寓之行的汇报如下："母亲看上去很有条理，穿戴整齐，举止泰然，很好说话，不管谈什么话题都非常沉稳和平静。女孩镇定自若，规规矩矩又很警惕。安德斯是个亲切友好又无拘无束的小男孩，温暖的微笑让人立刻就喜欢上了他。在家中谈话期间，他端坐桌旁，忙着玩游戏、橡皮泥或是百乐宝玩具[1]。"报告还说家人之间没有吵过一句嘴。安德斯从来没有大发牢骚或是故意刁难。"母亲的神情从未改变，即便安德斯出现棘手的情况也是一样。她冷静地说话，安德斯也服从她的吩咐，照她说的做。"唯一让社会服务督察员持保留意见的是，孩子们的母亲派他们出门去买比萨，尽管两人"可能还没到做这种差事的年纪，而且或许还可以再加一句，比萨可不能称之为是营养丰富的一餐"。

在报告的最后，督察员的确提及，在母亲会如何应对未来潜在的危机方面，或许是存在着让人担心的理由，但他认为这一点本身并不足以批准将男孩从她身边带离。

一九八四年仲夏前后，在安德斯长到五岁之后，奥斯陆儿童福利委员会一致裁定：

"为该名儿童安排领养的必要条件并未满足。个案驳回。"

1　百乐宝（Playmobil），由德国布兰德施泰特集团（Brandstätter Group）生产的儿童玩具系列，包含玩具小人、楼房、汽车、动物等。

在楼梯上小便

真是个没规矩的孩子，隔壁楼的一位年轻母亲心想，她刚才又试了一次，想让安德斯说出一句你好。可他从来不会回答，只会扭过头去或者转向一旁。

算了，她寻思着，继续走她的路。

任何一个看着孩子们玩耍的人，都会注意到那个几乎总是独自待着的男孩。他会在一旁观察，什么活动都不参与。可繁忙的家长们光是跟上自己的孩子就已经够辛苦的了。天丝单元楼周围的花园里和小路上都挤满了孩子。

紧接着，这片住宅区里发生了一件新鲜事。一些没有售出的单元被奥斯陆市议会买下，分配给了难民家庭。从伊朗、厄立特里亚、智利和索马里前来寻求避难的人，搬进了蓝色、绿色和红色花园周围的公寓里，渐渐地，大蒜、姜黄、多香果[1]和藏红花的香气从敞开的阳台大门里飘了出来。

直到二十世纪八十年代初，奥斯陆的斯古耶恩都是一片白得耀眼的地区。很少有外国人会一路找到挪威来。上一个十年开始的时候，挪威国内非西方移民的数量还不到一千：一九七一年，挪威政府为应对劳动力短缺，向巴基斯坦发出邀请，第一批外国劳工蜂拥而入。当年有六百名单身男性前来务工，从事那些大多数挪威人不愿意做的工作。不过外国劳工并没有搬进斯古耶恩。他们住在城里的破败地带，居住环境狭小恶劣。

一九八〇年，第一批避难者抵达了挪威。难民们来到挪威的边境，

38

请求庇护。这样的事情以前从来没有发生过。一九八三年，布雷维克一家住进天丝公寓的第一年，有一百五十名寻求避难的人来到了挪威。第二年有三百人。三年后，人数已接近九千。

一户智利人住到了布雷维克家楼下。他们在奥斯陆的避难中心待了将近一年之后，拿到了一间天丝的单元房。温彻是第一个出现在他们门前的人，带着一句温暖的"欢迎"，一手牵着一个孩子。

安德斯喜欢上了这家最小的女儿，一个头发卷卷的小丫头，比他小两岁。

艾娃逐渐开始跟在这个三楼的男孩身后，不管他去哪都追着跑。而他呢，和这个新认识的小女孩在一起，也让他变得随和了，变得更加健谈，每天都会教她新的挪威语单词。和这个拉丁裔家庭共处，他觉得很安全。

艾娃在他上的维格朗公园托儿所拿到了一个名额，安德斯毕业的时候，她还要在托儿所里待上两年，那段时间，他每天下午放学都去等她。

在斯梅斯塔小学，安德斯觉得自己相当不合群。这是一所给家境优越的孩子上的学校，学生们的父亲都穿着刚刚熨好的衬衫，有上流社会的中间名，还住着附带大花园的别墅。哈拉尔国王战后就在这里上学，后来，他自己的孩子，哈康王子和玛塔·路易斯公主[2]也追随父亲的脚步而来。王子比安德斯大六岁，安德斯进校的时候，他刚好念完小学的最后一年。

---

1 多香果（Allspice），又名牙买加胡椒，原产中美洲热带地区的植物，果实和叶子可用作香料。

2 哈拉尔五世（Harald V of Norway），挪威国王，1991 年登基。哈康王储（Haakon Crown Prince of Norway），哈拉尔五世独生子。玛塔·路易斯公主（Princess Märtha Louise of Norway），哈康王储的姐姐，哈拉尔五世独生女。

这个学区是奥斯陆的"深蓝"阵营，曾在一九八一年帮助右翼在选举中获胜。一波私有化和房产价格管制撤销接踵而至。合作公寓单元房的价格不久就开始飞涨。

一九八六年春天，安德斯·布雷维克开始上学的那一年，工党重新上台。保守党首相科勒·维洛克在提议汽油加价之后面临了一轮信任投票，却未能赢得极右翼进步党的支持。

一夜之间，格罗·哈莱姆·布伦特兰又成了首相。这一次她准备得更加充分，组建了一个男女部长人数均等的内阁：十七个内阁席位当中，女性占了八位，加上职位最高的她本人，这在全球政府首脑当中前无古人。

这是一个全新的工党，充分发掘时代精神，继承发扬了不少由科勒·维洛克的保守党政府所引入的经济改革。

与此同时，布伦特兰的政策也赋予女性一系列其他任何国家都无法比拟的权利。作为一个讲求实效的人，她力图让女性和男性的生活都变得更加务实。她的政府延长了产假，建起了更多托儿所，给予单身父母更为充分的权益，还着重改善妇女和儿童的健康状况。紧随这些改革而来的是一批自信的新女性，渴望在社会当中发挥自己的作用。

并不是人人都对此满意。一些人喊出了国家女权主义的骂声。母权社会，另一些人抱怨道。后来又有人发明了"阴道国家"的说法。然而依旧是格罗·哈莱姆·布伦特兰，在安德斯上学的那些年里，为挪威打上了比其他任何政客都更深的烙印。

安德斯自己也在一个由母亲、姐姐和艾娃所构成的女性世界中长大。艾娃觉得和安德斯一起玩很有趣，至少有一段时间是这样。因为决定他们要玩什么的人总是安德斯。只有在自己家里她才有发言权。他们俩在客厅里搭小窝，玩她的洋娃娃，或者就泡在厨房里，和她的父母待在一起。在楼上的安德斯家，他们从来不去有他母亲在的地方玩。在那个家里，他们也绝对不被允许待在客厅里，客厅总是收拾得一尘不染，厨房也不行。他们只准待在安德斯的房间里，而且还得关上房门。安德斯的玩具和做游戏用的东西都在里面，全都整整齐齐地成排列在架子上。实际上温彻情愿他们到外面去玩。因为安德斯的母亲喜欢清静。

每当艾娃想和别的孩子玩，安德斯就会把她拉走；他想把她留在自己身边。最喜欢只有他们两个人的时候。

但有时候大队人马会占据上风。天丝公寓里的孩子太多了，不让其他人靠近很难。公寓的地下室里有个房间，一个家长在里面安了一张乒乓球台。孩子们会把磁带录音机带下去，听着迈克尔·杰克逊、普林斯和麦当娜的音乐跳舞，后来则听起了饶舌。安德斯找到了自己的位置。他总是坐在角落的通风管上，跳舞和打乒乓都不参与。在那儿他什么都能看见，而且还没人打扰。那个角落里有一股尿味。只要那股味道传遍了地下室，安德斯就会挨骂。"小便臭死了，一定是安德斯！"其他人笑道。

墙缝里的蚂蚁有一条固定的路线，从草地出发，穿过碎石柏油路面，沿着人行小道的边缘，通过一排格栅，爬上楼梯。安德斯会坐在那里等着。

"你死定了！"

"抓住你了！"

他一只一只地把它们捡起来压扁。有时候用拇指，有时候用食指。"你你你还有你！"由他说了算，在那几级台阶上，他就是生死的主宰。

小女孩们都觉得他很讨厌。性格非常过激，对动物也很残忍。有一阵子他在笼子里养了几只老鼠，还会拿钢笔和铅笔去捅它们。艾娃说她觉得他把它们弄疼了，可他根本不理。安德斯会抓来黄蜂，把它们丢到水里，再用滤网捞到水面上来，好看着它们淹死。天丝公寓里养了宠物的成年人都明白无误地告诉自己的孩子，安德斯不得靠近他们的猫狗半步。他也常常是唯一一个没有被请来摸一摸其他孩子新养的小狗或是小猫的人。

渐渐地，艾娃开始觉得有点不对劲。可她不敢跟父母说自己不想再和安德斯一起玩了，因为现在她的母亲和温彻已经成了好朋友。温彻正在教他们如何适应挪威的新生活，还把安德斯和伊丽莎白穿不下的衣服转送给他们。

艾娃始终没有告诉父母，是安德斯把邻居家那株玫瑰的花骨朵折了下来，只留下花秆；是他往敞开的窗户里扔进了石头又跑走；又或者是他会去捉弄和欺负比自己小的孩子，最好就是新来的、还没学会用语言维护自己的那些。要是能把别人弄哭，他就会心满意足，眼睛也会放光。可他平常的样子却非常严肃认真。

他的受害者之一是一个瘦骨嶙峋的厄立特里亚小男孩。有一次，安德斯找来一条旧毯子，把男孩卷在里面，在他身上跳上跳下。"别这样，你把他弄疼了！"艾娃喊道。然而她还是站在一旁，一直看着。

只有一件事情安德斯受不了。挨骂。这个时候，他就会悄悄走开，而其他孩子则被留了下来，因为偷苹果或是按响了门铃又跑掉而遭受一顿训斥。等到一切恢复平静，安德斯又会神不知鬼不觉地重新出现。

有一次，他没来得及逃走，让布洛赫太太给逮住了。被叱责一通之后，为了报复，他就在她家的门垫上小便。他在她的报纸上小便。在她的信箱里小便。后来还跑去她的储藏室里小便。就是在那之后，大家才把地下室里陈年的尿味怪到他头上的。

其中一个被他欺负的受害人是一个智力有缺陷的女孩。一天，安德斯把一只烂苹果按到了她最喜欢的洋娃娃脸上，当时女孩的父亲刚好经过。"你再来烦我女儿一次，我就把你吊到地下室的晾衣绳上去。"那位父亲，一位大学教授，大声地吼道。

安德斯听进去了。来自父亲的威吓是他非常重视的东西。他再也没接近过那个女孩。

现在，他在学校放假的时候，也能见到自己的父亲了。第一次见面的时候他四岁半，父亲带着他去海边的小木屋里度了一个星期的暑假。延斯偶尔会打电话给温彻，说他想见儿子。小男孩有时候会跑出去躲起来，邻居们就会被派去四处找他。

通常延斯都在诺曼底的一处乡间别墅里度夏。于是温彻便会把安德斯送到奥斯陆机场，交给斯堪的纳维亚航空公司的工作人员，飞行两个小时之后，父亲会到巴黎来接他。有时他同父异母的哥哥们也会在那儿。一家人出门远足，或是前往海滩。在避暑别墅里，照看这个小男孩的主要是延斯的第三任太太。她自己没有孩子，便渐渐喜欢上了安德斯，而安德斯对她也变得非常依恋。每次她主动说要念故事给他听，他都高兴得不得了。"你真的想读吗？"他会问她，"你确定有时间吗？"听她念故事的时候，他会蜷成一团，在她的大腿上坐上好几个小时。在那里他非常平静。似乎忘记了身边的一切。

艾娃开始上学的时候，安德斯正在念三年级。他再也不搭理她了。更确切地说，是在学校里不搭理她了。

蓝色花园、公园和森林，它们跟学校是分开的——就像两块不同的大陆一样。他们的友谊只存在于其中的一块。

这就为女孩提供了她所需要的空间，能交到属于自己的朋友。其中一个小姑娘曾经在他们这栋单元楼的一层住过。她也被安德斯吓坏了。每次走出家门，都很害怕他会从三楼往她身上吐口水。虽然这样的事情只发生过一次，却已经足够让她被黏湿口水的恐惧折磨一整个童年了。

艾娃最终有了她自己的一群朋友。如今，安德斯想要她出来玩的时候，她已经足够坚强，可以说不了。

安德斯又是独自一人了。

不过有一天，他黏上了几个同班同学。事实证明这终究也没有那么难。他只不过是说了一句你好，而他们也回了一句你好。

读小学的那段时间，安德斯身上没有什么引人注目的事情。他在那儿，却没有让自己引起旁人的注意。他参加童子军，踢足球，和朋友们一起骑着自行车到处逛。

让他与众不同的是父母从来没有在身边支持过他。学校的足球队要靠父母们轮流开车送球员去参加比赛和锦标赛。而他总是只能搭别人的便车，多半都是住在附近的克里斯蒂安。团队项目其实从来都不是安德斯的强项。他控球不佳，对传球的判断也经常有误，可他在那儿。

安德斯在大多数方面都很普通：中等身材，在学校里成绩平平，一个普普通通的校园小霸王。他继续欺负着那些允许自己被他欺负的人。就像许多其他人一样——他远不是最恶劣的那个，而且他还能表现出几分关心，比如帮一个被人欺负、被雪球打中了脸的孩子找眼镜之类的。要是眼镜上盖满了雪，他还会先把雪拍干净，然后再递回去。

班上有一个男孩特别容易成为欺侮的对象。艾哈迈德衣着得体，身材高挑，深色皮肤——他是学校里唯一的巴基斯坦人。休息时间他一般都坐在图书馆里读书，这样就不用一个人面对学校的操场了。

他们管他叫布朗尼。

接着有一天，艾哈迈德第一次还了手，把安德斯推倒在地。当鼻青脸肿的安德斯挣扎着站起身来的时候，一切都变了。

这是一段友谊的开始。

他们一块儿在森林里东奔西跑，打篮球，去彼此的住处看电影。即便是在上小学，两个人也热衷于赚钱。每天都会等着报纸送来。《晚邮报》一送到，他们就把它搬到自己的手推车上，拉着车跑到小区里每户人家的门垫跟前。

安德斯找到了一个朋友。

安法尔

一个美妙的春日上午，在库尔德山区高处的一座村庄里，鲜花和苹果甜蜜的气味飘过了各家的屋顶。接着人们的眼睛开始流泪，皮肤开始灼伤。婴儿最先死去，然后是学步的幼童，跟着是老人，最后甚至连壮年也未能幸免。幸存下来的人们双目失明，或是落下其他严重的后遗症。

接下来的一段时期，一个又一个村庄遭到芥子气、沙林和其他神经性毒气弹的轰炸。这场行动终结于一九八八年三月对哈拉卜贾所发动的袭击，袭击造成五千人死亡，给成千上万的人留下了终身难愈的创伤。

*

在所有这些动荡之中，生活着一个名叫穆斯塔法的库尔德年轻人。他是一名经过专业训练的工程师，还曾在伊拉克军中服役，在南部维修坦克和武器装备。他觉得自己是体制的奴隶，受困于其中，还要遭到监视。由东德史塔西[1]训练出来的伊拉克情报部门在各处都设有耳目。

服完兵役，穆斯塔法在埃尔比勒的水利和污水处理工厂找到了一份工程师的工作，安法尔行动开始的时候他就在那里。惊恐的声音悄悄地传说着有关万人坑、蓝黑色面孔和枯干眼珠的故事。复述这些故事是极其危险的事。

在水厂财务部门工作的是一个既漂亮又优雅的姑娘，长着黑色的鬈发，比穆斯塔法要小六岁。在他经过的时候，她的笑声飘出门外，沿着走廊传了过来。安法尔开始的时候，他们一家从基尔库克逃到了这里，而她也不得不放弃了大学的学业。

穆斯塔法的第一招就是确保让女孩结识自己的妹妹。然后，在全体员工都被国家委员会派去给一间仓库清点库存的时候，他又想方设法保证让自己站到她的身边，整理货物。

她叫巴彦。她就是他所渴望的一切。

几天之后，他让妹妹去问她："你愿意嫁给我哥哥吗？"

巴彦愿意。

一九九二年二月，他们结婚的时候，天上正在下雪。下雪就意味着有好运气！

然而伊拉克军队撤出城镇之后，不同派系的库尔德人之间爆发了冲突。街上发生枪战，物价飞涨，可伊拉克第纳尔的币值却骤然下跌。买一顿简单的饭菜都要花上满满几塑料袋的钞票。

那一年十二月的最后几天里，当穆斯塔法开车载着怀孕的妻子在埃尔比勒坑坑洼洼的路面上全速前进的时候，天上也下了雪。每次他们撞上路面的凸起，巴彦都会痛苦地呻吟，宫缩正接二连三地袭来。穆斯塔法打开医院大门的时候，一阵冰冷的寒风也跟着他们吹了进来。即便是在室内，气温也只是将将高过冰点；没有电，煤油也全都用光了。一等巴彦安全地躺到床上，穆斯塔法便立刻传话给两人的亲戚和朋友，大家收集了燃料，让医院的发电机转了起来。

马达不紧不慢的嗡嗡声不久就开始与产妇的尖叫声做伴。

二月婚礼的时候和孩子出生的时候都下了雪。这是双倍的好运气，

1　史塔西（Stasi），民主德国国家安全机构的通称，成立于1950年。

在弥漫着煤油味的走廊里等待的时候，穆斯塔法心想。这个孩子一定生来就有福星高照。

那一晚，在埃尔比勒的产房里，三个女人各自生下了一个女儿。

其中两个被取名贝弗林，那是白雪的意思，用来纪念一阵阵飘满天空的美丽雪花。

巴彦把女儿抱到胸前。不，不要白雪，她心想，你可不是白雪。

"我们叫她玛丽娅吧。"穆斯塔法提议。

"不行，我认识一个生病的老太太就叫这个名字。她可不能叫一个快病死的女人的名字。"巴彦说。

"那你来选吧。"穆斯塔法笑着说。

新妈妈低下头打量自己的第一个孩子。女婴长着大大的棕色眼睛，头上盖满了浓密的深色头发。你看起来像个公主，巴彦暗想。

一个意为公主的名字出现在她的脑海里。

"巴诺，"她开口道，"我们叫她巴诺。"

我们的孩子

我是两个孩子的父亲

你是两个孩子的母亲

让欢呼声响遍全世界

因为他们是我们的杰作！

埃纳·夏拉森，《我们的孩子》[1]

苏联解体的那个月，验孕棒上出现了蓝色的条纹。

终于成功了！

等得可真够久的。托恩和古纳尔都已经获得了教师的资格。他们搬到了北方，搬到了两人能够到达的最为遥远的北方，希尔克内斯，就在挪威与苏联的国境线旁边。在帕斯维克山谷周围野营和捕鱼的时候，他们可以望见边境另一头，昔日那个强大的邻国，如今正处在崩溃的边缘。边境两侧的森林别无二致，但一边是稳定而又先进的福利国家，另一边却是社会和工业的衰退，包裹在随时可能降临的环境噩梦里。

一九九一年十二月，验孕测试棒露出了两道蓝线。托恩和古纳尔决定去国境线的另一边旅行来庆祝怀孕，去邻近的城市摩尔曼斯克，在那里，人们依然生活在一种近似共同贫穷的状态之中。

挪威北部的居民要感谢俄国人的地方有很多。希特勒的大军在希尔克内斯以及芬马克郡的其他城镇和村落放火烧掉了所有的建筑，直到一九四四年才被斯大林的部队赶到了南方。这里的人们没有忘记，是苏联红军解放了他们。但自从战争以后，两国人民之间的联系便少得可怜。

此刻，即将成为父母的两个人立在甲板上的冷风里，向着这座拥有一百多万居民的城市进发，在一路延伸到峡湾中间的废船堆里见到了数量众多的核潜艇。

托恩哆嗦了一下。要是辐射伤害了胎儿怎么办？一个新生命，那么脆弱，又期盼了那么久。现在她得小心一点了。

冰雪融化，冬去春来，然后春天又变成了夏天。勉强算是夏天吧，不管怎么说，盛夏的平均气温是摄氏六到七度，倒是很适合一个日渐臃肿，每时每刻都觉得越来越热的准妈妈。

阵痛是七月底开始的。

在希尔克内斯医院的分娩漫长而艰难。用去了一整个良久、澄明的夏夜。快到早晨的时候，婴儿终于降生了，个头很大，也很漂亮。他们要叫他西蒙，托恩决定。

十八个月之后，弟弟露面的时候，西蒙把他当成了泰迪熊一般对待。他会躺在婴儿身边搔他的痒，尤其是他的耳垂。假如要出门，他就会把自己的玩具扔进游戏围栏里，这样弟弟就不会觉得孤单了。

结果霍瓦尔成了家里最擅长表演的人。他尤其热衷唱歌。常常在家里开音乐会，其余的家庭成员就当他的观众。

两个老师带着两个孩子，一个普普通通的挪威家庭。

每个周末他们都会让两个儿子坐在童车里，出门到帕斯维克附近走走，在河里钓野生的三文鱼，在午夜的太阳底下点起篝火，然后一家人

1　埃纳·夏拉森（Einar Skjæraasen，1900—1966），挪威诗人，以挪威语和出生地特吕西尔的方言写作。

都睡进随身带来的帐篷里。七月他们摘越橘，八月采云莓，冬天就把孩子们裹到羊皮里面，用一辆小雪橇拉着他们走进开阔的旷野。

要是西蒙和霍瓦尔觉得脚冷，父母就会让他们赤着脚在冻硬了的雪地上奔跑。这是古时候美洲印第安人的窍门，父亲告诉他们。最开始的那次，他非得自己先赤着脚在雪地里起舞，才能叫两个怕冷的小男孩信服。这个办法起作用了：没过多久，热血就开始在他们的血管里流淌。

古纳尔在儿子们年纪很小的时候，就教会了他们如何区分野生动物和驯养动物的足迹。野外的动物都会沿着直线前进，而驯养的往往会更加漫无目的地游荡。爪印又大又圆的猞猁，总是选好路线，然后就一直顺着它走下去。脚印又长又窄的狼獾也一样。

他让孩子们牢牢记住，必须对自然界的危险保持警惕。狼群会攻击像成年驼鹿那么大的猎物，而要是棕熊出来逡巡觅食，那就几乎连一只蚁冢都不会放过。

夏季里的一天，全家正在休息的时候，背后的小山丘上有一匹狼立在那里，死死地盯着他们。灰色的瘦狼几乎和布满岩石的山坡融在了一起。古纳尔吓呆了。

"待在原地。不要动。"他对两个儿子说。托恩抱起霍瓦尔，古纳尔把西蒙领到一边，倒退着朝后走。他们非常冷静，没有任何突然的动作，一直退上了公路旁边的斜坡。狼则溜进树林里不见了。

"是时候让孩子们认识一下亲戚了。"一天，托恩开口说。挪威的北部幅员辽阔，出行花费很高。是时候回家了。夫妻俩在希尔克内斯有一间公租房，房子很不错，但却不是他们的。

"我们需要找一间自己的房子。"古纳尔也是这么想的。

他们很幸运：紧挨着古纳尔祖父母家的那栋房子空了出来。于是他们往南搬了一个郡，来到了托恩第一次见到古纳尔的地方，特罗姆斯的

51

萨兰根。

"多浪漫的地方啊。"回到上萨兰根[1]的时候，古纳尔感叹，从峡湾向上，在去往高山荒野的路上走上短短的距离，便是一小块充满野性的大自然。

"我们一定要想办法去认识别人。"托恩不久就这么决定了。于是，她和住在隔壁的女士一起创办了一个滑稽剧[2]小组。这么一来她们就需要编戏的和演戏的。古纳尔以前写过情诗不是吗，所以说不定他也能创作点剧本？至于托恩，她可是很想试着来演一演女主角的。

小汽车是排练剧中歌曲的好地方。全家一道引吭高唱。霍瓦尔永远是最大声的那一个。

有个女孩住在哈瓦那，什么能养活自己就干什么，她正坐在窗台边，招呼着一个男人！

每一年，新年夜的焰火放过之后，上萨兰根的孩子们就会举行演出。由阿斯特利德，邻居孩子当中年龄最大的那一个，来担任导演。孩子们设计出各种喜剧套路，还会进行体操展示。新的一年开始的时候，屋子里各只靠垫和各张座椅上的"留座"记号，会指点着大人们找到座位。

通常霍瓦尔都会用一支音乐剧中的流行金曲来为演出开场。西蒙太害羞了，没法上台表演，所以他就担任灯光师。整场演出期间，他都小心翼翼地让那支家用手电筒始终对准台上的演员。在新年夜的时候他最

---

1 萨兰根（Salangen），位于挪威特罗姆斯郡，环萨格峡湾（Sagfjorden）展开，峡湾以北为上萨兰根。

2 滑稽剧（Revue），包含歌曲，舞蹈和滑稽短剧的轻松舞台剧节目，内容通常以讽刺时事为主。

为自己的弟弟感到自豪，在霍瓦尔一个人站在台上，被自己这个当哥哥的用娴熟的技巧给照亮的时候。

古纳尔的剧本和歌词不久就在这片地区获得了相当不错的口碑，学校和儿童俱乐部开始打来电话，请他为他们写点什么。这位体育兼电脑老师通宵达旦地写词谱曲。他学会了读谱和作曲，孩子们一上床睡觉，他就会坐下来，修改对白和音阶。

两个男孩很早就学会了相信自己。从第一年上学开始，他们就自己出门，穿过花园，沿着小巷走到大路上，再一路步行到十字路口，校车停站的地方。冬季，极夜降临挪威北部的时候，路上大多一片漆黑，因为小巷里和大路上都没有路灯。一天早上，托恩端着咖啡站在窗前的时候，在清晨的幽暗里见到了一个影子。一头硕大的公驼鹿正全速向西蒙冲去，而西蒙则低着头，在狂风暴雪中艰难跋涉。这头驼鹿和这个七岁的孩子很可能会稀里糊涂地径直撞上彼此。暴风雪中，人和鹿都消失在托恩的视线里，她大叫起来。穿着拖鞋冲出门去，高声呼喊。

托恩在路边追上西蒙的时候，他抬头望着她问道，"你为什么要嚷嚷呀？"

男孩甚至都没注意到那头鹿。西蒙背对着风，望着母亲。

"别担心我，妈妈，"他平静地说，"我是大自然的孩子。"

青春梦

来吧跟我一起

到狂人的内心旅行

自打出了娘胎

就注定是个杀手

德雷博士和艾斯·库伯，《天生杀人狂》，1994[1]

安德斯必须得找一个名字。他需要找到一个不同凡响的涂鸦写手[2]的名字，然后才能往墙上写字。字母不能太多，最好在三到五个之间。有些字母比另外一些更酷，字母组合起来显得好看也很重要，要互相靠在一起。他用毡头笔和白纸在房间里试验，画了几张粗略的草图。

写的次数越多，名字就越是衬你。他一直很羡慕城里随处可见的大孩子们的签名。再见，无趣、平凡的安德斯，你好，涂鸦党[3]。某种程度上，姓名应该能表达出你想要成为一个什么样的人，把你和众人区分开来。

他选了一个漫威漫画里的角色。漫威宇宙由拥有无上权力的行星吞噬者[4]统治。在他的使者中，有一个人背叛了自己的种族，残杀自己的同胞。这个刽子手肆无忌惮、胆大妄为，内心充满蔑视和贪婪——这些特点吸引了行星吞噬者，因为之前他的好几位使者，在被迫杀害同族的时候，都饱受良心的折磨。行星吞噬者把头号刽子手的工作交给了他，还给了他一把双刃斧来发动致命袭击。这个刽子手名叫摩尔。

M和O美妙地从纸面上滑过，那个R可不是一般的酷，不过G则有点难办。

安德斯离开天丝公寓楼之间窄窄的小路，搜寻平整的墙面。这个十三岁少年身上装备的不是双刃斧，而是记号笔和喷罐颜料。是用在小区里送报纸赚来的钱买的。蓝色花园和矮树林之外的世界在他眼前展开，静静等待。他像扔掉一块破布一样抛弃了自己的童年。忽然之间有了众多身份可以供他挑选。

他是一个涂鸦党，

一个写手，

一个艺术家，

一个小流氓，

一个刽子手。

＊

那是一九九二年。他升到中学的时候换了学校。在里斯的全新年级里，学生们来自各所不同的小学，其中只有几个人认识他，因而他可以从头开始，重新塑造自己。童年时代的不安和迟疑不再那么明显。上课

1　德雷博士（Dr. Dre），美国饶舌歌手。艾斯·库伯（Ice Cube），美国饶舌歌手，"匪帮饶舌"（Gangsta Rap）缔造者之一，歌词常包含对社会及政治的辛辣讽刺。《天生杀人狂》（*Natural Born Killaz*）是两人于1994年合作发行的一支单曲。

2　涂鸦写手（Graffiti Writer），将图案或字体写上墙壁的行为称为涂鸦，创作涂鸦的人一般自称为"写手"。

3　涂鸦党（Tagger），Tag为涂鸦的基础形式，指在墙上绘制创作者的签名或标识，进行Tag创作的人称为Tagger。

4　行星吞噬者（Galactus），1966年首次在漫威漫画中出现，漫威宇宙神祇之一，靠吞食行星维持生命，不断派出使者寻找新的行星供其吞噬。下文的摩尔（Morg）是其麾下的使者之一，1992年首次在漫威漫画中亮相。

的时候他依旧安静而小心，不是一个会举起手来努力发言的人，但在课堂之外，他知道自己想要什么。

年级里的四个男孩遇上了彼此。一个自称维克，另一个叫斯波克，然后就是摩尔和艾哈迈德。斯波克初来乍到，学年开始的时候一个人也不认识。他有一张孩子气的圆脸，脸上长着雀斑，头发从中间分开，他觉得安德斯看起来挺友好的，还有一点害羞。维克又高又瘦，长着线条分明的方下巴和方额头。两人都住在附近。艾哈迈德是安德斯小学时代的巴基斯坦朋友。在中学里，他仍旧是班上唯一的移民。

四个同学因为共同迷恋的东西而遇上了彼此。

他们在嘻哈乐的黄金时代步入青春期，也热切地接受了这种文化。他们在家里听饶舌，在去学校的路上用随身听听饶舌，还去参加朋克俱乐部"闪电"[1]的音乐会。安德斯在蓝色花园里长满青草的地方练习霹雳舞的旋转动作。他克服了之前的不情愿，加入地下室的舞蹈比赛，把羞涩抛到了九霄云外。

这种最初在二十世纪七十年代末的布朗克斯被创造出来的音乐彻底征服了奥斯陆。放克、迪斯科和电音的碎拍节奏被一遍又一遍地摩擦倒放[2]，节拍带有标志性的鼓点，贝斯和吉他。"嘻哈不停"。DJ成了全新的偶像，他们把唱针滑进声槽里，来来回回地移动黑胶唱片；有剪接和变速，有交叉淡入和取样[3]。唱盘已然变成一件独立的乐器，奥斯陆本地的饶舌乐手也渐渐出现，唱着属于他们自己的、都市少年的真实

1　闪电（Blitz），位于奥斯陆市中心，自1982年起便是左翼青年和无政府主义者的据点，常年举办各类朋克、硬核与亚文化音乐演出，锐舞派对和地下艺术展。

2　放克（Funk），迪斯科（Disco），电音（Electronic），均为音乐流派。摩擦（Scratch），DJ将唱片在唱盘上反复移动，产生特殊音效的技巧。

3　剪接（Cutting），变速（Phasing），交叉淡入（Crossfading），取样（Sampling），均为DJ操作技巧。

生活。

这种音乐快速又不加修饰，而且常常带有攻击性。布朗克斯最早的饶舌乐手们，传递的是反对暴力、毒品和种族主义的讯息，并且希望嘻哈能够取代街头暴力。让大家聚到一起是去开派对，而不是打架。可是后来，这种音乐却常常开始认可和赞美街头暴力，匪帮饶舌在性质上往往也是种族歧视和性别歧视最为严重的，歌词里充斥着对毒品的指涉。嘻哈这种生活方式的原则看似很简单，就像南布朗克斯第一批饶舌乐手中的两位，KRS-One 和马尔雷·马尔[1]所解释的那样："嘻是知识。哈是运动。嘻哈就是一种智慧的运动。"

安德斯努力变得既嘻也哈。嘻意味着掌握最新消息，了解最新情况。跟上，懂得，受人尊敬。至于哈的部分，他则在自家公寓楼外，草地中央那条铺了台阶的小路上努力地练习。他尝试舞步和旋转，却从来也没能做成一次头转或是背转[2]。他的节奏感和控制身体的能力都不够强，无法成为优秀的舞者。

或许他能成为一名说唱歌手？毕竟他会记日记，就像说唱歌手一样写下自己的想法和经历。然而他没有唱饶舌应该要有的那种嗓音；他的声音又高又软，像女孩子一样。

于是他选择了嘻哈的第三种表现形式：涂鸦。

如果说霹雳舞是看得见的立体饶舌，那么涂鸦就是静止的霹雳舞。字母旋转扭动，正如起舞的身躯。要画出优美的线条，你必须让自己的身体也摆动起来，做好准备，好在将喷罐颜料对准墙面的时候，让韵律从身体传到手心。

1　KRS-One，美国饶舌歌手，反对暴力运动发起人。马尔雷·马尔（Marley Marl），美国 DJ 及嘻哈唱片制作人。

2　头转（Headspin）和背转（Backspin），均为街舞技巧。

涂鸦表达出成长中躯体的脉动。墙上的线条就像年轻的身体一样：棱角分明，固执坚硬，不屈不挠。主题必须要与速度和运动有关，要强悍而又戏谑。不过这也是一种关于成就和表现的文化。一切都会受到评判，然后要么被接受，要么被抛弃。若是拥有出色的画风和一些独创的设计，你就能让自己从所有寂寂无名的都市青年当中脱颖而出，闪耀一下。

在安德斯长大的地方，年轻人的志向有着泾渭分明的差别，要么是涂鸦，要么是网球。这里，这片有华美别墅矗立在古老苹果树和芍药花丛之间的土地，并不是摩尔的榜样们出没的地方。

里斯中学位于奥斯陆富裕的西侧，生源地从霍尔门科伦的滑雪跳台一直延伸到斯古耶恩的低地。大多数学生都伴着由宽大花园带来的自信长大，课余时间都在滑雪道、足球草坪和网球场上度过。周末他们聚在一起办"小鬼当家"派对，或者到各家地下的电视室里去看电影。衬衣或夹棉外套上印着该印的品牌商标，比如拉夫·劳伦、菲尼克斯或者巅峰表现，这是非常重要的事情。安德斯的同学都以进入法律或是金融界工作为目标。在一九九三年8A班的集体照上，大多数学生都穿着翻好领子的白色马球衫、贴身的汗衫或者羊毛的毛衣。

后排中间的一个男孩比其余的人都要显眼。他穿着超大号格子衬衣和一件帽衫，微笑着立在那里，耳朵里塞着耳机。他的站姿，还有那被耳机塞住的耳朵，标识出他与旁人之间的距离。

这个班的学生大体上可以分成四类。穿着翻领马球衫的一群是正统派。他们占了绝大多数。安德斯从来不跟这些人待在一块儿。然后是几个剃了光头，穿着飞行员夹克、卷起裤脚的迷彩裤和黑色靴子到处走的家伙。他们对新纳粹主义[1]有那么点儿兴趣，还喜欢重金属。安德斯和他

1　新纳粹主义（Neo-nazism），二战后复辟极右翼纳粹主义的思想和运动。

们是点头之交。他们不去招惹任何人，也没人会去招惹他们。这些人反对移民，而安德斯有几个从外国来的朋友，所以他也不与他们为伍。反正他也受不了重金属。接着便是嘻哈青年。他们会画一点涂鸦签名，而且相当叛逆，渴望加入帮派。就算嘻哈运动曾经有过什么政治意味，也已经在传到里斯的过程当中遗失了。就意识形态而言，涂鸦没有任何特定的目的，只不过是一种自由的标志；本质上是没有规范约束的。剩下的便是那些没出息的人了。也有那么几个。一直都不声不响的。

安德斯属于第三类。他在学校里已经赢得了几分尊重，大家开始把他看作一个惹是生非的涂鸦党，多少有点儿横行霸道。要是你说了什么不该说的，那就等着倒霉吧。

如今安德斯举手投足都带着自信，也不害怕大胆地开口，说出自己的想法。他在挪威第一家室内购物中心阿尔卡登的嘻哈店铺"牛仔电视"里买到了合适的行头。脚蹬耐克鞋，身穿超大号的裤子和一件冠军牌的帽衫。每天早晨他都在镜子跟前整理发型，把刘海从中间分开，再涂上几遍发胶好让发丝固定。这种硬朗的外形看起来本该是非常随意的，然而这个爱惹麻烦的涂鸦党非常自负，老是为了自己的大鼻子烦恼不已。

这个四人小组从小范围起步，花了很长时间在纸上描绘草图，接着渐渐发展到在小区的墙壁和围栏上涂鸦，或是在晚上爬进校园里创作。后来，他们开始在夜间收车之后溜进本地的公交总站。带着满满几背包的喷漆罐，用生硬刺眼、有棱有角的字母写下自己的大名。

周围的地区一被他们占领，摩尔就想跑到更远的地方去。他买了一份奥斯陆的地图，随后某天斯波克走进他那永远一尘不染的房间，发现他就像个快要上战场的将军一样端坐在那儿。指点勾勒，标出城中的辖区、街道和建筑。他知道在他渴望统治的地方，最主要的涂鸦作者是谁；他知道他们住在哪里，眼巴巴地盼着能把自己的签名涂上他们地盘里的高墙。他已经实地勘察过，确认了快速逃跑的最佳时机。他就像是在策划一场袭击或抢劫似的，安排了详细的路线，包括警察出现时的脱身办法。斯波克长着一张天真无辜的娃娃脸，这张脸常常是他解围脱困的通行证，他坐在那儿，一声不响地全部听了进去。安德斯把整个计划讲完之后，斯波克说他觉得这是个好主意。

这几个男孩还是"小玩意"，新手。虽然涂鸦在外界看来似乎非常自由，没有秩序约束，但涂鸦团体其实有着严格划分的等级。你必须找到自己处在台阶上的哪一级。做小玩意没关系，大多数人都是这个级别，但是做一个不自量力、癞蛤蟆想吃天鹅肉的人，则是完全不能接受的。

对于雄心勃勃的人而言，目标就是要成为"国王"。这是授予顶尖涂鸦作者的头衔，那些既出色又大胆的人。要成为国王，就必须完成一项令人难忘的惊人之举，像是"炸"满一整面墙[1]，写满一整辆地铁列车，或是在某个受到严密监视的地方签名。你的名字应该能在市中心，在守卫最森严的地方让人看见：卡尔·约翰斯大门的主干道，或者是从中央车站经议会大楼到皇宫的地铁沿线。做斯古耶恩的国王一点意义也没有。

"我怎么才能变成顶级的呢？"一天放学后，安德斯问班上的一个正统派，他们俩正在少校宫地铁站旁边的台阶上闲晃，"他们做的什么事情是我没做的呢？"

"嗯，我猜你只需要在各种大家都能见到的地方签上名，"同学回答，"比如那边的那堵墙。"他指了指马路对面的珠宝店。

安德斯什么也没说，只是径直穿过马路，来到那家铺着白色大理

1　炸（Bomb），涂鸦中指用自己的签名或作品迅速盖满一片区域。

石墙面的高档珠宝店门前，倏地抽出一支记号笔，把"摩尔"写到了墙壁的正中间。接着他迅速转过身来，高昂着头，平静地走开了，穿过繁华的商业街，消失得无影无踪。那位同学佩服极了。涂鸦的罚款是很重的。安德斯真是什么也不怕，他心想，他自己刚才已经随时准备逃命了。

要一级一级地往上爬，你还得和团体中的头面人物保持良好的关系。一天下午，这四个八年级的学生去了位于卡尔·约翰斯大街中间艾格托利格广场的涂鸦党聚集地。通往议会大厦地铁站的楼梯被当成了他们的"涂鸦人长椅"[1]。大伙儿成群结队地坐在一起，几乎都是男孩，人数从三五个到大约五十个不等，互相展示草图，交流创意，讨论涂鸦行动。这里什么样的人都能找到，从"闪电"俱乐部团体里的极端分子，到来自离异家庭的年轻人，零星的小蟊贼，还有许多叫人捉摸不透的家伙。外来移民所占的比例也比二十世纪九十年代大多数挪威年轻人的聚会中要高。

所有新来的人都会遭到怀疑。你不能就这么出现在涂鸦人长椅这个地方。得有人为你担保，得有人认识你。不然就会有人来叫你滚开，要是你还不识趣，就会被强制驱逐出去。

要想留下来，就得证明自己。靠着涂鸦一路往上爬。要真正赢得认可，就必须通过终极测试：被抓起来，然后证明给大家看你不会告密。

开始的时候，一切都那么顺利。二十世纪八十年代中期，涂鸦之风

1　涂鸦人长椅（Writer's Bench），1970年代，纽约的涂鸦人常在布鲁克林地铁站的长椅上互相交流，并欣赏往来的地铁列车上的涂鸦作品，因而诞生了众多的"涂鸦人长椅"，其中以149街大广场站（149th Street-Grand Concourse）内的长椅最为著名，见证了涂鸦文化的黄金时代。

从大西洋那边吹过来的时候，被看作是一种新奇又有趣的青年现象。挪威第一篇关于涂鸦的报纸文章，刊在小报《世界之路报》[1]上，用了诸如"了不起的精湛技艺"之类的词语，来形容地铁里的一幅"作品"。运营公共交通的奥斯陆公共运输公司把作者们称为"涂鸦艺术家"。报纸上登出了那几个男孩的全名，他们也骄傲地承认了自己的所为。公司对这些年轻人提出的唯一要求，便是拿着喷罐颜料在地铁里随心所欲展开创作之前，要先获得许可。

随后的几年间，措辞发生了变化。涂鸦不再是艺术，而是蓄意破坏。奥斯陆公共运输公司觉得涂鸦降低了乘客的安全感。数以百万计的克朗都花在了清除涂鸦上。

"越来越多的人发现自己的房屋被这些潦草的笔迹所污损。我们需要迅速而强力的回应。"进步党发言人在议会上发声，强烈要求来自工党的交通部长采取行动。

到了安德斯登上街头舞台的时候，"战争"和"流氓"之类的词语正一再地出现。"我们正在和黑帮作战，"奥斯陆公共运输公司的一位部门负责人在一九九三年夏天告诉媒体，"这个黑帮组织有序，有通讯设备，有自己的电台和杂志。在奥斯陆公共运输公司和涂鸦黑帮之间所发生的事情，我会称之为战争。"

奥斯陆公共运输公司的保安们花了大力气不让惯犯们好过。涂鸦党们发觉，最粗暴的就是康赛普特公司雇用的保安。其中有几个从前就是打手，自有一套教训人的办法。

随着二十世纪九十年代逐渐过去，被警察逮捕的年轻人也越来越多，有些人被判处监禁，外加合计数十万克朗的巨额罚款，罚款作为拖欠国家的债务，将伴随着这些十几岁的孩子直到成年。有了判罪前科的

---

1 《世界之路报》(*Verdens Gang*，简称 VG)，挪威读者最多的通俗小报之一。

人就没法再继续涂鸦了，因为警察认得他们的签名。刑期通常都会暂缓，但若是再有任何违法行为，便会重新得到执行。

审问这些少年嫌疑人的时候，警察都会设法让他们相互告发。审讯员会说他们的朋友都已经招了，用这种方法骗了不少人上当，把自己的伙伴都供了出来。对一个十四岁的孩子来说，要反抗经验丰富的警官并不容易。

警方的追捕改变了涂鸦圈的性质。胆量开始变得比才华重要。随意涂抹越来越多，艺术作品则更少见了。要创作一件所谓的"大作"[1]，一幅尺寸较大、包含几种不同主题和色彩的作品，需要投入时间，全神贯注，不被打扰。成功的大作可不是那种一边小心提防着不要被抓，一边就能用喷漆直接喷出来的东西。涂鸦变成了"涂完就跑"。"什么样的社会就有什么样的涂鸦。"一位犯罪学家对着越变越邋遢的街头画廊评论道。

鉴于眼下的严厉惩罚，涂鸦党们必须再三确保把任何有可能告密的人都早早驱逐出去，新来的人要加入他们的圈子也变得愈发困难。不过来自斯古耶恩的美少年们很幸运，艾哈迈德认识其中一个老资格的涂鸦手，迈纳。他让摩尔和他的伙伴们有了资格，得以踏上那排令人向往的阶梯。

一九九四年冬天，安德斯在学校念八年级的时候，全球的摄像机镜头破天荒地对准了挪威。在"迎接冬奥，健康全国"的口号下，政府希望强调健康生活，而议员们则出现在了电视屏幕上，跳上跳下，拍打手臂来暖和身体。

奥斯陆市政当局大力推动，要让城市变得一尘不染，光可鉴人，还

---

1 大作（Piece），指一幅大型、复杂、完整的涂鸦作品，耗时费力，工作量大。

在冬奥会前的准备阶段开了声势浩大的宣传活动，鼓动舆论反对"破坏公物，使用暴力及损害城市形象"。由工党控制的市议会发起了一场后来被称为"涂鸦头"的反涂鸦行动。地铁里的海报上画着一个面无表情的男孩。原本应该是大脑的地方被填进了一颗钢球，就像喷漆颜料罐里的钢球一样。

一九九四年的利勒哈默尔冬奥会引发了全国性的激动情绪，挪威代表队赢得了一连串的金牌，整个国家都让自己陶醉在格罗·哈莱姆·布伦特兰的那句"挪威人就是样样事情都擅长"的口号里。

安德斯刚刚过了十五岁，对于精通滑雪根本一点儿兴趣也没有。他与山上那些穿着齐膝马裤的贵族毫无共同点。自从两岁时最后一次在半路夭折的临时寄养期间与周末父母相处以来，就没有任何人在星期天带他去森林里远足了。城市就是他的丛林。

挪威首都的这几周非常平静，整个奥斯陆都严寒刺骨。白天是一抹冰冷的天蓝，夜晚则清朗明亮，繁星满天。摩尔没有让零下二十度的气温阻碍他参加那场唯一重要的比赛——赢得国王头衔的比赛。每星期里有几个晚上，他会从自家公寓的阳台上爬下来，在城市里留下签名。

一天夜里，他和艾哈迈德一路游荡到斯古耶恩的公交总站。一个人在写签名的时候，另一个就负责望风。他们交换位置，冷得几乎冻僵，随后又换了一次位置，不停地挥动手臂来保暖。在冬奥会期间，凌晨两点钟左右，在摩尔望风的时候，他们被逮住了。

两个男孩被抓了起来，带到了警察局。父母也被叫来了。两人的违法行为被登记并上报，但是因为他俩之前都没有被逮捕过，同时也考虑到他们的年龄，两人唯一的处罚便是在暑假里洗一个星期的公共汽车。不过警察也告诫他们不要再继续涂鸦了，还说下次就不会那么轻巧地放他们走了。

两人终于有了能在艾格托利格炫耀一番的东西。他们的嘴巴很紧。

安德斯往故事里加了不少他从移民黑帮那里学来的手势和短语。有时他会用阿拉伯语单词来代替挪威语，就像强悍匪帮里的那些狠角色一样。

该死的，又是他，内特，一个来自东区的涂鸦写手略微有些恼火地想。虽然当时他们并不知道彼此的存在，但是摩尔和内特都曾在儿童与青少年精神病学中心里待过一段时间。内特是个桀骜不驯的孩子，一丁点小事就能把他激怒。他去了中心里的学校，安德斯在中心上托儿所的那段时间，他正在接受观察。他在格古纳卢卡长大，在二十世纪八十年代，这是里斯的父母会叮嘱子女们避开的工人阶级聚居区，这一点让他拥有了安德斯所缺乏的公信力。他十二岁开始涂鸦，是技术最为出色的创作者之一，一个有个人风格的涂鸦艺术家。成年后，他成了主流艺术圈中的一员。

"康赛普特在追我们，警察抓住了我们，"安德斯继续用他的移民腔，他的"羊肉串挪威语"说着，"那可真是，我说，真够吓人的！"

台阶上传来了遮遮掩掩的笑声。

没有多少西区人会来艾格托利格，因此内特注意到了安德斯，一个渴望被接纳的无名之辈。但内特也能看得出来，安德斯想要的不只是泡在这里而已。他野心勃勃，心意坚决，不像其他许多人那样只是稍稍有点兴趣。他们应该接受他吗？

这是一种扎根在心底的感觉。就是不能相信从城那边来的那群人。西区或许是有资本，但街道是属于东区孩子们的：墙壁是免费的。

再说，在内特看来，摩尔太普通了。资质平庸。对于队伍[1]而言并没有特别的价值。

成为一支队伍的一员是安德斯的下一步。在能够当上国王之前。把

---

1 队伍（Crew），一群街头涂鸦艺术家组成的团体。

他的名字写在大人物们旁边。但要参与所有这些，就得有人来邀请他加入。可这份邀请却迟迟不来。

那层被人踩过的坚硬积雪在三月里变成半融化的雪泥的时候，摩尔又被逮住了。他又一次守口如瓶。也又一次被无罪释放了。

在安德斯十五年的人生之中，挪威非西方移民的数量几乎翻了五倍。在奥斯陆，这种变化甚至还要明显。到二十世纪九十年代中期前后，市中心东部地区的居民中有三分之一是移民出身。其中最大的群体是巴基斯坦人社区，他们在二十世纪七十年代来到挪威工作。他们的孩子同时接受两种文化；女孩受到严格的监督，通常放学后就不允许外出，对男孩的管束则更加宽松一些。

在安德斯眼里，这些外国人是让人崇拜的英雄。他们的帮派比挪威孩子的更简单，也更强悍。由工党掌管的市议会在城市的西侧为难民购置了单元房，来抵消东半边少数族裔聚居区的影响。单元房就在安德斯住处附近的大厦和排屋里，被自命不凡的家伙们称为"贫民窟"，那些人住在山上更高的地方，也属于同一所学校的对口招生区。

在社会上受到保护的挪威中产阶级与移民之间有着明显的差异。有一些冲突的发生，是因为移民们世代相传的礼仪规范对挪威人而言非常陌生，然而矛盾也常常都只是因为大家发觉彼此很难和睦相处。温彻越来越直言不讳地表达着自己对那些索马里孩子的不满，他们在公寓楼里到处乱跑，没日没夜地喧哗吵闹，而外来人口也会怨恨那些把爆竹扔上他们家的阳台来"欢迎"他们的挪威人。一位来自索马里的父亲给自己装备了一根短棍，好把那些往他儿子身上喷水的男孩们痛打一顿。"不许用水浇我儿子！"他在天丝公寓里大声吼道。

找茬跟匪帮打架并不值得。出于对某件事情的报复，安德斯的一个朋友挨了一个外国团伙的揍。几天之后，两个挪威人就在里米超市门外用棍棒打倒了这个团伙的头领，丢下他在马路上淌血。一场报复只能用更多的报复来还击。一天晚上，几个团伙成员翻过了比格迪半岛上一座豪宅的外墙，豪宅属于航运业大亨约翰·弗雷德里克森[1]，挪威最富有的人。当时他两个十四岁的双胞胎女儿请了朋友到家里来玩，之前进行报复行动的那个男孩——其中一个女儿的男朋友——也在。一伙人从一扇打开的窗户进到了屋里。他们要找的目标躲进了弗雷德里克森太太的衣橱里。他们找到了他，把他拖了出来，一直打得他浑身是血，打断了他的手指，把他从一截楼梯上扔了下去。留下男孩躺在地上不省人事，这群人才不慌不忙地走了。

帮派有各自的地盘，都被他们像小狼一样拼了命地守卫着。在安德斯住的地方，边界沿着有轨电车线路划分出来。最明智的做法就是待在自己该待的那一边。斯古耶恩，霍夫，少校宫，马里恩路斯特和托森都由不同的帮派控制，大多都是依据种族形成的帮派，要是有任何成员需要帮忙，他们就会从东区叫来自己的亲友。

二十世纪九十年代，一个新词进入了挪威语：儿童勒索。团伙成员会在东区搭上地铁，穿过市中心，然后在西边冒出来。勒索和被勒索的都是男童，都是孩子。里斯的孩子们有很多东西，都是来自卫星城镇的小朋友们想要的。最不幸的就是让那伙人断定你"欠了他们的债"。你也没有别的办法，只能付钱。欠债常常是无中生有，或者是基于并不成立的理由，像是"你刚才看我了。所以现在你欠我钱了"之类的。帮派里的一个人可能会推你一把，然后说你挡了他的路，作为惩罚，你就必须付钱。

没有人向警方告密。谁也不敢。

---

1 约翰·弗雷德里克森（John Fredriksen，1944— ），挪威油轮及航运业巨头，拥有全球最大的油轮船队。

看见一些巴基斯坦人或是索马里人聚成一伙的时候，最好就穿过马路到另一边去，或者，要是他们在地铁车厢里巡查的话，那就赶快在下一站下车。

挪威人被叫做土豆。

他妈的黑鬼，他们大声回击。

酸奶白脸！

该死的巴基斯坦人！

安德斯觉得和布朗尼们在一起的时候最自在。

一天，摩尔用细细的条纹图案在里斯中学校长办公室的窗户上签下了自己的大名。用近乎军规的纪律要求学生，自己也常常穿着军装到学校来的克努特·埃格兰下定决心要教训他一下。上课之前，安德斯正坐在自己的位子上，校长走进教室，当胸打了他一拳。这一拳有点力道。安德斯站起身来，问校长他是不是不应该还手。

"有胆量你就打我吧。"埃格兰回答。安德斯花了一小会儿，仿佛是在仔细地思考，然后他往校长的胸口上捶了一拳，正打在他的起搏器上，埃格兰向后一晃，老师和其他学生则惊愕不已地在一旁看着。老人缓了过来，嘶嘶地喘着气说了句，"以牙还牙，以眼还眼"。然后走出了教室。

尊重，这是那一拳带给安德斯的东西。

斯古耶恩的小孩子们非常钦佩摩尔；他们知道"昨天晚上摩尔在这儿，这儿，还有那儿"。他有派头，他有个性。他签的字母顶上尖，底下圆，还带有向前倾斜的阴影。形状真是好看，小男孩们觉得。摩尔会使用大量的色彩，常常是好几种不一样的，至少有三到四种，而且他偏好柔和淡雅的颜色。

颜色会略有不同，要根据手头能用的喷罐来定。在涂鸦党里，规矩就是颜料必须得是偷来的。他们从汽车加油站和建筑供应商那里偷，尤其是大型的连锁品牌，不偷小商铺——这在涂鸦党们看来是很不地道的。少年们宛如戴着兜帽的瘦长影子，悄悄潜进店里，沿着货架徘徊踱步，想办法保证有一两个喷罐会掉进自己的背包里，随后再镇定自若地去柜台买上一听可乐，或者他们也可能就这么拿上几个喷罐就跑。喷漆很贵，每罐大概要一百克朗左右。要创作一幅像样的作品，甚至还不是特别大的一幅，至少就需要三到四罐。有些墙面需要的颜料更多：古老的石墙吸起喷漆来快得吓人，不过更光滑一些的表面，像是公共汽车或者有轨电车，就不需要那么多。

安德斯不想偷东西。他想买。走到结账的地方然后付钱。

在丹麦，喷漆的售价只有挪威的四分之一。摩尔、斯波克和维克拟了一个计划，搭渡轮到哥本哈根去；他们只需要离开两晚，在父母面前就说自己是在彼此的家里过夜。他们总共买了将近三百罐，随身拖着沉重的背包搭上渡轮回家。轮船离港的时候，广播喇叭里念出了这几个十四岁孩子的名字。他们别无他法，只能到船长那里报到。这一晚剩下的时间他们都被扣押了起来，坐在轮船的驾驶桥上。

是斯波克的父母怀疑情况有点不太对劲，而且没打几个电话就明白了发生的事情。他们给渡轮公司拨了电话，公司立刻就在乘客名单上发现了这几个孩子。

斯波克的父亲和摩尔的母亲几乎吵了起来。这有什么可大惊小怪的，他对她说自己在从丹麦开来的渡轮上找到了三个孩子的时候，温彻是这么回答的。他觉得她不负责任，她则认为他反应过度。第二天早晨，斯波克和维克发现自己的父母正等在奥斯陆的码头上。没有人来接安德斯。

斯波克的父母竭尽所能，想把儿子从他们眼中的不良环境里带出来。斯波克踢起了足球作为掩护，但还是继续努力兼顾两个世界，正经

69

的和不正经的，也继续画着涂鸦。

激励他的人是安德斯。安德斯正在和自己赛跑，对什么事情都有自己的一套。他的母亲如今搬到了康文特路的排屋居住，在新家里，他把所有付出巨大代价才买到的喷罐沿着游廊下面的墙壁叠了起来。根据号码和色标把它们排成长长的、闪闪发光的队伍。有几种颜色他囤得比较多，墙边的罐子就比其他的颜色更往外凸出一点儿，绿色，橙色，黄色，银色。

在屋里，除了喷漆颜料之外，还有另外一场斗争，有时候压抑冷战，有时候火星四溅。邻居们能透过薄薄的墙壁听见那些争吵。伊丽莎白的青春期叛逆来得异常猛烈。房门砰砰地摔上，玻璃杯和煮锅扔飞出去撞到了墙上。这个女孩有多年的怒气需要发泄。

一般来说，只要母亲和姐姐在吵架，安德斯就会消失在自己的房间里，只有吃饭时才会在厨房里出现。这时候就轮到伊丽莎白离开房间了。她不愿意跟母亲还有同母异父的弟弟一起吃饭，通常都一个人坐在自己的房间里，把盘子放在大腿上吃。

但在家门之外，伊丽莎白已经出落得楚楚动人。她甜美可爱，讨人喜欢，风趣诙谐，而且很会逗人开心。她想要远走高飞。离开母亲，离开天丝公寓，离开挪威。十八岁的时候，她作为互惠生在美国待了一段时间。加利福尼亚才是适合她的地方。现在她正在存钱，好重新回美国去；她希望能永远待在那里。

安德斯上中学的时候，温彻开始和一位军官约会。托雷和安德斯彼此很合得来。他是个热情的人，很好相处。有好几年他对安德斯几乎就像个父亲一样，虽然他并不掩饰自己的真实想法，他觉得安德斯多少有点弱不禁风，做起诸如钉钉子和修自行车之类的男人活计来笨手笨脚，非常别扭。

安德斯一长到十几岁，就能自己骑着自行车去父亲位于弗朗纳的家里，应邀与他共进晚餐了。有时候他们会玩大富翁或者是猜谜大挑战，父亲也会辅导他做功课。有一次，父亲还邀上他一起去了哥本哈根旅行。但他们俩的关系从来都不亲密。总的来说，延斯对儿子并不满意，也很讨厌他的习惯。他要在床上躺到很晚才起来，终于起来的时候，就会给自己切上十来片面包，坐在电视机跟前吃，父亲抱怨说。他觉得儿子生性懒惰，缺乏热情，态度冷漠，而且沉默寡言。对于学习他既不好奇也不热心，父亲评论道。不，这孩子喜欢安逸的生活，喜欢让人伺候，延斯后来说。

不过，安德斯的父亲的确注意到，儿子有时候好像既脆弱又忧伤，仿佛有什么事情让他非常苦恼似的。但安德斯从来没有把自己的问题告诉过他，也没有说过让他苦恼的事情究竟是什么。

这个男孩渴望爱和关心，犹如是在企盼一件生命当中缺失了的东西，父亲后来承认。然而他却没有能力满足儿子的需要。他仍旧冷漠疏远，从来没有让安德斯感受到自己的爱。

安德斯第一次因为涂鸦被抓的时候，警察给他的父母都打了电话。父亲对安德斯的违法行为火冒三丈。威胁要跟他断绝所有往来。

同样的事情发生第二次的时候，他的反应非常冷淡。

安德斯保证不再涂鸦。父亲也就这么算了。

安德斯的手越练越稳。他不会把东西搞得一团糟，喷漆不会起泡，画出来的线条非常平直，手也不会发抖。喷银色颜料的时候，他能够不让喷漆滴到或者溅到黑色的地方，却仍旧保持颜色均匀，并且把整个画面填满。

然而有一天，有人在艾格托利格公开嘲笑了摩尔。嘲笑他膨胀的野心。他的自吹自擂，他夸张的嘻哈步态，还有他反穿着裤子扮酷的样子。那种超大号的裤子，就跟音乐录影带里的人穿的一样。

他第二次再去的时候，奚落也继续上演。再下一次也是。摩尔看似毫不在意。艾哈迈德不再来了。他因为闹事被里斯中学给开除了，如今跟他在东区的朋友和亲戚们待在一起。摩尔的其他同学斯波克和维克则发觉自己左右为难。他们没有主动参与欺凌摩尔的行动，每次这样的事情一开始，两人就悄悄地退后一步。他们不想冒险被卷进任何风波。回家的路上，安德斯试图把这整件事情当成一个玩笑。

没过多久，涂鸦圈里的大人物们就向摩尔表明，他们已经不再欢迎他了。他们没有明白地说出来，而是从公开嘲笑他变成了完全不理他。

"我没有胆量去做点什么，"斯波克在多年之后坦承，"我就像个傻子一样站在那里，希望他们不要开始这样对我。"

安德斯犯了最不可饶恕的罪过。不知天高地厚。他是个小玩意，却表现得像个国王。换句话说，他不自量力。

安德斯竭尽全力反抗，保住他在团体当中的位置。然而欺凌蔓延到了他自己的小圈子里，朋友们也抛弃了他。

由维克和斯波克组成的一个无情的评判小组，发出了最后的致命一击。

安德斯被撵出了帮派。

很长时间以后，当维克被找来，就那位他在十六年前深深打击过的朋友接受警方问话的时候，他重又提起了一位少年涂鸦写手对于安德斯的评价："有一段时间，他是最酷的那群人当中的一员，尽管他自己并不酷。他基本上就是个多余的人。到最后我们再也不愿意容忍他了。"

道理很明白。"我们很快就意识到，有安德斯跟着的话自己什么也做不成，所以我们必须做出选择。要么支持安德斯，要么加入一个顶尖涂鸦写手的队伍。"

安德斯离开涂鸦人长椅之后，斯波克和维克都被出色的涂鸦队伍招了进去，并继续涂鸦。

酷还是不酷，这才是关键问题。

但安德斯并没有放弃涂鸦。要是他就这么继续下去，要是他的涂鸦真的变得越来越好，他们就必须得承认他，而他也终究能当上国王。

他开始跟年纪比自己小的男孩一起涂鸦。那些还没有意识到安德斯已经不再时髦的男孩。

其中有一个瘦骨伶仃的小家伙，他的家是小区里最大的几栋房子之一，父母经常不在家里。在里斯他比安德斯低一个年级，稍微会一点涂鸦，被那个整整齐齐放在游廊下面的喷罐颜料堆惊得目瞪口呆。安德斯常常花很多时间思考自己要用的颜色，在手里掂量着一只只的喷罐，然后再把墙边的五彩王国盖上，让人没法从小径上看见。

最优秀的涂鸦写手，对于把自己的所有装备摆放整齐，都有着偏执的追求，而小角色们则漫无目的地四处游荡，缺乏计划。

一天晚上，安德斯指出了一个他想签名的地方。他看上了一个大人物的一幅作品。年轻的涂鸦写手提出抗议。

"没门。你不能在那上面写！"

"我想签哪就签哪。"安德斯说着，从包里拿出了第一罐喷漆，一脸自信。

除了无数有关什么才是酷的共识，涂鸦团体还有两条不能被打破的明确规则：不要告发任何人，不要在其他写手的作品上签名。

但也有一些微妙的、可以变化的例外。国王可以把新手的签名盖住，但是反过来就不行。优秀的写手可以盖掉蹩脚写手的作品。一幅大型的彩色作品可以遮住一个简单的签名。一幅已经开始褪色的作品也可以被覆盖掉，如果能征得原作者同意的话。你也可以自己判断，但最好判断得准一点。

“我们还是去找一面空着的墙吧。”

“不，我想在这里签名。”安德斯在黑暗的公共汽车站里坚持说。

“你得先问一声！”

安德斯转向墙壁。啪的一声掀掉了喷漆罐的盖子，然后抬起了手。

他按下了喷头。

喷漆沾到了墙上，在另一个涂鸦写手的名字上面涂开。

摩尔，这签名对第二天早晨读到它的乘客们说着。

摩尔，这签名告诉那个名字被涂掉了的写手。

国王可以为所欲为。

我不是小玩意。

他已经下了战书。

就在他九年级那一年的圣诞节前，安德斯独自去了哥本哈根，给他的喷罐颜料补充一些库存。他买到了所有需要的颜色，把它们装进背包，搭上了回家的火车。那是十二月二十三日，抵达奥斯陆中央车站的时候，他被警察拦了下来。他们没收了他包里的东西——四十三罐喷漆——把他送到了当值的儿童福利官员那里，官员通知了他的家人。这位官员写了如下的报告：“母亲不知道他在丹麦。以往他曾有过一次未告知母亲就前往丹麦的经历。记录显示这个孩子之前已经两次因为涂鸦和破坏公共财物受到警告，分别是在一九九四年的二月和三月。”

儿童福利办公室在新年里同安德斯和他的母亲进行了面谈，并记录说后者很担心自己的儿子会走上犯罪道路。“对于他与涂鸦团体的牵连有着发自内心的担忧，”儿童福利官员写道，“这些团体近乎犯罪的活动和行为人所共知。男孩自己则声称已经不再与任何涂鸦社团来往。”

在这一点上安德斯无疑是对的。他再也不属于任何集体了。

儿童福利记录结尾如下：

1995年2月2日：安德斯来信称，因为事情在学校的"公开"，他不愿意再与儿童福利机构合作。

1995年2月7日：安排在办公室与男孩会面。没有出席。

1995年2月13日：安排在办公室与母亲及男孩会面。两人均未出席。

不在事先安排好的约见上露面，是避开儿童福利办公室关注的有效手段。办公室没有追究这个案例，因为他们"断定该案的严重程度，不必由儿童福利官员进行干预或给予援助"。

"摩尔告密了。"

在艾格托利格，少年们坐在那儿议论着。消息传开的时候，内特并不惊讶。没有人知道他告发了谁，说了些什么，或是有没有人因此而被捕。但这于事无补。一旦谣言传出去，你就被打上了标签。

现在安德斯一张正脸也见不到了。谁也不想和他有任何瓜葛。

学校成了噩梦的延伸。安德斯一出现，不管是在课前还是晚上，孩子们都会联合起来对付他。而且还是那些和涂鸦团体一点关系都没有的孩子。他已经成了一个人人都可以践踏的人。他最喜欢的语句被四处流传，冷嘲热讽，他的大鼻子也被夸张丑化了。

安德斯开始举起了杠铃，理想状况下每天两次。他很快就长了个子，从又瘦又弱到魁梧强壮。同学们都纳闷他是不是吃了激素。在里斯，举重训练远不是什么很酷的事；这项活动直到好几年之后才会变得时髦起来。

安德斯现在一直一个人孤零零地坐着。不过也并不总是这样。有时

75

候他也会和其他几个人坐在一起。他们都是第四类：没出息的。

"被抛弃的家伙们团结在一起。"最酷的孩子们笑道。

班级的年刊上有一段毁灭性的结论：

"安德斯曾经是'那群人'当中的一个，但后来成了众矢之的，"这是年刊对这位一九九五年春季毕业生的总结，"安德斯赌上了一切来获得完美的身材，然而我们不得不说，他还有相当长的一段路要走。除此之外，安德斯花了很多时间在丹麦为他的'艺术创作'收集材料。七年级的时候，安德斯曾和某人有过一段恋情，但如今他在托森有了一位追求者（长着红头发和雀斑）。安德斯经常做些无缘无故的蠢事，例如殴打校长之类的。"

这篇文章的结尾处说，他现在和班里那些没出息的人待在一起，还写出了那些人的名字。谁也别想轻易过关。

安德斯迫切地想要找出这篇文章的作者，好狠狠地揍他一顿。

班上那个据传曾和安德斯有过"一段恋情"的女生也同样对写下这篇文章的人火冒三丈。他们之间从来没有过任何关系，这么写等于是欺负人，因为不管是谁都绝不会愿意跟安德斯待在一起。那样的话他们自己也会变成遭人唾弃的人。

十六年后，当警察把年刊放到他面前的时候，一切都回到了摩尔昔日的好友维克的脑海里，历历可数。

"没错，事情就是这样，"小团体中高个子、深色皮肤的维克说，随后他提议略微修改一下措辞，"不是众矢之的，只不过是他被开除了。大伙儿不想再要他了。"

维克那惊人的记忆力，坐在没有生气的问询室里，试着解释安德斯为什么会被抛弃的时候，把往事的细枝末节一一回想起来的能力，或许是令人赞叹的。他记得一条超大号的嘻哈牛仔裤，一个叫做惊魂牛仔的品牌。这种牛仔裤曾经非常流行，后来却在时尚界几个月的大肆炒作之后，忽然之间销声匿迹。

在那之后，这条裤子成了"最难看的衣服之一"，维克回忆道："而安德斯还是穿着他的那条裤子，穿得稍微久了一点。"

*

还有比被朋友抛弃更糟糕的事情吗？

有啊，或许是有的。

父亲跟自己断绝关系。

第三次被捕之后，延斯·布雷维克对安德斯说得非常清楚，自己再也不想和他有任何关联。儿子违背了自己放弃涂鸦的诺言。

这个决定不可更改。

安德斯那年十五岁。

他再也不会见到父亲了。

去大马士革

埃尔比勒的街道上战火纷飞。盖住龟裂沥青的黄沙被鲜血浸湿。垃圾与沙尘混在一处，战争的气息填满了小巷和广场。生活转入了地下，在微弱的火苗上方闪烁不定。

那是一九九六年。

伊拉克军队已经撤退，现在的战争已不再是为了自由，而是发生在库尔德人之间，为了权力和金钱。埃尔比勒是这样一座城市，旧日的宿怨从不相忘，只会因为新的杀戮而加剧，成为虚妄的信念，引来更加年深日久的世仇和敌意。库尔德斯坦正在将自己撕扯劈砍得四分五裂。占领城市的士兵正在生生将它扼死。

每晚都有骨肉分离。幼童被其他孩子的父亲，或是有朝一日可能会成为父亲的年轻人杀死。

地窖里，人们一连几天、几星期、几个月地坐在黑暗里，而民兵武装则在他们的头顶上一决高下。孩子们努力地在地下、在地窖里发明一种游戏，因为孩子们总是会想方设法地玩耍。父亲们惶恐不安，心神不宁；他们也应该要拿起武器吗？他们要支持哪一派吗？要吗？

穆斯塔法选择生存。

他正抱着一个长着棕色鬈发的四岁孩子。巴诺，他的第一个孩子。如今子弹嗖嗖地在他们上方的街巷中穿过，天晓得火箭弹会掉在哪里，他不知道该如何应付每天的日常生活，怎么为家人找到食物，怎么找到水、燃料和其他所有的东西。

"为什么我们一定要待在这里？"怀里的小女孩哼哼唧唧地说，"我想到上面去！"

邻居家地窖里这间冰冷的房间，连一丝光线也照不进来。值得庆幸的是邻居建了一个像样的地窖，不然八月的酷热会让人透不过气来的。

"我们到上面去玩吧。"巴诺哀求道。

这个小女孩，在雪花漫天的时候孕育和降生，她什么都想参与，什么都知道——她是他的心肝宝贝。她九个月大的时候学会了走路，两岁的时候能连成长句；现在已经像个女学生似的说话了。

巴彦坐在那儿，巴诺的妹妹劳拉趴在她的大腿上。劳拉是在巴诺降生十八个月之后出世的。巴彦本来是想要个男孩的。她来自一个传统的家庭，在那儿女人只有生下儿子才能获得价值和地位。现在她正怀着第三胎，地窖里压抑的空气加重了她的恶心。她呻吟了一声。生活本来不该是这样的。

忽然传来一声巨响。房子剧烈摇晃，屋架嘎吱有声。有什么东西碎裂了，落地的时候发出丁零当啷的声音。窗户？陶器？

孩子们嚎啕大哭，还能听见惊恐的喊声。父母们呆呆地坐着，但也已经做好了准备，在迫不得已的时候从地窖里撤走。与他们共同承受着黑暗的两个女孩开始啜泣。长者吟诵起《古兰经》里的句子，一连串含混不清的段落从他们勉强张开一线的嘴巴里吐了出来。警报声划破了夜幕。

但房子仍旧立在那里，地窖没有坍塌，也没有被落下的泥土和石膏填满，房梁没有砸下来。结束了吗？

对孩子们来说可没结束。劳拉非常焦躁，没法安静下来。巴诺哭得歇斯底里。她在黑暗中把头转向父亲。

"你明知道在打仗，为什么还要生孩子呀？"

穆斯塔法默默地坐着，轻轻晃着女儿来安慰她。接着他忽然把女儿交到母亲手上。爬上狭窄的台阶，打开门走进了暗夜里。有什么东西着火了，就在街道的那头。黑烟在空中升腾。一枚火箭弹击中了邻居家的房子。他们的一个女儿死了。

第二天还没过完，邻居家十二岁的孩子就已经下葬了。

那天晚上，一把孩子们安顿上床，喃喃地保证说今晚她们会很安全，穆斯塔法和巴彦就坐起身来商量。穆斯塔法已经下了决心。巴彦则犹豫不决。清晨来临之前，他们做出了决定。他们要离开伊拉克。

要是他们可以就这么离开，就这么逃走就好了。但伊拉克是一座巨大的监狱。没有出境签证他们哪儿也去不了；边境戒备森严。伊拉克是一片不易到达、难以生存，且几乎无法离开的土地。穆斯塔法现在还是市里水利和污水处理厂的机械工程师，他努力结交着那些或许能够帮上他们的人。行贿，存钱，还开始交易外币，不顾一切地寻找离开的办法。他的孩子们不应该担忧着自己的性命长大。

巴彦生了一个儿子，她也终于可以称自己为乌姆阿里了，意思是阿里的母亲。他们庆祝了一番；不管有没有内战，孩子仍然是快乐的源泉。

一年过去了，然后是第二年，到第三年的时候，巴诺开始上学了。穆斯塔法给她买了一双不错的鞋子；一个背包和一只水壶。样样东西都质量上乘，这很重要，女儿进入到人生的新阶段了，他对自己说。

学校生活非常适合巴诺；她年龄不大，却很成熟，还花了很多时间待在屋里，她喜欢在屋里读书。劳拉没有那么守规矩，也更加大胆，经常弄得脏兮兮的，爬在弹坑周围发掘各种东西，在废墟里跟堂兄弟艾哈迈德和阿卜杜拉玩打仗游戏。劳拉每次都是头儿。她是两个男孩最好的朋友，只要对自己有利，她就会挑动他们你争我夺。作为三个孩子当中的老二，父母对她的管束并不太多，她也比姐姐更加独立；巴诺已经习惯了关注和赞美，很喜欢让别人注意到她。

为了挺过疯狂的通货膨胀，也为了能为逃亡攒下积蓄，穆斯塔法和巴彦都全职上班。父母们工作的时候，祖母和外祖母照看着所有的兄弟姐妹。

为了拿到护照，穆斯塔法编了一个故事，其中包括去大马士革神圣的泽纳布清真寺朝拜。过了三个夏天，地方当局批准了他们前去朝拜的申请。拉希德一家只能随身带上少量的行李，以免泄露他们的逃跑计划。

父母没有告诉两个小姑娘她们不会再回来了。女儿们或许会露出马脚，因为边境上狂热的情报官员是可能会盘问孩子的。

他们启程之前的那个周四，巴诺在学校里当选了本周最佳学生。她收到了一块小小的奖牌，把它挂到了床头的墙上，可她弄不懂外婆为什么要哭得像个泪人儿似的。她很高兴自己得了奖，还把学校的校服整整齐齐地挂在了衣橱里，等他们朝圣回来就可以穿了。

他们原定要走的那天早晨，发生了一场日全食。一家人整天都待在屋里。他们从前听说过，在太阳消失之前看上一眼的话，眼睛可能会失明的。

随之而来的夜里，穆斯塔法难以入眠。几十年以来，夜晚都是最凶险的。

政治恐怖最严重的那段时间——发生炸弹袭击和巷战的时候——穆斯塔法会辗转反侧，等待黎明。白天要比晚上安全。他躺在那里，在黑暗之中聆听着，因为不需要睁开眼睛，就能知道白昼即将来临。白天，甚至在太阳升起之前，就意味着普赖默斯煤油炉[1]点着的响声，新鲜面包

1　普赖默斯煤油炉（Primus Stove），1982年问世，因其可靠耐用的特性迅速传遍全球，在恶劣环境下尤其适用，是早期南北极科考及珠峰攀登队员的首选。

的气味，楼下的第一阵脚步声，门把手的咔哒响，那是家里有人出门去买扁面包[1]，免得去晚了就卖光了。白天，意味着天还没亮的时候，那第一声礼拜的呼唤。只有当穆安津[2]神圣的话语渐渐远去，当真正的清晨来临，当农民带来新鲜滤出的酸奶，加盐的白奶酪，茶和面包，只有这个时候，他才能放松睡去。

假如没有听见生炉子的声音，或是没有闻到新鲜面包的香气，那就是一个信号，城市遭到了袭击，或者是接到了袭击的警报，正处于玛尼阿尔他哈维——宵禁状态。

那个八月的早晨，他们在天亮之前，在酷热降临之前就起了床。一家人统统挤上了一辆小汽车，车里塞得严严实实，他们谁也没能转过头去看一眼那栋房子，平坦的屋顶上，那排衣服不久就会在阳光里晒干。

他们开车进入沙漠。在这片黄沙绵延的平原上，阿拔斯王朝的阿拉伯人、莫卧儿人、土库曼人、蒙古人、波斯人和奥斯曼土耳其人都曾建立起他们各自的文明。他们都曾为了埃尔比勒浴血奋战——四位神明——这是埃尔比勒这个城名的含义。亚历山大大帝在这里与波斯王大流士缠斗，伊斯兰最初的战士在这里为了信仰而战，这个地区也是库尔德勇士萨拉丁的故乡，他从十字军手中夺取了耶路撒冷[3]。

1　扁面包（Flatbread），面粉、水和盐制成的不发酵面包。

2　穆安津（Muezzin），在清真寺宣礼塔上召集信徒做祷告的宣礼员。

3　亚历山大大帝（Alexander the Great），古希腊马其顿王国国王，其征战跨越亚洲和北非，建立了史上最大的帝国之一，一生未尝败绩，被认为是史上最成功的军事统帅之一。他在东征期间击败了波斯帝国国王大流士三世（Darius III）。萨拉丁（Saladin，1137—1193），埃及阿尤布王朝及叙利亚的第一位苏丹，领导了抵抗十字军的战争，在1187年的哈丁战役及后续战争中，夺取了被十字军占领八十八年的巴勒斯坦和耶路撒冷。

几个世纪以来，攻占这座城市变得愈发艰难，它位于高高的城墙背后，一座不断向天空延展的平顶山丘之上。这是一座人造的山，是人们在自己所占领的废墟上面不断重建而创造出来的。如今只有老城还处在城墙后面；定居点已经扩展到了平原之上，对沙漠风暴和民兵冲突都一样不设防。

巴彦已经开始后悔这一切了。这件事是绝不可能有好结果的。这是属于他们的地方。这是他们无论生死都应该待着的地方。

穆斯塔法捏了一下她的手。"最后一切都会好的。"他说。

虽然有伊拉克的离境签证，在接近边境的时候，他们还是选择了一条偷渡的路线，因为他们没有叙利亚的入境许可。半数的钱已经交了出去，穆斯塔法一打电话去说他们已经到那里了，一位亲戚就会付清余款。他们一点儿也不知道"那里"是哪里。人贩子也不知道，现在还不知道。

这个五口之家和许多其他难民一起挤上了一条小船。小船出发，开始横渡底格里斯河的支流哈布尔河。河岸两旁，伊拉克和叙利亚的士兵各自在属于自己的一侧巡逻。

渡河的时候巴彦从头到尾一直在哭。"看哪，我要离开我的国家了！我怎么能离开我的国家呢？"

劳拉现在五岁了，正满心困惑地打量着父母。看到他们两个不开心可真叫人奇怪。从前都是他们在照顾她，巴诺和阿里。现在，轮到她来安慰他们了。假如这次旅行让大家都那么伤心，为什么他们还非要上路不可呢？

巴诺也很不安。穆斯塔法努力用一个故事去吸引她的注意，故事讲的是一个从船上落水的小女孩。小女孩因为不肯安静地坐着，从船舷边上落了下去，被一条大鱼，一条巨大的鱼给吃进了肚子里。穆斯塔法找寻着字眼，一条非常庞大的鱼，然后她就在那里住下了，在鱼的肚子里，和逐个被大鱼吞下的其他孩子们住在一起。穆斯塔法只是一个劲地说着，因为他担心岸上的士兵会注意到小船并且开火。"然后那条鱼把所有的孩子都吐到了岸上。"他随口编了一句。

巴诺忽然打断了他的故事。"爸爸，我们就快要死了。"她说。

她的母亲畏缩了一下。

"我觉得离真主好近，"她并没有特别在对着谁说，"就好像是我在云上，低头看着你们。白云在我身下。我能看见你们在底下，在船上。我能看见你们所有的人。"

穆斯塔法开始祈祷。

穆斯塔法祈祷的时候，其他人一动不动地坐在船上。他半夜醒着，躺在那里觉得害怕的时候，总会求助于祈祷。

发动机停了下来。他们滑进了一片沙洲，轮船轻轻地靠上了叙利亚的河岸。一辆等在那里的汽车把他们带到库尔德人的城镇卡米什利，他们在那儿过了一夜，随后继续向大马士革行进。在有着雕花外墙、精美宫殿、间谍遍布各个角落的叙利亚首都，他们住进了一间小房间里。

没有人找他们的麻烦，他们也不找任何人的麻烦。巴彦觉得热浪和沙尘似乎在她身上落满了一层。她怀念她的厨房，她凉爽的客厅，她的姐妹们。

在大马士革待了一个月之后，他们拿到了伊拉克的护照和飞往莫斯科的机票。

在俄罗斯的首都，他们在谢列梅捷沃机场的俄罗斯航空酒店里投宿。一个男人来到他们的酒店房间，给了他们一个信封，里面有几张新的机票。

他们要去的城市名是用西里尔字母[1]写的——一共有四个字母。

---

1 西里尔字母（Cyrillic），包括俄语在内的斯拉夫语族字母。

请求庇护

"他们都有金头发哪。"巴诺大声地说。她穿着鲜艳的绿色上衣和橙色裙子，跑过机场的浅色木地板。巴彦在大马士革的一个市场里给孩子们买了五彩缤纷的衣服。劳拉穿着一条明黄色的裙子，而阿里则穿着红色。这样在路上更容易看到他们在哪儿，巴彦这样认定。

他们在崭新的到达大厅里沿着一条过道走着，穆斯塔法一边一字一字地拼着，一边走过"欢迎来到奥斯陆机场"的指示牌。高耸的天花板裹着浅色的木料，隔墙用透明的玻璃和混凝土制成，地面则是胶合木板或者暗蓝灰色的石板。沿着通道前行，一边能见到屋外他们刚刚飞过的云杉树林，另一边则俯瞰着即将登机的人群。他们来到一条传送带前，小女孩们瞪大了眼睛，望着地面推送他们向前。

但他们的注意力大部分还是集中在人身上。

"公主的头发，真正的公主的头发。"劳拉在巴诺身后小声对她说。

他们的护照和签证都有效，因而便安静又迅速地通过了护照查验卡。行李送到之后，他们走出了机场大楼。

机场外，人们在惯常温暖的九月天里穿得并不多。然而对来自伊拉克的他们而言，天气却很凉。

他们从来没有一下子见到过这么多绿色的植物。就连公路两旁也是一大片翠绿。青葱的荒原和旷野在车窗的另一边迅速掠过。森林仿佛无休无止地绵延——难道就没有尽头吗？

他们看到几幢零星散落的高楼，接着是更多的高楼，不久就下到了奥斯陆所在的山谷，从那里能望见远处的峡湾和所有的小岛。此刻他们正沿着带有人行道的大街行驶，穿过一条隧道，随即进入了城市。他们径直去了警察局。

"我的名字叫穆斯塔法·阿布巴卡尔·拉希德。我是从伊拉克来的库尔德人，我想为自己和全家人申请避难。"

他们的信息被记录下来，然后被送到了塔努姆临时接待中心，在那里他们重新注册，并接受了面谈和体检。

"这地方真是糟透了。"巴彦抱怨说。分给他们的房间非常狭小，到处都挤满了人，人们又哭又喊，用各种各样的语言吵着架，每个人都拼命地打着手势。

"一切都会好的，"穆斯塔法说，"在这儿我们不用担心怎么才能找到燃料和食物。看，打开水龙头就有水，干净的可以喝的水，打开炉子就有火。而且最重要的是这里不打仗，也没有人想伤害我们。在这儿我们可以安心睡觉了。"

几天之后他们被转到了一家收容寻求避难者的中心里。穆斯塔法很乐观。"你看，我们很快就要有自己的房子了。"他对巴彦说。他的妻子则非常怀疑，要他去看看能不能强调一下他们的情况，让事情进展得快一点。巴诺开始在中心的学校里上学，学唱挪威的儿歌。她拿到了书本和彩色的铅笔，劳拉则和阿里一起进了中心的幼儿园。穆斯塔法动用了一大笔旅费，用五百克朗买了一本大词典。每天晚上都仔细地钻研。"我们要找工作的话就一定要懂得语言。"他边说边学着单词表。

几个月过去了。他们毫无进展。或许他们甚至都不会被批准留下。或许他们会被遣送回去。内斯比恩避难中心的气氛忧郁而又沮丧。不少人都得了心理疾病。精力充沛、满怀憧憬的年轻人感觉自己的生活正在分崩离析。麻烦是不可避免的。

他们来到这里，巴彦是多么后悔啊！这是不对的，她觉得。她感到筋疲力尽。因为飞行，因为恐惧，因为所有她必须得要应付的东西。在埃尔比勒她曾经有一栋大房子，还有她自己煮饭烧菜的地方。在这儿他们五个人住在一个房间里，她还要排着队在脏兮兮的电热圈上给家人做三餐。

巴彦总是和那些索马里女人起冲突；她觉得她们为所欲为，无视厨房的规矩。巴诺和劳拉跟所有的人吵架。阿玲达打了阿里，所以劳拉就打了阿玲达，孩子们的每一天就是这样度过的。脏话是巴诺和劳拉最早学会的挪威语词汇之一；有些孩子待在挪威的时间比他们要长。阿里的玩具被人偷走，巴诺和劳拉的一些东西也不见了。在这个地方，来自世界各个角落的人们彼此和睦相处的梦想受到了严峻的考验，人们互相怪罪，说长道短。有谁会被批准留下来？有谁只能走人？为什么他们可以留下而我们非走不可？不满和妒忌，而非统一和团结，才是内斯比恩避难中心的标志。

当然在库尔德斯坦的情况也很艰难，但身在这片贫瘠的土地上，这片树叶忽然之间全部从树上落光、色彩全部消失的土地上，库尔德斯坦看起来似乎带着一层美丽的玫瑰色光晕。大地冻得硬邦邦的，黑暗开始降临。在冬季真正到来之前很久，冬日的消沉就开始了。

巴彦每次写信或者打电话回家的时候都会撒谎。"嗯，这里真的不错，"她说，"我们有一间不错的房子，漂亮又安静。"她很惭愧自己说了假话，可她无法向家人承认，以埃尔比勒的标准来看还算富裕的他们，沦落到了何种地步。

"要记住你的爸爸是一个工程师。"她要让喜欢把自己看得比中心里其他人优越的巴诺意识到这一点。

在一次申请庇护的面试中，穆斯塔法请求换个地方居住，说三个小孩和两个大人住在一间房间里太挤了。

"这么说你觉得你可以来到挪威还拿到一套房子吗，嗯？"面试官这么问的时候，穆斯塔法低下了头。

二〇〇〇年十月，抵达挪威刚过一年之后，这家人被分配到了一个地方议会辖区——内索登，一座位于奥斯陆峡湾当中的半岛。他们搬进了一栋公寓，公寓有三间卧室，一间绿色的厨房和一间小小的客厅。

他们原本更想和大多数其他库尔德人一起住在奥斯陆市中心，不过搭渡轮到城市中央也只要半个小时，他们安慰自己。

内索登是一个安静的地方。夏季，人行小径和步道在半岛上纵横交错。沿岸还有诱人的海滨浴场。冬季，越野滑雪道取代了小径，人们没有车也能方便地生活。这是那些既想逃离都市的熙熙攘攘，但要是忽然一时兴起，又仍然想要立即看到奥斯陆歌剧院最新剧目的人们选择安家的地方。这是那些想要两者兼得的人选择安家的地方，而这里，内索登，也是拉希德一家最终安顿下来的地方。

在学年进行到一半的时候，劳拉被安排进了内索德塔根学校的一年级，巴诺上二年级。

劳拉不久就感觉自己受到了冷落。谁也不想跟她一起玩。"我们听不懂你在说什么！"班上的其他女生嘲笑她。

巴诺应付得更好一些。忽然之间姐妹俩的角色颠倒了过来。娇生惯养的巴诺原来很坚强，而她的妹妹劳拉，一直以来坚强独立的那个，却似乎失去了所有的自信。

"别和她玩，她真的很笨。"只要劳拉一走近，女生们就会对其他同学说，"这个游戏是给说挪威语的人玩的。"

"可我会说挪威语啊！"劳拉抗议。

"我们是说那些说得好的人。"她们反驳道。

拉希德家的姑娘们有那么多地方都和别人不一样。母亲经常把昨晚剩下的晚饭给她们当作带去学校的午餐。"哟，你的午饭好臭！"有人说，"别坐到我们旁边来！"

其他女孩都有粉红色的背包，上面印着爱心或是芭比娃娃，拉希德姐妹用的则是便宜的棕色书包。她们没完没了地被人欺负，因为她们的书包，她们从二手商店里买来的衣服，她们古怪的父母，她们奇怪的口音，甚至连上额外的挪威语课都要被人取笑。"你们两个补课的时候究竟在干什么哪？好像从来也没学会什么嘛！"

多元化也不过如此。

内索登被认为是一个思想比较开明的地方，比起国内的其他区域，支持另类教育法和素食主义的人在这里有着更多的拥趸，而聚集在这里的艺术家们，不管功成名就的还是没人赏识的，也都为这片理想田园添上了当地特有的色彩。然而，对这两个库尔德女孩来说，最初困扰她们的却是人们狭窄的心胸。

欺负同学的行为，在课外兴趣小组里并不是每次都会被注意到，可劳拉的书包每天都会被藏到不同的地方。

"告诉我书包在哪！"劳拉恳求说。

"啊？你说什么？我们听不懂你在说什么！"

有一天他们把牛奶倒进了她的鞋子里。被欺负的事情她在家里只字未提。她的父母还没有找到工作，他们又烦又累，很怀念自己从前的那个家。

一群男孩子开始纠缠她的时候，劳拉终于告诉了母亲。巴彦跑去见了每一个男孩的家长，要求他们让孩子住手。

第二天在学校，劳拉就被骂成了"爱哭鬼""告密精"。

"反正我妈妈也根本就没理你妈妈，"惹她惹得最厉害的一个男孩说道，"她都不知道她在说些什么！哈哈！"

而大家还觉得这里应该是个什么天堂？

他们这是来错了地方。

*

　　在课外兴趣小组里，姐妹俩常常会坐着画画。劳拉每次都画公主，浅黄色的鬈发，蓝色的眼睛，色彩柔和的裙子。各种各样的黄头发和粉红纱裙，都能当成墙纸把她的房间贴满了。

　　巴诺的线条更加粗略一些。她要是画起公主，画出来的样子总是深色皮肤、黑色头发。

　　"这颜色不对。"一个女孩对巴诺说。

　　巴诺狠狠地瞪了她一眼。"这是我的画，"她回答，"我愿意画什么就画什么。"

　　"可是看上去很丑啊。"

　　巴诺只是继续涂着颜色。她让那张纸上的面孔颜色变得越来越深。给头发加上了几道更粗的黑色。

　　接着她把画举到眼前。

　　"好啦，"她说，"这下她完全就是我想要的样子了。"

　　巴诺找来一枚图钉，把深色皮肤的女孩挂到了墙上。

　　劳拉的双眼紧紧地盯着姐姐。

　　她也想变成这样。几乎是不知不觉地，她抬起了头，放下了浅黄色的蜡笔。

榜上有名

要么发财，要么就死在发财的路上。

进步党青年部论坛[1]，

安德斯·贝林，2003 年 8 月 11 日

他正背对着西区走着，朝青年广场走去。

新年刚过，他就收到了成立大会的请柬。他在日历上把这一天标了出来，还穿上了西装来纪念这个场合。现在他经常这么穿，一套非常普通的西装，并没有什么特别，但一定要是看上去很贵的那种。他很擅长穿着有品位的衣服，好让它们看上去显得很贵；这是他从母亲那里学来的。她经常在特价促销的时候找到一些价格便宜的衣服，但是和她时髦金发女郎的外表合在一起之后，就能显得很高档。从她那里，他也学到了要爱惜自己的衣裳。每次穿过之后，他都会把它们挂到衣架上，或者重新放进衣橱里，叠得整整齐齐。到家的时候他总会换衣服，好让那些更加精致的、有品牌的衣服能穿得更久一点。

他挺直腰背，沿着被融雪覆盖的街道往前走。脚步有一点谨慎。他把自己称为都会美男；穿衣打扮非常用心，涂化妆品，用富含维生素的美发产品。他还从美国订了一种叫作"落健"的东西，承诺能止住脱发，还能刺激毛囊长出新的头发。他还是能用一个好发型把那块刚刚开始秃落的地方给藏起来的，不过发际线明显是在后退。外貌上有很多地方都让他觉得伤心难过，他也会在镜子跟前照上很长时间。太长了，他

的朋友们觉得，每次他化妆化过了头，他们都会嘲笑他。他开始涂粉底的时候，他们笑得更厉害了。这是遮瑕膏，他争辩说。夏天他会用古铜粉，还在浴室里放了一整排的须后水。

他的鼻子是新的。一位经验丰富的外科医生开了一个小小的切口，从鼻梁下面去掉了一些骨头和软骨，然后把皮肤紧紧地缝回了原位。揭下绷带的时候，鼻子正是他想要的那个样子，正是它应该有的样子：一个笔直的侧影，纯粹就是一个雅利安人的鼻子。

在中学里他们取笑过他凸起的鼻子。鼻骨上的那个结从十一二岁起就一直让他烦恼不已。后来他曾经向朋友抱怨过，说鼻子的形状让他看上去像个阿拉伯人。一有了足够的钱，他就给自己预订了在本纳尼斯的手术，那是挪威最好的整形诊所之一。他还询问了毛发移植的事情，但诊所告诉他说结果无法预料，而且移植过程可能会留下有损容貌的伤疤，所以他还没有下定决心。

他通过了政府区，在那个地方你可以直接从大楼中间穿过去，经过首相办公室楼下的接待区域。这是最快的路线；不用从那栋人称塔楼的议会大厦旁边绕着走，能少走上几米，节约个几分钟。

政府区融合了功能主义和始于二十世纪五十年代的粗野主义建筑风格。受命设计的现代主义建筑师厄林·维克舍斗胆询问巴勃罗·毕加索，愿不愿意为建筑群绘制壁画。挪威建筑师那未经加工的混凝土让艺术家兴奋不已，同意画几幅素描。要是他喜欢，挪威人就可以用。这个计划严格保密，代号"佩德森行动"。先把毕加索的线条在混凝土上标记出来，然后用混进了河底小圆石的灰泥涂抹墙面，再对线条进行喷砂处理。这是毕加索的第一件大型作品。他那幅名为《渔夫》的浮雕，占

---

1 进步党青年部（Progress Party's Youth，挪威语 Fremskrittspartiets Ungdom，简称 FpU），挪威进步党青年分支，1978 年创立。

满了其中一幢大楼的一整面端墙，而倘若足够幸运，被请上更高的楼层，就能欣赏到其他几幅大师的作品，装点着塔楼的阶梯[1]。

首相办公室位于顶楼，十七层。二〇〇二年一月这个异常温暖的夜里，在任的是基督教民主党的谢尔·马格纳·邦德维克。眼下办公室里并没有人，因为首相正在上海，刚刚享用了一大桌由中挪两国厨师准备的精美鱼类菜肴，用的是来自挪威沿海渔场的原材料。在讲话中，首相热情地谈起了水产养殖业，慷慨地提议向十亿中国人提供挪威的渔业专长。

这个新古典主义城区拆除的时候，一栋建于上个世纪之交的大楼被保留了下来；大楼的装潢受到中世纪图案的启发，还加入了源自斯诺里·斯蒂德吕松《挪威王列传》[2]中的龙形装饰。正门一侧的三角墙上是国歌开场的歌词，"对！我们热爱祖国"[3]，一旁还雕刻着五线谱。这个年轻人刚刚经过的这些建筑正是挪威的权力中心。最高法院就在这里，还有首相办公室和主要的政府部门。

要到达下一个权力的所在地——青年广场——就要穿过埃纳尔·基哈德森广场，广场上那个低矮的圆形喷泉底座，在冬天并没有注水。从那儿，有一条窄窄的小路通往莫勒尔大街。十九号楼就在左手边——纳

---

1 毕加索在奥斯陆的"政府区壁画"（Picasso's Regjeringskvartalet Murals）共有五幅，包括《海滩》（*The Beach*）、《海鸥》（*The Seagull*）、《森林之神和牧神》（*Satyr and Faun*），以及两幅不同版本的《渔夫》（*The Fisherman*）。2011 年布雷维克在政府区引爆汽车炸弹，损坏部分建筑，但壁画未受影响。袭击事件后政府区大楼长期空置，挪威政府计划对部分建筑进行拆除重建，在国内外引发争议。国际古迹遗址理事会（ICOMOS）已将部分楼宇列入受到威胁的遗产预警名单。

2 斯诺里·斯蒂德吕松（Snorri Sturluson，1179—1241），冰岛历史学家。作品《挪威王列传》（*Heimskringla*，又称海姆斯克林拉）记述了斯堪的纳维亚半岛从神话传说时代到中世纪早期的历史。

3 《对！我们热爱祖国》（*Ja, vi elsker dette landet*），20 世纪初期开始成为挪威国歌。

粹在二战期间用作刑讯室的警察局。纳粹战败后，通敌的维德孔·吉斯林[1]遭到逮捕，就关押在这座大楼里，直到一九四五年十月的一个夜里被行刑队枪决。

广场另一边矗立着一栋雄伟壮观的红砖大楼。外墙高处有一朵玫瑰和一块写着工党的标牌。纪念碑式的外观让人联想起斯大林在莫斯科的摩天大厦——虽然规模要小一点——这是对二十世纪三十年代功能主义的致敬。

所有的工人运动组织都设在城中的这个区域。人民之家，挪威全国总工会[2]总部的所在地，独占了广场的一整面。两幢大楼中间的角落里，立着一座高高的青铜雕像——一个工人肩上扛着大锤，正在去工厂上班的路上。每年的五一劳动节，他的脚边都会放上一个花环。也正是在这里，在青年广场上，成千上万的社会主义者、共产主义者和工党支持者会集结在一起，开启他们横穿奥斯陆的游行，来庆祝国际劳动节。

身着西装的这个人穿过广场，这一带看上去相当破败，许多店铺都空关着。这个区已经有了奥斯陆最危险地带的名声，一个满是脱衣舞夜总会和烤肉小店的地段。不过情况即将有所改变。摇滚青年们很快就会接管这里。乐迷们会开起酒吧和咖啡馆，赶时髦的人们也会开始前来，聆听新乐队的表演，再喝喝啤酒。

至于他呢，他更喜欢那些为手头宽裕的西区年轻人开设的老牌

1　莫勒尔大街19号（Møllergata 19），奥斯陆警察局及看守所的所在地。1940—1945年纳粹占领期间以此作为盖世太保总部。维德孔·吉斯林（Vidkun Quisling，1887—1945），二战期间在纳粹德国扶持下成立挪威傀儡政权，1945年在莫勒尔大街19号向挪威政府投降并遭到监禁，同年十月以贪污、谋杀、叛国罪被处死。

2　挪威全国总工会（The Norwegian Confederation of Trade Unions，简称LO），挪威最大、最有影响力的工人组织。

酒吧和夜总会。他就住在弗朗纳公园边上，那个被他称为奥斯陆最尊贵地区的地方。他和几个同在奥斯陆商科学校[1]的同学合租的公寓非常阴暗，毫无吸引力，但这并不重要，房子所在的地段可是很高档的。

另一方面，这里也是那些另类人士、左翼分子、外国移民和依靠救济金生活的人们居住的地方。莫勒尔学校里有四分之一的学生来自索马里，只有极少数是挪威人。

与工党大本营比肩而立的是一栋低矮许多的楼房，漆成了杏仁糖玫瑰的淡粉色。不太引人注目的入口在一家水产店的边上。在大楼临街的正面，闪闪发光的字母标识着弗雷姆斯克里特——进步党[2]。

他打开门，走上二楼。经过楼梯上写着诸如"你是独一无二的！"，以及"生来自由，苛税致死"等口号的海报。办公室里挂着一面镶有进步党青年部标志的巨幅旗帜。厕所墙壁上装饰的剪报印着一些蠢话。

他的口袋里有一包好彩牌香烟、一只打火机和一支笔。他是那种会记笔记的人。

"安德斯·贝林。"

他清晰地说出自己的名字，每个音节都重读了。

"你是从白令海峡来的吗？"托马斯·维斯特-柯尔克莫，其中一个早到的人笑着问。

1　奥斯陆商科学校（Oslo Commerce School），位于奥斯陆的公立高中，专门教授金融和商业管理。

2　进步党（Progress Party，挪威语Fremskrittspartiet，简称FrP），挪威保守自由主义右翼政党，1973年成立。2013年，该党与保守党、基督教民主党和自由党组成的中右翼联盟在议会选举中获胜，并与保守党组成联合政府，这是该党第一次参与组阁。

"我的名字的确是从那儿来的，"安德斯回答，"我可能是跟白令[1]，那个发现了海上航道的丹麦人沾亲带故。"如今他更喜欢母亲的名字，它听上去比父亲那个乡村的姓氏更时髦，更优越。

办公室里到处都是烟灰缸。房间散发出陈年烟头的臭味。地上有成堆的啤酒罐。这个地方是用来举行会议和派对的，有时候会议开着开着就变成了派对。

一个来自郡一级的人前来主持会议。他一点也不着急开始：只有几个人露面。不过最终他还是敲了敲小木槌，召开了会议，大家都介绍了自己。一共有五个人。他们被简单告知进步党的政策之后，全新的奥斯陆西区支部就正式建立了。

"你们当中有谁想参加竞选？"主持人问。

大家都举起了手。

"那好，这里年纪最大的是谁？"

是托马斯·维斯特-柯尔克莫。他比安德斯大四岁，便以全票当选成为主席。接着他们必须选出他的副手。安德斯迅速举起手说："这个我愿意做"。没有其他人对这个职位提出要求，于是副主席的位子就归他了。其他三人被选为委员会委员。一阵拥护选举的掌声响过之后，他们决定去喝杯啤酒，去"政治家"，青年广场拱廊底下，一间为雄心勃勃、热衷政治的年轻人开设的酒吧。

安德斯心情很好。他从十八岁起就已经是进步党的党员了——甚至还当过乌拉尼亚堡-少校宫支部委员会的委员——不过直到获得这个急于扩大青年组织的政党邀请，加入其正在奥斯陆建立的三个全新本地青

---

1 维塔斯·白令（Vitus Bering，1681—1741），丹麦制图师和探险家，俄罗斯海军将领，领导两次航海远征，对亚洲东北及北美大陆西侧海岸进行考察，白令海峡、白令海、白令岛、白令冰川及白令陆桥均以他的名字命名。

年分支之一，他才决定投身其中。

他支持其他人的发言，不吝赞美之辞。他听得多，说得少，也比平常跟朋友一起讨论问题的时候要克制。平时他往往非常容易挑起争端，而且从来不肯承认对方有理。在外面玩的时候，最后和别人吵起来，外加几下推推搡搡对他来说是很平常的事，尽管真正打架的次数很少。

于是这五个人——他们现在是一个团体，是一伙儿了——就得要团结一致来改变挪威了。

"我们要在市议会取得成功，"安德斯说，"让更多的年轻人加入进来。"其他人点点头。这天晚上他们对所有的事情都观点一致。"工党的问题就是，"安德斯继续说着，"在他们掌权的时候根本没法变成有钱人！"

散会后，安德斯带着自己的新头衔朝着西边溜达。街道变得更宽，商店橱窗里展示的衣服也更贵了，人行道上开始有了成排的杨树，在冬天里被剪去了树冠，还有带花园的独栋大房子。

在这里，他，进步党青年部奥斯陆西区支部的副主席，正在步行回家。

涂鸦时期的理想早已被他抛弃。他已经转到了相反的方向。涂鸦圈更偏向于泛红而不是泛蓝[1]，最时髦的音乐会都在"闪电"举行，反对种族歧视在那里是重要议题。安德斯现在加入的是在抵制涂鸦方面最为积极的政党。距离他上一次被捕已经过去了很多年，当时他包里装着喷漆颜料和一把偷来的应急逃生锤，正在奥斯陆北部的斯托罗"炸"一座大桥。他被罚款三千克朗，然后就到此为止了。那时候他已经开始在哈特

1　红色指左翼，蓝色指右翼保守党派。

维格·尼森[1]上学了，这是一所专攻戏剧的高中，许多学生都有艺术方面的志向。松垮的惊魂牛仔裤和"羊肉串"挪威语，在这些自认精通文艺的学生和未来的演员中间显得格格不入，尽管被选为班级代表让他非常高兴，但他在学校里感觉很不自在。他不懂规矩，还被看成是一个没法融入社会的异类，于是便在一年之后退了学。

第二年他开始在奥斯陆商科学校上学。即便是在那样一种保守的环境里，他仍旧坚持了一段时间的涂鸦党造型。也还是更喜欢一种酷劲十足、摇摇摆摆的步态，就像布朗克斯的音乐录影带里一样。他用巴基斯坦语的说法或是黑帮话的时候，有些人会公开地嗤笑。不过他来这儿的时候就已经有了传闻，说他可不是什么好惹的人。"他是个疯子，要离他远远的。"有人提醒他的新同学。

于是他再次改头换面。剪裁更加修身的李维斯牛仔裤和马球衫成了他现在的惯常打扮，最好还是胸口绣着小鳄鱼[2]的。他开始用一种受过教育的、口齿清楚的方式说话，用更加标准的挪威语代替原先的东区元素。他换上一脸微笑，给人一种古道热肠的感觉。在商科学校里，和他在一起的都是志向远大、盼着继承遗产的金融奇才，以及热衷迅速发财的雅皮士。在校外，他有一份兼职工作，给泰利亚公司当电话销售员，他推销各种东西，从有关打猎、钓鱼和音乐的杂志，到刮刮卡、红酒月历和犯罪小说。事实证明他很有销售天赋，但没过多久他就主要在客户服务部工作了，因为他能把投诉处理得非常好。老板认为他很负责任，还把常规要求之外的任务交给了他。

1　哈特维格·尼森（Hartvig Nissen School），位于奥斯陆的三年制高中／预科学校，历史悠久，声誉极高，以教授戏剧表演为特长，校友中包括多位著名艺术家及两位挪威皇室成员。

2　指法国服装品牌鳄鱼（Lacoste）。

上高中的时候他开始炒股，某天用一次交易就赚到了二十万克朗。这驱使着他继续买卖股票，不去上学的日子也越来越多。随着时间的推移，他几乎根本没空去听课了，就在上毕业班那年的圣诞节前，他给学校寄了一封信。

本人特此通知，经过认真考虑之后，已决定从三年级退学。感谢学校带给本人一段有意义的时光。在下面的括号里他写道：P.S.（只是开个玩笑）要不是非学法语不可的话，我还是会继续上课的。

他告诉母亲自己退了学的时候，她非常苦恼。最近他变得太固执了，她说，她也非常担心他的将来。他的成绩一直很好，常常都是最高分，既然如此，又为什么要在离期末考试只有六个月的时候退学呢？可是他十八岁的儿子有紧要的事情处理，学校是在耽误他的时间。

他对朋友们说，他不想有个老板在自己头上，把赚到手的钱都拿走。他告诉自己的上司他想辞掉电话销售员的工作，自己去做生意。这才是获得财富的方式。其他同学都在挑选大学或是专科学校的时候，他把所有的精力都放到了变成百万富翁上。

靠着琐碎的零工和一些拼命攒下来的钱，他有了十万克朗的启动资金，开了自己的公司，贝林柯纳营销，将由他和一个朋友一起经营。他们在康文特路一栋排屋的地下室里有一间办公室，伊丽莎白移民加利福尼亚之后，温彻和安德斯就搬到了这里。安德斯经商的想法靠的是直觉。他固然是对老板说了自己辞职的原因，但同时也蒙骗了他，因为在离开泰利亚之前，他进入了一个统计挪威境内外国人的数据库，那是一些被他称之为"A级重点客户，重要人物"的人，他偷偷地把数据抄了下来。现在他就可以打电话给这些客人，向他们提供更加便宜的话费了。

然而一夜暴富原来并不是那么容易。大多数客户对于两位少年打来的电话都心存怀疑，并没有和泰利亚解约。接着安德斯又和柯纳闹翻了，后来他说柯纳不称职。他发誓再也不跟没有销售经验的朋友合伙做生意。一年之后他结束了公司，所有的资金都用完了。

安德斯重新干起了电话销售。没过多久就被提拔为组长。靠着节衣缩食和努力存钱，他慢慢积累了新的启动资金。他有了一个全新的主意。要建立几个统计有钱人的数据库，那些工业和商业的潜在投资人，然后把它们卖给相关的买家。可他不知道该如何找到自己需要的信息，这个想法只得暂时搁置。

然后他又断定广告才是最适合自己的东西：他毕竟是个销售员。

他创办了一家销售户外广告位的公司，力争通过低价抢走一个主要竞争对手的生意。明道公司[1]与房东们签署协议，在城中各处展示广告，然而尽管租用广告位的费用已经大幅上涨，业主们收到的报酬却还是没有提高。他的计划是给各家房东打电话，向他们提供比现有租金稍高一点的金额。但首先他得弄到房产和企业的电话号码，这些号码远非唾手可得。要花钱，还得到政府机关去检索出来。

有一大，他正在苦思冥想这件事情的时候，偶然撞见了克里斯蒂安，他邻居家的孩子，那家的父母从前一直让他免费搭车去参加足球比赛。在路边简短地聊过几句之后，安德斯在自己这家只有一个人的公司里给克里斯蒂安提供了一个职位，而做腻了自己那份工作的克里斯蒂安也接受了。

他们在上施罗茨街一家律师事务所的办公室里找到了能租得起的地方。租金中也包括使用公共午餐室的费用，他们和事务所的所有人盖尔·利普施塔德律师共用一个冰箱。有时候两个男孩会和利普施塔德一起吃饭，当时他正在为新纳粹主义分子奥列·尼古拉·克维斯勒辩护，克维斯勒被控在奥斯陆市郊杀害了十五岁的加纳裔挪威人本杰明·赫尔

1　明道（Clear Channel），挪威最大的户外广告提供商。

曼森。安德斯对于和这位身材清瘦、正在谢顶的律师谈论这桩案子显得格外有兴趣。

安德斯正忙着走通门路，建立人脉。他梦想着加入本地的共济会分会，正在努力寻觅一个愿意提名他为会员的人，用他朋友们的话说，就是一个能巴结的人。一旦进入分会，他就会成为精英中的一员了，安德斯是这么认为的。

"你可真有操纵别人的本事！"安德斯的新搭档赞赏地说。他能得到自己想要的东西，这种才能让合伙人克里斯蒂安印象深刻。安德斯获得批准，可以使用市政规划建设局的电脑，他把自己需要的东西统统抄了下来，完全免费。这是一个不错的开始。尽管如此，这个项目还是在一年之后花光了钱，没过多久，租金和电话费也欠账了。安德斯把生意卖给了一家大规模经营广告牌的公司，卖得了和开始时数额一样的钱。没赚也没赔。至于克里斯蒂安，他决定为那家买下他们的公司工作，两个男孩就分道扬镳了。

安德斯想到了一种新的致富手段。广告标语牌也可以是流动的。那样就一点场地费也不用付了，因为马路是免费的。他打算招一个失业的大学生，骑着自行车走遍全城，广告牌就固定在拖车上。他在自家地下室里做了一个样品，与出售唱片和DVD的连锁店"唱盘公司"谈了一个合同。这个新发明被派到外面兜圈子，然而构造却不够坚固，广告牌第一天就给吹跑了，还砸伤了一位女士。公司关了门，一分钱也没赚到。

安德斯的朋友们都拿他坚持要找一个失业大学生来骑自行车的事情开玩笑。仿佛是要证明读书百无一用似的。没有参加高中毕业考试的安德斯夸口说，自己看过的书，已经足够让他用上"小型企业管理学学士"的头衔了，而且他还修完了工商管理学硕士的整个课程大纲。

这段时间里，他也参加了进步党为准备竞选政府要职而开设的课程。第一天晚上的课程着重介绍意识形态，以及按照课程安排上所写的，"我们今天称之为自由主义的思想流派当中的名人，比如约翰·洛克,亚当·斯密和安·兰德"[1]。第二课涵盖了进步党的历史,而第三天晚上,有志从政的人们必须就时下引人关注的党内话题发表演说。此外,还有人教授他们如何传播思想,对安德斯来说这就像是到了自己的地盘。毕竟推销是他的强项。只不过是运气有一点背。

啊,想发财的冲动是如此的难以抗拒……

他认真地参加了奥斯陆西区支部的所有会议。他们为二〇〇三年奥斯陆市议会选举之前的各项活动进行了周密的策划。但会议的出勤率很低,也没有多少成果。他和托马斯·维斯特-柯尔克莫相处得并不是特别好。托马斯觉得副手并没能真正理解自己的意思,便邀他出来喝几杯啤酒,相互了解一下。

安德斯滔滔不绝地说着发财致富的计划。托马斯把对话引到更加私人的事情上时,安德斯就变得沉默寡言,避而不答,或者就把话题转回到他做买卖的打算上。

托马斯同时也在兼顾一个开公司的计划,不知道他们该不该合作呢。

"不,谢了,我做梦也没想过把生意和友情混在一起。"安德斯回答。

哪门子的友情啊,托马斯心想。

安德斯继续说着他的创业计划。他正在考虑把广告牌固定到汽车而不是自行车的拖车上;汽车更牢一点。

1　约翰·洛克(John Locke,1632—1704),英国哲学家,最有影响力的启蒙思想家之一。亚当·斯密(Adam Smith,1732—1990),苏格兰经济学家,作品《国富论》(*The Wealth of Nations*,1776)被誉为现代经济学的奠基之作。安·兰德(Ayn Rand,1905—1982),俄裔美籍小说家和哲学家,代表作《源泉》(*The Fountainhead*,1943)和《阿特拉斯耸耸肩》(*Atlas Shrugged*,1957)畅销至今,影响广泛,创立的客观主义哲学1950年代起风靡美国,影响了几代美国人。

他们一直聊天到很晚，然后才道别回家。托马斯回到他在克林舍的学生宿舍的时候，他的女朋友已经睡着了。他上床的时候她醒了过来。

"今晚过得还不错吗？"

"嗯，有点无聊。我和贝林一起出去了，要接近他可真难，"他叹了口气，"我不知道该怎么说他才好。他野心很大，但又有那么点儿虚伪。"

安德斯越发被进步党青年部的社交圈所吸引。大家的年纪都差不多，大多数人都是单身，而且这是一个开放、自由的圈子。青年部的领导人把吸引党员参加社交活动看作招募计划的一部分。

在奥斯陆西区聚会的人当中，他结识了一个女孩，她和安德斯一样大，却已经在党内闯出了一片天地。琳恩·朗厄米尔瘦得像根火柴棍儿似的，带着顽皮的表情和一头乱蓬蓬的短发。她非常聪明，总是对答如流，毫不费力便进入了安德斯的生活。他们聚会前、聚会中和聚会后都在一起，互相到对方的家中拜访，看电影，聊天，和其他的未来政治家们一道外出远足，参加会议。

他们彼此一见倾心。她觉得他好像很有头脑，而且相当有意思。她自己也不是那种勤奋好学的类型，他对她大讲亚当·斯密和安·兰德的时候，她哈哈大笑。

她来自挪威南部的格里姆斯塔镇，离安德斯母亲长大的地方不远。不过她真正的故乡是新德里。在那里，一九七九年四月的一天，在这座城市为数众多的孤儿院里，有人把她放到了其中一家的门口。六个星期之后，她被带到了挪威。在圣灵降临节[1]这天，一对夫妇站在奥斯陆机场

---

1 圣灵降临节（Whit Sunday，亦作 Whitsun），圣公会及循道宗教徒于复活节后的第七个周日庆祝的节日，纪念圣灵降临在基督的门徒身上。

等着这个瘦小的女孩。领养机构在所提供的资料包里已经忠告过他们，"假如您无法设想一个深色皮肤的孩子融入自己的家庭，那就不要冒险从其他国家领养婴儿"，因为最后"孩子的肤色可能会相当的深"。此外，皮肤的颜色也可能会随着年龄而加深。

多莉，在儿童福利院里大家是这么叫她的，发现自己是在一个现成的家庭里长大的，有三个比她大的哥哥。她努力想要赶上他们，身体长得又快又壮，她想证明自己和他们不相上下，弄疼自己的时候也从来不哭。琳恩八岁的时候第一次学会了打气枪；她喜欢射击场，也喜欢被带着一起出门去打猎和钓鱼。

琳恩对于研究自己的出生地毫无兴趣。研究这个又有什么意义？她是挪威人，还有一个爱她的家庭。不过有时候，自己是个多余人的感觉也会让她难以承受。

"我的亲生妈妈不爱我，"她对安德斯说，"否则我不会被丢在那儿的。"她奋力与那种觉得自己不够优秀的罪恶感抗争，逃学，渴望脱身，违反任何能够违反的规则，高中二年级的时候从学校退学，把电话打到了全国兵役中心的地方征兵办公室。十八岁那年的夏天，她通过了体检，被招入马德拉兵营接受评估，这是挪威最大的新兵培训学院，就在斯塔万格市城外。

"哈，你过一个星期就会给送回家的。"母亲预言。

两星期后，她当选成了其他新兵的代表。她是担任这一职位的第一个女兵，也是第一个深色皮肤的新兵。

琳恩满心想的都是自己挪威人的身份，演习时其他新兵因为端上来的战地给养里有猪肉而不肯用餐，让她觉得火冒三丈。她并不支持那些要求炊事班拿专用的锅碗瓢盆来制作特别食物的人。

"要是打仗了怎么办？作战的时候行军炉灶还要为了你们带上专用的锅子吗？不，人人都得适应环境。"她告诉他们。

适应环境，就像她自己所做的一样。她从内心里确信这一点。这些人生在挪威；他们是挪威人，没有权利要求特殊待遇。

"这会激起仇恨。我觉得这可真叫人丧气，"后来她告诉安德斯，"我妈妈总是说，不管到哪，你都应该适应当地的生活方式。这是出于尊重。他们也必须这么做。"军队所代表的应该是融合，而不是分裂。

正是在军队服役期间的经历使她开始涉足政治。她搬到特罗姆瑟，在那里和两个右翼政党取得了联系，请他们把材料寄来。进步党青年部的材料先寄到了。不出几个月，琳恩就成了青年部在特罗姆瑟的领袖，还是特罗姆斯郡团组织的地区主席。二〇〇〇年十月，挪威最大的报纸《世界之路报》刊出大型专题报道："深色皮肤的进步党青年部领袖"。一道障碍被冲破了，报纸上写着。报道引用琳恩的话说："更加强硬的移民政策和巩固军队实力是我最关心的事情"。

不安分、求改变的想法再次来袭，她搬到了奥斯陆，成了奥斯陆城市购物中心一家服装店的经理。每天店铺的营业一结束，她就踩着高跟鞋来到青年广场。在那儿她会泡在进步党的总部，或是准备会议和演说。她和安德斯就是在那儿碰见的。

"对我们的女人，我们想做什么就做什么，所以不要插手，不然你会后悔的。"她在批评的时候，曾有人这样警告过她，她告诉安德斯。"在那种文化里做一个女人肯定糟糕透了。"某天晚上，他们单独在一起的时候，她对他说。

进步党是一个年轻的政党。它的前身在一九七三年由安德斯·朗格建立，当时的党名叫做"安德斯·朗格想要大幅减少税收、费用和公权干预的党"。国家的作用要变得最小，与工党的福利国家完全相反。

他不赞成女性解放的斗争，以及提供诸如产假之类的福利。"没有一个人有资格因为和丈夫在床上欢度良宵而拿到经济补助。"他在一次演讲中说。

但在建党一年之后，这个满嘴脏话的种族主义者过世了，年轻有为、雄心勃勃的卡尔·伊瓦尔·哈根接替他成为了党主席。一九七七年党名被改作进步党，早年，这个党在选举中的得票率一直在百分之三四点左右徘徊。二十世纪八十年代，随着雅皮士时期的自由主义情绪席卷全国，最初由个别民众在二十世纪七十年代兴起的反对税收和其他收费的运动，发展出了更加广泛的民粹主义魅力。即便如此，这个民粹主义政党也并非主流，未能吸引到大多数的选民。

一九八七年。来到挪威的避难者和难民人数增长迅速。数字已从每年大约一百人向上攀升：过去的一年有将近九百人申请避难。工党政府策划了一场宣传攻势，向民众解释为什么挪威必须要接纳更多的难民。

无论如何，进步党的支持率升到了两年前大选时的三倍，获得了百分之十二的选票。在移民程度最高的大城市，进步党的得票率在百分之十五到二十之间。

"一场政治地震。"党主席宣告说。进步党已经得到了公众的接受。

哈根在唆使不同团体互相敌视方面是绝对的大师。他尤其喜欢一方面提起上了年纪的老人，另一方面又提起移民，作为配不配获得国家补贴的例子。在整个二十世纪九十年代，进步党都在要求建立一个移民会计体系，确定数量不断增长的外国移民所带来的费用成本，并计算长期影响。党内的移民政策发言人奥斯丁·赫德斯特伦公开表示，大量涌入的难民正在损害人们作为纳税人的品行，因为大家不愿意交了税款去给移民提供资金。许多寻求避难的人并不准备工作，因为他们靠政府的财政资助就能生活得很好，他说。更重要的是，外国人在挪威人中间激起了诸如"沮丧、愤怒、气恼、恐惧和焦虑等感受，可能会引发由精神压力所导致的疾病，造成工作缺勤和家庭不稳定"。他宣称外国人开设的商店、餐厅和货摊卫生标准太差，没准会让顾客生病，这同样会对社会经济产生影响。

赫德斯特伦预见到移民程度的加深会引发挪威人的暴力犯罪。"目前存在着严重的隐患，在不远的将来，这些负面情绪会在暴力反抗中找到发泄的出口。"他说出这句预言是在一九九五年，几乎就是安德斯·贝林·布雷维克放弃涂鸦，把移民俚语从自己的词典当中清除的时候。

那一年的选举之前，赫德斯特伦被发现与不折不扣的种族主义组织，比如祖国党和白人选举联盟关系密切。党内领导层封住了他的嘴巴，但这层关联似乎并没有伤害进步党，该党在奥斯陆经历了有史以来最为成功的选举，得到了百分之二十一的选票。

二〇〇一年九月十一日，"基地"组织在美国发动恐怖袭击之后，进步党加大了呼声，与全球主张一致。

他们在民意调查中成绩喜人。上升的公众支持率使得进步党打算扩大组织。为了触及更多民众，政党必须在地方层面，尤其是在年轻人中间引发关注。正是在这个时候，进步党决定建立地方分支，那些随着进步党的时来运转而吸引到了安德斯的分支。

他很少在全体大会上发言。少数几次确实对着听众进行演讲的时候，他都紧张得口齿不清。他把自己要说的一切都提前写了下来，随后用呆板的音调念着，不带任何感情。

他在讲台上并不自在。网络才是他的领地。

二〇〇二年的夏天就要来了。在经历了几乎没有下雪的冬天和阳光灿烂的春天之后，气象学家们都说挪威可能会迎来一百多年以来最为炎热的夏季。

大家都在办公室里挥汗如雨的时候，各党派的提名之战也很快进入了高潮。对明年市议会选举名单资格的争夺非常激烈。安德斯把一切都赌在了从政走仕途上，因此他可是非拿到提名不可。他尽可能地让自己引人注目，也是进步党青年部全新在线论坛上的活跃用户。

"我们不必为胸怀壮志而羞耻！"他在五月一个明亮的夜里写道，这是他最早发布的文章之一。"我们不必为定下目标然后加以实现而羞耻！我们不必为打破既定规则来取得更好的成绩而羞耻！"挪威有一种强烈的失败者心态，他认为。一个挪威人会就这么站在那儿等着，毕恭毕敬地请求。他们从来不会主动提出自己的想法，而是会学习祖先低调谦逊的榜样。这种情况必须改变，安德斯写道，还举了皇室新成员的例子来证明他的观点。在最初的一篇文章里，他表达了自己对于哈康王储迎娶梅特·玛丽特的支持，玛丽特是一位单身母亲，有一个四岁的儿子，他也支持玛塔·路易斯的未婚夫阿里·贝恩，这位作家的书里充斥着毒品，以及黑暗而又放荡的生活[1]。他称赞这两个人，因为他们都是个人主义者。假如他们是有钱、沉闷而又保守的人，就不会有人批评他们了，他写道。不，挪威应该向美国学习，在那里，成功的关键是：1. 你是最棒的。2. 你可以让所有的梦想成真。3. 唯一的限制就是你自己加给自己的限制。"然而，充满智慧的妖精们会坐在山顶上，说着完全相反的话：1. 别把自己当回事。2. 别幻想你能做成任何事。3. 别幻想有任何人在乎你。"

*

在安德斯的社交圈子当中，最有影响力的人物是乔兰·卡尔梅，进

1　阿里·贝恩（Ari Behn），挪威作家，2002年与玛塔·路易斯公主结婚，2016年离异。

步党青年部在奥斯陆的领袖。安德斯经常在乔兰的论坛文章下面留言，但却很少收到回复。

安德斯，童年时期为自己的玩具士兵设计过战略战术，涂鸦党时期画过奥斯陆各处的地图和逃跑线路，后来又起草过经营计划和营销策略的安德斯，如今拟定了一份进步党青年组织的图表，在纸上精心规划着他的政治前途。

为了有资格获得提名，参加二〇〇三年的市议会选举，各地区支部都必须提前一年向提名委员会提交推荐人名单，所以现在是出击的时候了。进入考察范围的候选人，之后会被叫去接受委员会的面试，领导委员会的是前任外交官汉斯·赫格·亨里克森。

安德斯力劝所有人都参加竞选，随后在二〇〇二年五月写道，他、乔兰·卡尔梅以及琳恩·朗厄米尔登记成了初步的候选人。

乔兰·卡尔梅是三人中第一个被叫去面试的。"他可真是根硬骨头。"是赫格·亨里克森的结论。"好问，勤学，机敏。"他特别提到。这个年轻人展现出对进步党政策的出色理解，也能够证明自己的观点。榜上有名。接着被叫去的是琳恩·朗厄米尔。她是个有争议的候选人；有人对她处理自己生活的方式产生了一点怀疑。上了年纪的外交官旁敲侧击地打听了几次，有一天事先没打招呼就去了她在奥斯陆上班的店铺，之后就不再去理会那些传言了。他断定她是个"可用而又有趣的候选人"。理论思辨方面不是那么强，但是她有干劲，有进取心，而且充满了斗争精神，这一点他非常重视。党内的灰发元老们对琳恩进行了有关进步党政策的考试，她合格了。

剩下安德斯还在等着电话。

对于为什么要花这么长时间，他想了好几种解释。其他党派更擅长推荐青年候选人，他抱怨道。毕竟，他在乌拉尼亚堡-少校宫支部的时候就认识老赫格·亨里克森了。那时候，安德斯甚至还在少校宫养老院和乌拉尼亚堡小学管理委员会当过副代表，好最大限度地增加自己的机会。

"他们一定很快就会来找你的，"琳恩说，"别忘了他们有好多人要联络呢。"

琳恩和安德斯一起订好了计划。他们要申请成为奥斯陆手枪俱乐部的会员。两人对枪支都非常感兴趣，会花很长的时间讨论各种各样的型号。

在部队里，琳恩渐渐熟悉了枪械，从标配的AG-3自动步枪到各类机关枪，还有格洛克手枪和MP5冲锋枪。她是一名优秀的射手，还能真切地记起对于成功掌握这门困难的技术，出色地完成任务，合格达标，自己曾经是多么地自豪。

对于安德斯，她则非常惊讶一个没有服过兵役的人居然对各式武器都有如此清楚的了解。"部队真是应该买这种机关枪。"他有时会这么说，然后详细地解释射程、应用和弹药的种类。他也可能会把网上或者杂志里的东西指给她看，评论说："这款冲锋枪比他们现在用的那种好。"他对各种各样的枪支武器都有既丰富又详尽的知识。

安德斯不需要服兵役，因为他是母亲登记的看护人。在一次严重的疱疹感染之后，母亲的颅内被植入了一根引流管，在很长一段时间内都需要有人护理。

安德斯对母亲的照顾让琳恩深受感动。他曾经跟她说过母亲患病之后的进展。手术之后她就变了，他说，变得更加健忘，更加没有条理，而且非常抑郁。

安德斯也曾对琳恩说起过母亲不幸的童年，他那个发了疯的外婆，还有那两个母亲从来不想让他认识的舅舅。他告诉她，在他长大的时候，母亲是如何地自我牺牲，一个人带着两个孩子。但他也批评她和亲戚们断绝了联系。他是非常想要一个大家庭的。

他一定是个善良的人，因为他和母亲之间的关系是那么的亲热，琳恩心想，尽管一种感觉始终在她的心里挥之不去，感觉这所有的一切都有点反常。他肯定从小到大都是最受宠爱、最被娇惯的那一个，她断定。

但安德斯从来不告诉琳恩任何有关父亲的事情。

"他不想和自己的孩子有任何接触。"是他唯一肯说的话。

在网络上，安德斯用的是一种欢快而又尖锐的语调。他的文章里夹杂着许多表情符号、惊叹号，以及写在括号或是引号里的搞笑评语。他写下了一长串想要成为下一个卡尔·伊瓦尔·哈根或是西弗·延森的党员所应该做到的事，延森是一位年轻的女性，她当选成了副主席，并且在这个由男性主导的政党里证明了自己的坚韧和雄心。"销售和营销方面的知识，与有关思想体系和理论性政治问题的学识一样重要。"他写道。对心理学和法律略知一二，考虑周到，阅读各种报纸也很有用。任何曾经干过销售的人都会拥有明显的优势："你必须得擅长辩论——口齿伶俐，但要用别人能够理解的方式来讨论问题。"他建议从对着镜子练习开始，把自己的样子录下来，以帮助改善自己的表现。要想让别人把你当回事，就得穿得正式一点，而在有些场合，静静地坐在那儿要好过"在大人们面前"说些蠢话。团队合作至关重要，"倘若我们，进步党青年部精明强干的新鲜血液，不在主要政党内部坚持我们的主张，其他的年轻人就会崭露头角"。

"党里的怪人。"读到奥斯陆西区支部副主席写出来的东西的时候，乔兰·卡尔梅咕哝了一句。贝林是个彻头彻尾的外人，可他听上去却像核心集团里的一员似的，见到安德斯给党内高层提供指点的时候，卡尔梅心想。

这话听起来很耳熟。他是个小玩意，却表现得像个国王。

炎热的夏季渐渐消逝，秋日的气候猛烈袭来，大风飕飕地刮了起来。这是人们记忆中最冷的一个秋天，而安德斯还是没有被叫去面试。

提名委员会的主席从来没有读过安德斯发在网上的任何东西，不过倒是见过他。

"他好像挺客气也挺讲道理的，"是赫格·亨里克森的评价，"不过他难道不是有点思路不清吗？"

安德斯·贝林没能给这位老人留下什么特别的印象。他只出席了几次会议，在会上也没能让自己立身扬名。他的名字确实是和一长串别的名字一起被放进了候选人的名单里，但他所在地区的"成年"支部——乌拉尼亚堡-少校宫——没有一个人认为他是合适的人选。对于各辖区向提名委员会推荐的人选，必须进行面试和批准的是地区支部。对他们而言，重要的是个人印象，而不是在网上开疆拓土。

他并没有经过考虑并被认为合格。

他甚至都没有被考虑过。

他始终没有被叫去面试。

他的名字并没有出现在名单上。

就在圣诞节之前，提名名单最终敲定。两位青年候选人获得了提名。乔兰榜上有名。琳恩榜上有名。

安德斯在论坛上的文章变得更消极了。"挪威政治制度里最让人悲哀的事情就是，得到政治权力的常常不是能力最强的，而是那些最会交际的。"

他告诉别人乔兰·卡尔梅曾经承诺会支持他获得候选人资格，结果却从背后捅了他一刀。就是因为这样他才没能成为党内的领袖，他对一个名叫"小东西"的网友说："卡尔梅在我背后捣鬼。"

"要是没有引人瞩目的年轻议员，进步党青年部他×的又该怎么招揽30岁以下的选民呢？？？"他在新年里写道，还有，"依我看，中央执行委员会在发展全面的青年战略方面实在是太不积极了！到底有没有战略啊?"

他是个无名之辈，而选举的时间就要到了。

乔兰被选入了市议会，琳恩则被选为候补委员。不久，乔兰被任命为一位地方政府部长的秘书，后来又被任命为部长，而琳恩则成了议会的正式成员。

至于他呢，他已经失去了对党派的兴趣。办公室和社交活动都不再去了。要是他们不想要他，那么他也不要他们。他离开这里，走入了大千世界。没有了乔兰；没有了琳恩。

"优质假文凭！"

E Tenebris ad Lucem[1]

从黑暗到光明

——圣约翰会所

"圣奥劳斯三支柱会所"格言[2]

假文凭的销路好了起来。他赚到了第一个一百万。

他赚到了第二个一百万。

他居然发财了。

钱款滚滚涌入安提瓜和巴布达、圣文森特与巴哈马等避税港的账户。他也在拉脱维亚和爱沙尼亚开了账户。这样就可以避免在挪威交税了。银行给了他匿名的信用卡，这就意味着他可以在奥斯陆的自动提款机上取款，名字却不会被记录下来。

母亲帮着他洗钱。他让她开了三个银行账户。她把儿子给她的现金存进去，然后再把钱转给他。在很短的一段时间里，她就处理了四十万克朗。

想到这个主意的时候，他还活跃在进步党里。他忽然意识到假文凭可能会有市场，于是就在二〇〇二年秋天建了一个网站，diplomaservices.com。

他的公司，城市集团，通过诸如bestfakediploma.com和superfakedegree.com之类的网址开展业务。网站的广告宣传上说"学士、硕士和博士文凭，专业任你选"。网页上不时穿插着双重惊叹号。"十天之内收到一份优质假文凭！！"标题用的是加粗的斜体字。费用大约是每张文凭一百美金，还承诺如果顾客能在其他地方找到更好的印刷质量，就提供全额退款。对于想要某所特定大学的一整套考试合格证书外加毕业文凭的顾客，还有两百九十五美金的特别优惠价格。

一个印度尼西亚的年轻人根据订单拟出文凭，再用电子邮件发给身在奥斯陆的安德斯检查。有医学院文凭、博士学位和工程师资格证，各种组织和社团的证明，甚至还有获奖证书。有时候安德斯会画出第一稿，然后再发给他的亚洲雇员，他每月付给那个人七百美金的工资。

那些网页每个月能带来几百张文凭的订单。公司占去了安德斯的大部分时间，但周末除外，周末他会到城里寻欢作乐，花着自己的钱，有时候大手大脚，但从来不会胡乱挥霍。安德斯也为自己找到了一群不错的朋友：来自西区的年轻人，有些是商科学校的，一两个是小学时代的同学，还有几个是随着时间推移而认识的其他人。

他搬出了玛丽街的合作公寓，如今在提德曼斯街上自己租了房子，离他和同学一起住过的地方不远。母亲会过来帮他打扫整理，再把他要洗的衣服带回去。安德斯付给她现金报酬，每月几千克朗。

订单开始越积越多。他那位印度尼西亚合伙人的英语不是那么流利，需要改正的地方相当多。安德斯需要一个能够检查文凭，并进行最终润色的人。

在通过政府就业计划刊出的招聘广告里，安德斯说他要找一个人来负责图形设计方面的工作。唯一的具体要求就是要有使用Photoshop和

1　拉丁语，从黑暗到光明。

2　共济会（Freemasonry），发源于西欧的兄弟会组织。挪威共济会采用"瑞典礼"（Swedish Rite）体系，会员分十级，一到三级在圣约翰会所（St. John's）聚会活动，四到六级在圣安德鲁（St. Andrew's）会所，七级及以上在各地总会（Chapter）。圣奥劳斯三支柱会所（Saint Olaus to the Three Pillars）属圣约翰级。

CorelDRAW的经验，CorelDRAW是一个平面设计软件。申请人还必须能够立即开始上班。

马兹·马德森只在高中时上过一门有关绘画、设计和色彩的短期课程，不过他对那两个电脑程序非常熟悉，便发了申请去碰碰运气。

二○○五年最开始的几天里，他被请到改了新名字的电子商务集团办公室。集团给了这个年轻人一份平面设计师的工作。但在充分说明职责之后，他犹豫了。

"这合法吗？"

"只要我们不伪造官方印章或者其他类似的东西，就是合法的，"一身西装的总裁说，"这一点已经在美国的法院里验证过了。"

他把它们叫做装饰文凭。"你的工作就是检查拼写错误，以及鉴定构图排版。"

在网站上，电子商务集团把自己伪装成合法企业，说文凭是准备用做电影道具之类的云云。

实际情况是他们从不询问顾客，只是假设这些文凭是用于装饰，或者是用来替代丢失或损毁的文件的。安德斯做了一个签名的模板让马兹用。他管它叫恶作剧签名：模板并没有打算模仿任何一位真正的大学校长的签名，所以并不违法。

薪水开得非常大方：马兹每月能拿到三万克朗。事实证明他干活很快，效率很高。

一天，安德斯问马兹愿不愿意领现金。这样一来他就不用缴税了，能给自己留下更多的钱。这位员工说他并不想这样。于是他继续每个月收到工资单，上面列着自己所缴纳的税金。

过了一阵，安德斯又要求他打扮得更讲究一点，穿衬衣系领带。马兹拒绝了，继续穿着针织套衫和牛仔裤。

后来安德斯又开始嘲笑这位身为素食主义者的员工，想要带他出去吃一顿像样的美餐。马兹说他正在努力，想在自己离开这个世界的时候，尽可能在地球上留下最少的足迹。

安德斯开始一门心思想要抓住马兹的把柄，想要发现他身上不道德的地方。"如果说真有什么样的人是我受不了的，那就是伪君子。"他说。

他在商科学校里的熟人，眼下大多都已经开始了大学和学院的课程。玛格努斯，他童年时代的一个朋友，成了一名消防员，另一个朋友则在申请航运业的工作。他们中的许多人都有了固定的女友，有些甚至有了同居的另一半，其他人则接二连三地搞着一夜情。这些事情安德斯一件也没有做过，不过他却非常留意。有一个朋友和几百个女孩上过床，他估计。他自己一般都独自回家。女性对他没什么兴趣，他对她们也没兴趣。他对朋友们抱怨说，挪威的女孩子思想都太开放了，绝对当不好家庭主妇。他的朋友们哈哈大笑，叫他别再胡说八道。谁想要家庭主妇啊？

接着他做了一件让朋友们都觉得不可思议的事情。二○○四年十二月，他向一个乌克兰的相亲网站要了十位女性的联系方式。第二年二月他又多要了十个人的信息。他总共付了一百欧元给那家网站，那上面有成千上万个东欧女性的资料。

当一位女性朋友指出，通过邮购的方式买一个新娘回来，并不是他这个年纪的男孩通常会做的事情的时候，安德斯其他的朋友们却不怎么在乎，只是说他有时候是有一点古怪。

他选中的女性都长着蓝眼睛，身材苗条，有着小女孩儿一般的身段。她们都比他要小，大多都是十几岁的少女。

他从最近的一批下载当中挑了两张照片。一个是黑发，另一个是金发。他拿不定主意，于是就问了母亲。

他把两张照片拿给她看的时候，她指向了发色更浅的那个。

她是来自白俄罗斯的娜塔莎。

他写了邮件，也很快就收到了回复。他们来来回回地发了几个星期的邮件。三月，他把办公室交给马兹管理，去了一趟明斯克。

娜塔莎在白俄罗斯首都市郊的一个工人区长大，她被这个相貌英俊、举止有礼、衣着光鲜的挪威人给迷住了，她也很喜欢他对自己的介绍：他接受的教育，他的公司，他的地位。唯一的问题是，她发觉要听懂他说的每一句话有点困难。娜塔莎不太会说英语，而安德斯却用了很多艰深的词汇。

和她的父母一起待在家里的时候，他们给他端上了布里尼——俄罗斯薄饼。他问起这个地区的辐射情况[1]，也非常留心注意，没有吃太多当地出产的食物，没有喝太多受到污染的水。他向不同的人询问有多少人死于放射，"好对危险隐患有一个大致的了解"。

仅仅一个星期之后他就回到了家里，兴奋地说起了娜塔莎。她金发碧眼，时髦漂亮，他说道。

春末，他给娜塔莎买了一张机票，这样她就能到奥斯陆来看他了。母亲觉得娜塔莎长相标致，也非常喜欢她。"一定是真爱，"她对一个朋友说，"因为这是安德斯第一次邀请一个女孩来见妈妈。"安德斯曾经告诉母亲说娜塔莎过着贫寒的生活，住在一栋非常简朴的公寓楼里，也只习惯这样的环境。温彻觉得这会是一个优势。"因为要求很高的女孩子不适合安德斯。"

然而事实上娜塔莎并不像安德斯所希望的那样容易应付。

他的朋友们对这个白俄罗斯女孩非常怀疑。她唯一愿意做的事情就

1　指今天乌克兰北部，靠近白俄罗斯边境的切尔诺贝利核电站事故所造成的核污染。

118

是出去购物，然后把账单交给安德斯，他们说。她所期望的，可能不只是他那间小小的单身汉公寓而已，安德斯自忖。或许他花钱的习惯不够奢侈，让她非常失望。

至于她呢，则说他们之间的亲密火花已经消失了，而且他并不尊重她。

她说他大男子主义。

他说她只想骗他的钱。

娜塔莎被送上了回家的飞机，后来嫁给了美国一座小镇上的教堂风琴师。

他们两个分手，最伤心的人是温彻。她已经把三人一起吃饭时，她给他们俩拍的照片装进了相框，挂到了客厅的餐具柜上。

"是不是有点太快了？"一个住在同一幢公寓楼里的朋友曾经问过她。

"哦不，他们是那么的相爱，以后你就明白了。"当时温彻这么回答。

在娜塔莎离开很久以后，温彻终于把照片拿下来的时候，她说安德斯"养不起她"。

安德斯的伙伴们都找到了贴心的女朋友，而他却还是独自一人，这是母亲的伤心事。

娜塔莎事件对安德斯是一个打击。他对于理想女性的想象原来只不过是一场美梦而已。他是那种更愿意评论照片上女人的长相，比如帕米拉·安德森[1]，而不是自己遇见的实实在在的女孩子的人。有血有肉的女人让他难以捉摸。有几个朋友断定他对异性不感兴趣。

一天晚上，他在城里玩的时候，偶然遇见了昔日一起卖广告位时的

---

1 帕米拉·安德森（Pamela Anderson），加拿大裔美国演员和模特，以《花花公子》女郎形象为人所熟知。

合伙人。克里斯蒂安还在为那家把他们做流动广告的主意买下来的公司工作。两个人停在赫格德侯格斯大街的尽头,这条高档的商业街,到了夜里就是雅皮士和时髦辣妹们的社交中心。克里斯蒂安觉得安德斯套在他的那件夹克衫里,显得有些迷惘失落,有点垂头丧气,他的面孔被掩盖在一层粉底下面。他们俩都有点喝醉了。克里斯蒂安无意中把自己想了很久的事情说了出来。

"出柜吧,安德斯!"

安德斯挤出一个勉强的笑容,把他的朋友推到了一边。克里斯蒂安不肯被他甩掉,也不想放下这个话题。

"你一定得出柜,我们可是生活在二十一世纪啊,拜托!"

安德斯挣脱开来。"哈,"他说,"你找错人了。"

克里斯蒂安一直觉得安德斯是同性恋,但这却是他第一次有胆量提出来。"这一点毫无疑问。"他们共同的朋友说,这位朋友自己也刚刚出柜。克里斯蒂安的女友也有同感。"绝对的同性恋"是她对安德斯的一贯看法。"他明显对女人不感兴趣。只是在假装而已。"她说。

安德斯的朋友们也嘲笑他看起来像个娘娘腔。安德斯和他的化妆品,安德斯和他那咯咯的傻笑,安德斯和他做作的声音。那个总要快速做几个俯卧撑为一夜的玩乐拉开序幕的安德斯,那个从来没有过女朋友却起劲地谈论着妓女和妓院合法化的安德斯。

你可以藏在那种好像很有男人味的外表背后。没有令人恐惧的亲近、没有叫人尴尬的亲昵。

他把自己称作都市美男,一个喜欢女人,但也喜欢盛装打扮,涂脂抹粉的男人。

如今他则断然否认。喜欢男人,他?他喜欢谁也不会喜欢男人,他喜欢的是金发女郎。

"安德斯,你不能继续这么虚伪地活着!"克里斯蒂安说,"你把实话说出来，一切都会好起来的。"

两个人已经在那儿站了将近一个小时。"你说出来的话事情会圆满解决的。"克里斯蒂安保证说，他们立在皇家花园旁边的十字路口，人潮踉踉跄跄地从他们身边经过，有些去参加派对，有些从派对上离开。

安德斯卷起嘴角露出一个微笑，从夹克上掸去一小粒看不见的灰尘。

这该死的夹克，克里斯蒂安心想，难看死了，看起来简直荒唐可笑。他一点常识、一点品位也没有。

两人悻悻地分了手。

办公室里的情况也不太合意。马兹和安德斯并不吵架，但他们也不怎么合得来。而且安德斯也变了。他花在电脑屏幕跟前的时间越来越多。

马兹已经不是那么喜欢自己的工作了。工作内容单调乏味。一纠正完印度尼西亚同事的拼写错误，他就得把文凭打印到厚厚的纸上，然后邮寄给顾客们。有时候安德斯也会派他去办点小差事，比如去银行或者邮局取钱之类的。

马兹开始觉得厌烦了，夏天临近的时候，他交了辞职信。

"可以。"安德斯回答，对于又一次孤身待在办公室里有何感想，他的表情并没有透露出来。

暑假期间，马兹接到了挪威主要的大报《晚邮报》打来的电话。这家报纸曾经刊登过一篇文章，讲的是挪威大学里的伪造文凭，现在又弄到了更多有关此类不诚实行为的资料。一家在美国的公司标出了四个销售假文凭的网站。他们已经给挪威当局写了一封信，请他们调查一下布雷维克的活动。

《晚邮报》想要联系安德斯，却只能找到马兹。

"这些我完全不了解，我也不知道你们提到的网站。我不是任何假文凭的幕后黑手。"二〇〇五年九月，报纸引用马兹的话说，报道还表示安德斯只是一个二十五岁的失业青年，公司用了他的名字注册。

《晚邮报》写道："在花费大量时间，阅读了销售商们费尽心机表示对于在任何正规场合使用这些文件，他们都概不负责的大段文字之后，我们得出了明确的结论，这些证书和文凭是打算'供消遣娱乐用的'。"报纸没有透露安德斯·贝林·布雷维克的身份，只说文中提及的这个人是"一个姓名已知的挪威人，来自奥斯陆"。

司法部要求检察长评估一下 bestfakediploma.com 和 superiordiploma.com 这两个网站的业务合法性。

安德斯如履薄冰。

文章发表的那个星期，他在奥斯陆手枪俱乐部完成了为期三天的射击课程。

《晚邮报》专题文章刊出后的那个星期，大选的日子到了。在被不光彩地排除在提名名单以外后，安德斯就不再活跃在进步党里了，但他却继续付着党费，并且也前去投下了自己的一票。进步党仍旧是他在政治上感觉最不拘束的地方，而他们的选举成绩也很不错，赢得了百分之二十二的选票。

然而工党表现更好，开始与社会主义左翼党和中间党谈判，组建红绿联盟[1]。这三个政党共同建立了欧洲最为激进的政府政纲。预示着所有的政府功能私有化都将受到限制。社会主义左翼党控制了财政部。这个政党代表了安德斯·贝林所反对的一切：对市场力量进行更加严格的调

---

1 红绿联盟（Red-green Coalition），由工党、社会主义左翼党和中间党组成的中左派联盟，2005—2013 年在挪威执政。

控，加强对经济的管制，对金融违法行为课以数额更大的罚款，并对股份红利征收更高的税金。

安德斯把尽可能少缴税作为自己的原则。不过在成立电子商务集团的那一年，他确实也不得不遵守一些法律法规。他雇了一位审计师，这是创办股东有限责任公司的必要条件。虽然制作假文凭的收入从来不曾上报给有关当局，但抛售股份的利润他却无法隐瞒。

整个秋季他都在斟酌是不是别再做假文凭了。全名被媒体披露出来的话会很难堪。就算能让大家知道他的生意并非完全不合法，在道德层面上也还是很成问题，而且他也不想靠造假过活，他想当一个正经的商人。一个正经的商人，大把地赚钱。

可是要放弃换来那么多克朗的不法交易是很难的。于是那个身在印度尼西亚的人继续做着考试证书。而安德斯则继续把它们邮寄出去。

雪花纷纷扬扬地落下。

圣诞节就要到了。这是合家团聚的时候。可他的家人却少得可怜。他的姐姐几年前在洛杉矶结了婚，自从婚礼之后他就再也没见过她了，婚礼上母亲还和姐姐吵了起来。姐姐指示温彻说自己是个医生。

所以平安夜照旧只会有他和母亲两个人，两个人拆礼物，再吃上一顿圣诞大餐。今年他们会待在霍夫斯路的公寓里，母亲已经搬到那里住了。然而，就在假期前几天，他们收到了邀请，要去奥斯陆城外温彻远房堂兄家里吃圣诞晚餐。

温彻和扬·贝林以往只见过几次面，可是这回他的太太却偶然撞见了她，还发觉她和安德斯会独自庆祝圣诞节。太不像话了！他们两个人的近亲都那么少了，平安夜当然不能在不同的地方过。

温彻盛装打扮，做了头发，还化了妆。安德斯也在穿着上费了一番工夫。

吃饭的时候，安德斯注意到一枝烛台，兀自立在客厅的架子上。

"这是什么？"他问道。

"希腊圆柱，"干瘦而又克制的扬·贝林回答，"一根多立克柱，一根爱奥尼克柱和一根柯林斯柱[1]。"

这是他所属的共济会团体——三支柱的标志。

"啊，我一直就想当上共济会会员，"安德斯惊呼，"这一直是我的梦想。"十三岁的时候他去了共济会会堂，想要弄清楚如何才能成为会员。别人告诉他入会年龄的下限是二十四岁。现在他就快二十七了。

共济会会员是掌握权力的精英，他告诉那些认为他非常奇怪，居然想和这些老古董交往的朋友们。这里是广结人脉的理想场所。要想有所成就，就非加入不可，他会说。

他的机会来了。

"您能介绍我加入吗？"他兴奋地问。

"哇那可真是太棒啦。"温彻插嘴说。

"你是基督教徒吗？"堂兄问道。

"是的。"安德斯回答。

扬·贝林是个小心谨慎、深思熟虑的人，说起话来语速很慢，啰啰嗦嗦的。这个团体建立的基础是基督教的价值观，他解释说。会员资格能让个人得到提升和完善。身为一个共济会会员，就要努力变得更加谦逊、宽容和有同情心——有风度，有尊严。

安德斯从来都没有一个父亲、祖父、叔父，或是一个可以信赖的世

---

1 多立克（Doric）、爱奥尼克（Ionic）、柯林斯（Corinthian），源自古希腊的古典建筑三大柱式。多立克柱又被称为男性柱，柱身粗壮，柱头没有多余装饰。爱奥尼克柱又被称为女性柱，纤细秀美，柱头有向下的涡卷装饰。柯林斯柱比爱奥尼克柱更加纤细，柱头以莨苕装饰，形似盛满花草的花篮，雅典宙斯神庙即采用此种柱式。

交能够邀请他加入。要被提名为会员，你必须获得团体中两名成员的邀请，而这两名成员也将成为你终身的保证人，还得要有另外两个人为你担保。

而如今他意识到自己和一个第八等级的共济会会员有亲戚关系！

晚餐快结束的时候，安德斯鼓起勇气，直截了当地询问这位比他年长四十岁的远房堂亲，愿不愿意做他的保证人。

贝林有些迟疑。他对安德斯并不熟悉，也不觉得自己可以就这么去推荐他。不过他把共济会会员本，一本包含全体成员姓名的共济会登记簿借给了他。安德斯可以翻阅一下，看看里面有没有他认识的人，可以做他的保证人。

那一年的圣诞节，奥斯陆气候温和，下的多是冻雨而不是雪花。街道变成了灰色，落满了一夜之间就被冻住的雪泥。在家里，安德斯仔细研读那本登记簿，在里面发现了律师和法官，警察总部副部长，有名的教授和企业家。然而没有人跟他有一点关系。

共济会的网站上提到古老的符号和仪式，只有一个由极少数人组成的小圈子才能获准进入，只有随着等级不断上升才会显露真容。真理不是赤条条地来到这个世界上的。它是在符号和图像之中显现出来的，网站上说。

"每个孩子都有胜利的资格。"

这是那一年，首相延斯·斯托尔滕贝格为新年寄语开场的句子。"我说的是做成一件事情的那种纯粹的快乐，"他在这段电视讲话中说，"在这个欢庆的季节里，许多人都在制订着计划，怀揣着或大或小的梦想。在挪威，让这些梦想变为现实的机会，或许要比其他任何一个国家都多。我们强烈的集体意识，使得每一个人都拥有更多的机会，来追求成功与幸福。正是这种精神构成了挪威的梦想——将更多的机会赋予更多的人。对我来说，梦想是通过集体得以实现的。"

更大范围的平等会创造出一个更有活力的社会，这位工党首相坚持说。

对安德斯而言，梦想并不是通过集体来实现的。他渴望着从这一群毫无个性的众人之中脱颖而出。

跟着便是二〇〇六年了。新年假期期间，安德斯告诉母亲的远房堂兄，他在共济会名册里没有找到自己认识的人。这就让扬·贝林面临着左右为难的处境，于是他联系了自己所属的共济会团体，三支柱的总导师。导师说他们可以破例一次，请安德斯过来聊一聊，看看他是个什么样的人。

冬末，安德斯被领着参观了位于共济会总部的"骑士圣堂"，扈从大厅。那是一间宏伟壮丽、屋顶很高的大厅，天花板和墙面上有灰泥和壁画。一套又一套的铁甲和头盔，陈列在旗帜与横幅之间。跨在马背上的骑士，以及穿着白色斗篷、胸前画着红色马耳他十字的十字军战士，都被直接画到了墙壁上。一头浮雕的雄狮，脖颈上挂着圣乔治的十字勋章。舌头被涂成了红色。地窖内则存放着共济会典礼和仪式用的骨骼和头颅。

安德斯被带到地下深处，来到礼堂下方，三支柱会所的小房间里。在那儿，他接受了会所导师有关他生活状况和生活方式的提问。安德斯答得彬彬有礼，一直相当安静，寡言少语。圣诞节期间的迫切渴望此刻已经不那么强烈了。他母亲的远房堂兄对此非常惊讶，但会所的导师却觉得这个年轻人看上去有着坚定的基督教信仰，对他提出的其他问题也给出了得体的回答。唯一让他担心的是，这个贝林可能有点太不张扬，太软弱了。

会所的导师保证会让安德斯知道结果。他说可能会花上一段时间。

安德斯一直在等。他的申请必须经过一套复杂的流程。他开始觉得自己可能会遭到拒绝。他会被禁止进入这个组织吗，他难道不够优秀吗？

父亲的缺席沉重地压在他的心头。

有时候，他能非常深切地感受到这种缺失。

一天，他决定给父亲打个电话。

他们已经十一年没有说过话了。距离安德斯上一次因为涂鸦被捕，父亲中断所有与他的联系，已经过去了十一年。

他拨出了号码。电话另一头有人拿起了听筒。

"你好，我是安德斯。"

父亲用他那优雅的诺尔兰口音回了一句诧异的你好。

安德斯对父亲说了自己的近况，他有了自己的IT公司，雇员遍布全球。他说一切都很好，他正在考虑去美国的大学进修。他留给父亲一种他对生活极其满意，经济上和社交上都事事顺利的印象。

他们道了别，说了几句再联系之类的空话。

他们没有。安德斯再也没有给父亲打过电话。

父亲也从来没有打过电话给他。他有自己的生活。如今他已经结了第四次婚。和自己的四个孩子都没有往来。

可是说不定，要是安德斯做了什么非常了不起的事情，父亲就会喜欢他的，会真正地接受他。他是那么地想要让父亲为他感到自豪。至少这是他曾经对父亲的第三任前妻，在诺曼底度假时曾经照顾过他的那位继母说过的话。

这个冬天非常难熬；他的自尊渐渐沉沦，他的精力消失殆尽。二月，他说停就停，不再制作假文凭了。一想到会作为一个造假分子被媒体曝光他就受不了。于是他开始买起了股票。

股市低迷不振，春季里几乎都在下跌。他赔了一点，赚了一点，却丝毫也没有见到自己希望能够摸中的、那种能开中幸运大奖的彩票。五月，股价暴跌，随后便一直在谷底徘徊。

他账户里的总额正在缩水。大部分资产眼下都套在了股票里，卖掉的话会损失惨重。他焦躁不已，惶恐不安地跟踪着股票和市场行情。他的投资组合大都被拴在了已经暂停销售的股票上。

在电脑跟前坐着的时候，他最喜欢的便是逃避现实。

他的年度报告和当年的账目都没能在截止日期之前及时提交。总算把报告送上去的时候，审计师把他狠狠地训了一顿，因为他买卖股票的账目都记得不全。

安德斯对朋友们避而不见。电脑屏幕对他的吸引力越来越大。他会迅速输入自己参与的电脑游戏的地址，能一连玩上好几个小时。任何来访或是来电话的人，常常就得等着他把正在进行的那个级别打完。

他再也不想花时间锻炼身体了，吃得很差，也不再费心思盛装打扮去市中心玩了；在那个该死的牲口市场里和朋友们聚会玩乐——他把社交场所叫作牲口市场——他已经受够了。"生活就是毫无意义的你争我夺，"他对一个朋友说，"为了发财没完没了地转着圈跳舞。我可是再也受不了了。"

他的现金储备逐渐减少。那套位于高档路段、日益破败的两居室公寓，租金是一万五千克朗。再过一两个月，他就只能开始抛售低价股票来负担生活费了。没有另外的资金进账。

这是母亲的主意。要是搬回家里来住，他就能省下很多的钱，她说。反正那间房间也没有人用。他唯一要做的，就是把她放在那儿的几件餐厅用的破家具给搬出去。

二十七岁那年的夏天，他又搬了回去，和母亲住在一起。

"只是暂时的。"他说。

"你会住得很开心的。"她说。

选一个世界

这是一个很不错的地方。一个完美的精英世界。

若是技术过硬，头脑机警，便能步步高升。若是坚持不懈，完成任务，便能获得回报。

简单说来，就是一分耕耘，一分收获。

没有继承而来的等级或是声望。你自己为自己选择职业还有种族。是你的技能，和你对技能的使用，推动着你在这套等级体系之中层层向上，接近目标。

所有的人都从相同的地方开始，从起点开始。

你想要成为什么样的人，就能够成为什么样的人。你给自己一个名字和一段故事。你可以当男人，也可以当女人。你可以是人类或者巨魔，矮人或者精灵，侏儒或者兽人。这就是你的种族。

然后是职业。你可以选择当战士、牧师、萨满祭司、猎人或是潜行者。或者你也可以做一个法师。

猎人可以让野生的猛兽为他作战，自己则退到后面发射弓弩。潜行者可以偷偷接近对手身边而不被发现，再用匕首或是斧头从背后发动袭击。他们是近身肉搏时的最佳选择，而牧师则能够在远处施以最沉重的打击。他们拥有治愈的力量，还能使用黑暗的魔法。他们必须自己弄到自己需要的草药。有些药立竿见影，有些则逐渐起效。法师有各种手段在一段时间内为自己注入能量；圣骑士则知晓能让人立即死而复生的魔法咒语。

德鲁伊可以让自己化身黑熊或猛虎，大树或岩石。他们能够召唤旋风或是乌云。术士能在战斗当中征召恶魔来为自己牺牲。萨满祭司能够驾驭空气、大地和流水，而骑士则能用强光让对手失明。

但每一项长处也总会伴随着一项不足。某一方面强大的话，另一方面就会薄弱。那些能够发射烈焰或是冰霜的，自己就挨不了几下，而那些只用一根长棍作战的，格斗起来就更加顽强。

最后，你还得选择一门专业技能。铁匠或是炼金术士，裁缝或是渔夫，剥皮匠或是厨子。精通一门技能有时就和精通剑术或法术一样有用。用技能制作出来的物品可以为自己补充装备，或者用来补充别人的装备，从中获利。

游戏可以开始了。

他进入了一个五彩缤纷的世界。有时明暗对比柔和而又朦胧，紧接着，忽然之间，色彩又会啪的一下在他面前爆开。地形总在不停地变化。一道闪电会劈下来，河流会决堤，要不就是炽热的岩浆仿佛就要填满他立足的山谷。

绿色更绿，红色更红，黑影更黑，亮光更亮。一切都有用意和目的。每件道具都有它的功能。每项技能都能加以利用。每一片地形都富有深意。

和所有的人一样，他从等级为零开始。从那时起他就可以开始挣经验值，完成任务之后，经验值就会用百分比的形式显示出来。

为了提升经验值的百分比，他需要提高的等级包括力量、耐力、敏捷、精神和智力。

身为新人，派给他的都是些简单的任务。可能是去田里收割庄稼，制作一根长矛，或是通过以物易物来给自己找一头动物当坐骑。动物的速度有快有慢。有些还可以飞起来，比如砂岩龙。他也可以给自己找一只不参加对战的宠物，只是在游戏里跟着他跑来跑去。

想要的每一件东西，都得自己做出来或靠自己弄到手。有时候拍卖行里会有装备出售，或者他也可以交易物品。有些工具属于敌人所有，这时候他就得打败对手，把原本属于他的东西夺走。

这些事情既耗时又费力。有耐心就有成果。付出时间就能换来财富。

任务的要求变得越来越高。他要去击杀一个怪物，找到一批宝藏。怪物和宝藏可能都隐藏在悬崖峭壁之间。美丽的城堡或许会被吸血鬼包围，他们四周的平原会变成施了魔法的战场。

到最后一个人完成任务已经不可能了。他只能与其他人合作，加入公会。公会成员的特点一定要能够互相取长补短。铠甲最坚固的必须在前线奋战。战士和圣骑士得吸引敌方的注意，这样，相对脆弱的队友，拥有治愈力量的法师和牧师才不会受伤。

这当中也有责任的成分。要是你没有出现，要是你不在，你就让所有人失望了，而且你的公会还有战败的危险。

他给自己取名安德斯诺迪克。性别男，种族是人类。他的职业是法师。

安德斯诺迪克高大健壮，有一张骇人的灰色面孔。身上穿着骑士的装束，胸口缝着珍贵的宝石，肩上有巨大的护肩装饰。头上戴着一顶高高的、闪光的头盔。

他放松双肩。

然后按下键盘。

游戏把他吸引进去，让他平静下来。游戏里的制度很容易理解。没有令人尴尬的分类，像是酷还是不酷之类的。足够聪明的人，就足够优秀。任何人都绝对能取得成功，你唯一要做的就是一心一意，登录游戏。回报会随着时间和经验而来，不像反复无常的股票市场，不像风险难测的搭讪场面。

安德斯很擅长累积分数，升级很快。玩家们游戏时戴着耳机，一边操作一边沟通。交谈的内容大多是团队出征、角色定位，以及作战的策略。他们只认识彼此在游戏当中的角色——化身——而不是日常生活里的本人。

起初，安德斯被排入新手的角色，他低调又安静，在讨论中并不是太活跃。伴随等级的上升，他渐渐地变了。变得更加亲切友好，更加健谈。随着时间的推移，他的乐天快活也出了名，成了一个能激励其他玩家贡献出力的人。简而言之，他很受爱戴。"忧郁症的补药。"一个玩家这样称呼他。

安德斯的母亲非常沮丧。这可不是她对儿子的期望。不管她什么时候走进他的房间，他都会很不耐烦，又把她赶出门去。他几乎没有时间吃饭，上厕所和洗澡都尽可能地迅速，然后又匆匆赶回房间，关上门，觉也睡得很晚。日常生活开始受到游戏的支配；他很少离线休息。

别人打他的手机他已经不接了。要是有人上门来找，他就让母亲说他不在。

他就这样度过了在霍夫斯路十八号里最初的日子。那是一个气候温和、阳光明媚的秋季。他窗外那棵孤零零的白桦树上，叶片变成了黄色，接着是棕色，后来又落到了地上。雨下了起来。在大树周围落成一圈的叶子不久就变得黏湿腐烂。而他却日日舒舒服服地坐在厚实的办公椅上，让手指在键盘上作战，伴着天色由明渐暗。

圣诞节又到了，他所有的时间都在玩着游戏。有一段时期一天有十六七个小时在电脑跟前度过。新年夜他整晚都在线。游戏里也庆祝各种节日。圣诞节有装饰过的圣诞树，新年有焰火。

这些庆祝活动是游戏生产商取代真实生活，把玩家留在线上的又一种方式。在《魔兽世界》里，暴雪公司设计了一个没有终点的游戏。

安德斯花了六个月多一点的时间专职打游戏，他成了美德公会的会长，这个公会在欧洲的诺达希尔服务器上活动。

安德斯获得了审判者的头衔。这是一个要花很长时间，完成很多杀戮才能成就的头衔。

团队征战的时候，安德斯绝对不能受到打扰。美德决定在晚上七点到十一点之间发起征战。每个成员都被要求参加。公会里的大多数成员每天大概会玩上十二个小时左右，而征战则需要大量的安排计划。他们必须储备食物，确保自己有足够的弹药和武器。装备越是齐全，在战斗中击败其他公会、找到宝藏或是击杀吸血鬼的可能性就越大。

安德斯诺迪克很擅长激励别人，即便一同作战的玩家们开始疲劳或是厌倦了，他也常常能让他们继续履行职责。多玩一会儿，就多一小会儿；他是出了名的永不放弃。

"我们只要完成这项任务，然后就能去睡觉了。"他会说。

有时候游戏会和现实生活发生冲突，有时候则正相反。

二〇〇七年二月的一个清晨，一封信寄到了他的手上。他被批准加入圣约翰会所的第一级别，还被邀请去共济会总部参加他的第一次聚会。他的母亲非常高兴。

保证人的问题解决了。温彻的远房堂兄将作为他的主要保证人，承担着让这个男孩变成一名优秀共济会会员的首要责任。三支柱会所的一位秘书则同意担任他的第二位保证人。

安德斯没有时间。他真的没有时间。

这似乎已经是好久以前的事了。一年前在鼍从大厅地下的密室里所进行的入会面试只不过是一段模糊的记忆。

可是这件事情他没法拒绝。天哪，他被接纳为共济会会员了！

假如这只是离线几个小时，去参加一场聚会的问题就好了。然而并不是这样，他得给自己备齐带黑色西装背心的全套晚礼服。这是入会仪式的着装要求。他得准备所有这些，还要努力修饰一下自己的外表，然后才能出去见人。

按照惯例，保证人会过来接新成员，带着他前往这个隆重的场合。安德斯在《魔兽世界》里庆祝了自己二十八岁的生日，第二天晚上，母亲的远房堂兄就来接他了。

安德斯坐上他的车。安德斯诺迪克已经为今晚的缺席表示了歉意。

在前往共济会总部的路上，安德斯说起了战士的授衔仪式，说起了公会和一起作战的兄弟们。

他的亲戚大吃一惊。共济会最重要的就是不断完善你自己的优秀品质，他解释说。

安德斯沉默了。

共济会的总部就在议会大厦边上。典礼官在里面迎接他们，他戴着正式场合用的礼帽和一副白手套，髋部挂着一柄硕大的宝剑。手里拿着一根巨型的权杖，权杖蓝黑相间，两头各有一个银色的尖。

那天晚上安德斯是唯一一个要加入会所的人。有相当多的兄弟前来参加典礼。他们用符合礼节的方式互致问候，这些礼节曾经都是他们必须去学会的。有些人戴着戒指表明自己所属的级别，其他人则在脖子上挂了项链和十字架。

他被带到一间大房间里，典礼开始了。首先，典礼官转向安德斯的两位保证人：我的弟兄们。我代表会所向你们表达谢意，感谢你们把这个陌生人带给我们，并陪伴着他来到会所的门前。

安德斯必须签署一份文件，声明自己信仰基督教，并且永远不会泄露共济会的秘密。接着有人将一块布条绕过了他的脑袋。蒙上眼睛之后，他要跟着典礼官念诵：

倘若我的行为违背了我给出的这个承诺

我同意让头颅从我的肩头上砍去。

同意扒开我的心脏，拔出我的舌头和肚肠，

将它们全部丢进深深的海洋，

我同意让我的肉体毁于烈火，

让它的灰烬散落空中。

他让人领着在房间里转圈，直到辨不清东西南北为止，随后又穿过长廊，走下几节楼梯。一扇大门被打开，有人要他坐下。蒙眼布给摘了下来，他发觉自己一个人待在一间漆成黑色的小房间里。面前有一张桌子，桌上放着骷髅。他被独自留在了房间里，直到有人走了进来，问了他几个问题。接着他又被蒙上眼睛，带回到那间大房间里，走完了剩下的入会仪式。

他是第一等级的会员了。

入了门，但却是最低的等级。

他一心只想回家。

在霍夫斯路被放下车的时候，他已经来不及参加征战了。不过还有时间上线。

母亲的堂兄告诉他，三支柱每周三聚会，他也很乐意让他搭自己的车。保证人必须确保由他邀请入会的新会员参加聚会和学习小组，并且承担内卫的工作。

安德斯点了点头。可是整个春天他只参加了一次日常聚会，而且即便是在聚会上，他所做的也只不过是自鸣得意而已。聚会结束之后，他说起一个新成员的行为举止，还有入会仪式是多么的不合时宜。而且一切都进行得太慢了，他发着牢骚。

最终扬·贝林不再给安德斯打电话了，尽管温彻恳请他坚持下去。

"他从来不出门，就坐在自己的房间里，弄那个网上的东西。"她抱怨说。

*

那年春天的目标是成为服务器上排名第一的公会，率领一个可以把游戏里能制造出来的每一头怪物都杀死的公会。

公会成员遍布欧洲，玩游戏时用的是英语。作为公会的会长，安德斯责任重大。他必须确保玩家们拥有他们所需要的装备：食物、刀剑、斧头和盾牌。他必须选择战术，提出战斗的策略，但他也必须听取其他玩家的想法，并迅速做出回应。

那一年的春天，安德斯诺迪克变得不那么宽容了。他常常伤害了别人的感情还不自知。游戏的进展对他不利的时候，他就不讲道理。他会威逼强迫，死缠烂打，不停地找茬。

有时这会引发公开的异议。一个玩家觉得他这是不守规矩，滥用私刑，说他是个恶霸、控制狂。安德斯把这个玩家从论坛里开除了。

有些人是自愿离开的，因为他对游戏认真得过头了。他受不了偷懒的人，他说，要是不喜欢某些玩家，或者认为他们没有在团队里干活的话，他赶起人来也是毫无顾忌。一个在星期五的晚上顺便进来玩玩，键盘旁边放着一杯红酒，不小心从不该下来的山头上下来了的玩家，可不是他愿意带着一起征战的人。

安德斯诺迪克更喜欢在深更半夜，其他人都下了线，没法抗议的时候，把人给踢出去。等到那个被抛弃的人重新登录的时候，便无法进入美德了。有时候其他玩家会为那些遭到驱逐的人说话，然而这位公会会长毫不妥协：这是很严肃的事情，不能就为了好玩，时不时地进来逛逛。在安德斯诺迪克第一次上线之前很久就已经加入的玩家们，发觉自已被抛弃了。

那些偷懒的人，大体上是在游戏之外还有生活的人。这生活有时会强行提出它自己的要求，甚至迫使他们长时间上不了线。晚上下班之后玩上几个小时是常态。大多数人没法熬通宵。至于安德斯，他是在靠着自己的存款和母亲给的食物过活。

*

《魔兽世界》之所以是全世界最让人上瘾的游戏之一，恰恰因为它是用社交的方式构筑起来的。人们通过自己的化身与他人建立纽带，而这种团结一致的意识有时会非常强烈。你离开游戏的每一分钟，都意味着拖了一点其他人的后腿。

游戏让你进入一套看似非常容易理解的体系。能够进行战略性的思考，就能够取得成功。成就可以用最最微小的细节衡量。目标确实具体。每次上线，都能获得一次虚拟的赞赏，在游戏里投入时间的成果，便是地位逐渐升高。每一个人都能成功。这就是线上的世界。

曾经想要跻身权力精英的安德斯，如今成了《魔兽世界》里的小兵。从为共济会高贵优雅的道具而兴奋，变作如今为电脑生成的盔甲所倾倒。从着了魔似的想赚钱，变作如今的"魔兽"金币收集人。从非常关注自己的外表，变成了如今藏在自己的房间里，肮脏邋遢、不修边幅的样子。

安德斯曾经是如此地热衷于建立人脉，如今他除了自己，再也不需要别人了。

又一次。他被傲慢迷了心窍。更换了服务器。去和那些最优秀的人一起作战。

他加入了银月服务器上一个叫做"分队"的公会。组成这个公会的都是新人，但安德斯诺迪克却在官方论坛上夸口说他的团队会接管这个服务器。他们绝对就是最好的。

"那个自大狂是谁？"在服务器上排名第二的瑞典玩家布拉辛格列特询问线上的同伴。

在银月，安德斯一开始就是个格格不入的人。大家嘲笑他的作风。嘲笑他的名字。他用了自己的真名——安德斯——还暗示了自己的出身背景——北欧[1]，这是非常可笑的做法。也有违常规。玩家们嘲笑他，不仅背着他笑，也直接当着他的面笑。他却好像从来都没听懂似的。不管他们写些什么，他总会很有礼貌，用一种非常友好的方式作答。

布拉辛格列特瞧不起那些自吹自擂的新人。他对这种态度的表达听起来或许像是种族歧视——一种对于他者，对于外人的憎恶。安德斯喜欢上了这个瑞典人，他似乎从来都没有弄明白，他自己就是那个入侵者，那个外国人，那个外来移民。他在论坛上的言行举止就好像自己属于那批最优秀的人，还去巴结那些排名最高的玩家。

安德斯热烈回应布拉辛格列特的签名档，对这位瑞典玩家说他真是太酷了，可大家仍旧对他冷眼相待。

他没有得到关键人物的接受。

他没能融入进来。他很有耐心，坚持不懈，却从来没能在《魔兽世界》中登顶。他从来不曾在那些重要的服务器上跻身前五百名，因而也就从来没有过排位。

他是个小玩意，却表现得像个国王。

---

1 布雷维克在游戏中化名安德斯诺迪克（Andersnordic），其中安德斯（Anders）为本名，诺迪克（Nordic）在英语中指北欧。

一切都江河日下。二〇〇七年，电子商务集团上一年度的账目应该要提交给审计师的时候，董事会主席布雷维克联系不上，审计师也辞职了。之后的一年，电子商务集团被强制关停。根据破产报告，这家公司违反了税收法、股票交易法和会计法。

房门之外，生活正在土崩瓦解。

然而在房间里，游戏还在继续。

因为这个游戏没有终点。

一天晚上，一次征战之后，他留下来和公会里一个正在考虑要不要退出的玩家聊天。他需要重新开始面对现实生活当中的问题，那个玩家说。安德斯坦承他也这样想过。他很快也会停下不玩的，他说。

可他没有。

他留在了自己的房间里。

只是暂时的，他曾经这样说过。然而他却在房间里待了五年。

在电脑屏幕面前度过了五年。

这是他的抑郁解药。

三位同志

给我那些纯真和坦诚的，

那些沉稳和坚强的人

那些有耐心有毅力

一辈子不走弯路的人……

对，把你们之中最优秀的人给我，

而我将给予你们所有的一切。

在胜利归属于我之前，

谁也不知道我们曾多么接近失败。

或许这便意味着我们将要拯救这个世界。

我向最优秀的人们发出呼唤。

鲁道夫·尼尔森，《革命之声》，1926[1]

"妈妈，我能加入 AUF 吗？"

托恩站在那儿，听筒握在手里。西蒙终于打电话回家了。

"妈妈，你听得见我说话吗？只要十克朗！"

"真高兴接到你的电话，西蒙。我是说我们给你那部电话就是为了这个，对吗，好让你能打电话回家！"

那是二〇〇六年的冬天，西蒙十三岁了，出了门不在家，第一次在特罗姆瑟过夜。七年级的时候，他被选进了萨兰根中学的学生会。这一年，郡里的议会组织了一场挪威北部的青年大会，西蒙受邀代表他所在的学校参加。大家在会上探讨北部年轻人的生活可以做出哪些改善。

一个名叫斯蒂安·约翰森的少年在发言当中谈到了 AUF，工党的青年组织，以及他们在青年人中间开展的工作。

休息的时候，西蒙走到他的跟前。彬彬有礼、小心翼翼地介绍了自己。

娃娃脸，演讲人心想。

"我想加入 AUF。"西蒙说。

斯蒂安唰地一下甩出他的会员本，要西蒙填上姓名和地址。招收新成员是非常要紧的事。会员越多意味着影响力越大，而且，至关重要的是，党的经费也会越充足。国家会为政党青年组织当中的每一位成员支付一笔资金。征募大量会员也能提升自己在组织机构当中的地位。

看到西蒙的出生日期时，斯蒂安笑了。"我不能让你参加——你得满十五岁才行。不过如果你能征得父母同意的话就没问题了。"

托恩站在厨房里，听着大儿子兴高采烈的声音。"这里太有意思了，有很多振奋的讨论和辩论，我最认同的就是 AUF 说的那些。我能参加吗？只要花十克朗！"

"你当然可以参加 AUF，亲爱的。"托恩笑着说。

"好，我现在会把表格填好，然后带回家里来，这样你和爸爸就能签名了。我遇到了好多很酷的人，妈妈！不过这会儿我得挂电话了。"

加入 AUF 对西蒙而言并不算是青春期叛逆的表现。他就是在工人运动当中长大的：他的父亲是工党地方政务会的委员。

晚餐桌上讨论的是政治，不是阿富汗战争，就是在罗弗敦岛附近的海域开采石油。这两件事情西蒙都反对。对话的焦点也有更家常一些的话题，比如在花园里比赛往木头上扔雪球的时候，要霍瓦尔和西蒙加

1　鲁道夫·尼尔森（Rudolf Nilsen，1901—1929），挪威左翼诗人和记者。

罚一样长的时间是不是公平之类的。他们没打中目标的时候就得加罚时间，跟冬季两项一样[1]。

西蒙和霍瓦尔都继承了父亲的竞争意识。在体育运动方面，西蒙在跳高锦标赛的成绩表上名列前茅，而霍瓦尔则成了挪威未成年男子组的一千五百米冠军。为了让儿子们帮家里的忙，托恩总会想出诸如"谁能先拿着垃圾袋跑到垃圾桶边上？"之类的比赛。跑到山坡顶上的废物箱那里之后，他们就会打开箱盖，瞄准好，从远处把垃圾给丢进去。

不过政治甚至比体育还要令人兴奋，西蒙觉得。由于特罗姆斯郡的管理中心化，以及北部各年龄段儿童人数的不断下降，每次有新的预算需要平衡，政客们就会评估要不要关闭萨兰根的中学。学校年年为了自己的生存而斗争，也年年获胜。上八年级的时候，西蒙第一次出席了郡议会的会议，就为何不应削减本地的学校数量发表讲话。

不久他就当选为萨兰根青年议会的领袖。把精力投入到了呼吁为年轻人提供活动设施上。在小镇上和村庄里，体育运动常常是唯一能够进行的社交活动，而那些不太擅长运动的孩子有时就会觉得自己受到了冷落。对他而言，首要的问题便是设法让多年前关门的青年俱乐部重新开放。地方议会承诺提供资金，只要西蒙保证能让年轻人们自己承担义务的翻新和维修工作。他答应了。孩子们获得了位于地下室的场地，包括音乐室、舞池、台球桌和一间可以自己经营的小咖啡馆。这会是一个聚会的场所，人人都可以来。只是需要先做一点重新装修。

"可是，妈妈，我怎么才能让大家来帮忙呢？"西蒙问道。

"你需要一点能吸引他们过来的东西。"托恩建议。

---

1 冬季两项（Biathlon），由滑雪和射击组成的冬奥会项目。比赛时绕赛道滑雪与射击交替进行，总用时最少的个人或团队获胜。每次射击共有五个目标，若有一个目标未能命中，便会在总用时上加上一个固定的数值，通常为一分钟，即所谓"加罚时间"。

"比如说什么呢？"

"我可以做点比萨。"她主动说。

西蒙贴出海报宣传这场劳动派对，从那家叫做丝绒的俱乐部回到家里的时候，他欢欣鼓舞，浑身都溅满了红色和钻蓝色的油漆。

"好多人自愿过来，妈妈！我们的刷子都发光了！"

十六岁生日那天，二○○八年七月二十五日，西蒙到了成为挪威政府及普通雇员协会[1]会员的年龄。他当天就加入了。朋友们都觉得他还没工作就想成为工会会员非常奇怪。

"人人都应该加入工会，"他主张说，"连小学生也不例外。现在我们让工会变得越强，我们完成学业开始工作之后的生活就会越好！"倘若会员人数够多，工会就能更加有力地压制劳动领域内的不正当做法，因为年轻人常常会受到剥削，获得低于职位现行标准的工资，或是被迫接受恶劣的工作环境。雇主会违反工作场所健康和安全方面的法律，而年轻的求职者并不总是清楚自己的权益。因此，工会的夏季巡逻队走遍全国，检查年轻人的工作状况是很有必要的。

会员资格最让人高兴的惊喜，便是其中包括左翼报纸——《阶级斗争报》[2]好几个月的订阅服务。西蒙读到了金融危机如何给发展中国家最为贫困的人口带来打击，读到了社会倾销[3]和欧洲的失业率激增。这份批

1　挪威政府及普通雇员协会（Norwegian Union of Municipal and General Employees，挪威语 Fagforbundet），挪威工会之一，会员人数超过三十万，隶属于挪威全国总工会。

2　《阶级斗争报》（*Klassekampen*），1969 年创立的挪威左翼日报。

3　社会倾销（Social Dumping），指发展中国家因劳动力成本较低，产品价格低廉而形成的出口竞争优势。通过商品出口，发展中国家也将低工资标准向发达国家输出，造成后者就业机会外流，被迫降低工资以提升竞争力。

评当权者的报纸，讨论了所有他感兴趣的话题。

"爸爸，你一定要读！"他说，"这报纸太棒了！报道的方式跟其他地方都不一样。"

等到过完暑假，西蒙开始在面临关闭威胁的舍沃甘高中上一年级的时候，他想做的就已经不只是订阅《阶级斗争报》而已了。一个人思考社会问题的社会主义解决方案是不够的。他打电话到特罗姆瑟的党委办公室，询问如何才能在萨兰根创办一个AUF的分部。

"你把成立大会的通知发出去，然后我们可以过来帮你招募团员。"他得到了这样的回答。

西蒙在校园各处都贴了告示：

萨兰根工人青年团
成立大会
将在文化中心举行

九月中旬的一天夜里，三个男孩从特罗姆瑟开车前来。一位是特罗姆斯AUF的领导人，布拉吉·索伦，和西蒙通电话的就是他。第二位是全国最优秀的党员招募人，名叫格利·科勒·尼尔森。和他们在一起的是一个瘦得皮包骨头的十年级男孩，戴着眼镜和牙套。他的名字是维利亚尔·汉森。

他们一边吃着托恩做的墨西哥卷饼，一边拟好了行动计划。

"好啦西蒙，明天我们就这么干，"格利·科勒说，"你就直接走到全校最漂亮的女生面前。得到她的支持至关重要，因为在大多数学校里，决定什么酷或不酷的人就是她。然后我们再让她的朋友加入，一旦这些都完成了，我们就开始招收男生。明白吗？"

西蒙点了点头。

"我们要从最凶悍的男生开始。他们总是最难争取到的，所以假如我们能让他们加入，那就真的了不得了。接下来就非常容易了，因为其他人都会跟着加入的。"

西蒙又点了点头。

"我给你一个公式，"布拉吉说，"AUF=90%的社交+10%的政治。"

布拉吉带了一本书来帮助西蒙准备这场大会，一本AUF的发展史，书名叫做《党的中坚》。布拉吉大声念出一个段落，说的是大名鼎鼎的埃纳尔·基哈德森担任社会主义青年团领导人时期的事情："一九二一年春天，基哈德森把不再召开舞会作为再次参加主席竞选的条件。举办学习活动的力度将大大加强，'使每一位党员都成为一个有意识的共产主义者'。他的条件得到了接受，然而结果却表明革命意识在基层依旧缺乏。六个月之后的全体大会上，原先的三百二十二名党员只剩下了三十六个，骤跌了将近百分之九十！"

男孩们都笑了。

不，西蒙不会忘了社交活动这个方面的。

他们给本地的报社打了电话，报社答应会到成立大会上来，他们规划了萨兰根的AUF将会关注哪些问题，最后他们躺到了地下会客室的床垫上，在温暖的被子底下，开了一整晚的玩笑。

党员招募定在了午休时间。

"好了西蒙，就看你的了。"格利·科勒一边说，一边拍了拍这位新朋友的肩膀。

犹豫片刻之后，西蒙大步走向舍沃甘最漂亮的女孩。

"AUF？"她问道，"十克朗？"

然后她笑了。"那就来吧。"并把她的名字写到了他的本子上。

维利亚尔跟他走在一起，两个男孩走向一群又一群的金发美女。

会员本逐渐填满。没过多久他们就问遍了学校操场上和食堂里的每一个人。维利亚尔佩服不已。

"他可真会说话，那个西蒙！大家都加入了。"他对布拉吉和格利·科勒说。

西蒙和每一群新同学谈话时的重点都是：反对关闭舍沃甘高中，支持供应热腾腾的午餐。为年轻人提供更加优惠的巴士票价。这是大多数学生都会赞成的事情。但要实现这些，他们就需要AUF，西蒙说，而AUF也需要他们。就是这么简单。

"你可真会说服人！"午休结束的时候，维利亚尔对这位大他一岁的党员朋友说。"萨兰根的金童。本地的王子。"这位特罗姆瑟的小伙子笑着宣称。"只要跟你在一起，要他们加入什么都行。"他开玩笑说。

维利亚尔说得没错，因为大家都喜欢西蒙。凡是他提议的事情，大家就都想参加。他能让人开心，他很酷，很有风度。那个西蒙走进来的时候，学校食堂里的女孩子们总是会察觉到的。

一整天的时间里，有八十个新成员加入。格利·科勒和布拉吉从来没有见过这样的场面。而西蒙则尽情享受着成功的荣耀。

"不过，要知道我事先的确和他们说过。"他坦承。他最大限度地利用课间休息。足球比赛或是田径训练之前的间歇，还有去学校的路上或是在食堂里排队的时候。大家都已经知道今天得要随身带上十克朗到学校里来。有特罗姆瑟的城里人带着会员本出现的时候，西蒙希望尽可能准备得充分一些。

"哈哈，"维利亚尔笑道，"这么说你已经提前活跃过气氛了啊？"

维利亚尔自己则是被布拉吉招募进来的，十三岁的时候，布拉吉在一场青年会议上走到他的跟前问道："嗨，听说过AUF吗？"

"听过。"

"太好了，我是它的领导人。"

本地的报纸《萨兰根新闻》，在当天早上就已郑重宣布"二〇〇八年九月十九日星期五将是萨兰根社区历史性的一天。工人青年团的本地分支即将成立。西蒙·赛博是这项倡议的带头人。"

特罗姆瑟的小伙子们想方设法确保在会议开始的时候，桌上一定会有一碗又一碗的糖果。西蒙被一致推选为负责人，他的一个名叫约翰·豪格兰的朋友被任命为副手，还选出了一个委员会。这位新上任的负责人告诉本地的报纸，他将为延长青年俱乐部的开放时间以及诸如"在大屏幕上播放足球比赛，举行台球锦标赛，还有到萨格瓦内特湖的渔猎小屋去进行成立之后的第一次远足"之类的活动而努力奋斗。报纸提供了细节信息，周五和周六渔猎小屋有晚餐供应，但其余的餐食必须由参加的人自理。接下来的几周，这个本地支部将定时召开会议，报纸承诺说，还用西蒙的手机号码结束了整篇文章，以防读者还有其他问题要问。

他们的开会地点将是赛博一家位于海雅路上的蓝色小屋。托恩会煎一些肉末，加上墨西哥卷饼的香料，并在烤箱里热上贝壳通心粉。她会端出一碟又一碟的甜玉米、番茄丁和奶酪碎。其他时候她会自己烤比萨。要是西蒙忘了买横幅、记号笔、白纸或者任何他们需要的东西过来，通常他的母亲也都已经买好了。虽然他是个充满感召力的领袖，西蒙在后勤方面却糟糕至极。幸运的是，他有一位非常有条理的母亲。

年轻人们举行示威游行，支持学校，反对人类对地球气候的所作所为，拥护青年俱乐部，反对在北极地区钻取石油。他们举行"让大家互相认识"的晚会、音乐会和讨论会。西蒙已经克服了童年时代的怯场。现在，大家在城里举行文化活动的时候，他很热衷当主持人。一次反对种族歧视的游行过后，避难中心里不到十八岁的孩子们也被请进了青年俱乐部。从前，难民们几乎从来不觉得自己在那儿很受欢迎，觉得那里是"挪威人的地方"。可是当写着"欢迎来丝绒"的大海报在收容中心里贴出来的时候，他们来了，一开始有些迟疑，后来则成群结队。西蒙甚至试着把他们中间的一些人也招募进了AUF。还没拿到居留许可并不重要，他们可以就把住址写成"舍沃甘避难中心"。那十克朗他也会替他们付的。

———

装酒的小冰箱在他们还没到的时候就已经清空了。酒店总会在全郡青年议会的代表们入住之前处理好这件事情。只要是为没有人陪同的未成年人提供住宿，郡里的管理部门都会强调这一点。

地上那只皱巴巴的塑料袋是他们带啤酒进来的时候用的。已经有几只喝空了的酒瓶在门边排成了一行。

他们一共有三个人，都是朋友。西蒙和维利亚尔坐在床上，安德斯·克里斯蒂安森坐在安乐椅上。他们是AUF的亲密战友。大会开始之前，他们总是先开自己的小会。郡里请到了来自不同政党的年轻人，在文化上非常活跃的青年、环境保护主义者，以及个别不属于任何党派的能人。此外，请来的人还要来自郡里的各个地方，男女比例也要平衡。

安德斯·克里斯蒂安森是推动这个三人小组前进的主力。每当西蒙和维利亚尔开始打趣和胡闹，或是讨论女孩子的时候，安德斯总是那个把他们拉回政治的人。

"听着，你们俩，关于交通安全的方案：我有几点想说的。你们看……"他会这么说，然后他们的注意力就又回来了。

要是在任何问题上有了分歧，他们也总会转向安德斯问道，"你怎么看？"

跟着他们就会照着安德斯的想法去做。实际上他们三个都是习惯自己说了算的人，但在三人之中则以安德斯为先。

安德斯比西蒙小六个月，来自相邻的巴尔迪自治区，`挪威规模最大的军队驻地。就像西蒙一样，他在十五岁的时候创办了AUF在当地的分部，并当选为领导人。他是三人当中最为实际的一个，假如他们要去什么地方，他总是那个负责买票的人，他也是那个会把会议的各项内容都记录下来的人，尤其是议程。

"特罗姆斯郡实在是太集中化了，"这会儿安德斯说道，"这和你们这群生活在特罗姆瑟的人有关。我们必须把活动扩展到整个郡里，下放权力，然后才能让更偏远地区的人口数量上升。"

"我们一定得让大家通过'五十克朗就能到家'的决议。"西蒙接口，那天下午他是乘巴士从萨兰根来到特罗姆瑟的，路上用了三个小时。特罗姆斯所占的面积很大，人口居住地之间的距离很长。对于年轻人而言，巴士是最理想的交通方式。但是如果一路上要换好几次车的话，有时就得花上不少钱。这份提案的内容是年轻人单程支付五十克朗，就能想去哪就去哪。

"你们这些人啊，还有你们的大巴。"在城里长大的维利亚尔笑了。在他的父亲——一位北极鸟类学方面的专家——接到一份在斯瓦尔巴[1]的工作，并带着他一起搬过去之前，他经常夸口说自己几乎都没怎么到过特罗姆瑟大桥的另一头。"你们时不时需要到大城市里来喘口气，我懂！"他开玩笑地对西蒙说。尽管现如今他住在斯瓦尔巴，跟北极熊和雪地摩托在一起，大家却仍旧把他看作一个典型的特罗姆瑟人——新潮时髦，充满自信。

"不管怎么样，巴士很重要。"安德斯坚定地说，他的面前放着以往各次会议的文件和纪要。

1 斯瓦尔巴（Svalbard），位于挪威大陆与北极之间的群岛。

安德斯·克里斯蒂安森年纪很小的时候就喜欢做记录。才一岁，他就会站在围栏旁边，向所有路过的人及时通报："妈妈在上班。爸爸在家里。"他也喜欢确保让每一个人都好好的。母亲把他那只软软的玩具老鼠洗干净，挂在花园里的晾衣绳上晾干的时候，他急忙冲到她的面前。

"别夹耳朵，妈咪！别夹耳朵！"衣夹一从小老鼠的耳朵上摘下来，安德斯就严肃地说，"绝对不能夹着任何人的耳朵把他们吊起来，妈咪。谁也受不了这样。"

开始上幼儿园的时候，安德斯就已经对工作和税收以及所有的一切如何分配有了兴趣。"钱是从哪来的？"这个小男孩问道。所有的事情他都想要解释，还想知道事物都是怎样运转的，从割草机、父亲的厨刀到究竟是谁在管着谁。在爸爸工作的地方到底谁说了算，妈妈工作的地方呢？在家里谁说了算？真正做出决定的是什么人？

五岁那年，他发现有个叫做首相的人，大多数的决定都由这个人来做，他便用浓浓的巴尔迪口音说道："等我长大了，我要当首相。"

要是有任何一点点的事情不能确定，他就会跑去找邻居。因为她有一本百科全书。维格迪丝是一位老太太，从早到晚都在巴尔迪福斯军事基地的食堂里上班。只要安德斯跑来找她，她就会给他倒上一杯浓缩果汁，再给自己泡上咖啡。随后他们肩并肩地坐到沙发上，埋头书页中。一个单词引出另一个单词，小男孩和老奶奶不断吸收着新概念和新解释。

比他高一年级的孩子们的坚振礼[1]临近的时候，安德斯问道：

"无神论者是什么意思？"

"就是不相信上帝的人。"维格迪丝迅速作答。这个词她不用查。

---

1 坚振礼（Confirmation），基督教宗教仪式，象征人通过洗礼与上帝建立的关系得到巩固。

"那好，那我就是一个无神论者和一个和平主义者。"这个十三岁的孩子对她说。

维格迪丝惊愕得啧啧咂嘴。在村子里，对上帝的信仰可是一件非常非常重要的事情。

但安德斯立场坚定。同学们都在为来年的坚振礼做准备的时候，他自己单方面做了个决定，说他不打算参加了。他的外公，纳尔维克一位恪守教规的路德教虔诚派信徒，直言不讳地表示安德斯的选择让他很不高兴。根据虔诚派的教义，对于那些在上帝面前转过脸去的人，会有严酷的惩罚在地狱里等着他们。

"那天堂里一定空得要命了。"听到老人的话时，安德斯的母亲冷冷地说。在纳尔维克，能让人被打入地狱的事情实在是太多了，而且类似这样的话，格尔德·克里斯蒂安森小的时候就已经把该听的都听过了。她支持儿子，也决不相信纳尔维克有什么人在把守着通往天国的大门。安德斯则说假如他真的相信世上有什么高高在上的力量，那他对阿拉或是佛陀的信仰也不会比对圣父的少。

这尘世间的生活才是他所关心的内容。那些此时此地正在发生的事情。"我们的话他们一定要听啊，"安德斯从孩提时代起就一直这么说，"我们也是社会的一员！为什么地方议会里只有成年人呢？"

安德斯·克里斯蒂安森自然而然地就被选了出来领导巴尔迪的学生议会。就像自治区边界线另一头的西蒙·赛博，以及斯瓦尔巴的维利亚尔·汉森一样。

他们在郡地的青年议会里真是如鱼得水。

此刻他们坐在那里，三位同志，代表着各自的议会辖区，一边喝着几瓶啤酒，一边提出自己的观点，设法就三人在会上的策略达成共识。天亮之前，他们总能在即将投票表决的几项最最重要的议题上取得一致。然后维利亚尔和安德斯还得确保第二天一早去把西蒙叫醒，好让他不要错过了投票。西蒙是个睡得很沉的人。

那天晚上他们谈的不只是巴士而已；他们谈起了权力。

特罗姆斯郡的青年议会由一个来自进步党青年部的女孩领导。她深色皮肤，长相标致，机敏过人，很得人心。然而这三位同志正在计划着用策略将她打败，制造一场政变。就在投票进行之前，他们将从议员席上提出一项动议：安德斯·克里斯蒂安森应该成为议会的领袖。凭着他的那么多优秀品质，光辉的胜利就在眼前。

这完全是维利亚尔的主意。他是一名忠实的反种族主义者，在他看来，进步党就是一群纳粹分子，不能代表青年议会的普遍主张。

计划是这样的：就在投票之前，维利亚尔会站起来提名他的朋友。谁也料不到会有另外一个候选人出现的。接着他们会轮流起立，热情地赞扬安德斯。维利亚尔，三人中真正能说会道的那一个，会把安德斯说成是从人口稀少的巴尔迪行政区里涌现出来的政治奇才，在当地他不但是AUF的领袖，还是学生议会的主席，他所展现出来的进取心比谁都强。

他在两位朋友面前试验了一下自己的措辞。

"不仅是当地的百姓对安德斯而言非常重要，而且安德斯对他们来说也非常重要，"他激情澎湃地讲着，随后又跟上一句："安德斯的成就清单就像我们的海岸线一样长。"

三位同志还说服了约翰·豪格兰，萨兰根AUF的二把手，加入他们的政变行动。他会谈一谈进步党与工党之间，也就是这两位候选人之间主要的不同点。

"最后我们希望由你来鼓动姑娘们，西蒙，"维利亚尔发号施令，"你想说什么就说什么，只要说得她心软就行。你一定要让她们觉得有了安德斯来当领导人的话，议会就会真正地活跃起来。说一些诸如：安德斯不只是我最好的朋友，他也可以是你们大家最好的朋友之类的话。"维利亚尔建议，"或者就问她们：你们想被一个该死的种族主义者领导吗？"

"这太过火了。"安德斯说。

"那这句怎么样：我们想要一个对深色皮肤和白色皮肤的人都一样喜爱的领袖？"维利亚尔追问道。

"别闹了。"安德斯小声地说。

西蒙正在房间的角落里，在他的椅子上面晃来晃去。"不用，没关系的。"他说。他已经开始做起了笔记。"不管怎么样，别担心，安德斯，等到了那儿我会看一下气氛的。我会想到要说什么，而且会说得很不错的！"西蒙不是那种喜欢一丝不苟做计划的类型，他宁可随机应变。

酒店房间里的小圆桌上堆满了乱糟糟的空啤酒瓶、鼻烟罐头、各种文件和草草写下的记录。

安德斯打起了哈欠。不管什么事情拖到了凌晨的时候，他一般都会这样。于是他上床睡觉去了，而西蒙和维利亚尔则迅速地照了照镜子。

然后他们去了市中心。两人大笑着溜进了布洛罗克咖啡酒吧，虽然他们离进入酒吧的年龄限制还差了几岁。他们就着一杯啤酒聊着女孩子，体育，女孩子，衣服，女孩子，生活，还有女孩子。西蒙自己有女朋友，不过他给维利亚尔物色了几个姑娘。"看这个，看她。"他说完便消失了，随即又带着一个女孩重新露面，对她说一句，"你见过维利亚尔吗？"跟着就走开了，走进酒吧的深处，又不见了踪影。

政变之前的那个晚上，他们一直待到酒吧打烊，之后又去了一场派对才算完。回到酒店的时候，早餐室刚好开门。这样的事情总是难免的。他们只需要一个小时。两人把自己锁进同住的房间里，轮流淋浴，并开始弄发型。要花时间的就是发型。他们并排站在浴室的镜子跟前，屁股上围着浴巾，手里沾着需要用到的伦纳特牌发蜡。发蜡必须从后脑勺开始搓进去，一点一点向上，直到头顶。两侧的发丝得要贴近两颊，而后面的头发则要绕着脑袋做成一个波浪的造型，最后在一只眼睛上方固定住。要费很大的力气才能让整个发型看起来随意自然。

他们的衣服也是细心挑选过的。西蒙更喜欢年轻人钟爱的风格，印花T恤，脖子和手腕上戴着皮绳串起的首饰。维利亚尔则选择了更加经典的造型，灰色长裤，灰色开襟毛衣，里面是一件黑色的T恤。

早餐室里，安德斯·克里斯蒂安森正坐在满满一大盘培根和煎蛋跟前。看见西蒙和维利亚尔双眼发亮地晃荡进来，他摇了摇头。开青年大会的时候，他们俩经常连着通宵。此刻两人正狼吞虎咽地吃着丰盛的早餐，好在政变之前稳定一下情绪。

尽管如此，整个计划还是落了空。维利亚尔在议席上提出建议的时候，规则声明只允许有一个人为候选人进行陈述。因此其他人都没能有机会发表他们精心准备的溢美之词。

这件事维利亚尔一个人做不了。场面一片混乱。他们是一个团队，注定要一块儿把这件事情做完。他自己一个人是完不成的。

"真该死。"维利亚尔事后说。

"下次你会打败她的，安德斯！"西蒙说。

"我当然会了，"安德斯笑了，"明年她不会有机会的！"

他会全力以赴拼命努力的。西蒙和维利亚尔各种活动都会参与，而安德斯却只坚持那一件：政治。他不喜欢体育，不折腾自己的头发，不把时间浪费在穿衣打扮上，他也不痴迷电脑游戏。最接近兴趣的事情就是追看《白宫风云》，或者坐进自己在花园里搭出来的小棚子里，和一个女性朋友一起看《欲望都市》。《绝望主妇》[1]开始的时候，他就大喊：
"妈妈，快过来看！""我倒是情愿有几个绝望的煮夫。"他的母亲大声回
答，然后端来一盆华夫饼和云莓果酱。

眼下安德斯心里想的最多的就是儿童的问题。他正在与郡里的行政
长官一同推进"大跨越"，一项旨在确立特罗姆斯郡要如何遵守联合国
《儿童权利公约》，以及儿童和青年如何能进一步参与到决策制定过程当
中的计划。他一方面与儿童特派员合作，为青年议会准备方案，同时也
在认真思考自己对于挪威在阿富汗的军事干预应该采取何种立场。他是
他们当中那个——用维利亚尔的话说——"和大人讲话的人"。

———

"真是叫人叹为观止。"西蒙说。

三位同志都在各自的电脑跟前，用Skype互相通话。维利亚尔在斯
瓦尔巴，安德斯在巴尔迪，西蒙在萨兰根。

"太棒了。"维利亚尔接着说。

"你们听见他是怎么重复那些词语，重新串起线索最后结尾的吗？
他哦，从整个话题上面岔开去，快要结束的时候又把它给提起来了。"
安德斯说。

"时机。"西蒙说。

"停顿。"维利亚尔说。

---

1 《白宫风云》（*The West Wing*），以白宫椭圆办公室为主要舞台的美国政治题材电
视剧，1999—2006 年间在 NBC 播出。《欲望都市》（*Sex and the City*），美国浪漫
爱情电视剧，描绘四位女主角的友情、爱情和生活，1998—2004 年间在 HBO 播
出。《绝望主妇》（*Desperate Housewives*），美国悬疑喜剧类电视剧，以一位已故
好友兼邻居的视角呈现多位女主角的生活，2004—2012 年间在 ABC 播出。

"共鸣。"安德斯说。

这三位同志都曾读过不同版本的史上著名演讲。如今他们则第一次见识到了一个生在他们自己的时代，并拥有同样高超的演说技巧的人。

"他是在重现马丁·路德·金[1]的神奇魅力。"维利亚尔说。

他们正在谈论的这个人是巴拉克·奥巴马[2]。刚才他们一直在听他二〇〇八年竞选活动初期的一场演讲，而且完全被迷住了。

秋天到了，挪威北部的黑暗季节来临了。在美国，紧张的气氛则日益加剧。

"妈妈，你能问问我星期三可不可以请一天假不上学吗？"

安德斯很想通宵收看选举当晚的新闻报道，可是这样的话第二天他就没有精力去上学了。

"实际上这是不公平的，"这位十五岁的政治迷争辩说，"其他人就能请假去参加训练比赛和露营。为什么他们缺课去搞他们爱好的体育就能得到批准，可我的业余爱好，政治，就不算数呢？为什么对我就不一样呢？"

安德斯的母亲建议他自己给校长写信，把他的理由提出来。安德斯写到了意义重大的奥巴马－麦凯恩选战，以及选举结果对整个世界，包括巴尔迪来说有多么重要。他得到了一天的休假。以及拉旺恩的祖父给他起的"小奥巴马"的外号。

二〇〇八年十一月第一个周二的晚上，大西洋彼岸的大选日，三位同志各自在客厅的沙发上，一边用Skype通话，一边等着投票站关闭，

1　马丁·路德·金（Martin Luther King, 1929—1968），非裔美国人民权运动领袖，其《我有一个梦想》（*I Have A Dream*）的演讲广为人知。

2　巴拉克·奥巴马（Barack Obama），第44任美国总统。

一个州一个州地统计票数。

"美国，"安德斯出神地说，"如果奥巴马赢了，等我们毕业的时候就去那里旅行好吗？我可以在这里的敬老院打工，把钱攒起来。"

"算我一个！"萨兰根的西蒙嚷道，"我们租辆车从海岸这头开到那头吧！"

"我们可以在东海岸买一辆车，走六十六号公路，到了西海岸再把车卖了，赚他一笔！"维利亚尔提议，"一辆福特野马，你们觉得怎么样？或者一辆庞蒂克火鸟，再或者一辆旧的克尔维特？"

难得一见的日光在地平线上露面之前很久，待在自家漆黑客厅里的三位同志便欣喜若狂了。感觉就像是无比重大的事件。一位黑人总统，一个民主党人，一个有着平凡生活经历的人，而不是那种有钱、有特权的类型。对于这三个身在大西洋另一边、北极圈以北好几英里、离芝加哥的人群如此遥远的少年而言，奥巴马不知怎的，就好像是他们之中的一员。

有朝一日他们会到那儿去的，到美国去，无论发生什么事都好。

天亮的时候，维利亚尔和西蒙都在电视机跟前睡着了。这一次，一天一夜没睡的人是安德斯。

改变是有可能的！

———

美国大选之后的那一年，一个四月的早晨，白雪仍旧厚厚地覆盖着舍沃甘高中周围的地面，西蒙正在课桌前吃着他惯常的早餐。装在一只塑料袋里的四片面包，还有一瓶可以挤到上面的草莓酱。在家里他永远困得没法吃早饭，宛如梦游的人一般，跌跌撞撞地走过那条短短的小路到学校里来。第一节课快结束的时候，他的身体才开始苏醒过来。那时候他总是饥肠辘辘，会在下一堂课开始之前那短短的休息时间里，狼吞虎咽地把面包和果酱吃完。在这个不寻常的早晨，他正在飞速吃着最后一片面包的时候，手机响了。他擦了擦嘴，把电话放到了耳朵旁边。

"有个人没法去参加大会了。你能去出席吗？"

"什么？"

"嗳你也是委员嘛，扬的奶牛生病了，所以他去不了了。我们特罗姆斯代表团一定不能缺人啊。"

"你说的是工党的全国代表大会吗？"

"对。你这反应有点慢啊，不是吗？"

"我得问问爸爸。"

"一定别错过了飞机。十一点半巴尔迪福斯起飞！"

西蒙迅速从桌上收拾好书本、铅笔和果酱瓶，然后告诉了老师。

"我要作为代表去参加工党全国代表大会，只好请假了。"

接着他打电话给父亲。"我该怎么答复他呢？"

古纳尔问了上司自己能不能在上班时间请假，好开车送儿子去机场。这孩子当然应该去！这甚至都不能叫作旷课。古纳尔自己从来没有跟全国代表大会沾上过边，而现在他的儿子就要成为代表了，在刚刚十六岁半的年纪。他沿着通往巴尔迪福斯的道路迅速行驶着，一排排树丛在两人身边飞快地掠过。

"真是太幸运了，爸爸，"广播通知里念出飞往奥斯陆的航班的时候，西蒙兴奋地对父亲喊道，"因为一头生病的奶牛！"

抵达奥斯陆之后他径直去了青年广场。大会在会议中心——人民之家——那栋占去了广场的一整面、一路延伸到莫勒尔大街的大厦里举行。

"西蒙·赛博。"他在代表注册的台子跟前说。

他们发给他一个名牌，和一张戴在脖子上的身份注册卡——代表，特罗姆斯。工党全国代表大会2009——还有一沓文件,一份日程安排,关于新决议的提案,以及一本歌曲集。

他走上宽阔的台阶来到大厅里,悄无声息地经过那些正在站着聊天的资深党员。上飞机之前,他给维利亚尔和小奥巴马发了一条关于奶牛生病的短信。

"加油。"维利亚尔回复说。

"让他们看看西蒙·赛博是谁。"安德斯发来消息。

大会是党内的最高决策机构。这里就是下一个议会任期的政策被制定出来的地方。

红绿联盟从二〇〇五年就开始执政了。金融危机在西蒙初登大会之前的那个秋天到来。在挪威,失业率出现了多年以来的首次上升。"工党已经失去了远见。"这样的观点被听到的次数越来越多。"它已经成了一个执政党,再也不能激励民众了。"报纸的评论员们抱怨着。他们渴望新鲜的血液。

西蒙、安德斯和维利亚尔就是那新鲜的血液。而西蒙就在这里,坐在特罗姆斯代表的那排座位上,像个追星族似的四下张望。有些人他从前只在电视上见过。那是格罗·哈莱姆·布伦特兰,正在大声地笑着。适逢她庆祝七十大寿,希拉里·克林顿和联合国秘书长都将用讲话和祝福来向她致敬。那是冷幽默的马丁·科尔贝格,尽人皆知的特隆德·吉斯克和好脾气的哈迪达·塔吉克。

要是有什么事情想要知道的话,西蒙只需要问布拉吉·索伦就行了。这位在西蒙创办萨兰根的AUF分支时曾经来过的十九岁少年也是第一次参加全国代表大会,不过他在党内的经验更加丰富一些。穿着精致衬衣和深色外套坐在那里的他们,看上去精神极了。他们都把刘海弄到了一边,布拉吉的发色要比西蒙浅上几分。

大会正式宣布开始。西蒙戴上了阅读用的眼镜。所有的文件材料都在他面前的文件夹里。现在才开始看有点太迟了。他只能一边开会一边应付这些问题了。

今年秋天就将举行大选，因而此次会议事关重大。首相兼工党领袖延斯·斯托尔滕贝格必须让民众相信政府已经启动的社会福利计划会继续执行下去。民意调查显示民众还远远未被说服。

延斯·斯托尔滕贝格走上讲台的时候，响起了一阵掌声。全国各地的党员都在网上关注着演讲。

"首先要说的是：危机是全球性的！它无情地提醒着我们世界是多么的小。"经济学家出身的他开始讲话。

"出了什么问题？嗯，同志们，美国的投资银行雷曼兄弟垮掉的时候，不仅仅是一家银行破产了，而是一种政治思想倒台了。这是市场自由主义的失败。它终结了几十年来那种天真幼稚、不加批判的信仰，认为市场会为自己负责。它是不会的！"

前一年的秋天，西蒙还在建立萨兰根AUF的时候，政府以凯恩斯稳定性模型[1]为基础，采取了一些措施。银行得到了亟须的资金，提高出口行业信用担保，也指定了用于国内投资的款项。对工商业实行税收减免，同时把各自治市和自治区的维修养护工作提前，防止就业率骤跌。

这些措施将被证明是有效的。不可否认，得益于来自石油和天然气的可观收入，挪威准备得比大多数国家都要充分，失业率不过是升高到了百分之三多一点。贷款利率下降，通货膨胀也是。对银行、保险公

1　凯恩斯稳定性模型（Keynesian Stabilisation Model），政府为减少经济周期性波动而采取的各项政策，包括在危机时期实行扩张性经济政策，通过增加需求促进增长等。

司和金融机构采取强有力的国家管控，意味着与欧洲其他各国的领导人相比，挪威首相所能使用的应对手段更加丰富。正如斯托尔滕贝格在危机期间反复提醒众人的那样，"市场是优秀的仆人，但却是不合格的主人。"

"市场不能控制一切，必须有人对它加以控制。市场不会自动调节，必须有人对它进行调节。"斯托尔滕贝格明言。

"再做四年！"观众席上有人喊道。

"再做四年！"西蒙喊道。这场演说是把历史、社会学和修辞技巧入门三堂课合而为一了。

休息的时候，西蒙来到摆着一瓶瓶法里斯矿泉水[1]的桌子边上。"免费的法里斯！"之前他已经指给布拉吉看过了。有两个人朝着他走了过来。

"这是会上最年轻的代表。"其中一个对另一个说。

西蒙挺直了身体。

"你好，我是延斯。见到你很高兴。"首相说。

"西蒙·赛博，来自萨兰根。"

"这么说你是从特罗姆瑟来的……"斯托尔滕贝格开口道。

西蒙可没时间闲聊。首相就在眼前，他必须趁热打铁。他充满热情地说起了萨朗峡湾的水产养殖业，那儿的网箱里塞满了三文鱼。

"但是为渔民们提供的框架协议……"他继续说着，详细阐述这个行业所面临的问题。在AUF大家都叫他渔业部长。

西蒙赢得了肩膀上的轻轻一拍和一句"继续加油！"。

有人拍下了一张照片。首相和渔业部长，寄给安德斯和维利亚尔的

1　法里斯（Farris），产自挪威南部的拉尔维克（Larvik），挪威历史最悠久也最畅销的瓶装水品牌。

东西有了！

大会的晚宴上，成年人的生活让西蒙印象深刻——精美的食物，红酒，妙语连珠的演讲，还有穿着晚礼服的女士们。晚宴之后，大伙儿都去了市中心。青年广场周围的酒吧和咖啡馆被来自挪威十九个郡的代表们挤得水泄不通。西蒙跟着特罗姆斯代表团去了其中的一家，尤斯蒂森。

布拉吉进了门，布拉吉身后的人也进了门。西蒙却被拦住了。

"证件！这里只有二十岁以上的才能进！"

这个十六岁的男孩抬头望着那令人生畏的胸膛，挥了挥挂在脖子上的卡片。

"看见这个了吗？参加工党大会的特罗姆斯郡代表。你觉得特罗姆斯郡会让未成年的小孩子当家吗？"

门卫一扬手，放他走进了这片美妙的黑暗。少年们与领导议会司法委员会的女士同坐一桌，喝了几杯啤酒。

"这就是我想做的事！"他发短信给他的同志们。

政治充满乐趣。生活无限精彩。

写作

他把这里叫做放屁室。

天花板漆成了白色，墙上贴着几何图案的墙纸，压印着浮凸的三角形、正方形和圆形，从地面一直铺展到屋顶。墙纸已经开始泛黄。这是一间狭窄的房间，像个小盒子一样，两头各开了一个窗口。一张单人床靠墙放在窗下。

这栋砖砌的公寓大楼坐落在斯古耶恩的一个交叉路口，一片昔日的工业区里。安德斯的房间正对着建筑的背面。要是他愿意的话，就可以从窗口跳下去，跳到大楼之间那块长满青草的地方，因为他的母亲买了一套位于一楼的单元房。假如他把脑袋从屏幕跟前转过来的话，那么在草坪中间，在他的视野中间，就立着那棵高大的白桦树。要是站起身来，他差不多刚好就能望见母亲房间的阳台一角。一只红色的花盆里栽着一株人造的金钟柏，还有两个窗台花箱从栏杆上面垂了下来。母亲在里面用泥土色的树皮碎屑种了塑料的玫瑰花。买来的时候，玫瑰是白色和浅粉色的，然而岁月流逝和风吹雨打褪去了它们的色彩。花瓣已经变灰了。

这就是从他那间房间的窗口所看到的景色。

这是一个网络隐士的房间。那把黑色的皮革转椅柔软、厚实，很合心意。正是适合紧盯电脑屏幕的高度。有几排宜家的架子，上面放着纸张和墨盒。打印机旁边的地上立着两只保险箱。

唯一显得迥然不同的东西便是墙上那三幅醒目的图画。画上的人脸用涂鸦艺人轮廓清晰的阴影技法喷绘而成。脸孔是灰色的，背景则是夸张的橘色或者鲜艳的青绿。这是从涂鸦起步的挪威艺术家科德洛克的作品。曾经，拥有它们让他感到无比的自豪，甚至还吹嘘说这些画是专门为了他画的。

要是离开房间的话，他可以向左走，转动正门的把手，走下短短的几级台阶，就到了家门外的霍夫斯路，这里的人行道和马路之间隔着一条窄窄的路沿，上面种着绿树。马路对面有一家库珀连锁超市，一间花店和一个咖啡馆。母亲每天都去那家咖啡馆，跟邻居们见面，喝咖啡和抽烟。

不过安德斯从房里出来的时候，一般都会向右转，进到母亲的房间里去。

每次他想要吃点东西，喝杯水，走到阳台外面抽根烟，或者是要用厕所的时候：永远都是向右走。

去洗澡的时候也是向右转。为了洗澡他必须穿过另外一个房间，他母亲的房间。在母亲那张双人床的床脚，有一扇门通向一间带有淋浴的狭小盥洗室。淋浴房的磨砂玻璃装饰着百合花的图案，一旁是一个盥洗池，上面的镜子附带一盏嵌入式的荧光灯。头顶上方的光线非常充足，也不会映出任何阴影。让每一个站在镜子跟前的人都能把自己的脸庞看得一清二楚。

墙上挂着一只分成两半的白色单元柜，一半给他一半给她。像这样站在镜子跟前的时候，刚好能有足够的空间让人转过身来，而不会撞上角落里的洗衣机。所有不是绝对必需的东西，像是放脏衣服的篮子，还有一叠一叠的毛巾，都只能留在他们各自的房间里。洗完澡之后，热气只能通过母亲的房间排出去。

回到自己的房间里，安德斯会穿上几件折叠整齐，或是挂在衣架上的衣服，定做的衣柜漆成了一种很浅的蓝色，二战刚结束的时候很流行的那种。

他的外套几乎用不到。虽然房间离大门只有两步之遥,他却很少转向左边去把门打开。

这只是暂时的,二〇〇六年夏天从提德曼斯大街搬来的时候,他曾经这么说过。

"他是在冬眠。"玛格努斯,那位已经当上消防员的童年玩伴说。安德斯从自己的生活当中消失让他很是难过。安德斯搬回家里,淹没在法师们的魔法世界里的时候,玛格努斯正做着一份全职的工作,和女友同住一间公寓。"就好像他的生活散架了似的。"玛格努斯的女友评价说。

冬眠一年之后,安德斯难得一见地遇上了自己的朋友们。他告诉他们自己正在收集专题论文。

"做什么用呢?"朋友们问道。

"写一本关于欧洲伊斯兰化的书。"

"你就不能把时间花在有用的事情上吗?"玛格努斯问。

有人去承担这项任务是非常重要的,安德斯回答。

关于这本书,他所说的东西朋友们并不相信。他们觉得他已经成了一个对电脑游戏上瘾的人,很担心他。他开始冬眠一段时间以后,还是有几个人坚持给他打电话,告诉他各种派对和预热小聚会的消息。

在房间里待了两年之后,二〇〇八年夏天,他忽然想要与人交际,还给朋友们打了电话。安德斯诺迪克从游戏里下线了;他创造出来的其他化身,比如保守主义和保守派也是。忽然之间,他开始四处走动,点着自己偏爱的那些甜甜的酒饮。"这是给女士喝的。"朋友们取笑他。可他并不在乎。他从来都不喜欢啤酒。

安德斯变了。他变成了一个一根筋的人。

他从永远有数不清的事情同时在做,变成了一个全神贯注只做一件事的人。曾经他实践过那么多的商业构想,如今却只有唯一的主题。

"他正在一条隧道里。"玛格努斯说。他希望安德斯不久就能看见隧道另一头的曙光。

那年夏天，安德斯对欧洲的伊斯兰化发表了长篇大论的演说。

"外来者会夺取欧洲的政权，因为他们生了那么多该死的孩子，"安德斯解释说，"虽然假装归顺服从，但他们很快就会成为多数。看看那些统计数字……"

话语从他的口中奔涌而出。

"工党毁掉了我们的国家。政府里的女性成员越来越多，成了母系社会，"他告诉朋友们，"而且最重要的是，他们把这个国家变成了一个不可能发财致富的地方。"

他开始反反复复地说起相同的话。朋友们通常会让他继续说上一会儿，然后就要求他换个话题。他们把他的怪癖、他异样的举止、连同他极端的谈话主题掩饰了过去，因为最起码他走出家门了，这是好事。他一定用不了多久就会变回原来那个自己的。

朋友们终于让他闭嘴的时候，他通常就一声不吭了。他没法应付从说教式独白到日常聊天的过渡。他只能讨论朋友们所说的，他那种"黯淡的世界观"。

"你觉得会有人有兴趣读你的书吗？"其中一个朋友问他。

安德斯只是笑笑。

不管怎么说，安德斯所积累的所有这些知识还是让他的朋友们佩服不已。他的朋友们已经渐渐习惯了多元文化主义，文化马克思主义和文化保守主义之类的概念。

安德斯发现了一个新世界。它一直就在那儿等待着他，与游戏的世界近在咫尺。

他可以坐在自己的房间里，在同一把厚实的黑椅子上，面对着同样的一块屏幕。他可以点击鼠标进入"维也纳之门"而不是《魔兽世界》。进入"风暴前线"而不是《科南时代》。进入"圣战观察"而不是《使命召唤》。

一个网站引向另一个网站。他发觉这些网站引人入胜、令人信服，满是新鲜的资讯。"维也纳之门"有大量描绘昔日伟大战役的彩色图片，呈现出一种骄傲的、欧洲历史的感觉。有来自《圣经》的引语和温文尔雅的讨论。"风暴前线"的风格更加严厉，更加冷酷，参考了二十世纪三十年代的法西斯主义宣传。这个网站自称是那些已经做好战斗准备的、新一代白人少数派的声音，网站的标志上刻着"白人骄傲，四海五洲"。

不管表达的形式文雅讲究还是粗俗直率，他们的中心思想都是一致的。消除伊斯兰在西方的影响。

这些网站有一种强烈的团结意识，一种"我们"的意识。是我们在与那些闯入者对阵。是我们作为一个族群在遭受威胁。是我们成为了被选中的人。

我们反抗他们。我们反抗你们这群人。

他甚至都不必非得做些什么才能成为他们之中的一员；不需要努力去让任何人刮目相看。唯一要做的便是加入邮件列表，接收通讯简报，或者点击到网站上关注讨论。有时他们会请求捐款，让各位撰稿人平分，但从没有人强求过他什么。

批评都是留给其他人的：政府、女权主义者、伊斯兰教徒、社会主义者以及政治正确的西方领导人。批评的是过去欧洲人所遭受的不公待遇，是如今的大规模移民，是被斩首和被阉割的骑士，是大规模强奸，是白种人的毁灭。

对欧洲人的屠杀必须制止！

又一次。他找到了适合自己的位置。

《纽约时报》畅销书作者罗伯特·斯宾塞[1]，"圣战观察"网站的创始人，是他最喜欢的人之一。经营博客"阿特拉斯耸耸肩"的帕米拉·盖勒[2]也是。他非常关注这两个美国人所写的东西。巴特耶尔，又名吉赛尔·利特曼[3]，是这片星空里的又一颗明星。她出生在开罗的一个犹太家庭，在苏伊士运河危机[4]之后离开了埃及，直到她发展出了一套欧拉伯的理论。而在"维也纳之门"主持人的高位上统管这一切的，则是奇人波德西男爵[5]。

然而所有人当中最为闪耀的，却是一个自称峡湾人的家伙。他是个相信末日的人，常常散播有关大难临头的预言。而且他还是挪威人。安德斯立刻就感受到一种兄弟般的情谊。他如饥似渴地读着这位"挪威黑暗先知"写下的一切，把它们下载保存。"我出生的时候，挪威百分之百都是白人，"比安德斯大四岁的峡湾人写道，"倘若我活到很大的年纪，而且仍然住在这里，或许我在自己的国家里就是少数族裔了。"

就是这样。真相，以毫无保留的形式被揭露出来。他的分析纵贯几个世纪，讨论的内容从柏拉图到奥威尔，无所不包。他预言假如眼前的趋势继续下去，欧洲将会毁灭。

总得有人提出反抗。

在放屁室里，安德斯对峡湾人产生了一种强烈的亲切感，他给人一种毫不妥协、才华横溢、博览群书的印象。全部都是安德斯想要成为的

1　罗伯特·斯宾塞（Robert Spencer），美国作家和博主。

2　帕米拉·盖勒（Pamela Geller），美国政治活动家和评论员。

3　巴特耶尔（Bat Ye'or），本名吉赛尔·利特曼（Gisèle Litman），埃及裔英籍作家，

4　苏伊士运河危机（Suez Crisis），1956年以色列及英法军队为占领苏伊士运河与埃及发生武装冲突，后迫于国际社会压力停火。

5　波德西男爵（Baron Bodissey），"维也纳之门"网站运营人之一，真实身份不详。

样子。

二〇〇八年十月，他试图用"2183年"的账号，通过"维也纳之门"网站与峡湾人取得联系。

"你的书什么时候开始发售，峡湾人？"他问道，随即又接着说"我自己也在写一本书"，最后用"再接再厉，哥儿们。你是欧洲的真英雄"结尾。

他并没有等到来自榜样的回复。五天之后，他用了一种更具批判性的口吻。

"致峡湾人和这一领域当中的其他能人，"他开始写道，"我在之前的文章当中注意到，你们的解决办法是尝试通过民主的手段彻底终止移民，或者是就这么等着，一直等到现行体制在内战中崩塌。"

"我不同意……"他继续往下写，批评论坛上的其他人，比如斯宾塞和巴特耶尔，说他们不敢用那个"驱"字打头的词。驱逐出境。峡湾人只是公开说了要通过阻止伊斯兰教徒向欧洲移民，来遏制伊斯兰的浪潮。那么已经在我们国家的那些伊斯兰教徒该怎么办呢，安德斯问。过不了多久，欧洲的人口就会有半数是伊斯兰教徒，他预测说，并给出数据来说明科索沃和黎巴嫩等国家和地区日益加剧的人口失衡，当地的伊斯兰教徒人口正在迅速增长，而基督徒的数量却在下降。

"上面是我即将写成的书里的一幅图表（顺便说一句这本书将会免费发行）。"他写下自己给出的数据，随后又重申不用那个"驱"字打头的词语是非常懦弱的行为。"我猜想这是因为驱逐在本质上被看作是一种法西斯式的手段，会破坏你们的努力成果？"他对峡湾人写道。

把所有伊斯兰教徒驱逐出境是唯一合理的解决方案，他继续写着，因为即便移民得以终止，那些已经身在欧洲的伊斯兰教徒也会生下很多孩子，多到足以让他们成为多数派。

他始终未曾从这一领域最顶层的名人那里得到答复，罗伯特·斯宾塞没有回复，巴特耶尔没有，峡湾人也没有。

怎么才能让大家听到他的话呢？

二〇〇九年二月十三日晚上，门铃响了。母亲开了门。

"他不想见人。"她说。

"我们只是觉得……"

有三个朋友决定努力让安德斯出门。这天是他三十岁的生日。寿星正坐在自己的房门后面，离正门几米远的地方，他们所说的每一句话他都能听见。

母亲的远房堂兄也没有完全放弃对他的希望。作为安德斯的保证人，对这位经他介绍进入共济会会所的亲属负责到底是他的责任。但每次他打来电话，安德斯都声称自己正在忙着写书。

"你这本书是关于什么的？"

"这本书是关于保守主义的。"安德斯回答。

"哦。"

"还有十字军，一六八三年的维也纳之战……"

"哦，好吧。"扬·贝林说。

有那么一次活动，安德斯非参加不可。兄弟会要举行一年一度的会所家族会议，会上成员们会跟和自己有关系的人坐在一起，不分等级。安德斯只得也跟着去。这是一场漫长的典礼；他错过了屏幕跟前的宝贵时间。吸引他的不再是电脑游戏，而是那些文章。它们占满了他所有的空间。

大约两个小时之后，仪式终于结束了，大家都站起身来，走到了大厅里。安德斯跟着他们，等着那位比他年长的同伴走到衣帽间去，穿上他的大衣，再开车送他回家。最后他主动提出自己去帮他拿外套的时候，那位堂亲告诉他说现在只是休息。典礼只进行了一半。

安德斯再也受不了了，便离开了匿从大厅。

这里的年轻人不是那么多，他一定是觉得失望了，他的亲戚心想。

安德斯也不和曾经关系密切的虚拟朋友交往了。一些忠实的玩家力劝他重回《魔兽世界》。"公会里情况不错，但新来的法师和你相比真是太差劲了。"他团队里的一个人写道。好几个人发了信息请他重新玩起来。

如今他大体上已经退出了游戏。有些游戏每个月的订阅费也不再交了，这样他就不会被诱惑着再加入一场战役，一轮征战，一次格斗了。

一天，他出门去买电脑零件的时候，在街上撞见了一个老朋友。克里斯蒂安，他曾经跟安德斯合伙做过生意，而且，两人上一次在深夜的市中心不期而遇的时候，还曾经指责他是个隐藏了身份的同性恋。

"你最近在忙什么哪？"克里斯蒂安问。

"我在写一本书。"安德斯回答。

"棒极了。"克里斯蒂安说。他那些用来显摆的外语单词总算是有用处了。不过这还是有点奇怪，他心想。安德斯感兴趣的事情主要就是赚钱，尽可能多地赚钱，尽可能快地赚钱。像这本书那么晦涩的东西，怎么能从里面赚到钱呢？十字军？伊斯兰？

有时候安德斯也会查阅document.no，一个由汉斯·鲁斯塔德[1]运营的挪威语网站，这几年鲁斯塔德已经成了一名文化保守主义者，对伊斯兰抱着明显的批评态度。document.no仔细地追踪着最新的新闻。站内的讨论区吸引了源源不断的访问用户。

预定将于二〇〇九年九月十四日进行的大选前一周，用户名安德

1　汉斯·鲁斯塔德（Hans Rustad），挪威记者，挪威右翼社会保守派在线杂志document.no创始人和编辑。

斯·B发布了他在document.no上的第一条评论：现在"西欧有一种日
益严重的趋势，就是容忍媒体掩盖事实"。他用了七月十四日巴士底日[1]
前后发生在法国多个城镇的动乱作为例子。《世界报》[2]和其他法国报纸
都拒绝报道这些骚乱，他声称。然而他用的引语却属于另一篇不同的报
道，说的其实是法国地方当局以"官方命令"为由，拒绝回答来自《世
界报》的提问。

这种断章取义的引用将成为一种标志。安德斯·B会歪曲事实来满
足自己的需要。

回复如潮水般涌来。当天每一个在document.no上回复他的人，都
对他写的东西信以为真。回应激起了他的兴致。第一次作为document.
no投稿人的那个下午，他还涉及了两个别的话题：白人在南非遭到杀
害——"一场有计划的、由种族问题所引发的大屠杀"——以及多元文
化主义是一种反对欧洲的仇恨思想，其目的是摧毁欧洲的文化和认同
感，同时摧毁基督教。

这下子他进入了状态。他推荐每一个关注这串帖子的人，都去读一
读峡湾人的著作《战胜欧拉伯》，好认识到欧洲正在向何处去。所有敢
于批评多元文化主义的人都被冠上法西斯分子和种族主义者的恶名，一
种政治正确的原则不允许任何其他观点的存在。"进步党就是这种不容
异见的受害者之一。"他在午夜来临前的一刻总结道。他的帖子一发不
可收拾地继续着。

大受鼓舞的他，在第二天早晨给峡湾人写了一封公开信，试图在维
也纳之门上与他取得联系已经是一年前的事了。这一次，他把信发在了

1　巴士底日（Bastille Day），纪念1789年7月14日攻占巴士底狱，法国国庆日。

2　《世界报》（Le Monde），1944年在巴黎创立的日报，在全球享有盛誉的重要媒体
　　之一。

document.no 的评论区。

峡湾人：

我全职写作一本以解决问题为重点的书，到现在已经三年多了（纲要是用英语写的）。我试图着重讨论的领域与你的主要关注点略有不同。我收集到的许多资料大多数人都不了解，包括你在内。

如果你发邮件给我到 year2083@gmail.com 的话，书写完之后我会发一份电子版给你的。

两天之后他收到了回复。

你好，我是峡湾人。你要找我？

安德斯·B 立即回应：

书已经写好了，不过我还要用几个月的时间为发行做一些实际的准备，部分会以电子版形式发出。《战胜欧拉伯》写得太棒了，但是像这样的书要有效地冲破审查制度还要花些时日。我选择用免费派发作为应对策略。

峡湾人那边没有回音。

另一方面，温彻则听到了许多关于"峡湾里那个人"的事情，她是这么叫他的。每天吃饭的时候她都会听到一点最新消息。安德斯用"聪明""我的偶像""真是个好作家"这样的词语来形容峡湾里那个人。汉斯·鲁斯塔德也是晚餐话题的一部分。不过安德斯的母亲明白峡湾里那个人才是头号人物。那个叫作汉斯的人比峡湾里那个人更加谨慎一点。

可有时候她会觉得自己已经听烦了世界末日的话题。

"我们就安于现状难道不行吗?"

红色还是蓝色?

工党对这个国家的糟糕管理还会继续吗?

安德斯在document.no上初次亮相一周之后,大选日当天的早上九点,他提议正义的力量把各自的资源集中起来,创办一张全国性的报纸,来"把挪威人从昏迷当中唤醒"。在他的帖子底下,许多网站的撰稿人推荐了可能的合作者,随即又被否决。安德斯则表现出一种宽容大度、愿意让步的印象。

"我们的处境没法对合伙人挑三拣四。"他写道。

就像他在进步党青年部的论坛里,一心渴望建立一个右翼青年政治平台的时候一样,如今他设想了一个包含各种不同意见但大体上朝着一个方向前进的团体。

"我认识很多进步党里的人,其中一些有分量的人想要把党报《进步》做大。我也知道一些文化保守派的投资人。设法把《进步》与document.no合并+从战略投资者那里拿到资金怎么样? 报纸就叫《保守派》。"他在上午十一点的时候写道。

十一点半的时候他加了一句补充:"我还能帮忙从我的会所里为项目引进一些资金。"

当晚投票站关闭的时候,这个项目似乎已经运转了起来。安德斯写道自己可以安排一次会议,请来商业和投资杂志《资本》的创始人特吕格弗·海格纳,以及进步党总书记盖尔·默,向他们提出这个方案。"这场大选,以及对竞选所进行的新闻报道清楚地向我们表明,没有一份影响全国的喉舌是行不通的。"

投票站关闭一个半小时的时候，安德斯已经起草了一份商业计划，放到了网站的讨论区里。一号策略，被他称为低级趣味模式。报纸会包含常规新闻，一些金融财政的内容，以及充裕的"低俗专题"，比如性爱和色情女郎。使用这种策略的问题是，会丧失一大批保守派的、信仰基督教的读者。二号策略，据他估计能产生的发行量大约是一号的三分之一，会包含大量金融方面的内容和极少数的"低俗专题"。然后还有三号策略，是一号与二号的结合体。凭借相当数量的财经文章，他坚信这份刊物有潜力从商业报纸那里挖来很多读者。

"主要的目的就是依靠进步党及保守派的非正式支持提升政治影响力。"他宣称。

午夜时分，他看到了大选的结果。结果令人丧气。

在一千五百公里以北，安德斯·克里斯蒂安森欢呼雀跃。"又一个四年！"他动用了自己的积蓄，好待在特罗姆瑟的酒店里，参加工党的选举夜通宵大会。他们做到了！维利亚尔在北方的斯瓦尔巴，跟父母和弟弟托尔热在一起；赛博一家人则在萨兰根尽情庆祝。挪威人民表达了自己的意愿，希望红绿联盟和延斯·斯托尔滕贝格继续干下去。

这三位同志自己并没有投票。维利亚尔和安德斯都还只有十六岁。西蒙刚满十七岁。不过下一次，在二〇一一年选举的时候，他们终于要到能够投票的年纪啦！

"挪威的记者们在与进步党的战争当中取得了胜利，"大选当晚安德斯·B写道，"在持续四周的联合作战之后，他们得以让投票率降低了百分之六。"正是媒体对于法国、英国和瑞典发生骚乱的新闻封锁，才"最终注定了我们的命运，让右翼党派付出了竞选失利的代价"。

不过第二天他还是斗志不减地醒来，还给汉斯·鲁斯塔德写了一封邮件，谈了创办一份文化保守主义报纸的必要性。不到一个小时，他就收到了来自榜样的回复。

"毫无疑问你的分析是正确的。倘若要在二〇一三年的大选中[1]获胜，我们就需要更强有力的媒体。现在的情况将进步党置于完全不利的境地。任人摆布，也没有中间势力能够动员。"鲁斯塔德写道。

安德斯马上回复说他要做的第一件事情就是"安排一场我本人与盖尔·默的会议"，讨论一下进步党对这件事情的打算。

好几个月过去了，他根本没有收到进步党总书记的回音。也从来没有真正努力联络过《资本》的编辑。曾经夸口说很容易就能联系上的那些投资人，他一个也没有找来接洽，他的共济会会所也从来不知道他要办报纸的计划。他唯一做过的事情，就是询问了一家打印店，用有光纸印刷一本月刊杂志要花多少钱。

十一月，他开始"邮件收割"。通过社交网络账户，向全球各地的文化保守主义者和反对移民的人士发出成为好友的邀请。这件事情很花时间，因为每人每天所能发出的邀请数量是有限额的。每个账户每天可以发出五十个好友申请。

大约有一半的人接受了邀请。

他对个人简介的设置，让文化保守主义者们自然而然就会接受邀请。

他想要的是他们的邮件地址。几个月之后，他有了一个包含八千条邮件地址的数据库。

直到二〇一〇年一月底，他才收到了来自进步党的答复；来自党内议员小组的拒绝信。他们祝福他的办报计划一切顺利，但除了接受访问

1　挪威每两年举行一次政治选举。国会大选和地方选举（郡议会和行政区议会选举）交替进行。2011年进行的是地方选举，2013年则是国会大选。

之外什么也不能保证。

　　安德斯失望地给汉斯·鲁斯塔德写了信。同时也告诉他自己的书已经写完了。

　　我会在二月底之前出发去宣传这本书，可能会离开六个月左右。此致，安德斯。

书

他用一句引言开头。

"最受欧洲民众疯狂仰慕的是那些最为胆大包天的骗子；最被他们恨之入骨的是那些试图告诉他们真相的人。"[1]

他用一段抄来的内容继续。

"大多数欧洲人回顾二十世纪五十年代的时候，都认为那是一段好时光。我们的家很安全，安全到许多人都懒得锁门。公立学校通常都好极了，需要解决的问题都是上课说话或者是在走廊里乱跑之类的。大多数男人都像绅士一样对待女人，大多数女人都把她们的时间和精力用来让家庭幸福美满，好好抚养孩子，并通过义务劳动来给社区帮忙。孩子们在双亲家庭长大，而且放学回家的时候母亲都会在家里迎接他们。"

为了实现伟大事业而进行剽窃，他并无顾虑。他几乎没有注明任何一位引用过的作者。他们都被纳入了一个更高境界的存在：安德鲁·布雷维克。

欧洲出什么问题了？

安德鲁·布雷维克将之归咎于一种政治正确的意识形态，这种意识形态，他写道，与文化马克思主义——由经济转移到文化领域的马克思主义——别无二致。他希望再现二十世纪五十年代的价值观，那时女性是家庭主妇而不是士兵，不会有非婚生子，同性恋也并不光彩。

"想要战胜文化马克思主义的人就必须反抗这种思想，"安德鲁·布雷维克竭力主张，"必须把它企图封锁的真相高声呐喊出来，比如我们反对我们的国家被伊斯兰化，大多数艾滋病例都是自找的，都是由于不道德的行为才患上的。"

文化马克思主义的一个显著特征便是女性主义，布雷维克写道。它无处不在，吞噬一切：

它在电视上，几乎每个主要节目都有一位女性的"权力人物"，而且情节和角色都在强调男性的低劣和女性的优越。它在军队里，部队为女性提供越来越多的机会，甚至连战斗岗位也不例外，与之相伴的先是双重标准，再是降低水平，还有年轻男性入伍人数的下降，以及服役人员中"斗士"的大批离去。它在政府授意的就业优先权里，这种做法使女性获益，还用"性骚扰"的指控让男人们乖乖地遵守规矩。它在公立学校里，"自知"和"自尊"的观念日益得到推广，而学术钻研却减少了。此外，令人遗憾的是，我们看到有若干欧洲国家允许并且出资支持免费发放避孕药，还辅之以灵活开放的人工流产政策。

他继续写道："当今的男人被要求成为煽情肉麻的低等物种，对女性主义议题俯首赞成。"

坐在那儿剪切粘贴真是太棒了。他一直在苦思冥想，却还没有用具体形式表达出来的许多东西，全都已经有人帮他想好了。

"有胆量的人，就能够获胜。"他在引言的最后写道。

"我们被自己的政府给蒙骗了，以为基督教和伊斯兰教文明的价值是同等的。"他写道。显然事实并非如此。

这本书在辩论和说教之间摇摆不定。

他加紧写下去，在不同的时代之间来回跳跃。十二世纪和十三世纪

1　出自美国记者、文化批评人 H·L·孟肯（H. L. Mencken，1880—1956）。

的十字军东征，二十世纪在黎巴嫩作为少数群体的基督徒所遭受的灭绝打击，一九一五年的亚美尼亚种族屠杀，七世纪之中的各个王朝。书快结尾的时候，他写到了一六八三年的维也纳之战，奥斯曼帝国在欧洲衰落的开始。这场战斗和他的这本书有种宛如预言般的相似，他起的书名是《2083——欧洲独立宣言》。

"你将知晓真相，而真相将让你疯狂。"布雷维克用这句来自阿道司·赫胥黎反乌托邦作品《美丽新世界》[1]中的引语，开启了这本书的第二部分，他将之命名为"欧洲在燃烧"。用引言开头能增加说服力，所以他又加上了奥威尔和丘吉尔的各种语录片段。只需要用谷歌搜索"名人名言"，就会有许许多多的好句子出现。

前一百页是峡湾人写的文章，与布雷维克自己写下的东西交叠在一起。是剪切粘贴成的，是剽窃来的，是共用的。不少都是纯粹的重复。

随后他发了点牢骚。毕竟，他自己所承担起来的，是一项颇为艰苦的任务。"偶尔我会很恼火，因为我必须花掉相当大的一部分时间来驳斥。"

但是他非做不可，因为当局对欧洲境内伊斯兰教徒的真实数量秘而不宣。实际数字远比他们公布的要多，而且，更为重要的是，由于生育和大规模移民，那些数字一直都在增长。

布雷维克也赞成巴特耶尔的理论，欧盟领导人向大批伊斯兰教徒移民敞开了大门，以换取和平，廉价的石油以及进入阿拉伯国家市场的机会，他用了她那句"要么自由，要么齐米"的说法。要么自由，要么

1　阿道司·赫胥黎（Aldous Huxley，1894—1963），英国作家和哲学家。小说《美丽新世界》（*Brave New World*，1932）是其代表作之一，故事背景设在公元2540年的伦敦，描绘了一个反乌托邦的未来世界。

屈服。

在针对伊斯兰的批评当中，布雷维克突然加入了几句关于如何才能将博客变为报纸的议论，讽刺了所有那些没有足够胆量去承担风险的人。

"这些年来，我曾和无数个成功的和不那么成功的右翼博客／新闻网站／脸书'记者'谈过，普遍的观点似乎是，创办和发行一份纸质杂志／报纸真是极其困难，会遇到很多问题。我实在是不明白大家为什么会有这种感受。"

接着他提出了一个三步方案，包括筹划阶段、扩大用户基础，以及用博主的文章作为素材填满版面。唯一需要慎重对待的就是"仇恨言论"，因为种族主义的杂志是一定会遭到取缔的。

在第二卷的结尾，他批评了峡湾人、斯宾塞和巴特耶尔。

说到的就是他曾在"维也纳之门"上要求他们回答过的那个问题。关于那个"驱"字打头的词语。他们不敢提驱逐出境的话题，因为这会破坏他们的声誉，布雷维克写道，"要是这几位作家都吓得不敢宣传保守主义革命和武装反抗，那么其他作家就非这么做不可。"

布雷维克感觉自己听到了召唤。

———

库珀连锁店门外，咖啡馆吸烟区的小餐桌旁，关于天气、邻居、孩子和其他问题的闲谈还在继续。

"安德斯正在写一本书。"温彻说。

"哦是吗？"其他人说，"是关于什么的呀？"

"跟历史有关的东西，"母亲回答，"太深奥了，我有点不理解。"

邻居们点了点头。

"书是用英语写的。"温彻接着说。这本书会一直追溯到公元前六百年，她解释道。所以用安德斯的话说，一切都是被尘封的。书里会涉及所有的战争，所有曾经发生过的事情。

实际上，安德斯的母亲对儿子的未来相当担忧。她甚至告诉过他自己可以和他一起去职业介绍中心。那里的人是可以帮他搞清楚什么样的工作可能会适合他的。

她曾经跟他说过，有他这样想法的人，去当个警察会很不错的，又正派又公平。

"要做警察我就得选择不同的人生道路了。"当时安德斯回答。

"他很擅长电脑，很精通历史……"母亲若有所思地说，"但说真的我一直都希望他能当个医生。"她在咖啡馆里对朋友们说。最让人开心的事情，她觉得，就是安德斯能作为一个红十字会的医生，在非洲照顾饥饿的儿童，并且帮助别人。可能会去赞比亚，她提议。

他告诉她自己要当一个作家的时候，她回答说："听起来太棒了！"

她还记得他第一份正经的工作，那是在十七岁的时候。他说自己在一家叫做阿克塔的公司找到了一份工作。把股票卖给有钱人。

"胡扯，"安德斯的姐姐后来说，"他没在卖股票，他在卖杂志。"

这件事还让温彻坐下来好好地想了一想，安德斯是不是觉得他自己不够优秀。

在那张阳光永远照不到的吸烟区咖啡桌上，大家都明白不要去提安德斯的话题。他们有一种心照不宣的默契，要是温彻想谈他的话，她会谈的，那时候他们就会加入，但他们从来不会首先发问。他们知道他只是呆坐在自己的房间里，专心致志地打着自己的游戏。

假如他们发表了什么有关打游戏上瘾是一种病的意见，温彻可能就会说他们只不过是在嫉妒，因为她有一个像安德斯那样既优秀又善良的儿子。

咖啡馆里许多女人的儿子都已经学完了法律或是经济的课程；有些已经取得了律师资格。其他人则在银行和金融业工作。

有些已经有了孩子。太太们开始谈起自己的外孙的时候，温彻就噘起了嘴巴。

安德斯已经跟母亲讲过，请她别再唠叨着让自己找正经工作了。但更糟的是她接着说他应该去找个女朋友的时候。

"那为什么不找个漂亮的单身妈妈呢？"温彻问。

"我一定要有自己的孩子。"安德斯回答。

他说他想要七个。

我怎么才能过上你的生活？

公交车已经等在那儿了。从渡轮上下来的乘客很快就坐满了车厢，继续向半岛的深处进发。高峰时间渡轮每二十分钟开一班。到奥斯陆去，再从奥斯陆回来——在乌德拉或是斯莫尔布克号上的短途横渡，可以是一段平静的间歇，也可以是一次攀谈的机会。

要是在渡轮上没能和自己想坐的人坐到一块儿，在公交车上也总还会有第二次机会。

一天，巴诺让自己坐到了一位一头优雅短发的苗条女士身边。这么做并非偶然。

"您好。"巴诺咧开嘴笑着说。

四十出头的金发女人也向女孩打了个招呼。女孩停下正在嚼着的口香糖，开口说话。

"我知道您是工党的成员。我也是，"巴诺说，"我参与我们本地的政事，就跟您一样。"巴诺十五岁了，刚刚加入 AUF。

妮娜·桑德伯格是工党在内索登的市长候选人。多么活泼快乐的一个人啊，这是巴诺在她身边坐下的时候，妮娜的第一个念头。

"我是支持你的，"巴诺透露说，"我妹妹和我妈妈也是。"

随后她下了车，而妮娜·桑德伯格则继续行程，前往她位于内索登南端的住宅。

*

巴彦和穆斯塔法从抵达的那一刻开始，就努力成为挪威社会的一分

185

子。首先他们得学会挪威语，这样才好找工作。最初，早晨见到人们出门上班的时候，巴彦落下了眼泪。她是多么怀念自己在埃尔比勒的会计工作呀！曾经是机械工程师的穆斯塔法则在找工程方面的工作。供水和排水系统专家，他写道。

这样的申请一无所获。

他去了奥斯陆阿凯尔步行街上的社会保障办公室。

"随便什么工作我都做。"他对柜台后面的女人说。

这位顾问帮他改进了申请表。纠正了他的挪威语书写，并建议他去上一门语言课，来增加自己找到工作的机会。接着他们坐下来聊了一会儿。

"您为什么会到这里来呢？"她问。

穆斯塔法没有说话。

"到挪威来，我是说。"她补充道。

她的问题悬在那里。

"我不知道。"穆斯塔法回答。

生活变得模糊不清。日子在无所事事中度过。他感到有什么东西悄悄溜走了；他失去了一些什么，他自己，他的自信，以及他的教育和专业经验所赋予他的地位。他对挪威语只是一知半解，他觉得自己受到了排挤。

唯一让他提起劲儿来的就是孩子们，看着他们扎下根来，茁壮成长，即便两个女儿觉得学校有点难以适应。一位老师曾经告诉他，他的女儿不跟其他孩子一起玩，只是两个人自己玩。

"您和她们讲过不许和别人一块儿玩吗？"她问道。

巴彦和穆斯塔法可不会让别人这么说他们！他们给两个女儿报了芭蕾舞、体操和手球课。现在正在上幼儿园的阿里则已经开始了足球训练。

他们自己也去看比赛、演出和锦标赛，还自愿参加社区工作。起先，拉希德家的孩子们参加体育活动的时候，都会带上自己的鸡肉肠吃，但有一天他们忽然就不带了。库尔德斯坦似乎越来越遥远。

　　圣诞节那天，孩子和学校班级里的其他人一起去了教堂，巴彦也像其他所有人一样挂起了庆祝圣诞的星形装饰。巴诺说自己是个虔诚的伊斯兰教徒，可有人问她是逊尼派还是什叶派的时候，她却说不清楚。"我相信有一个神，"她回答，"我不知道他叫什么，仅此而已。"和全班一起去过教堂之后，她说："假如神明知道这世上唯独只有他一个，那就不必再通过牧师的嘴巴说出来了。"

　　作为少数民族出身的学生，拉希德家的孩子们可以不用去上新挪威语的课，这是以乡村方言为基础的挪威第二官方语言。然而这样的提议只是让巴诺觉得愤愤不平。"如果收到了一封用新挪威语写的信，那就必须得用新挪威语回信。"她非常坚持，说这是通行的原则。老师表扬她写的一篇作文语句流畅的时候，她也很生气。"为什么要特地对我说这些呢？我和班上的其他人是同时开始学新挪威语的呀。"

　　假如父母冲她发牢骚，或者对她做的某件事情不满意，她就会回嘴说有许多移民父母还得从警察局里把自己的孩子领回家呢。

　　"妈妈，我们和那些不愿意融入的人不一样。对我们来说，未来意味着好工作，回到家里能吃到丰盛的晚餐，打开冰箱发现里面装得满满的。你抱怨三明治馅的价钱，还抱怨我们在浴室里待得太久，可是妈妈，至少我们一直都有食物和水啊，"每当母亲为了维持生计而忧心，她就会这样宽慰她，"家里乱一点我们并不觉得羞耻，因为最重要的是我们这些孩子并不是没有人管的。而且我们的沙发和餐桌就跟别人家里的一样好。"

　　"跟别人一样"是极其重要的事。一家人必须得有一样的家具、一样的衣服，装好带去学校的午饭里必须得有一样的那种三明治。换句话说，一样就是要么相同，要么更好。母亲给妹妹买了一件博根斯牌外套的时候，巴诺喜出望外。"妈妈，只有劳拉和她班上的另外一个人有博根斯的夹克。其他人都只有普通的牌子。她有了一件很贵的夹克，我太骄傲了！"她激动地冲着巴彦大喊，巴彦很幸运，在一次减价促销的时候找到了这件漂亮的夹克。

穆斯塔法的申请终于有了结果。社会保障办公室打来电话，给了他一份在奥斯陆西部的格林巴肯学校看门的临时工作。而就在这时，巴彦也获得了一个在托儿所当助教的实习职位，几个星期之后，实习变成了兼职工作。不过两人的工资并不允许他们有什么奢侈的享受。

随后巴诺却来了个一百八十度的大转弯，断定家里买的东西太多了。

"我们是在买幸福。"她说。她对同班同学也说了同样的话，还强制执行购物禁令。谁也不许买衣服，买巧克力，连在食堂里买一个面包卷都不行，坚持一个星期。朋友们发觉自己私下偷偷买东西要比跟她辩论来得容易。巴诺可真够固执的。

父母把他们的大女儿称作自己在挪威社会里的导游。

"去拜访其他人的时候，必须要说的第一句话就是'你家的房子可真漂亮！'"巴诺建议他们，"在挪威，大家看重的就是房子。"

他们自己也购置了一间排屋的时候，能用比估价还低的金额把房子买下来，让穆斯塔法很是高兴，因为这条街上其他所有的房子，售价都比开价要高。

"可是爸爸，"劳拉说，"你觉得挪威人为什么不给这间房子出更高的价钱呢？我们一定是被人骗了。"

嗯，穆斯塔法琢磨起来。结果房子确实是有各种毛病，比如地下室里的潮气之类的，而且还需要进行大量的翻新。不过穆斯塔法毕竟是个机械工程师，于是便顽强地开始了工作。

巴诺幻想着他们会如何整修地下室，好让三个孩子能拥有自己的客厅，卧室，甚至是一间小小的书房。这个家总是可以变得更好。她会抱怨，比如说，厨房的地板有两种不同的颜色。穆斯塔法试图把地板磨光擦亮的时候，花的时间实在是太长了，结果还没干完就只好把打磨机还了回去。客厅里没有踢脚板，而她的卧室里还有电线在松松垮垮地吊着。

"你应该对自己的房间感到满意，巴诺，"父亲说，"你分到了最好的一间，比劳拉和阿里的房间大得多。"

渴望和别人一样的她，还为了自己的名字责备父母。巴诺，这算什么名字啊？其他人都没有叫这个名字的。父母告诉她他们曾经考虑过要叫她玛丽娅的时候，她埋怨得更厉害了。

"啊，玛丽娅，你们为什么不给我起这个名字呢？我认识好几个叫玛丽娅的！我本来可以和其他人一样的。"

出于人道主义原因，他们的居留许可不断得到延长，但是每次只延长一年。不知道自己能不能在挪威留下来，让一家人心力交瘁。他们所属的群体被称为没有家庭团聚权的临时居民。

巴诺该上中学了，可一家人却依旧没有听到消息，不知道自己会不会被批准留下来的时候，她决定自己来处理这件事。她是家里最能听懂新闻的一个，也一直密切关注着最新的时事。她决心要把他们家的情况讲给挪威政府听，还在电话簿里查到了政府的联系方式。她拨通地方政府部门的号码，说她要找部长。

可他们并没有让部长接电话。

"得要年满十八岁才能跟部长通话，"后来这个十一岁的孩子告诉父母，"政府部门是这么说的。"

接着，在二〇〇五年，巴诺长到十二岁、劳拉十岁、阿里七岁的时候，他们终于和其他数百名来自伊拉克的库尔德人一起，获得了永久居留权。事后挪威移民局被发现超越了自己的职权范围，发放的居留许可数量过多，局长还不得不引咎辞职。但拉希德一家是幸运的。就这样，到了二〇〇九年二月，在挪威生活十年之后，全家人都成了挪威公民。

巴彦做了一顿特别的晚餐，买了牛轧糖冰淇淋，还允许他们想吃多少就吃多少。

*

体育运动是与别人融为一体的重要手段。巴诺在手球比赛上坐了很长时间的板凳，因为她有些笨手笨脚，常常接不到球。然而有一天，长着扁平足，还略微有点超重的她，噔噔噔地冲过了对手的防线，进球得分。从那一刻起，她便势不可挡。她喜欢进攻，一把抓住球，射门得分。每进一球之后，教练员都会大喊："回去，巴诺，回去！"可是防守太没意思了。

巴诺一点也不喜欢没意思的事情。不过只要有什么东西需要去赢回来，她就会出现。内索登各所学校的学生之间举行比赛，比比谁最了解这个半岛的时候，她认真研究了本地的历史。巴诺，一个外国人，一路过关斩将进入了决赛。

她想要成为球场上最好的，班级里最好的，衣服也要穿得像别人一样好。她想要加入到最受欢迎的那群女孩子中间，跟土生土长的挪威人一模一样。

但一种全新的爱好正在逐渐取而代之。

"这么多年我打手球的时候你们一直跟我在一起，现在你们也一定得跟我一起加入工党。"上十年级时，加入了AUF的巴诺对父母说。

巴彦乐意为女儿效劳，当"女性挺妮娜"，一场呼吁选举妮娜·桑德伯格——公交车上的那个女人——担任市长的运动发起的时候，巴诺、劳拉和巴彦都加入了。

曾经在手球场上所展现出来的投入，如今转移到了AUF。巴诺最终成了内索登当地小组的领袖。

十七岁的时候，她在《晚邮报》上发表了第一篇文章。在文中表达了对于进步党及其领导人西弗·延森使用"悄然伊斯兰化"一词的担忧。

"我完全明白，西弗·延森想出这个词语，只是一种恐吓战术。她很清楚移民在我们这个国家已经存在了几千年，而且一切都进行得很顺利，"她以此开头，又进一步指出绝大多数搬到另外一个国家的人都会去适应当地的文化和生活方式，"只是要花上一点时间而已。假如延森真的非常害怕伊斯兰教徒，那么她就应该看看挪威境内伊斯兰教徒女性的生育率。这个数字已经显著降低。这便是住在挪威的人适应挪威的一个例子。"

她请大家转而将移民看作一种优势，并且充分利用他们的力量。"倘若有任何人选择实行一天的'无移民日'，那奥斯陆几乎肯定会停止运转。"她写道。

"这个国家的第二大党所歧视的不仅仅是我。进步党还允许自己歧视员工、女性、长期卧病的人和同性恋。大部分人都属于这些分类之中的一项。大多数人真的都认为只要油价下来一点，他们就能忍受几分歧视吗？"

巴诺·拉希德（17岁），内索登AUF的签名，还会在《晚邮报》的青年版上刊出好几次。"写文章的时候，要让画面出现在读者的脑海里。"哈迪达·塔吉克，一位很有才华的巴基斯坦裔青年政治家，曾经在一堂AUF的课上这样教过她。巴诺也努力这样去做。

还有一件事情让她放在心上。

"这个世界上还没有人能够让我相信女性要弱于男性，"巴诺写着，"挪威的最高领导层中有百分之八十是男性，挪威的男性每挣一百克朗，女性只能挣八十五克朗，这并不是巧合。这还是在百分之六十的挪威学生都是女性的情况下。生活在全球最优秀的国家，这样的数字让我们感到难以置信。"

她也有一些建议要提供给自己的姐妹们。"与传统女性主义者不同，我认为问题并不是我们女孩子要团结在一起。我们女孩子必须要分散开来！实际上抱团聚在一起并不是非常理想的战术策略。这样只会让我们惧怕小团体之外的所有事物和所有人。我们必须能够依靠自己的力量前进。我们必须有自信去钦佩那些处在最顶层的女性，并且要让自己觉得自己很了不起。"

夏天快结束的时候，巴诺的朋友埃尔莱和她的母亲莉克·林德邀她一起去阿尔夫达尔。她们坐火车进山，然后步行几个小时，穿过沼泽，来到一幢昔日的猎人小屋里。那里的生活非常简单。她们从小溪中汲水，用烧木柴的炉子煮饭。巴诺欣喜万分，总是渴望着去最长的远足，去爬最高的山峰。仲夏已过，夜晚已经开始来得越来越早，晚上，莉克会让两个女孩一人喝上一小杯红酒。她们坐在一起，一直谈到深夜。巴诺不断地把话题转向政治，让埃尔莱很不耐烦。她的母亲在贸易与工业部担任副部长的职务。建议巴诺和埃尔莱加入 AUF 的人正是她。不过埃尔莱很快就失去了兴趣，而巴诺却成了本地的领袖。

"我们已经不再有一位女首相这件事，如今大家都感受到了，"莉克说，"格罗做起事来更加有意识。也很善于激励我们这些比她年轻的同僚。"

她对巴诺和埃尔莱说起自己与格罗的几次会面，以及这位年长的女性主义者是多么擅长发掘其他女性，并且提携她们，让她们赶上自己。

这让巴诺陷入了沉思。

"莉克，我怎么才能过上你的生活？"她开口问。

"哦，你要知道这可是很辛苦的！"

"我不是在开玩笑。我怎么才能像你一样？我想要一栋像你一样的大房子，一份像你一样的好工作，一群像你一样有趣的朋友们。"巴诺接着说。莉克和丈夫会在他们位于内索登海边的大房子里举行非常美妙的派对。而巴诺也从来不怯于问一些自己好奇的事情，像是他们的收入是多少，还有他们的房子要花多少钱，等等。

"那好吧巴诺，我来告诉你，"莉克回答，"良好的教育，这是最重要的事情。"

"那，我应该学些什么呢？"

"法律或者政治学。能上多少课就上多少，最大限度地利用免费学习的机会。学习辩论技巧，如何主持会议，修辞学。"

那个夏夜，她们为巴诺的人生定下了规划。她应该让自己获得提名，去参加二〇一一年的内索登地方选举，莉克提议。

"你是当真的吗？"巴诺抑制不住自己的热情。

莉克点了点头。她自己的母亲也跨越了阶级，告别一个严厉的基督教家庭，独自一人搬到奥斯陆，成了一名激进的律师，她是家里第一个接受高等教育的人。

"可是巴诺，你为什么要一直不停地说自己想像妈妈一样呢？当副部长你是绝对不会满足的呀！"埃尔莱果断地说。

她们都笑了。

巴诺什么都想要，劳拉常常说。不是足够就好，而是什么都想要。

"这个国家里最重要的人是谁？"巴诺问，"谁最有决定权？"

"首相。"莉克回答。

"或许想当首相不太现实，"巴诺思索着，"不过想当平等部部长[1]还是很现实的。那样我就能把女性从压迫当中解放出来了！"

这个八月的晚上夜色温柔。玻璃酒杯立在手边，被红酒染成了深色。巴诺很快就要长大成人了。

1　平等部（Ministry of Equality），挪威政府设有儿童、平等及包容部（Ministry of Children, Equality and Social Inclusion，简称BLD），职责涵盖消费者权益，儿童及青年权益，家庭社会经济保障及推进性别平等。

到那儿之前别跟任何人交朋友！

萨兰根的社区联络员翻阅着她的名单。

难民当中的未成年人被安排进了舍沃甘学校的预备班。其中许多人的进展都不理想。好几门课程都学得很吃力，尤其是挪威语，因为他们极少和本地的居民接触。避难中心几乎就是一个独立的世界，建在一座山顶上，高高的滑雪道旁边。

这并不是说难民们不受欢迎。对待难民的态度，在最初的不顺利之后，已经渐渐得到了改善。

二十世纪八十年代后半叶，进入挪威的难民人流骤增的时候，当局完全没有准备。由于一下子需要为几千个人提供住处。大家便努力去找出废弃不用的房子来。已经不再受到青睐的滑雪度假村和游客中心被看作是合适的安置场所，于是山头上便住满了来自非洲和亚洲的人。

要是有难民觉得自己在这偏远孤立的地方像个囚犯，因而从酒店里逃了出来，挪威人的反应也各不相同。有些人耸耸肩膀说哈，他们就是这样谢我们的啊！"我们去那儿是度假，可对他们来说那儿的房子却还不够好，哦不！"其他人则更体谅一些："他们毕竟是从战争地区逃出来的，精神上或许受到了创伤，所以见到开阔空旷的地方可能会很恐慌。"

避难中心于一九八九年在萨兰根开办。没过多久就有第一批难民逃了出去，向南前进，拒不返回。索马里人并不在乎北极光，或是在中心上方的树林里，在成排的柳树之间滑雪的绝佳机会。

不，他们待在自己的房间里，在走廊里闲荡或者坐在楼梯上抽烟。很快就惹出了骚乱。一开始是在泰米尔人和索马里人之间。后来是在伊朗人和科索沃的阿尔巴尼亚人之间。争吵、推搡和挤撞升级成了持刀伤人，以及威胁要在中心纵火。

本地的报刊对冲突进行了连续的报道。这个地区终于有值得报道的东西了。市民们远远地关注着事件的发展。

中心开办几个月之后，出现了第一场发生在"我们"和"他们"之间的混战。双方用上了拳头、台球杆和小刀。

萨兰根酒吧门外的一次斗殴，让参与其中的挪威人和难民都被提起了刑事诉讼。三十名与案件有关的人员接受了正式问讯；郡里的治安官对斗殴事件持否定态度。

"我们的调查显示，挪威的年轻人是在演戏，以丑化侮辱寻求避难的人。"治安官断言。"这是男青年们生活当中的一部分，是为了在女孩面前证明自己。"他的下属说。

挪威年轻人告诉当地报纸说，难民将他们包围起来，痛打他们，还把切面包的刀架在他们的脖子上。而难民这一方则声称那些正在开派对的挪威人威胁他们，说他们要是不从酒吧里滚出去就会没命。

"现在市里有一种暴民心态，"事件中的一位主角对本地报纸说，"我认为最安全的做法就是尽快把难民从舍沃甘送走。"报纸上登出了这个年轻人的背影照片，穿着一件牛仔夹克，留着一个梭鱼发型。

"舍沃甘的种族仇恨。"《北极光报》写道。"萨兰根爆发难民冲突。"《特罗姆斯人民报》[1]的头条写着。停止移民党[2]的阿内·米达尔给受访者

---

1 《北极光报》（*Nordlys*），在特罗姆瑟出版的挪威报纸，涵盖整个特罗姆斯地区，是挪威北部最大的报纸。《特罗姆斯人民报》（*Troms Folkeblad*），特罗姆斯出版的报纸，总部位于芬斯内斯。

2 停止移民党（Stop Immigration，挪威语 Stopp Innvandringen，简称SI），1987年成立的挪威政党，主要诉求是鼓励移民和难民回到自己的国家，必要时将他们强行送走。该党在选举中并不成功，于1995年解散。

打了电话以提供帮助。

"挪威的年轻人必须让大家看到他们的教养要好过难民。"市长说道，随后又说避难者一经抵达就"直接让他们进入挪威社会"可能是个错误。

"避难中心应该开在更大的城镇里。"本地报纸采访的两个在校学生坚持说。萨兰根根本就不够大，没法容纳避难中心。

舍沃甘高中试图平息《北极光报》所说的那种"在萨兰根找到了滋生土壤的种族仇恨"。学校安排了一场本地居民、寻求避难者和地方议会之间的公开辩论。辩论会上，一个挪威的年轻人对大厅里的难民们说："你们这些难民把疾病、暴力和毒品带到了这里。你们为什么要来这儿？只是为了过上更好的生活吗？"

一个女孩从座位上站起来说，她觉得挪威男孩的自我感觉一定是出了什么问题。他们是害怕外国人会过来把女孩子从他们身边抢走吗？

人们返回家中。小城分化成了两个阵营。

必须采取措施。各种活动都组织了起来。有"开始了解你"的晚会，还有足球比赛来帮助大家建立联系。避难中心邀请人们前来参加文化之夜活动，活动上难民为本地居民表演舞蹈和歌曲，而萨兰根的住户们则相应地带来了童声合唱、传统小提琴音乐会，以及萨米歌手玛丽·波依娜，她把源自出生地的本土音乐同爵士和摇滚融合在一起。还开设了一门针对志愿交友大使的夜间课程，这些大使将成为难民和常住居民之间的纽带。

在第一批难民抵达萨兰根二十年之后，社区联络员琳恩·林格达尔·诺德莫正在翻看她的名单。挪威如今已经发展出了接收难民的制度。二十年的时间已经教会了政府一些东西。

现在的这些年轻人是伴着避难中心一起长大的。难民已经成了萨兰根日常生活的一部分。换句话说，他们既存在又不存在。尽管时光流转，中心与城镇生活之间的分野依旧严密。

琳恩为自己设立了更高的目标。和平宁静是不够的；她希望见到移民成为挪威社会的一部分。然而这并不容易，因为大多数移民并不想待在这里。他们想去奥斯陆。

有一段时间，琳恩要负责中心里那些拿着有限居留签证的未成年人。这种签证意味着他们在年满十八岁的那一天，就会被送出挪威。因而他们认为学习挪威语毫无意义。和这个群体打交道非常艰难，他们常常意志消沉，有时还会诉诸暴力。

二〇〇八年以前，十八岁以下的孩子在挪威总是能够获得居留权。这使得到挪威寻求避难的未成年人大幅增加。政府实行了更加严格的规定。有限居留便是红绿联盟为限制移民而采取的措施。在实际操作中，这就意味着任何一个在入境挪威时超过十五岁、在移民局做出决定时至少年满十六岁的人，都只能获得暂时的居留权。一满十八岁就必须离境。如果没有主动离开，就会被驱逐出境，许多人都是在十八岁的当天遭到驱逐的。

在萨兰根，大约有三十名不满十八岁的未成年人获得了挪威的居留许可。琳恩拿着笔在纸上来回游走，腕上的手镯叮当作响。她寻思着要做些什么才能激励这些难民们努力学习。

嗯，她的确知道他们最想要的是什么。

一天，一个年轻的阿富汗人来到她的办公室。

"我想交一个朋友。"他说。

她向他投去悲伤的眼神。

"你知道吗，有很多事情我都可以帮你。只有这件事不行。"

虽然青年俱乐部贴出了海报，邀请难民们到"丝绒"去，但实际上也没有用。两拨人最后还是分开坐在各自的桌子边上。有些本地的女孩子觉得难民们老是在盯着她们看，而且远远超过俱乐部年龄限制的成年难民也开始跟着来了。一些人在那里卖毒品、抽大麻，挪威的年轻人渐渐不再来了。外国人占领了俱乐部。

而他们离融入社会并没有更进一步。

琳恩叹了口气。这个地区的女孩子唯一一次蜂拥到中心来，就是在科索沃战争刚刚结束的时候，因为她们觉得科索沃的年轻人长得非常漂亮。

倘若年轻的难民要在挪威拥有积极的未来，在学校里取得良好的成绩便至关重要。难民们被安排进各自的班级，还有额外的作业辅导，好让他们能够跟上进度。琳恩想到了一个主意：要是她能让和难民们年龄相仿的孩子来帮着他们做功课的话，效果会比她一直在用的成年交友大使更好。

纸上写满了她认为合适的本地年轻人的名字。作为几个青春期孩子的母亲，琳恩相当清楚他们都是谁。

她打电话给名单上的第一个人，一个住在附近的男孩。

"你好，我是西蒙。"电话另一头迅速传来回应。

"你能到办公室来一下吗？"琳恩问道。

她重新涂上一点口红，正在窗边站着的时候，西蒙到了。他刚刚通过驾驶证考试，正开着一辆红色的旧福特新锐到处跑。他毛手毛脚地拐进市议会办公室的停车场，占去了三个停车位，跳下车来，砰的一声关上门，踱着步穿过了楼前的空地。身上的一切都表明他拥有了全世界。

"看到你开车真是太叫人吃惊了。"西蒙进门的时候，琳恩微笑着说。

接着她告诉他自己为什么要他过来。周一到周四晚上，六点到九点之间他有时间吗？

"每星期四个晚上？可是我得上学、踢足球，还有滑雪，还有 AUF，还有……"西蒙马上就要开始高中的最后一个学年了。

"那一周三个晚上呢？"琳恩问，"我们需要一些优秀的作业搭档。能激励其他人学习的人。"

三个晚上，这个没问题。在所有的人当中，他可不愿意错过市里的民族融合工作。他起身告辞；他得去参加足球训练了。

琳恩已经拟了一份名单，把她觉得能够相处融洽的孩子们列在一起。西蒙会和三个不同的人配对，每晚一个。一个来自索马里的男孩，一个来自阿富汗的男孩，和一个来自埃塞俄比亚的女孩。

几天之后她又打电话给他。

"你能过来一趟把你交税的情况告诉我吗？"她说。

"缴税的情况？"西蒙大呼，"我做这个是有报酬的吗？"

事实上这是一份很不错的工作。虽然功课并没有做多少。

"我怎么才能认识挪威的女孩子？"是迈赫迪最先问他的几件事情之一。

"哦，是这样的……"西蒙笑着开了口。三个小时一下子就过去了。

每个星期一晚上的辅导时间，迈赫迪都会忠实地出现。两个男孩同龄，生日只相差几个月。西蒙出生在希尔克内斯的教师家庭，迈赫迪则出生在阿富汗瓦尔达克省的一户农家。

他的爷爷曾是一名重要的部落首领，是前国王查希尔·沙阿[1]身边为数众多的支持者之一，查希尔在一九七三年被政变推翻。这个家庭从此开始衰落。随之而来的便是一九七九年的苏联入侵。

一九九二年，迈赫迪出生的那一年，渴望掌权的军阀之间爆发了内战。四年之后，包着黑头巾的人[2]成为了胜利者。迈赫迪来自哈扎拉族；

---

1 查希尔·沙阿（Mohammed Zahir Shah，1914—2007），阿富汗末代国王。1973年被堂兄发动的军事政变推翻。此后一直流亡意大利，2002年重返阿富汗。

2 指塔利班（Taliban），黑色头巾是成员标志性装扮之一。

塔利班对哈扎拉族毫不留情，在城镇和村庄进行种族清洗。

同瓦尔达克的大多数人一样，迈赫迪的父母既不会读书也不会写字。他们饲养家畜，可是许多牧场都被塔利班夺走了。迈赫迪和他的哥哥被送进了马德拉沙[1]，而他们的四个姐妹则留在家里。

"你能读书，大家就会尊重你，"迈赫迪的父亲告诉他，"去读书，变得有智慧。"在学校里，填满他们脑袋的首要内容便是宗教。教师也是塔利班延伸出来的分支。

男孩子们知道了那些占领他们国家的、不信神的外国人的事情。外国人想要摧毁阿富汗，粉碎伊斯兰。"在欧洲，女人都半裸着走来走去。"老师告诉他们。

不过迈赫迪并不完全相信他的老师们。从小到大，他一直听人说起普什图人过去对他的族人做过些什么。他们想要除掉哈扎拉人，抢走他们的土地，他听说。他还知道在更早一些的时候，这个地方的人都是崇拜佛陀的。他听闻塔利班在邻近的巴米扬省炸掉了两座有着千年历史的巨大佛像，就因为佛像身上没穿衣服。凡是与真正的伊斯兰教义不符的东西，他们都要毁灭。

就在迈赫迪九岁生日之前，两架飞机撞进了纽约的世贸中心。恐怖袭击之后不到一个月，美国就对他的国家发起了轰炸。塔利班从瓦尔达克省逃到了巴基斯坦，哈扎拉人又能重新抬起头来了。可是没过几年，伊斯兰武装分子又陆续回来了，还煽动人们反抗西方的占领军。他们开始从当地的农民当中征募士兵，来与多国部队作战。从二〇〇八年起，瓦尔达克省实际上又再一次处于塔利班的控制之下。他们跑来征召迈赫迪和他的哥哥。父亲拒绝了。可他明白倘若他们来过一次，就总会再回来的。他的抵抗又能持续多久呢？

---

1 马德拉沙（Madrasa），阿拉伯语，指"教育机构"。

他卖掉了土地和牛。

"走，"他说，"到欧洲去。去找比我们这儿更好的生活。仗又要打起来了，现在随时都会打起来。在欧洲是不打仗的。"他的父亲说，"在那里人们能拿到自己需要的所有东西，还能去学校，有书读……那里是民主社会。"

这个词迈赫迪在广播里听到过好多次。却根本不知道它是什么意思。

没过多久，两兄弟就坐在一辆卡车后面，踏上了前往喀布尔的路途。从那里，他们乘巴士抵达了与巴基斯坦接壤的边境。接着又步行，被人开着车、骑着马送到了伊朗，土耳其，希腊……

"在路上不要同任何人说话，"父亲要他们牢牢记住，"到那儿之前别跟任何人交朋友。"

在一年的时间里，迈赫迪把自己的故事一点一滴地告诉了西蒙。

挤在一辆长途货运卡车的驾驶员座位底下，他终于来到了奥斯陆。

"这里是个很大的地方，有很漂亮的汽车，很多女孩子，还有很美丽的房子，比如奥斯陆城市购物中心，"迈赫迪对西蒙说，"我一直在盼着能看看女孩子们是什么样的。"他笑了。他的梦想是迪斯科、美女和热舞。

有几个星期的时间，他们就像是生活在天堂里。可是在二〇〇九年十一月，迈赫迪十七岁的时候，兄弟俩被送到了芬斯内斯的一家避难中心，那是萨兰根以北的一个小地方。

这里既黑暗又阴沉。他们觉得自己被困住了。两人都患上了严重的抑郁症，也很后悔一路跑到这里来。在阿富汗至少还有阳光。

两兄弟没完没了地和工作人员发生冲突，还故意破坏中心所有惯常的规矩。他们本来应该保持房间整洁，并且每星期擦洗一次走廊。可他们却不肯这么做。在家里，都是母亲和姐妹们负责所有的打扫。做这些有失他们的尊严；是一种耻辱。

迈赫迪的哥哥扔下擦地板的刷子，把一水桶的水都倒在了中心的一名女助理身上。她就站在那儿看着他擦地板吗？她自己为什么不擦？

一切都很不公平，而且都讨厌得要命。可是每次两人给父母打电话的时候，都会告诉他们一切有多棒，他们住的地方有多好，在学校里学会了多少。他们希望父母相信自己的钱花得有价值。

最终哥哥被送去了南方，而迈赫迪则在萨兰根的避难中心拿到了一个名额。生活似乎不再那么苦难了。即便待在这里和在奥斯陆的市区闲逛、盯着女孩子看不一样，但或许在这座北方城市，他还是能生活得很不错的。

不过，"挪威的女孩子看到我都害怕。"迈赫迪抱怨说。

西蒙建议他悠着点。让事情顺其自然。

他说得倒真够轻松的。从这个周一到下个周一之间，他消失在迈赫迪的生活之外，去参加所有那些其他的活动：出席会议，完成各种职责和任务，踢足球，练滑雪和跳台滑雪，陪伴家人和女朋友。而迈赫迪却在等待着西蒙，从这个星期一的晚上九点，一直到下个星期一的晚上六点。

对西蒙而言这是一份工作，对迈赫迪而言却是抓住了救命的稻草。

夏天的最后一次作业辅导结束后，西蒙带着他一起去了百万金鱼[1]，这是一年一度的节庆活动，如果抓到一条一定大小的鱼，就能得到一百万克朗的奖金，鱼的大小由伦敦的劳埃德集团决定。从来没有人赢

---

1 百万金鱼（Millionfisken），每年七月的第一个周末在萨兰根举行的庆典及钓鱼大赛，总奖金超过一百万克朗。一等奖获得者必须钓上一条重量在1—4公斤之间的海鳟鱼。活动自2007年开始举办，直到2013年才产生了第一个头奖得主。

过一百万。

"如果我和一个人牵了手，那就说明她是我的女朋友了吗？"迈赫迪问道。而西蒙只是笑笑。

"我要喝下多少啤酒，才会觉得脑袋发热？"迈赫迪又接着问。

"我想这个问题你得自己弄清楚。"西蒙回答。

四杯啤酒下肚，迈赫迪已经掐起了女孩子的屁股，还用手指着西蒙哈哈大笑。

"不是这样的，迈赫迪。不是这样的！"西蒙摇着头。可是迈赫迪没在听。这是来到萨兰根之后他第一次完完全全地感到快乐。他是一个身在节日庆典之中的少年，除了这里他哪儿也不想去。和西蒙在一起让他觉得很酷。他全身发热，欢天喜地。

"到那儿之前别跟任何人交朋友。"他的父亲曾经这么说过。

好了，现在他已经到那儿了。

爱国者与暴君

这是一份战争的宣言。

这是一份让人筋疲力尽的战争宣言。同样的字句一遍又一遍地出现。散落在文本之间。有时完全一致，有时则变了几个单词。有些短语他润色了一阵子，其他的则一个接一个地胡乱堆砌起来。他重复自己的论点。从这一页到下一页，他的忠告和建议依然没变。这篇文章的目的是要激发战斗精神，点燃读者。

谁也不能继续无动于衷！如今谁也不能对他视而不见、避而不答或者敬而远之。无动于衷是最严重的罪过之一。这一点，许多伟人都曾用各种令人印象深刻的方式阐述过。他们的名言他也已经一引再引。

托马斯·杰斐逊[1]的一句话吸引了他的注意，这句话他在书的最后一部分当中重提了六次，每次都好像是第一遍似的。"自由之树必须时常用爱国者和暴君的鲜血来浇灌。自由之树必须时常用爱国者和暴君的鲜血来浇灌。自由之树……"

在社会被训练成他所期望的样子以前，必须有许多人流血。这本书的最后一部分非常血腥。比之前的两个部分更恶毒、更冷酷，前两部分他大半是把已经在网络上传播的文字粘贴过来。而这一部分则是他自己的。他的宣言，抑或是他的意愿。

杀戮是一步步筹划起来的。战役随着他的写作渐渐成型。对于他要杀害的对象和原因，他有各种不同的想法。在年度记者大会上放一枚炸弹？之后再配合一些枪击？记者当中百分之九十八的人是多元文化主义者，而且进步党会在上次选举中崩盘也正是由于他们的过错。或者，在五月一日，成千上万共产主义和文化马克思主义者聚集在青年广场，准备到奥斯陆的街道上游行的时候，引爆汽车炸弹。说不定他可以把自己伪装成消防队员，在人民之家，也就是工党开全国代表大会的礼堂里投掷手榴弹和燃烧瓶？他可以在门外停一辆塞满了爆炸物的汽车，定好时间，就在代表们蜂拥而出躲避火舌的时候爆炸。那些幸存下来的人会被烧伤，留下伤疤。斑斑疤痕的文化马克思主义者将成为活生生的例子，告诉人们叛徒最终会是什么下场。大家会意识到犯了叛国罪的人是不可能不受谴责的。

"对话的阶段已经结束了"，他这样为第三卷开篇的那一章命名。他一口气写下被控有罪的人员名单，有文化马克思主义者、多元文化主义者、自杀式人文主义者、支持资本主义和全球主义的政客、国家领导人和议会议员，有记者、编辑、老师、教授、大学管理层、出版人、电台评论员、作家、连环漫画作者、艺术家、技术专家、科学家、医生和教会领袖，这些人蓄意犯下了反对人民的罪行。指控的内容是他们通过有计划地允许伊斯兰教徒发动人口战争，成了欧洲原住居民文化大屠杀、外来入侵和欧洲殖民化的同谋。他们的具体做法是一边默默容忍五十到一百万欧洲妇女遭到强奸，一边积极支持女性主义、感情主义、平等主义和伊斯兰教。

惩罚将根据他们所犯下的罪行，以及他们所属的等级来实施。"A级"叛徒是指政党、工会、文化机构和媒体的领袖。他们将被判处死刑。"B级"叛徒是不那么重要的文化马克思主义者。他们也会被判处死

1　托马斯·杰斐逊（Thomas Jefferson，1743—1826），美国开国元勋，《独立宣言》主要作者之一，第三任美国总统。引语来自1787年杰斐逊写给一位驻伦敦外交官的信。

刑，不过在特定情况下可以减轻刑罚。"C级"叛徒本身几乎没有什么影响力，但却协助并煽动了两个更高级别的叛徒。他们将被处以罚款及监禁。若是在二〇二〇年一月一日之前向圣殿骑士团投降的话，那么所有的多元文化主义者都将得到赦免。

这一天也将会是开始驱逐伊斯兰教徒的日子。要避免被逐，伊斯兰教徒就必须改信基督教，并且以全新的基督教名、中间名和姓氏受洗。他们将被禁止使用波斯语、乌尔都语、阿拉伯语和索马里语等母语。所有的清真寺都将被拆除，欧洲所有伊斯兰文化的痕迹都将被消灭，就连富有历史意义的地方也不例外。所有移民夫妇生育的孩子都不允许超过两个，还将严格禁止与欧洲之外的亲友进行电话、邮件或者信件交流。最初两代改变宗教信仰的前伊斯兰教徒，也不允许前往伊斯兰教徒占总人口五分之一以上的国家。

但尽管如此："看在上帝的分上，切勿将你们的怒气和沮丧对准伊斯兰教徒。"如果你家浴室的一根水管漏水了，你会怎么做？"说到底其实并不复杂。你会去找问题的源头，也就是漏洞本身！把真正的漏洞修好之前，你是不会把地板拖干净的。不用说，我们的政治制度就是漏洞，而伊斯兰教徒则是水。"

这份战争宣言阐述得一板一眼，反抗的斗争被分成了好几个阶段。在这本书写作的时候，作者正处在内战的第一阶段，这一阶段将持续到二〇三〇年。在这个时期，战役由令人震撼的袭击组成，实施袭击的是自主运转的秘密基层组织，各组织之间并无联系。在第二阶段，计划从二〇三〇年延续到二〇七〇年，更高一级的反抗阵线将会形成。反对欧洲当权政府的最终政变也将在这段时间进行准备。第三阶段，二〇七〇年之后，对"A级"和"B级"叛徒的处决将会开始，文化保守主义的政策议题将会启动。从二〇八三年起将迎来和平；那时文化保守主义者的革命部队已经取得了内战的胜利，而理想的社会也将得以建成。

"圣殿骑士团"是被指定来领导内战以及新社会建设的组织。任何人都能成为其中的一员。那些拿起武器开始战斗的人，将自动成为兄弟会的一分子，加入这个遍布欧洲、没有中央司令部的基层组织网络。安德鲁·布雷维克自己占据了组织当中的最高等级——正义骑士长。在二○○二年于伦敦召开的成立大会上，他是那个受命撰写组织宣言的人，因为他拥有完成这项任务的特殊能力和先决条件。

这就意味着他也是那个决定新成员入会程序的人，这些仪式要求大家自行完成。他们所需要的只是一间黑着灯的房间，一块大石头作为祭坛，一根蜡烛，一颗头骨，或者也可以是个复制品，还有一把剑。据说蜡烛代表的是上帝以及基督之光。他们需要朗读的文稿可以直接从宣言里打印出来。

根据所杀叛徒的多少，组织将会授予荣誉。这些荣誉有着诸如文化马克思主义优秀毁灭者、卓越破坏大师之类的名称。还有一项授予杰出智慧的奖励。布雷维克用图片的形式贴出了兄弟会以及其他各支武装部队缀满了勋章的制服，还暗示了网上哪里能买到这些东西。售价只有几美元，如此一来，圣殿骑士就可以制作自己的制服了。

至少他在斯梅斯塔小学缝纫课上学到的东西有了用处。他写过，强制教授编织和缝纫有着令人反感的目标：性别平等。

"然而，回想起来，我很感激自己曾经对缝纫和绣工有过这样深入的了解，因为这些知识，在制造和组装现代炸弹武器时，是一项必备的技能……真是相当讽刺，甚至是好笑，一门本打算让欧洲男孩女性化的手艺，能够而且即将会被用来重新实现父权社会。"

"要发挥创造力。"在讲解杀死叛徒的各种方法时，他这样建议读者。要带来异常痛苦的死亡，可以使用填满纯尼古丁的子弹。

他全面地介绍实用信息。如何从俄罗斯黑帮，或者是非法摩托车党[1]手里买枪，如何邮寄炭疽病菌，使用化学武器以及传播辐射。

书里有一长串巧妙的花招和伎俩。"始终把你的真实目的掩藏起来，办法就是利用一个人人都认为理所当然的假目标，直到真正的目标实现为止。在敌人最意想不到的地方下手。声东击西。"

假如敌人太强大，或者被保护得太好，比如国家首脑便常常如此，"那就去攻击他所珍视的东西"。他总有某个地方存在漏洞，存在能够加以利用的弱点。"在笑容背后藏一把尖刀。"潜入内部可能是接近高难度目标最为简单的方法："在与最大政党有关联的青年夏令营里找一份工作便是一种潜入的方式。首相一般都会在夏季走访营地。"

"做一只变色龙，穿上伪装。"他继续写着，建议他的读者们买一套警察制服，这样就能畅通无阻地带着武器四处走动了。

一位新近册封的圣殿骑士必须要考虑的第一件事情，就是合理的财政规划。可以找一份工作，挣钱、贷款，或者办好几张信用卡，把额度用到极限。

战斗要求每个人用尽全力，为了保持作战的积极性，运用"丰盛美餐，性刺激，沉思冥想"等手段是合情合理的。任何事情都是允许的，只要奏效就好。不过他也确实担忧现代人蹩脚的实战技能。无论瞄准还是开火都不行。"像我们这样的欧洲城里人，哎呦 ☺！"他抱怨说，还推荐了诸如《使命召唤：现代战争》之类的电脑游戏作为加入射击俱乐部之外的理想备选方案。

为了避免罪证被人发现，他建议在策划阶段更换几次自己的硬盘。

---

1 非法摩托车党（Outlaw Motorcycle Club），二战后在美国社会中发展起来的摩托车亚文化，成员崇尚哈雷或美式机车，不向主流文化妥协，只忠于社团和社团内部规则。部分成员涉嫌犯罪或有组织犯罪。

与不同时期有关的设备应该被掩埋或者毁掉。计划是最重要的：熟悉的地形，详细的时间表，万一出现任何差错时的备用策略。

大多数实施恐怖行动的企图都失败了，这是事实。那些行动都计划不周，炸弹没有爆炸，主要参与者受伤或者暴露。最后一条要不惜一切代价加以避免，而作者则推荐利用一些社会的禁忌。"就说你玩起了《魔兽世界》，对游戏有点太着迷了。就说你对这件事情感到很羞耻，不想多谈。这样一来，听你倾诉的那个人就会觉得你已经让他知道了自己内心最深处的秘密，不会再继续追问了。或者比如说你作为同性恋出柜了。除非你知道自己是异性恋，心里很踏实，不然你的自尊心很可能会受到一些打击，因为大家会真的相信你是同性恋的。不过至少他们不会再去深究，也不会再纳闷你为什么变了。他们为什么不再那么经常见到你了。"布雷维克自己也有几个朋友觉得他是同性恋，他写道，不过那是"滑天下之大稽，因为他绝对是百分之一百的异性恋！"

在无情的语气背后，有着那么一丝更加友好的东西，一个冷冰冰的微笑。宣言的最后一部分，与前两部分不同，是对着某个人讲的。它有一个接收人，一个预期当中的读者。不是路上的普通人，不只是随便哪一个人，而是一个已经站在他这边，或者是即将倒向他这个阵营的人。他费尽心思表现得周到体谅，给出对抗恐惧和孤独的建议，推荐歌曲和糖果作为激发动力的辅助。

他又是一个公会领袖了。全面监督着自己手下的玩家、对手和地形。要是临阵畏缩了，你唯一要做的便是去想想欧洲的女人们，然后坚持下去。

"从许多方面来说，道德在我们的斗争之中已经失去了意义，"他写着，"会有一些无辜的人在我们的行动当中丧命，仅仅是因为他们在错误的时间出现在了错误的地点。要习惯这种想法。"

他用了一章的篇幅来讲"在战场上杀死妇女"。大多数文化马克思主义者和自杀式人文主义者都是妇女，而为了维护现行体制而战的女性士兵，在战斗中杀起你来是不会犹豫的。"因此你必须欣然接受并让自己熟悉杀死女人的观念，即便是非常漂亮的女人也不例外。"

开始行动之前将宣言公布到网上是非常重要的。同样重要的是要做好精神上的准备。"一旦决定出击，杀起人来就要宁滥毋缺，不然袭击在思想上的影响力就有减弱的危险。(在行动之前分发的声明里)解释清楚你的所为，确保大家都明白，我们，欧洲的自由人民，将会一次又一次地发起攻击。"

一名圣殿骑士不仅应该是一支一个人的大军，他也必须成为一个人的营销公司。招募成员的材料看起来必须既美观又专业，而且在营销上花点钱也非常值得。"性感美女的图片能增加吸引力，鼓舞人心，在和平时期与战时都是如此。"他忠告说。骑士们也应该为自己准备一套个人照片集，因为倘若被捕，警方只会公布你"看起来像个弱智一样的照片"。

为拍摄照片做准备的时候，必须思考一下仪表派头，"展示你的最佳形象"。在美黑床上躺上几个小时。至少提前七天努力锻炼健身。去理发。用一个专业的化妆师。"没错，对于像我们这样不好惹的强大勇士而言，这么做听起来是像个同性恋，但我们必须为了拍摄展现出最佳形象，"他写道，"穿上你最好的衣服，再随身带上几件替换的行头到摄影棚里去，像是西服和领带，一些休闲装，以及，根据个人偏好，一些军装之类的服装。但不要携带任何武器，或者任何会表明你是抵抗运动斗士的东西。"

表现自己的方式是很重要的，不仅仅是在活着的时候，死后也是。安德鲁·布雷维克也准备了一系列推荐使用的、刻在墓碑上的墓志铭。

他的另一项提议则是演绎丘吉尔的"我们决不投降"。[1]骑士们可以自由地在墓碑上添加装饰；他建议的有天使、梁柱、鸟、狮子、骷髅、蛇、王冠、头骨、树叶或者树枝。

送给自己一份殉道者的礼物，一件自己真正想要的东西也很重要。他自己就存了三瓶麒麟酒庄一九七九年份的好酒。鉴于殉道的日子渐渐临近，他已经带了一瓶去和远房堂亲共进圣诞晚餐，带了第二瓶去参加一次朋友的聚会。他会把最后一瓶留到最终的殉道庆祝会上，"和我打算在执行任务之前租来的两个高级模特应召女一起享用"。他声称在殉道面前必须务实一点，允许将"人身上原始的那一面"放在"错误的虔诚"之前。

假如你在战斗中牺牲，你的英名便会流芳百世。你的事迹将被后代传诵，你的牺牲将会提高抵抗运动的士气。大家会记得你是一名勇敢无畏的十字军战士，曾经开口表明：够了，不能再这么下去。

另一方面，如果你活了下来，最终因为政权还没有从文化马克思主义者手中夺取过来而被捕，那么能不能充分利用形势就取决于你了。审讯为圣殿骑士提供了一次绝佳的机会和一个合适的舞台，来公开谴责世界霸权。布雷维克提醒说，在这样的场合，你一定得代表圣殿骑士这个整体来说话，而不是代表你自己。你必须要求得到释放，并要求让你所在国家的政权，在由全民爱国武装所组成的特别法庭上受到审判。

"等到你把自己的要求陈述完毕，法官和旁听庭审的人很可能会哈哈大笑，嘲笑你荒谬愚蠢。你必须无视这些，保持意志坚定，精神集中。这样你便获得了活着的殉道者的身份。"这种具有影响力的身份会让你建立起一个泛欧洲的好战民族主义者监狱联盟。监狱是赢得支持者

---

[1] 指1940年6月，二战进行期间，时任英国首相的温斯顿·丘吉尔在议会下院发表的著名演讲。

以及为战役招募人员的一流场所。

＊

随后：尾声。内战结束后，理想社会将被构筑起来，以保护欧洲人的基因。代孕母亲工厂将在低成本国家建立，每位母亲预计会生下大约十个金头发、蓝眼睛的孩子。开发人造子宫的可行性也会得到研究。

不适于照顾孩子的父母可以把子女放到爱国的养父母那里，这些养父母最多容许接纳十二个孩子。最重要的问题便是补充北欧的基因库。他解释说："一旦变成了黑人，那就再也回不来了。"蓝眼睛是一种隐性基因，防止这种濒危的眼珠颜色被逐步消灭是非常重要的，否则地球上就几乎不会剩下什么金头发、蓝眼睛的人了。

这个新社会将会是贞洁的。婚前禁欲将成为准则。离婚会被视为违反契约，并受到惩罚。父权制必须加以重建。如遇父母双方分手，父亲将获得子女的监护权。

为避免叛乱和起义，必须设立自由区。每个国家都能拥有他们自己的拉斯维加斯，没法自控的人可以住在那里。自由区内性事不受限制，大麻免费供应，还可以无拘无束地开派对。崇尚个人自由、对政治不感兴趣的那类人可以住在这里。布雷维克强调虽然所有的马克思主义者都是自由派，但并非所有的自由派都是马克思主义者。

一天当中会有一次，他不得不勉强停下写作。必须从房间里出来，走进霍夫斯路十八号的生活中。

厨房里的用餐空间非常拥挤。他们的膝盖几乎撞在了一起。如果愿意的话，他们可以把饭菜端到客厅里，餐桌就立在通往狭小阳台的大门旁边，上面挂着两幅挪威艺术家威尔伯恩·山德[1]的画作复制品。

母亲说起别人告诉她的事情，她听到的留言。他则说着那个让他着迷的世界。他正在写的那本书。挪威，欧洲，伊斯兰，世界。他说起自己那本书时的样子，母亲其实并不喜欢。他是那么的激动。最后她避开了所有可能会把对话转向政治的话题。

可安德斯只是拼命地继续讲着。毕竟只有母亲可以跟他说话。温彻有时候觉得：这都是胡扯，这是疯话，非停止不可。从前一切都很不错，可现在他只会没完没了地讲他的书。他忽然开始说她是个有马克思主义倾向的女权主义者，世上这么多人当中他偏偏说了她，说了那个一直投票给进步党的她。

在讲给母亲听的时候，他省去了暴力的部分。最棒的就是他不用担心母亲在他的电脑上到处偷看。她甚至连怎么打开他的文件都不知道。不过，要是他的姐姐过来看他们的话，就会意识到是出事了。然而她并没有来。尽管如此，在大西洋的另一边，她还是担心不已，还在一封给母亲的信里写着："妈妈，这不正常！他三十岁了，可是除了坐在自己房里之外什么也不干！"

如今领着残疾人津贴的温彻也被儿子的想法所影响。在库珀边上的露天咖啡座里，她会突然开口说挪威应该变成一个专制独裁的国家。民主制已经破产了。其他人，一群碰巧白天有空的各色人等，则会目瞪口呆地盯着她看上一会儿，随后再重新开始喝他们的续杯咖啡，继续他们愉快的闲聊。

温彻也渐渐变得越加反对移民，不过多半也不比咖啡馆里的其他

---

1 威尔伯恩·山德 (Vebjørn Sand)，挪威画家和艺术家，以达·芬奇桥计划 (Da Vinci Project) 及奥斯陆加勒穆恩机场的"挪威和平星"纪念雕塑 (Kepler Star Monument) 等公共艺术作品而知名。

人更激烈。每次到了选举的时候，她就会去购物中心一旁的进步党宣传台。有时候她整个上午都待在那里，跟参加竞选活动、分发传单的人交谈，传单上写着他们所要传达的信息，一个更加泛蓝的挪威。

偶尔她会害怕回家。儿子开始出现猛烈的情绪波动，有时对微小事情的反应也会极其激烈，要不就是非常疏远，粗鲁而乖戾。他指责她跟太多可能会"传染我们"的人说话。像这样的时候他就不愿意在厨房里吃饭，而是要她把饭端到他的房间里去，之后再把空盘子放在房门外面。他需要离开房间去上厕所的时候就用双手捂住脸。有时他甚至会戴上面具。

可之后他又会忽然亲吻她的脸颊。或是在沙发上坐得离她很近，近得让她感觉呼吸困难。像这样的时候，她就会觉得他是要闷死她，就像他还是个孩子的时候，那么黏人，从不让她有一刻的安宁一样。就好像是他从来都拿不准在沙发上应该坐在哪里似的，有时候坐得太近，有时候又太远。

温彻现在又单身了。她把退休的海军舰长撵出了门。安德斯发现他们分手的时候，给她买了一支振动按摩棒。

"这也体贴得有点过头了。"她说，并且告诉他性生活对她而言已经成为过去了。

然而安德斯却不停地问她有没有试过那份礼物。

温彻常常寻思他是不是很快就会搬出去，可她从来都没说过什么。她忍受着他。他忍受着她。

进步党和document.no都没有接受他。峡湾人对他态度冷淡。从现在起他就是自己一个人了。

一个人坐在他那把厚实、柔软，越坐越合心意的椅子上。一个人在屏幕面前。他把百叶窗拉下来遮住了自己的窗户。世界被关在了外面。

他从地洞里出来的时间到了。实际上他应该马上出来才是。

他仔细地计算过,如何在买下所有必须要买的东西之后,还让自己在经济上能够维持下去。时间很紧迫。

他想制造一枚炸弹。这就意味着他必须搬家。要制造炸弹,他就需要化肥,而要买化肥,他就必须拥有一小块农田或是农场。一年之前,在二〇〇九年五月,他曾经创立过一间一个人的公司,名叫布雷维克生态农场,在霍夫斯路十八号经营。他在挪威商业企业注册处注册了公司,提供的经营目的为"购买、销售及管理股票,包括不动产收购及开发在内的项目拓展"。

注册未被接受的消息在二〇一〇年最初的几个月里传来。那年春天,他开始在网上购买器材。买下的第一件东西便是美国的派力肯安全箱[1]。

"你要那东西干什么?"他把箱子拿进房间的时候,温彻问道,他已经告诉过她箱子是防弹的。

"免得有人闯进车里。"他回答。

五月他订了烟幕弹、激光枪瞄准具,还有能把任何企图追赶的人的车胎都扎破的钉刺带。后来他又订了蓝色的闪光信号灯、行车定位仪、消音器以及枪械杂志。

他把阁楼和地下储藏室的钥匙拿在了手里。阁楼上的储藏室只用金属丝网分开,所以每件东西都得严严实实地包好。地下的储藏室有一扇坚固的大门,但却有许多人来来往往;大家在这个公用的地方放自行车、滑雪板和雪橇。

---

1 派力肯安全箱(Pelican),美国派力肯公司是全球著名的安全防护箱生产商,安全箱防水、防撞、防尘,应用于军队、科考、医疗、抢险救援、石油化工、航空航天等多个领域。

夏天到来的时候，他开始寻找农场之类的地方。他选了韦姆兰郡的埃德和图什比地区，就在边境线对面的瑞典。寻找一座偏僻的 / 空置的 / 无人居住的农场，他在一封电子邮件的标题栏里写道，他把邮件发到了两地议会的官方电邮地址，发给了韦姆兰郡议会，以及当地的大约十家房产经纪公司。他用一种怪异的瑞典-挪威语写了邮件。

您好：

我的名字叫安德斯·贝林，我决定花接下来的两年时间写一本有关股票策略的书，主要是与股票交易有关的技术分析和心理学。有鉴于此，我想要在图什比地区找一个安静、偏僻的地点，一座废弃不用或者无人居住的小型农场，或者类似的场所。

他强调自己要找的一定得是谷仓 / 车库 / 库房以及一个偏僻的 / 边远的地点。

第二天，图什比地区议会的一位职员回信说：您好安德斯，很高兴得知您想到我们的地区来。一家房产中介则写道祝您的书写得顺利！

可谁也找不到合这个挪威人心意的房子。

他把农场计划搁置了一段时间；还有那么多其他事情要做呢。首先，他必须写完他的书。书是最重要的。

对他本人生平的叙述，必须由他掌握。他该从哪开始呢？

他用了几行字来形容自己的童年。"我出身优越，周围都是既有责任心又有智慧的人。"他在宣言的最后一部分，题为"对圣殿骑士团审判骑士长的访谈"的章节中写道。有些人或许会认为这种类型的访谈并不切题，他写着，但就个人而言，能有机会阅读这样一篇对反抗斗士所进行的采访，他会很感激的。

于是他就坐在那间放屁室里，在科德洛克的艺术作品和宜家的架子之间，提出问题然后想出答案。他一点不愉快的童年经历都没有，他写下："我想我是来自一个典型的挪威中产阶级家庭。"

然而这幅理想化的图景不久便支离破碎，他对从小到大认识的几个人所进行的简短描述里，到处都落满了碎片。

首先是父亲。

"十五岁时父亲孤立了我（他对我在十三到十六岁期间的涂鸦阶段很是不满），从此以后我就没有和他说过话。他有四个孩子，却和他们统统断绝了往来，因此错在谁身上非常清楚。我对他并无怨恨，不过我有几个同父异母的兄弟姐妹是恨他的。事实是他就是不太擅长与人相处。"

然后是他的继父："托雷，我的继父，在挪威军队里担任少将，现在退休了。我仍旧与他保持着联系，尽管如今他的大部分时间（退休生活）都在泰国和妓女共度。他是一头非常原始的性野兽，但同时也是一个非常可爱的好人。"

他进而写起了自己的姐姐。"我同母异父的姐姐，伊丽莎白，在有过四十多个性伴侣之后感染了衣原体（超过五十个奇彭代尔舞团[1]的脱衣舞男，公认的多种病菌携带者）。她的衣原体感染没有得到治疗，于是她也成了几百万由于未经治疗的淋病和衣原体感染引发盆腔炎症，导致不孕不育的美国／欧洲女人之一。由于她住在美国，政府并不负担与之相关的费用。"

最后，他的母亲："我的母亲在四十八岁的时候，被她的男朋友（我的继父），托雷，传染了生殖器疱疹。曾是挪威军队舰长的托雷有超过五百个性伴侣，我母亲知道这一点，却还是出于各种原因，因为缺乏准

1　奇彭代尔舞团（Chippendales），巡回舞团，以男性舞者的脱衣舞以及赤裸上身、系领结的标志性装扮而知名。

确判断和道德意识而吃到了苦头。"他把刀扎得很深，还拧了一下，"疱疹感染进入了她的脑部，引发了脑膜炎"，她不得不接受手术，在脑袋里插入一根引流管，因为感染一直在反复发作。他写母亲因此不得不提前退休，而且生活质量也已经显著下降。"现在她的智力就相当于十岁的孩子。"

母亲不但令自己蒙羞，还给他和整个家庭带来了耻辱——"一个从一开始就由于主张男女平权的性解放运动的间接影响而破裂的家庭"。

道德的行刑官已在断头台边待命。他的每一个家庭成员都要为社会的衰退承担属于自己的那份责任，现在轮到他童年的伙伴艾哈迈德了。

就连他的同班同学，来自奥斯陆西侧富裕地区的巴基斯坦医生之子，都从来没有真正地融入社会，因此民族融合是不可能实现的。艾哈迈德童年时上过乌尔都语课，十二岁时开始前往清真寺。布雷维克描述了一个和他一起踢过足球，后来成为他生意伙伴的男孩，被艾哈迈德和他的巴基斯坦帮抢劫和殴打的经过。这位圣殿骑士还指控艾哈迈德参与了一宗发生在弗朗纳公园的轮奸案。"这些人有时候会强奸那些所谓的'白薯妓女'[1]。"他写道。这些事情让他认清了威胁。

他指责自己童年的朋友，说他在一九九一年第一次海湾战争期间，每当得知有飞毛腿导弹向美军飞去，就会大声欢呼。那时候两人还不满十二岁。"他对于我的文化背景彻头彻尾的不尊重，实际上激发了我对此的兴趣和热情。多亏了他，我才渐渐培养出对自身文化认同的热爱。"

他吹嘘自己与当时奥斯陆最有影响力的两大帮派，A帮和B帮联系紧密。一切都是用伊斯兰的字眼来表达的。他描述两大帮派在奥斯陆西区的劫掠行动，在卡菲尔——没有信仰的人——身上施加权威，并收取吉兹亚——税金——可以是电话、现金或者墨镜。伊斯兰帮派奚落、抢

1 指白人。

劫并痛打没有门路靠山的挪威年轻人。安德斯通过加入同盟确保了自己的行动自由。

"与适当的人结盟，保证到哪里都能安全通过，没有被制服并抢劫，毒打或骚扰的风险。"

为什么你有那么多非挪威民族的朋友？

"如果我遇到了麻烦，我认为我的朋友应当百分之百地支持我，不会投降或者溜走，而我也会这样去对待他们。很少有挪威民族的人同样信奉这些准则。面对威胁的时候，他们要么会'像个女人一样胆小退缩'，允许别人制服自己，要么就会逃跑。"

那些坚决维护彼此的不是伊斯兰教徒就是有暴力倾向的光头仔。青年时代，比起激进好斗的白人，他更喜欢伊斯兰教徒。

后来他们闹翻了。安德斯在少校宫地铁站外毫无预兆地被一大群巴基斯坦裔移民打倒，他坚信这场袭击是艾哈迈德下令发动的。"就我而言，这件事终结了我与他的友谊，这件事情之后，我重新和从前的朋友取得了联系。然而，这也限制了我在行动区域上的自由，因为我不再受到奥斯陆伊斯兰世界的保护了。从此以后，每次我们去参加派对都必须得武装自己，以防伊斯兰帮派出现，而且我们通常会选择待在奥斯陆的西边，我们自己的社区里。"

被排挤出涂鸦团体十五年后，他重新整理了自己的青春岁月，加上了一层全新的粉饰。他终于可以像自己所希望的那样出类拔萃，把他不喜欢的部分重写一遍。"十五岁时，我是奥斯陆最活跃的涂鸦人（涂鸦艺术家），老派的嘻哈社团里有好几个人可以作证。"他把自己说成是奥斯陆西区最有影响力的嘻哈帮成员之一，众人的焦点，"把整个帮派凝聚在一起的人"。他交替使用着朋友们的涂鸦签名和真名。"摩尔、维克和斯波克无处不在。整个奥斯陆西区有成百上千个年龄相仿的孩子在钦佩仰慕我们，我猜这便是我们的动力之一。"他描写三个人晚上出门进行涂鸦行动，帆布背包里塞满喷罐颜料，用签名、作品和全员的大名"轰炸"这座城市。想要女朋友，或者想要得到尊重，最关键的就是要成为嘻哈帮的一员，他在重现自己人生的过程时回忆说。

事实上，安德斯的青年时代几乎没有异性参与。他根本就不受欢迎。据他的朋友们回忆，他也曾经想弄明白是什么原因。校园时期他唯一一次有女朋友是在十五岁那年的夏天。他们去游泳，亲吻了几次，坐在太阳底下。但安德斯做了一个"错误的"选择，选了一个在旁人看来长得很丑的女孩，"有着男孩子一般的体形，还有雀斑"。

这个被人抛弃的涂鸦党在向全世界展示自己的经历的时候，用银色的亮片和闪闪发光的喷漆颜料对它进行了美化。他的故事必须无可挑剔。这就是为什么，即便是在这份战争宣言里，他还是不得不解释为什么自己在九年级时不再跟斯波克和维克一起行动了。

他想要把更多的精力放到学业上，而且更为重要的是，他不想吸毒。与此同时，他的朋友们却决定继续留在涂鸦团体里，而且，按照这位被采访人的说法，日益被卷入犯罪和毒品之中。

在即将到来的内战中，他把涂鸦团体算作敌人之一。

"许多这样的团体号称宽容并且反法西斯，然而我却从来没有遇见过比这些我过去称之为朋友和盟友的人更加两面三刀、种族歧视并且支持法西斯的人。他们在城市里大肆破坏、抢劫掠夺的时候，媒体对他们赞扬美化。而受害者有任何团结起来的努力都会被方方面面的文化当权派严厉谴责为种族主义和纳粹主义。我亲眼目睹了这种双重标准和伪善行径，很难对此装聋作哑。我曾是受到保护的'白薯'之一，在像A帮和B帮这样的帮派，以及其他许多伊斯兰帮派里拥里有朋友和盟友。"

嘻哈运动被SOS种族主义、反种族歧视青年和"闪电"俱乐部这样的标签伪装起来。与此同时，挪威的年轻人却从小就被培养成"自取灭亡式的包容忍让"。"这种体制叫我恶心。"他用这句话为自己青年时代的叙述画上了句号。

他的下一段经历——进步党——也得到了类似的处理。他把自己描述为党内的明星之一，差一点被加到二○○三年市议会选举的名单里，但却被另一个与他年龄相仿的后起之秀给出卖了。

"那时候我比乔兰·卡尔梅更受欢迎。不过我并不怪他像这样用卑鄙的手段在背后陷害我。毕竟，他在组织中所投入的时间比我多得多。"

回想起来似乎一切都非常清楚了。他离开了进步党，是因为他意识到自己无法通过民主的手段来改变现行体制。

他用一句有关琳恩·朗厄米尔的话语作结；他曾经有过一个深色皮肤的女朋友。

这并不容易。同时担任编辑、出版人、作者、采访人和被采访人。

他模仿周刊杂志里对知名人物的描绘，要求明星名人们回答一系列有关他们自己的问题，比如"用五个词语形容你自己"之类的。他效仿了这种形式。

乐观，务实，有雄心，有创意，勤奋刻苦。

从事的体育运动：雪板，健身，健美，动感单车，跑步。

会在电视上收看的体育项目：只看女子沙滩排球。

美食：所有文化都有美味的佳肴。

品牌：鳄鱼。

香水：香奈儿白金自我男士淡香水。

*

一天，母亲敲开房门要带一条口信给他，瞥见搁在衣橱一角的大型武器的时候，却忽然停住了。

"你要把那支猎枪放在房间里吗？"她问道，"我真的不喜欢这样。"他已经跟她说过自己还订购了一把来复枪，有一天他还给她看了一把硕大的黑色手枪。

"你不能带着这么多武器住在这里。"她接着说。

安德斯咕哝着说了句内战就要到来之类的话。

母亲没去管他；和儿子一起的生活越来越让她感到一种透不过气的恐惧。她常常为他感到难过，他要么关在房间里，要么就无所事事胡言乱语。

他那么多黑色的袋子里都装了些什么呀，重得像铅块似的？他在地下的储藏室里塞满了各种奇怪的东西。有一次她就在他的房间里发现了两个装满石子的帆布背包，还有四个沉甸甸的罐子。

她问起来的时候，安德斯就发了脾气。

他对温彻说自己正打算开一家农场的时候，她答道："你真棒！"

不过她却很惊讶。因为他一直都是那么不切实际的一个人。尽管如此，能够告诉咖啡馆里的朋友们，安德斯终于打算做点什么来改变自己的生活，还是很不错的。

所有的罐子和容器，纸板箱跟盒子，都是他经营农场所需要的设备。他得要分几批把它们搬到那儿去。衣服也都仔细地试穿和试验过了。

有一次他穿上了一套白色的防护服，他把它叫作救生套装。有时候他穿着一件有很多口袋的黑色背心到处转悠。"是狩猎执照考试用的。"她问起来的时候他回答说。

一天，他穿着一身挂了许多徽章的军装夹克从自己的房间里走了出来，那个时候她心想：够了，我放弃了。他做那么多奇怪的事情……

他是在商业企业注册处注册布雷维克生态农场的同一个月买下这套制服的。他用针线、金色的穗带、缎带、各种修道会的徽记、子弹带和

223

军衔标志，把它变成了一套真正的庆典盛装。

如今这套衣服装在西服的防尘套里，挂在浅蓝色的衣橱中。他不打算把它带到农场里去。

其他制服也都准备好了。有些是从运动服装店里买来的，有些则来自军事和准军事装备的供应商，比如军靴、带面罩的头盔、防护服——衬垫和护臂，一件防弹背心、一个颈部保护装置——苏联的防毒面具以及塑料手铐。二○一一年三月他从一个德国的网络经销商那里找到了自己需要的最后一件东西：黑色的作战裤，跟挪威警察穿的一样。这条裤子花了五十八欧元。

搬去农场的前几天，他从房间里出来。

"妈妈，我很害怕。"

"老天啊，你怕什么？"

"我害怕去做一件自己可能控制不了的事情。"

她想要安慰他。

"你会是个很棒的农场主的。"她说。

不只是一件衣服而已

就在峡湾对面，巴诺正坐在电脑屏幕跟前，找一件很特别的衣服。她又快又狠地敲着键盘，从一套服装点到另外一套。

她把暑假在图森弗瑞德游乐园餐饮处打工赚到的钱存了起来，假期里她和劳拉在那儿当做汉堡的厨师。除了给汉堡肉翻面，往纸杯里灌满可乐，两人还整天偷瞄她们帅气的老板，这位老板也是巴诺会申请到妹妹去年夏天曾经工作过的餐厅打工的原因之一。夏天结束的时候，巴诺获得了年度最佳员工奖，获奖人是从游乐园所有餐饮经销店的雇员里挑选出来的。她聪明机智，手脚麻利。下定决心要做一件事情的时候，她一眨眼的工夫就能做好。

巴诺微笑的次数比大多数人都多，笑声更响，也更常让人听见。劳拉更加沉默寡言一些。"这下我知道谁是谁了，"一个常常把她们俩搞混的男孩说，"一直在笑的那个是巴诺。劳拉是严肃的那个。"

劳拉在H&M花掉了自己赚来的钱，而巴诺的钱则放在存款账户里。她在找一件特别的东西。

自从七岁那年第一次经历了五月十七日的挪威国庆[1]，她就想要一件布纳德[2]，一种传统的挪威民间服饰。她缠着母亲要买，母亲找遍了全镇的二手服装店，终于在UFF慈善商店[3]里找到了两件女童款的布纳德。可那时候姐妹俩早就长大了，已经穿不下了。

巴诺想买一件她能穿上一辈子，并且能传给下一代的衣服，像她的朋友们穿的一样。朋友们的礼服大都是坚振礼上收到的礼物，巴诺已经试穿过她们的布纳德了，而且也非常羡慕。特别定做一件实在是太贵了，因此她在买卖交易网站的分类广告里搜寻二手衣服。一定得是一件她既喜欢又能买得起的，尺寸还得适合她一米六二的身高。

有一套衣服吸引了她的注意。来自特吕西尔，广告上这么说。衣服用黑色的羊毛制成，连衣裙的上身和下摆都绣着红黄两色的花环。还附带一件上过浆的白色上衣，一枚小小的胸针，一对袖扣和一只挂在腰间的绣花小包。卖家住在奥斯陆的斯古耶恩地区。

穆斯塔法陪着她一起去。在渡轮上他们能望见整座城市的剪影，从东边到西边。起重机和脚手架见证了城市在峡湾之上的不断扩张。峡湾的一侧将被一条几英里长的滨海大道完全连接起来，巴诺曾经读到过。多棒的主意啊！

渡轮将他们带到阿克尔码头。从那里他们搭十二路电车到索利，再换乘十三路。在霍夫斯路下了车。

这件礼服就像是为她度身定做一般。一万克朗成功转手。

回家的渡轮上，她把衣服放在大腿上坐着。像往常一样，她滔滔不绝，像往常一样，父亲仔细地听着，点着头。她叽里咕噜地说着今年暑假打工之后，就能买得起更大的银胸针了，因为现在这个还只是孩子戴

---

1 挪威国庆又称"宪法日"，为纪念1814年5月17日挪威宪法诞生而设立，是挪威最重要的节日。当天会举行盛大的庆祝活动，吃过"国庆特色早餐"后，大人小孩一同上街参加狂欢游行，吃冰淇淋和热狗，下午常会安排游戏和演讲等活动，皇室一般会在皇宫阳台上向游行队伍致意。

2 布纳德（Bunad），挪威传统民族服饰，多源自18—19世纪，除国庆之外，也可以在舞会、婚礼、受洗、坚振礼时穿着。服饰通常相当精致，有刺绣、围巾、披肩、手工制作的金银首饰。各地的布纳德颜色和样式各不相同，通过布纳德就能判断一个人或其祖先来自何方。

3 UFF慈善商店，慈善组织"互满爱人与人"（Humana People to People，挪威语Ulandshjelp fra Folk til Folk，简称UFF）所开设的商店，售卖收集来的二手衣物，为慈善事业筹资。

的大小。然后她还想要那种特别的有搭扣的鞋子。

巴诺差不多是跑着爬上了森林边缘那段通往住宅区的陡坡。她径直去了一楼自己的房间，穿上这套源于挪威十九世纪民族浪漫主义的服装，飞也似的冲进了客厅。

"我的天哪[1]，巴诺！"母亲大声喊道，眼中噙满了泪水，"你看起来太美了！"

从那天起直到国庆日，在终于能穿给其他所有人看之前，巴诺反复试穿着她的礼服，在镜子跟前转来转去。她向妹妹宣称这是一个女人所能穿上的最性感的衣服。她喜欢传统节日和庆典。充满激情和热忱的挪威国庆则是她的最爱。

国庆日前一天，她擦亮了鞋子和搭扣，烫平了上衣，还洗了头发。她的礼服挂了起来，一切就绪只等穿上身。她兴高采烈地上了床，然而疑虑却在一夜之间涌来。

"我没资格穿这件衣服。"她对母亲说。她衣冠不整地站在楼梯上，清晨的太阳正奋力冲破云层露出脸来。

"胡说些什么呀！快过来让我给你编辫子。"母亲回答，没有理会她的话。

可巴诺坚持自己的主张。"布纳德应该是从你出生的地方来的。你过往的经历应该要来自那里，你的家庭，你应该就是从那里来的。不能就这么从网上买一件来。"

巴诺靠在楼梯的扶手上。客厅的桌子上立着一只花瓶，瓶里插着新鲜的白桦叶和一面挪威国旗。

"这件布纳德是你的，"父亲低头望着她，坚决地说，"是你把它买下来的。"

1　原文为库尔德语。

"要是别人问起来怎么办?"巴诺不同意,"想想看,要是有人问它是从哪儿来的怎么办!我说特吕西尔的时候,他们会问为什么我穿着一件特吕西尔的布纳德。我在特吕西尔根本连一个人都不认识!"

巴诺已经把有关民族服装的一切都向父母解释过了。这里头是有很多规矩的。不允许改衣服,把衣服变得更加绚丽多彩,或者是往上面堆许多珠宝。最好的是从祖母那儿继承下来的。第二好的是在坚振礼上收到的。

巴诺买下的正是一件继承下来的礼服。卖衣服的女人从祖母和外祖母那里各继承了一套,因为自己没有女儿,所以她觉得不如把其中一套给卖了。

巴诺的外祖母来自基尔库克,祖母则来自埃尔比勒。巴诺对于自己库尔德人的出身一直非常自豪,对库尔德人为自己的文化和国家所进行的斗争非常感兴趣。她同父母说话时大都用库尔德语,而她的弟弟妹妹们通常都用挪威语回话。可是此时此刻,在五月十七日,她想要庆祝的是挪威的独立。

然而这种想法却忽然变得空洞苍白。

"所以我也不知道,"她迟疑着,"其实我并没有资格穿它。"

"哪,你给我听好,"父亲说,"要是有人问起,就说你奶奶的奶奶的奶奶的奶奶的奶奶,爱上了一个到巴格达来劫掠的挪威维京人。为了逃避爱上无信仰者的人必然要接受的荣誉处决,她只好和他私奔,"他说,"去了特吕西尔!"

巴诺只好笑了出来。她拥抱了父亲,下楼回到自己的房间,仔仔细细地穿戴整齐,随后母亲把缎带编进了她几乎长到腰际的栗棕色卷发里。巴诺小心翼翼地喝下她的那杯早茶,以免弄脏了上衣。劳拉也一样,她穿着一件从热门连锁店里新买来的白色蕾丝裙。这条裙子母亲既喜欢又不喜欢。不喜欢是因为裙子是那么的短。喜欢则是因为领口并不是低胸的。

两姐妹是那么的相似，只不过劳拉最后有了一双长腿，而巴诺则长着丰满的胸部。她们有着一模一样的眼睛，一样的棕色长发。此刻她们出现在自家排屋跟前的台阶上，一个穿着得体的传统礼服，另一个穿着露腿的迷你裙。小阿里穿着西服，穆斯塔法也是，巴彦则换上了一条简单的连衣裙。他们都戴着国庆日的玫瑰花结，花结是挪威的颜色——红色、白色和蓝色。

姐妹俩肩并肩沿着小路朝主干道走去的时候，就已经能听见铜管乐队的声音了。巴诺严肃地看着妹妹。"这件布纳德会传下去的，"她抚摸着精美的刺绣说，"我们两个谁先生了女儿就传给谁。那个女孩会把它继承下来的。"

劳拉笑了。巴诺一贯如此，把一切都仔细安排好了。

"而且我当鲁斯[1]的时候你也可以借来穿。"巴诺保证说。高中毕业班的学生被称为鲁斯，这个名称来自拉丁语的depositurus，"即将放下某件东西的人"——就他们的情况而言，即将放下的则是考卷。

巴诺正在提前计划来年的毕业庆祝活动，并且已经开始和她的一群朋友们一起存钱，好买一辆旧货车来装饰。管理资金的工作由她负责，她也为这个小集体开设了一个存款账户，这样所有的一切都会是摆到台面上的，非常透明。账户里已经有了八千克朗。这一年里她还会去考驾驶执照。她是多么期待明年换上鲁斯的红色罩袍和帽子啊！

一辆鲁斯的大篷车从他们身边经过。有两个年轻的女孩子扒在车顶上。母亲张大了嘴巴盯着她们，摇着她那一头刚刚开始变白的卷发，朝她的大女儿投去严厉的一瞥。

"巴诺，你当鲁斯的时候可不能这样！那些姑娘可能会掉下来弄伤

1　挪威的高中毕业生"鲁斯"（Russ）也会在国庆日庆祝十三年的学校生涯正式结束。他们会穿着彩色的袍子，成群结队驾驶自己命名的货车或大篷车参加游行。

自己的！"

"别担心，妈妈，我不会的。"巴诺笑着说。

母亲并不放心，重重地叹了口气。

"你知道的，妈妈，"巴诺说，"等我变成鲁斯的时候，我就已经有驾照了。所以我会在方向盘边上，不会在车顶上的！"

过不了多久整个半岛都会见到她的礼服。崭新的银胸针在她的胸前闪闪发亮。别针刺进她上衣的精致白布料里，和她的心口一般高。

主席的演讲

萨兰根的草地正在渐渐转绿，但树上还是没有长叶。

气温已经升到了零度以上，不过在相对更靠背阴处的山坡上，以及环绕着村庄的山腰一带，仍旧还有积雪，夹着灰尘和泥土，变成了棕灰的颜色。在这片遥远的北方，春天只会缓缓地向冬天接近。

积雪之下传来低声的呢喃。耐寒的植物正要长出新芽。不久万物都会盛开成一个短暂热烈的盛夏，沐浴在日光里。

整个冬季，封冻的海水表面形成了美妙的冰雪图案。带着咸味的海浪被冻成了一座座小小的冰山，正等待着重获自由。峡湾内的冰块在夜寒之中被紧紧地压实，又在春日的阳光里舒展开来。浮冰豁开时形成裂缝，细细的裂纹迅速蔓延，让冰块也跟着颤抖起来。冰山的颤动发出一种低回的声响，一种深沉的隆隆声。那是冰山在歌唱。

一队儿童走进了体育馆门前的空地。擎着旗帜、唱着歌谣地列队走过村庄，让他们的脸颊变得热烘烘、红扑扑的。他们已经分别向缅怀萨兰根海难丧生人员和二战阵亡将士的两块纪念石碑敬献了花圈。

空地上有乐队，有合唱团，还有高官要员。有些家庭穿着结实的传统服饰，这种服装来自挪威幽深的山谷或是窄窄的峡湾，全都配有暖和的羊毛内衣。其他人身着五彩缤纷的科夫特¹，或是萨米人的长坎肩，配上驯鹿皮制成的莫卡辛软皮鞋，皮带上插着一把小刀。牧师一身绣着金边的白色罩袍，而苏格兰裔的避难中心主任则穿着紫色花呢短裙和系带的鞋子，脖子上晃荡着一台照相机，两腿大大地分开，稳稳地扎在地上。来自阿富汗的年轻避难者们聚拢在自己的小团体里，索马里和车臣的难民也一样。那一年，舍沃甘政府难民中心在队列中举起了他们自己的旗帜。旗帜是天蓝色的，上面的绣花图样描绘了季节变迁，夏季和冬季，极昼和极夜，草地和白雪，一只银狐和一条跃起的鲑鱼。所有这一切的上面顶着一面挪威国旗。就像村子里其余的人一样，难民们也穿上了他们最好的衣服，讲台上还有一个声音在说着"挪威有多好，有多美"。

一群无精打采的人套着红色的衣服，看起来颇为疲惫，与广场上的其他人相比显得非常引人注目。他们的脑袋一抽一抽地疼。眼睛眯成了一条缝。在广场上缩成了一团，有些人躺了下来，克制着不让自己打哈欠，有几个甚至都睡着了。他们的红色连身裤上满是灰尘、海鸥粪便和啤酒。这些人便是鲁斯，即将离开舍沃甘高中的毕业班学生。他们大都通宵没睡，还有许多人从五月的第一天开始就一直在派对狂欢。他们跳舞喝酒，拥吻呕吐。有些人找到了男朋友或是女朋友，而其他的情侣则分了手。只有司机们没醉。他们都轮流开车，每晚一个，开着那些随着鲁斯季节渐进尾声、划痕和凹坑也变得越来越多的破烂旧货车[2]。

此刻，毕业生们第一次与市里的其他居民聚到了一起。不是一边在敞开的货车窗口大喊大叫一边呼啸而过，而是和其余的人一起集合在这片运动场上，他们还能记得，就在没几年之前，自己还在这里到处乱跑，试着骗到一个冰淇淋，把那时的鲁斯们当作摇滚巨星一样看待。

如今他们唯一要做的，便是熬过日程表上的最后一项内容：鲁斯主席的演讲。

1　科夫特（kofte），生活在挪威，瑞典，芬兰北部及俄罗斯科拉半岛上的萨米人的传统服饰。

2　鲁斯的庆祝活动，挪威语为Russefeiring，传统上从四月底开始，一直持续到5月17日国庆。鲁斯们根据所学科目，穿着不同颜色的罩衫，其中以红色最为普遍，在自己的货车或大篷车上通宵达旦，不眠不休地庆祝。醉酒闹事也时有发生。

他们把红色的帽子拉到耳朵上面；体内的酒精渐渐分解，大家都冷得要命。帽檐上写着他们各自的名字，这些叫人觉得羞耻或是让人不想辜负的名字，是在庆祝活动开始的时候，由命名委员会给每个人起的。这会儿，在这群可靠的市民中间，在一段段演讲和诗朗诵不可避免地唤起一种仪式性的气氛的时候，他们的花名似乎都不那么好笑了。命名仪式是鲁斯季里最让人受不了的一件事。对自己的同学妄加评断的时候，那些身处命名委员会里的少年们，忽然之间掌握了多大的权力呀。命名仪式向大家证明，调侃和欺凌之间的差别是多么的细微。在你的前额滴上几滴海水，最终的结论就在那片布满鹅卵石的海岸边上做了出来，用白色的字母写在你闪闪发光的黑色帽檐上，有些名字是那么的粗俗，你在家里都没法把帽子拿给人看。命名仪式之后，剩下一个男孩在海滩上坐着，说他要跳海，因为被起了"一杆进洞的"名字让他绝望不已——这个名字指的是一次失败的做爱，在一辆红色的大众高尔夫车里，全校皆知。认定这个名字非去掉不可的是鲁斯们的主席。他用一块钝重的石头把字母从帽檐上刮掉，在半夜里把这个浑身湿透的男孩和他的帽子一起带回了海雅路的家里，找来一些颜料，用颤抖的手写上了一个全新的名字。本来要写的是爱因斯坦。他先写了字母 E，接着却有了一个更棒的主意。对他这种非常聪明的人来说，$E=mc^2$ 正合适。

命名委员会气坏了；主席这是公然滥用职权。命名仪式是他们的事。不过他们还是让男孩保留了印有爱因斯坦公式的帽子。

鲁斯们要给自己挑主席的时候，西蒙是显而易见的人选；大多数人都很惊讶甚至还会有其他人费劲来和他竞争，因为那些人必然是要失败的。西蒙顺理成章地胜出，那个得票数仅次于他的人则被派去负责鲁斯们表演的时事讽刺剧。

于是现在他就站在那儿，那个西蒙，看上去面色苍白，双眼底下有深色的黑眼圈，正在等着那位穿戴整齐、来自初级中学的男孩念完他的诗歌。他自己的头发在红帽子下面被发胶弄得硬邦邦的，手指都麻木了。

在台下的人群里，托恩、古纳尔和霍瓦尔正在等着。前一年的冬天，西蒙回到家，告诉父母他选上了主席的时候，他们一点也不高兴。"他的鲁斯季算是交待了。"两人叹了口气。因为他们知道西蒙对每件事情都是那么的专心投入，快乐的和悲伤的，他自己的和其他人的，而且作为主席，他一定会被卷入纠纷，夹在学校管理层和难伺候的鲁斯们中间，左右为难。其中最激烈的冲突还是为了像一百克朗这样的小事。

鲁斯们都打工干活，把赚到的钱收集起来，捐给了特罗姆瑟大学医院的儿科。结果还剩下了一些钱，平均每个鲁斯一百克朗，委员会提议，把这笔钱作为乘坐长途大巴去相邻的芬斯内斯村开派对时的车费折扣，返还给每一个人。西蒙认为这是不对的，相反，这笔钱应该捐给学校在柬埔寨支持的项目，学校正在当地帮忙，赞助一个为贫困乡村地区提供清洁水源的项目。"钱是我们赚来的"与"柬埔寨更需要这笔钱"激烈交锋。后来，不同的立场进一步演变为政治上的分歧，产生了派系和小集团。谁也不打算让步。

最终，西蒙成功了。就像平时一样。

但现在这一切就快结束了。轮到他站到麦克风跟前了。

他嘶哑的声音响彻了整个广场。

"这几天我们一直在庆祝自己完成了多年的学业，这份学业曾叫我们夜以继日地艰苦努力！"

鲁斯之中发出振奋的欢呼。

"我们，即便不是重生，那至少也是在峡湾的这道弯口被重新命名了。"他对着重又尖叫起来的人群大呼。

"但名字里并没有什么不光彩的。"西蒙接着说；他知道什么时候应该化干戈为玉帛。"他们给我起的名字是 J・F・肯尼迪[1]。你们是知道的，他像我一样是一位领袖。但不幸的是，他在达拉斯被人开枪打死了。"

西蒙对着台下的观众露出了笑容。

"我的性格太乐观了，可不会坐在那儿等待同样的命运！"

父母欣慰地咧嘴笑了。之前古纳尔说服了西蒙，花点时间把自己的演讲稿好好地写下来，而不是像他平常那样，就这么草草地记几行笔记。他讲得真的很不错！

在讲台上，西蒙提醒大家不要恃强凌弱，在日常生活中不要，在学校里不要，在网上尤其不要，在网上羞辱那些无力为自己辩护的人，"可能会产生意义深远的后果"。他以大家募集到的钱款金额，他们对柬埔寨水资源援助项目的贡献，以及反对关闭萨兰根高中的宣传活动作为结尾。

接着他向挪威宪法和自己的祖国表达了敬意，学校乐队则奏起了挪威的国歌，《对！我们热爱祖国》。

成百上千个声音响起，又被轻风吹散入海。随着最后的音符渐渐消逝，广场活跃了起来。父母和年幼的孩子继续去参加有蛋糕、有游戏的地方聚会，老年人掉头返回他们的敬老院，孤独的人们回到空空的屋里，难民们则艰苦跋涉，重新爬上陡峭的山头，回到他们的中心里。他们那面绣着银狐和挪威国旗的天蓝色旗帜将被放进储藏室里保存，直到要再次拿出来的时候，明年的五月十七日，再把它铺开、熨平。

鲁斯们动身离开，栽倒在各自的房间里。那些房间仍旧收藏着已被遗忘大半的记忆，它们被漆成粉红或是粉蓝色时的记忆。墙上还装饰着蜘蛛侠和布兰妮・斯皮尔斯的贴纸；足球海报与地区冠军证书和学校

---

1 J・F・肯尼迪（John F. Kennedy, 1917—1963），美国第35任总统，1963年在达拉斯遇刺身亡。

的课表挂在一起。有些房间甚至还是几件被人忽略的毛绒玩具的家，它们的主人还能继续再多当那么一小会儿的小孩子，再多过一个短暂的夏天。

他们中的大多数都会渐渐从这个居民刚满两千，有一家服装店、一家药店、一间体育馆和一个避难中心的小镇散去。走进大千世界，开始深造学业或者去服兵役。有些人会继续留在这里，在超市或是敬老院里工作，其他人则还不太清楚自己要做什么，选择太多了，所以他们要空出一年来想想清楚。

西蒙尽责地陪着父母和霍瓦尔去了上萨兰根的地方聚会，他们曾经在那里住过，住在祖父母的隔壁。这会儿他成了大家的偶像；想象一下，鲁斯的主席亲自出席啊。他配合着，继续扮演着自己的角色，小孩子们则争着吸引他的注意。

再过三天便是极昼。在接下来的几个月里，太阳永远不会落山。

赛博一家拐弯驶上一座蓝色房子的车道，房子坐落在峡湾的曲折处，就在教堂下面，钥匙一直放在门垫底下。西蒙跌跌撞撞地走进房间，脱下鲁斯的罩袍，倒在了床上。俯瞰着峡湾的窗户旁边，红黄两色的曼彻斯特联队标志画在墙上，醒目抢眼。为了挡住夜晚明亮的日光，他拉上了窗帘。窗帘上的图案是一个男孩，一手夹着滑板，一手拿着足球。

尽管如此，房间仍然不是一片漆黑。他的床铺上面闪烁着一颗爱心。爱心是用荧光星星做的。那是他的女朋友某天晚上在天花板上贴的。

再上几个星期的学，随后夏天就会在眼前展开，闪耀又辉煌。

他在教堂的墓地里给自己找了一份工作，就在屋子后面的山上。他唯一要做的就是穿过花园，跨过篱笆，沿路走上一小段，接着就能从教堂边上的大门口进去了。他的工作是在暑假期间修剪草坪，除杂草，浇水，保持墓地整洁，有几个星期除外，他有另外的安排。到户外去，感受阳光，远离课堂，与在宁静的教堂墓地做零工相比，这会是很不错的调剂。

啊，终于：在这个夏天，真正的人生即将开始。JFK已经全都计划好了。

他书架上的一本书里有一句话："不要问国家能为你做些什么，而要问你能为国家做些什么。"[1]

有一天他也会像肯尼迪那样演讲的。

1　引自肯尼迪就职演讲。

毒药

　　向南一千公里，那里有挪威最为茂密的几片森林之一，林中有一个人站在开阔的院子里，正在把硫酸煮沸。透明黏稠的液体在临时搭起的电炉上冒着泡，一股臭鸡蛋的气味弥漫在空中。他待在一间漆成红色的谷仓背风处，从公路上是看不见的。一条十米长的电线拖向谷仓里面的插座。

　　这片农场由一座涂成白色的农舍、谷仓、一处夏季用的牛舍、农场工人宿舍、建在支柱上的仓库，外加一间车库组成。农场位于格洛马河东侧，向东俯瞰着茂盛的树林，西面的风景则是绿油油的牧场和田野。款冬在水沟边缘盛开，白色的五叶银莲花铺满了冷杉树下深色的土地。

　　沃斯图阿大约建于一七五〇年，是第一块归属沃尔农场的小农田，沃尔农场面积更大，沿着大河再往下走一点便是。部分土地和一小块森林也被归入其中，然而却过了好几年才开始像样的耕种。农场主因为在此地经营大麻种植园，正在监狱里服刑。他大概是以为在乡下要躲起来很容易吧，大家摇着头说。然而并不是这样，要说有哪个地方的本地人非常留心警觉的话，那就是这里了，而且大家都知道有人在沃斯图阿干什么见不得人的勾当。几乎看不到住在里面的人，然而谷仓和库房里却又紧张忙活。这样的事情大家是会注意到的。

　　开始服刑之前，农场主在不同的网站上发布了这块小农田的租赁广告。一个来自奥斯陆的年轻人和他取得了联系。他要开始种植甜菜，他说。前来参观的时候，他告诉农场主他自学了三千个小时的农艺学，还在奥斯陆的农业学院里认识一个人。农场一派田园风光，一直到晚上很晚也有阳光，主人回答。后来他对自己的女友说，那个穿着考究的年轻西区人对美丽的景色只字未提，而且几乎都懒得去看主要的农舍，这一点让他非常惊讶。

他们商定了每月一万克朗的租金。农场主祝福他的新租客好运，然后就去服他那几年的刑期了。

铜鼓和喇叭声从邻近的小村庄里传来。一层薄雾笼罩在山林之间，不过天气预报说今天晚些时候间或会有太阳。

少了来自本地报纸的温和警告，五月十七日的庆祝活动就不算完整。今年，《东部人》[1]劝告本地居民不要购买彩纸喷罐，因为其中包含有害的溶剂。国庆日之前，海关已经在瑞典边境上拦下了大量的喷罐，该报报道说。同时也禁止鲁斯们把水枪带到游行里去，以防吓到孩子，禁令引发了鲁斯们的激烈抗议。

那一天，孩子们忙着玩耍，而年纪大一点的人按照本地的传统，带着五叶银莲花和白桦叶编成的花环前往教堂墓地的自家祖坟时，这些便是他们交谈的话题。

有一则新闻为节庆活动投下了淡淡的阴影。前天晚上，有一个来自移民家庭的女孩，她的鲁斯货车被人涂上了万字符[2]。这里没人希望发生这样的事。

沃斯图阿的那个人一门心思想着自己那冒着泡的硫酸，对国庆日则没有什么特别的看法。不管怎样，这一小块耕地离最近的村庄也太过遥远，学校的乐队或是鲁斯们的喇叭声并不会打扰到他。他那双浅蓝色的眼睛透过防毒面具目不转睛地盯着硫酸。他戴着黄色的橡胶手套，穿着重型防护围裙，这些都是从一个实验室服装的供应商那里买来的。灰金

---

1 《东部人》(Østlendingen)，挪威埃尔沃吕姆出版的地方性日报。

2 万字符（Swastika），曾被纳粹德国使用的古老符号。

色的头发剪短了，露出稍有些邋遢的眉毛。他的皮肤带着一丝淡淡的灰色，这是在室内度过一个漫长冬季、此刻正第一次对着阳光眯起眼睛的北国居民的典型肤色。

电炉架被他搬出来放到院子里的旧电视柜上。他把温度调到炉子所能达到的最高值，酸液很快就沸腾了。他的目标是减少其中的水分，增加浓度。农舍里到处是乱扔的碎纸片，上面写满了数字和计算结果。他已经算出，把面前约三十升硫酸的浓度从百分之三十浓缩到百分之九十，需要花上三天三夜。

一个半小时后，起初在阴沉沉的天气里几乎看不见的蒸汽，开始改变了性质。渐渐变成了白色的烟雾，随后是灰色，快到两小时的时候，烟雾着实变得又浓又黑，搞得他都担心会被邻居见到，便拔掉了插头。黑烟又继续翻腾了一段时间，他决定从今往后要在晚上干活，以免引来不必要的注意。

他是从不同的汽车经销商那里买到酸液的。在一家废旧汽车堆场他买了七升浓度为百分之三十的硫酸。从一个二手车经销商那里他买了四块汽车电池，一共包含六升酸液，然后是埃克赛得·苏纳克，一家供应汽车修理店的批发商，则能够提供另外的二十五升。他们的小罐装卖完了，所以他买下一个大罐的时候并没有引起怀疑。不过店员很担心他这位顾客的安全，以及他要如何把这罐腐蚀性极强的液体固定住，运回去。唔，要是出了车祸，万圣节他就不需要新面具了，安全到家之后，他在日记里开玩笑说。

实际上，购买所有这些化学制品是最为关键的阶段，被察觉的风险也最大。二〇一〇年十月——前一年的秋天——他开始订购制作炸弹的元件的时候，还和母亲一起住在奥斯陆。他常常担惊受怕。要是搞砸了这件事情，引起了当局的注意，他就完蛋了，行动还没实施就会遭到破坏。

他必须首先克服自己的焦虑，然后才能处理采购，他还开始服用

240

一个疗程的合成代谢类固醇，并且强化了健身训练。他下载了几首全新的出神音乐[1]，还买下了暴雪最近上市的《魔兽世界》扩展包，新推出的《大地的裂变》，他允许自己玩这个游戏，好让自己鼓起勇气。在游戏里，他是在自己的地盘上，在朋友和敌人中间，在已然掌握的领域里，他的分数一直在上升。

带着一点事后归因的理性解释，他断定这些抗焦虑措施的结合，外加每周三次作为"冥想和灌输信仰"机会的散步，将他的士气和动力提升到了全新的境界。或者说他在日志里是这么写的，后来他把日志并入了那本书的第三部分，也就是最后的那一部分。

制作炸弹并非易事。他在网上钻研了各种指南，从详细的专题论文到视频网站上实用的爆炸试验。有些是实验室和业余化学爱好者发布的，其余的则来自"基地"组织和其他的好战团体。

他为订购的化学品提供的送货地址是霍夫斯路十八号。通过"易购"，他从美国订了硫磺粉末，在运输申报单上被描述成了"黄色艺术用颜料粉"。他从一间波兰的公司购置了亚硝酸钠，从斯古耶恩的一家药房买了硝酸钠。他确保自己拥有可信的托辞。硫磺粉末是为了清洁水族箱；硝酸钠是为了处理肉类：把几勺硝酸钠与盐和香料混合，揉进驼鹿的尸体，就能减缓细菌滋生，并在冷冻时帮助鹿肉保持色泽——这是驼鹿猎人们惯常使用的一种手法。

订单迅速发出，货品开始在他的房间里、在霍夫斯路的地下室和阁楼里堆积起来。酒精、丙酮、烧碱、烧瓶、玻璃杯、瓶子、漏斗、温度计，还有面罩。他从波兰订了铝粉，告诉供应商说他要把铝粉和轮船的清漆混在一起，好让紫外线的辐射不那么容易渗透，他的公司经营的是

1　出神音乐（Vocal Trance），1990 年代早期出现的电子音乐类型，以一种伴奏音乐贯穿全曲，通过简洁短乐句的重复引导听众的情绪。

"船舶行业的涂层解决方案"。

他买了一根好几米长的引线。为了庆祝新年，要是有人问的话他就会这么说。全欧洲有成千上万焰火爱好者为了自己的表演订购这种东西。在网上各种有关烟花制造的论坛里也可以学习如何自己制作引线，不过买一条回来更安全。

引线够长至关重要。一厘米等于一秒钟，因此假如你需要五分钟时间离开现场，就必须买一条三米长的引线。

他还需要几公斤的阿司匹林，好从中提取乙酰水杨酸。十二月，派对季的高潮，是购买头疼药片的好时机。他算出自己需要好几百盒。收银机会自动阻止销售人员向任何一位顾客出售两盒以上的药片，不过他发现有二十家药店从霍夫斯路走路就能到。他估计自己能在一天之内把二十家都去上一遍，然后再坐电车去中央火车站。从那里，他从东向西把所有的药店都光顾了一遍，在一整个冬天的时间里，他每隔一两周就这么去一次，一共去了四到五次，直到买足了所需的阿司匹林为止。起初买的是最贵的牌子，但不久就替换成了没有注册商标的那种。他一直都在担心药剂师会起疑心，于是便穿得非常整齐，穿着保守的衣服，上面还有不太显眼的设计师标志，这样不会引发警觉。

十二月从各个方面而言都是一个不错的月份。所有的那些圣诞包裹让邮局不堪重负，降低了检查他所购买的化学品内容物的能力。

*

他买了蛋白粉来增加肌肉量，又买了奶蓟草来强健肝脏，减轻类固醇对肝的损伤。他还储备了补给用的粉剂和药片，用来在实施行动的时候增强体力。他开始参加奥斯陆手枪俱乐部的射击课程，以便拿到持枪许可证。记录显示，他在二〇一〇年十一月到二〇一一年一月期间完成了十五个小时的培训，新年的第二周，他提交了购买半自动格洛克17手枪的申请。还上了课来提高自己的步枪技术，尤其是在从一百米距离之外射击方面。他觉得以射击为主的电脑游戏《使命召唤：现代战争》同样增加了自己开火的准确性，这个冬天，他还从各家枪械经销商那里买了激光瞄准具以及大量的弹药。

他订购了液态尼古丁。他的子弹里将会填满这种毒药。完成这项工作所需要的一切都能从五金店里买到：一小支钻头在子弹上开一个小孔，一把割刀取下弹头，完工之后再用一副锉刀加一点强力胶水封起来。

他买了一把斯特姆-鲁格半自动步枪，迷你14型，还有一款能让迅速开火变得更加容易的扳机。一月底，他收到波士塔大街上那家英特体育的通知，他们没法提供他订的一个消音器；由于一张大宗军队订单，所有的私人订购都被取消了。他不想冒险使用非自动的消音器：这种消音器在快速射击的过程中可能会过热并且爆炸，说不定会把步枪弄坏。在日志里，他成功地把这件事情变成了"意外收获"，这是他很喜欢用的一个词："不装消音器，我就可以在步枪上装一把刺刀来代替。串成一串的马克思主义者很快就会变成欧洲圣殿骑士团所独有的标志。"他随即从美国的赛事装备公司订购了一把刺刀，在报关单上被标识成了体育用品。

为了记录整个过程，帮助推广他的书，他买了一台相机，并计划使用影像合成软件来弥补自己摄影技术的不足。

在日志里，他仔细地写下了采购清单，鼓励所有感兴趣的人士以他为榜样："你们会发现，绝对没有任何正当的理由因为恐惧而不去把装备弄到手。所有让你们裹足不前的都是毫无根据的焦虑和懒惰！你会感到恐惧，唯一正当的理由就是你姓伊斯兰！"

二〇一一年二月十三日，他三十二岁了，这个并没有庆祝的生日过去两天之后，他开始剪辑那部正在编制中的、将会被用来"推广这本书"的影片。他从反伊斯兰网站上下载影像，加上自己喜欢的音乐，充满激情、激动人心的那种。十二天后他对片子满意了。他在日志中提到："我是愿意把它剪得更好的，但我确实不能再抽出时间投入到这支预告片上了，这个片子或许永远不会见天日……"他接着说："本打算从scriptlance.com上雇一个便宜的搞电影的亚洲人的，不过我必须省钱。"

到了二月份，他的体重已经从八十六公斤涨到了九十三公斤，他从来没觉得身体这么好过。他觉得自己比之前强壮了一半，而最后的事实将会证明这一点毫无疑问是有用的，他在日记中强调。

春天，就在从家里搬出去之前，他从共济会会所收到了一封信，表示要让他晋升到第四级甚至第五级，尽管他几乎一场会议都没参加过。他回信说自己要外出旅行很长一段时间，所以没有空。曾经恳求着让他们接纳自己的这家会所，他再也不需要了。他已经创立了自己的会所，这里的规则由他来定。

租赁合同于四月五日签署，这位沃斯图阿的新农夫第二天就联系了挪威农业生产者登记处，通知他们布雷维克生态农场的变动。办公地址将从奥斯陆转到奥莫特区。农场要有一个新的业务代码，而且他还需要一个生产商编码以便购买化肥。农场的用途变更为生产根类作物和块茎，这是必须进行登记注册的。

这会儿他太兴奋了，甚至放弃了通常的小心谨慎，让自己流露出了对于获得生产者登记处正式批准的焦躁之情，到了处理他申请的那位官员开始感觉奇怪的地步。四月中旬，这位官员对布雷维克进行了一次背景调查。

"这个人一直在纠缠……他有什么问题吗？"官员在一封给上司的邮

件中问道，要求对沃斯图阿的承租人进行一次审查。他们什么也没查出来，一个星期之后确认书发了出去，变更被批准了。

五月四日，安德斯从安飞士租了一辆菲亚特多宝，搬出了母亲的公寓。他还赊账订购了六吨化肥。装着化肥的袋子在他搬进沃斯图阿的当天送到了。按照事先约好的，一半被汽车运进谷仓，另一半在农场的几棵白桦树旁卸了下来。

搬到农场的第一天，他做好了炸弹的金属框架。第二天，他开始捣碎阿司匹林药片来提取乙酰水杨酸。网上建议使用研钵和杵臼，可是不出几个小时他的手就疼得要命，却只碾碎了药片的一小部分。一定还有其他的办法。他在谷仓的地上放了一大张塑料片，开始拿他做举重训练用的一个二十公斤的哑铃把药片压碎。四个小时之后，他弄碎了一百五十五包阿司匹林。

他手上拿到的许多指南都有问题。他实验过又失败了，试过各种东西之后，他用了一种全新的方法。去宜家买了三个带钢制把手的马桶刷，用作装雷管的容器。他计划用切割成型的圆形铝片，或者螺丝和硬币把它们封起来。他还买了六十只防水袋，非常适合用来存放和运输化学品。

在从磨成粉末的阿司匹林里提炼乙酰水杨酸这件事上，他试过的操作指南似乎没有一种是管用的，最后只炼出了没用的水杨酸。他拼命在网上搜寻，沮丧的情绪开始袭来。"要是我连最简单的助爆药第一步都不能合成，又怎么能想办法合成DDNP[1]呢？！那一天我的世界坍塌了，我试着想出一个其他的方案。"他在日志中写道。为了振作精神，他去了当地里那镇上的餐厅，用一顿有三道菜的大餐款待了自己。然后他看

1　DDNP，重氮基二硝基酚（Diazodinitrophenol）的简称，最早诞生的重氮化合物，可用来制作染料和爆炸物，是雷管中常用的起爆药。

了几集《盾牌》[1]。

他的情绪变化迅疾而又突然。类固醇影响着他的精神状态，也影响着他的肌肉。他能把自己逼得更紧，但也可能毫无预兆地崩溃。不过他总能重新振作起来，他明白时间紧迫。

他在网上找到的方法主要来自各所大学的实验室实验，其中没有一种能让他提炼出所需要的酸液浓度。第二天最后同样一无所获。晚上他又去了那家餐厅，鼓舞自己的士气，并考虑一个新计划。"要是不能很快想办法找到解决方案的话，我看来是彻底完蛋了。"他在五月七日，周六晚上的日志中写着。

周日早晨起床后，他立即上网浏览。几个小时之后，他找到了一个之前很少有人点击的视频。视频演示了一种非同寻常的方法，来提取他想要的酸液。视频里的人在实验室里用了一个真空泵和一台除湿器，做成了网上其他所有化学家都没能做成的事。

星期一早晨，安德斯试着自己做同样的事，不过用的是咖啡过滤器和自然风干，而不是实验室设备。尽管并没有把握生产出来的确实是提纯过的乙酰水杨酸，他还是断定自己别无选择，只能把一切都押在这种方法上。这是权衡过后的冒险，他在日记里写着，因为他没法知道自己做出来的东西的品质。他把星期二用在了制作提取过程所需要的冰块上。他在冷柜里塞满了冰格袋，还得先确保每一层都已经冻住了才能加下一层，这样冰袋就不会在下一层的重量之下压破。整个星期他都在过滤提纯。

"我真的很喜欢欧洲歌唱大赛[2]。"他在五月十四日星期六的日记里

---

1 《盾牌》（*The Shield*），美国犯罪题材电视剧，2002—2008年在FX频道播出。

2 欧洲歌唱大赛（Eurovision Song Contest），全球历史最悠久的国际电视歌唱大赛之一，始于1956年。主要由欧洲广播联盟成员国参加，每个国家派出一名选手，在电视和广播中现场演唱自己的原创歌曲。

写道，奖励自己休息一晚来观看大赛的决赛。他也看了所有的半决赛。"我的国家选了个蹩脚货，和往常一样是政治正确的选手。一个来自肯尼亚的难民，唱一首邦戈鼓伴奏的歌，非常能代表欧洲和我的国家……无论如何，我希望德国能赢。"

阿塞拜疆赢了。

挪威国庆日的前一天，他的磁力搅拌机，一种用来加热不稳定液体的特殊电炉[1]不转了。"该死的垃圾设备，我应该多付一点钱去买质量好的欧洲机器的！"他写下，然后又另外订了一台。没有磁力搅拌机的话，生产苦味酸和DDNP花的时间就太长了。

那天晚上他从最后的阿司匹林药片里提取完了所需的酸液，用刮刀把结晶材料的残留物从咖啡过滤器里铲出来。把它们铺在塑料片上，靠着一台热油汀帮忙，把房间的温度升到了三十度来把乙酰水杨酸烘干。

煮开的硫酸把院子裹在一层阴暗厚重的气团里。他关上电炉，让炉子冷却，把他的实验室围裙和防毒面具挂在谷仓里，进屋去做点东西吃。他喜欢吃得好一点。食物是安慰，也是奖赏。

天黑下来的时候，他坐在农舍里。出门和其他人待在一起是不可能的。他同邻居们保持着礼貌的距离。"欢迎来我们村。"住得离他最近的女人在他们第一次见面的时候兴高采烈地说着，伸出了她的手，不过幸运的是她从没来做过客。他和剩下的人都是点头之交。他竭力留给别人这样的印象，沃斯图阿可不是一个有空去坐坐喝杯咖啡的地方。

在周围的小村庄里，国庆日渐近尾声。银制的胸针和袖扣在衬着绵羊毛或天鹅绒的精美匣子里收好，浆洗过的上衣扔到洗衣机里，传统服饰也

1　磁力搅拌机（Magnetic Stirrer），通过快速旋转的搅拌子来搅拌液体的实验室设备。

刷好了挂进衣橱。孩子们脸蛋上的冰淇淋和番茄酱都擦干净了，国歌和所有的那些进行曲终于能在学校乐队的乐器盒里休息一下。纤细的五叶银莲花开始在花瓶里垂下了头，晚上九点，所有人都降下了挪威的国旗。

大多数人都同意，他们这座山谷里的五月十七日庆典和去年一样好，嗯，除了本地镇上的步行街两旁没有升起红白蓝的彩旗。建筑物外墙上的金属钩光秃秃的，有人认为这个责任是区议会的，其他人觉得是商会的。明天，《东部人》会设法找出这件事情的原因，让应该负责的人负责。

村庄里的居民还没有察觉到田野里娇嫩的幼苗上弥漫着的硫磺气味。《东部人》的新闻记者没有一个见过一团团的黑烟，格洛马河岸边的邻居也没有谁纳闷，为什么那个来自奥斯陆的西区男孩在国庆日的那天待在了家里。

夜幕降临的时候，他又从农舍里出来。把电炉调到最高一档，把容器放在上面。大约到了午夜时分，浓密的黑烟会重新开始冒出来，不过到了那个时候，就是五月中旬的厄斯特达尔山谷最暗的时候了，而且有那么几个小时，烟雾在夜色中将会无法分辨。

农场之下，格洛马河冰冷的河水奔涌向前。河流之中有一股强大的力量，带下山来的冰雪融水涨高了河面。无论你在农场的什么地方，都能听见它的咆哮。他在五月头上接手这个地方的时候，还有一些大块的浮冰从格兰姆桥以北的冰原上脱落，飘过河面。春季的大水通常要一直持续到六月之后。河水要到七月才会平静下来，接着变得闲散懒怠，昏昏欲睡，在暑热之中几乎懒得往前流。

不过现在离七月还有很长一段时间。

化学家日志

或许是因为硫磺蒸汽，或许是因为类固醇，不过他变得更加不在乎了，事实上是更加大胆了。必须得站在那里留心着沸腾的硫酸真是让人厌烦。这已经是他连续第三天照看着硫酸了。他必须让酸液煮上好几个小时，达到百分之七十以上的浓度之后，锅里才会开始散发出浓密的黑烟，所以他渐渐不再等到黄昏了。酸液遵循着自己的节奏，并不理会是黑夜还是白天。

冰箱空了，他需要去买点东西。可他又不能关上电炉，浪费煮硫酸的宝贵时间。他的进度已经落后了，于是便决定冒险，暂时撇下这沸腾的酸液。毕竟他总是可以把电炉调到低档的。在走廊里穿上实验室的衣服，戴上护目镜，出门前把温度调低的时候，他朝窗外匆匆一瞥。他的一个邻居正在外面。

他一把扯下围裙，平静地走了出去。

"早上好。"他小心翼翼、欢快地打招呼。

邻居问起了一辆宝马车。农场的主人，正在坐牢的那位，在谷仓的上层有一辆车，邻居们曾经答应过在他出狱之前帮忙把它修好。

这可真够悬的。他努力留下亲切的印象，闲聊着，给了邻居足够的汽油、让他把车开走的时候，还在颤抖不已。

后来，他为日志的读者提了一些建议：应该努力在邻居之中尽可能地引发善意。"对这种善意的间接回报便是邻居们不盘问，不调查。假如有邻居来拜访，要礼貌而友好，给他们端上三明治和咖啡，不然便会危及行动。"

在出门的时候让硫酸煮着似乎终究还是太冒险了，所以他把工作推迟到了晚上。他非得去买食物不可了，于是他去了村里，买了红肉、面包和糖果，回到农场的时候还给自己做了一顿大餐。天一黑他就走出家门，并且在一夜的时间里浓缩了所有的硫酸。

第二天他到奥斯陆去收几个包裹。邮局给他的母亲寄了通知，说有几个邮包需要领取。返回农场的时候，他带着蒸馏水、微型球和一副哑铃。

离家半小时的时候，他见到一辆汽车停在路边，突然一惊。一辆没有标识的警车，他心想。离农场更近的时候，他见到了另一台可能是警方车辆的车。我要被逮捕了，他自忖。在离农场车道不远的地方，他关掉发动机，点了一支烟。这下子一切都结束了吗？说不定已经有一大队警察在沃斯图阿等着他了。他所有的武器都在农舍里。他应该逃跑吗？可是逃到哪去呢？

一把香烟按灭，他便发动了汽车，开着雾灯缓缓地一路朝农场驶去，如果警察在他正前方的话，这样对他会比较有利。

谷仓的门敞开着。有人在那儿！他们毫无疑问已经把这个地方包围了，正在向他逼近，又或者他们正等在主屋里。他下了车，走近农舍。他把自己锁在里面，取来格洛克，在屋子和谷仓里搜寻监视设备。除了风声之外，一片寂静。或许他们已经走了。或许他们安了摄像头。

"多疑可能是好事，或者也可能是祸根。"他在日记里写道。一定是风把谷仓的门给吹开了。他发誓再也不会让多疑战胜自己。反正要是他们过来抓他，他也束手无策，所以担心也没用。

周围乡间的幼嫩草木一天比一天更加茂盛葱绿。小鸟们正在筑巢，樱桃树鲜花盛开。虽然四下各处的田地都十分忙碌，他自己的耕地却没有播种。丁香和猫尾草在肥沃的土地上茁壮成长，散发出甜丝丝的香气。尽管如此，沃斯图阿农场建筑物的上空仍旧弥漫着一股腐臭味。

他有六吨化肥。其中有一半是不会爆炸的，这是为了避免引起怀疑而订购的。现在，他要把三吨的化肥转移到五十公斤容量的袋子里，用叉车把它们装起来，运到谷仓里，搬到一辆手推车上，接着再推进去。虽然只搬掉了一点点化肥，但第一天他就累坏了。

送来的化肥是颗粒状的，每一颗外面都涂着一层防水材料。要让化肥爆炸，就得把它们浸在柴油里。因此为了变成爆炸物，化肥颗粒必须压碎。

他把谷仓的地板打扫干净，把一包化肥袋子里的东西均匀地撒在上面。然后用他最重的一只哑铃在上面滚，在压碎的化肥颗粒吸收空气中的水分之前，就把它们铲起来。他已经在纸上都算好了，而且估计自己可以在二十分钟里压碎五十公斤。

他的计划失败了。这种方法不管用。第一袋化肥就花了他两个小时，而且化肥吸收水分的速度比他预想的快得多。结果颗粒并没有完全压碎，而他的后背很快就因为在地板上来来回回地滚哑铃而疼痛不已。

"该死，为什么事情就不能按照计划进行？？？？而且这一副哑铃花了我七百五十欧元，如今事实却证明一点用也没有……现在我怎么办？"他决定在里那镇用一顿三道菜的美餐来振奋精神。在那儿他记起了自己曾经读到过的东西，"七十年代早期，一个恐怖分子和卖国贼。我想他是叫作巴德尔，或者也有可能是迈茵霍夫[1]"，曾经在他们的公寓里用电动搅拌机在家捣碎化肥颗粒。布雷维克决定试验一下他们的方法。要是二十世纪七十年代的搅拌机可以，那更加新式的型号应该也肯定能够做到。

1　指安德列亚斯·巴德（Andreas Baader）和乌尔丽克·迈茵霍夫（Ulrike Meinhof），两人均为由史塔西支持的西德左翼恐怖组织"红军派"（Red Army Faction）的成员，该组织在三十多年的时间里实施了一系列爆炸、暗杀、绑架、银行抢劫等行为。

第二天他去了各家供应商那里，买了十二台不同的搅拌机和混合机，有些是带支架的，有些是手持的，用来试验哪种效果最好。其中有一半都不能用。容器的形状让化肥颗粒没法转动起来，或者就是刀片不够锋利。不过实验证明有一个牌子的机器非常好用——伊莱克斯。几乎把所有的颗粒都搅碎了，而且速度还比其他搅拌机快，三十秒就能处理足足半公斤的化肥。第二天他去了三个不同的市镇，买了六台同一型号的搅拌机。

五月还有三天就要过去了。日子在把化肥转成小袋、准备粉碎当中度过。

到了五月的最后一天，他实在是精疲力竭，只好休息一下。手指几乎动不了了，他担心损伤可能会是永久性的。整整一天都在床上度过。他不得不做了点调整；只能用三袋化肥了，而不是原来计划的五袋。一个人根本就应付不过来。所以炸药只能少一点了。

六月一日他还是觉得没法重新开始工作，于是就留在电脑面前，更新日志。六月二日他同样待在屋里，浏览网页。突然他听见一辆汽车朝着房子开来。他透过窗帘盯着外面。一个男人从车里下来，开始给农场拍照。布雷维克出门走到院子里。那个男人说他是来拍几张格洛马河春季河水泛滥的照片。他在撒谎，布雷维克本能地想。他的肢体语言露了馅。他一定是个警察。

布雷维克请他喝咖啡，但男人谢绝了，他还建议他们走到河岸边去，好拍到最好的照片。男人点了点头，却还是继续在院子的这块区域拍照。"风景照。"他解释说。这让布雷维克心神不宁。

然而他别无选择。只能接着把准备工作做下去。

那天晚上他给母亲打电话，说出现了一个卧底的警探来给农场拍照。母亲觉得这听起来非常古怪。他还跟她说起让人毛骨悚然的声响。有一种嘎吱声真是把他吓坏了。

"我什么时候能来看你啊？"母亲问。她已经问过好几次了，可他却总是说现在不方便。说自己累得精疲力竭，而且地里有很多碎石。碎石实在太多，他只能去种猫尾草了。他说的话她已经不再次次都能听懂了。现在也不是过来看他的好时机。他想先把所有的事情都干完，他说。

他有四台搅拌机同时运转。机器产生的噪音实在太大，要是有人碰巧经过，他是绝对不可能听见的，所以他只好重新开始在晚上干活。每当捣碎了足够装满一个五十公斤袋子的化肥颗粒，他就在上面倒上柴油，确保粉末都均匀地泡在里面。然后再用胶带把买来的双层袋子封好，把它们放到一边。

他机械地工作着，自始至终还一直在计算和重新计算着花去的时间，根据自己的工作节奏调整计划。不久就养成了一套固定的程序。如今每袋化肥通常只要花上四十分钟，他的纪录是三十二分钟。他在不断取得进展。角落里已经堆了十个袋子。二十个袋子。两台搅拌机坏了。他换上了新的。

六月四日星期六。六袋。六月五日星期日。四袋。又有两台搅拌机散架了。六月六日星期一。买了两台新的搅拌机。

那天下午，第三个装化肥的麻袋见了底。如今他已经压碎了一千六百公斤的化肥颗粒，并把它们浸在了柴油里。到处都是化肥的粉末，他那件绿色的工作服已经变成了灰色。"无疑我不出十二个月就会死于癌症，因为我一定吸了很多这鬼东西到肺里，即便我用了一个3M的口罩……"他在日记里写着，接着又加了一句，"看《盾牌》，平均每天几集。我在五月初的时候把所有的七季都下载了。"

下一阶段：合成苦味酸，又叫撒旦之母。需要的设备和化学品他都有。这些东西很容易就能弄到手，他在日志中写着。

要让炸弹爆炸，他需要一种主要的和一种次要的爆炸物是DDNP——重氮基二硝基酚——次要的则是苦味酸。他必须从头开始合成这两种物质。

一辆车在外面停了下来。该死的访客太多了。是一位邻居想买他那片休耕田地上长着的丁香和猫尾草。布雷维克解释说由于种种原因他还没有耙过自己的地，不过他是打算种土豆和蔬菜的。邻居听了他的计划觉得非常惊讶，对他说在农场周围的多石土地上种蔬菜是相当徒劳无益的。

布雷维克转而说起了他想在勒罗斯买的一片农场。"在那儿的冰冷地面上种蔬菜就更难了。"邻居指出。

他们溜达着走到了田里，布雷维克很担心邻居可能会看见从起居室窗户外面伸出来的通风柜[1]。他们商量好了价钱。农夫两星期之后会来收割作物，这些只是靠着雨水和阳光自然生长起来的作物。

真是个怪人，邻居在回家的路上默默地想。这个新房客一直礼貌地，几乎是顺从地听着他所有的反对意见。显然是对农事一无所知。

布雷维克继续制备苦味酸。第一批一做好，他就把五十克粉末放进了烤箱，准备好拿来试验。倘若制作正确，他试着把它们点着的时候，粉末应该会燃烧起来。什么也没有发生。日志里满是脏话。他是照着操作说明做的，不是吗？"我制造的化合物可能是惰性的吗？不幸的情况他妈的又一次发生了……！我开始产生了严重的怀疑，我的士气开始遭到打击……"

六月十一日星期六，黄昏临近的时候，浓重的乌云飘到了农场上空。高高的天空中一场雷雨正在酝酿，大滴的雨点咚咚地落到了屋顶上。忽然一声巨响，闪电划过空中，电脑发出砰的一声，然后就断电了。电力重新恢复的时候，电脑打不开了。

1　通风柜（Fume Hood Fan），用以除去实验室内有害气体的设备。

布雷维克坐了下来祷告。他已经有很长时间没有呼唤过上帝了。"我对上帝解释说，"他在日记里写着，"除非他希望在未来的一百年里将欧洲的基督教世界彻底毁灭，否则他就必须保证为维护欧洲基督教世界而战的勇士们能够获得胜利。必须保证我能够成功完成任务，并且以此激励成千上万其他的革命保守主义者／民族主义者。"

电脑依旧打不开。

两天后他做了一个测试用的炸弹，把它带到森林中一个偏远的地方，离农场有几公里远。天上还在打着雷，这是好事，因为这样的话，就算听到轰的一声也没人会去多想。他点燃引信然后等着。"这很可能是我曾经忍耐过的最为漫长的十秒钟……"事后他写道。

那块小东西爆炸了。

他径直驾车离开，以防有人过来调查。他去了埃尔沃吕姆，用一顿丰盛的大餐庆祝了一番。开车回家的时候他绕到爆炸现场，研究那个小小的弹坑。DDNP正常爆炸了，可干燥过的苦味酸却大都没能引爆。他得把苦味酸炼得更纯才行。

六月中旬，他在财务上的假面具开始脱落。信用卡账单有十张到期了，其他各类欠账也收到了正式的催缴单。如果发展到债务追偿的地步，他的信用度遭到质疑，那他就不能租车，也就几乎不可能执行计划了。最大的一笔未付账单是用来买化肥的，但上个月农场的租金他也还没交。通风柜、电炉搅拌机，外加他甚至都还没用过的备用通风柜的账单眼下也到期了。他只有一个星期来筹到将近八千克朗。除了从那十个信用卡账户里能提多少现金就提多少之外，他还得要给农业合作社打电话，请求额外多给他一些时间再结他们的账。

最终他成功地得以推迟缴纳半数的化肥货款，他在日志里写着自己"在七月中旬之前都不至于遭殃"。

他在沃斯图阿的活动是极其危险的。谷仓里满是化学品，那些液体并不稳定，他的操作过程也是试验性的。几乎没有任何安全措施。有时他读到那些安全预防措施，以及所有可能会引发爆炸的事情，就会吓得要命。接触空气非常危险；接触金属、混凝土和塑料可能会增加静电，导致引爆。摩擦和碰撞，以及接近汽油、柴油和电源插座也会。他非常担忧假如这些爆炸物炸开了，他自己会怎么样。"爆炸的冲击波／火焰多半会烧灼我的伤口，造成漫长且极其痛苦的死亡。"他确保在工作区里把格洛克放在手边，这样即便在爆炸中幸存却失去了双臂，他也还是能用脚趾扣动扳机，朝着自己的脑袋来上一枪。

所有的东西都蒙着一层灰色的铝粉。高浓度的液体和酸液正渐渐沾染侵蚀着地板和家具。

六月快结束的时候，在漫长的一夜工作之后，他在第二天上午十一点醒来，发现收到了一条短信。是那位被定了罪的大麻种植商的女朋友，一个半小时以前发来的。她写着说她会过来从谷仓里拿点东西。她不出半小时就能到这儿。

他至少要花十二个小时收拾干净，让谷仓变得像样一点，拆除设备，把这个地方打扫清洗一遍。这就意味着他别无选择，只能等她一来就把她杀了，然后再撤离农场。他给她打电话。幸运的是联系上的时候她还没出门。他们说好她两天之后过来。他利用这两天进行了彻底的清扫和整理。必须得把所有的设备移到结满蜘蛛网的"蜘蛛地窖"里，用布料遮住坏掉的台式电脑，用地毯盖住坏掉的地板。这起码耽误了他两天时间。

她晚上很晚才到，想要住上一晚。第二天早晨布雷维克早早起床，检查她有没有到处窥探。要是她起了疑心，那他就只能把她杀了。她的心思很难看透，所以她收拾完行李准备好出发的时候，他做了点东西请她吃，好多了解一点她看到的东西。

他也用了自己书里的一些见解来试探她，可是不，她不想谈政治。他又多给她倒了点咖啡。他们聊了聊天。她似乎什么也没察觉到。他可以让她活下去。

农场有股化学品的臭味："闻起来像是鸡蛋新放的屁。"他的日志里写着。他必须关上窗户，帮助液体更快地到达室温，他也很担心自己的健康，以及自己吸进去的所有一切。

跟着他的网卡又短路了，没有电脑可用了。他订了一张新的网卡，继续生产DDNP。最后一批苦味酸一提纯完，他就去了埃尔沃吕姆，买了三份中餐外卖，牛肉面条和炒饭。"好吃！因为没有电脑，我很早就睡了。"

第二天他取来那张新的网卡，并开始付账。付完十张信用卡账单中的九张的时候，又停了一次电，电脑短路了。几秒钟之后他听见一声雷响。"搞什么鬼，又来！！！而且这次连雨都没下！！"怎么可能这么不走运，他在日志中问道，上次闪电袭击之后，他修好电脑才刚过两小时就又挨了一次？他看了一集电视剧《罗马》[1]，大口吃起了最后一份中餐外卖，帮助自己度过这次挫折。

第二天他从苦味酸中滤出了结晶。晶体比他预料的少。他必须计算得更准确一些，便决定多抽一点时间出来。星期五他给自己放了假，去了里那的仲夏节日庆典，然而庆典上供应的本地食物——有机小山羊肉、烟熏香肠、薄脆饼干、芝士和蜂蜜——他却觉得不怎么样，于是他离开去了埃尔沃吕姆，又买了一些中餐外卖。

"今天在餐厅里有个还算比较火辣的女孩在盯着我看，"后来他在日

---

1 《罗马》(Rome)，英美意合拍的历史题材电视剧，2005—2007年间播出，背景设在公元前一世纪，古罗马由共和国向帝国转型时期。

志里写道，"像我自己这样高雅的个体，在此地是稀缺商品，所以我注意到自己的确引来了很多关注。这是因为我的打扮和长相。住在这里的大多是粗俗的／没有教养的人。我大都穿的是从前那段生活中的最好的衣服，包括非常昂贵的品牌服装，鳄鱼牌毛衣、珠地布衬衫等。人们从一英里之外就能看出来我不是本地人。"

确实是有人注意到他了。他曾经去剪过一次头发的发廊里，女孩子们觉得他非常英俊，而电脑商店里的那个男人则断定他是个男同性恋。烤串店里的库尔德人觉得他是自己遇见过的最友好的挪威人。

他的一只烧瓶开始裂口了，一直在滴滴答答地往外漏。只买了两只这种烧瓶，而不是四只或者五只，是个很大的错误。这件看起来微不足道的事情，烧瓶买得太少，让他损失了三四天。按照他自己的计算，到现在他本来应该已经准备好了。真是荒唐。

实际上这是相当枯燥的工作，还经常要干等着。一旦提取了酸液，他就必须等上四个小时，让它从沸点冷却到室温，接着再等上十二个小时，直到液体冷却到冰箱的温度，最后还要等十二到十八个小时，让酸液变热四度，重新回到室温。这就意味着制作一批次的DDNP总共要花上大约四十个小时。要是他有六个烧瓶而不是只有两个该多好啊！

这是他搬到农场居住以来，第二次出发去做跑步训练。他先是大口吞下一大杯高蛋白奶昔，好最大限度地取得训练成果，接着再把装满小石子的背包，一只固定在自己的后背上，一只在前胸上，两只手上再各拿一只灌满了水的五升装水壶。他坚持了二十分钟。

制造炸弹所花的时间比他计划当中长了太多。他也并不太知道要怎么把炸弹做完。网上充斥着各种不同的做法。他采取了一种科学的手段，对建议的方法提出质疑，一路评估，放弃那些不可行的。

晚上他看吸血鬼剧集《真爱如血》，或者看一集《嗜血法医》，一部关于连环杀手的电视剧放松[1]。他看的所有这些剧集都是那么地热衷于推广多元文化主义，让他非常恼火，不过"这就是当下的生活"，他写道。

还在早春的时候，农场上小爬虫的数量就让他大吃一惊。他受不了那些东西。如今它们已经繁衍了后代，几乎是在大批进犯。墙壁里面一定有好几群蜘蛛。一天晚上，他决定用一点糖果犒劳自己，一边再看上一集电视剧的时候，就有一只蜘蛛出现在了巧克力中间。他惊声尖叫。蜘蛛还在他提纯化学品的时候，爬进了他戴的手套里面。"我吓坏了……从那以后我开始把看见的每一只小昆虫都弄死。"

有几个朋友开始说起要过来看他。玛格努斯本想在去看女朋友的时候顺便过来坐坐的，他的女朋友正在附近度假。安德斯很小心地没有把地址留给朋友们，以防他们就这么出现。他们会意识到这里有什么事情不对劲。不过另一方面，他也不能一味地断绝所有往来。"完全的与世隔绝，以及不合群的行为，也可能会让你的意图完全落空，要是到头来你发誓要保护的人们不爱你了的话。因为假如每一个人都在恨你，你又为什么要让你的人民拥有爱这份最最极致的礼物呢？"他在日志中若有所思地说。

"这个周末我在奥斯陆，"玛格努斯打电话来的时候安德斯说，"不过你不如七月底来吧？"

搬进沃斯图阿的显然不是个农夫。草坪从不修剪，一扇窗户玻璃松脱了，摔得粉碎，还被留在了地面上，还有两根木板条从谷仓的墙上掉了下来。三棵大树也被吹倒了。可是他根本没有精力跟上维修的进度。

---

1 《真爱如血》（*True Blood*），美国吸血鬼题材奇幻类电视剧，2008—2014年在HBO播出。《嗜血法医》（*Dexter*），美国悬疑犯罪剧情类电视剧，2006—2013年在Showtime频道播出。

为了搞破坏，他要做的已经太多了。

邻居们渐渐开始注意到了一些什么。为什么他会让人开车把一半的化肥径直送到谷仓里呢？化肥是要撒在地里的，通常都储存在户外。更有甚者，他建起了一道带锁的大门。其中一个邻居议论这件事情的时候，他说这是地方议会的规章制度。这非常奇怪，因为其他人谁也没听说过什么规章制度。然而生活在继续，人们会淡忘，岁月继续流转，夏天来了。

他的体重开始下降。类固醇几乎都吃完了。他必须得去奥斯陆再买。买类固醇可以和实地考察行动当天所设计的路线结合起来。七月的第二天，他经由E18公路开过奥斯陆，随后开上E16，朝赫讷福斯驶去。没过多久蒂里湖就出现在了左手边。他看见了一块不太显眼的标志牌，指着通往于特岛的小路。他开下陡峭的山坡，停在登岸码头上，走到泊在那里的小船旁边。他从AUF的网站上读到，这条船叫做托尔比约恩号，用前工党首相托尔比约恩·亚格兰的名字命名[1]。

他远远地望着海湾。迄今为止他只是读到过这座小岛，见过小岛的照片。仔细地考虑过这座岛。

而此刻它就在那儿，葱绿又宁静。

他研究了这艘旧旧的登陆船，斟酌着子弹能不能击穿船身。他把坐标输进GPS，熟悉了周边地区的道路。他还输入了附近于特维卡码头的坐标。把引爆点分别叫做WoW1和WoW2。要是警察碰巧把他拦住，他就说自己正在考虑租用于特岛，在那里安排一场有关电脑游戏的会议。

回到奥斯陆，他去了索里斯特的艾利克西亚健身房，那里离母亲的

1　托尔比约恩·亚格兰（Thorbjørn Jagland），1996—1997年间任挪威首相，曾任诺贝尔委员会主席，现任欧洲委员会秘书长。托尔比约恩号（MS Thorbjørn），1948年下水，1997年被AUF购入，用来在于特岛和挪威大陆之间进行客运摆渡，可载五十人，亦可搭载小型车辆。

公寓很近。在健身中心安着硕大窗户、俯瞰着商业区的明亮场地里，他做起了通常的健身程序。他非常惊讶自己能举起的重量和搬去厄斯特达尔之前一样；毕竟他几乎没有做过任何训练。一定是制造炸弹让他的身体保持得这么好。他兴奋不已，可是接着，练到一半的时候，他的脑袋开始发晕，只好停了下来。

他买了足够再吃上二十天的促蛋白合成类固醇。他最喜欢康力龙，一种人工合成的睾丸激素制剂。他知道这东西对他的内脏一点好处也没有，而且尤其担心自己的肝脏。后来，那天晚上他带着母亲出门在一间印度餐厅吃晚饭。他说自己在为肝脏损伤发愁。母亲觉得为这件事情焦虑非常奇怪。最近他各方面都变得很反常不是吗？古怪异样又焦虑不安。

"那里的蜘蛛都能从墙上渗出来，"他一边吃着印度晚餐一边说，"我的床上也有，到处都是。"

"要是你好好地打扫吸尘，"母亲说，"很快就能甩掉它们了。"

"那个地方全是甲虫、蜘蛛和其他会飞会爬的东西。"他接着说。一个住满了蜘蛛的地狱。

"哦，如果是那样的话，我觉得它就不值每月一万克朗。"母亲回答。说起昆虫他会这么不安，让母亲非常吃惊。一个非常胆小紧张的人，他现在就变成了这样。真是太奇怪了；她还以为农场生活会让他平静下来呢。他曾经跟她说过那里有多美，说他能见到格洛马河的迷人景色。

他忽然显得非常难过。

"我变得丑死了，"他对母亲说，"看看我的脸！"

"可你看起来很正常啊。"

"不，我变丑了。"他抽抽搭搭地说。他说自己正在考虑做整形手术。最起码要在牙齿上做贴面。

他付了饭钱，开车送母亲回家。他们一起在阳台上抽烟。

"别站得离我这么近，"安德斯突然说，"别人可能会觉得我是弱智。"

这句话让她不寒而栗。类似的话他以前也说过一次，是他们一起走在街上的时候。他要她走在他后面几步的地方，这样大家就不会觉得他智力上有缺陷了。而沃斯图阿的主人到霍夫斯路的公寓里来签租赁合同的时候，他也要求她出去，这样那个人就不会觉得他是和母亲住在一起了。

他们抽完了烟。他没有留下来过夜。

类固醇吃完以后，他变得更加好斗了。如果有需要的话，他是很乐意再现这种状态的，因为它似乎能够非常有效地压制住恐惧。他问自己如何才能操纵自己的身体进入这种状态。"我不知道有没有可能在市场上买到专门的'好斗'药片。这种药片在一些特别挑选出来的军事行动当中多半会极其有用，尤其是跟类固醇还有ECA混合物[1]一起吃的时候……！在两个小时的时间里，它会把你变成一支超乎常人的一人大军！"他写道。

第二天，他把派力肯安全箱挖了出来，之前他把箱子埋在森林里一个蚊虫泛滥、没人会想多待的地方。他把装满武器的车沿着车道开回了沃斯图阿，还跟刚刚开始收割猫尾草和丁香的那位邻居挥了挥手。

接下来的几天，他准备好了自己的装备。他用弹头灌了铅的子弹取代了弹头空心的那种——"为了让害人虫们遭到最为严重的伤害，这是最适合的东西"，因为不灌铅的弹头有时不会像预期的那样膨胀开来。他还整理了一箱要穿的衣服。之前他从一家运动服饰供应商那里弄到了一件长袖紧身衣，还在上面绣了一枚警徽。这件黑色上衣上面有一些黄

1　ECA混合物（ECA Stack），麻黄碱（Ephedrine），咖啡因（Caffeine）和阿司匹林（Aspirin）的首字母缩写，可用作兴奋剂和减肥药。

色的针脚，不过他用一支黑色的水笔把它们都盖上了。他发觉自己已经在箱子里装了一大堆康力龙，人称俄国人的类固醇。很好，这就意味着他手上有的比预想的要多。箱子里还有一些ECA，一种麻黄碱、咖啡因和阿司匹林的混合物。"我发觉要是我带着所有这些装备遭到逮捕，想要解释拿这些东西打算做什么用的时候会极其困难……"

他准备好一包包的硝酸铵和铝粉，把它们从蜘蛛地窖移到了谷仓的工作台上。他感觉有什么东西弄得他的鼻子痒痒的，发现面罩里有一只黑色大蜘蛛，惊得大喊了起来。通常他都会非常仔细，看清楚手套，衣服和面具里面没有小爬虫，然而这只蜘蛛却神不知鬼不觉地溜了进来。

屋外，那位邻居还在干活。他曾经说过割丁香要花六个小时，可是迄今为止他已经花了三天了。这耽误了农场的进度。现在布雷维克得要混入铝粉当中的硝基甲烷极易爆炸，他可不想在室内操作。这个讨厌的邻居什么时候能干完啊？

"你要来必须先打电话。"某天发现邻居站在院子里的时候，布雷维克嚷道。

"如果我要照看你的地就不能这样。"邻居生气地回嘴。在乡村里，你就是顺道过来一下。要是看见邻居在家，那就告诉他自己有什么事。

这个城里的小伙子在他离开之后总会锁上门。他一直拉着窗帘。

第一枚肥料炸弹[1]是威斯康星大学的学生们在一九七○年做出来的，为了抗议学校在越南战争期间与当局合作。一名物理研究员被炸死了。后来，爱尔兰共和军、"埃塔"和"基地"组织所依据的都是同样的操作说明。一九九五年的蒂莫西·麦克维也是，当时他在俄克拉何马城炸

1　肥料炸弹（ANFO Bomb），以硝酸铵和燃油为主要原料的炸弹。其中AN指硝酸铵（NH_4NO_3），FO指燃油（Fuel Oil）。

死了一百六十八个人。

所有这些安德斯都研究过了。

现在需要做的就是把硝酸铵——人工化肥——和铝粉混合起来，这会加剧爆炸的威力。混合工作产生了一大堆粉尘。他全身上下都盖满了铝粉，走到哪儿铝粉就跟着散到哪儿。他有一套特殊的衣服和鞋子在谷仓里穿。虽然从一个出售多余存货的英国数学教授那里买下了一件防护服，他却很难强迫自己去穿；努力工作的时候他身上真是又热又黏。有一天，安德斯整整工作了六个小时，刚刚进屋要弄点东西吃的时候，邻居又出现在了院子里。布雷维克的脸上盖满了闪闪发光的铝粉，头发上都是灰色的条纹。他匆匆跑到水槽边把脸冲干净，但已经没时间弄头发了。

"如果你想的话，我很乐意把石头从你的田里清走，这样你就可以开始种你的蔬菜了。"邻居站在门前提议说。他还主动表示要把化肥施到地里，这样土地就万事俱备能够耕种了。他可以雇几个人，一个星期之内就让他们把活干完。布雷维克已经把化肥都买来了，不是吗？

"我改变计划了。"布雷维克生硬地回答，把邻居打发走了。那天晚上稍晚的时候，他正在看另一集《真爱如血》，一辆载着四个人的车开进了院子里。

那个邻居一定是意识到了他用化肥想干什么，给他们通风报信了！

只不过是四个波兰人在找活干。

事实上，他是很乐意让波兰人帮他把化肥和铝粉混在一起的；这是非常费力的工作。两个小时才一小袋！他考虑过用那台他买来的二手电动水泥搅拌机，却担心搅拌动作的摩擦，以及与金属的接触可能会让搅拌机短路。在最坏的情况下，短路会产生火花，火花可能导致引爆。然而尽管如此，手工混合也太花时间了，他只能冒险。假如要完成行动，他就至少得把混合所需的时间缩短一半。"无论如何；别让我死在今天……"他在日志里写着。

结果搅拌机运转起来一点问题也没有。像往常一样，自己对于安全太过担心了，他断定。然而搅拌机的效率并不是特别高。混合物里有许多结块，还是只能用手处理，不过这下他能够以九十分钟一袋的速度进行了，而目标则是把时间缩短到六十分钟。即便如此，对一个人而言这仍旧是艰苦的工作，他也开始明白为什么蒂莫西·麦克维只做了一个六百公斤的炸弹。他一定是遇到了同样的问题，吃过了苦头才学到了教训。但沃斯图阿的租户还是觉得过去的一个星期里自己的节奏慢了下来，下定决心加快速度。

到现在他已经在农场住了七十天。六月一日他从安飞士租了一辆货车出门购物，并在日志里为此道了歉。

"考虑到目前我正在从事一项最为可怕的任务，今天我买了许多精美的食物和糖果。"他必须休息充电，提振士气，随后再接着去做每天早晨繁重的混合工作。"可口的食物和糖果是我奖励体系当中最为重要的部分，让我能够坚持下去。事实证明到目前为止都很有效。"每次他特别害怕一项任务，无论是极其辛苦的劳动，还是某些有伤亡风险的事情，他就会一口气喝下一罐红牛，一杯增肌补充奶昔[1]或是一份ECA混合物来应付，让自己投入到工作中去。

混合铝粉、微型球和化肥是迄今为止最艰难的活。粉尘甚至粘到了他的面罩里面，因为他的过滤器已经用完了。一旦开始，他甚至连抽支烟休息一下都不行。"我成了名副其实的铁皮人，全身上下都是一层铝灰。"

接近七月中旬的时候，他开始觉得恶心和头晕，他担心可能是柴油中毒的结果。他的工作服吸收了很多柴油。这种中毒并不致命，但会在

---

1 增肌补充奶昔（Noxplode Shake），包含咖啡因、肌酸及精氨酸等成分。

一段时间内让人身体虚弱，而且可能会导致肾衰竭。为了抗衡过去几个月以来所摄入的所有这些垃圾，他吃维生素和矿物质药片，还有一种据说能够强健肝脏和肾脏的草药营养品。他觉得每况愈下，便决定在混合最后四包粉末的时候穿上那套防护服。他一开始就应该穿的，因为结果证明衣服非常管用，只是等到他干完的时候，T恤和短裤都已经被汗水湿透了。

每天他都吃下一剂类固醇，喝四杯蛋白质奶昔，尽可能地增长肌肉。拥有身体上的优势是非常重要的。

七月十五日星期五，他去了里那，搭火车去奥斯陆，到那里去取他订好的租赁车。站台上有几个人在等三点零三分去哈马尔的火车，要去首都的话必须在那里换车。一个上了年纪的男人，要去埃尔沃吕姆拿一台送修的电脑，正一个人立在站台上。

安德斯走到他面前，问他列车会不会准点开来。他告诉这个人自己在附近经营一家农场。火车来了。安德斯上了车，老人在他之后也上了车。在他经过的时候，这个年轻人跟他打了招呼，请他坐在自己身边。

安德斯直奔主题。

"伊斯兰正在占领欧洲。"他说。

老人饶有兴趣地听着。这个男孩很聪明，也读了很多书，他心想，尽管两人在阅读材料的志趣方面显然大不相同。他指出，十字军东征期间，也有大批伊斯兰教徒以宗教的名义遭到屠杀。他算是个政治上的老手了，他说，还把参加第一次反对越战示威游行的事情告诉了这个年轻人，那是一九六四年在洛杉矶的事。

"这么说你一定是个共产主义者！"安德斯大声喊道。他自己是个基督教徒，他说。

那个人回答说一个人应该以耶稣为榜样，去爱他的邻人。布雷维克开始含糊其词。他对耶稣、爱、关怀以及诸如此类的东西不感兴趣，他说。

"我在二十八岁之前就挣了两千六百万克朗。"他说道，如今则正在用这些钱在幕后支持那些会把伊斯兰教徒从挪威撵出去的人。

火车驶近埃尔沃吕姆站的时候，老人站起身来准备下车，可安德斯却一把抓住他，把他按住。那个人试图挣脱，却无济于事，火车驶离了站台。

检票员来了，安德斯松开了手。老人急急忙忙抓起外套和提包，跟在检票员身后。他只是对检票员说自己本想在埃尔沃吕姆站下车，却没下去。他可以在雷登站下车，再坐火车回到埃尔沃吕姆去，检票员告诉他。老人走到出口，旅途剩下的时间里都站在门边，确保能及时下车。他就要下车的时候，那个年轻人把一张小纸片递了过来。上面写着一个姓名，一个邮件地址和一个电话号码。

回去的火车还要几个小时才到，于是老人最后坐了一辆出租车到埃尔沃吕姆去。在那儿，他对朋友们说起"那个白痴"，他是这么叫他的。"有什么东西正在从里到外把他烧成灰烬，"他说，"我真不敢相信他还在外面到处乱跑。"这个年轻人身上确实有某种东西让他很难忘记；老人寻思着他是不是需要找人谈谈，便拨通了那个号码。一个小女孩接了电话。他道了歉，又试了一次。又是同一个小女孩接的。哦好吧。号码不对。其实安德斯写下的确实是他的电话号码，可是那个人把零看成了六。他也从没试过用他写下的另外一个地址来联系他：anders.behring@hotmail.com。

当天夜里稍晚一些的时候，安德斯开着他租来的车从奥斯陆回来了。他拿了一只专门用来去除经销商标签的钻头，把所有的安飞士标识从车身外壳上去掉，又用丙酮擦了擦黏糊糊的地方。租车公司的标识还有一个模糊的轮廓，但也只能这样了。他开始计算炸弹的重量，以及货车能不能拉得动。大众克拉夫特车型的载重量是一千三百四十公斤，现在他有九百公斤的化肥加上五十公斤的内部填装药。他估计自己的体重是一百三十公斤，包括武器、弹药和防弹衣。他还打算带上一辆小摩托车，大约有八十公斤重。这也就是说他还有一百公斤左右的回旋余地。

七月十八日，星期一晚上：他把最后一批苦味酸和DDNP取出了烤箱。炸弹做好了。他把爆炸物装进买来的结实的口袋里，内部填装药则放在两个塑料袋子里。天黑之后，他把它们搬上了货车。他剪开一个床垫，用了其中三块来垫一个硬纸箱。他会把助爆药和雷管放在这只箱子里运输，和炸药分开。他装上那只放着步枪、手枪、猎枪和弹药的沉甸甸的箱子——总共有三千多颗子弹。等到觉得满意了，一切都装好了，都在它们该在的地方了，他就马上给两部车都加满了柴油。明天早上他会把所有的东西都紧紧地捆好。

他准备好出发了。

那天晚上他额外多吃了一剂类固醇。

不过现在他必须得睡上一会儿。他精疲力竭。"这一刻我应该觉得害怕的，可我太累了，没怎么去想它。"他在日志里写着。

我们梦想的一切

"你打包了吗?"

夜晚的太阳将一道道光芒洒在海雅路的客厅地板上。西蒙舒展开修长的身体,摇了摇头。通常,这块地板才是他把走的时候要带的东西摊出来的地方。最初他一个人出门都是去参加足球锦标赛和田径运动会。挪威杯[1]的赛事父母常常会陪着他一块儿去。父亲当教练,母亲作为联络人和所有小男孩的另外一个妈妈。托恩一直在帮儿子收拾行李,已经很长时间了,不过后来她决定这件事情他们应该一块儿做。西蒙会带着成堆的衣服出现,把它们摊在客厅的地板上;平角短裤一叠,毛衣另外放一叠,衬衣、长裤和袜子,各自单独摆在一起。随后托恩则会像个法官一样绕着这些不同的衣服堆转上一圈,批准或者驳回。西蒙一般都拿得太多;像他这么重视穿着的人,总是希望能有选择的余地。他经常在弟弟朝大门口走去的时候,用一句"你不会就穿成这样出去吧?"把他拦住,吩咐他重新上楼去换衣服。

这个夏末的夜晚,客厅的地板上空空如也。

西蒙差不多十九岁了,托恩自忖,而且过了夏天就要应征去服兵役,我不可能一直帮他整理东西。不久他就要离开安乐窝,去到外面的广大世界里。他必须学着自己一个人应付。

她和古纳尔在土耳其待了两个星期,刚刚回来。这是他们第一次不带孩子度假。

假期快结束前的一天晚上,两人在海边的一家餐厅吃了晚餐。

"我坐在这里就在想,"古纳尔说,"要是有人问我,人生当中有没有一件事情是我想要改变的，任何事情，我是一件也想不出来的。"

托恩摩挲着他的手臂笑了。"是啊，生活给了我们梦想的一切。"他们在一起已经三十多年，现在都快五十岁了。自从在那个漆黑的圣露西亚节之夜，在拉旺恩的舞池里相遇，他们就知道彼此是自己的一生挚爱。

两人坐在那里，手臂挽在一起。"如果说有那么一件小事可以改变的话，就在此时此刻，"托恩说，"那就是我们能带着儿子们一起来，他们现在就在这儿。"

他们笑了。古纳尔点了点头。

他们也给了孩子们享受阳光假期的机会，不过两个儿子都宁可打工。他们都在萨兰根区议会的技术服务部门找到了暑期工作。霍瓦尔的职责是修剪路边和停车场的青草和灌木，西蒙则是要让教堂的墓地保持干净整洁。各种零活和维修都要由他承担。"只不过有时候有一点尴尬，妈妈，"就在父母启程去土耳其之前，他说道，"在大家正在扫墓，希望没人打扰的时候，我还得推着那台闹哄哄的剪草机走来走去。"

一般他都会找点其他事情先干一会儿，避免这种尴尬的场面。他另外的工作之一是给新坟旁边的一间工具房刷油漆。油漆是红色的，他已经漆完了三面。第四面还没有时间弄，不过他从于特岛回来之后会去漆的。

这一整年他都有一份兼职，在《特罗姆斯人民报》当记者，夏天的任务比以往任何时候都多。"我觉得我的暑假工作是整个特罗姆斯最酷的！"报社派他去报道百万金鱼比赛，还能免费参加所有音乐会的那次，他在社交网络上写道。那天他还荣幸地迎来了巴尔迪的客人，他的朋友

---

1 挪威杯（Norway Cup），国际青少年足球锦标赛，自1972年起每年在奥斯陆举行。

安德斯·克里斯蒂安森跟着他一起到处采访。这天可以列入整个夏日里最美好的一天。安德斯前所未有的幽默风趣，启发大家给出有意思的答案。说不定他是想当个记者。

等到父母要从土耳其坐飞机回家的时候，西蒙又更新了他的社交网络状态："是时候抓紧时间忙活一下，保证爸爸妈妈回家的时候还能家庭和睦了。十四天独立生活可留下了不少痕迹。"

于是此刻新拖过的客厅地板空荡荡的。时间已近午夜，太阳活像个圆球，就挂在海平面上。托恩能听见西蒙在楼下翻箱倒柜，便下楼看看他到底在干什么。这孩子是时候上床睡觉了；明天他得早起去赶飞往奥斯陆的班机。

她走进房间的时候，西蒙刚好在拉行李箱的拉链，这是家里最大的一只行李箱。

"哦，你把所有的东西都装到箱子里了吗，西蒙？"

"嗯，这箱子很实用。帐篷、地垫和我的衣服都有地方放，都在同一个箱子里。"

"可它太大了；你绝对没法把它塞进帐篷里去的，不是吗？"

西蒙借了一只可以住两个人的小帐篷。他豪爽地耸耸肩说："船到桥头自然直。"

古纳尔也进来了，来祝儿子旅途愉快。他估计明天早晨母子俩出门的时候，自己应该还在睡觉。他瞥了一眼那只硕大的行李箱，摇了摇头。

他给了儿子一个晚安的拥抱，和几句建议的话。

"做你自己，捍卫你所相信的东西！"

这是短暂的一夜。

周二一大清早，托恩悄悄地爬下了床，古纳尔仍在酣睡。她寻思着自己要怎么把西蒙叫醒；昨天晚上，像往常一样，他们俩又聊天聊到很晚。

她打开咖啡机，拿了一点吃的出来准备好，随后走下楼去，穿过地下室的客厅，进了西蒙的房间。熹微的晨光透过蓝色的窗帘，还有窗帘上男孩拿着足球和滑板的图案照进来。床铺上面那颗发光的爱心，在夜里会闪着一丝绿莹莹的色彩，此刻，在清晨的阳光里，几乎完全和天花板融为了一体。

西蒙正仰天躺着，双臂直直地甩出来。呼吸深沉而均匀。

"西蒙，该起床了！"托恩喊道，"你有飞机要赶！"

一声咕哝也没有。

"西蒙！"

一声嘟囔也没有。

"西蒙！你要出发去于特岛了！"

托恩站在那儿，欣赏着身材高挑的大儿子那张平静的脸庞，决定自己倒不如躺到他身边去，用一种更加温柔的方式来叫醒他。"西蒙。"她开口，这次用的是耐心的轻声细语。她抚摸着他的肩膀和胸膛。这场景真让人想要就这么进入梦乡。

西蒙一直是个喜欢亲昵的孩子；从年纪很小的时候开始，他就很爱蜷缩在母亲身边，睡在她睡的地方。他可以在那儿躺上很久很久，既亲密又舒服。想想看，他现在还是愿意依偎在母亲怀里！

托恩让自己舒舒服服地躺到了儿子的手臂上。捏捏他的胸口，胸口上有那么几缕胸毛开始长了出来。他微微扭了一下，继续睡着。她躺在那儿打了一会儿盹，接着看了一眼手表，跳了起来。

"西蒙！"

她使出全身力气把他拉了起来。

他还在惯常的清晨恍惚之中；至少还要花上一个小时才能醒过来，

可他们没有这一小时的时间了。他拖着自己在床上坐了起来，她一边把衣服递过去，他一边穿上。他吃不下东西，不过托恩昨天晚上还是保证自己做的比萨有几片剩下的，把它们装进了行李箱外侧的口袋。

她不知道他是不是打包了所有需要的东西。这是第一次，他要去旅行，而她却不知道他究竟带了些什么。但现在没时间担心这个了。

十八岁的西蒙坐进了驾驶座。他很喜欢开车，不过这天早晨他开到第一个公交车站就停了下来。

"还是得你开，妈妈。我太累了。"

托恩笑了。西蒙打起了瞌睡，可随后又猛然惊醒。"我说过我答应要让玛丽·斯耶布劳滕搭车吗？"

托恩稍稍加快了车速。白桦林泛着微光，颜色浅浅的，非常漂亮。行程的前半段他们能见到峡湾的美景，之后，在接近巴尔迪的时候，则能一路望向特罗姆斯的群山。西蒙已经醒了，母子俩谈起了爱情。西蒙和他的女朋友刚刚决定分手，而托恩是他告诉的第一个人。他们两个已经渐渐疏远，而且夏天结束之后他就要动身去斯塔万格服兵役，而她则会在特罗姆瑟开始上教师培训课程。可究竟什么是爱情呢，说真的？

"嗯，该弄明白的时候你们两个都会弄明白的。"托恩温柔地说。

"我不知道服完兵役之后还要不要继续读书，妈妈。"他说。

"当然要，"托恩回答，"不过这不着急。事情一件一件地做：你还有整整一辈子要过呢。"

西蒙笑了。他对一切都充满了渴望：体验，冒险，爱情。

进入巴尔迪的时候，他们开过了安德斯·克里斯蒂安森家的绿房子，他的父亲正在给车道铺上全新的石板。克里斯蒂安森家的花园里有一座只有一个房间的小屋，安德斯小木屋。小屋里有一台电视机，一台立体声音响，还有几瓶龙舌兰酒，那是属于他自己的小型派对场所。安德斯和父亲一起把小屋造了起来，有很不错的地基和像模像样的隔热地板、墙壁和屋顶。母亲给小屋做了窗帘。花园里的小木屋会是一个能够让少年们不受打扰的地方。

沿着山脉再向北开一点，在被称为巴尔迪比弗利山庄的地方，托恩拐弯开进了玛丽·斯耶布劳滕的家。玛丽非常标致，一头金发，朝气蓬勃，她已经准备好了，正在等着他们。她大声跟母亲道别，跳进了后座。玛丽比西蒙小几岁，今年是于特岛特罗姆斯代表团的领队。

"唔，我和古纳尔·利纳克已经花了三天拼命安排各种事情，我觉得我们已经把各方面都照顾到了，所以现在我可以真正地期待一下啦！"

古纳尔，本地牧师的儿子，是特罗姆斯郡 AUF 的书记，就在玛丽家的隔壁长大。他是那个了解所有青年组织大体活动情况的人。他订好机票，安排好让特罗姆斯的青年们从三个不同的机场出发，巴尔迪福斯、哈尔斯塔和特罗姆瑟。报名者中所有不满十八岁的孩子，他都适时给他们的父母打了电话，确保让他们知道在于特岛上会做些什么。玛丽焦躁不安，而他倒是一直镇定自若。

"古纳尔先行一步，他已经在岛上了，"玛丽说，"不过汉娜正在机场等我们呢。"

汉娜是古纳尔的妹妹，从十几岁起就活跃在 AUF 当中了。

去机场的路上，在巴尔迪福斯军事基地，代表团的领队接到了托恩的指示。

"你能务必想办法让西蒙吃点早餐下肚吗？"

"他会吃到他的面包和巧克力酱的，说不定还会有一片腌黄瓜在上面。"玛丽笑了。她已经习惯了西蒙不记得吃饭。挑食也是。食物对他而言只是养料而已，不过就像汽车一样，他可不是吃什么都能跑起来的。去年在俄罗斯卡累利亚的夏令营里，他和安德斯还有来自巴尔迪的伊莉尔一起代表特罗姆斯参加，他们的伙食除了卷心菜汤还是卷心菜汤。后来西蒙有很长一段时间都不肯吃蔬菜。

"记住所有的电话都要接，西蒙。记住所有的短信都要回。不然我就不付你的电话费了。"

"遵命妈妈，不过我的电话一眨眼就没电了，基本上就是一直关着。"

托恩知道。这就是为什么她已经给他买了一部新的手机。不过这是一个秘密。这是为了他七月二十五日的十九岁生日买的，离现在只有一个星期了。她已经在冰箱里准备好了蛋糕。"西蒙的十九岁生日。"塑料袋的标签上写着，她会在生日当天加上糖霜和装饰。

他们到了。

母亲拥抱了西蒙。她在一边的脸颊上吻了一下，接着是另一边。这样另一边的脸颊就不会嫉妒了，大家总是这么说。

玛丽看着这两个人笑了起来。

"你想不想也来一个母亲的拥抱?"托恩问道。玛丽的两边侧脸也得到了属于各自的吻。

托恩站在那儿看着他们走远。上帝啊，我有一个多么英俊的儿子啊!

他最好的朋友带他去了日光浴床，因为他看上去总是那么苍白，现在的他变得黝黑健康。

和那些女孩子们在一起，他看起来是那么的快乐，母亲望着代表团在入口处集合的时候心想。飞机上似乎都是女孩子，这对他来说正合适，托恩暗自发笑。

他们登上舷梯的时候，云层裂开了一条缝隙，远处的山峰忽然亮了起来。

"我能看见太阳和蓝天，西蒙。"托恩给儿子发短信。

"不用老是提这个，妈妈。"

气象预报说南部天气恶劣，会下雨。

夏日高烧

这是那种要躺在家里，盖上一条温暖的毯子喝杯茶的天气。劳拉用百里香叶泡了一点茶，把它端给了巴诺。

"你感觉好点了吗？"她问道。

"可能好一点点了吧。"巴诺回答。

劳拉在姐姐身边堆满了葡萄、苹果、蜂蜜、热牛奶可可和鳕鱼肝油。母亲说百里香对嗓子好，现在她又照着做了。不过同时她也在努力用一块潮湿的毛巾让巴诺的脸、手和脚冷却下来。

前天晚上十一点劳拉打了电话给母亲，她跟着阿里还有穆斯塔法一起去了哥德堡的足球杯赛。父子俩在参加锦标赛的时候，她则在附近的布罗斯走亲戚。

"你有拉娜的电话号码吗？"劳拉问。

拉娜是巴彦的妹妹。她住在埃尔比勒，是一个医生，一个儿科专家。

"你有什么事要和她说？"巴彦问。

"你也知道巴诺和我明天就该去于特岛了，不过巴诺几乎发不出声音了，体温也降不下来。我能做些什么才能让她明天就好起来呢？"

"劳拉，库尔德斯坦已经过了半夜了，你不能现在打电话给拉娜！我明天就回家了。而且无论如何，你不许打电话给我妹妹，告诉她你们两个单独在家里！她会觉得我是个什么样的妈啊？我这就回家。"

"不，妈妈，你不一定要回来的。"

"非回来不可！"

巴彦对穆斯塔法说明天她要回家去，不管阿里的球队有没有晋级下一轮。他们俩从来都不习惯挪威那种轻松的心态。不亲自照看就会觉得焦虑，要是孩子们在外头没有接手机，他们总会担心是发生了最坏的事情。仲夏时节巴诺在家里发了高烧；一定是很严重的事。

巴诺对妹妹嘟囔着说。

"我觉得是真主不想让我去。"

"别瞎说。明天你当然会好转，好到可以去的！"劳拉反驳她。巴诺是那么期待于特岛之行。实际上两人前一年就想去了，可那时候她们得和全家一起去库尔德斯坦，那个地方她们每次只能待上两个星期就再也受不了了。所有那些限制、神情、规矩；不，她们更喜欢挪威的生活。

劳拉按摩着姐姐的双脚和脖子。她买了薯片和糖果，还努力用于特岛上会发生的各种激动人心的事情来引起她的兴趣。巴诺几乎站不起来，因此劳拉替她整理好了行装：暖和的衣服，一只睡袋，一张地垫。

她们在沙发上睡了过去，两个人都是。

"明天你一定会好起来，可以去的。"劳拉睡着前说。

星期三一早，巴彦就上了从哥德堡出发的火车。四个小时之后她从火车站坐电车到阿克尔码头，接着搭渡轮到内索登，再乘巴士到奥克斯瓦尔站下车回家，到了中午，她已经准备好接替护士的角色了。她回到家，发现家里一片狼藉。从她离开家到现在，玻璃杯一只也没洗过，盘子一只也没洗过，什么都没洗。巴诺光是生病就受够了，劳拉照顾她也受够了。

母亲到家的时候，劳拉正准备出门。

"明天你一定会好起来的，我有把握！"她对姐姐喊道，随后关上门，下楼去了公共汽车站。在奥斯陆，她会同从挪威全国各地乘飞机、轮船和火车前来的AUF成员们会合，再继续去往于特岛的旅程。

她大约在下午三点钟抵达了小岛，这就意味着她终究是不必在各式各样以移民融合，以及在罗弗敦岛上开采石油为主题的讨论会中间选择了，因为这些都已经结束了。现在唯一剩下的就是一场时装秀，主角是AUF的领导人埃斯基尔·佩德森和他的副手奥斯蒙德·奥克如斯特。他们俩会走上T台，展示AUF的全新服装系列，手感柔软的T恤、运动衫和长裤。跟着就是足球锦标赛开赛的时间了，在那之后，安排表里有个叫做速配的活动，然后是在咖啡馆举行的知识竞赛时间。深夜电影院将在午夜开映。

　　劳拉换好衣服，为阿克斯胡斯郡的比赛做好了准备。他们输了。

　　她才懒得去参加速配，于是便跑到帐篷里躺着，看那本《哭泣的橄榄树》。巴诺不在，她玩得并不高兴。常常都是这样。巴诺让一切看起来都那么有趣，有时候就算事情本身很没意思也一样。有多少次劳拉发现自己去做了一些什么，就因为巴诺说过它们太棒了或是好极了，可是到她自己尝试的时候，它们却又没什么特别的？

　　巴诺躺在父母的双人床上。她觉得很不舒服，耳朵疼，浑身上下一碰就疼。母亲给了她几片止痛药，拿来温热的毛巾捂在她疼痛的耳朵上。巴彦走出房间去厨房再泡一点茶的时候，听见客厅里传来哗啦一声。闹钟在地上摔了个粉碎。巴诺把它从卧室里扔出来了。

　　"滴滴答答的声音快把我逼疯了，妈妈。"

　　"没关系，巴诺。不要紧的。"

　　巴彦上床躺在女儿身边。所有的事情通通都不对劲。她生病了，她不在于特岛上，而且她考了两次驾驶证都没通过。

1　《哭泣的橄榄树》(*Mornings in Jenin*)，2010年出版的美国小说，描述1948年第一次中东战争之后巴勒斯坦的生活。

"啊，我已经花了那么多钱去考试了，而且我们变成鲁斯的时候我一定要拿到驾照。为了买货车我们已经存了八千克朗了。"

巴诺的生活总是匆匆忙忙。她想要拥有一切，立刻就要。第一次考试没通过的时候，她闯了一个红灯，第二次，她在环形路口转错方向。和穆斯塔法一起开车出门练习的时候，两个人到最后几乎总会吵架。最近一次开车的时候，她是要去图森弗瑞德游乐园上班，而之后穆斯塔法要带阿里和巴彦去哥德堡。巴诺像往常一样快来不及了，在文特布罗交叉路口之前的曲折路段，她发现自己正开在一辆货车后面。

"我要超上去！"

"你疯了吗？"父亲喊道，然后长篇大论地教训了她一顿，说她是个非常差劲的司机，她这么开车会让大家都没命的。

"你应该像我的驾驶教练一样，"巴诺说，"在我把车停下之前他从来不会发表意见。"

他们一到图森弗瑞德，她就飞奔着去换工作服，还欢快地喊道："别忘了带上限额的四升红酒回来，瑞典卖得便宜多啦！"

这会儿巴诺让母亲把她的笔记本电脑拿过来。她想给她看点东西。努力实现目标的时候，她的心情就好了。巴诺就是这样；高潮和低谷之间从来都相隔不远。她找到了自己要找的东西。

"妈妈，我们能去纽约吗？"

这是第一次，他们全家计划在秋天放假的时候出去旅行，父母在说着去西班牙或是希腊。而女儿们则更想去大城市里度假。

巴诺给母亲看了她找到的廉价机票，还有一间青年旅舍，"我们五个人住几乎不花什么钱。"

躺在那里，在自己生了病的女儿身边，巴彦心肠很软。

"好吧巴诺。我们去吧。我来出钱。"

巴诺抱了抱她。

"不过你和爸爸得要勒紧裤腰带，努力省一点钱，知道吗？"母亲说，"还有你们两姐妹洗澡不许洗那么久！"

巴诺躺在床上，在手提电脑前忙碌着，浏览那些向她介绍纽约的网站，自由女神像、中央公园，还有格林威治村里所有的时髦街巷。母亲想给她看几张亲戚的照片，是她在瑞典拍的。

"看看你的表姐妹们多可爱啊。几乎就跟你一样漂亮，巴诺！"母亲拿手指点着说，"然后这几个是她们的男朋友。"

巴诺伤心的表情又回来了。

"人人都有男朋友，除了我，"她抱怨说，"我从来没交过男朋友，我现在都十八岁了！"

"什么时候做什么事，巴诺，我保证你会找到的，当然会了，像你这么漂亮的姑娘！而且毕竟你还认识这么多人呢。"

"是啊，但是从来不认识男朋友。"

"唔，现在你要上高中的最后一年，然后你会去上大学，在大学里你肯定会遇上一个什么人的。我之前问起过的，你们班上那个很不错的男孩子怎么样了？"

"呃，别再提他了。"

巴诺把脑袋靠在父亲的枕头上。假期计划带给她的快乐似乎消失了，只剩下悲伤难过，她转向母亲。

"想想看，我可能这一辈子都不会有男朋友！"

"别胡说八道，巴诺！"

"妈妈，想想看，要是我死的时候是孤单一个人……"

———

也是在那个星期三，沃斯图阿农场的租户把他那辆装满炸药的大众克拉夫特开到了奥斯陆。他差点就因为疲劳晕了过去，最近他晚上睡得太少了。

冷静沉着，这样他就不会被拦下来检查了。冷静沉着，这样炸弹就会是安全的了。

他总共花了九个小时才在烤箱里烘干了最后几批苦味酸和DDNP。他还以为自己的速度会快得多，这下他的进度落后得更厉害了。

他还测试了引线。最有效的方法，他之前读到过，是把引线塞进一根细细的医用橡皮管里。作为最后准备工作的一部分，他要测试的引信有七十五厘米长。也就是说，七十五秒之后爆炸物才会引爆。结果引线两秒钟就烧到头了。"该死，谢天谢地我提前检查了。"他写道。两秒钟烧完没法给他提供足够的时间逃离爆炸现场。既然如此，那引线外面就不套管子了。

一进入奥斯陆市中心，他便把货车停到了奥尔森恩克园艺中心门口。他做了一个净水处理公司的标识，把它放在车前，这样别人就不会疑惑，甚至是举报车里传出来的难闻气味了。接着他请母亲出门去吃了晚餐，然后在"放屁室"里早早睡下了。

星期四早晨，他穿上浅黄褐色的夹克和黑色的长裤，然后乘火车回到里那。在里那他打了个电话给出租车公司，叫了一辆出租车送他回农场。

"是那个有大麻种植园的地方吗？"当天早晨接听电话的司机问。

布雷维克确认就是那里，在车里他问那个本地的司机，现在案子是不是都解决了。

"对，警察不会再到那儿去了。"这位里那的居民回答。

多年以前司机曾经去过那家农场，当时的主人还是从前那位；那时田里有奶牛，收拾得井井有条。把这位穿着入时、从城里来的观光客放下车的时候，农场变得那么破败、杂草丛生的样子，让他大吃一惊。

"嗯，欢迎来我们山谷。"他说完便开车走了。

我爱你

"我是很反对的，巴诺。"巴彦说。

"可是我一定得去看看岛上是什么样的！去年我们在库尔德斯坦，记得吗。大家都说岛上太酷了！"

星期四早晨醒来的时候，巴诺感觉好了一点。尽管她几乎发不出声音，也肯定没有彻底痊愈，却还是坚持要出门到岛上去。

"可是你生病了，应该待在家里。而且明天阿里和爸爸就回家了，这样就不会只有我陪你，让你觉得无聊了。要是阿里今天输了比赛，他们甚至今晚就可能回来了！然后我们就能开开心心、舒舒服服地一块儿待在家里，你也能真正好起来。"

"妈妈，我以前从来没去过于特岛，我非去不可！"

随后劳拉打来了电话。"约纳斯·加尔·斯特勒¹要来演讲，一定会很精彩的！外交事务！还会有一场关于以色列和巴勒斯坦的中东讨论会。你一定要来！"

"听起来棒极了！"巴诺大声喊道。她一边注视着母亲一边接着说："我已经好多了。今天就过来。"

母亲忧虑地望了她一眼。然而巴诺已经下定了决心。

"明天，妈妈，明天格罗会来！明天，妈妈，明天格罗会过来！想想看，能听到格罗的演讲哪！"

巴诺取来劳拉替她打包好的行李。正要出门的时候，母亲拿着在瑞典的亲戚们的照片走到她面前。"把它们带去于特岛吧，这样劳拉也能看看。"

"可是妈妈，我们星期天就回来了，"巴诺笑道，"劳拉可以到家之后再看啊。要是我把照片弄丢了，或者弄湿了怎么办？我现在得走了。得赶上十一点钟的那班船。我爱你，妈妈！我爱你，妈妈！"

"我爱你，巴诺。"母亲回答，然后吻了吻她。

报名参加夏令营的时候，巴诺自愿成了工作小组的一员。加入工作小组意味着能够得到免费的食物，也不用交营费。这会儿她却没想到问一下因为身体不太舒服，她能不能选择退出。她在码头上注册登记，随即登上了托尔比约恩号。

太阳终于露出脸来。巴诺穿着薄薄的长裤和一件无袖上衣。抵达小岛之后，协调员叫她下山到露天舞台那里搭几顶帐篷，为当晚"数据摇滚"乐队[2]的演唱会做好准备。

"哦不。"别人吩咐她把帐篷的支架举起来的时候，巴诺大叫。幸运的是，她发现了路过的劳拉。

"劳拉！"

妹妹走了过来。"劳拉，你能举着这个吗？"她问道，"我忘了刮腋毛了，行了吧！"

于是劳拉也被拉进了工作小组里。

帐篷一支起来，太阳就在最高的几棵大树后面消失了。天气开始变得阴冷。昨天下了一场雨，长满青草的地方还是湿的，蚊子大批出动。姐妹俩到帐篷里去拿驱蚊喷雾。

"该死！"巴诺嚷道，"我把钥匙弄丢了！"

1　约纳斯·加尔·斯特勒（Jonas Gahr Støre），挪威工党领袖之一，2005—2012年担任外交部长。

2　数据摇滚（Datarock），挪威电子摇滚乐团，2000年成立，团员都身着标志性的红色连身裤。

"你把帐篷锁上了？"劳拉难以置信地问。

"嗯是啊，我去霍维音乐节[1]的时候，帐篷里好多东西都被人偷走了。"

"可这里是AUF的营地！没人会在这儿偷东西的。"劳拉说。

巴诺去找能打开那把巨大挂锁的东西。最后她找到了一把锯子，可是锯子太钝了，于是她回到工具棚里，问了管理员，看看他有没有其他合适的工具。她指了指一台电锯。

"你打算用电锯让自己进到帐篷里去?"管理员笑着问。最后他找到一把锉刀，可以让她用来把锁打开。

"巴诺，巴诺!"就像劳拉前一天一个人躺在帐篷里的时候所想的一样：巴诺在的时候总有那么多事情发生。

劳拉没有派对的兴致。"数据摇滚"的演唱会结束后，她只想上床去睡觉，而巴诺和其他三个来自阿克斯胡斯代表团的女孩子则很想去唱卡拉OK。其中一个，十六岁的玛格丽特·博伊姆·柯乐文，是女子乐队"金头发和布朗尼"的贝斯手，乐队去年在青年歌唱大奖赛[2]上获得了冠军，她真的很会唱歌。你知道你爱我，我知道你在乎，随时喊一声，我就会出现……这会儿她们正在帐篷里练习贾斯汀·比伯的《宝贝》，好在卡拉OK里表演这首歌的四重唱。

卡拉OK机里一首贾斯汀·比伯的歌也没有，却有不少迈克尔·杰克逊的曲子，他是玛格丽特的最爱。她知道所有的歌词，假如带了吉他的话，她还能把曲子弹出来。巴诺用嘶哑的声音唱了和声。几个女孩咯

---

1 霍维音乐节（Hove Festival，挪威语Hovefestivalen），2007—2014年间在挪威南部特罗姆岛（Tromøy）上举行的音乐节。

2 青年歌唱大奖赛（Melodi Grand Prix Junior），挪威16岁以下青少年的电视音乐歌唱大赛。

咯笑着回到帐篷里多穿几件衣服；有一阵冷风正在吹着。她们的脑袋里仍旧装满了迈克尔·杰克逊。评价我之前，先努力爱我，啦啦啦……看看你的内心，问问你自己，你可曾见过我的童年？[1]

"你们听说过恋人小径吗？"巴诺兴奋地问其他几个女孩，"是一条贯穿全岛的小路，能看到有人互相摸来摸去。"

她被自己的提议逗得忍俊不禁。大家都窃笑了起来。这是她们第一次到于特岛上来。

"好了姑娘们，"巴诺说，"我们去恋人小径上散个步怎么样？"

安德斯·贝林·布雷维克锁上沃斯图阿那栋白色农舍的大门，驾车驶离。

在多宝的后备厢里，助爆药和雷管装在一块块床垫之间。雷管是极其不稳定的东西，不过盒子绑得非常结实。他先把引线放进一只薄薄的塑料容器，再装进宜家的马桶刷架里。运输这些东西的时候，避免摩擦和碰撞非常重要，否则这一整堆东西可能会引爆，把货车炸飞到天上去。

他的武器都装在派力肯安全箱里。他已经对它们做了改装，让它们看起来就是他想要的那个样子，步枪上安了刺刀，手枪上装了激光瞄准具。他拿了一把小刀，用古代北欧文字在上面刻下了它们的名字。他给手枪取了雷神之锤的名字姆乔尔尼尔[2]。雷神索尔想让姆乔尔尼尔去攻击

---

1 《童年》（*Childhood*）是迈克尔·杰克逊本人作词作曲的自传性歌曲，于1995年发行。

2 姆乔尔尼尔（Mjølnir），北欧神话中的雷神索尔之锤，最令人生畏的武器之一，能将高山夷为平地。古代北欧常有以其为形状的护身符。

什么，它都会命中目标，然后再回到雷神手中。奥丁的长矛冈格尼尔[1]，他用来为步枪命名的那件武器，也拥有着相同的力量。

他的武器，他的制服，他口袋里的圣殿骑士团硬币：他将它们改装、命名，把它们完全变成了他自己的东西。

时近傍晚，天上聚起了乌云，他把多宝停在上了锁的园艺中心门口他的那辆大众克拉夫特旁边，中心里种着夏令时节结了果子的灌木，玫瑰和多年生植物。后面则是通向南部海岸的铁道。马路的另一边是一栋高档合作公寓。树木在微风中轻轻颤动，预示着新一轮锋面正在抵达奥斯陆的途中。

他下了车，把货车锁好。他筋疲力尽，拖着双腿穿过西古尔德·伊福尔森斯大街，沿着哈尔比茨大道，走到霍夫斯路的路口。距离午夜还有一个小时。

他开门进屋的时候母亲还没有睡。两个人一起出去到阳台上抽烟。安德斯沉默地站着，吸着香烟，接着忽然看了母亲一眼。

"妈妈，别站得离我这么近。"

她站到了远处。

他上床睡觉。原本的计划是三点钟起床。假如要完成所有的任务，就非得这样不可。格罗·哈莱姆·布伦特兰上午十一点钟开始演讲。要确保能及时到那儿砍下她的脑袋，他就必须在黎明之前起来。

可他做不到。

他意识到这是行不通的。他就是非得睡一觉不可。假如他还想让自己能够完成这次行动，那就必须充分休息。这次行动需要他使出浑身解

1　冈格尼尔（Gungnir），北欧神话中主神奥丁的长矛，传说此矛天生神力，无论投掷者本人技术或力量如何，都能准确命中目标，随后再回到主人手中。奥丁会头戴金色头盔，身穿锁子甲，手擎此矛冲锋陷阵。

数：机警、耐力和专注。

他把闹钟设在七点到八点之间，在窗下狭窄的床上睡着了。屋外，白桦树叶沙沙作响。风越来越大了。

——

他们在小径上遇见的人并不多；这天晚上，大多数人似乎都更喜欢在露天的舞台上和一大群人待在一起，而不是进行浪漫的幽会。

他们前一年曾经见过。"来和西蒙打个招呼。"当时她的一个女朋友说。

真英俊啊，玛格丽特·罗斯巴赫心想。可过了一会儿又想，真可惜，他有女朋友了。

即便如此，他们还是在一起待了不少时间。之后则时不时地互相发短信。

今年，登上小岛岸边的时候，西蒙给她发了一条短信："我到了。"她没有立刻回复，于是他又写："你也来了吗?"

此刻他们正在恋人小径上四处游荡。西蒙一只手上拿着鼻烟罐。在玛格丽特这一侧的手则是空着的。

西蒙来自萨兰根，玛格丽特则来自斯塔万格。她长着柔软的长发，发 r 的时候带着颤音。春天的全国青年代表大会上，他还曾经想要吻她。不过不行，那时候不行，那时候他们都有别人。

西蒙又往嘴唇里面放了一小团鼻烟[1]。秋天他就要到斯塔万格之外的马德拉兵营服兵役，离玛格丽特住的地方很近。

---

1 北欧更流行所谓"湿鼻烟"，质地类似泥土，捏成金字塔状，放到嘴唇中间或牙齿外面，轻轻含住，用嘴吸气，尼古丁便会进入体内，吸到没有气味时再吐出。

287

多么美好的一个夜晚啊！

他们并肩站着听了"数据摇滚"的演唱会。他把她抱到了舞台上。他们载歌载舞。

七月的夜晚渐渐暗了下来。真是让人着魔，几乎有点阴森吓人，玛格丽特心想。演唱会后他们想要绕着小岛走上一圈。走到半路，两人来到水边，坐在纳肯角那几块凸出的岩石上面。她借了他的毛衣。午夜来了又去，接着是一点，两点。

一阵轻响穿过树林。最先落下的雨滴淋湿了裸露在尖角处的石块。他们把衣服在身上裹得更紧了一些，走回到恋人小径上。

一张破烂的铁丝网顺着小径延伸。他们能从这里望见身下暗色的蒂里湖。

"背我一下！"西蒙在通往营地的上坡路上说，"我累垮了！"

她笑了出来。不过也的确背着他上了最后的一段陡坡。然后在北方代表团的大本营把他放了下来，就在营地的最高处。

一个亲吻。晚安。她爬进罗加兰郡的营地，她自己的那顶帐篷里，梅兰妮，那个和她同住一个帐篷的女孩，早就已经睡着了。西蒙也爬回了自己的帐篷。

特罗姆斯的营地还没有安静下来。维利亚尔正在一个帐篷里讲故事。和往常一样，他才懒得随身带上睡袋或是帐篷。总是到了目的地才去解决各种问题。他的弟弟托尔热正躺在另一顶帐篷里，和他最好的朋友，同样来自斯瓦尔巴的约翰内斯一起，听着金属乐队[1]的歌。这两个十四岁的孩子已经决定今晚要通宵不睡。他们唱歌的声音透过帆布也能听见。永远相信我们自己，其他什么都不重要！其他什么都不重要！

1　金属乐队（Metallica），美国重金属乐队。下文的歌曲是乐队1992年发行的《其他什么都不重要》（*Nothing Else Matters*）。

从玛丽·斯耶布劳滕的帐篷里传出了笑声，而今晚负责管理营地的安德斯·克里斯蒂安森则在努力让所有人安静下来。

可是并不成功。毕竟这里是于特岛。

随着夜晚慢慢过去，雨开始下大了。恋人小径上空无一人。大家都在躲避这场倾盆大雨。

沉重的雨滴打在帐篷的帆布上。水从拉链和通风口漏进来，透过浸湿了的防潮布和地垫，渗进那些像潮湿的包装纸一样紧贴着年轻身躯的睡袋里。

来自同一团云朵的雨水也在园艺中心的木兰花和尚未成熟的李子顶上倾泻而下。在门外停着的两辆货车顶上滴滴答答。

在车里，化肥、柴油和铝粉的混合物却非常干燥，准备就绪。引线正窝在柔软的床垫里。

星期五

"挪威反共产主义抵抗运动"的指挥官穿上了一件棕色的拉夫·劳伦马球衫。在外面套上一件鳄鱼牌条纹毛衣，颜色是柔和的泥土色，接着他换上黑色的长裤和彪马运动鞋。在厨房里做了三个奶酪火腿三明治。吃了其中的一个，把另外两个装进了袋子里。

回到房间里，他拿出挪威电信公司的盒子，里面有一台全新的调制解调器。他买了能够买到的速度最快的型号。不过安装要花些时间。首先他得登上邮箱，点击鼠标经过各种步骤，然后重新启动机器。八点半，他从behbreiv@online.no给自己发了一封邮件，标题行写着第一次测试。你好，谨致问候，AB。

调制解调器装好了。

他打算把那部用网上找来的各种片段和短片汇编而成的电影发出去，还有那份至关重要的《2083》，欧洲独立宣言。他已经往电脑里输了八千个电邮地址。唯一要做的就是按下发送键。不过现在他们还不能收到邮件。在他出发之前，谁也不能打开这份文件。

"我要去一下电脑商店，"准备好之后，他对母亲说，"我要买点备用的配件。"

这便是他的告别。

母亲说她也要出门。要坐电车去市中心。

"你会在这儿和我一块吃晚饭吗？"她问。

"好啊。"他回答。他告诉过她自己会待到星期天再走。

她打算做意式肉酱面，因为安德斯一直很喜欢吃这个。然后，晚上再晚一点的时候，说不定他们还能吃点美味的小零食，比如大虾配白面包。

门外几乎一个人影也没有。正下着雨，天空灰蒙蒙的。园艺中心刚刚开门，门前只停着几辆车。他发动了多宝，把硬纸箱里的床垫推到一边，取出引线。然后爬进克拉夫特的后座，把引线装到了炸药上。他已经用一把角向磨光机¹钻了一个从驾驶室通到后备厢的洞，这样他不用从货车上下来就能开始引爆了。引线用透明胶带固定，从驾驶室向后延伸，这样它就不会自己绕在一起着火，而是会一路烧到火药里面去。

他让克拉夫特和里面的炸弹停在园艺中心门口，中心正在给特价销售的金钟柏树篱做广告。他锁上车，又上了多宝，车上装着他的派力肯箱，里面是他所有的装备：手铐、塑料的约束带手铐、一个水瓶、他的步枪、猎枪和子弹。他驶过寂静无人的街道，向市中心开去。他把车停在哈姆士博格广场，就在政府区北面。他确保自己在停车收费器里放足了钱，停车票也能在车前的挡风玻璃上让人清清楚楚地看见。接着他迅速转弯，穿过政府区，检查确认附近并没有安置新的路障。他的手臂底下夹着一只黑色的皮革公文包。他正在努力和周围的环境融合在一起，在这座官僚主义的堡垒里。所有的道路都像从前一样开放，可以自由出入。他从大广场的花贩身边经过，匆匆向大教堂走去，在大教堂门前叫了一辆出租车。

"在政府办公室里工作的人，假期的时候一般几点钟走呢？"他问。

"最早的那批大概两点钟回家。"出租车司机，一个四十多岁的巴基斯坦人回答。

"在奥斯陆，你觉得哪栋建筑物最有政治意义？"乘客继续发问。司

1　角向磨光机，利用高速旋转的薄片及橡胶砂轮等对金属构件进行磨削、切削、除锈、磨光加工的工具。

机正在思考的时候，这个人又问了一个问题。

"你觉得从斯古耶恩到哈姆士博格广场的最佳路线是哪条？"

等他回到霍夫斯路的家里，已经十二点半了。

十二点四十分，格罗·哈莱姆·布伦特兰走下了大会议厅的舞台。有关女性权力斗争的主题让她越讲越激动，讲完之后浑身发热，满脸通红。她上一次访问于特岛已经是很多年前的事了，她还是个小女孩的时候就来过这座小岛，当时二战刚刚结束。那一次，七岁的她晚上从房间里溜了出来，走到大人们围坐着的篝火旁边。父亲假装没看见她，而她则留在那里，听着工人运动的歌曲，听着欢声和笑语。这一次，她则说起了自己的政治生涯，以及自她二十世纪三十年代末出生至今，所经历的一切变化。这些变化的取得并非没有牺牲，解放运动也付出了巨大的代价，女性坚守阵地，遭到嘲笑和排挤。平等是一种必须日日为之奋斗才能取得的东西，无论是在全球范围内还是在日常生活中。格罗告诫AUF的年轻姑娘们，要对女权运动遭遇抵制反扑的可能性保持警惕。

巴诺和劳拉赤着脚，和成百上千个青年一起坐在潮湿阴冷的大厅里听着。平等是她们最为关心的话题之一。她们尤其渴望让移民女孩彻底成为社会的一分子。两姐妹对于强加在女性身上的限制也有着属于自己的、非常切身的体验。在度假的时候，她们遭遇了着装、行为和行动自由上的约束。她们赞成对于平等的斗争不应该仅限于挪威境内。

午餐时间到了。午餐之后，格罗会同几个即将在两个月后的本地议会选举中作为候选人的女孩见面。阿克斯胡斯是被选中的几个郡之一，而巴诺则在内索登的候选人名单上！

"怎么才能让大家听到我们的声音呢？"她问道。

"做你自己！"格罗说，"不然你们任何一个人说话都不会有人听，更不用说有人相信了。这是最重要的事情。不做自己的话，是根本没法长期坚持的。"

格罗穿着洁白的裤子和崭新的白色运动鞋，伴着她在于特岛上所经历过的最糟糕的天气，从托尔比约恩号上走到岸边，码头上来迎接的人群中，有人断定那样的鞋子是没法撑过今天的。他向这位退休的医生询问她的鞋码。

接着喊声响了起来："找一双38码的橡胶靴来！"

"她可以穿我的。"一个沙哑的声音从一顶帐篷里传出来。那是巴诺，她立刻脱下了自己的绿色靴子，换上了鲜艳的粉色拖鞋。

她打电话回家说："妈妈！格罗穿着我的威灵顿哪！"

雨靴让格罗的双脚保持干燥。而与此同时，于特岛上的年轻人们却被淋得越来越湿。餐厅大楼[1]底下的营地变成了一片泥沼，没有几个帐篷能顶得住透过帆布强行进入的雨水，雨水滴在背包上、睡袋上，还有替换的衣服上。足球场上，排球网边，草地不再是绿色，而是被踩进来的土壤和烂泥染成了脏兮兮的棕色。足球锦标赛不得不延期，因为场地条件不合适。大家穿着自己最后一套没有湿掉的衣服来听格罗的演讲。到最后大厅变得实在闷热难当，让人汗流浃背，大家只能迎着户外的风雨打开了窗户。

与前任首相会面之后，巴诺又给母亲打了电话。

"我跟格罗说话了，妈妈，我跟一个活着的传奇说话了！"

"可是巴诺，你几乎都发不出声音啊！"

"没关系，这里太好玩了。"巴诺大叫着回答。

---

1 于特岛主要由森林及开阔地构成，东侧为渡船停靠的码头。岛上的永久性建筑中，主楼、粮仓与谷仓均在码头附近，主要的营地、餐厅及厕所位于山坡之上，校舍则在更靠南侧的位置。

"尽量别让你的病再加重了。一定要穿得暖和一点，"母亲请求说，"还有，让格罗在你的靴子上签个名！"

一名随同格罗一起来到于特岛的电视台记者问AUF的女孩子们，格罗对于她们意味着什么。

"她是最棒的。"巴诺穿着粉红色的橡胶拖鞋，站在雨里回答。

"比延斯·斯托尔滕贝格还要棒？"

巴诺想了想。

"嗯，假如这是摇滚音乐节，而他们两个是乐队的话，格罗的名字会是节目单上的第一个，延斯就在她下面。"她哑哑地笑着说。

我确信这会是我的最后一条记录。现在是七月二十二日星期五，12点51**分。**

诚挚问候，

安德斯·布雷维克，圣殿骑士团审判骑士长。

搭出租车回家之后，他回到"放屁室"里，打算把他的电影和宣言发出去。不过电脑却一直卡住。接着，在他成功发出任何东西之前，就彻底停止了工作。最终文件开始动了，进度条缓缓地向前挪着。看起来至少有一些人是收到了，然而后来电脑又卡住了，他只能重启。

惊慌失措的感觉传遍他的全身。这么多年的筹划安排，现在却出了问题！

他死死盯着屏幕。

终于电脑又转了起来，继续发送。

他的邮件抬头是"西方爱国者"。然后他把自己的作品介绍成一系列"意识形态上、实际操作上、战术上、组织上和修辞上的先进解决方案和策略"。

这部作品我不求任何回报，因为这是我，作为一名和你们一样的爱国者，送给你们的一份礼物。事实上，我只请求你们帮我一个忙：我请求你们把这本书分发给你们所认识的每一个人。请不要觉得这件事情自会有其他人来做。抱歉我说得那么直接，但那样是行不通的。要是我们，西欧的抵抗力量，失败了，或是变得无动于衷了，那么西欧就会陷落，你们的自由也将随之沦陷……

他看了看时间。

那封标题栏上写着西欧伊斯兰化及欧洲抵抗运动现状的邮件，想必至少已经发到一部分电邮地址里去了吧？所有的公务人员很快就要离开政府区了。

他原本计划在宣言发出之后销毁硬盘的，不过现在只能不去管电脑，让它自己继续工作了。

他准备离开房间。电脑，两只保险箱，墙上的科德洛克，浅蓝色的衣橱，单人床。三点差一刻的时候，他走出自己的房间，向左转，打开大门，又砰的一声随手关上了。

在"放屁室"里，电脑和调制解调器还在嗡嗡作响。宣言发到一千个电邮地址的时候，一切都停了下来。挪威电信的垃圾邮件过滤器检测出每天所能发送的消息数量已经到达了上限。

电脑屏幕上，网页浏览器打开了一个窗口。上面显示的是当天AUF在于特岛上的活动安排。

他走到交叉路口，向前经过一家电厂陈旧的工业厂房，经过裸女双臂伸向天空的青铜雕像。他在去往园艺中心的惯常路线上快步走着。没有遇见认识的人。

他开动货车，爬进后备厢。里面放着结实的塑料袋，炸药就装在袋子里。他在炸弹旁边换衣服。脱下拉夫·劳伦、鳄鱼和彪马。把黑色紧身衣套过头顶。把塑料警徽别到袖子上，扣好防弹背心。穿上带反光条的黑色长裤，把手枪套绑到大腿上。换上后跟装着靴刺的厚重黑靴子。

打开货车车门下来之前，他仔细查看四周。这是岌岌可危的时刻。要是有人看见他穿着全套警服从货车的后备厢里出来，说不定会起疑心的。不过他什么人也没看见。七月这个寒冷又阴沉的星期五，斯古耶恩似乎空无一人；附近的人们大多都出门去了消夏别墅或是度假小屋。他关上后门，绕过货车的一侧，爬进了驾驶座。

与此同时，格罗正在托尔比约恩号的船舱里就座，准备离开小岛。身边坐着她的孙女朱莉，她已经去世的儿子约根的女儿。朱莉在 AUF 当中非常活跃，她本打算在格罗演讲之后继续留在岛上，不过由于天气变得越发潮湿阴沉，便决定和祖母一道回家。与两人同行的是议员哈迪达·塔吉克，这位年轻的巴基斯坦裔女性曾经给巴诺上过一堂修辞课。她是过来听格罗演讲的，又在恶劣的天气里和她一同返回。

格罗离开了小岛。挪威女权主义革命的象征在大陆的码头边下了船，她的车正在那儿等着。

安德斯·贝林·布雷维克走了他当天早些时候走过的同一条路。通往 E18 的路上堵起了车。一台拖拉机在通往维京海盗船博物馆的匝道出口冲出了道路，部分路段被封锁了，还有两名穿着制服的警官到场。

他直直地看着前面。想想看，要是他们见到穿着警服的自己正开着一辆灰色的货车该怎么办！他们会把他拦下来，接着注意到他的假警徽。然后这一切还没开始就会全部结束了。

然而并没有。

他开过了路障。

一切继续。

在市中心，他拐进了格鲁伯加塔大街，这是一条单行道，两侧都是政府大厦。当局七年前就决定封闭这条马路了。然而这条措施在官僚主义的政府里转了一轮又一轮，到现在还没执行。三点一刻，他在渔业与海岸事务部门外停了下来。下了车，把蓝色的警灯放到货车顶上。再重新爬回车里；他害怕极了。

他可以就这么算了的。就这么开过去。

他发动货车。冷静地朝塔楼驶去。

根据他的计算，引线要花六分钟才能引爆炸弹。逃走的时间很充裕，但也有时间让人把引线剪断，阻止爆炸。他应该马上就把引线点着，在离大楼还有几百米的时候就点着吗？他无法决定。紧接着目的地就到了。

路上并无关卡，货车可以直接开到司法部和首相府所在的大楼跟前。一块禁止进入的标志牌挂在两根廊柱之间的链条上，不过周围有的是地方可以绕着开。

朝接待区开去的时候，他发现有两辆汽车挡住了最理想的停车地点。为了让同一个方向上的爆炸压力波增加到最大限度，他在制作这个九百五十公斤的炸弹的时候，往弹体的一侧填进了比另一侧多几百公斤的炸药。那两辆汽车逼得他只能把车反过来停。爆炸的威力就会从大楼向外喷射，而不是涌向大楼内部了。

他的目标是要让大楼坍塌。他计算过，假如能成功地摧毁支撑着大楼的第一排立柱，那么整栋建筑就会倒下。位于顶层的首相办公室，连同下面所有的一切。

他就停在接待区外，离大楼很近。恐惧开始将他攫住。他的双手正在颤抖。为了克制住胆怯，让自己冷静下来，他把注意力集中到了那个计划上，那个他早就在脑中演练过几百次的计划。他已经在想象中一遍又一遍地目睹了一连串的事件次第展开。如今他必须依赖自己的训练成果，按计划行事。

他拿出打火机。双手仍旧哆嗦着。坐在方向盘前，转过身，向后伸出手去，点燃了透过他打的洞从后备厢里伸出来的引线。

引信立刻就点着了，迸出点点火星。噼噼啪啪地朝着几袋化肥燃烧过去。

这下没有退路了。

他已经做好了点燃引信的瞬间就被炸死的准备。硝酸铵燃油的蒸汽可能会从洞里漏出来，让货车爆炸。没有爆炸倒令他稍稍有些不知所措，他抓起钥匙下了车，把手机留在了仪表板上。他把车锁好，环顾四周。策划行动的时候，他曾经想象会有全副武装的特工朝着他飞奔过来，而他只好把他们都杀了。然而并没有人来。不过他还是解开了大腿上的手枪套，拿出姆乔尔尼尔，把枪握在右手上，穿过了马路。

*

地下室的下层，塔楼下面两层，是安保控制中心的所在地。在那里，几名保安通过多块屏幕监视着政府区。保安并没有注意到停在出口边上的货车。

布雷维克点燃引信后过了几分钟，塔楼的一位接待员告诉他们，门外有一辆货车停在了不该停的地方。其中一名保安把相应摄像头的带子往前倒了一点，按下了播放键。他注视着一辆货车缓缓开来的画面。看见一个穿着制服的男人，估计是警卫之类的，离开货车，从屏幕上消失了。

违章停车他们已经习惯了。送货的车辆经常停在不该停的地方，那些匆匆赶来办点小事的人们也是。按照规定，接待处的停车区域只能供接送首相和部长的政府车辆使用。但这条规定并未得到执行。

在摄像头之外，道路施工让那个穿着制服的人不得不穿过马路，走到对面的人行道上。在那儿他碰见了一个捧着一束红玫瑰的年轻男人。男人奇怪地看了这位警官一眼，那把手枪引起了他的注意。

布雷维克迅速斟酌了一下面前的这个人是不是一个他必须打死的特工。他断定这个人是平民，饶了他的命。

他们擦身而过，随后各自转过身来回头张望，四目相对。两人都继续往前走去，又都再一次转回身来。此时布雷维克已经拉下了面罩。

拿着玫瑰的男人走得很慢，几乎停了下来。看见一个荷枪实弹的警察上了一辆货车让他大吃一惊。逆向行驶开上莫勒尔大街也相当奇怪。事实上，这实在是太反常了，以至于他拿出手机，输入了货车的车型和车牌号码——菲亚特多宝 VH24605——然后才继续往前走。

在地下的安保控制中心，值班的官员正在努力用摄像头找出司机的位置。看上去他是朝着教育部的方向走了。可是那里的摄像头什么信息也没有透露。保安把注意力转回那辆违章停靠的货车，拉近画面查看车牌号码。

这个时候，布雷维克已经在驶出莫勒尔大街的路上了，他向右转弯，朝海边开去，进入了歌剧隧道，隧道内，高速公路在峡湾的水下延伸。他把货车的定位系统调到查看托尔比约恩号船壳时设定好的坐标上。

政府区的保安决定给交通管理局打电话，询问货车车主的姓名和电话号码。这是他们的惯常做法，这样就能给司机打电话，让他把车移走了。

一个年轻人走上从莫勒尔大街通往埃纳尔·基哈德森广场上那座喷泉的进出通道。他穿着一件白衬衫，电脑包甩在背后。这位年轻的律师今天并不上班，不过他刚刚完成了一份有关欧盟及各发展中国家之间海关协议的报告，想给自己的团队看看。"发邮件来就行啦。"他在司法部的同事说，可约恩·维嘉德·勒尔沃格却想当面交来，这样他就能同时祝所有人暑假快乐了。他新婚不久，周末会和年轻的妻子一起翻山越岭，回到位于海滨小镇奥勒松的家中，把好消息告诉各自的父母——他们即将迎来自己的第一个孩子。

年轻人穿过格鲁伯加塔大街。他体格健壮，身手敏捷，是一位活跃的山地越野跑手，最喜欢挪威西部的陡峭峰峦。他今年三十二岁，和刚刚离开政府区，此刻正在往高速公路隧道行驶的那个人一样大。他们同年同月出生；生日只隔了四天。四天，却是天差地别。

约恩·维嘉德·勒尔沃格是法律诊所志愿者小组[1]和国际特赦组织的一分子。安德斯·贝林·布雷维克则是圣殿骑士团和奥斯陆手枪俱乐部的成员。约恩·维嘉德，一位相当不错的古典吉他手，正在翘首期盼明天晚上普林斯的演唱会和周日返回故乡的旅程。他期待着在二月份当上父亲。他们之间相隔了四天，也是永远。

约恩·维嘉德走到那辆货车边上的时候，车辆炸开，成了一团火海。他被一股强大的压力波抛向一边，这股力量实在太大，他还没被玻璃和金属的碎片击中，就当场死亡了。

时间是十五点二十五分二十二秒。

当时正站在货车后面的司法部律师，两位年轻的女士，也被压力波顶到半空，吞噬在烈火之中，又扔回到地面上来。她们同样当场死亡。塔楼的两位接待员从座位上被抛了出去，越过柜台，落到了广场上。玻璃冲进大楼，大门被震得粉碎，窗台成了尖利的木质长矛，金属碎片化作炽热的刀尖。所有的一切要么被猛地炸进大楼，要么就被推到外面的广场，街道和喷泉四周，此刻那里卧着八个人，有的已经死了，有的奄

---

1 法律诊所（Law Clinic），为有需要的人提供免费法律帮助的机构，一般由法律工作者或法律系学生志愿组成。

奄一息。在他们周围还躺着无数的伤者，有的被压力波轰得失去了意识，有的则带着深深的伤口。

一张张纸片落了下来。它们轻轻地，几乎像在风中浮游一般，飘落到了灾难的现场。

约恩·维嘉德的尸体残骸划过空中，散落在塔楼的正面。只有一只手完整无缺地落到了地上。其中一只手指上，他的结婚戒指依旧安然无恙。

"怎么回事？"首相听见爆炸声时说。

延斯·斯托尔滕贝格正坐在桌前打电话。今天他决定在皇宫后面公园大道上的首相府里办公。现在是假期，非常安静，所以没有必要到塔楼的办公室里去。他正在准备明天要在于特岛上发表的讲话。主题是经济发展以及努力争取充分就业。这是他特别喜欢的话题。

爆炸的巨响传来的时候，他正在和议会长达格·特尔耶·安德森通电话，后者正远在南方的某片森林里。是打雷吧，首相心想；天气预报说了会有暴风雨的。

两人继续说着话。

炸弹爆炸的时候，首相办公室的一位秘书正在接待区里。爆炸的压力波让她当场死亡。塔楼里，延斯·斯托尔滕贝格办公室的大门外躺着一名保安，已经被炸得失去了知觉，而首相的宣传顾问则在窗玻璃被震进屋里的时候，从十五楼的办公室里跑了出来。血正在往他的鞋子上滴。他把手放到头上，手指就被染红了。他的脑袋后面有一道很深的血痕，鲜血正从他红棕色的发丝之间涌出来。他跑回一片废墟的办公室，找点东西来止血。他在包里找到了一件T恤衫，把它按到了伤口上。

跑下楼梯的时候，他打通了首相的直线。"嗨，我是阿维德。您还好吗？"

"嗯。"斯托尔滕贝格说。安德森还在另一条线上。

"您没受伤吗？"

"没有……"

阿维德·萨穆兰德一边从有些昏暗、部分被毁的楼梯井里逃生，一边把自己所能见到的情形告诉首相。他和其他员工正在设法逃离大楼。到处都是烟雾和厚厚的尘土，掉落的砖石和家具零件挡住了几段台阶，毕加索画作所在的楼梯上堆满了玻璃的碎片，但那些喷砂线条仍旧挂在那里，并未受损。

在塔楼底下，爆炸传来的时候，保安已经把电话握在了手里，正打算打给交通管理局。天花板剧烈颤动，所有的监视器都黑屏了，电灯和警报开始闪烁，水管开裂漏水。于是他改打给了奥斯陆地区警察局，因而成了第一个让警方得知爆炸事件的人。

同一时间，成百上千的人正在从塔楼附近逃离。大楼冒出滚滚黑烟，好几层楼都着了火；随时都有可能倒塌，或是再次发生爆炸。其他人就那么目瞪口呆地站着。或是拿出手机给家人打电话。

那位报了警的保安留在监控屏幕跟前，想办法找回了六分钟前停下来的那辆货车的图像。又看了一遍录像之后，他立刻给警察打了第二个电话。

"是一辆汽车爆炸了。"他说，并且告诉他们有一个穿着深色制服的男人在爆炸之前下了车。

三名警卫来到位于公园路的首相办公室，让他穿上防弹背心，要求他跟着他们到安全的房间里去。市中心发生的袭击是冲着政府大厦来的，这就意味着首相府有可能也是袭击的目标。

尽管如此，并没有人下令让武装警卫来保护大厦。

布雷维克一边开车一边听着广播。他没有听见爆炸声。

有什么地方出问题了；引信没有点燃炸药。他失败了！

到了这会儿克拉夫特早就该爆炸了，歌剧隧道里的车流停滞不前的时候，他心想。

不过，在离哈姆士博格广场几百米远的地方，派力肯安全箱在货车的后备厢里轰的一声掉了下来。或许爆炸就是那时候发生的，而他则因为箱子落下的声音没有听见？或者……他忽然想到，说不定实际上就是爆炸的气压才让箱子掉下来的。

他继续开着车。调高广播的音量。几分钟之后，节目被政府区发生爆炸的新闻打断了。

太棒了！炸弹爆炸了。

爆炸发生三分钟之后，第一辆警车就抵达了现场。还调来了十辆救护车。几名路人停下来帮忙急救。奥斯陆大学医院进入重大事件应急准备状态，意外事故和急诊部门为接受大量住院病人做好了准备。被派往政府区的消防员之中，有一位是玛格努斯，安德斯的童年好友，那个刚刚打过他在农场的电话，说要去看他的人。他很担心，纳闷着他的朋友什么时候才会从他的地洞里出来，重新做回自己。

爆炸发生九分钟后，一个电话打进了警方的公众热线。

"呃，你好，我是安德烈亚斯·奥尔森。打来电话是因为我在经过政府区的时候看见了一些可疑的事情。"

接线员说她这会儿没法当场记下他的举报，他最好还是晚点再打回来。奥尔森打断了她，说他见到一个穿着警察制服的男人拿着手枪走过。

"抱歉，您要明白我现在没法把这些记下来，不过您叫什么名字？"

"线索是关于一辆车的，非常确凿。"奥尔森坚持说。他就是那个看见布雷维克从政府区走过来的，手里拿着一束玫瑰花的路人。他简单描述了一下自己的所见：一个戴着防撞头盔，拿着手枪的男人，让人觉得"他有哪里不太对劲"。那个人独自离开了事发区域，上了一辆灰色的货车，牌照号码是VH24605。

接线员刚刚看完塔楼地下室保安的情况报告，把两部分信息联系到了一起。她意识到这是非常重要的情报，便把它记在了一张黄色的便利贴上。

她把便条拿到联合警务中心，放到了警务指挥长的桌上。警务长正忙着打电话，但接线员觉得自己已经和她进行了眼神交流。她的感觉是主管已经知道这张便条很重要了。

她走了出去。

便条就放在那儿。

菲亚特多宝VH24605堵在要进入歌剧隧道的长龙里的时候，这张便条就放在那儿。

原封不动地放在桌上，在一间一片混乱的房间里，没有打断任何一个人。

奥斯陆地区警察局没有任何共享警报的程序，所以警局的总负责人——她本应该去指挥各项工作的——拿出了电话本，翻阅完详细列出暑假休息期间什么人负责什么事的假期轮值勤务表之后，马上开始一个一个地给警员们打电话。她没有在联合警务中心领导工作，与正在现场的事故指挥官沟通协调，却把叫各位警官回来当班作为头等大事。在这个严峻的时期，警务主管和负责政府区安全及救援工作的现场指挥官之间几乎没有任何联系。

安德斯·贝林·布雷维克还在要排队进入歌剧隧道的车流里。他担心因为炸弹袭击，整个奥斯陆已经停止了运转，他永远也无法开始下一阶段的计划了。

假如他是警长，就会把所有主要的交通干道都堵上，他推断。或许安全部队已经将首都严密封锁了。

可是一处路障也没设置，一条道路也没关闭。甚至根本连想也没有想过。没有任何阻止嫌犯潜逃的尝试。所有可用的人力都被派到了政府区去进行救援工作，包括被称为"三角洲"的精锐应急反应部队[1]。

纷乱之中仍旧没有人拿起那张黄色的便笺。街上的警察没有一个接到命令说要留意一辆车牌号码是VH24605的菲亚特多宝货车，或者是一个开着民用车辆、穿着深色制服的警卫。

布雷维克还在附近。他花了很长的时间通过市中心的东部，以及奥斯陆峡湾底下的隧道，随后才在市中心的西侧重新出现在了地面上。出了歌剧隧道，他驶过美国大使馆，使馆内外挤满了安保人员。警察也在使馆外就位。他径直开了过去。哈，他们当然认为这是伊斯兰恐怖主义了，他心想。他听着恐怖主义专家在广播里说着此次事件可能是"基地"组织所为，自得其乐。

大使馆的安保动员让他的精神压力更大了一点，他担心有人会对戴着头盔、穿着制服，坐在一辆送货车里的他有所反应。他必须冷静下来。关键是不要撞车。他经过皇宫花园的一角，穿过公园大道，首相就在这条路上一间安全的房间里，接着他驶上开满高档店铺的比格迪大道。路旁的大树上挂着一串串绿色的七叶树坚果。他这是在属于自己的地盘上，属于自己的群落里。他经过一幢幢豪华的公寓，驶过人生最初几年曾经居住过的弗里茨那大街。相隔几条马路，在大道的另一侧，便

1　挪威应急反应部队（Emergency Response Unit，挪威语 Beredskapstroppen），呼号
　　"三角洲"（Delta）。挪威特警部队，警方的主要反恐力量，成员从警队当中招募，
　　半数时间进行训练，半数时间在奥斯陆参与普通警察工作。

是他二十岁出头时租下的单元房。他了解这里的街道，这里的酒吧和商店。他知道逃跑的线路和捷径。这会儿，他知道自己可以出城了；警察绝对不可能封闭所有向西的道路。

他加速离开了奥斯陆。

随着时间的推移，越来越多见过一个穿制服的男人在爆炸前几分钟从货车上下来的民众打来电话报告。各政府部门大楼的保安们仔细察看闭路电视录像带，录像带从不同的角度展现出事件的先后顺序。他们给出的描述与安德烈亚斯·奥尔森如出一辙。

然而没有人向位于奥斯陆警局总部的联合警务中心发出警报，没有人通知警队本身，也没有人通过媒体告知大众。

十五点五十五分，炸弹爆炸半小时后，一位话务员碰巧瞥见一张黄色的便条纸躺在警队负责人的桌上。安德烈亚斯·奥尔森报告完情况之后已经过去了二十分钟。这会儿，他们又再打电话给他，让他把一切重头再说一次。

"这是在爆炸之前？"奥尔森又解释了一遍自己的所见之后，话务员问道。

"五……"

"你是说——什么？"

"是爆炸发生前的五分钟。"

"你确定他穿的是警察的制服吗？"

"他的袖子上有一个警徽。我说不准是不是真的警服。不过我以为他是警察，因为我看见一顶那种前面有护目镜的头盔，他还拿出了一把手枪。所以我还在想是不是在进行什么行动，因为我觉得这整件事情有点……这么说吧，有什么事情让我做出了反应。"

"但那是在爆炸前五分钟发生的？"

奥尔森再次确认了这一点，并且描述了一番：欧洲人外貌，三十多岁，身高大概一米八。话务员确信这是非常重要的线索。"观察得很仔细。车牌号码是多少？"

等他们挂断电话的时候，已经是十六点零二分了。

通话之后，话务员在行动记录上把这份情况汇报标记成了"重要"，以确保人人都能看到。她还把最新消息告诉了现场的指挥官，指挥官请她把情况报告给一支来自应急反应部队的巡逻小队。用无线电联系不上他们，于是她找出他们的手机号码，拨了过去。

十六点零三分，布雷维克经过E18公路上的桑维卡警察局。倘若警官们朝窗外看看，就会见到这辆银灰色的货车在干道上驶过。桑维卡已经安排好了人手待命，却不知道应该做些什么，正在等待来自奥斯陆的协助请求。

十六点零五分，奥斯陆的话务员打了应急反应分队的手机，把那个穿深色制服、开菲亚特多宝的人的信息告诉了他们。把车牌号码也给了他们。巡逻队说描述太模糊了，无法采取行动。

十六点零九分，阿斯克尔和贝鲁姆，布雷维克此刻正在开车经过的地区的警务长，终于打通了奥斯陆地区警察局的电话来提供帮助。他们把货车和嫌疑犯的信息告诉了她。那个时候，阿斯克尔和贝鲁姆警察局有三辆巡逻车可以使用；警务长打给距离最近的一辆，向他们描述了情况。这辆巡逻车正在前往伊拉监狱[1]的路上，去接一名要被转到奥斯陆的犯人。

警务长要他们推迟运送犯人，因为奥斯陆发生了炸弹袭击。她也通

---

1 伊拉监狱（Ila Prison and Detention Center），位于奥斯陆之外，阿克斯胡斯郡内的全国性高安全级监狱及拘留中心，主要关押犯下暴力或性犯罪的重犯。布雷维克被捕后的大多数时间也在伊拉监狱内服刑。

知了其他两辆巡逻车，还在无线电上念出了车辆型号、车牌号码和嫌疑人的外貌描述。随后她再次联络了正在伊拉监狱的巡逻车，这辆车现在应该已经空出来了，她命令他们开出去，沿着E18进行监视。

然而巡逻车里的两名警员却选择无视自己接到的命令。他们还是把犯人从监狱里接了出来，此刻正在进入奥斯陆的途中。他们想要"把这件事情处理完"，他们说。在警务记录里，运送犯人的优先级被标记为第五级，是最低的一级。国家政府的所在地都被炸飞了，可巡逻车却决定自行其是。阿斯克尔和贝鲁姆的第二辆巡逻车正忙着处理一个精神病人，他们也接到了暂缓处置的命令。这项命令也没有得到服从。

就在这个时候，布雷维克正驾车经过他们所管辖的区域，开着一辆浅色的菲亚特多宝VH24605，和警务长在无线电里跟他们描述过的那辆车一模一样。原本有两辆警车可以在E18沿线就位，可以跟踪他的。一辆也没去。布雷维克继续向西进发。

从奥斯陆警方的表现来看，几乎没有迹象显示挪威刚刚成为了恐怖袭击的目标，还面临着严重的二次袭击威胁。其他警区主动提出给予援助的时候，他们的提议大都被拒绝了，尽管奥斯陆周围仍然还有许多潜在的袭击目标无人保护。议会请求警力增援，因为主楼外面没有持枪警员。你们只能将就一下用你们自己的警卫了，奥斯陆警务中心的负责人告诉他们。就挑几幢楼封锁一下吧，警察对议会的安保主管说。位于青年广场的工党办公室请求了警方保卫；人民之家也请求了警方保卫。他们的要求都被回绝了，警方建议他们撤离各自的办公场所。

挪威只有一架警用直升机。七月，直升机服务队正在休假。新推出的节省开支措施，导致盛夏时节也没有可以顶班的机组人员以备急需。尽管如此，主驾驶员在新闻里听说发生了爆炸，便立即前来报到。警方对他说这里不需要他。

然而应急反应部队在接下来的一个小时里曾两次请求使用直升机。部队被告知说直升机用不了，即便飞机就在停机坪上，完全可以使用，随时可以起飞。警方也没有采取任何措施去动员军队的直升机，或是雇用民用的直升机。

炸弹在奥斯陆爆炸后，全国性的警报并没有立即发出。发布全国范围的警报是为了把公认为重要的信息传递到全国的各大警局。类似警报发出来的时候，所有的警察局都会遵循一套标准的流程行事。在阿斯克尔和贝鲁姆，这就包括在E16公路上的苏里赫格达——安德斯·贝林·布雷维克眼下正在前往的地方，设置一道警方路障。克里波斯，也就是全国犯罪调查机构[1]的值班负责人，联系奥斯陆警方的警务长，询问他们能否提供任何帮助的时候，对话如下：

奥斯陆：哦，嗯，你们可以，就是说，或许你们可以发布一份警告，发一份全国性的警示，没准会挺有用的。

克里波斯：对。你们希望警示令里写些什么？

奥斯陆：不，确切点说，嗯，现在发挺有用的，因为有人在这里看见了一辆货车，唔。一辆灰色的小型送货车。VH24605。所以要是你们能发一份，就是说，一份全国范围的警示，说这里发生了袭击，这样各地区的警察就能记住了。

克里波斯：记住那辆货车？

奥斯陆：对，还有任何其他的活动，因为在通往边境口岸的线路上可能会有用。嗯，说不定可以提醒一下海关，至少海关在大多数边境上都有。

1　克里波斯（Kripos），全称为全国犯罪调查机构（National Criminal Investigation Service），挪威警方的特殊部门，主要处理有组织的严重犯罪。

警务长并没有说清楚这辆货车可能是嫌疑人驾驶的车辆，开车的人在事发现场被人目击，他穿着一套警察的制服，身上还有武器，对话就结束了。

目击者提供的信息没有出现在任何常用的通讯波段里，也没有转告给媒体，好让警报在广播和电视上播出去。拥有完整摄像头网络的奥斯陆公共道路管理局也没有接到警报。虽然政府区——挪威最重要的权力所在地——被一枚炸弹炸得粉碎，应对恐怖袭击的方案却没有生效。

谁也没有按下那个重要的按钮。

可以利用的资源没有得到利用。

同一时间，布雷维克平静地向苏里赫格达驶去。他遵守限速规定。不想超过任何人，也不想被人超过。他必须避开任何有可能朝货车里头张望，然后发觉他身上有哪里不太对劲的人。

十六点十六分，他通过了苏里赫格达。他的左手边便是蒂里湖，湖水是幽深的灰色。

很快，他就能见到于特岛了。

———

一定得把最好的人放到防线上去。

于特岛上，夏季的最后几天，西蒙一直是特罗姆斯足球队的老黄牛。在这些活跃分子当中，他是身体最好也最有经验的球队队员；他擅长反击，拿到球，踢到前场很远的地方。对于那些动作慢吞吞的家伙他也是最为恼火的。他会大喊"赶紧的！"或者是"跑快一点"。他不喜欢半心半意的敷衍——这样一点都不好玩。来了就是要赢的。

布拉吉和格利·科勒踢中场，而维利亚尔则是一位出色的前锋。他跑得很快，球也大多都是他进的。有一次，深夜里，在一场持续很久的派对之后，他和西蒙争论起究竟谁跑得最快，并决定在特罗姆瑟大桥上来一场一千米的赛跑。各就各位，预备，跑！他们飞奔出去，不过跑了几百米就都认输了。最终获胜的是派对的后遗症。

两人也乐得不去搞清楚到底谁跑得快，而现在维利亚尔要庆祝自己的帽子戏法了——在同一场比赛里进三个球。

古纳尔·利纳克在球门跟前一夫当关。这位特罗姆斯郡的书记是个身材高大、结实魁梧的人，体重超过一百公斤，可他高接低挡，左右开弓。比赛结束后他浑身是泥，玛丽只能用水管帮他冲洗干净。他还拉伤了自己的腹股沟，于是便给自己在特罗姆瑟的朋友，一个医科的学生打电话。"你得躺下休息，一直到不疼了为止。"朋友建议说。没门。迄今为止的所有比赛特罗姆斯全胜，而且还是第一支获得半决赛资格的队伍。他要不顾伤痛继续比赛。他们要赢下今年的锦标！

比赛期间根本见不到安德斯·克里斯蒂安森的踪影，他就连观众兼拉拉队员都不是。他的热情和大嗓门对于球队还是很有帮助的，可他还有别的任务需要完成，正在忙着准备政治活动的安排表。十八岁的他比其他人提了几天来到岛上，上一堂竞选活动的培训课，假期结束后竞选就要开始了。安德斯也在工党巴尔迪本地议会选举的名单上，他希望能在秋天赢得一个席位。暑假之后他就要走遍特罗姆斯的各所学校，参加竞选辩论，因而改进论点、提升风度非常重要。与政治上的对手进行辩论是他最喜欢做的事情之一。电视上播出的几场议会辩论他都录了像，比如关于数据存储令和邮政服务令的那场，他还仔细研究了不同的代表如何表达观点，说什么有用，说什么没用，怎样才能击败对手，讽刺他，让他没法造成麻烦或是削弱他的可信度。他是多么期待竞选活动啊！

足球比赛之后是政治研讨会。大家可以在诸如"我那穿着深蓝色的好兄弟——瑞典保守主义政府之体验""针对妇女和儿童的暴力行为"，或是气候谈判最新进展之类的主题之中选择。

玛丽和西蒙决定去听一个他们一无所知的主题，"西撒哈拉——非洲最后的殖民地"。他们了解到撒拉威人反对摩洛哥侵占土地的斗争[1]，这些人被流放到最不适宜居住的沙漠地带，被一道两千公里长的高墙阻隔，一百多万颗地雷每年让人类和耕牛重伤致残。言论自由极其有限，还有人失踪或是随意遭到关押。

"我们一定得着手做点什么。"玛丽小声对西蒙说。

讨论会接近尾声的时候，不安的情绪在屋里蔓延开来。大家大声地在底下交谈，而来自西撒哈拉的人权活动家还在继续讲着。一个男孩站了起来，打断了撒拉威人，说奥斯陆发生了大爆炸。他翻着手机，讲起自己在网上看到的东西。许多人都很害怕；来自奥斯陆地区的营员中，不少人的父母都在政府区或是附近工作。

一个男孩跑来召集大家开会，研讨会戛然而止。集会将在大会议厅里举行，就是玛丽和西蒙所在的地方，于是他们就待在了原地。会上，AUF的领导人埃斯基尔·佩德森把有关爆炸的最新消息告诉了大家。可他说的也不过就是孩子们自己就能从手机上面读到的那些。

莫妮卡·布赛，一位四十多岁、身材瘦小的女士，来到了台上。

1　西撒哈拉历史上曾为西班牙殖民地。西班牙于1975年撤离。1979年，毛里塔尼亚宣布放弃对西撒哈拉的领土主权，而摩洛哥与西撒哈拉人民解放阵线的冲突则持续至1991年。目前摩洛哥控制着西撒哈拉约四分之三的地区。撒拉威人（Sahrawi People）是居住在撒哈拉沙漠南部的民族，民族和文化上受到柏柏尔人、阿拉伯人和其他非洲民族的影响，由许多部落组成，主要说阿拉伯语的方言哈萨尼亚语（Hassaniya Arabic）。

"想打电话给父母的可以打。想找人谈谈的可以来找我们，我们就在你们身边。"她说。莫妮卡日日管理这座小岛已经二十年了，一直在推广工人运动的思想，再加上一些她自己的理念。她处理小岛的财务，放老鼠夹子，负责楼房的维修。在岛上工作几年之后，AUF登了广告招聘管理员。约恩·奥尔森，一个年纪和她一般大的AUF成员，得到了这份工作，也得到了她。他们坠入爱河，住到了一起，还生了两个女儿。AUF把托尔比约恩号买来用作渡船的时候，约恩便成了船长。

这将是莫妮卡在岛上的最后一个夏天。人称于特岛妈妈的她，找到了一份海事博物馆馆长的工作，希望能把岛上的事务交给其他人。不过眼下她还要在这里照顾这些焦虑不安的年轻人。"今天晚上我们会把所有的烧烤架都点着，香肠你们想吃多少就吃多少。"她提议说，她还告诉孩子们于特岛离奥斯陆有很长一段距离，对他们而言现在这里就是最安全的地方。

出于对政府区遇难者的尊重，周五的迪斯科舞会取消了，因为下雨，足球锦标赛也推迟了。能比赛的场地一块也不剩了。莫妮卡建议各郡代表团的团长把自己的团员集合起来，把发生的事情好好讲清楚。

西蒙和玛丽一起走了出来，朝着帐篷走去。

"我们在这里并不安全。"西蒙说。

"什么?"玛丽惊叫道。

"哪，如果这是一次针对工党的袭击的话……"他说。

"你马上给我闭嘴!"玛丽大声说。

"我只是在说他们选择政府区并不是巧合。选择政府区意味着这是一次针对工党的袭击，而我们是工党的成员……"

他们遇上了维利亚尔。西蒙还是没有闭嘴。

"如果这是有政治目的的，维利亚尔，而且是反政府的，我们在这里也不安全。"

维利亚尔刚刚和母亲通完电话，正在琢磨着该对自己的弟弟托尔热说些什么。这个十四岁的孩子通宵了一夜，紧接着又参加足球比赛，在格罗演讲的时候，因为睡眠不足晕倒了。这会儿正和约翰内斯在帐篷里熟睡。维利亚尔和母亲都赞成，最好在开完会之后再把他叫醒，然后委婉地把事情告诉他。现在一定得叫醒他了。

在特罗姆斯的营地里，玛丽正在分配任务。她派了一些积极分子去给面包涂黄油，再做一些果汁。她自己呢，则跑来跑去，把甜甜的饮料倒进一只只的塑料杯子里。听见坏消息的时候，血糖水平会降低，她这么想着。所以现在让大家吃点东西是很重要的。

天气潮湿、阴沉、黏糊糊的。整座营地已经变成了一片巨大的泥塘。不过大家很快就围坐在了各种能找到的地方，比如干燥的营地长凳，箱子和树墩。

"大口呼吸，保持冷静。"玛丽自言自语。可她却控制不住自己。

———

安德斯·贝林·布雷维克眼下正开车经过北比斯克鲁德，于特岛所属的那个警区。和其他各地一样，赫讷福斯警察局也还没有人接到任何要留心注意一辆特定号牌的银灰色货车的命令。

他从苏里赫格达沿着蜿蜒的道路行驶，一边低头俯瞰着蒂里湖。一个箭头向下指着左侧一条窄窄的小路。指示牌上写着于特岛。这位司机倒并不需要这个指示牌；汽车的定位系统已经告诉他，这里就是要转弯的地方。就在快到四点半的时候，货车驶出了高速公路。

他还不想开到码头上去，于是便停到了码头上面一点的一小片空地上。他就是这么计划的；如果到的时候离下一班轮渡还有很长时间，那么他就会停到一个不管从公路还是码头上都不会被人看见的地方。渡船每小时一班。他已经在AUF的网页上查了时刻表，下一班船要到五点才来。

他喝了一点水和一罐红牛，然后下车去小便。ECA的缺点就是会让人想小便。类固醇本身不会让人兴奋，但却会让血液变稀，好增加心脏的供氧量。它还有助于集中精神，加快排汗。视觉能力得到提升，反应时间也会更短。

不过现在他只能等着，这他可受不了。

在他等船的时候，克里波斯正在构思一份关于一位嫌疑人的全国警报。与奥斯陆联合警务中心那段模棱两可的电话交谈，那段说了"或许你们可以发布一份警告，会挺有用"的电话交谈之后四十分钟，警报发了出去。距离爆炸已经过了一小时十八分钟，距离安德烈亚斯·奥尔森打来电话向警方报告一个穿着制服、拿着手枪的人，连同他那辆汽车的车牌，已经过去了一小时九分钟。

全国警报——奥斯陆市中心爆炸，可能有炸弹

各单位要求保持戒备，注意一辆小型灰色货车，车牌号码可能为24605。车辆与爆炸的联系尚不明确，但若明确车辆位置，请即报告本部门或奥斯陆，等候进一步指示。接近车辆时各单位需保持相对谨慎。

谨上，克里波斯总部。

时间是十六点四十三分。措辞当中完全没有说明这辆货车的司机——克里波斯还顺带漏掉了牌照开头的字母代码——被人看见穿着警卫或是警察的制服。更为严重的是，真正收到这份警报的警察局屈指可数。许多警局要么是没有打开相关通讯设备，要么就是警报信号设置错误。

布雷维克现在所处的北比斯克鲁德警区无疑属于此类。能够接收警示的那台电脑离通常使用的那三台相当远。不用的时候，屏幕就黑了。为了检查是否有警报发出，得有人去点开共享文件，然后是警报，再从全国所有的警区当中选择自己所在的那个。只有这样才能看见是否有警报发到警局里来。

在北比斯克鲁德的赫讷福斯警察局，谁也没有这么去做。

于是，在警报从奥斯陆发出，却没有被几公里之外的警察局收到的时候，安德斯就坐在货车里等着。峡湾阴沉灰暗。雨滴猛烈地拍打着水面。没有船来。

渡船五点钟要开的话，一定很快就要到了。

———

西蒙很担心，想打电话回家，可他的电话要充电了。朱莉·布雷姆内斯把自己的电话借给了他。作为音乐家和音乐制作人拉尔斯·布雷姆内斯的女儿，通常她一走近安德斯、西蒙和维利亚尔，三人组就会扯着嗓子唱起她父亲的歌词：啊，如果我能在天堂里写字，写下的必将是你的名字！

但这次没有。五点零五分，西蒙给身在萨兰根的父亲打了电话，父亲正和霍瓦尔坐在一起看电视。

"爸爸，最新消息是什么？"

"他们说有一枚炸弹。到目前为止有一个人确认遇难。"古纳尔描述了他能够在电视屏幕上看到的画面，"他们还是不清楚情况，西蒙，只是在推测。"

"尽可能多了解确实的信息对我们来说非常重要。要是知道了什么其他的就打电话给我，那就这样。"

"好，我会的，"古纳尔回答，"一切顺利，先这样！"

西蒙听上去焦虑不安。古纳尔舒舒服服地坐回到他的位子上。托恩正坐在他身旁，做着针线活。

与此同时，在与他们的儿子隔水相望的地方，布雷维克决定开到码头边上，弄清楚渡船出了什么事。他缓缓开下陡峭的土路，来到栈桥旁边。有几个背着旅行包的年轻人站在那里。布雷维克停车的时候，他们都好奇地望着他。一个金发的年轻男人，身上穿着安全背心，手里拿着步话机向他走来。布雷维克下车挥手示意他走开。他不想让这个男孩再靠近了。

"常规检查，因为政府区出了炸弹，"他对年轻的警卫说，"各个地方都派驻了警官。"他顿了顿，"确保不会再发生其他状况。"

听到这话，警卫有一点惊讶。一个荷枪实弹、穿着制服的警官，自己一个人开着民用货车前来，真的非常奇怪。不过这种情况下警车多半不够用了，他推测。

"船呢？"布雷维克问AUF的警卫。

"因为爆炸取消了。"十九岁的警卫回答，他的名字叫作希门。

警察让他把船叫过来。"还有两个安全部门的人正在路上。"他说，不过他强调自己想尽快到岛上去，保证那里的安全。男孩给岛上打了电话。

栈桥上停着一辆车，摇下了车窗，用非常大的音量播着嘈杂的新闻。几个年轻人弓着背站着，努力不让手机淋到雨。他们正在打电话，发短信，用他们的手机上网查看。他们在奥斯陆都有认识的人，炸弹爆炸的时候，大多数人都在乘巴士前往小岛的路上。他们私下议论着策划袭击的可能会是什么人。"基地"组织似乎最有可能。

这几个年轻人在栈桥上已经跟警卫登记过，他们的背包也检查过，看看有没有酒精和毒品——夏令营的例行手续。"我只是要看一下你们确实没有带什么短管猎枪或者左轮手枪之类的。"为了让气氛轻松一些，这位来自挪威人民援助会[1]的志愿警卫员对他们说。

托尔比约恩号从于特岛上的码头起航，突突突地向大陆开去。穿着制服的男人站在他的货车旁边等着，货车停在停车区域的远端。AUF的警卫能看见他正在一只箱子里整理着什么东西。

船长驶向码头的时候，雨势渐渐减弱了。他的这艘船是一艘军用的登陆艇，还是上世纪四十年代制造的，被整整一代瑞典海军的突击队员们使用过。十五年前，AUF用很便宜的价格把它买了下来。船壳用十毫米厚的钢板制成，水线以下漆成红色，两侧的船舷则是黑色。驾驶室的窗户蒙上了水雾。顶上的挪威国旗湿漉漉的，沉甸甸地挂了下来。

抵达大陆之后，船长立刻将船的前侧放低，船头就成了上下的跳板。莫妮卡·布赛匆匆上岸，去见那位立在栈桥上的警察。

"这事儿怎么没人通知我们？"她有些焦躁地问。

"现在奥斯陆一片混乱。"警察回答。

"好吧。"莫妮卡说。她转身回到船上，而警察则朝自己的货车走去。他得带些装备到岛上去，他刚才告诉她。

他拖着一个很重的黑箱子回来了。手里还拿着一把步枪。莫妮卡又走到他跟前。"你不能带步枪到岛上去。会把大家都吓坏的，"她大声说，"最起码你得把它藏起来。"

这次是警察说了"好吧"。

他回到车上去找能把步枪遮住的东西。车子的前座上，他的贝内利猎枪装在一只黑色的塑料垃圾袋里。他把这件强力武器从袋子里拿了出

1　挪威人民援助会（Norwegian People's Aid），独立的工人运动人道主义互助组织，主要活动包括国际长期发展合作，全球地雷及爆炸物清除，以及挪威国内的医疗救援与难民融合。

来，就让它露天放着。他认定自己终究还是用不上它了。

拉到船边的一路上，带轮子的沉重塑料箱在砂砾上压出了深深的凹槽。警察把跳板当作跷跷板，把箱子弄上了船。步枪依然只是半遮掩着，莫妮卡从驾驶室里另找了一只塑料袋来把枪托盖住。

发动机噗噗地响了起来，渡船从栈桥上出航了。所有人都清点过也登记过，所有的行李也都检查过了；嗯，除了那只带滑轮的箱子。谁也没有想到要去检查一下这位法律和秩序的代表。

那只防水的箱子竖放在警察的身旁，黑色的，非常重。下过雨之后，船上的一切都是湿的，没有可以坐下或者倚靠的地方。甲板上的绿色油漆有一层油亮亮、滑溜溜的光泽。雨滴聚集在船舱的栏杆上。天色微微变亮了一点，大雨也停了；此刻的天空更偏白色而不是灰色。看上去似乎会有一个晴朗的夜晚。

莫妮卡想要谈一谈。关于炸弹，关于警方正在做些什么以及这位警官的具体任务。穿着制服的男人沉默寡言，一边给出简短、生硬的回答，一边如饥似渴地从他的驼峰牌水袋，一只带吸管的小背囊里喝着水。他看起来烦躁不安，也没有去看甲板上站在他身边的年轻人。

他是个肩膀很宽的人；看上去结实有力，而且非常紧张。留在栈桥上的年轻警卫当时觉得，他感受到了那一刻的严峻气氛。

渡到岛上只要几分钟。小船向于特岛的码头靠拢时，船员抛出缆绳，跳出舱外把船系好。

船长从驾驶室里出来，帮忙提那只沉重的箱子。探测炸弹的设备，他心想。警察问有没有人能开车把箱子送到主楼那儿去。船长主动说他来。他跑去开来了岛上唯一的车辆，用力把箱子推进了后备厢，朝办公楼开去，大楼就在陡峭的山坡上面一点。

船上的年轻人三三两两地背着旅行包，走上碎石小路。码头上只剩下警察和莫妮卡。小岛上的警卫之一，一位名叫特隆德·本特森的警官，前来与这位新到的访客握手。

"你好"就是这个假扮成警察的人给出的简短回应，他自我介绍说他叫马丁·尼尔森。这是他一位朋友的名字，一个他应该记得的名字。

没过多久，岛上的另一名警卫，卢恩·哈达尔，也赶来与他们会合。AUF雇用了两名保安，因为这些兴奋的年轻人很少会睡上一整晚，有时候，为了让他们安静下来，一些成年人的监督还是很有必要的。这两名警卫员白天休息，这个星期五，他们本该带着各自的儿子去图森弗瑞德游乐园玩耍，但因为气象预报说今天天气恶劣，便改在昨天去了。他们两个的儿子，一个九岁，一个十一岁，堪称小岛的吉祥物。他们建起树屋，在森林里玩捉迷藏。今年还带了另外一个朋友一起到岛上来。

特隆德·本特森问这个新来的人他是哪个警区的，那人回答："PST：警察保安局，格伦兰分局[1]。"布雷维克知道自己说起警察术语的时候结结巴巴的，这是他还没有掌握的代码。警卫又继续问起了他的任务。

这个人是岛上最大的威胁，布雷维克心想，他是能够揭穿我的人。

他忽然感觉自己动弹不得。四肢沉重，肌肉僵硬，神经似乎都麻木了。他感到一种恐惧。这件事情他是做不成的。

本特森走过去与一位挪威人民援助会的志愿者交流几句，这位女士是搭着这班船过来的。"真是个怪人。"他开口道，说的是那个警察。然而这位女志愿者被炸弹袭击吓得魂飞魄散，急着上山去和营地里的同事们会合。她只是点了点头。特隆德·本特森转身回到栈桥上的小团体中。

1　挪威警察保安局（Norwegian Police Security Service，挪威语 Politiets Sikkerhetstjeneste，简称PST），隶属于挪威警方的国家安全和反间谍机构，职责包括反间谍、反恐、打击有组织犯罪、打击极端主义、安全情报分析、重要人员安保护送等，类似英国MI5。格伦兰（Grønland），奥斯陆中部的居民区。

"还有两个人什么时候来？"他问这个冒牌的PST队员。

在警服底下，他的心脏怦怦直跳，大汗淋漓，呼吸不稳。

我一点儿也不想这么干，是他与莫妮卡·布赛和警卫们一起站在那里的时候，脑中所闪过的念头。

"他们晚点来。"他回答。

"你认识约恩吗？"本特森突然问道。

布雷维克耸了耸肩。这可能是个让人上当的问题。说不定根本没有约恩这个人。又或者，约恩可能是任何一个在PST服役的警员都必然会认识的人。

必须控制局面，不然他就完蛋了。他定了定神，终止了审问，提议他们上山到主楼那儿去。他可以在那里跟他们简单说一下奥斯陆炸弹爆炸的情况。

本特森用审视的眼光将他打量了一番，随后点了点头，带头走上了长满青草的山坡。

"来了一个警察。"

安德斯·克里斯蒂安森站在特罗姆斯的营地里，与正在吃着面包加黄油的其他人隔开了一点距离。这个周五他是营地管理员，配备了一台无线电对讲机和一件显眼的外套。警察来了的消息是从无线电上传来的。

"啊太好了。"有人说道，听起来如释重负。

"警察要所有人都到小岛的中央集合。"指令一传过来，安德斯·克里斯蒂安森就接着说。

小岛的中间，那是哪里？玛丽自忖。差不多就是他们现在所在的地方。在特罗姆斯的大本营，就在营地这里。

于是他们便待在了原地。

"机不可失，时不再来。"

"挪威反共产主义抵抗运动"的指挥官在本特森身后往山坡上走了几步。他的脚上穿着黑色的军靴。后跟上的靴刺隐藏在潮湿的草丛里。

他紧紧地攥着"冈格尼尔"，它仍旧包裹在黑色的塑料垃圾袋里。"姆乔尔尼尔"在他大腿上的手枪皮套里。

他的身体在反抗，肌肉在抽搐。他觉得自己永远也完不成这项任务。一百个声音在他的脑袋里尖叫怒吼：住手，住手，住手！

我要么让自己现在就被抓住，要么就把计划付诸实施，走到山势越加陡峭的地方时，他心想。

他强迫自己把右手向下伸到大腿旁边，解开皮套，握住了手枪。

一颗子弹正在枪膛里等着，还有十七颗在弹匣里整装待发。

已经有人开车把他的箱子以及里头的三千发弹药送到了主楼旁边。箱子在大楼的后面，盖着盖子，上了锁。钥匙在他的口袋里。

他身前有三个人，身后有两个。要是他们开始怀疑，是可以制服他的。

因此。就是现在。他缓缓地举起格洛克，对准了本特森。

"不！"莫妮卡喊道，"你不许这样拿枪指着他！"

他对着警卫的头部开了一枪。莫妮卡·布赛转过身去，但已经没时间逃跑了。一枚子弹近距离击中了她。

两个人紧挨在一起躺着，就在他们倒下的地方。杀手叉开两腿骑在本特森身上，又往他的头部射出了两枚子弹，接着又对着莫妮卡放了两枪。她面孔朝下，躺在刚刚修剪过、略有点潮湿的草地上。

本特森倒下的时候，停下了车，把箱子留在后备厢里的船长，刚好转过房子的拐角。片刻之后，他的双眼便死死盯在了爱人跌落下去的那个地方。

他跑上山去，想着自己会后背中弹。"快逃命去吧！"他对遇上的每一个人大呼。

尖叫声响彻空中。

杀手急促地喘着气。

从现在开始，一切都很容易了。

他的眼睛，他的身体，他的大脑，他的手，全部都协调一致。

另外一名警卫，卢恩·哈达尔，正在朝树丛的方向走着。他是下一个遭到枪杀的，先是背上的一发子弹，让他丧失了行动能力，再是头上的两枪，将他杀害。

目睹这场行刑的年轻人四处逃散。

船上的船员喊了一声："上帝啊，我们快离开这里。"努力让托尔比约恩号调头。

安德斯·贝林·布雷维克不慌不忙。他稳稳地走着，跟着逃跑的青年当中人数最多的那一群。

他有的是时间。这座岛并不大。湖水就像一件大规模杀伤性武器似的，在周围闪着寒光。这会儿他们已经被困住了。他只需要稍微吓上一吓，这些人就会自己跳下水去淹死的。

这正是他所设想的情形。

随着肾上腺素被输送到全身各处，他满心都洋溢着一种平静的感觉。他的意志战胜了肉体。障碍已然倒下。

劳拉听见砰的一声。接着是另一声。随后又是一连串的好几声。原本她正站在营地的一头，公用卫生间的镜子跟前。对于她冻麻了的双脚而言，卫生间的地板非常温暖。她真的只带了晴天穿的衣服，实在是冷死了。她把那件湿透了的上衣脱了下来，换上了一件干的，听见炸响的枪声时，她正在检查衣服看起来是不是还可以。

劳拉一出生就有枪炮声相随。在九十年代的埃尔比勒，那是日常生活的一部分。全家人逃离弹片，逃离爆炸，逃离那些滞留下来的人们的眼泪的时候，她才五岁。而如今，这可怕的声音就在这里。这里。

惊恐的尖叫划过天际。她跑出去看看出了什么事。门外，人们飞奔着从她身边经过。

巴诺在哪儿？

大会之后她们一起回到了帐篷里。在帐篷里给父母打了电话，穆斯塔法试图安慰她们。"奥斯陆有炸弹？嗯，那就意味着我们家的房子要升值了。这下子大家都会想要住到内索登来的。"他开玩笑说。

巴诺把湿漉漉的绿色上衣和黑色裤袜挂了起来，放在帐篷里晾干，换上了干的牛仔裤和刚刚用暑期打工挣到的钱买回来的海丽汉森牌红色航海外套。这件带荧光黄风帽的外套比没有风帽的款式差不多要贵了一千克朗，但她想要的就是这一款。要想受到别人的重视，良好的形象非常重要，她一边兴高采烈地穿上格罗当天早些时候借去的那双威灵顿雨靴，一边对劳拉说。

姐妹俩一起出了帐篷。她们想要设法搞清楚究竟出了什么事。奥斯陆的炸弹爆炸到底是怎么回事？有多严重？随后劳拉冲进厕所去换衣服，巴诺则直接往餐厅走去。

巴诺总是渴望身处事件发生的现场。而此刻餐厅所在的大楼外面正聚集了一大群人。巴诺当然要到那儿去。

"你要我帮什么忙吗，劳拉？"巴诺在卫生间门外问她。

"不用，我没问题。我马上就来。"妹妹回答。她只是需要几分钟时间让自己冷静一下。忽然她发觉自己哭了起来。"基地"组织到挪威来了吗？

接着她听见了枪声。

一个接一个飞奔而过的人里面，有许多正朝着餐厅前进，其他的则往相反的方向飞跑。巴诺还在那儿吗？还是在逃跑的人群当中呢？

劳拉立在门口。朝餐厅大楼跑去的人她一个也不认识，从那儿跑来的人她也不认识。忽然之间，她想也不想，转过身，朝另一条路上奔去。孤身一人，上了一段长满低矮灌木和宽叶树的陡坡，她奔跑着。跑进了树林，跑进了松树之间。

她不停地奔跑，用穿着长袜的双脚，在树木之间柔软的苔藓上奔跑，在山势开始向湖岸倾斜的地方，在更加靠近恋人小径、山坡还没变得陡峭的地方跑了下来。突然间有四个男孩子和她在一起，都在奔跑着。一行人穿过小径，在水边停了下来，不远处就是抽水泵站——一栋为小岛供水的灰色小砖房。

"出什么事了？"劳拉问道。

在营地的最高处，特罗姆斯代表团大都站着。

"我们都得深呼吸，"玛丽说，"不用慌。"

"保持冷静，保持冷静，"维利亚尔说，"一定不会有事的。"

"现在放鞭炮，这个玩笑可一点儿也不好笑。"格利·科勒说。

"那不是鞭炮。"西蒙说。

安德斯·克里斯蒂安森正一边听着对讲机一边检查着帐篷。"所有人都从帐篷里出来。"他命令道。

来自哈尔斯塔的朱莉·布雷姆内斯站在那儿，注视着安德斯。这是她第一次见到他这么严肃。他时而听着无线电，时而把对讲机从耳畔拿下来，听着栈桥方向传来的声音。

西蒙、安德斯和维利亚尔望着彼此，共患难的亲密战友，三个好朋友，特罗姆斯的三个火枪手。

"待在这儿，"安德斯说，"我去看看出什么事了。"

"我也去。"布拉吉·索伦说，两年前和西蒙一起出席工党大会的小男孩，如今已经是岛上年龄比较大的一个孩子了。

安德斯·克里斯蒂安森停了下来。对讲机里又传来了新的消息。

"有点不太对劲。"他忧心忡忡地说。布拉吉去查看情况了。

维利亚尔紧紧地抓着弟弟托尔热，托尔热正在嚎啕大哭，想要逃跑。他们的身边到处都有人在跑，但这个十四岁的孩子却被他的哥哥，被比他大三岁的哥哥按在了原地。

玛丽要求大家彼此手拉着手。特罗姆斯代表团围成一圈坚定地站着，尽管所有的人都飞奔着从他们身边经过，向森林奔去。

"待着别动，"玛丽吩咐那些想要逃跑的人，"警察说了我们要在小岛的中间集合！"这是对讲机里最后一条清晰的指令。玛丽只顾着努力管住她负责的这群人，她大声嚷着，"谁也不要动。站住别动！站住别动！警察来了，不用惊慌。"

"我想回家。"托尔热小声地对维利亚尔说。

走到餐厅跟前的时候，布拉吉看见两名同伴倒在了地上。先是一个，然后是另一个。是被一个警察开枪打死的！他俯身躲进了树丛。

紧接着这个穿着制服的人进入了玛丽的视野。她正朝餐厅大楼的方向望着，望见一个长着深色头发、穿着灰色AUF运动衫的女孩向那人走去。她瞥见女孩对着那个男人说话，却听不见她说了些什么。女孩离他只有几步远的时候，警察举起他的手枪，朝她开了枪。

见到此情此景，玛丽大喊："快跑！"

"快跑！快跑！"她对着所有那些刚才还拉着手的人们呼喊。

朱莉正站在西蒙和安德斯中间，断定这里就是最安全的地方。

"快跑！"西蒙大喝一声。

"只管跑！别回头！"安德斯嚷着。

布雷维克在三四十米之外，用步枪向他们开火。

子弹以每秒八百米的速度朝着他们呼啸而去。劈裂树木，撞进树干，击中身躯，一只脚、一条手臂、一个肩膀、一个后背。少年们跌跌撞撞，继续飞奔，消失在树林中。

营地里，古纳尔，这位守门员之王，正躺在树墩边上，面孔贴在草地上。一枚子弹从肩膀进入，击穿了他的后脑。

来自巴尔斯菲尤尔的艾琳·凯尔想要拖着他跟自己一起走。他的呼吸很沉重，非常沉重，可她没法跟他说话，她也不够强壮，没有力气拉着他一起跑。

我不该把古纳尔留在那儿的，我应该带着他的，艾琳一边逃跑一边想着。

营地里的人一跑光，布雷维克就大步走到古纳尔身边，往他的脖子上开了一枪。子弹从右手边射进他的头骨后方，又从右侧的太阳穴里穿了出来。他失去了知觉。但他的心脏仍在跳动。

古纳尔的妹妹趴在离他不远的地方。其他人冒险逃命的时候，汉娜绊了一跤；她爬了起来，拔腿就跑，却又跌进了灌木丛里。这会儿她就这么卧在那儿。她没有看见哥哥中弹，从她趴着的地方什么人也看不见。她不知道自己的哥哥正直挺挺地躺在离她几米之外的地面上，头部受了严重的创伤。

新纳粹分子，玛丽跑在西蒙身边的时候心想。

"玛丽，玛丽。"这是西蒙看着她的时候，唯一说出的话。

"你是对的，西蒙。"玛丽只来得及回一句"快点儿！"

她再次朝他转过头去的时候，西蒙已经不见了。

她在恋人小径上发现了安德斯·克里斯蒂安森。他的话说得又急又含糊，很难听清楚究竟在说些什么。就像是没法把句子好好串起来似的，不过接着他开口说："我要打电话报警。"

"对，就这么办，"玛丽说，"好主意。"

维利亚尔和托尔热肩并肩地跑着。托尔热拿出电话，拨通了母亲的号码，对着电话大叫："他们在开枪打我们！他们在开枪打我们！"维利亚尔把电话从他手里拿过来。"没事的妈妈，我会照顾他的。"他一边跑，一边尽可能镇定地说。

他挂断了电话。

"约翰内斯在哪儿？"托尔热嚷嚷着，"约翰内斯！"

他最好的朋友不见了。

两兄弟沿着恋人小径飞奔，一直跑到一个拐弯处，生了锈的铁丝网在那里破了个洞，一根原木被塞在豁口的地方。两人滑下山去，滑到悬崖上一段怪石嶙峋的岩架旁边，他们可以藏在岩架的下面。

在小径上玛丽遇见了托妮·布伦纳，AUF的总书记。

"出什么事了？"玛丽问她。

"我不知道。快趴下。"

我才不要待在你旁边呢，玛丽心想。你比我们任何人都有可能是目标。

人们飞跑着从彼此身边经过，重新踏上其他人来时的路线。于特岛上可以藏身的地方并不多。大多都是开阔的空地，连同新修剪过的草坪，陡峭的山坡，或是一片片稀疏的树林。许多地方都是垂直插入水中的悬崖；没有办法爬下去。树林的另一边，枪击还在继续。一群年轻人在恋人小径上停了下来，拿不准该怎么办。

赫讷福斯警察局的警务中心里有一位女警官。去年以来，这间警局财政吃紧，警务长实施了一系列节省开支的措施，包括采用警务中心单人值班制。

除了警务长之外，还有五名警员上班。他们正在员工休息室里收看电视新闻报道，讨论着是不是要把警车准备好，以防自己会被叫去协助奥斯陆警区。赫讷福斯的警务长给自己在首都的同事打了电话，然而却没有接到增援的请求，于是他们就把这件事放下了。

十七点二十四分，他们接到一个紧急求救电话。电话一开始打到了医疗突发事件呼叫中心，但后来又被转给了警方。一个男人大喊大叫地说着"我是那个开船的"，还有他会设法回到船上去。"这里有个人在到处乱走，开枪打人，"他说，"他扮成了警察的样子。"

电话是托尔比约恩号的船长打来的。"他有机关枪！"

约恩·奥尔森刚刚目睹自己的爱人莫妮卡惨遭枪杀。这会儿正在找他的大女儿。"要用渡船的话就打电话给我。"最后他费力地说道。

同时另一条紧急线路上也有电话打来。一个男孩脱口而出"到处都在开枪"，人心惶惶，一片混乱，大家只好跑到小岛的"最边上"。

一下子所有的线路都亮起了红灯。

十七点二十五分，安德斯·贝林·布雷维克走回营地，古纳尔·利纳克还倒在那里不省人事。

这个时候，布雷维克已经在栈桥上杀了三个人，在大门口杀了三个，在营地里打死了一个，在去营地的路上打死了两个。现在他转过一栋狭长棕色木楼的一角，楼里有餐厅和大厅，他绕着墙边走。

他寻思着要不要进去。进入建筑物总是伴随着风险。有人可能会站在门后对他来个突然袭击，设下一个圈套，将他制服。在《魔兽世界》里，进入敌人据点的时候，成功的几率总会下降。

"发生什么事了？"一名AUF成员从窗口冲着他喊道。又有几个脑袋出现了。这是他们第一次见到这个穿着警察制服的人。

"有人在开枪打人，所以离窗户远一点！"他告诉他们，"趴到地板上去，我会来救你们的！"

窗边有个女孩正拿着一只粉红色的手机。她刚刚和父亲通过话，他是一名卡车司机，经常在奥斯陆地区送货。万幸他平安无事。

"要是你们几个被水灾弄得待不下去了就告诉我，"她父亲说，"我来把你们接回去。"

"要是你刚好经过的话，我倒是情愿你带一双威灵顿来，爸爸。"伊丽莎白回答。她刚刚念完十年级，是第一次来于特岛。她的面孔看上去还是个孩子。

"我们已经没有干的衣服了。"她笑着说。

布雷维克走进了木楼。墙上贴满了写着AUF历年标语的海报。走廊里放着几百双鞋子和靴子，因为室外穿的鞋不允许踏进会议室里。

他镇定自若地走进第一间房间，这间屋子被称为小厅。他在门口驻足片刻，好看清房间的全貌。少年们注视着他，等候吩咐。

他走到其中一群人跟前，开始了射击。

有一些人倒在了地上。

哈，他们是在假装，他脑中闪过这个念头。他平静地依次走到每一个人身边，朝他们的头部开枪，了结了他们的生命。

有几个年轻人惊声尖叫，仿佛被胶水粘在地板上似的，一动不动地站着。他们目不转睛地盯着他，无法跑远、逃脱，挽救自己的性命。

他们就这么站在那儿，多奇怪啊，布雷维克心想。我在电影里从没见过。

随后他把手枪对准了他们。

有些人求他饶命。"求求你别开枪！"

可他每次都开枪了。

他对着一个正在尖叫的女孩开火。他的手枪几乎碰到了她的脸上。他朝着她张开的嘴巴射击。她的头骨碎了，嘴唇却依旧毫发未伤。

房间一头的钢琴旁边，一个女孩正坐在琴凳上，头枕在键盘上，仿佛失去了知觉。他往她的头上开了一枪。鲜血涌了出来，流到下面的键盘中间。站在钢琴边上，他注意到了还有其他的人，藏在这件乐器后面。他立在他们跟前，举起手臂，向墙壁和钢琴之间的空隙射击。一枪又一枪，一下又一下。

许多人用手捂住了脸。子弹击穿了他们的双手，随后又钻进他们的脑袋。藏在钢琴背后的人当中，有一个是伊娜·利巴克，她是巴诺和劳拉的朋友，来自阿克斯胡斯。一颗子弹打透了她的双手，另一颗穿过她手臂的上方，她心中暗想，这点伤我能活下来。接下来的一枪击中了她的下颌。这可严重多了。她闭着眼睛，蹲在那里，努力托牢自己的下巴。她看不见开枪的人，但却能听见他在他们头顶上呼吸，听见他在钢琴周围走动。接着她感觉到胸口的撞击。这样的一枪会要人命的，她心想。她的嘴里有一种从没尝到过的味道。火药。她的手臂失去了知觉，还以为自己的两只手已经被打掉了。子弹的味道与另一种味道混在一起：血从她的嘴里冒出来，漫过下颌向下淌，淌到她捧着下巴的双手上。

接着手枪发出咔嗒一声。弹匣空了。他特别注意没有把弹匣完全装满，以防子弹卡壳。他沉着地换着子弹夹。这项操作需要几秒钟，足够跳出窗外，跑到门口，足够逃跑的了。许多人试着这么做，可却在门前挤作了一团。

布雷维克换好子弹夹的时候，"金头发和布朗尼"乐队的贝斯手被困在了小厅和大厅之间的门道里。在那里，这个苗条的金发姑娘中了一枪——两枪——三枪。她栽倒在地。其中一枪从左边射进她的后脑勺，击穿了头骨，钻入她的大脑。她的生命渐渐消逝。就在那里，在那两间屋子中间，玛格丽特的生命终止了。"评价我之前，先努力爱我……看看你的内心，问问你自己，你可曾见过我的童年？"昨天晚上她曾经和巴诺在卡拉OK里这样唱过。

布雷维克从她身上跨了过去。他走进AUF最大的聚会地点，大会议厅，巴诺曾在那里受到格罗的鼓舞，关于西撒哈拉的大会曾在那里让玛丽和西蒙渴望出力，莫妮卡·布赛曾在那里试着用点着所有烧烤架的承诺来安慰AUF的少年。

一个男孩藏在一只扩音喇叭后面。布雷维克看见了他，并开火射击。男孩躲开了，躲了好多次。布雷维克想要打中他可不容易。他开了五六枪，一次都没中。

真是个活蹦乱跳的家伙，布雷维克心想，紧接着，终于，其中一发子弹命中了目标。弹片击中了男孩的头部，他倒了下去。为了确保自己最终战胜了这个目标，他又开了两枪。

伊丽莎白沿着墙边跑；她又给父亲打了电话。

弗雷迪·赖尔接了起来，却只听见尖叫声。布雷维克走进房间的时候，他十六岁的女儿正靠在墙边缩成了一团，对着电话大哭。

弗雷迪，仅仅几分钟之前还提议说过来把伊丽莎白和她姐姐接回去的弗雷迪，坐在自己的车里，无能为力。除了仔细听，他什么也做不了。出什么事了？她被人袭击了吗？她被人强奸了吗？

电话断了。重新打回给女儿的时候，他收到一条消息说电话已关机或无信号。

子弹击中了伊丽莎白的耳道，烧穿她的头盖骨，径直通过她的大脑，又从另一只耳朵里飞了出来。直到打中粉色电话的盖子才停了下来。女孩侧着身子倒了下去，布雷维克又朝她开了两枪。她躺在那儿，再也不动了。她长长的、湿湿的金发被鲜血染成了红色。她灰色的慢跑短裤，她白色的T恤，所有的一切都染上了血色。不久她的手指就会开始僵硬，死死地把粉红色的电话握在脑袋边上。

靠墙坐着的人都中了枪。杀手使用的方法和在小厅里一样。他先从几米之外开火，然后再走近，开枪把所有人打倒。

我这是在浪费弹药，他对自己说。但另一方面，这种方法也非常高效。

首要的目标永远是头部。然而他一开始射击，大家就全都趴到了地上。要跟上情况的变化很难。要打中他想打中的地方也不是每次都那么容易。不过他一直在进步。他想方设法确保自己给冈格尼尔和姆乔尔尼尔买到了市场上最好的瞄准系统。

有时候会很难判断他是不是已经打中了孩子们。步枪所造成的弹孔很小，而假如有人当场死亡，血就不会流出来，所以要断定谁死了谁没死并不容易。倘若拿不准，那最好还是反复多开几枪。

布雷维克环视大厅。没有动静。他走回去穿过小厅。没有动静。他走了出去。

他在屋里待了两到三分钟。大约花了一百秒，打死了十三个人。还有几个人身受重伤。那时是十七点二十九分。

杀手越过营地。他朝几顶帐篷里放了枪，但挨个儿检查实在太花时间了，于是他走开了。

赫讷福斯警察局的警务长开始呼叫增援。接到第一个电话已经是五分钟前的事了，更多的电话正等在线上。虽然没有危急情况下通知全体警员的系统，但警官们的手机里都存着彼此的电话号码，从而与没有出门度假的同事们取得了联系。

四位警官，两男两女，跑进装备库里为行动做准备。他们穿上防护装备，拿好武器，还随身带上了无线电通讯设备。第五名警官，一名年长的女性，留在警局，接警务长的班。

关于警方的行动究竟要做些什么，并没有安排部署。不过显而易见的是他们需要一条船。一条警用船，一艘红色的橡皮艇，应该要准备好。

谁也没有记起托尔比约恩号。这艘昔日的军舰在几分钟之内就能把一大批警员送到岛上。从赫讷福斯到托尔比约恩号码头的路上距离是十三公里。在最理想的情况下，警官们从警局出发之后，十五分钟多一点就能踏上小岛。

然而这艘渡船，这艘在过去几天当中运送了六百位青少年来到岛上的渡船，却被遗忘了。这艘每年夏天在小岛和大陆之间往来穿梭的渡船，在所有手忙脚乱的准备工作之中，被完完全全地忽略了。

*

打完报警电话，约恩·奥尔森开始找寻自己的女儿。他忽然想到：就在这个星期，卡扎菲曾经宣称，会往那些对利比亚实施过轰炸的国家派遣恐怖分子。一定就是这么回事！他们一定会劫持人质的。他和莫妮卡私下说起过好多次，这座小岛用来关押人质有多合适。

他匆匆在岛上绕了一圈，随后回到栈桥上，渡船还系在那里。他冲上船去。

在驾驶室里，他发现船员和另外几个年轻人正躲在里面。还有一些人正在跑来。船上有个人在给AUF的领导人打电话，布雷维克上岸的时候，他就在栈桥附近的办公楼里。是有人在敲什么东西，砰砰的巨响盖过电视传到耳朵里的时候，埃斯基尔·佩德森觉得。两名AUF的辅导员下楼去查看情况，其中一个立刻跑了回来。"有人在开枪打人。"他大叫。他们锁上大门，打开二楼游廊的窗户向外张望，但什么也看不见。

另外一名辅导员跑到了船边，就是眼前正在打电话的这个人。"快到这儿来，越快越好！"

"出什么事了？"埃斯基尔问。

"只管跑就是了！"辅导员回答。

除了AUF的领袖、船长和船员，还有六个人上了小船，因而救了自己的命。大家都惊恐万状。他们听见了枪声和尖叫。慌乱之中，船长全速向后倒。他要所有人都卧倒，因为枪手有望远镜式的瞄准具，这是他亲眼看到的。这时是十七点三十分。

船到半路的时候，船长直起身来，想要掉头回去。他想再多救一些人——船上能坐下的远不止九个人。有几个年轻人已经跳进了冰冷的水里，试图从岛上游泳逃生。

莫妮卡死了，他们的女儿还在于特岛上。船长开始想起一位住在附近的朋友，他曾经在阿富汗待过，家里放着武器。说不定他们能从他那里弄几把枪。约恩的思绪乱作一团，小船却按着惯常的路线，朝大陆上的泊位驶去。紧接着船员们记起那个警察曾经说过他在等其他两个人。这就意味着渡船的码头并不安全。船长也担心那里可能会有恐怖分子，说不定会把小船夺走。他们得另外找地方靠岸。托尔比约恩号改变航向，离开码头，开进了峡湾。

同一时间，人们正俯身藏在小岛四周的水边。他们望着小船从视线中消失。还在岛上的人们给埃斯基尔·佩德森发去绝望的短信，他回复说："快逃！藏起来或者游出去！"

随后他打电话报告了工党领导层。

劳拉正在湖岸边的几块石头后面卧着，想着巴诺前一天找到的链锯。这东西用来进攻或是保护自己都很合适，她心想。逃跑的时候她落下了手机，而她是那么地想和巴诺说话。巴诺肯定已经找到了一个隐蔽的好地方。说不定她躲在放链锯的地窖里？藏在那里真是太棒了：大门可以从里面闩上，而且你还可以把各种东西堆起来顶在门上，这样就谁也打不开了。

然而巴诺并没有藏在屋里。布雷维克走进餐厅大楼的时候，她正在营地一旁的树林边上，和两个不认识的女孩在一起。两人分别叫做玛特和玛利亚。

"要是真的有人在开枪，那就一定得有谁去跟他谈谈。"其中一个说道。"咱们非让他停下来不可。"另一个说。

作为 AUF 的一员，她们是在一种重视语言的文化之中长大的。辩论必须要赢。强有力的论点正是赋予力量的源泉。这个周五身在于特岛上的青少年们，早已习惯了让人听到自己的声音。

"今天我们不会死的，姑娘们。今天我们不会死的！"大伙儿站在大树边上的时候，巴诺说。她们能听见枪声，却不清楚声音是从哪儿来的。直到看见一个男孩在餐厅附近被枪击倒，她们才跑了起来。跑上山丘，跑到营地的后面。越过风信子和黄色的牛角花，越过石楠和野草莓。一直跑到恋人小径才停了下来。

在小径上她们遇见了安德斯·克里斯蒂安森。安德斯的父亲在巴尔迪福斯的射击场工作，因而他从小就习惯了枪声。

这会儿他正在拼命拨打紧急救援部门的电话 112。可电话似乎一直在占线。终于他打通了。

"有人在于特岛上开枪打人！"他说。然而由于本地紧急救援部门的总机线路繁忙，他的电话被转到了一个还不知道岛上出了什么事的警局。警察告诉这个十八岁的孩子他搞错了。不是于特岛上有人开枪，是奥斯陆有炸弹。

根本没用。安德斯挂断了电话。

一行人沿着小径继续向前。有许多孩子都聚在这里。他们蹲了下来，随时准备逃跑。在他们身下，相隔很远的地方，湖水轻轻拍打着岩石。有几个人从他们身边跑过，穿着长筒袜，甚至是赤着脚。

他们在小径上讨论着枪击事件究竟是当真的，还是只不过在开玩笑。

"像这样乱来真的一点也不好玩。"一个女孩说。

"说不定是什么公关的噱头。"一个男孩提到。

几个年轻人俯下身子，挤在一座高出地面的缓坡背后。坐在那里，他们已经看不见上一轮枪声打响的餐厅大楼了。这必然也就意味着那些开枪的人也看不见他们了。

接着他们听见石楠花丛里传来了沉重的脚步声。

一个男孩建议他们用奇怪的姿势躺下来装死。反正逃跑也已经来不及了。

巴诺侧身躺了下来，一只手臂放在身下，另一只则斜着伸出来。之前她把红色航海外套上那顶荧光黄色的风帽拉了起来，遮住了一点头发。她脚上穿着三十八码的威灵顿雨靴。

安德斯在她身边躺了下来。他，那个从孩提时代起就总是喜欢纵览全局的他，躺到了地面上。那个向奥巴马学习修辞，酷爱议会辩论的他，再也找不出言语。那个曾经用木头刻成的手枪在森林里玩打仗游戏的十八岁孩子，如今躺倒下来装死。他用手臂搂住了巴诺。

穿着制服的男人走到了缓坡上，离他们有几米远。

"见鬼了，他在哪儿?"他问道。

没有人回答。

他盯着自己的右手边。

他先对一个男孩开了枪。

接着朝巴诺开枪。

然后向安德斯开枪。

每枪之间只隔了几秒钟。

我们亲爱的小月亮，给那些

没有床也没有家的孩子们照亮

枪击开始时和巴诺一起待在树林边上的两个女孩子，躺在靠近队伍另一头的地方。她们手拉着手。一首摇篮曲萦绕在玛特的脑海里。是在她躺下来，听着一枪接着一枪打响的时候突然想起来的。

愿全天下的孩子今晚都安睡
愿我们谁也不会哭泣，谁也不被离弃

小时候这首歌曾经安慰过她，现在也一样安慰了她。她一动不动地躺着，闭着眼睛。

玛特和玛利亚刚刚才加入这个青年组织，也是第一次来于特岛，来看看这里究竟适不适合自己。两人的脸庞转向彼此。她们穿着崭新的AUF运动衫。胸前火红的标志朝着地面。

玛特偷偷地抬头望了一眼，看见一双沾满烂泥的军靴，军靴上面有一条格子图案的反光带。

接着，一颗子弹击中了她最好的朋友的头部。玛利亚的身体抽搐了一下，痉挛传到她的手里。

她握着的手松开了。

十七岁的人生并不算长，玛特心想。

又是一枪响起。仿佛一道电流通过她的身体，仿佛有人在她的脑袋里打鼓。她眼冒金星。

随后一切都归于沉寂。身下的大地消失了，接着是所有的声音。

鲜血顺着她的面孔淌下来，没过她脑袋底下枕着的手掌。这么多血。我马上就要死了，她心想。

她身边的男孩中了好几枪；他伸出手来说："我快要死了。"

"救命，我快要死了，救救我。"他哀求着。

可是没有人救他。玛特想救，却动不了。男孩猛地一抽，但还在喘着气。他的呼吸变得越来越轻，直到再无声响。

布雷维克往每个人身上打了一两枪。然后又走回去再次对他们射击。那些试图起身的人被打中的次数更多；有一个男孩身上挨了五颗子弹。

这些武器在几公里的距离之外就有可能致命。而在这里，枪手是站在受害者的脚边，瞄准他们的头部。子弹接触到人体组织，便扩大膨胀，碎裂开来。

头骨中弹的时候，人们的脑袋发出的声音让杀手相当诧异。有点像是"啊"，吐一口气，一次呼吸。太有意思了，他心想。我完全不知道。

这种声音并不是每次都会传来，但一般来说是会的；每杀掉一个人的时候，他都会琢磨一下。

二十五个空弹壳在他们身旁撒了一地，有几个落到了他们身上。五个是手枪的子弹壳，二十个是步枪的。

鲜血、呕吐物和小便的气味弥漫在小径上这十一个人的头顶。两分钟前，这里的气息还是雨水、泥土和恐惧。

人群中间的某个地方传来一阵微弱的呻吟。不久便只剩下有气无力的哼哼。很快便一片寂静。

玛特的脑部正在出血。烧过的火药弄脏了头部的伤口。随后她也失去了知觉。

几颗雨点落到了地上。

"嘘，于尔娃，到这儿来，我好掩护你。"

西蒙蹲坐在恋人小径上。于尔娃·施文科，特罗姆斯年龄最小的女孩之一，朝他爬了过去。"过来。"西蒙伸出手，小声地说。他一直在帮助大家从原木上爬过去。他很强壮。他们可以紧紧地抓着他，直到脚下站稳，然后再松开手，逃跑或是躲起来。

"女孩子先来。"他殷勤地说。枪声越来越近了。

两个特罗姆斯的女孩互相换扶着向他走来。艾琳正抱着索菲·佛根森，她跑过营地的时候肩膀和腹部中了枪。她们两个被送下去的时候，排队的人多了起来。站在底下确保大家安全落地的托妮·布伦纳需要帮手。于是之前待在小径上的玛丽便下去帮忙。西蒙轻轻地抱起那个受了重伤的女孩，把她送了下去。

这是小径上曲折蜿蜒的一段。再稍远一点，在几处拐角附近，杀手踢了踢地上的十一个人，确保他们都已经死了。

这里已经结束了。于是他沿着恋人小径继续向前。

小岛鸦雀无声。

他们都到哪儿去了？

接着他看见铁丝网上有个洞。一根原木斜着卡在中间。

玛丽看见那个警察过来了。

这就是那个开枪射击的人，他就是开枪打我们的人！跳下山崖之前的那个瞬间，她心里这么想着。她从峭壁上滑了下来；一只脚在落地的时候骨折了。其他人正在往她身上跳。她直挺挺地躺在了地上。

西蒙面朝湖水跳下了悬崖。一个声音喊了出来。

"西蒙！"

腾在半空的跳崖人听见了喊声。是玛格丽特，前一晚和他一起沿着恋人小径浪漫踱步的伴侣。

"过来！"她嚷着。

西蒙朝她跃了过去。岩架上已经坐满了，但大家还是设法给他让出了位置。

杀人凶手从原木上方俯瞰着陡直的下坡。他没法下山到水边去。带着那么多装备很容易失去平衡，要重新站起身来也会有困难。

他在小树丛后面瞥见了什么颜色鲜艳的东西。匍匐着藏在矮树和灌木林中间的，还有许多年轻人，可以做他的枪下鬼。

"我要把你们统统杀光！"他欣喜地叫着，举起了冈格尼尔。

他打中了悬崖顶上的三个女孩。她们谁也没有当场毙命，但很快就都因为失血过多而死去。

布雷维克见到一只脚从一块突出来的石头底下伸出来，便又开了一枪。他打中了脚踝。西蒙尖叫一声，从岩架上掉了下去。他是摔下去的还是跳下去的，还坐在岩架上的孩子们不知道。他飞下崖面，他悠悠盘旋，他好似飘在空中，随后一枚子弹击中了他的后背。

他落在一块石头上，没有落地缓冲，没有一声呼喊。他的手臂垂了下来。他的双脚刚好碰到地面。他的左手紧紧地攥着一只鼻烟罐。在他的右手心里，玛格丽特的温暖还会持续一会儿。

紧接着维利亚尔中枪了。

枪声越来越近的时候，维利亚尔和托尔热正坐在岩架的另一头。他们被挤得越来越靠外，最后完全是没遮没挡地坐在那里。托尔热想走，但维利亚尔想留在原地。子弹击中他们头顶上方的崖面的时候，托尔热率先跳了下去。

两兄弟落到了湖边。

子弹飞来了。维利亚尔肩上挨了一枪，跌倒了。他站起来往前跑，大腿上又中了一枪。他又摔了下去，但努力地想爬起来。他跟跄着起身，几乎站直了的时候，又再次中弹，重新栽到了地上。

跪在湖水边，他的耳朵里传来嗡嗡嗡嗡、嘎吱嘎吱的声音，跟着又有一枪径直打穿了他的手臂。

他的弟弟正在大声哭喊。

"托尔热！快逃！"维利亚尔嚷嚷着。绝不能让托尔热看见自己这个样子。

他试着把湖水朝弟弟身上踢，好让他从枪林弹雨的地方跑开。

他又一次站起身来，打了个趔趄。鲜血正顺着他的身体往下流。

第五枪击中了他的眼睛，击碎了他的颅骨。他瘫倒在地。五发子弹在他体内碎裂。头部的一发裂成了小块，此刻已经牢牢扎进了脑组织里。其中一片在离脑干只有几毫米的地方停了下来。他的肩膀和手臂几乎被打飞。半只左手已经不见了。

可他心里想着的是托尔热。

他应该要照顾的那个弟弟。

"托尔热。"他喃喃自语。

没有听见托尔热的回应。

子弹如雨点般落到湖岸边的年轻人身上。

于尔娃·施文科，那个被西蒙抱下小径的十四岁女孩，两条大腿和肚子上都中了枪。然后又是脖子。她一边用手压住被子弹打中的伤口，一边对着就躺在她身边的儿时好友大喊。

"维利亚尔，我要死了！"

"哦不，你不会死的。"他在水边应道。他已经看不见了。

在电影里，被一颗子弹打中你就死了，于尔娃自忖。她挨了四枪，怎么可能还活着？不可能挺过去的，她心想，便躺在那儿等待临终前的那道亮光。

然而却并没有亮光出现。于是她只好努力把血止住。

"我觉得我的眼睛被打中了。"说话的是维利亚尔。

她看了他一眼。"啊，该死！"她说。仅此而已，因为她不知道该对一个眼睛中了弹的人说些什么。

艾琳躺在更高一点的地方。"求求你别开枪，我不想死。"她在两腿发软的时候喊道。一颗子弹嵌进了她的膝盖。跟着她背上中了一枪，这会儿血又从肚子上喷了出来。我会流血而死的，她躺在细沙和砾石上想着，听天由命。他们肯定都会死的。她身边的女孩被打中了肩膀和腹部，一侧的肺叶和一条手臂，一会儿昏迷，一会儿清醒。那是凯瑟琳，伊丽莎白的姐姐，那个用粉红色电话跟父亲通话的时候，耳朵被子弹打穿了的伊丽莎白。

一个后背和双腿受了重伤的女孩，努力想用手臂把自己拖到一个多少能躲一躲的地方。她又滑回到湖水里，仰躺在水面上咳着血。几个男孩子把她从水里拉了出来，然后又退回到自己藏身的地方。

"告诉爸爸我爱他。"他们听见她这么说。

整个过程花了枪手两分钟。

现在是十七点三十五分。

他继续前进。

维利亚尔躺在水边，试着摸清楚自己的情况。他发现自己的手指只有几块皮肤还连着。有一只眼睛什么也看不见，他抬起手来放到上面。他能感觉自己的脑袋有点不对劲。他用手在头上捋了一遍，碰到了一种软软的东西。他摸到的是自己的大脑。他飞快地拿开了手。

维利亚尔的头骨被打碎了。

零星的脑组织溅到了体外。

然而他还在思考。他想着重要的是要呼吸，不要晕过去，不要放弃。他想着那些让他快乐的事情。想着他会回到斯瓦尔巴的家里，开着雪地摩托。想着一个他渴望亲吻的女孩。

接着他开始浑身发冷，惊厥抽搐。他颤抖不止，时昏时醒。

"情况还不错，西蒙，我们会一起挺过这一关的。"他对挂在身旁那块石头上的好朋友说。

维利亚尔胡言乱语。"我们能应付得了的，西蒙。"他说着，开始哼起了小曲。

他讲笑话，他唱歌，他喊着托尔热。

"嘘，他可能会回来的，回来了会把我们打死的。"身边的其他人说。

但维利亚尔没有听见。

啊，如果我能在天堂里写字，写下的必将是你的名字……维利亚尔唱道。

如果生命是一艘扬帆的航船……

托尔热还以为哥哥正在身边跟他一起跑，直到他环顾四周，才看见维利亚尔倒下了，爬起来又倒下了。他停下来放声大叫。接着又转过身，跑进水里，游了起来。

托尔热所目睹的一切被瞬间从脑中抹去。他一点也不会记得子弹击中了自己的哥哥。

他沿着小岛的边缘游，在石灰岩的峭壁上发现了一个很大的缺口。他站在里面，湖水淹到了他的脖子。起初那里只有他一个人，后来其他人也游过来和他站在一起。一旁游过的人只看见一个红头发的小男孩在大声嚷嚷。

"维利亚尔在哪里？维利亚尔在哪里？"

十七点三十八分，第一辆巡逻车驶离赫讷福斯警局。对于于特岛在什么地方，警局里谁都不是很清楚，尽管小岛位于他们的警区，而且每年都有工党首相或是党内领导人到访。这会儿他们已经在地图上看过了。

第一辆巡逻车里的两位警员配有手枪和冲锋枪，还穿着防弹服。行动指挥官命令他们开往于特岛，然后"观察一下"。

他们全速前进，蓝色的警灯闪个不停。

他们驱车赶来的时候，布雷维克正向小岛的南面进发。到现在为止，他已经给格洛克和步枪重新装过好几次子弹了。他必须避免把两件武器里的弹药同时用完。有时候即便子弹还剩下几发，他也会换一个弹匣。他已经打掉了大把的子弹，不过还没用过的更多。

他朝一个游泳逃生的人开火。又在树木之间发现了两个人影。一个挪威男人和一个阿拉伯女人，后来他是这么叫他们的。他觉得这两个人看起来非常迷茫。

其中一个是约翰内斯，托尔热最好的朋友，来自斯瓦尔巴。

特罗姆斯代表团惊慌四散、大家往各处逃命的时候，其他人同约翰内斯失去了联系。他跑向小岛的南端，在那儿躲了起来，之后又一个人跑了回来，跑进了树林里。

布雷维克悄悄地站在那里，等着他们靠近。他没有举起武器；那样只会让他们转身逃跑。不，他等待着。

布雷维克把枪抬起来的时候，约翰内斯冲着女孩大喊。

"快跑！快跑！"

子弹的速度更快一些。有三颗撞进了约翰内斯的身体。有两颗打中了吉泽姆。约翰内斯十四岁。吉泽姆刚满十七岁。

——

"爸爸！我要抱！"

"不行，现在不行，我没时间。"

"抱抱。"艾利夫嚷嚷着。然而在赫讷福斯的家里，父亲却只是从门边的架子上一把抓起了钥匙和警徽。霍瓦德·古斯巴克猛踩油门，冲向警局，根本没管红灯。转弯开进警察局的时候，他差点撞上了巡逻车二号，这辆车刚刚从停车场里开出来。

这位经验丰富的警官一直密切留意着奥斯陆爆炸的电视报道。政府区地底下的煤气罐炸了是他的第一个念头。然后便是"基地"组织。古斯巴克曾经是应急反应部队"三角洲"的成员，后来和家人一起搬到了赫讷福斯，在这个地方，本地超市失窃，外加偶尔的打架闹事，便是警察生活的中心。现如今他曾经做过的最大胆的事情，就是爬上自家房前四十米高的松树树顶，从那里能望见整片峡湾的美景。

北比斯克鲁德开始请求增援的时候，有个过去和他一起在"三角洲"共事的人打电话来，占用了线路。

"这么说现在恐怖主义到挪威来了。"古斯巴克说。

"没错，你们几个得去赫讷福斯镇公所准备动员了！"

他们聊了一刻钟。直到挂上电话之后，古斯巴克才注意到一位同事在他的答录机上留了口信："回来上班。于特岛发生了枪击事件。"

正要开出停车场的巡逻车看见古斯巴克到了，便告诉警务长，现在警局里有了一位更加资深的警官，应该由他接手出任现场指挥。

古斯巴克冲进警局，穿上制服和防弹衣，用钥匙打开武器房，看见一把狙击步枪放在架子上。他便拿上了这把枪，外加自己的MP5，因为镇上的神枪手正在放假。他取来无线电设备，还有一辆警车的钥匙。眼下他必须尽快赶到岛上去。

他上了警车，可车却发动不起来。该死的——电池没电了。车库里有紧急启动装置，他总算让发动机转了起来。和挪威所有的警车一样，这辆车没法显示传输信息。一切约定，一切沟通，都只能通过口头完成。通讯电台里信息源源不断地传来，一边他的手机还在响个不停，是同一个号码打来的。电话打来，他按了拒接，打来，他拒接，他一直按着同一个按钮，到最后他只好接起来说："覆盆子拿不拿我无所谓。别再打来了！"那是他母亲的一个朋友，之前摘了一些覆盆子给他们。他已经可以去拿了。

霍瓦德·古斯巴克驶上通往于特岛的公路。

十七点四十二分，在古斯巴克听着有关于特岛枪击事件的电话留言的时候，一支由二十六人组成的特遣部队从首都出发了。那是他从前的同事们，来自应急反应部队——"三角洲"，从政府区重新调配了过来，此刻正前往于特岛，三十八公里之外的于特岛。部队驾驶的是重型车辆，天雨路滑，交通繁忙。一路上，他们还赶超了一连串先前出动的救护车。

他们也从维利亚尔和托尔热的父母身边掠过，自从托尔热在电话里大哭，维利亚尔努力让他们放心之后，两人就再也没有听到孩子们的消息。

两个男孩参加夏令营的这几天，他们的父母，克里斯汀·克里斯托弗森和斯文·阿尔·汉森，也从冰天雪地的斯瓦尔巴南下，正在奥斯陆看望朋友。一队黑色的重装车辆顶着闪烁的蓝灯隆隆驶过的时候，两人彼此对望了一眼。

"发生什么事了？"

他们感觉像是身体里所有的空气都被强行抽走了似的。呼吸变得非常困难。最后一辆车开过，留下一阵嗖嗖的声音。

就在快到苏里赫格达的地方，两个男孩的父母被拦了下来。一道路障正要竖起，正好挡在两人的车前。克里斯汀跳下了车。

"我的孩子在岛上！让我们过去！"

然而说这些并没有用。她试着从路障中间硬挤过去。

"这里你过不去的，"警察说，"我们的人还有很多。而且我们到得也比你快。"

克里斯汀意识到不管是开车通过这里，还是步行跑去于特岛，都是不可能的。她回到车上，斯文·阿尔一言不发地坐着。说不定这条路很快就会开放的。有关于特岛上发生的事情，广播里还是什么消息都没有。

带阿里去瑞典参加足球锦标赛之前，穆斯塔法已经把淋浴房里需要的零件全都买好了。通常他都到价钱最便宜的地方去买，然后自己把零件装配起来，做成他需要的东西。在希伊市的五金店里，他让人替他裁了一张宽七十厘米长一百二十厘米的薄板，用来遮住淋浴房侧面的管道。巴诺总是抱怨管子露在外面看起来很不美观。

唯一还缺的就是一只滑门的把手了。"一看就是爸爸干的活。"假如姐妹俩从于特岛上回来的时候，淋浴房还没完工的话，巴诺就会这么说。"滑门是永远也不会有把手了，"她会说，"爸爸在这间屋子里里外外干的活统统都是这样。"

全家人都对浴室颇有怨言。浴缸很旧，污迹斑斑，这么多年用下来，墙壁和地板上积了厚厚一层污垢，连本来的颜色都看不见了。巴彦试着用拖把去拖浴缸的底下，却够不着；地面总是湿的，天花板也因为潮湿而陷了下去。穆斯塔法已经装了一台排风扇，但也无济于事。巴彦想要请个水管工来，可穆斯塔法毕竟是个专攻水利和排水的机械工程师啊，所以请水管工是不可能的。

他想用一间崭新的浴室，在两个女儿从于特岛上回来的时候，给她们一个惊喜。于是，从瑞典回国的路上，他去希伊的大商店买了滑门的把手。他就是在那里接到了电话，先是阿里的，然后是巴诺的，说是有炸弹在奥斯陆爆炸了。

这会儿他正带着闪亮的新把手行驶在回家的路上。

车里的收音机开着。

收音机里正在议论奥斯陆炸弹的幕后黑手可能是谁，这时，一条短信发到了穆斯塔法的手机上：

我们对您　的爱　胜过世上的一切
巴诺和劳拉
这里　有个人　他有枪　等安全了　我们会
打电话的

在这个男孩的手机上打字有点困难；他的设置跟她的手机不一样。劳拉琢磨过要不要发这条短信，因为她并不知道巴诺在什么地方。她不敢对父母说。开了这么多枪，一直没停过！而其中的每一枪打中的都有可能是巴诺。劳拉和那四个男孩仍旧藏在湖湾里，小抽水站的另一边，现在这里已经聚了很多年轻人。

父亲回复了。

出什么事了？

几分钟后，劳拉又发了短信。

有人在开枪打人不知道巴诺在哪

接着父亲写道：

你能打电话给我吗？

没有回复。他又发了一条信息。

我知道这不是真的，你不是巴诺也不是劳拉

同一个陌生号码发来的一条新信息点亮了他的手机屏幕。

我们非常爱您但是发生了一些事情

这时是十七点四十七分。

同一时间，奥斯陆联合警务中心向所有部门发出了一条讯息。

"零一致全体重要信息。与政府区爆炸及北比斯克鲁德于特岛枪击有关，据观察嫌疑人身着警察或保安制服——完毕。"

这条消息通过无线电发出去的时候，距离安德烈亚斯·奥尔森、政府区的保安还有其他目击者第一次报告说嫌疑人穿着制服，已经过去了两个多小时。

五分钟后，十七点五十二分，北比斯克鲁德警察局的本地巡逻车抵达了托尔比约恩号的码头。在来的路上，车里的警员们已经接到了警务长的通知："直升机正在赶来，可能还有'三角洲'。"他们接到命令要小心谨慎，等着警用船来。

他们一从车里出来就能听到枪声。持续不断的射击，冷静而又清晰，来自两种不同的武器，枪声从未一齐打响，也从未同时出现在岛上不同的地方。他们由此推断凶手是一个人单独行动。

两名警员按照命令，立在栈桥上观察着。注意观察，等待警船开来。他们是全副武装的。然而枪声在海峡对面清晰可闻的时候，他们却站在那里等着。

根据警方守则，在情况明确为"正在开火"时，警员必须进行直接干预。类似的行动并没有展开。

六百米之外便是于特岛。

天气晴朗的时候，峡湾里的船是很多的。可今天却空荡荡的。船只都泊在附近。本地的巡警没有尝试找一艘船来向于特岛靠近。他们什么也没有做，只是在那儿听着枪响。

由于从码头到小岛的视线非常清晰，巡警担心自己会遭到枪击。两位警员来到码头上的一只集装箱背后躲避。到达现场三分钟之后，十七点五十五分，巡警报告说会合点必须得向前移到公路上去。终于，其中一个走到了公路上去引导交通，为应急反应部队清出一条路来。两名警员彼此失去了联系。

北比斯克鲁德警区有一艘自己的船，一艘红色的橡皮艇，放在警局外面的活动房里，但却并不是准备就绪、拿出来就能用的。现场指挥官必须得给小船充气，再给发动机加油。而另一方面，赫讷福斯的消防部门却有一条平稳的大船，现成就能用，就等在消防局旁边的码头上。他们在很早的时候就打来电话，表示愿意提供帮助，但却被拒绝了，因为本地的警局有自己的船。警察局后来又打电话回去，终究还是要请求借用消防船的时候，却打不通。警务长一遍又一遍地给消防局拨着电话，可她拨的号码却是错的。

无论是从奥斯陆赶来的应急反应部队，还是从赫讷福斯出发、正在路上的霍瓦德·古斯巴克，都没有接到任何有关会合点的明确消息。不过古斯巴克觉得，会合点理所当然应该是在托尔比约恩号的码头上，小岛的正对面。

"三角洲"应急反应部队不知道于特岛在哪里。虽然最先到达的巡逻警车上装了定位系统，但蒂里湖上的小岛并没有被列进系统里。坐在黑色汽车里的"三角洲"部队试着与北比斯克鲁德警方取得联系，好得到有关会合点的明确指示，同时提醒对方需要额外加派船只来运送他们的人员。然而紧急通讯网还没有延伸到北比斯克鲁德那么远的地方，而模拟制式的警用无线电也只覆盖到苏里赫格达，离小岛还有一半的路程。因而电话是他们唯一能够使用的沟通方式，可是当地警务中心的总机由于来电太多，应接不暇，没有接听应急反应部队打来的电话。

缺乏沟通让警方无法利用路上的时间对行动进行部署和协调。终于有人通知北比斯克鲁德警务中心"三角洲"正在路上的时候，却根本没有说明部队的规模有多大，也没有说他们是开车来的。一直到晚上六点钟，本地的警务长还以为应急反应部队是坐直升机来的，会直接飞到于特岛上去。

这个问题终于解释清楚之后，一个致命的误会又接踵而至。北比斯克鲁德告诉应急反应部队要在哪里会合的时候，说的是"在码头上见"。

"哪个码头？""三角洲"的人说，"你是说高尔夫球场那里的码头？"这是蒂里湖边他唯一知道的地方。

赫讷福斯的警务长拿着电话，转过身看着刚刚走进警局里来的参谋，然后说："'三角洲'说会合点在高尔夫球场。"

参谋正在电话上，和一个从于特岛上打来的人通话，他只是点了点头，于是警务长对"三角洲"说：

"好，那就高尔夫球场吧。"

会合点就这样被挪到了一个与小岛相距三点六公里的地方。原先的那个地点，那个北比斯克鲁德的巡逻车正在观察情况的地方，那个霍瓦德·古斯巴克正在赶去的地方，离小岛只有六百米。

应急反应部队的车队里，第一辆车上的人还没有接到通知说集合点换了。十六点零一分，他们离开主干道，沿着小路驶往于特维卡露营地，就在托尔比约恩号的码头边上。车一路开到了水边，有几条小船停着的地方。假如他们上了其中一艘泊在那里的船，那不出几分钟就能到岛上去了。可司机就在这时候收到了一条无线电消息，吩咐他调转车头，再重新沿着小路转回去。后面的车也同样调头，离开了码头区域。

接着他们又开上主干道，离小岛越来越远。

古斯巴克接到命令把车调头，重新开回高尔夫球场的时候，几乎都已经到了托尔比约恩号的码头了。

布雷维克平均每分钟杀死一个人。

他正站在一幢被称为校舍的红色低矮平房旁边。毫无疑问有许多人躲在里面，他心想。他隔着大门开火，听见了女孩的尖叫声。他使劲拉门，然而另一边，一位挪威人民援助会的成员正牢牢地将门把手按在原位。屋子里挤满了人。布雷维克放弃了校舍。试图强行挤进去风险太大了。他的派力肯箱里有一罐柴油，他打算泼在房子周围，把火点着，这样人们跑出来的时候就能开枪射击了。

但他身上没有打火机，于是便回到餐厅大楼想去找一只来。

到现在他已经在岛上开枪打死了四十个人。是时候投案自首了；这样能增加他在行动之后活下来的几率。可是他把手机留在那辆装炸弹的货车里了。

他没有找到打火机，不过却找到了一部手机。他打了紧急救援部门的电话，112，电话里让他稍候，等待接通。试了几次之后，赫讷福斯警务中心有人接了起来。当时是十八点零一分。

"你好这里是报警中心。"

"啊，下午好，我的名字是挪威反共产主义抵抗运动的安德斯·贝林·布雷维克指挥官。"

"嗯。"

"我现在在于特岛上。我想投案自首。"

"好的，请问您是用哪个号码打过来的？"

"我是用手机打的。"

"您是用您自己的手机打的？"

"嗯，不是我的手机，是别的……"于特岛上的那个人回答，然后电话就断了。

"别的手机，您叫什么名字？喂……喂……！"

布雷维克找到的手机里面没有SIM卡，所以本地警察局的屏幕上没有显示号码，谁也没有再打给他。

既然如此，他最好还是继续吧。在小径边上他碰见了一只狗，正在发了疯似的到处乱跑。他已经很长时间没有看见一个可以杀的人了；他们都在哪儿呢？

他顺着湖边继续走。在一个被人称为斯托尔滕贝格之石的地方，他遇上了几个年轻人，开枪打死了三个。在布尔什维克湾的湖滨浴场，他又找到了一群人，杀了五个。水边渐渐变得越来越难走过去了。他又回到了小岛内陆。

趴平在高高的草丛后面的一小群人，听见了他的脚步声。但是他们不能跑，他们不能逃，因为他们的手中托着生命。

伊娜的生命。

布雷维克离开餐厅大楼之后，伊娜从钢琴后面爬了出来。她用手扶着下巴，设法把自己拖出了大厅。来到营地的时候，她倒在了地上。有人把她抬到了就在一旁的滑板坡道上。

"她不行了。"伊娜听见他们轻轻地说。接着一个女孩带头行动起来。

"我们每个人负责一个伤口。"她命令说。此时此刻，听见布雷维克走近的时候，他们就是这样坐在她身边的，每人各拿一块石头按在伊娜的伤口上。一位来自挪威人民援助会的女士则卧在地上，让受伤的女孩躺在自己身上，为她保持体温。可是伊娜一直在流血。

其中一个用石头帮伊娜压着伤口的少年想要跑出去找他的妹妹，而其他人却告诉他："我们需要你待在这儿。"就在这时，他们在高耸的草茎后面见到了那个穿着制服的人。

"都给我趴着别动。"之前领头的女孩子说。

他正沿着恋人小径走。

要是朝右边扫上一眼,他就会看见他们了。

但他直直地盯着前面。

他在一间灰色的小棚子旁边停了下来,觉得这肯定是一间户外的厕所。他努力保持平衡,顺着棚屋的一侧向下,走得非常小心,因为棚屋的两边都非常陡。他看见了一个人,接着是另一个,然后是更多的人,有一大群人坐在那里,就这么紧紧地靠在小抽水站的墙壁上。布雷维克离他们还有一小段距离。

"你们看见他了吗?"他问道。

没有人回答。

"你们知道最近一次枪声是从哪里传过来的吗?"他又问。

没有人动。

"我们还没抓住那个枪手,不过湖边有一条船已经准备好把你们转移出去了。你们能集合在一起吗?你们现在就得过来!"

几个女孩犹犹豫豫地站了起来。怯生生地向他走近。他端详着她们的脸蛋儿;有一些看起来如释重负,其他人则比较怀疑。

"你们一定要赶快,赶在恐怖分子来这之前。我们还没抓住他呢。"

又有两三个年轻人站了起来,向他走去。

"你有证件吗?你能证明你是真的警察吗?"其中一个问他。

朝着他走过去的那些人中间,有一个来自奥斯陆郊区的十七岁孩子。她发现他一下子变得非常恼火,好像是在气他们过来得不够快。他开了一枪。安德琳一头扎进了水里。在那儿,她看见之前站在她身边的那个女孩子倒在了地上。接着又见到最好的朋友托马斯被枪打中了。先是脖子,然后是脑袋。

一个女孩哭喊着："求求你，救命！"

布雷维克一阵射击把她打倒。随后又扫倒了那些沿着陡坡往上跑的人。

安德琳忽然在胸口感觉到一股空气的压力。脖子、喉咙和嘴巴里渐渐灌满了血。一颗子弹射进了她的胸膛，在离脊椎几毫米的地方停了下来；她的肺被穿透了。她躺在浅浅的水里，喘不过气。胸口的积血让她窒息。她瞪大了眼睛。如果闭上眼睛我就要死了，她心想，拼命吸着气。她望见那个朝着待在抽水站边上的大家开枪的男人。他又走回到每一个人身旁，把手枪拿在离他们的脑袋几厘米远的地方。随后一枪，一枪，又是一枪。

接着杀手停了下来。环顾四周。打量着倒在地上的尸体，转过身，踏上了山坡。随即又忽然转了回来。站住脚，微笑着，再次举起了武器。

他瞄准的是她。他的眼睛直盯着她。这一枪穿过了她的威灵顿雨靴和一只脚。子弹一颗接一颗扑通扑通地落进了水里，在她周围的一块块石头上弹起来，溅起的石头碎片飞到她的脸上。

他又一次对准了她。这下我死定了，她自忖。完了。

布雷维克扣动了扳机。

一个男孩跳了出来。

就在安德琳以为自己没命了的时候，却看见一个男孩向前一跃。他中了一枪——两枪——三枪，原本是要射向她的三枪。第一枪击中了臀部。第二枪钻进他的后背，又从胸口穿了出来。第三枪打碎了他的脑袋。他栽倒在地；他死了。

他是诺尔兰郡哈德瑟尔的亨里克·拉斯姆森。安德琳并不认识他。可他一直蹲在山坡上面，躲着，眼见着她一次又一次地被枪射击。于是便跳到了她的身前。

亨里克在这一年的二月满了十八岁。动身赶往于特岛之前，他所做的最后一件事情，是在自己家乡的辖区领导一场反对种族歧视的活动。

"嘿嘿！"布雷维克欢呼着。

然后他就走开了。安德琳看着自己的周围。他们都死了。有些人面孔朝下倒在水里，其他人则蜷缩成了胎儿的姿势。有一个人的头骨被削成了两半。大脑裸露在外。

安德琳等待着死亡降临。等着身上的血液全部流干。葬礼上她想要一口白色的棺材，完全纯白的。可是她要怎么才能让别人知道呢？

她不能死。要是她死了，那个她素不相识的男孩做出的牺牲就白费了。

听到第一声枪响从抽水站传来的时候，劳拉就跳进了冰冷的水里开始游泳。当时大约是六点十五分。

游在湖中的时候，她能听见枪声和尖叫声。有人在哀求着饶命。"求求你，别开枪！我想活下去！"

在小岛的这一侧，湖水侵蚀着石灰岩，形成了许多洞穴。她游向其中的一个，但是里面已经站满了人。她继续往前游，下一个洞口可以进去。站在洞里，别人无论从哪个角度都看不见她。

她望见远方航道中的船只。前来露营的人，还有住在峡湾沿岸避暑小屋里的人，正在把冻僵了、吓坏了的少年们从水里拉上来。

伊娜和帮忙救她的人也听见了从抽水站传出的枪声。开枪，尖叫，哭喊，开枪。其中一个帮她按着伤口的人喃喃地说着："他们死了，他们死了，他们死了。"一遍又一遍。后来就一点动静也没有了。

伊娜的体力也渐渐衰弱。她流了很多血。昏昏沉沉地躺在那里，她瞥见一颗雨滴在树叶上晶莹发亮。

想想看，就在此时此地竟然还有如此美好的东西，她自忖。

在萨兰根，古纳尔把电话握在手里。六点刚过的时候，他看见电视屏幕的下方滚过一行字。"于特岛发生枪击。"它是这么写的。

"托恩！"

"托恩！！！电视里在说于特岛发生了枪击什么的。"

西蒙的母亲冲进屋里。眼泪夺眶而出。

"我的儿子！"她喊道。

"不过你知道的，托恩，我们的西蒙跑得很快，游泳也游得很好，所以他会没事的。"古纳尔安慰她。

然而托恩已经惊恐万状。只能大口喘着气。

"肯定是个别人之间起了什么争执。我们一定不能太担心，没有任何迹象说明西蒙跟这件事有关。毕竟岛上有许多人呢。"

可托恩还是焦虑不安。

几分钟过去了。没有其他有关于特岛的消息。"我非把这事儿搞清楚不可。"古纳尔咕哝着，拨通了西蒙最后一次给他们打电话的时候所用的号码。

"你好，抱歉，我是古纳尔·赛博，西蒙的爸爸，"他说，"西蒙之前用这个电话打给过我们。"

"这里有个疯子在到处乱走开枪打人。我没办法说话。"朱莉·布雷姆内斯小声应道。

"那你看见西蒙了吗？"

"呃，没有，我们本来是一起逃跑的，但后来跑散了，我有一会儿没见到西蒙了。"这个十六岁的女孩悄悄地说，她正趴在一道陡坡后面的湖湾里，"我现在躲着，不能再说了。"

"这个姑娘躲起来了，她只能偷偷地说话，"古纳尔告诉托恩，"我们不能再打电话了，一个电话也不能再打了。打过去说不定会害了别人的。"但他们还是拨了屏幕上面滚过的那些号码。亲属联络号码，上面写着。却始终拨不通。

托恩站在那儿哭了起来。"我的儿子！我的孩子啊！"

古纳尔给朋友打了电话，那个周五的晚上，夫妇俩原本是接到邀请，要去参加他的生日聚会的。

"我们会晚一点到，"他说，"一确定西蒙没事我们就来。"

"这下是他妈的动真格了。"

抽水站的大屠杀正在进行的时候，大约三十位"三角洲"的成员，加上地方警局的警察，抵达了高尔夫球场边的大桥。

他们开着放肆无礼的玩笑。

"挪威本土恐怖袭击。"

"是啊，一声巨响拉开序幕。"

他们已经收到通报，目标人物身着警服。就像阿富汗塔利班一样，古斯巴克暗想。塔利班也很喜欢穿上警察的衣服，混进民众中间，然后再发动袭击。

目标人物十有八九是一个穿着警服的年轻金发男人，这条信息还没有传到他们那里。

"三角洲"在会合点立定的时候，警用船也靠上了大桥正下方的石质扶壁。荷枪实弹的队员们抓紧时间登船。他们渴望着开始行动；他们眼下都处于战斗状态，想要用最快的方法抵达目的地。"不能再多了。"驾驶小船的人喊道。这条红色小艇的登记载重量是十个人，而且队员们可不轻：每个人都有大约三十公斤重的装备，另外还有盾牌和破门锤。

只有驾驶员在船上的时候，船头停得稳稳的，而当队员们开始走动，往船上更靠后的地方挪，给其他人让位置的时候，水就从两侧漫了进来，流到了船底和油箱上。

"这次行动我要参加。"这是普遍的态度。"我们要把他撂倒。我们是在救人。"谁也不想被落下。谁也不想错过战斗。十名队员上船之后，驾驶员让他们别再上了。

小船从之前靠着的石头上移开。一下子沉得很低很低，船舷只比水面高出一个手掌的距离。

"踩油门，最快速度！"橡皮艇噗噗响着缓缓向前的时候，霍瓦德·古斯巴克嚷道。"踩油门啊！"他又对驾驶员吼了一声。

"我已经全力加速了，"驾驶员回答，"最快就这样了。"

几百米之后，发动机开始噼啪作响，随后完全停了下来。他们全都坐在船上，十个全副武装沉甸甸的警察，在一条橡皮艇上随着波浪起起伏伏。有些人开始解开自己的作战服。要是小船沉了，他们也会跟着沉下去的，被装备的重量一起拖到水里。他们骂人。他们咯咯笑着。他们说脏话。

他们听见了小岛上传来的阵阵枪声。

一位正在度假的游客赶来营救他们。他放慢速度，好让红色的橡皮艇不要被自己的小船激起的浪花淹没。皮艇在水里陷得非常深，任何突然的动作都会让船舱被湖水灌满。

带着各种装备的特警队员们站在齐膝深的水里，油箱、燃料管同船桨和其他设备一起四处漂浮。第一件被抬上露营游客那条小船的东西是一块盾牌。随后警员们一个接着一个地跨上了船，而船主则转而上了那艘红色的橡皮艇。上去之后，他别无选择，只能划桨前进。

其中一位警察把手举到空中喊道："多谢了，同志！"他们接着向于特岛进发。

然而进展还是非常缓慢，因为这艘船也同样超载了。

另外一艘船靠拢过来，四名队员跳了上去。

速度总算快起来了。两条船齐齐加速。但所有这些换船的步骤却浪费了宝贵的时间。

安德斯·贝林·布雷维克很奇怪"三角洲"怎么还没出现。他看见一架直升机在头顶盘旋，寻思着一定是警察来了。直升机飞得很低，让他惊讶不已，因为他知道直升机有热成像摄像头，在远处就能侦测到生命的迹象，甚至隔着树木也没问题。这架直升机处在两百米的射击线之内。他开十枪就能把它击落，不过这么做就意味着他自己的位置也要暴露了，要是他们还没有发现他的话。他们为什么不朝他射击呢？说不定直升机只是在向"三角洲"报告情况，告诉他们到了岛上以后要在哪里部署。

一个念头闪过他的脑海。他真的是想要在行动结束之后活下来吗？他想着未来将会出现的那些把他妖魔化的言论。自杀所需的一切他都有，而假如他想要自杀的话，现在就应该动手了。

他掂量了一会儿自己的性命。

他决定选择活下来。

他必须履行自己的计划。第一阶段是那份宣言，第二阶段是炸弹和于特岛，第三阶段则是庭审。

他忽然感到一股强烈的求生欲望。思考着缴枪的方法，确保自己能够继续完成第三阶段的计划。他担心要投降会很难。"三角洲"一有机会就会把他处决的。

他没有护甲，如今剩下的弹药也不多了。他又瞥见了一只被人丢弃的手机，决定再给警察打一个电话。这时是十八点二十六分。他在岛上已经待了一个多小时。这一次很快就接通了。却没有接到他想打的地方。通讯基站的错误，导致所有用网通[1]账号打来的电话都被转到了南比斯克鲁德警区。

"报警中心。"

"下午好，我的名字叫安德斯·贝林·布雷维克。"

"嗯，您好。"

"我是挪威抵抗运动的指挥官。"

"嗯，您好。"

"你能帮我接'三角洲'的警务主管吗？"

"嗯……您是从哪里打来的，有什么事？"

"我在于特岛上。"

"您在于特岛上，好的。"

"我已经完成了行动，所以我想要……自首。"

"您想要自首，好的。"

"对。"

"您刚才说您叫什么？"

"安德斯·贝林·布雷维克。"

"然后您是哪里的指挥官？"

"欧洲圣殿骑士团，这个组织叫作，不过我们组织起来的是……抵抗运动，抗击欧洲和挪威的伊斯兰化。"

"嗯。"

"我们刚刚实施了一次行动，代表的是圣殿骑士团。"

"嗯……"

"在欧洲和挪威的分支。"

---

1 网通（NetCom），挪威移动通讯运营商，2000年被瑞典通讯巨头泰利亚（Telia）收购，2016年改名泰利亚。

"嗯……"

"鉴于行动已经完成了，因此……向'三角洲'投降是可以接受的。"

"您想要向'三角洲'投降？"

"你能……你能帮我接'三角洲'的警务主管吗？"

"嗯，问题是，您是要和一位，呃，从某种程度上来说，级别更高的人通话。"

"好吧。你需要查什么就去查清楚，然后再打到我的这个电话上来，行吗？"

"好，不过您的电话号码是多少？"

"好极了，再见。"

"我还没记下您的电话号码。喂？"

布雷维克又一次用了一部没有有效 SIM 卡的手机，这样的手机只能拨打紧急求救电话。因而话务员在屏幕上看不到电话号码。

抗击欧洲和挪威伊斯兰化抵抗运动的指挥官决定继续行动，直到他被人解除武装为止。

他向南前进。顺着沙滩上的鹅卵石走。

最快的船在十八点二十七分抵达了小岛。四名来自应急反应部队的警察被送到了栈桥上。几个 AUF 的成员跑到他们面前，指着北边，指着布尔什维克湾和"斯托尔滕贝格之石"的方向。

"他在那里！他在那里！"

这是布雷维克上一次开枪打人的地方。可在那之后他已经走过了栈桥，经过位于主楼后面的基地，在那里给 112 拨了一个电话，接着又向南边去了。

"三角洲"在向北移动，而布雷维克则朝着小岛的南端进发。

接近最南端的时候，他见到了一群人，半掩在灌木和矮树丛里。他们没有看见他过来。他意识到自己曾经到过这里。地上散落着众多死尸和伤者。有几个人正站在水里，稍远一点的地方。这里的地势非常平坦，没有险峻的地方或是陡峭的悬崖；小岛渐渐倾斜，没入水中。

几个女孩察觉到这个穿着制服的人走近。

"哦，警察！警察！帮帮我们，帮帮我们！"

他平静地向她们走去。

"你们哪一个需要帮忙?"他问道。径直走到她们跟前。然后开火射击。

在高空中，一切都被拍了下来。岛上的那架直升机并非像杀手所想的那样，属于挪威警方。而是挪威广播公司NRK[1]租的。此前，摄影小组一直在政府区的上空拍摄，后来编辑吩咐他们飞往于特岛。

飞机距离地面太远，摄像师没法从他的镜头里看清楚自己拍到的究竟是什么。直到后来，看到画面的时候，他才意识到自己拍下了一场大屠杀。

布雷维克站在水边，望见几个人游向远处。一条黄色的快艇朝他所在的方向开来。停下来救起了几个游在水里的人。他开了几枪，让小船一个急转弯，迅速地退回到了峡湾里，远离他，远离小岛，远离那些水中的少年。

就在这时，载着霍瓦德·古斯巴克和其他五名警官的小船刚刚在小岛靠岸。船上的六个人听见了枪声，也看见了子弹如雨点般地落到水里，所以知道自己要朝哪个方向去。

1　挪威广播公司（Norwegian Broadcasting Corporation，挪威语 Norsk rikskringkasting AS，简称NRK），挪威公营广播公司，挪威最大的媒体机构，拥有三个全国性电视频道和三个全国性广播频道，经营模式类似英国BBC，经费主要来自电视执照费。

一个人留在原地，守卫渡船码头，其他人则排成五人阵型向南移动。打头的是拿着盾牌的人，然后是其他人。他们强行挤过灌木和矮树丛，好向下走到水边，但植被太茂密了，他们只得转向内陆，走上一条小径，穿过树林，接着再回到枪声传出来的地方。

与此同时，在小岛的南端，一个女孩头部中了两枪，胸口中了一枪，而这些带着武器的人正走在小路上。另一个年轻人被一枪打穿了脖子，而他们正在一路小跑穿过开阔的空地。第三个人，一颗子弹打破了她的脑袋，而他们正在更换盾牌手。第四个后背挨了两枪，而这五个人正在靠近。第五个，一个男孩，被三颗子弹击中，第一颗在背部，把他打倒在地，跟着是头部和颈部，而这些人还没赶到。

他们正跑在砂石小道上。

我们现在要被攻击了。会有人开枪打我们的，古斯巴克心想。这次会是枪战。这位两个孩子的父亲还没有见到岛上被打死的人。警员们控制了布雷维克前进路线外围的一片区域。杀手避开了这一段路，因为从大陆上能把这里看得一清二楚，有遭到枪击的危险。

我一定是疯了才会把面罩给抬起来，古斯巴克自忖，但仍旧还是抬了起来。面罩在潮湿的天气里结满了水汽，隔着它根本没法看清楚。他听见了接连不断的枪声，开火的是一把重型武器。

这次要准备战斗了，他暗暗想着，低头打量着自己的MP5自动手枪，跟他所能听见的那件武器相比，这支MP5简直不值一提，那把枪火力更强，射程更远。他觉得自己明显处在劣势。

我应该抱一抱艾利夫的，他寻思着。这说不定会是我的最后一次任务。

布雷维克站在那里，俯瞰着自己打死的人。身边是一个男孩，看上去"太他妈的小了"。

"你杀了我爸爸！你杀了我爸爸！"小男孩嚷嚷着，"你现在一定不能再开枪打人了。你杀的人已经够多的了！别找我们麻烦了。"

布雷维克低头瞧了他一眼，觉得这个孩子如果是十几岁的话，看起来也未免太小了。

"会没事的，都会好的。"他对小男孩说。

小男孩没有动，却大喊着说："他让我活下来了！他没杀我！"

布雷维克转过身，上山去基地里补充弹药。

五个警察来到小道的尽头，又交换了一次盾牌手。他们静静地站在那里。他一定离我们非常近了。大家蹲下来，各就各位。仔细听着。他们已经有一段时间没听到枪响了。这下没有声音能让他们判断枪手的位置了。其中一个"三角洲"队员开始喊起了呼号。

"闭嘴！"古斯巴克说。还不清楚对方在哪就喊呼号是很不明智的行为。"继续听着！"

他们再次向前。一百米之后，来到了一栋红色的矮房跟前，那是校舍。他们走向西南角，边走边掩护可能的射击区域。

四下一片寂静。

他们发现矮树丛里有什么东西动了，在离他们五十米开外的地方。有某件反光的东西闪了一下。人影又看不见了。他们横穿恋人小径。向前从两个方向通过灌木丛。随即一个穿着警察制服的人就站在他们面前了。

"三角洲，三角洲。"队员们喊道。

现在他们要开枪打我了，布雷维克心想。不过他们看起来又有一点困惑。十有八九是以为面前会是一个深色皮肤的人吧，他自忖。

"武装警察！站住别动！举起手来！"其中一个警察高呼。

布雷维克放下了步枪，把它靠在一棵大树上。

接着他转过身来，向警察走去，两只手都放在体侧。他的耳朵里戴着耳塞，一根耳塞线穿进防弹背心，挂在身上。

"趴下！"一个警察叫道。

"双膝跪地！"

有几个人用枪指着他，手指摁在扳机上。

"再靠近我们就开枪了！"

"三角洲"的警官们注意到了他那件鼓起来的背心。会是绑着炸弹的腰带吗？他那只iPod的耳机线荡在外面。他会把我们都炸死吗？大家准备向他射击。

"那个不是炸弹腰带！是装子弹的武装带！"一位站在侧翼的"三角洲"队员喊道。

"趴下。"一个警察嚷着。

"跪下来！"另一个吼道。

"你们拿个主意，到底是跪下还是趴下？"布雷维克应声。

"趴下！"

他重重地倒了下去，先是双膝跪地，然后俯身趴了下来。

霍瓦德·古斯巴克直接跳到了他身上，用力把他的双手绕到背后，给他戴上了手铐。另一位警员用塑料手铐绑住了他的两条腿。

布雷维克趴在那里，身体被压在地上，他转过头，抬头看着两腿叉开，骑在他身上的古斯巴克。

"我要找的不是你们几个。我是把你们看成兄弟的。我必须要除掉的不是你们。"

"你有证件吗？"

"在右边的口袋里。"

一名队员把他的证件拿了出来，在无线电里念出了他的姓名和身份证号码。

"我并不反对你们，"布雷维克接着说，"我这么做是为了政治目的。这个国家正在被外国人入侵，这是政变，是地狱的开始。我们还会变本加厉：第三小组还没开始行动呢。"

这时古斯巴克注意到地上有两个被打死的人。那是他最先看到的两个。约翰内斯和吉泽姆，被布雷维克打死在树林里的两个人。

"格洛克在皮套里。"布雷维克说。

"我知道。"古斯巴克回答。

一个警察从他的大腿上把枪取了出来。另一个则自始至终站在那里，举着他的武器，对准了布雷维克。

古斯巴克直视着布雷维克的眼睛。

"为了你的良心，现在回答我：你还有同伙吗？他们在哪？"

布雷维克抬起头望着他。

"只有我一个人，"他说，"只有我一个人。"

只。有。我。一。个。人。

一切都结束的时候

海雅路的客厅里渐渐挤满了人。

夜色渐深，报道说有七个人遇难。稍晚一些又说是十个人。

屏幕上滚动的电话号码，古纳尔一个都打不通，最后他打给了本地的治安官。说不定他在比斯克鲁德警区有熟人。

没错，他确实有熟人。

他们坐在那里，被电视画面惊得动弹不得。他们看见年轻人在幽深的水中游泳。画面是在空中拍的，白花花的躯体在远远的地面上。他们游得很快，划水的动作顽强而有力。有些人成群结队地游着。其他人则是单独一个。他们不断朝着大陆的方向前进。所有人都在做着同一件事情：远离小岛。

治安官给古纳尔回电话。"情况很严重。"他说。可是他也没有其他的消息能告诉他们。

紧接着老治安官露面了。他在萨兰根社区维持秩序已经四十多年了，开出超速罚单，取缔非法捕鱼，执行山区不得使用雪地摩托的禁令，维护镇上的治安，从二十世纪八十年代末，本地居民和申请避难的人发生冲突开始，一直到今天。

"我觉得我应该过来，"他站在门前说，"万一有什么事情是我能帮上忙的呢。"

他打算试着拨一下其他警区的电话，电视屏幕上没有的那些，而且要是他们需要他做点什么的话，他也能随叫随到。

然而所有的电话都忙线。

阿斯特利德，在上萨兰根的时候住在他们家隔壁的女孩，也过来了。她比西蒙大三岁，从西蒙四岁起就和他在一起玩。他们表演新年活报剧的时候，阿斯特利德一直都是导演，几乎可以算是个大姐姐。这个星期五，她刚刚给自己倒了一杯红酒，在电视机跟前坐下来，就看见了于特岛发生枪击的报道。她立刻上了车，开到了海雅路。

亲戚们都来了，邻居们，朋友们。赛博夫妇原本准备参加的那场生日聚会上的所有宾客都到了门口。西蒙打电话来说一切都好之前，他们什么也庆祝不了。

一条快讯在电视屏幕上滚过。一些幸免于难的年轻人说，被打死的人要比官方报道的多得多。有三四十人这么多，一位AUF成员估计。

客厅里，大家的心脏开始怦怦直跳，越跳越快。

西蒙一秒不打来电话，就增添一秒的痛苦。时间很快就变得让人难以承受。

有人煮了咖啡，一杯一杯地端了出来。生日聚会的客人们带来了一些蛋糕。

不安像一团浓重的阴影笼罩在明亮的客厅里。

透过面向峡湾的大观景窗，阳光依旧灿烂耀眼。这一晚太阳并不会落山，只会沿着地平线不断西移。

托恩消失了。客厅里的人已经很长时间没见过她了。

他们在那间大多用来晾干衣服的小杂物间里发现了她。她坐在地上，来来回回地晃着。

"不会是我的西蒙。不会是我的西蒙。不会是我的西蒙！"

除了自己，托恩什么也顾不上了。这痛苦实在太过贪婪；恐惧紧紧将她攥住。她的手脚已经失去了功能。只是在地板上瘫作了一团。她脑海里只浮现出一幅画面。西蒙，她在机场给他一个拥抱和两个亲吻的时候，那个快乐的西蒙。

古纳尔正在和警察通话。他看起来就和平常一样，阿斯特利德觉得。他的声音非常清晰，从不迟疑。他把电话拿在耳边，转过身去朝着窗户。

这时候她瞥见了他的后背。他的衬衫彻底湿透了，腋窝下面也有大块的圆形汗渍。

古纳尔反反复复地踱着步子，从电视机前走到游廊上去抽烟，然后又走回来。不能让托恩一个人坐在地板上，有几个人这么想着。他们扶着她起来。她僵硬地走着，被两个朋友搀扶着，机械地挪动。她出去找古纳尔，要了一根烟。唯一能让自己呼吸的办法就是抽烟。

峡湾在夜晚的亮光里一闪一闪。远处的群山倒映在水面上。

主干道上忽然有一辆汽车闯进了众人的视野。"它这样会从路上翻下去的！"一个跟他们一起站在游廊上的人说。

汽车飞速向前。拐弯开出主路，开上陡直的车道，在屋外的空地上停了下来。车门被猛地推开。克里斯汀，足球运动员兼实习老师，西蒙整个青少年时代的女朋友，过去这些年几乎成了这个家里的一分子的克里斯汀，踩在碎石子上，抬头望着游廊里的古纳尔和托恩。女孩哭得像泪人一般。她冲上台阶，撕心裂肺地喊了一声。

"西蒙死了！西蒙死了！西蒙死了！"

有那么一瞬间，海雅路上的一切都完全凝滞了。

接着西蒙的母亲倒在了游廊上。

克里斯汀之前一直待在家里，联系不上西蒙让她越发心急如焚，就给他所有的朋友都打了电话。十次，二十次，同样的号码一遍又一遍地打。终于，布拉吉·索伦接了电话。离开特罗姆斯营地去查看情况的时候，他一头扎进了矮树林里，后来就一直躲在那里。他始终趴着，直到歹徒被抓住为止。他自己并没有见到西蒙，但却听到了别人口中的情况。

"关于西蒙的情况，你知道什么就告诉我。"克里斯汀说。

话语哽在布拉吉的喉头。他一边嘟嘟囔囔，一边斟酌着自己能够说些什么。他多少都得给她一个答案。

"你再也见不到西蒙了。"

克里斯汀尖叫一声。"你确定吗？你确定吗？"

"我没看见是怎么回事，但是格利·科勒跟我们说……"

克里斯汀只记得这些，然后她就跳进了车里，开到了赛博家。

这会儿她呜呜地哭着。"我们再也见不到西蒙了。"她喊道。

"他有可能是搞错了。"古纳尔回答。"说不定。"他接着说。

因为他们也听到了传闻说西蒙正在医院里，他被救出来了，腿上中了一枪。而且毕竟布拉吉自己并没有见到西蒙。他从头到尾一直都藏在其他地方。

可是西蒙的母亲，家中亲情的源泉，已经耗尽了所有的力气，拖着疲惫的身子走进了卧室。

霍瓦尔去了他自己的房间里一个人待着。拿着他的笔记本电脑坐在床上，登上哥哥的社交网络主页，写下了一条留言。

西蒙！快回家！！！！

在湖岸边，维利亚尔已经没了动静。

他用胎儿一般的姿势躺着。一动不动。他已经不再讲故事了。

他不再唱歌了，不再骂人了。他含含糊糊的说话声也停下了。

维利亚尔再也没有发出任何声响。他那件运动衫的风帽被血染红了。有什么东西从他的眼窝上挂了下来。

玛格丽特·罗斯巴赫在岩架上蜷作一团，双眼紧紧地盯着一个地点。就在山下的石块旁边。

她什么也感觉不到，没有悲伤，没有恐惧。西蒙死了，过不了多久我们也都会死的，她心想。那些在开枪的人，那些一直在不停开枪的人，会回来把我们都打死的。枪声是那么的频繁，那么的响亮。玛格丽特已经失去了生存的愿望；她都没有费心思坐到让别人看不见的地方，她已经放弃了。坐在高高的岩脊上，她已经变得木然。她的手机不断地亮起。爸爸，屏幕上显示着，可她却没有去接他的电话。

已经结束了。这就是末日。

她和父亲的上一次交谈是在西蒙坠崖之前结束的。当时西蒙把电话从玛格丽特手里拿了出来，然后说："我们得保持安静。我们得躲起来。"接着便把电话放到了岩架上。但他并没有挂断。因而玛格丽特身在斯塔万格的父亲听见了两声枪响，两次很响的噼啪声，就在他的耳畔。他还听见了尖叫。这就是把他们打死的两枪，他自忖。一枪打中了西蒙，另一枪是玛格丽特。

他并不知道两颗子弹都给了他们之中的一个人。

一条民用船朝着悬崖开来，船上有三个荷枪实弹的警察。

这下他们要开枪打我们了，玛格丽特寻思。

"警察！警察！"船上的人嚷着。

受了伤躺在湖岸边的少年们心想，我们现在要么是得救了，要么就是完蛋了。没有恐慌，谁也没想逃跑，因为假如这几个人和第一个枪手是一伙儿的，那他们一定是凶多吉少了，这些人的火力太强大了。

警察们跳到了岸上。

"有人受伤吗？"他们大声呼喊，然后立刻动手给那些还有救的人包扎绷带。

玛格丽特冲到西蒙身边。

他身上多冷啊！

昨天晚上她借来穿过的毛衣在他的背上拱了起来，那件防水的夹克也是，几乎盖到了他的头上。她把那件羊毛的上衣拉了下来，把外套在他的身上裹得更紧一点儿，把风帽往下翻，好看见他的脸。

他的脸完全白了。所有的血色都消失了。没有流血。没有什么地方能看出来他中枪了。夹克和毛衣上面只有一个小洞，那是步枪子弹射进去的地方，然后就是腿上的一个伤口。他就好像是睡着了，冻僵了。

玛格丽特轻抚他的后背，拍着他的肩膀。用双臂搂住他。紧紧地抓住他。

现实犹如利爪向她猛扑过来。

他死了。而她得救了。

他死了，而她会活下去。

警察很快就确认了死者。一个漂在水面上的男孩，背部和腹部中了四枪。死了。西蒙，无声无息地挂在石头上。死了。维利亚尔，躺在岸边，大脑有几块落在头骨外面。死了。

悬崖上面更高的地方，布雷维克最先打中的三个女孩。也死了。一个在五天前庆祝了自己十四岁的生日。第二个十五岁，刚刚在本地的教堂当选为坚振礼班[1]的班长，她也是教堂唱诗班的成员。第三个和玛格丽特一起从斯塔万格来到这里，两个人还合住了一间帐篷。玛格丽特在凌晨时分爬进帐篷的时候，这个十六岁的姑娘还睡得很熟。三个女孩都在救援队赶来之前失血而死。

警察的工作迅速而高效，集中精力照顾那些还能救活的年轻人。身上被子弹还有骨头和岩石的碎片扎得千疮百孔的于尔娃、艾琳和凯瑟琳被送到了船上。三个人都有严重的内出血。

1　坚振礼班（Confirmation Course），在举行坚振礼之前参加的课程，在课上可以就信仰方面的内容提出问题，展开讨论，从而坚定对上帝的信仰。

"不！"警察确定死者的时候，托妮·布伦纳叫道。

"他刚才还在说话呢！他没死！"AUF的总书记指着维利亚尔，"他还在唱歌呢，没多久之前。"

一名营救人员在湖岸边的维利亚尔身旁蹲了下来。

"他不可能死的！"托妮大声说。

维利亚尔无力地躺在水里。那个警察发现了什么。

微弱的脉搏。

接着是一点声响，一点几乎察觉不到的声响。

"过来！"他嚷道，"他还活着！"

这个人受过创伤急救和战地医疗的专业训练，曾经在阿富汗服役，积累了很多年的经验。他做了一条三角巾，把它垫到维利亚尔的脑袋下面。小心地把他的几块脑组织放回到颅腔里。把头骨的碎片拼起来，动作非常仔细，保证碎片的尖角不会扎进柔软的大脑。他轻轻地把维利亚尔的头部包扎好，用三角巾绕上一圈打了一个结。大脑回归原位之后，维利亚尔被几个幸免于难的孩子抬上了一条等在岸边的船。

在峡湾中间，维利亚尔醒了过来，头枕在别人的大腿上。他望着一起坐在船上的人，虚弱地问：

"托尔热在哪儿？"

他们在喊她过来。已经坐在船上的其他孩子们。

这是最后一条把生还的人从悬崖边运走的船了。

一个警察走到玛格丽特身边。

"你现在一定得上船去了。"

"我们不能就这么把他留在这儿。"

"会有人照顾他的。"警察说。

一名携带武器的警官已经就位，把守这个地方。

"我们一定要带上西蒙一起走!"

"遗体晚一点会运走的。"

西蒙是那么的冰凉。

"西蒙不走我也不走!"

"小岛还不安全。活着的人谁都不准留在这儿。"

最终,警察把她拖走了。西蒙,就像他落下去的时候一样,在湖畔的石头上挂着。在他上面有三个死去的女孩,在他身下的水边有一个死去的男孩,还有一个警察在照看着他。

"伤员优先! 伤员优先!"

劳拉浑身冰冷地坐在险坡和泵站之间的湖岸上。在湖水里待了这么久,让她冻得瑟瑟发抖。在那个石灰岩的洞穴里,她已经对一切都无动于衷了,她的脑袋垂到了胸前,确信自己会中弹身亡。她太冷了,已经不在乎了。可是现在……现在她得救了。

啊,此刻她是多么需要巴诺呀。她想要被人抱着轻轻摇晃,想要被人搂住,想要被人安慰。她需要和她的姐姐巴诺说说话,巴诺,她对什么事情都能笑得出来,哪怕是最糟的状况也总能找到美好的东西,她能把平凡变成童话。而童话永远会有圆满的结局。

忽然她抑制不住地尖叫起来。

她哀嚎,她嘶吼,比周围的每一个人都要响亮。她所有剩下的力气都被灌注到了声音里。

她大口喘气,随即筋疲力尽地倒了下去。

后来她在船上找到了一个座位。

"别朝岛上看,"驾船的司机说,"笔直往前看,别回头!"

有些人还是回了头,然后便尖叫起来。

整片湖岸上都躺着年轻的生命,有些人半个身子露在水面上,其他人则卧在岩石上。有几个地方，石头被染成了红色。血迹斑斑的衣裳被遗弃在那儿。还有那么多的衣服，那么多的鞋子。都是那些游泳逃生的人留下来的。

"我再也不玩《使命召唤》了。"劳拉船上的一个男孩说。

他们在于特维卡露营地靠岸。沙滩上，人们带着毛毯和被子来迎接他们。

他们知道那里出了什么事！劳拉陡然回到了现实世界。这件事居然真的发生了！

见到的每一个人，她都会问他们有没有见过巴诺。"嗯，她还活着，"一个男孩说，"我记得有人说过他们和她讲话了。"还有一个人觉得他们曾经在一顶帐篷里见过她。

周围有悲痛欲绝的哭喊、泪水和恐慌。有些人惊魂未定，机械地挪动着，眼神茫然。有些人只能让人抬到岸上，被放下来之后就呆呆地躺在原地。其他人见了谁都怕得要命；他们的眼神好像在说："你也想要杀我吗?"

马路上，一排汽车停在那里等着，这些是志愿者，他们开车把年轻人送到集合地点，再开回来接其他人。

但在巴诺安全上岸之前，劳拉不想走。她知道姐姐肯定还没来，因为假如巴诺先到了的话，是绝对会等她的。

最后，劳拉的三个朋友说什么也要让她跟她们一起上车去。"所有人都要到孙德霍瓦尔登酒店集合，"她们说，"巴诺多半也在那里。"

车里的广播开着，有一条报道说行凶的是个挪威人。

在车里，有人借了一部手机给劳拉。她给父亲打了电话。

"我们在路上，马上来接你。"他喊道。

于特岛上发生枪击的消息开始传来的时候，所有的邻居都聚到了拉希德的家里。同样，他们也试着拨打电视屏幕上的电话号码，却没能打通。其中一个邻居查到桑维卡的松恩酒店里设了一个亲属中心。现在他们正坐在出租车上往那儿赶，因为穆斯塔法神经太紧张了，没法自己开车。他和巴彦从附近的一小块空地上把阿里接了回来，这个十四岁的孩子一直在那儿跟几个朋友踢足球。他们可以照看他的，朋友的父母说，可他不要，阿里想一起去接他的姐姐。

"你还好吗？"劳拉的父亲问她。

劳拉沉默了。"爸爸，"她说，"爸爸……我不知道巴诺在哪儿。"

"你没和她在一起吗？"

劳拉哭了起来。

他们说好谁先听到巴诺的消息，就给对方打电话。

阿里和巴彦一起坐在后座上。他努力地安慰母亲。"你知道巴诺有多聪明的。找个好地方藏起来这件事她最厉害了。就因为这样才会到现在都没人找到她！"

出租车司机来自摩洛哥，在仪表板上放着一册经文。巴彦念着神圣的经文，乞求保佑他们的大女儿，他们的第一个孩子。

穆斯塔法坐在前座上，独自小声嘀咕着。

在桑维卡，他们等了很长时间，随后才接到通知说，于特岛上所有的人都被送去了峡湾边上的孙德霍瓦尔登酒店。巴诺并没有打电话来。巴彦痛苦地呻吟。"我的孩子，我的孩子啊！"她呜咽着。

另一位母亲过来关照她。"会没事的。"这个苗条的女人说着，用手臂搂住了她。她的名字叫作克尔斯滕，也有一个孩子在小岛上，她说。他叫霍瓦德，是奥斯陆AUF的领导人。到现在他们也已经有好几个小时没有儿子的消息了。他最近的一条消息，是在刚过六点钟的时候，从抽水站边上的藏身地点发给他们的。克尔斯滕提议坐他们家的车去孙德霍瓦尔登。不过加上阿里的话人就太多了，所以他们就叫了一辆出租车。

他们动身出发，开上蒂里湖那条长长的环路的时候，天色开始暗了下来。

"一切都会顺利的,"又一次坐进后座的时候,巴彦对阿里说,"她们两个很快就会和我们在一起了。"

出租车转弯驶出了桑维卡,巴彦望着儿子笑了。"你瞧着吧,巴诺很快就会打来电话说'我没事'的。"

在孙德霍瓦尔登酒店,劳拉无法分享人们重逢之时的欢乐场景。她穿着本就湿淋淋的衣服,出门走到了雨里。她再也哭不出眼泪,再也喊不出声音了。

她在门外的停车场里,等着把年轻人从于特岛送来的巴士和汽车。她仔细察看着车辆,双眼打量着车窗和车门,盯着每一个在她面前爬下车来的人影,然后又继续去看下一个人。

一个脸色苍白,一头红发,长着雀斑的小男孩,站在离她不远的地方。他浑身都湿透了。托尔热在水面上那个岩石中间的洞里躲了很长时间。一艘小船开来,把孩子们从水里救上来的时候,他朝船边游了过去。几乎已经游到的时候,子弹开始嗖嗖地从头顶飞过。小船慌忙撤退。托尔热被独自留在了水里。他重新游到岛上,爬上了岸。他太冷了,没法再游回藏身的地方。有好几次,他和枪手近在咫尺,但每一次都设法脱身或是藏起来了。

巴士把他从码头上接走的时候,这个十四岁的孩子立刻给父母打了电话。他们正在路上。他们在苏里赫格达等了三个小时,随后决定开车绕过几乎整个蒂里湖,赶到岛上去。他们拨号码,挂断,接着又再拨。开车的一路上,托尔热和维利亚尔在母亲的脑海中变得越来越小。等他们走进孙德霍瓦尔登的时候,两兄弟在她心里已经成了两个小不点。

托尔热正在等着维利亚尔和约翰内斯。他的哥哥和他最好的朋友。

后来有人告诉他不会再有巴士开来了。

"等巴诺·拉希德到了，你能告诉她这是我们的房号吗？"

劳拉等得筋疲力尽，既然不会再有巴士开来，她便走进酒店要了一间房间。他们给了她一把钥匙。"巴诺长着黑色的长头发，另外，唔，她长得和我很像。她是我的姐姐。"

她拖着脚步朝电梯走去。

她还活着，劳拉上楼来到房间里的时候想着。刚才她在前台借了一台电脑，在巴诺的社交网络页面上留了一颗爱心。

她一定还活着，因为要是她死了，我是会感觉到的。而我并不觉得她已经死了，她对自己说。

酒店同侧的一间房间里，玛格丽特凝视着那张大床。

这豪华的房间！她是多么讨厌这间豪华的房间呀！这根本就不对。

"我们马上开车过来接你。"她终于打电话回家，告诉他们自己还活着的时候，她身在斯塔万格的父母说道。

"不，别过来，"她声音平淡地回答，"我会自己回家的。"

房间里的一切全都光滑而又闪亮。通通都烫过、压过、擦拭过了。她把床罩拉到一边，把装饰用的靠垫扔了出去，躺到了被子底下。柔软、干净、温暖的被子。就在这个瞬间，她情不自禁，失声痛哭。她真的无法承受。

自己躺在这条舒服的被子下面，而西蒙就这么躺在外面，一个人淋着雨。

———

"只有我一个人。"他是这么说的。

那还是霍瓦德·古斯巴克依旧两腿叉开，骑在他身上的时候。晚上六点半刚过一点。他的身体被压在潮乎乎的地上。鼻子埋在湿漉漉的草丛里。埋在清新的树叶、泥土和青苔里。他把脑袋歪到一边，继续说着。

"第三小组还没开始行动呢。这是地狱的开始！我们还会变本加厉的。"

他的声音是冷酷的，激进的。

比这还严重？古斯巴克哆嗦了一下。他在无线电里报告说，应该发出一条全国范围的警报，提醒防范进一步的袭击。

布雷维克抬眼望着古斯巴克。"我能告诉你百分之九十八，但另外的百分之二我想要跟你们谈判。"

"你说得够多的了。把头低下去！"古斯巴克回答。他能听见警队里的其他人在要急救包，在描述死伤者的细节。

"这是政变。"趴在他身下，手脚都被绑住的那个人说。

古斯巴克必须让这个人趴倒在地，保持安静，这是他的任务；他并没有接到和他谈判的命令。

他听见一个细细的声音，是伤心的哭泣声。

一个小男孩从树林里走了出来。一个深色皮肤，胸口沾着血的少年正牵着他的手。男孩抽泣着。"我要爸爸，我要爸爸！"

地上的人喘着粗气。尽管所有那些兴奋剂的化学效力正在渐渐消退，但他自己的身体所分泌出来的东西仍旧让他激动不已。他所实施的那些杀戮，还有屠杀在他体内释放出来的荷尔蒙，都让他无比亢奋。

有时候，他都没法往肺里吸进足够的空气，趴在校舍和小岛南端之间的地面上，他开始换气过度。

大约过了半个小时左右，一名"三角洲"的警官带走了这个遭到逮捕的人。古斯巴克奔向主楼去协助救援工作。

"那些死了的人我们该怎么办？"有人问道。

对于那些死去的人，他们该怎么办？

古斯巴克环顾四周。

"把那些在湖岸边上的拉远一点，别让他们漂到水里去，其他人可以留在原地。"他在无线电上答道。

三名来自特别行动处集团犯罪部的警员来到岛上。他们最关键的任务是搞清楚还会不会有进一步的袭击发生。阻止更多人丧命，这至关重要。

最初的讯问将在岛上进行。小岛还没有被确认安全，救援行动尚未完成，现在就把布雷维克送到奥斯陆，会占用过多的人力。

总指挥部设在栈桥上面的白色木屋里，之前是营地管理部门和于特岛妈妈的大本营。三个小时之前，第一阵枪声响起的时候，AUF的领导人正是坐在这里关注着电视新闻。

两位来自应急反应部队的警察把在押的犯人带上了长满青草的山坡，走向总指挥部的时候，有几名伤员还依旧躺在小岛上。

一段短短的石阶一直通向大楼。古老花岗岩制成的台阶，宽阔、安全。就在他们身旁的草丛里还躺着三具尸体。莫妮卡和两名警卫，这会儿正嚷着要爸爸的两个小男孩的父亲。

三位审讯员站在屋外等着布雷维克。他们接替"三角洲"来看管他的时候是晚上八点一刻，距离"三角洲"将他逮捕已经过了大约一个半小时。"三角洲"的队员们还交给他们一部手机和一枚别在外套上的徽章，上面画着一幅骷髅图。负责的审讯员解开那副将双手束在他背后的手铐，转而将他的两手铐到了身前。"你们不如就在一楼这里把我处决了吧。"他们吩咐他上楼的时候，布雷维克说。

"我们不会开枪打死你的。我们要和你谈谈。"负责的审讯员说。

布雷维克打量着他。

"反正我也要死了。"他回答道，并解释说自己已经吃下了一大堆化学制剂。眼下正在脱水，要是不喝点什么的话，不出两小时就会没命。

他们把他带上二楼，按到一把扶手椅里。房间里有一张桌子，一个大沙发，几把扶手椅，外加几只双人沙发。布雷维克拿到了一瓶碳酸饮料。

审讯员们一人坐一个沙发。

"你涉嫌谋杀。你有权不向警方说明理由，你也有权——"

布雷维克打断了他们。"没关系。我可以自己说明理由。大体上来说。"

他面朝着桌子坐着，铐起来的双手放在大腿之间。

"我牺牲了自己。从今以后我的生命就不存在了。我的余生尽可以遭受苦难和折磨。我永远不会逃走。我的生命，在我让自己成为圣殿骑士团一员的时候就已经终结了。不过你们究竟想和我谈些什么？他们居然没把特工处的人派来审我，真是出乎意料。"

"今天你来这儿的目的是什么？还会有其他事件发生吗？"

"我们希望在六十年之内取得欧洲的政权。我是圣殿骑士团的指挥官。我们的组织是二〇〇二年在伦敦成立的，共有来自十二个国家的代表。"

他强调说他们并不是纳粹，他们是支持以色列的。他们也不是种族主义者，但却希望将政治伊斯兰逐出欧洲。他们的行动可以称之为一场保守主义的革命。"不过关于这个问题我已经写了一份一千五百页的宣言了，这会儿没法全部解释完。"他说。

"岛上还有其他东西吗？"

"没有。"

"炸药？武器？"

"没有，这里已经完成了，了结了。"

"你停在对面的车，里面有饵雷吗？"

"没有，不过我的猎枪在里头。"

"除了你之外还有其他人吗？"

"没有。"他回答，却又忽然改变了主意，"是有其他的东西，不过我不会告诉你们是什么，或者在哪里。我愿意和你们谈判。我想要一份正经的协议，我给你们提供消息要有所回报。"

"哦，是吗？"

"假如你们想要挽救三百条人命，那就仔细听我说。不过说实在的我更愿意和特工处谈。"

"把你知道的告诉我们。今天已经有很多无辜的人牺牲了。"审讯员说。

"我一点儿也不会说这些人无辜。这可是工党，工党的青年组织。在挪威他们是掌权的人。他们是主导了挪威伊斯兰化的人。"

"还会有其他人丧命吗？"

"当然了。这只是个开始。内战已经打响。我不希望伊斯兰在欧洲出现，而其他的团员们也有着和我相同的观点。我们不希望奥斯陆最后变得像马赛一样，在那个地方，移民从二〇一〇年起就是多数了。我们想要为奥斯陆而战。我的行动百分之百地成功了，正是因为这样，现在我才投案自首。不过行动本身并不重要。这些只不过是小火花而已。"

他低头望着自己的双手。一根手指上有一点血迹。

"看，我受伤了，"他说，"这个一定得包扎起来。我已经流了很多血了。"

"他妈的我才不会给你胶布呢。"一位警官嘀咕着，他正在把各种消息从审讯室传到隔壁的房间里，那里的警员与奥斯陆的同事们保持着联系。

"失血过多我是受不了的，"布雷维克说，"而且我已经流了半升的血了。"在他看来，这点失血可能会让他昏过去的。

胶布弄到了。

贴胶布的时候，布雷维克琢磨着自己为什么会流血。他记得近距离朝一个被害人的头部射击的时候，有什么东西打中了他的手指。飞进了指尖，然后又重新弹了出来。肯定是一小块头骨，他对房间里的警察们说。

记录中写着这道口子有五毫米长。审讯可以继续进行了。

"作为向你们进行解释的回报，在监狱里我要有一台装了文档软件的电脑。我要……"

他支吾起来，有一点结巴，仿佛一下子不知道该要些什么了。"我得有一个更加正式的环境，然后才能提出我的要求。这事儿一定得做得像模像样的。"

最终，他拿定了主意，他有三份需求清单。一份是简单的，里面的要求很容易就能满足；第二份警方可能也会同意——而且实际上他们还会非常感兴趣；然后是他们多半不会接受的第三份清单。

"那就说出来吧。从简单的开始！"

"我的小组在挪威有一万五千名支持者，其中有许多人都在警队里。像我今天所犯下的这类野兽行径，谁也无法为之辩护，然而我反对的人比我的组织还要残酷！我们是殉道者，我们可以成为丧失人性的怪兽，对我们来说这不成问题。马克思主义的青年们，他们——"

一个警察走进来打断了他。"警方正在霍夫斯路十八号门外。你母亲在家吗，还有大门上写的是什么？"

"写的是温彻·贝林·布雷维克。"

炸弹爆炸的时候，温彻正在家里，既没有听见动静，也没有感觉到冲击波。

这天还早的时候，她在咖啡馆和朋友们一起喝了杯咖啡，又去库珀买了点肉末。两点钟左右到家的时候，安德斯已经从电脑商店回来了。两点半的时候他又出去了；他有件东西忘了买。

"你回来的时候我会把晚饭做好的！"她在他身后喊道。

她切好洋葱，把它们和肉末放在一起炒，再拌进番茄酱，然后摆好桌子。她希望在儿子回家的时候把一切都准备好。她会等一等，直到看见他在门口出现，再开始烧煮意大利面条的水。她把肉酱放在一旁，开始剥两人晚上要吃的虾。她把虾壳放在垃圾袋里，把袋子扎紧，放到大门边上。然后坐下来等着。

她饥肠辘辘。他会很快回来吗？

他离家两个小时之后，她给他打了一个电话。他的电话关机了。这可真奇怪，他一般是不会关手机的。

他到现在还没回来，这也很反常。只不过是出门去一下电脑商店而已。他会是顺路去看朋友了吗？

五点钟的时候她又给他打了一个电话。没有人接。

电话刚挂上，一个朋友就打来了，叫她把电视打开。真是太可怕了！她坐在那儿看着新闻，然后去烧水煮了意大利面，因为她真是饿坏了。她吃了一点。

七点钟，她再次给安德斯打电话。他能到哪儿去呢？会是出了车祸吗？

安德斯已经很久没在家里住了。自从搬去农场之后，他只在这里过了一夜，唔，如果今晚不算的话。她还问过他是不是在山谷里给自己找了一个可爱的挤奶女工。直接从牛棚里拉来的！

她目不转睛地盯着电视。想想看，这么骇人的事情发生的时候，安德斯却不在自己身边。

先是炸弹。而现在：十个人在岛上惨遭杀害。

八点到九点之间，她又给他打了好几次电话。她真的开始担心起来了。会出什么事呢？他会是被炸弹炸伤了吗？

九点四十分，一个电话打到了她的座机上。她急忙接了起来。

"我们是警察。我们要求你从屋里出来。"

"哦不！安德斯出什么事了吗？"

她跑出了公寓。

屋外，迎接她的是闪烁的蓝色警灯。好几辆警车停在门前。荷枪实弹的男人，穿着黑色夹克，戴着面罩，正拿着枪对准了她。

她不得不把钥匙交了出来，随后被带进了一辆车里。一位女警抓着她的手臂。

"你的儿子因为与一起严重犯罪案件有关而被捕。我们要你到警局去做一份证人陈述笔录。"

温彻瞪着她。这太荒唐了。

"你的儿子有机会使用枪支吗？"女警问道。

"他参加了狩猎执照考试，还是一家手枪俱乐部的成员。他有一把格洛克和一杆猎枪，"温彻说，跟着又加了一句，"猎枪在他卧室的衣柜里。"

汽车在空旷的街道上飞驰。

"你儿子有精神健康问题吗？"

"他的罪名是什么？"温彻脱口而出，"这么多人里面偏偏是他。他是那么的善良和体贴，而且……"

汽车驶进了警察总局的车库。

突击队依然待在霍夫斯路十八号门外。

人们都在自家公寓的窗口目瞪口呆地凝视着。没过多久，整个小区的人都站到了窗前，电话握在手里。他们都在互相打着电话："快看外面！快看外面！”在各家打开的电视机上，他们很快就会见到自己的小区在屏幕上现场直播，并听到报道说行凶的是挪威人，三十二岁。

老天，一定是温彻家的安德斯！

机动小组正在等待于特岛的通知，然后冲进公寓里去。

“那里有爆炸物吗？”有人问温彻的儿子。

“没有，”他回答，“‘放屁室’里有一台电脑。”

他就是这么说的。这是他们会进入的第一间房间，他说，也是唯一重要的一间。他已经把阁楼和地下室里的东西全都搬走了。

“有一件事情你们一定要清楚，”他忽然说，“今天是我这辈子最糟糕的一天。不幸的是，这是必要的。但愿工党能够从这件事情当中吸取教训，别再大规模引进伊斯兰教徒了。”

“今天还会有人丧命吗？”

“这个问题我不想发表意见。而且为了构思我的需求清单，我着实需要更加舒服一点。”

“你倒没有提前把清单准备好，这一点我觉得相当奇怪。”负责的审讯员说。

“现在我非常痛苦，而且没法集中注意力。我想换一个更好的地方对我会有帮助的。”

他们告诉布雷维克目前不可能更换地点。

“你们都把我看成一个恶魔，不是吗？”

“我们把你看成一个人。”

“你们会处死我的。还有我的全家。”

“我们准备为你的家人提供保护，如果需要的话。对我们来说，生命都是平等的。对待你和对待其他所有的人，都是一视同仁的。”

他说他得要去小便，几个警官陪着他出去了。

“现在我的需求清单已经准备好了。你们在记了吗？”回来之后他说。

他们向他保证说已经在记了。

"我要在监狱里收发信件。"

"可以，一旦不再有禁止通信和探视的理由就可以。"

"禁止通信的时间一般是多久？"

"视调查的情况而定，谋杀案的情况很难说。"

"谋杀案？这不是谋杀，这是政治处决！"布雷维克大喊，"欧洲圣殿骑士团准许我处决A、B和C类的叛徒。对我——准确地说，是对我们而言——圣殿骑士团就是挪威最高的政治管理机构。"

他确认自己在岛上杀死的那些人属于C类叛徒。

"每个人最终属于哪一类由谁决定？"

"我在书里都说明了。严格来说，我们是不允许处决C类叛徒的。现在，关于我的要求……"

他的第二个要求是每天最少用八小时电脑。不需要能够上网，但一定要有一台打印机。"我是个知识分子。不是战士。我的天职是用笔来战斗，不过一个人偶尔还是得挥一下宝剑的。"要求三是能够登录维基百科。要求四是和他一起服刑的伊斯兰教徒越少越好。要求五是不要给他吃清真的肉类。

隔壁房间的警员们把他的要求传达给了奥斯陆的警局长官，审讯员则告诉他说这些要求十有八九都会得到满足。不过他们跟着又说，假如双方想要达成协议，他必须现在就告诉他们，在不久的将来，还会不会有人遭到杀害。

"好啊，如果你们同意我影响最深远的要求清单的话，我就愿意把两个小组的详细信息交出来，这两个小组此时此刻，就在我们说话的时候，正在筹划恐怖行动，目标是那些拥护多元文化主义的党派。"

"你说吧。"

"那好，安全部门必须向司法委员会呈上一份提案，要在挪威引入绞刑死刑，同时要将水刑用作一种严刑拷问的方式。"

接着他要了一根烟，他们给了他一根。他又要了一瓶饮料，也拿到了。

"今天发生的事情最该怪罪的是媒体，因为他们都不发表我的意见。所以我只能用其他办法把思想传播出去。"接着他忽然又说这整件事情都很可悲，他的心正在为了今天发生的一切而伤心落泪。

"你是指挥官，所以要承担责任的是你。"审讯员反对说。

"我的责任是拯救挪威。这里发生的一切我负全责，而且我对这次行动非常自豪。你们是不知道这活儿有多辛苦，"他说，"真是糟透了。我为了这一天已经担心了两年了……"

审讯进行了几个小时之后，一个来自克里波斯的小组来到岛上，对受到指控的嫌疑人进行初步调查。他们采了DNA和尿液的样本，还从他的衣服上取了一些碎屑。

警官拿出了一台相机。可是挪威抵抗运动的指挥官却不同意拍照。他已经让人给自己拍好了照片，而且还传到了网上。这会儿警察就要来拍那种他在宣言里曾经提醒过大家要注意的相片了。一张违法人员的肖像，戴着手铐，双肩下垂。在那些他请人在摄影棚拍下的照片里，他化了妆，图像也修饰过。有他穿着共济会全套服饰、穿着圣殿骑士团制服和化学防护服的肖像。他把照片放在了宣言的最后几页里。不，才不能有在于特岛上的照片呢，背景里还有AUF的海报。他不要拍。

然而他已经不再是那个说了算的人了。

在这张后来泄露给报界的照片里，布雷维克坐在扶手椅上，双手放在大腿之间。他的头低着，眼睛盯着地板。

他的衣服需要保存起来，因为日后将被用作证据。克里波斯的队员拿出一只黑色的麻袋。

"把衣服脱了。"

他不肯。

他非脱不可。

他还是不肯。

接着他蓦地一跃而起，开始把衣服扯下来。

"住手，住手！"

他的衣物需要按照克里波斯的命令，一件一件地脱掉。他身上可能会有爆炸物。或者是藏匿起来的武器。警官们会决定他的衣服要用什么样的顺序脱掉，以及在什么时候脱。

他站在那里，在一间站满了身穿制服的警察的房间里，穿着内裤。忽然，他开始摆起了造型，试着让自己看起来充满男子气概。现在他完全同意让别人给他拍照了。他望着摄像机，把胸腔挺了起来。他的双手扣住一侧的臀部，同时绷紧身体，做出经典的健美姿势，让肌肉尽可能地鼓起来。

有那么一会儿，警察们不知所措。换了另一个环境，涉及另一种不同的犯罪，这么做或许会显得可笑，可是在这里……它是畸形的，简直让人无法理解。

他们眼前要对付的究竟是个什么人？

布雷维克紧张地笑了一下。他判断失误了。他看得出来。他的玩笑完全失败了。这个机会是突然出现的，既然这是他唯一一次对自己的身体感到满意，那他多少也是准备好了要展示一下的。这位指挥官一时忘我了。

他们发给他一套一次性的白色连衫裤，他迅速套上了身。警察在走廊里给他找了一双旧鞋子。鞋子可能是船长的，或者也可能是其中一名警卫的。无论这双鞋是谁的，他都不喜欢。但他也只能穿上。

审讯可以继续了。

"你说了我们，你们是谁，是什么样的一群人？"

"在挪威我是组织的总领导。在这里我是指挥官。我也是法官。是这儿的最高权威。国际圣殿骑士团无法事无巨细地管理它在挪威的指挥员。今天我已经给成千上万个激进的民族主义者发了一份文件。有些国家比挪威走得更远。比如说，法国，在十五年内就会被我的弟兄们占领，而一旦他们建立了一个像样的基地，把我从监狱里放出来就会很容易了。"

"你说你们是二〇〇二年在伦敦作为一个组织成立的。你从那时起就在为这个目标努力了吗？"

"首先，我是个潜伏着的成员。在今天之前，我从来没有表达过极端的思想。就因为这样才没有查到过我。我们想招募的正是像我这样的人，虽然符合要求，却并没有做过什么来引起警方注意的人。"

他又想出去小便，被带回屋里的时候，他询问有没有人带着鼻烟。有人带着。他拿到了一小团鼻烟，把它放到了自己的上唇下面。

时间已经经过了午夜。

"我的行动还会继续，"他说，"不过是借助于我的笔。历史会对我做出评价。但还有一个媒体会如何评价我的问题。我是把战争技巧上的胜利和媒体上的胜利区别开来的。媒体无疑是想把我描述成恶魔——"

"被描述成恶魔是你的目的吗？"

"未必，"他干脆地回答，"像我今天这样的残忍并不是目的。我在评估那些人的时候，也是努力不去把年纪最小的打死。我找的都是那些年龄大一点的。还是有道德底线的，不是吗？即便我今天或许没有表现得特别明显。"

夜色已经到了最黑沉的时刻。屋外，这个七月的晚上凉飕飕的。一顶帐篷支了起来，供那些正在对小岛进行全方位搜查的人使用。

"我的第一套需求清单究竟要花多长时间才能收到答复？"布雷维克缠着他们，"要是我在监狱里没法用上一台装了文档软件的电脑，我就会自尽的。如果我这辈子剩下的时间里再也没有机会为这场斗争做出贡献的话，那么一切都会是毫无意义的。"

"你觉得你自己今天杀了多少人？"

"唔，四十个，或者五十个吧。不过他们是被处决的，不是被杀害的。目标是要除掉未来的党派领袖。假如工党改变政策，我能保证挪威领土上不会再有任何袭击。应该说我差不多可以保证。说不定我可以保证。"

选择于特岛最重要的地方就在于，这是往工党的心脏上捅了一刀。"当然了，如果有任何人必须牺牲，那都是很可悲的，但是到头来重要的还是大局。举个例子，假如只是把延斯·斯托尔滕贝格杀掉的话，自然会容易很多。这会需要大约一个月左右的监视。但是对于一个拥有像我这样的才华和智力的人来说，精心筹划却只杀一个人，那就是浪费资源了。"

一名警官走了进来，告诉他们说奥斯陆的警察局长已经接受了他的要求。

"现在把你答应的东西告诉我们吧。"负责的审讯员说。

但指挥官却不愿意。

"我要一份书面的认可，要有公诉人签名的。"

"你应该说话算话，别再拖延时间了！"审讯员回答。

———

接到电话的时候，朱莉正在孙德霍瓦尔登酒店的大堂里。

格利·科勒把悬崖上发生的事情告诉了她。他告诉她维利亚尔眼睛中了枪，艾琳是后背，于尔娃是颈部。他是和西蒙一块儿跑下山的；枪击开始的时候就在他的身旁。格利·科勒很幸运。他只在防风夹克上留下了一个弹孔。

"西蒙不可能死的。"听说西蒙落到石头上的时候，朱莉喊道。她的眼前一片漆黑，瘫倒在了地上。西蒙，就在那天早晨，在食堂里看见她一个人的时候，还请她坐到了他那一桌上。西蒙，总是会给她最深情的拥抱。西蒙，一直在唱着她父亲的歌曲。

从地上站起身来的时候，朱莉的手机响了。她没看是谁就接了起来。

"朱莉，你有西蒙的消息吗？"

是古纳尔·赛博。

朱莉僵住了。

"我……我不知道。他肯定是藏在哪儿了。"

古纳尔感谢了她，然后挂上了电话。

已经很晚了，太阳还在天上，谁也没有睡觉。再过几个小时，托恩、古纳尔和霍瓦尔就将启程，踏上西蒙曾在这个周二走过的同一段旅途。从巴尔迪福斯飞往奥斯陆。然后再前往蒂里湖。

古纳尔想要再打一个电话。有人给了他格利·科勒的号码。许多人都说他可能知道些什么。古纳尔一个人走进了一间房间，一个一个地按下了数字。他和格利·科勒非常熟悉；自从那次与布拉吉和维利亚尔一同前来，帮着西蒙建立萨兰根的AUF分支以来，他就是海雅路的常客。

接到电话的时候，格利·科勒还站在大堂里。他按下接听键，听见了一个低沉的声音。

"你好，我是古纳尔，西蒙的爸爸。"

古纳尔再也没有机会说什么别的。

因为格利·科勒哭了起来。

他泣不成声，泪流不止。

他对着电话伤心地呜咽。

古纳尔在另一头一声不响地坐着。

格利·科勒说不出话来。

古纳尔沉默着。他一动也不动地坐在那儿。

"格利·科勒，"最后西蒙的父亲开口说，"你能告诉我发生了什么事吗？"

格利·科勒描述了他见到的情形。

萨兰根那头一点声音也没有。随后古纳尔清了清嗓子。

"西蒙有可能还活着吗？"他终于问道。

"这个，我不是医生——"格利·科勒回答。

"有没有可能是你搞错了？"

"可是我当过兵，所以我见过……我是说，部队里教过我们——"

"你有可能看错吗？"

"我觉得不会。"

"就算是这样，说不定他还是有可能活着？"

"不，古纳尔，那一枪打穿了他的心脏。"

电话线上一片寂静。

"我看着他死的，古纳尔。"

"嗯，谢谢你告诉我。"西蒙的父亲说道。

他放下电话。起身走进了客厅。托恩正坐在那里。其他所有的人都坐在那里。

古纳尔一个字也没说。两条腿支撑着他走到了游廊上。

——

"你的儿子被控实施恐怖行动。"

他们坐在奥斯陆中央警察局的一间房间里。温彻不想把外套脱掉，因为她"紧张得快崩溃了"。

"有证据吗？"她问。

审讯员向她确认说有。"关于他的计划你知道什么吗？"

"我什么也不知道。我什么也不知道！"

"把你知道的告诉我们。"

"他说他终于拥有了梦想中的一切。他挖土、种草然后收获，他还学会了开拖拉机。昨天晚上回来的时候，他筋疲力尽，直接倒在了床上。他说会和我一起在家里待上三天，休息一下。我不知道他怎么会和这件事情有牵连。我只能告诉你们这么多。"

安德斯敏感又睿智，但他也有明确的观点，母亲说道。他有很多好朋友，也帮助别人解决他们的问题；他做每件事都百分之百地投入。"他是个很好的孩子，热心，很爱他的母亲。没错，作为母亲，我只能给他最高分。"

"安德斯对什么事情有明确的观点？"

"他觉得这个社会出了许多问题。挪威应该更加严格一些，这里的人都太自由了。他认为应该要有更多的规矩。国教应该是一个像模像样的国教，更加坚决一点儿。神父们也应该更像从前的那些神父。我也这么觉得。挪威福音过不了多久就什么价值也没有了。安德斯认为学校里再也不教基督教的内容不是一件好事。可是话说回来这么做也有点困难，因为这里已经有了这么多不同民族的人。我是五十年代长大的。那时候要严格得多。不守规矩的话是会被笞杖打的。而且每个人也必须要体谅别人。安德斯希望社会能像那个样子。我自己也很怀念那个时候，因为我就是这么长大的。"

"有什么人是安德斯很仇视的吗？"

"不是仇视。我觉得不满意这个词更加合适一点。不过不满意的人

396

有那么多呢，不是吗？"

"他对什么事情不满呢？"

"他对政府不满意。这是允许的，不是吗？他说这个体制一塌糊涂，他们需要对政策做出一些改变。"

就她而言，她说，她觉得社会应该把老年人照顾得更好一点，还有贫困的儿童，而不是把几十亿的钱都藏到国外去。"不过每次他一发牢骚我都会说，行啦别说了，生活在挪威挺好的，我们的生活很不错，政府在财务方面也很精明。"

她被问到他的武器。猎枪拆卸成了两部分，她说，所以并不危险。那把格洛克很大、很暗，是灰色的，重得要死，她需要用两只手才能拿住。

"他真的很喜欢手枪俱乐部。主管跟他说他打得很好，"她提到，然后又接着说，"假如最后证明安德斯真的跟这场悲剧有关系，我希望我的朋友们永远也不要知道。因为那样的话我的生活也就毁了。我希望你们明白。没有理由打电话给我的朋友让他们来评价安德斯的，虽然把我找来是有理由的。和朋友们断绝来往我想也不敢想……这一定不可能。我的安德斯是个那么好、那么善良的孩子。"

她哭了起来。

"你要纸巾吗？"他们问她。

她摇了摇头。

"而且昨天晚上我们在一起那么高兴。他为什么会想去袭击政府大楼呢？简直不可思议。他为什么要在于特岛上杀人呢？我的意思是说，他是个埃尔沃吕姆的农民！他是那么辛苦，又是那么快乐。这真是糟糕透了。我觉得这件事情可能也会要了我的命的。这简直就像是我自己在受审。我希望你们不要把我看成是一个糟糕的母亲。现在我坐在这里，几乎就是在检举揭发我自己的亲生儿子。"

"我们非常感谢您帮助我们了解这个案子。"

"我的儿子就像金子一般优秀。如果最后证明这件事情的确是安德斯做的，那他做的时候肯定是神志不清的。我能出去抽根烟吗？"

他们让她出去了。讯问在她回来的时候继续进行。

"如果事情不按他所希望的发展，他会有什么反应？"

"他会想方设法保证事情都按着他期望的来。他总是未雨绸缪。"

"他如何表达自己的情绪？"

"有时候他会抬高嗓门，不过一般都会说伤心是于事无补的。"

"他高兴的时候是什么样的？"

"嗯，那他就会说他很高兴。我一直是这么告诉他的：你一定要说出来。你一定要用肢体语言表现出来，把感受转化成语言，更加外向一点。我们之间有问题的话，总会坐下来谈一谈的。这方面他很擅长。"

"他不高兴的时候是什么样的？"

"我从来没有真正见过他不高兴。因为他从来没有特别不高兴过。他很讨人喜欢，而且也很规矩。他换灯泡，提重的东西，涂点油漆之类的，所以我一直都说我这个儿子再好不过了。他不是那种把自己的情绪藏在心里的人。大概十二或十三岁的时候他有一点不开心，因为他的个子太小了，不过我告诉他不要在意，因为他有那么多优秀的品质。后来他就变得更像一个外向的人了。"

她停了下来，警方又让她继续说下去。

"他很善良，从来没有做过伤害母亲的事……这真是个噩梦……如果你们说的是真的……我觉得我好像就要死了一样……可是谁也不可能一个人做出这种事来……一定是一群人……不管怎么样都不可能是安德斯的……他昨天才刚回来……"

她沉默了片刻。或许她不该提这个，她接着说，但是电视上说的有关炸弹的事情让她想了起来。他们采访了某个专家，那个人说着用化肥制作炸弹是多么的容易。她忽然想起安德斯有很多牛粪。而当他们在电视上说着行凶的是个白人，还有一把手枪的时候，她心想，嗯，安德斯就有一把手枪。不过跟着她就告诉自己：不，我这是在捕风捉影，只是因为安德斯还没回家而已。这是不可能的。

"可我不想说什么可能会让儿子进监狱蹲上五十年的话啊。他们会怎么对待一个做出这种事情的嫌疑人呢？"

"他很安全，警察和他在一起。"

"他说过他很期待晚餐的……"

温彻哭了起来。"我不该老是这么哭的。"

"你想哭就哭吧。"审讯员说。

"不，我情愿到家之后再哭。"她回答。

"难道我不应该生气，不应该发火，不应该问他为什么要这样对我吗？真是太糟糕，太可怕了。我没法跟任何一个朋友去说，而且这件事情肯定会登在报纸还有其他各种地方的。这几乎要比……要比同性恋还要糟！这是一个人能遇上的最悲惨的事情了。大伙儿会怎么说我啊？他们会指着我说：那个在于特岛上杀了十个人的家伙，这个人就是他的妈妈……"

她抽噎着。"如果他被判有罪，刑期会有多长呢？会允许有人探视吗？"

审讯员让她想说什么就说什么。"他不可能一夜之间就想出这个计划的，他一定是一直坐在那里，在琢磨的。"

温彻顿了顿，望着那个正在讯问她的女警。"他们说的是对的吗，说母亲会有一种直觉，一种不祥的感觉？我觉得是对的。我坐在那里，想让他看看电视上那些可怕的画面，而他没有回家，而我在想……我在想……哦不……"

她注视着审讯员。

"我是全挪威最不幸的母亲。"

———

差不多快到凌晨两点了。劳拉在床上打起了瞌睡，但她没法真正睡着。她害怕有人站在窗户外边。枪击的声音依然回荡在她的耳畔。她想着巴诺。说不定她在楼下呢。

接待处依然挤满了人。有表情绝望、眼眶泛红的父母。也有欢呼的声音，人们拥抱着彼此。有前来接回孩子的家长，冻坏了，没错，淋湿了，没错，精神受了创伤又害怕不已，没错，但是还活着啊！

家人赶到的时候，劳拉刚好在朝着大门口张望。阿里噙着眼泪朝她跑来，把她抱住。"你还活着我真是太高兴，太高兴了。"他轻声地说。

父亲也急忙跑了过来，把她搂在了臂弯里。他全身都在颤抖。他拥抱她，亲吻她，然后又拥抱了她。

"你在这儿我真是太开心了。"他说着，一遍又一遍。

但是母亲并没有看到她。

她满眼只见到那个不在这里的孩子。

———

于特岛上的审讯在凌晨四点钟结束。这个被控有罪的人要被带到奥斯陆的警察总局去，他的母亲刚刚从那儿离开。

他们找来一个整晚都自愿开着船，把警察在于特岛和大陆之间来回运送的司机。布雷维克穿着白色的连衫裤和那双旧鞋子，从大楼里被带了出来。

双手被铐着，沿着潮湿的草地往下走的时候，他滑了一下。

一位警察抓住了他，好让他重新站稳。

"你没事吧？"警察问。

"没事，谢谢。"布雷维克回答。

前往大陆的一路上，他一声不响地坐在船里。那是一个阴沉的、昏暗的黎明。

开往奥斯陆的汽车里，审讯还在继续。警察要布雷维克老老实实地告诉他们，还有没有计划其他的袭击。他回答说："如果把这个跟你们说了，我就什么都没有了。"

"现在抑制住人们的恐惧非常重要。"警察反对说。布雷维克说让大家感到安全是法制部门的职责。

"让挪威人民安心，现在我们已经做不到了，所以这个效果你已经实现了。"

布雷维克咧开嘴笑了。

"这就是他们所说的恐怖，不是吗？"

——

整个岛上都响着铃声。交响乐开场的音符，一首贾斯汀·比伯的歌曲，《黑道家族》[1]的标志性小调，抑或只是普通的铃音。许多电话都被设置成了静音，因为他们的主人一直在设法躲起来，不想因为自己的电话而暴露了行踪。此刻他们的手机正在黑暗中无声地亮起。有些是在一张毯子下面，有些是在一个口袋里，在一只僵硬的手掌心里。

---

1 《黑道家族》(*The Sopranos*)，美国犯罪题材电视连续剧，以一位虚构的意大利裔美国黑帮成员在平衡家庭和犯罪集团的不同要求时所遭遇到的矛盾为主线，1999—2007年在HBO播出。

这些是再也不会有人接听的电话。

只有被派来照看这些遗体的警官们能听见铃声，或是看见屏幕一遍又一遍地点亮。

嗡

嗡

嗡

嗡

直到一个接着一个的，电池没有电了。

在社交网络上，大家分享着他们的期盼和恐惧。霍瓦尔关注着涌向西蒙主页的留言。

加油西蒙·赛博！

斗士！

快联系我们！

回家回家回家！！！！

我还抱着希望。

西蒙已经不再露天躺在雨里了。由于一个误会，救援队伍开始把部分遗体从岛上带走，把他们运到大陆上去，民防部队已经在那儿支起了一个帐篷。

整个大屠杀期间都站在托尔比约恩号的码头上，数着枪声却从未设法干预的那位北比斯克鲁德的年轻警官，现在加入了营救行动。他也是那个将维利亚尔的头部包扎好，把他带下小岛，送上小船的小组当中的一员。

所有还活着的人都被带上大陆之后，他又回来处理遗体。

一开始他接到命令要守卫他们。悬崖边上那五个遇难的人。

后来又有命令传来，说应该要把他们送到大陆上去。

他走到那个挂在一块岩石上的瘦高个男孩身旁。男孩的脸整个都白了，他的肌肉已经开始僵硬。他的左手攥着一只鼻烟罐头。

警察抓住了他。他扳住男孩的肩膀。把他从石头上抬起来的时候，它出现了。

血。

它喷涌而出。

一直淤积在西蒙胸腔里的鲜血，全都倾泻到了警察的身上。之前被石块的压力留在体内的血液，洒到了他的脸上，浸透了他的头发；血沿着他的制服往下淌，流到了他的靴子上，把他的手指也染红了。

那正是一个年轻健壮的胸膛里所能装下的，全部的热血。

你的孩子有没有什么明显的特征？

星期六早晨，延斯·斯托尔滕贝格走最短的路线，直奔孙德霍瓦尔登。他在阿克斯胡斯堡爬上一架直升机，系好安全带。飞机升到了空中。

从傍晚到夜里他都在召开紧急会议：警察向他汇报了情况；PST 向他汇报了情况。挪威遭受了一次来自国内的恐怖袭击。国务秘书们一个接一个地到官邸来见他，他在塔楼的办公室被炸成一堆瓦砾之后，手下的工作人员就搬到了这里。卧室变成了办公室，扶手椅改当睡床用。长长的木质餐桌上容纳着不断增多的电脑、手机和笔记本。炸弹爆炸的时候，部长们大多都在休假；许多人都在遍布挪威各地的避暑小屋里，在山间，在树林里，在海边，他们根据路程的远近，陆续都聚齐了。

一开始，斯托尔滕贝格不愿意相信。

他还抱着希望，希望这是煤气泄漏。被关进安全屋也让他非常恼火。然而这种情况下做决定的是警察，不是国家领导人。他想要出去，开始工作。在屋里，外界的消息都是通过几部手机传过来的。有时候他们就让他一个人坐在里面。

最早透露说 AUF 夏令营地发生了严重事件的，是文化部长安妮肯·休特菲尔德五点三刻发来的短信，她自己也曾经是 AUF 的领袖。"于特岛上发生枪击。有人遇害了，我听说。"

首相不断收到最新消息，情况持续恶化。令人忧心，不断上升的死亡人数报告在发给媒体之前就会送到他的手上。到星期五晚上十点钟左右，报道仍旧说着只有七个人死亡。大约午夜的时候，公布了十人的死亡数字。

接着，在第二天凌晨三四点钟之间，传来了令人震惊的消息：遇害的有八十多人。

将近早上的时候，挪威警察总局局长，也是斯托尔滕贝格婚礼上的伴郎，厄斯坦·麦兰德，确认了八十四人的总数。

直升机飞到蒂里湖畔的时候，首相让飞行员到于特岛上空去转一圈。他知道岛上的每一个地方，每一处海湾，知道在七月末的时候，哪些鲜花正在吐露芬芳，哪里有太阳，哪里有阴凉，恋人小径的哪一段才最浪漫。一年前，为了感谢他和父亲托尔瓦德将两人合著书稿的版税捐给于特岛，岛上的一个地方还特地用了他们俩的名字来命名。那个地方被称为斯托尔滕贝格之石。一天之前，有三个年轻人在那里惨遭杀害。

延斯·斯托尔滕贝格第一次登上于特岛的时候是十五岁。那是一九七四年。两年前，工人运动团体在欧共体成员资格问题上对立分裂之后，AUF便陷入了萧条，当时工党全心全意宣传呼吁支持加入，而其下属的青年组织却旗帜鲜明地公开赞成"投反对票"。欧共体是被资本所控制的，AUF坚称。入欧公投一年后的大选中，工党被更偏左翼的社会主义选举联盟夺去了不少选票，只能努力收拾残局。整个AUF在工党领导层中都不得人心，尤其是它在外交方面的立场：年轻的激进派们在诸如越南战争、支持巴勒斯坦解放组织、批评南非种族隔离政策以及反对北约等各种问题上的态度。

于特岛也正值低谷。小岛是AUF预算上的沉重负担，青年团的书记宣称自己盼着小岛能全部沉到峡湾里去，这样就能摆脱这个累赘了。岛上水鼠肆虐，建筑破烂腐朽，也没有像样的维修养护。一九七三年，一个德国商人拿出一千一百万克朗，想要买下这整座小岛，这件工会在一九五〇年送给AUF的礼物。

但后来AUF做出决定，要把这座心形的小岛真正地利用起来。一九七四年，为了吸引大家前往夏令营地，面向团员的报纸描述了一种被称为"爱上于特岛"的情形，提出了集体大合唱、政治工作坊、阳光、夏日以及全新活动议题的设想。

少年延斯·斯托尔滕贝格便是迅速爱上于特岛的人之一，自从一九七四年的第一次小岛之行以来，他只有两年没到岛上去过。今年原本会是他在小岛上度过的第三十五个夏天。

飞行员向小岛拐过去的时候，首相低头凝视。他望见了地上数不清的白点。在有些地方，它们宛如串串珍珠成排地列在湖岸上。每颗珍珠都是一张毯子。每张毯子都是一条生命。

这实在让人难以接受。

他已经听说了发生的事情，也已经见到了相应的数字，然而那却是一个让这位经济学家完全无法理解的数字。他整个职业生涯都在处理统计数据，但却并不习惯去计算生命，清点死亡。

他们沉默地坐着。直升机降落的时候，唯一的动静便是旋翼的嗡嗡声。

穿着黑色西装、系着领带的首相走进了酒店的大堂。他被人领着穿过前台，来到酒吧区域，一个让他想起装在高脚杯里的饮料的地方。眼下这里空无一人。所有人都在宴会厅里，从酒吧往上走一小段楼梯就到。赫讷福斯警察局的警长，还有一个来自犯罪调查部门身份认证小组的人站在台上。正在发布最后一批确认生还的年轻人的信息。

坐在厅里的有来自萨兰根的赛博一家，来自巴尔迪的克里斯蒂安森一家，来自内索登的拉希德一家，以及大约一百个其他家庭，都是失踪人员的直系亲属。

台上的警官们有一份十三个人的名单。这些是此前一直失踪，但现在已经确认生还，只是受了伤，正在挪威南部的各大医院里接受救治的年轻人。

名字一个接一个地被念了出来。

每个名字迎来的都是一个家庭的喜悦和其他人加剧的忧虑。

斯托尔滕贝格与随行人员站在宴会厅后面。首相审视着那些脖颈，那些肩膀，那些后背，如此众多的数量。如此众多的家长。年幼的手足坐在母亲或是父亲的身旁，紧紧地依偎着他们。他能看见那些正在哆嗦或是颤抖的人，抑或是完全一动不动坐着的人。

念出来的名字实在太少，而在场的父母实在太多了，斯托尔滕贝格心想。

大厅里的许多人他都认识；他也认识他们的孩子。有些人他从出生起就一直在留意，其他人则是从他们第一次在工党大会上发言开始。他曾和几个人在欧盟成员资格问题上激烈争执，如今他已经属于赞同加入的成人阵营了，而他们却还是年轻的激进派。已经确认死亡的莫妮卡·布赛——于特岛妈妈——则是他的至交。

对于仍旧坐在那里的父母而言，每喊出一个名字，机会就减小一分。他们希望听见自己的孩子是重伤人员之一。因为那就意味着他们还活着。

最后一个名字被念了出来。八十四不再是一个数字，而是一场劫难。再也没有希望了；再也没有受伤的幸存者了。

斯托尔滕贝格必须拼命努力才能让自己直直地站住。过不了多久，所有人从宴会厅出来的路上，都会从他身边经过的。

接着一位警官拿着一张便条走了进来，他把便条递给了台上的一个人。警方接到通知，在灵厄里克的一家小诊所里发现了最后一名幸存者。伤员现在已经送到了奥斯陆规模更大的乌勒沃大学医院。

斯托尔滕贝格屏住了呼吸。

还有最后一次机会。

"是一个女孩。"台上的人说道。

这就意味着男孩子们的家长已经再也没有希望了，斯托尔滕贝格心想。

真是叫人难以忍受。他自己也有两个孩子，年纪和于特岛上的孩子们一样大，一个儿子和一个女儿。

女孩的父母们瞥见了一丝希望。

"……年龄在十四到二十岁之间，身高大约一米六二……"

"哦天哪，是巴诺！"巴彦压着嗓子欣喜地说。

"……深色头发……"

"是巴诺！"

一切都吻合：身高，年纪，头发的颜色！

"……蓝色眼睛。"

劳拉打量着母亲。她的心沉了下去。

"隐形眼镜，"巴彦小声说，"她一定是戴着蓝色的隐形眼镜！"

"脖子上有形状特殊的伤疤。"

"是她。"另一位母亲喃喃道。"是于尔娃。"她哭了起来。"一定是于尔娃！"

于尔娃，维利亚尔和托尔热的童年好友，被西蒙抬过那根原木，就在西蒙中弹之后的几秒钟被打了四枪的那个女孩。她依然还没法说出自己的名字。

于尔娃的母亲转过身，看见了斯托尔滕贝格，他们相识已经好几年了。她朝着他跑了过来。在她身后，聚在一起的人群正在逐渐散开。

斯托尔滕贝格百感交集。他抱着她，正打算说："真是太好了！"

可就在话要出口的时候，他的视线与另一位母亲的目光相遇了。她最后的希望也破灭了。她炯炯的凝视深深地烙进了他的脑海。

"那双眼睛。那双眼睛，"他后来说，"就好像是地狱的大门一样。"

他没有说话，转而在于尔娃母亲的背上拍了一下。

延斯·斯托尔滕贝格这个人只相信那些能够加以证明的东西。这位无神论者鲜少把浮夸的大话挂在嘴边。他讲话的时候难得会用上形象的描绘或是寓言，他这一辈子向来都是直接、具体，有一点尖锐犀利和唐突。然而在经由那些爱他们胜过一切的父母，与这些生命戛然而止的孩子们不期而遇的时候，词汇只能扩大和延展；地狱这个词也有了具体实在的含义。

他走出宴会厅，来到酒吧里。屋外是明亮的日光。可是在这里，绝望的人们立在迪斯科球和安了镜子的墙壁之间。房间里又热又黏，弥漫着一股刺鼻的气味。

斯托尔滕贝格走到最近的一组座位跟前。坐在那里的人有一个女儿失踪了。隔壁的位子上则是儿子。在第三排座位上，他们告诉他说自己的儿子之前一直在给家里打电话，后来突然就再也没有电话打来了。一位父亲在电话里听见了阵阵尖叫，然后便是一片寂静。一个年轻人把受伤的朋友背在背上游水逃生。一个原本其实不该到岛上去的女孩无论如何还是去了，而现在她却失踪了。

失踪渐渐变成了遇难的意思。

斯托尔滕贝格跪到那些无法从座位上站立起来的人们身旁。他拥抱，他哭泣。他把人们搂在自己的怀里，他轻拍并抚慰着他们。那是一种非常强烈的感觉：所有的这些人，所有的这些躯体，惊魂未定的面孔，年轻人告诉他，大家在应急反应部队抵达的时候喊着"杀了我吧，杀了我吧，我再也受不了了"。

每组座位之间的距离几乎不到一个手掌宽。我是安慰不完的，斯托尔滕贝格心想。人太多了。那个不再是数字的数字压倒了他。

走出酒店的时候，数不清的麦克风塞到了他的面前。他振作精神，讲起话来，用挪威语和英语，诉说着体贴、友谊和温暖。本地的记者专注于斯托尔滕贝格的感受以及皇室亲临的事情，而外国记者则追根究底地问起了国家对于恐怖袭击的准备情况。

"您对警方以及安全机构有信心吗，斯托尔滕贝格先生？"一位美国记者问道。

"有，我有信心。"首相回答。

但在今天，感性才是他最擅长的一面。"于特岛是我青年时代的天堂，而昨天却让人变成了地狱。"

确实如此。

宴会厅里的集会结束之后，古纳尔非要找到格利·科勒不可。

那天一大清早，赛博一家在从巴尔迪福斯起飞的航班上订到了座位。维果和格尔德·克里斯蒂安森也在同一架飞机上。对于儿子的情况，他们什么也不知道，一点消息也没有。安德斯从营地上跑开之后就再也没人见过他。罗尔德和英格尔·利纳克也和他们一同飞往奥斯陆。他们已经弄清楚了，自己的儿子在医院里，受了重伤。他们不知道他伤得究竟有多重。

起飞前，他们给霍瓦尔吃了一片安眠药，他睡着了。托恩和古纳尔攥紧了双手坐着。

西蒙中枪了，这一点他们已经意识到了。否则他会打电话来的。他一定是在哪里的手术台上。就因为这样他才打不了电话的。

离开萨兰根之前，他们把他的照片发到了乌勒沃的急诊室里，伤情最危重的孩子都被飞机送到了那里。医院问有没有什么明显的特征是他们可以留意去看的。

"明显的特征？托恩！西蒙有什么明显的特征吗？"

泪水滚过托恩的脸颊。"明显的特征？"

她想要回答说他们应该去找一个俊朗的男孩。最俊朗的那一个。

但后来她记起了他胸口的那颗痣。

他们一在孙德霍瓦尔登登记完毕，托恩就提供了她的DNA；一支棉签在她的嘴里擦了一下，仅此而已。父母二人又被问起了西蒙的明显特征：他有没有什么伤疤，身上打的洞，纹身，特别的衣服或是发型？他们还得填一张叫作生前信息的黄色表格，好让警察更容易找到西蒙。这是人人都得做的事情，他们俩同意了。这张表格是为了帮助确认西蒙的身份，如果他被人发现活着，但却受了重伤的话。

回到前台，他们又一次仔仔细细地把所有贴在墙上的生还者名单从头到尾看了一遍。

"我一定要找到格利·科勒。我敢肯定他知道些什么。你要跟我一起来吗？"

不，托恩不想去。她想坐在角落的一张桌子上等他。她没法逼着自己去和一个知道真相的人说话。

古纳尔找到了格利·科勒。

格利·科勒把他揽进了怀里，拥抱了他。

一直到那个时候为止，古纳尔还抱着一丝微弱的希望。

但是格利·科勒目睹了一切。

古纳尔在一片恍惚中走过摆满咖啡桌和遮阳伞的露台。他穿过马路，走到了水边。他不得不在水边停了下来。

他透不过气。眼前一片漆黑。没有空气进到他的肺里。他站在那里不由自主地挣扎着喘气。胸口卡得紧紧的。

思绪哽住他的呼吸，刺痛他的身体，随即又沉了下去。已成定局的事情开始扎下根来。他所失去的一切是那么的清晰，回忆汹涌而至。还有那些不会再变成回忆的东西。

在湖岸边，古纳尔哭了。

此刻所有的一切他都明白了。

事实是如此的毋庸置疑。我们再也不会见到西蒙了。

接着他走到托恩面前。

告诉了她。

一位牧师来到他们身边，挨着霍瓦尔坐了下来，自从前一晚把自己锁进了房间，他就一直像个梦游人似的到处走动。僵硬地坐在那里，封闭在自己的内心里。

"想跟我说说你哥哥吗？"牧师问。

霍瓦尔点了点头。

他们周围都是专业人员：神父、心理学家，还有来自红十字会的人。国王和王后也在，还有王储和王储妃。他们谨慎，小心，亲切。除了斯托尔滕贝格之外，他手下的几位部长也在往来穿梭。文化部长安妮肯·休特菲尔德来到了赛博一家的桌前。

"你们来这儿是为了谁呀？"她问。

"西蒙·赛博。"古纳尔说着，声音不由自主地低落了下去。

"哦，救了好多人的那个！"部长大声说。

"这话什么意思？"古纳尔诧异地望着她。

"没错，他就是那个帮着大家从小径上下山，还把自己的位子让了出来的孩子！"部长说。

什么？他是把自己的性命牺牲掉了吗？

古纳尔困惑不已。她在说什么哪？

一个本来可以活着，结果却没有活成的男孩。她是在说这个吗？

他是宁可要其他人的性命也不要自己的吗？

又有许多人走上前来，对他说了一样的事情，或是稍有不同的版本。

西蒙在悬崖下面救了很多人的命。

一种新的悲伤向他们涌来。

一种无法形容的悲伤。

他原本是可以活下来的！都是他自己的错！

在乌勒沃医院，维利亚尔·汉森正在与死神抗争，而古纳尔·利纳克，特罗姆斯足球队的守门员，已经放弃了。准确地说，是他的身体已经放弃了。这位守门员之王在营地里对着特罗姆斯的其他营员大喊"快跑！"的时候中了枪，警察把他从营地里抬起来的时候，他还在呼吸。他们把他送到船上的时候，他也还在呼吸。在横穿海峡的时候，他的呼吸停止了，但救援队又把他救了回来。在直升机上，他们给他接上了呼吸机。

父母从机场赶到的时候，他身上还连着呼吸机。医生解释说，如果他们把呼吸机拔掉，他就不会活了。第一颗子弹打中了他的后背，随后继续向上穿过了他脖子和脑袋的后侧，并在那里发生了膨胀。第二颗子弹则直接打进了他的后脑。第一枪把他打昏了，医生说，不过子弹并没有进入小脑，所以他还在继续呼吸。可是现在，他的脑部已经没有血液循环了。

"太不公平了！太不公平了！"妹妹汉娜在医院无菌的病房里哭喊着。她最初是凭着哥哥腿上的纹身把他给认出来的，当时救援队正把他盖在一条毯子下面，从小岛上运出去。

全家人都围坐在他的身边，与他告别。还有人让他们做出了几个艰难的决定。他离开的时间也交由他们来决断。

那个下午，维持他生命的仪器被关上了。

不过就在仪器关上之前，他的心脏被取了出来，移植到了别人的身体里。

三位亲人做了祷告。

他们的悲伤浩瀚无边，黑暗阴沉。但他们也很感激，感激自己还能有机会，在古纳尔身上还暖着的时候，对他说声永别。

而且他的心脏也还会继续跳动下去。

在另一边，维利亚尔陷入了昏迷。

母亲整晚都在给挪威全国各地的医院打电话。最北一直打到了特隆赫姆。可她想要得到的那份保证，儿子在他们那里，而且还活着，却是任谁也给不了她。

在孙德霍瓦尔登，待在悬崖边上的其他人把自己所知道的情况告诉了他们。他们看见维利亚尔头部中枪，子弹正中眼睛，鲜血喷涌而出，头骨的碎片飞到了空中。我们失去维利亚尔了，他的父母心想，但他们并没有说出声来。他们还得考虑托尔热的反应。

凌晨两点钟左右，克里斯汀拨通了其中一个紧急联络号码，并描述了维利亚尔的伤情。

"你的儿子还在岛上。"电话另一头的男人说。

"在岛上？"

"对，遗体还没运回来呢。请您节哀。"

克里斯汀没有对别人讲。在她亲眼见到儿子之前，这些都不是真的。几个小时之后，大概七点钟左右，她的电话响了。有人问了一个问题。

"您的儿子有没有什么明显的特征？"

"一个伤疤。在他的脖子上。烧伤。是小时候留下的。"

"这样的话，我们已经确认他在乌勒沃了。"

"确认？"

"我只能说这么多。"

"请您告诉我您这么说是什么意思!"

"他在这里。他目前还活着。"

对方要他们马上赶来。"等你们到这儿的时候情况会是什么样我们就不好说了。"

"您是什么意思?"

"我不能再多说了。我们希望您到这里来,再把其他的情况告诉您。"

他们冲到车上。托尔热筋疲力尽,在后座上睡着了。他的父母集中精神看着路。这里有个标志牌。这里有个转弯。这里有个交叉路口。他们把车窗摇上摇下。摇上摇下。摇上来。又摇下去。好努力让自己呼吸。

等他们赶到的时候,维利亚尔或许还活着。或许不会。

他们在乌勒沃医院的大门口停下了车,跑了进去。他们被带去看了正在重症监护室里的他。

这场景很不真实。躺在那里的就是他们的孩子。他们的长子。做哥哥的那个。他躺在一团厚厚的白色绷带里,还接着电线和管子。医院给他们的信息非常明确:他现在还活着,但是你们得做好所有的准备。

时间一小时一小时地过去。下午,一家人听到了这个十七岁孩子的最新进展。

"他十有八九会活过今天了。"

但是医生们说不出维利亚尔会不会苏醒。

而且就算醒了,他又会是一个什么样的维利亚尔呢?

*

于特岛上,法医团队已经开始了工作。记录并保存好证据。一切都

415

被记到了一张名叫身后信息的粉红色表格上。

其中一个法医技术员是达尼耶拉·安德森，霍瓦德·古斯巴克的另一半。因为家里有两个年幼的孩子，她并没有一直开着新闻，所以在霍瓦德当晚打来电话之前，她什么也不知道。他的语气是那么的难受，她以前从来没有听到过。"真是疯了！太可怕了。死了好多人。他们都是孩子啊！"

现在她要接手了。三个团队分配了遗体，两两一组地工作。达尼耶拉和她的同事会从前一天晚上被小船运到大陆上来、此刻正放在民防部队帐篷里的那十个人开始。克里波斯给队员们发了一百箱的指示标签、数字标牌、塑料胶条、胶带、采血工具、黑色油布和运尸袋。白色的运尸袋上装着拉链和两只提手。

天气已经转好了。天色亮了起来，也变得更暖和了。他们必须得快一点。

"你以前见过尸体吗？"动手之前，那位经验丰富的克里波斯同事问她。

她点了点头。

他们揭开了第一张白色的羊毛毯。

一个年轻的男孩。他们给他拍了照片，在粉色的表格上写下他的详细资料。子弹是从哪进从哪出的，造成了怎样的创伤，擦破的地方，各处的伤口。他们把他放进了一号运尸袋。

随后是两个穿着内裤的男孩，他们分别被标上了二号和三号。其他人则套着结实的威灵顿雨靴，防水夹克，羊毛的毛衣。

工作的时候，达尼耶拉总会用心记住，这曾经是一个活着的人。女孩子的衬衫开了她会去扣好，上衣拱上去了她会拉下来。从把羊毛毯拉到一边的一刻开始，到把他们装进运尸袋的一刻为止，他们由她照顾。完成之后，她温柔地抚摸每一个人的脸颊。最后，如果有必要的话，她会合上他们的眼睛。

在一排队伍的中间，她走到一个穿着很多衣服的男孩身边。牛仔裤，运动鞋，一件防风夹克，一件毛衣和一件红蓝条纹的T恤。不，更确切地说，T恤是蓝白条纹的，可这会儿已经被鲜血浸透了，白色的地方统统变成了红色。

达尼耶拉从他脸上抹去了一点干掉的血渍。他生前肯定是个非常英俊的男孩，她自忖。

他仰面躺在那里，双手向上伸到了半空中。两条手臂都弯曲得十分严重，两条腿也是。他已经保持着那个姿势，那个挂在石头上的姿势，变得僵硬了。

她把一切都记录了下来。填好了为死者准备的表格。拍拍他的脸颊。合上了他的眼睛。最后看了一眼他那张俊朗的脸庞，接着拉上了拉链。

——

审讯室设在警察局总部的六楼。一位经验丰富的女审讯员等在那里，一组警探则坐在一堵玻璃墙后面。在自己的座位上，警探们能看见也能听见审讯室里发生的一切，而审讯室里的人却只能在镜面玻璃当中照见自己。

当天早晨四点四十九分，安德斯·贝林·布雷维克被锁进了警局总部的一间囚室里。进门之前，他被问到是否希望某位特定的辩护律师来代表他。

布雷维克想找盖尔·利普施塔德。他是在布雷维克与克里斯蒂安一起经营他的电子商务集团公司的时候，把办公室租给他们俩的那个律师。两人和这位律师合用一个冰箱和一间午餐室，当时他正在为一个新纳粹主义分子辩护，此人被控谋杀了十五岁的本杰明·赫尔曼森。在那之后就很少听到他的消息了。

警察打来电话的时候，利普施塔德还在睡觉。

"我们以实施恐怖行动为由逮捕了一个名叫安德斯·贝林·布雷维克的人。他想要你来做他的辩护律师。"

利普施塔德对这个名字一点印象也没有。警察催他快点想好，因为凶手说过城里还有三个恐怖小组，外加几枚炸弹。警方希望能尽快提审嫌疑人，但他拒绝在没有辩护律师的情况下接受讯问。

八点半的时候，利普施塔德来到警局总部。他同布雷维克握了握手，两人一起走进了审讯室。

"审问挪威历史上自吉斯林以来最可怕的恶魔，这么说来这件不幸的差事和这份无上的荣耀都要落到你头上了啊？"是布雷维克对审讯员说出的开场白。

审讯员向他宣读了指控，并询问他对此的反应。他说指控当中存在缺陷，而且居然只字未提他制造生化武器并企图使用的事情，真是让他大跌眼镜。

他被告知政府区有七个人被正式登记为死亡，于特岛上则有八十多人。

"那就是说有很多人一定是游出去了。"他说完，露出了微笑。

在于特岛上接受审讯之后的那段时间里，他已经把自己的需求清单定了下来。"我们愿意赦免所有A类和B类的叛徒，如果他们解散议会，把权力移交给一个以我或是其他国家领导人为首的保守主义看守委员会的话。"他说。一旦第一张清单上的要求得到满足，他就会指认其余的恐怖小组，从而挽救三百条人命。

在那张不那么过分的需求清单上，他想要的是在庭审期间穿着自己的圣殿骑士团制服，庭审必须公开且全面向媒体开放。对于自己服刑的环境他也有几项要求。"不能把十字军和伊斯兰教徒放在一块儿。"在美国，囚犯都是隔离的，以避免冲突，他说道。

警察告诉他说已经为他订购了一台电脑。他在候审及庭审期间穿着制服的要求正在考虑当中。打印机的事情他们也在着手解决；说不定他可以接一台这栋楼里其他地方的打印机。

"我可不希望自己打出来的字在一天结束的时候都被删光。"他说完，又加了一句说他还想要使用修图软件。

"这个我们记下了，"审讯员说，"跟电脑有关的实际操作问题在适当的时候会处理好的。"

"不行，我要先把这件事情解决完，然后再继续审讯。"

"审讯不能变成谈判，"审讯员说，"你的要求已经上报了。"

"原则上，所有的信息交换都是谈判，"布雷维克回答，"而且顺便提一句，对我来说，还是和一个有权满足我要求的人谈话更合适一点。毕竟这些要求并不算高，但也是绝对不容置疑的！"

距离炸弹爆炸已经过去了二十四个小时。政府区被封锁了起来。武装部队在议会、皇宫和其他敏感的建筑物跟前都安排了荷枪实弹的士兵。奥斯陆处于高度戒备状态。这会儿也有直升机在空中盘旋了。警方的当务之急是搞清楚还有没有发生进一步袭击的风险。

"各地还有没有尚未引燃的爆炸物？"

"鉴于你们不愿意开启谈判，这个问题你应该留着之后再问，"布雷维克回答，"并不是我不乐意解释，只是我一定得拿到点什么来作为回报。假如连这些简单的要求都没有满足，那我就会尽我所能制造困难，我会破坏庭审，拒绝接受辩护律师，还会请病假。"

他给他们看了自己贴着胶布的手指，他担心不马上处理的话是会感染的。

审讯员又试了一次。

"还有其他人知道你的计划吗?"

"有,不过我不能……这个问题也要按照谈判的基本原则来。"

公诉机关的负责人走进房间说第二份清单上所有的要求都已经满足了。警方会安排人去把他的制服取来,他说那件衣服挂在他房间的衣橱里。

布雷维克转向利普施塔德,问他觉得警察会不会说话算话。

"他们已经说过了,所以这你就放心吧。"律师回答。

"嗯,既然这样的话我们可以继续了。"布雷维克说着,转过身来面向审讯员,"你可以拟一份问题列表,把它给我。然后你就只能问表上写过的问题。"

"警察局里可不是这样的;你不能提前看到问题,"审讯员说,"好了,我希望你会按照规矩来。"

他让步了,开始解释了起来。关于他的计划。关于圣殿骑士团。关于炸弹。于特岛。"要是你们读过我的宣言就能节省时间了。里面都有。"

他要求抽烟。白金万宝路。"如果你们给我这个的话,我会更合作一点的。"

他们把烟给了他。

他询问是不是还要过很长时间才吃午饭。他说想要比萨和可乐。

这些东西也买来了。他很有胃口地吃了。

用餐间隙过后,审讯员直奔主题。

"我要知道发生了什么事,以及为什么。"

"有工党的人在监视这场审讯吗?"布雷维克指着镜面玻璃问道。

"在场的只有和这场审讯直接相关的人。"对方告诉他。

布雷维克笑了。他又笑了一下,审讯员问他为什么笑。

"这是自我保护机制。每个人的反应都不一样,不是吗?"

审讯在警察局总部六楼进行的同时，警方也在搜查霍夫斯路的公寓和沃斯图阿的农场。审讯员想要知道执行这项任务的警员会不会有生命危险。

布雷维克摇了摇头。沃斯图阿唯一危险的东西就是一个容器，里面装着纯度百分之九十九点五的尼古丁，他警告说。两滴就能杀死一个人。如果他们要打开的话，一定得戴上厚厚的手套，最好再套上一个防毒面具。容器应该是在一只塑料袋里，在一个放化学品的架子上，最底下一层，一大堆垃圾中间。原先的计划是把尼古丁注射到子弹里去，他说，这样每一枪都会是致命的。不过后来他意识到这样做违反了《日内瓦公约》，于是就放弃了这个想法。

他画了一张粗略的农场地图，标出了每件东西的位置。这样能让警察更容易找到路。

"夺走一条人命真是难受极了，"布雷维克忽然说道，"但是无所作为更加难受。既然工党这么多年来已经如此确切无疑地背叛了国家和人民，这样的变节行为自然就要付出代价，而昨天他们就付出了代价。我们都知道，每次大选之前，进步党都会被彻底摧毁。媒体把保守分子说成是没有人性。他们从第二次世界大战开始就这么做了：不断地辱骂文化保守主义者们。"

圣殿骑士团是由天赋极高的个人所组成的，非常睿智，非常强大，他解释说。那些接受任命成为单人小组指挥官的人是极有影响力的。单人小组结构唯一的问题便是个体在工作量上的限制。"我是说，如果一个人得要处理五吨化肥的话，其中要付出多少辛苦的劳动你们根本想象不到。"

随后他要求休息一下，去上厕所。

审讯持续了一整天，在布雷维克实际的所作所为、他的政治见解以及各种妄想和心血来潮之间不停转换。他本来还在抱怨物流上的问题，让他没有时间像原先所计划的那样，在早上就把政府区炸飞，因而也错过了处死格罗·哈莱姆·布伦特兰的机会，不料却又说起："我真的感觉很棒。我在精神上从来没有像现在这样强大过。我已经让自己为严刑拷打做好了准备，现在却非常惊喜地发现原来我并不是非得受折磨不可。这会儿我一点儿负面的想法都没有，只有正面的。"在囚室里，他已经计划好了该怎么用椅子或是书本之类的简单物品来锻炼身体，他说。

化学物质仍然让他有些兴奋。类固醇在他体内的影响几个星期之内都不会消退。"生理上而言我很弱小，"他解释说，"但我已经通过锻炼进行了弥补。"

审讯员拿出一张布雷维克的照片，照片上他穿着带有风帽的白色全身防护服，他从一个英国数学教授那里买来的那套。

"啊，其他照片你看了吗?"布雷维克笑道。

"我们希望你跟我们讲一下这张照片。"

"可是其他照片更酷啊！那好吧，这是圣殿骑士团的化学战，这张照片所展示的是向弹夹中注射生化武器。"

"我连手套都没戴！我应该戴的！"布雷维克蓦地喊道，"你们看过我的影片了吗?"

审讯员说还没有。

"你们应该看的呀！"

他谈到了自己的母亲。"她这辈子算是完了，"他说，"因为假如媒体把我说成是恶魔，那她的邻居们也会的，那也就是说她没法再这么生活下去了。不过这项任务要比我重要得多，也比她重要得多。"

这时已经是深夜了。他转向利普施塔德。"假如你不想听的话，是不用坐在这里听的。假如你，嗯，想回家的话。"

"我会一直待到审讯结束的。"律师说。

关于为什么的问题还没有回答。

"要是你心里有这种痛苦，你就会明白，只有把它转嫁到别人头上，才能让自己止痛。但这种感觉真是糟糕透了。第一枪是最难受的，瞄准的是岛上最大的威胁……那个已经开始起了疑心的人。假如可以选择的话，我是会跳过于特岛的，实在是太醒龌龊了，因为即便这次行动卓有成效，就像历史必将证明的那样……但它也依然是一件非常可怕的事情。身为一个失去了孩子的家长一定是极其难过的。可是从另一方面来说，确保自己的孩子不要变成一个极端分子，去为文化多元主义效力，也正是他们的责任。这真是……"

他扫了一眼审讯员。"这是一场噩梦，我觉得在真正完成这件事情之前，你是无法理解的。我也希望你不要拥有这样的经历，因为这是十足的地狱。夺走另一个人的性命。他们是那么害怕，惊恐地尖叫。有可能是在求我饶命吧。我不记得了。或许是说了'求求你。别开枪'吧。他们就这么坐在那儿，什么都不做。动不了了，然后我就把他们都处决了。一个接着一个。"

说完他打了个呵欠。"不过听着，你们这群人，现在我累坏了。我希望审讯不会继续太久了。"

但永远不会无知

他们到底为什么会就这么躺在这儿？

这个念头闪过达尼耶拉的脑海。

现在是星期天的一大清早；八点钟左右。小岛一片静谧。没有人高喊着发号施令，没有人尖叫。岛上的人知道自己要干什么，正在集中精力工作着。

达尼耶拉在恋人小径上。地上盖着十条毛毯。

毛毯下面有十个人。作为一名法医技术人员，达尼耶拉习惯了像警探一样思考。是什么原因让这些遗体最后就这么横在这里？为什么他们躺成了这样？他们被人移动过吗？他们是怎么死的？

通常他们会花上好几个小时检验一具遗体；在这里，他们只能给自己不到半个小时的时间。遇难的人们露天躺在野外。天气已经暖和起来了。

她是在为一起凶杀案的调查搜集证据，然而凶手已经抓住了，也已经承认杀了人。案子差不多已经结了。

在星期六这天，队员们已经检验了半数的遗体，并把他们装进了白色的运尸袋里。随后托尔比约恩号把他们运回了大陆，等在那里的黑色灵车把他们带到了法医研究所。研究所的冷库不够大，所以他们还租用了冷藏货柜。

从达尼耶拉所在的地方，恋人小径之上，可以清晰地望见整个小岛的内陆，望见树林和营地。小径沿着隔离网曲折向前。铁丝网的后面，山石陡然下落。小径长满树木的一边，有一小块空地，只有几棵松树散在周围。

她在遇难者身旁蹲了下来。这是她工作的常态，跪在遗体的上方。她抬起了头，这时候她明白了。蹲坐在这里，会有一种藏了起来的错觉。一块岩石大约在小径上方半米的地方低低地露出了地面。趴到它后面的话，可能会觉得自己是躲着的。

一定是这样的，她自忖。他们以为别人是看不见自己的。

她取下第一张毯子。

少年们几乎重叠在了一起，整齐地沿着窄窄的小径排成一行。这番情景让她心痛不已。

她先给整群人拍了照片，再给每一个人拍摄特写，从一边到另一边，从正着拍到俯拍。

她用小旗子在地面上标出遗体的位置。一面旗子在上，放在头部旁边，一面在下，放在双脚旁边。之后会制作事发现场的定位坐标。一切都必须处理得准确无误。直系亲属们将能够知道：是这里，就是在这里，我们找到了你们的孩子。

她从右侧开始。首先是一个离其他人稍有些远的男孩，身上有好几处枪伤。

然后是两个几乎缠在了一起的人。一个身材很高、体格健壮的男孩，用一只手臂搂住了一个相当娇小的女孩。深色的长发从她荧光黄色的风帽里露出来。发丝湿漉漉的。她的面孔只露出了一半。法医技术员把风帽拉到了一边。她脸上所有的血色都消失了，肌肤闪着光，好似象牙般光滑。

达尼耶拉检查她的伤口。一颗子弹从后脑进入，又从前额穿出。另一枪则沿着她的喉管向下，进入了她的身体，如今就藏在体内。

达尼耶拉仔细地记下了所有这一切。女孩穿着牛仔裤，裤腿塞在一双墨绿色的威灵顿雨靴里。

她轻轻地把高个子男孩拥在象牙色皮肤女孩身上的那只手给拿开。小径上的其他人都穿着牛仔裤和暖和的上衣，可他却是一身的T恤和短裤。他的头发剪得很短，脸庞转向了一边。和女孩一样，他的头上也有两个伤口。他的口袋里放着一只对讲机。机器被关上了。

"妈妈，我现在得挂了……"那个周五的下午，安德斯·克里斯蒂安森对母亲说。作为当值的管理员，他一直开着收发两用的无线电。消息噼噼啪啪地不停传来。"……因为有个警察刚刚到岛上来给我们介绍了情况。实际上我都能看见他从山那边走过来了。我得挂了。妈妈再见！"

这是安德斯的父母最后一次听到他的消息。他们星期六一大早就离开了巴尔迪福斯，对儿子的情况还是一无所知。起初，有人告诉他们的长子斯蒂安，他的弟弟在灵厄里克的医院里，最后却发现那个人原来并不是他。斯蒂安不得不告诉父母说消息有误。他在电话里听见一声尖叫。格尔德止不住地哀号。那个冷静、沉着的格尔德。

"我的孩子啊！"

格尔德和维果不愿和其他那些伤心欲绝、悲痛万分的家庭一起住在孙德霍瓦尔登，因而便和斯蒂安一起待在了奥斯陆。有几个朋友打电话过来安慰他们，说安德斯一定是藏在了另一个岛上。说不定他游到了附近的一个小岛上，一直在那儿避着，不敢出来。

"不，我的儿子是不会躲着的，"格尔德回答，"那就不像他了。"

一个亲戚也打来了电话。"这是上帝给的暗示！"这位忠实的虔诚派信徒说道，"安德斯必须死去才能让你睁开眼睛！"这位家族成员说格尔德一定得找到重拾信仰的道路，真正的信仰。失去儿子是她必须做出的牺牲。

格尔德啪的一声挂上了电话。

426

今天是星期天，去教堂做礼拜的日子。克里斯蒂安森一家接到了去大教堂参加纪念仪式的邀请。他们无力前往出席。格尔德不想把上帝卷到这件事情里来。

大教堂里人头攒动。户外则是一片鲜花的海洋：玫瑰，百合，勿忘我。这座城市处在震惊之中，整个国家一片哀悼。

延斯·斯托尔滕贝格面临着一生中最为艰难的演讲。站在大教堂里，他拼命地忍住眼泪。

"感觉就好像是没有尽头，"他说道，"这是被震惊、绝望、愤怒和泪水填满的时时刻刻，日日夜夜。今天是属于悲伤的日子。"

作为这个国家的领导人，他不能仅仅只是沉湎于这种悲伤，而是得要呼吁大家走到一起来。"在这场悲剧发生的时候，我为自己生活在这样一个在危急关头能够挺直腰杆的国家而自豪。所遇见的尊严、体谅和坚定决心，全都让我印象深刻。我们是一个小国，但也是一个骄傲的民族。发生在我们身上的事情依然让我们大为震动，但我们永远不会放弃自己的价值信条。我们的答案是更民主，更开放，更博爱。但永远不会无知。"

最后那句话成了一句格言——挪威对于悲剧的回应。一夜之间，斯托尔滕贝格从一位来自工党的首相，变成了一个国家的领袖。

用爱来回击仇恨，是挪威应对最初那段时期的生动写照。斯托尔滕贝格的话语激起了人们的情感。原本他已经严阵以待，去面对仇恨和报复的反应。然而却发生了完全相反的事情。大家手拉着手，一同流着泪。

维利亚尔还在昏迷，于是托尔热只好努力当起了哥哥。

周末，乌勒沃的医生们决定，必须将维利亚尔的左臂截肢。主要的神经已经被打得支离破碎了。不过他们想等到他苏醒以后再动手，要是他还会苏醒的话。

托尔热知道以后，就把自己的左手塞进了毛衣里。

"我一定要搞清楚这是什么感觉，这样等他醒了我就能教他了。"这个十四岁的孩子郑重其事地说。他发现要切什么东西都很困难，根本没法系鞋带，在各个方面都极其不方便。

"我听说能买到那种只用一只手来拿的工具，刀叉二合一，"父亲说，"明天我们出去买一个来。"

如果维利亚尔还会醒过来的话，那关键就是要快。昏迷的时间越长，伤情就可能越严重。

到星期天晚上为止，三个晚上已经过去了，维利亚尔还是没有醒来。父母轮流守在他的床边，把脑袋枕在他的毯子上睡觉。

星期天晚上，那个往维利亚尔体内打进了五颗子弹的人也被秘密地带到了同一家医院。警察想给他照X光，确保他没有把任何炸弹引爆器藏在身上。

大批来自警方和情报机构的探员与分析师正在那份宣言以及凶手遗留下来的所有一切，像是纸张、工具、化学品以及上网记录之类的东西当中仔细搜索，还在他写下的文章里面寻找隐藏的密码和标记。

X光和扫描并没有检测出任何植入嫌疑人体内的引爆装置，就在警察总局苏醒过来、迎接全新一天的时候，他被送回了中央拘留区。事后证明，这将是繁忙的一天。紧张的三天讯问已经结束，现在嫌疑人要被正式起诉了。他想要亲自出席，还想穿上制服。

在法院里，法官金·赫格尔正在准备聆讯。警察把被告人要求在诉讼期间穿着制服的要求转达给了他。

他直截了当地拒绝了。

布雷维克听到法官回复的时候，说这是违反承诺。而且他也没能在囚室里拿到纸和笔来准备聆讯，他反对说。

"假如你不想参加预审，你的辩护律师会单独出席的。"警察说。

"要是我的辩护律师这么做了，那我就指定一个新的，这样无论如何聆讯都只能推迟。"

后来他改变了主意。预审他终究还是会去的，只要能拿到一份宣言的打印稿就行了。他想把其中的几页读给法官听。

"既然不准我穿着制服出现，那我想穿那件红色的鳄鱼牌毛衣。"

这是被允许的。

"我还想刮胡子。"

"拘留区里没有设备，不过你可以洗脸和刷牙。"

法院门前成群的记者和好奇的围观人员开始越聚越多。警方断定有人企图刺杀嫌疑人的风险很高，于是也大批出动。

下午一点半左右，两辆梅赛德斯武装押运车从警察局总部地下的车库里开了上来。被告人坐在其中一辆的后座上，戴着手铐和脚镣。法院大楼门外，人群当中的几个年轻人刚刚袭击了一辆正要开进地下车库的灰色沃尔沃。他们以为那就是运送布雷维克的车。

两部黑色的重型车前后都有身着制服的摩托护卫开道，他们开进了瓦特兰隧道，隧道已经禁止了其他车辆通行。从隧道出来之后，车队又拐弯穿过了对面的车道，直接驶入了被称为易卜生之家的多层停车场，又从那里开进了法院的车库。

被告人在警方陪同下走进了电梯，电梯带他上了八楼，聆讯将在那里举行。八百二十八号房间里坐了七个人。

进屋的时候，被告惊讶地环顾四周。他的手铐和脚镣连在一起，他发觉自己很难真正站直。

"你可以坐下。"金·赫格尔说。

布雷维克扫视房间。

"人都去哪了?"

"这里只有我们几个人,"法官回答,"预审会闭门进行。"

"这是谁决定的?"布雷维克问道。

"是我决定的。"这位经验丰富的法官答道,他向前探身,透过眼镜端详着被告人。

"我敢说就是工党决定的。"

"不,是我决定的,就是这么一回事。"法官生硬地说。布雷维克发起了牢骚,但很快就被打断了。

"我们必须开始听审了,"赫格尔说,"事情就是这样,这里只有我们几个。"他开始宣读指控。

根据挪威刑法典第一百四十七条,即所谓恐怖条款的规定,安德斯·贝林·布雷维克正式遭到起诉,该条款最高可判处二十一年监禁,如果被判刑人会给社会带来威胁,刑期还可以延长。

被告人不承认有罪,并要求得到释放。

他表达了想要阅读宣言中部分内容的意愿,还询问是否可以用英语来读,因为英语是他的工作语言。

"不可以,挪威的法律语言是挪威语。"法官回答。

布雷维克不予理会,开始朗诵宣言的节选,警方已经按照他的要求,替他把宣言打印出来了。

倘若统治者不是时时受到警告,警告他们的人民保有反抗的精神,试问有哪个国家能够维护自由?自由之树必须时常用爱国者和暴君的鲜血来浇灌。

这时他们叫他停下。法官并不准备听。

那个星期一，人们走到了一起。大家都觉得有必要聚集起来。

在首都，超过二十万人集合在码头旁边，市政大厅前的广场上。在萨兰根，有一场举着火把的游行，在巴尔迪和内索登也是。那一天，有一百多万挪威人参与了集会或是游行，手里都拿着玫瑰花。

于特岛上，所有的遗体都做了记录。结果发现有十五个人被重复计算了。最新的死亡人员总数是于特岛上六十九人，政府区八人。但迄今为止已经确认身份的人寥寥无几。

市政大厅跟前，人们手执玫瑰肃立。王储发言说，今天晚上大街小巷都充满了爱，人群把国歌《对！我们热爱祖国》演绎成了轮唱曲，歌声在众人之间此起彼伏。接着是诺达尔·格里格的《致青春》[1]——面对敌人，请加入你的时代，战斗凶险，请表明你的立场。民众挤满了广场、港区、整个阿克尔码头和周围所有的街道；向北延伸，经过议会，最远一直到了大教堂前。

"我们遭遇了打击，但我们不会放弃！"

首相站在台上。人们把玫瑰高举在空中。

"邪恶可以杀死一个人，却永远无法征服一个民族！"

许久之后，整晚的情况介绍和大小会议都结束的时候，首相静静地走上了比格迪大道。他从皇宫背后自己的官邸里走出来，穿过弗朗纳区，此刻正在大道的中间漫步。下了几天的雨，让人觉得空气非常纯净，一切都变得更加温和，更加轻柔。他和自己的国务秘书汉斯·克里

---

1 诺达尔·格里格（Nordahl Grieg，1902—1943），挪威诗人和记者，以反法西斯诗歌及对纳粹占领的抵抗在当代的挪威为人所知。《致青春》（To Youth，挪威语 Til Ungdommen）是诗人有感于西班牙内战，于1936年应邀为挪威学生协会组织所作的诗歌，1952年经谱曲后广为传唱。

斯蒂安·阿蒙森，以及内阁办公室部长卡尔·埃里克·薛特·彼得森在一起。安保人员在他们前后走着。斯托尔滕贝格正哼着一首青年时代的歌曲。他思索着歌词，渐渐想起来的时候便唱了出来。

> 我酩酊大醉，走在比格迪大道上
> 唯一的目标便是回家睡觉……

阿蒙森加入进来，努力让自己听起来像是挪威摇滚乐队狄尼洛[1]的主唱。

> 但在那之前！我必须看见！
> 看见日头初升，人们起床
> 然后我才安全，然后我才能安睡……

在这里，在首相从小长大的街巷里，在二十世纪八十年代的弗朗纳，他曾和那位主唱拉尔斯·利罗-斯坦伯格在同样的地方游荡。那是他们整晚在大道边上的宏伟别墅里开派对的日子，那是在派对之后的小型聚会上，来晚了的人会出现在斯托尔滕贝格家的早餐桌上的日子，那时候我的就是你的，也是我们的，那时候嬉皮时代在挪威还没有完全结束，雅皮士们还没有取而代之，那时候生活简单又安全，而这些街道也是属于他的。

小小奥斯陆就是自己的星球

1　狄尼洛（deLillos），1984年成军于奥斯陆的摇滚乐团，被称为挪威现代流行乐的"四大天团"之一。

这会儿他们唱得更响了。

所有的街道都是不同的国家
每个辖区就是一片大陆
而我们就一个接着一个，飞奔向前。

在人生最初的几年里，同样的这些街道，也曾是安德斯·贝林·布雷维克的家园。与他那条时髦的弗里茨那大街相交的，是更加高档的津利道，三人此刻正在前往那里的路上，目的地的门牌是三号。

他们接到邀请，去国防部国务秘书罗格尔·英厄布雷森的家里做客。两天前，他还在担心自己的伴侣琳恩已经失去了她唯一的孩子——十四岁的于尔娃。如今女孩已经脱离了生命危险。

他们吸进七月雨后的香气。"就像天鹅绒一样。"斯托尔滕贝格说道。这是挪威夏天最好的时候。明天也会是一个晴天。他们走上台阶，来到津利道所在的小山丘上。

汉斯·克里斯蒂安·阿蒙森已经提前打了电话，说他们正在路上。一个红头发的小男孩忽然出现在大门前，开口问道："你们是来见罗格尔的吗？"

随后他赶在保安之前，也赶在首相之前跑上了楼梯，向屋里所有的人报信。

餐厅的窗户大大地开着。自己就是特罗姆斯人的罗格尔，把来自故乡郡里的家庭统统聚到了一起，大家忽然都一块儿被拉到了奥斯陆。长桌旁坐着托恩、古纳尔和霍瓦尔，紧接着是维果和格尔德。克里斯汀和斯文·阿尔跟托尔热以及于尔娃的母亲琳恩坐在一起。

一共少了四个孩子。

他们没有西蒙和安德斯的一点消息。维利亚尔还在昏迷，于尔娃则刚刚从手术中苏醒。

延斯·斯托尔滕贝格走了进去。他不知道这次到访会变成什么样，也担心自己会说错什么话。

"你是走过来的？"主人问道。

"我喜欢走路，而且我差不多也只能走路。我六年没开过车了，所以已经完全忘记该怎么开了。"斯托尔滕贝格回答。

他们都笑了。

和煦的微风从敞开的窗口吹送进来。房门外，山坡下，蓝色的夜幕之中，街灯已经开始点亮。蜡烛在餐桌上簌簌摇曳。

首相绕着桌子和每一个人打招呼，拥抱他们。大家也用热情相迎。待在这里真好，他心想，又蓦地意识到这种想法是多么的荒唐。他们聊天。他们说笑。他们讲起荒诞不经的故事。他们提起自己的孩子，啊，关于孩子们的美妙故事是那么的多，他们也流泪哭泣。

桌上有红酒。有烤芦笋。有肉。有一道很不错的甜点。对在座的许多人来说，这是从星期五到现在，吃下的第一顿像样的饭菜。在内心深处的某个地方，古纳尔终于又找到了自己的呼吸。

托恩放松下来，她思忖着，这可真是奇怪——我竟然在享用美食。就连霍瓦尔也活跃了起来。虽然话并不多，但他已经从封闭的世界里走了出来。他专心听着对话，不时微笑，偶尔也发表意见。随后忽然之间，他站了起来。

他用深沉的低音唱起歌来。

我听说有一段神秘的和弦[1]

1　歌词引自美国歌手杰夫·巴克利（Jeff Buckley，1966—1997）1994年翻唱的《哈利路亚》(*Hallelujah*)。原作者为加拿大传奇歌手莱昂纳德·科恩（Leonard Cohen，1934—2016）。巴克利版歌词略有改动，却是《哈利路亚》众多翻唱之中最受赞誉的一版，正是经由他的翻唱，才使这首歌曲广为人知。

由大卫弹奏来取悦上帝……

像这样聚在一起给了大家一种平静安宁的感觉。霍瓦尔的声音有些颤抖。

那是冰冷的破碎的哈利路亚
哈利路亚……

失去亲人的打击还没有猛烈地向他们袭来。死亡似乎依旧遥不可及。他们的日子马上就会变得非常沉重。

第二天，应急反应部队开始向他报告行动情况的时候，延斯·斯托尔滕贝格惊愕不已。

斯托尔滕贝格对于特岛和周围的地区了如指掌。他曾经划着船到岛上去过，他坐过托尔比约恩号，他游过泳，他还在海峡里开过摩托艇。首相觉得警察理所当然是从托尔比约恩号的栈桥上出发的。

"从高尔夫球场出发？为什么？"他问道。

他们没有合理的答案。

"这样调动一定花了你们很多时间。"他说。

听到警用船发动机进水并且熄火的叙述时，首相变得愈发担忧了。他渐渐开始明白，数次的换船，各种各样的误会，整场行动，就是一段安排不当、充满不幸的旅程。

——

棺椁放在医院教堂的一根柱子后面。

大屠杀发生六天之后，安德斯·克里斯蒂安森的身份得到了确认。那个周四，他的父母接到通知，说是已经找到他了，也知道子弹是从哪里打入他体内的了。

他们害怕见到他的尸体。

两人最后一次和他在一起，是在七月中旬，开车送他去巴尔迪福斯机场的时候。正值暑假，他们都没有上班，都想和他同去。在教堂里见到他的时候，父母痛不欲生。真是没有办法接受。格尔德对着安德斯说起话来，就好像他还活着一样。

"嗳，你看看你多高啊！"她说。她的儿子身高有一米九二，把整个棺材都给占满了。"你的脑袋会撞在盖子上的！"哥哥斯蒂安流着眼泪说。

他们想要马上带他回家。然而却不被允许这么做；还有更进一步的检验有待完成。父母想要等他。斯蒂安说服了他们，说他们应该先到巴尔迪去，等安德斯准备好了，就会跟着来的。

"他存了钱要去旅行和看世界的，妈妈。就让他自己走这最后的一段路吧。他已经是个大孩子了。"

——

劳拉不敢相信。她非要亲眼去看看不可。灵魂永远不会远离身体，她想着，所以如果她要见巴诺的话，一定要趁现在，趁她的身体还在的时候。

他们来到克里斯蒂安森一家早前待过的教堂里。

"你先去，劳拉。"父母对她说。他们俩则在门口停了下来。

她一步一步走近打开的棺材。巴诺穿着一件长长的白袍。她的嘴唇是蓝色的，看上去似乎在笑。头发塞到了耳朵后面。前额上贴着一张胶布。她的双手微微发蓝，好像有点儿缩小了，正整整齐齐地交叠在胸前。

劳拉站在那里注视着她。这是巴诺，却又不是巴诺。

忽然她感觉到一股力量。巴诺希望我能挺过去！我一定要做到，为了巴诺。

她听见一声低语。我会永远在你身边的。

———

星期四这天，赛博一家也在教堂迎来了属于自己的时刻。

西蒙仿佛睡着了似的躺在那里。他的头发刚刚洗过，非常蓬松柔软，就像小时候一样。托恩已经很久没有摸到过他的头发，感觉到它真正的样子了；西蒙总是一从浴室里出来就涂上发胶。而这会儿头发却完全被弄成了他不喜欢的样子。托恩试着把发丝往后捋平，像他偏爱的那样，却做不到。头发总是会重新掉下来。

"他一定不会希望自己的头发是这个样子的。"托恩说。

"我在给他洗头发的时候，就像是给自己的儿子洗头一样关切和爱护。"跟着他们走进房间的女人说道。

托恩捧起西蒙的脸，吻了他一下，却又马上退了回来。

"他全身都湿了！他为什么是湿的？"她问那个女人。

"冷库里温度很低，所以有一点冷凝水，仅此而已。"她说。

这是那么的毋庸置疑。看见他像这样躺着。他们念了主祷文[1]。

教堂里点起了蜡烛，它们静静地燃烧着，增添了几分神圣的感觉。托恩一直都很害怕这件事。她还以为有人会就这么拉开一个抽屉，把脚

1　主祷文（Lord's Prayer），基督教最为人所知的经文之一，礼拜时常集体念诵。源自《圣经·新约·马太福音》第六章第9—13节。

趾上绑着一个标签的儿子给他们看，就像电影里面一样。

他们站在那儿望着他那可爱的、苍白的脸庞，有些地方的皮肤已经有点变蓝了。

古纳尔眼里含着泪水。"想想看，他根本连西蒙是谁都不知道，就把他给杀了！"

———

那个晚上，第六个晚上，维利亚尔的母亲克里斯汀有一种不祥的感觉。维利亚尔要放弃了吗？医生们也担心他可能没法活过这一晚了。感染在他全身上下扩散，他们只好降低了他的体温。他纹丝不动地躺在那里。苍白、瘦弱，一只眼睛变成了一个空洞，周围全是哔哔哔、嗡嗡嗡地响着的仪器。他还是没有表现出任何苏醒的迹象。

"我们不知道他还会不会再醒过来。"医生们说。但还是让他们继续跟他说话，碰碰他，给他读书，说些他感兴趣的东西，说些让他开心，或许会让他想要醒过来的东西。

维利亚尔的一个朋友，同为AUF成员的马丁·埃林森，也从特罗姆瑟赶了过来。他心乱如麻。他已经失去了安德斯、西蒙，说不定还会失去维利亚尔。马丁自己本来也应该在于特岛上的，可是他的德语成绩实在太差了，母亲便把他打发去了柏林的歌德学院上语言课。他只好取消了夏令营的登记。

"于特岛每年都在——明年再来嘛，"安德斯·克里斯蒂安森对他说，"还是去柏林吧。"

如今马丁来到了这里，他想要让维利亚尔明白，生命是我们拥有的最酷的东西。

"嘿，维利亚尔。"他犹豫不决地开了口，站在那儿看着自己的朋友，他的声音渐渐轻了下去。维利亚尔还会醒吗？他还能说话吗？他还会是维利亚尔吗？

"我带了一大箱啤酒回特罗姆瑟的家里，你一从这里出去我们就要大喝特喝，"马丁说，"图娃还说我们可以认识她所有的朋友，碰碰运气。"

马丁抽噎了一下。说话的时候，他的眼睛紧紧地盯着维利亚尔的脸庞。他坐在他的床边。脑袋里想到什么就说什么，告诉他一些小道消息，从饶舌歌词到诗歌句子，什么都拿来引用。

"在斯瓦尔巴你能坐着雪地摩托出去呢，维利亚尔！还是说你想去纽约？整日，整夜，一直到清晨，维利亚尔！"

可维利亚尔没有动。

几缕光线照进了房间。

这是一个美好的早晨，今天也会是晴朗的一天。

维利亚尔躺在床上，了无生气。

随后马丁唱起了歌。克里斯汀和斯文·阿尔已经没有了声音。希望渐渐开始消逝。

马丁轻声地唱着。

如果我能在天堂里写字，写下的必将是你的名字！
如果生命是一艘扬帆的航船，那你就将是我的港湾。

马丁的声音嘶哑了，但就在他喘了一口气，要继续唱下去的时候，床上传来了一个虚弱的声音。

……如果我能将云彩揽下
为你做一张睡床……

439

如果这高山是一架钢琴……

那么……

维利亚尔睁开了一只眼睛，望着大家，笑了。

第二部

纳西瑟斯登台

牢房在法庭的地下。

他坐在凳子上等着，武装人员在外面站岗。

当天一早，他们把他从伊拉监狱里接了出来，锁上他的囚室，把他带到了监狱楼下的车库里。在车库里，他们让他上了一辆白色的货车。

对外行人而言，这看起来就像是一辆普通的货车，和他一年前租来在政府区塔楼门外引爆的那辆车并没有什么不同。

在车上，他们用手铐和约束带把他捆到了座位上。这是一辆装甲车。他看不见外面的情况。前往奥斯陆的半小时车程里，他就这么五花大绑地坐着，身边有好几个警察。一到奥斯陆，司机便径直把车开进了法院大楼底下的车库里。他们领着他从车库走进大楼，穿过几条走廊，随后把他锁到了地下那层的候审室里，这是一间安全囚室，他什么也不能带进去。

此刻他就坐在那里，穿着一件黑色的西装，刚刚烫好的衬衣，还系了一条古铜色的领带。

辩护团队下来跟他打了个招呼，随后又重新上楼，回到他们位于二楼主法庭后面的房间里。这会儿他一个人待着。正在等着有人过来把他接走。正在等着幕布升起。

十二月中旬，浏览媒体报道的禁令被解除了，所以他对于法庭的外观、专职法官、陪审员、公诉人以及公益维护人[1]的人选，都了解得非常详细。他已经做足了准备，也把自己能够找到的案件相关材料全都读了一遍。对于有关他神智是否正常，是否要为自己的行为负责任的讨论尤为感兴趣。

有很长一段时间，他都觉得这些讨论很有意思。事实上，一开始他对这方面的讨论并不是特别看重，对法医心理学家所做出的结论也没有真正理解。无论如何，他都将把庭审作为一个表演的舞台。他的行动已经来到了第三阶段。

二五〇室的时钟显示着八点半。钟面是灰色的，指针则是纯铝的。房间是全新的。但所有的一切都是暗色的，极简的，低调的。

法官们坐在凸出地面的高台上，不过并没有高出许多。他们的坐席用没有木节的槭木制成，上面放着六把黑色的高背皮椅。两位指定的法官将会坐在中间。三位陪审员以及一名候补会坐在他们身边。指定法官和陪审员都会对最终的裁定进行表决。

椅子后面有轻质木材做成的矮柜，里面很快就会塞满装有案件卷宗的厚重活页夹。法官们可以把椅子转到背后，去找他们所需的材料。

法官身后的灰色墙壁上挂着挪威的盾徽，红色的背景上，一头金色的雄狮，举着一柄斧头[2]。这是房间里唯一的色彩。

在法官身前，与地面平齐的位置，放着一张小桌子，后面还有四张椅子。这是法医心理学家的座位。他们的位置面朝着公众而不是被告。在未来的几个星期里，他们的表情，将会是许多人努力想要读懂的东西。

其他问题大都已经很清楚了。他已经供认了自己的所作所为，尽管

1　指为案件当事人，本案中尤指为被害人家属提供法律咨询，帮助其在庭审期间做出决定，并为其争取合法权益的法律专业人士。

2　挪威国徽（Coat of Arms of Norway），目前通行的版本于1937年启用，呈盾形，红底，上有皇冠。一头站立的金色雄狮，头戴皇冠，持一柄银色的圣奥拉夫之斧。圣奥拉夫是挪威的主保圣人。

并不承认有罪，不过那只是例行公事而已。倘若被裁定心智健全，他就将被判处法律所能够给予的最为严厉的刑期——二十一年，如果对社会存在威胁的话，还有可能延长。

又或者，他不必为自己的行为承担责任，而是要强制接受治疗？

他是疯子吗，还是政治恐怖分子？

在法官席的斜侧方，水平的地面上，是控方的座位，后面则是并列的公益维护人。被告将面朝控方，坐在自己的辩护团队中间。在他们身后有一面防弹玻璃墙，墙后面则是一些留给公众的座椅。就在后排座椅的背面，是房间里唯一的一扇窗户，上面盖着防弹箔膜。微微闪光的浅灰色百叶帘遮住了磨砂的玻璃窗。案件审理期间，帘子始终拉着。

在地板中央，各方中间，立着一张三角形的小桌子和一把椅子。桌板的部分可以升起或是降下。那些提供信息或是证据的人，可以选择站着或是坐着。

房间非常紧凑，感觉一切都离得很近。作为目击证人出庭的受害人，会坐在离凶手只有几米远的地方，凶手自己接受盘问的时候，也会坐在他们坐过的那张椅子上。

房间纵向一分为二。一扇始终关着的低矮玻璃门把参与审判的人与公众隔开，后者将会坐在一直延伸到审判室尽头的长排座椅上。法院尽可能地努力多放座位，每一排都挤得很紧，大家只好慢慢地往前挪。对大多数座位而言，唯一的进出通道就是中间的走廊。除了休息时间之外，要离开房间又不让人察觉是不可能的。隔断后面的第一排留给了法庭的画师，以及各家主要媒体机构的评论员。一批相对不那么重要的媒体则坐在第二排。接着是直系亲属，遇难者的亲友，幸存者以及其他受害方，陪同他们一起来的人，还有公益维护人。受害者家属与幸存者互助小组分配到了固定的坐席，AUF的领导层也是。其他座位在整个庭审期间会轮流就坐。最后两排也留给了获准入场的记者们。这里有电源插座，还有耳麦插孔，供需要收听翻译的观众使用。从口译室里可以清晰地看到庭上的所有各方，按照媒体的需求，以及受害人和其亲属的国籍，将会提供英语、库尔德语或是格鲁吉亚语的同声传译。

这个房间之前从没使用过。一尘不染。

上一年的八月，恐怖袭击发生二十天之后，关在候审拘留室里的被告人和第一对精神病学家见了面。他们是一男一女：沉着冷静、缄默寡言的希恩·瑟海姆，以及身形丰满、面色红润的托妮盖·胡斯比。

两个人都曾经非常明确地表示，自己对于和被告见面感到十分不安。他们说自己无论从情感上还是脑力上，都不能按照惯例，和他进行一对一的面谈。他们担心自己可能会被劫为人质，他们说，尤其是那位女专家。

最初的十一次会面期间，他戴着脚镣，左臂系在腹部的一根带子上。他们把他安置在一个角落里，和两位精神病学家之间隔着三张会议桌。两名狱警自始至终都在房间里待着。第十二次和第十三次面谈在会见室里进行。这两次他都被锁在一道玻璃幕墙后面的一个小隔间里，而专家们一人来一次，坐在玻璃的另外一侧。那时候警卫则站在屋外。

第一次见面时，他换上了那件大地色的鳄鱼牌条纹毛衣，就是他在行动当天早晨，把逃跑用的汽车开到哈姆士博格广场上停好，然后撑着伞，在蒙蒙细雨中走过政府区时所穿的那件。

精神病学家同他握了手。紧接着他就被带到了位于三张桌子后面的座位上。他右手拿着一张纸，把它放到了面前的桌子上。他开口说的第一句话便是，全世界所有的精神病学家多半都会因为这份对他进行评估的工作而妒忌他们。

这话并没有引来什么特别的回应，于是他又接着往下说。他有一张写着七个问题的单子，他们必须先回答问题，然后他才会合作。

"为什么？"精神病学家们问道。

"这个嘛，我可不想自己主动诋毁自己啊，不是吗？"

专家们不准备回答任何问题。对他的观察要按照他们的规矩来进行。被告人却坚持说他一定要先了解他们的世界观，然后才能参与访谈。"如果你们当中的任何一个在思想上属于左派，那你们就会有偏见的。"他坚称。

双方为了这件事情争论不休。布雷维克说他们毫无疑问会试图压制他的言论自由。"权力系统是向着马克思主义者的。战后他们把吉斯林的司法部长送进了精神病院。"布雷维克再次强调，他必须要搞清楚两人的立场，然后才能回答他们的问题。

最终，法医精神病学家们让步了。他们让他把问题说出来。他开始念起了那张纸上的内容。

"第一个问题是：你们对于克努特·汉姆生[1]，以及二战之后司法部长斯维勒·里斯内斯[2]的辞职怎么看？第二个是：你们认为所有的民族达尔文主义者都是精神变态吗？"

精神病学家们要他解释一下"民族达尔文主义者"这个词。

"一个实用主义的达尔文主义者。用符合逻辑的方法来处理政治决策。对待政治问题有两种态度：男人是实用主义的，而女人则用她

1　克努特·汉姆生（Knut Hamsun，1859—1952），挪威作家，1920年获诺贝尔文学奖。战后因叛国罪受审，考虑其年事已高，被判处罚款，并软禁在挪威的一家医院，直到去世。

2　斯维勒·里斯内斯（Sverre Riisnæs，1897—1988），纳粹德国占领挪威期间，在傀儡政府中担任司法部长。战后以叛国罪遭到起诉，因辩方提出其精神失常，庭审推迟。他在医院待到1960年，1974年移民至意大利，后又迁至维也纳，直到1985年才返回奥斯陆，在养老院居住三年后去世。时至今日，有关其是否假装精神失常躲避庭审的问题仍有争议。

们的感性来加以解决。达尔文主义从一种动物的视角出发来看待人类，就好像是在用动物的眼睛观察事物一样，同时采取相应的行动，"[1]他说，"一个例子是美国对日本的轰炸。他们就用了一种务实的态度。杀了三十万人但却拯救了几百万，还是不错的。我们认为这是自杀式人文主义。"

"'我们'是谁？"

"我们，圣殿骑士团。"

专家们要他继续问清单上面的问题。

"问题三是你们是否认为美国军队司令部缺乏同情心。问题四：解释一下实用主义和反社会人格之间的本质区别。"

"你如何理解反社会人格这个词？"精神病学家们问道。

布雷维克笑了。"它难道不是和精神变态一个意思吗？"

他说之后的问题在性质上会更加私人一点儿。

"问题五：你们是民族主义者还是国际主义者？六：你们支持多元文化主义吗？七：你们当中有没有任何一个人曾经和马克思主义组织有过任何关系？"

"如果我们回答了你的问题，你要如何判断我们说的是真话呢？"他们问道。

他咧嘴笑了。"我已经知道了。成千上万个小时的销售员工作，已经让我学会了预测正在和我对话的那个人的心思，准确率有百分之七十。所以我知道你们两个谁也没有马克思主义的取向，不过你们都是政治正确的人，也支持多元文化主义。我也只能指望这么多了。"

---

1 达尔文主义（Darwinism），生物学家达尔文有关生物演化的系列理论。19世纪开始风行的"社会达尔文主义"（Social Darwinism）将达尔文"自然选择"的思想应用于人类社会，用来作为殖民主义、种族主义、人种优越理论的依据。

"你是推测，还是清楚其他人的想法？"

"清楚，"布雷维克说，"这可大有区别。"

他说自己学了很多心理学，而且能够，比如说，通过衣着、妆容和手表，区分来自城市东区和西区的人。

会面结束的时候，他断定自己愿意接受他们。他望着两位专家露出了笑容。

"我想我很幸运。"

在他们撰写的第一份"检查报告"当中，瑟海姆和胡斯比得出了一些结论。"对象认为自己知道与其交谈的他人的所思所想。经判断该现象可见于精神病中，"他们写着，"他将自己说成是独一无二的，发生的所有一切均以他为中心，认为全世界的每一个精神病学家都会因为这项对他进行鉴定的任务而妒忌这两位专家。他将自己的境况与战后纳粹卖国贼所受的待遇相提并论。表明他有浮夸妄想的念头。"他们提到。"对象对于自己的身份显然缺乏清楚的认识，因为他在谈到自己的时候，不断地在单数和复数代词之间转换，"他们总结说，"对象使用一些他强调说是他自行创造出来的词语，诸如'国家达尔文主义'、'自杀式马克思主义'以及'自杀式人文主义'。经认定这一现象属于新语症¹的一种。"类似的"新词语"也可能是精神疾病的一部分。

第十三次会面结束时，精神病学家们断定安德斯·贝林·布雷维克患有妄想型精神分裂症。他们采纳了他在实施袭击期间精神发生错乱的观点，并且在他们进行观察的时候依旧处于精神错乱的状态。因而，从刑事方面来说，他对自己的行为不承担责任，应该接受治疗而非判刑。

1 新语症（Neologism），又叫"语词新作"，指精神病患者创造出一些文字、图形、符号，或将原本无关的词语拼凑在一起组成新词，并赋予其特殊的含义。

报告在二〇一一年十一月份提交上来的时候，布雷维克也获准阅读。他说他觉得那两个人是想让他出丑。说他的行动纲要"平庸、幼稚，而且自我中心、令人生厌"，所依据的是他"关于自己非凡重要性的浮夸妄想"。不过他们也形容他是"头脑聪明而不是相反"。

他曾经夸耀自己拥有极其强大的内心，比他所认识的任何一个人都要强大。不然他是无法执行于特岛上的袭击行动的，他强调说。

随后他开始接到欧洲各地的支持者寄来的信件，那些人觉得假如法院认为布雷维克对自己的行为不必承担责任，那么对他们自己的案子也将会大有帮助。布雷维克忽然明白了这其中的利害关系。他可能会被宣布为精神失常。

那样的话一切就都结束了。

法院可以剥夺他所有的名誉，认定他是个白痴。

就在圣诞节前，他给一直在根据这份精神病报告当中的结论来准备庭审的盖尔·利普施塔德打了电话。布雷维克要律师立刻来见他。

电话里的他听起来情绪低落，于是十二月二十三日，利普施塔德聚齐了整个团队——四个人——到伊拉监狱同他见面。他们隔着会见室的玻璃墙听着。安德斯·贝林·布雷维克要求他们改变策略。

"我想要被判成需要对自己的行为负责。"他说。

在这件事情上，那些显然最有理由仇视被告的人也支持他。好几位直系亲属以及遇害者的家庭成员，在听说他可能会逃过正式服刑的时候，都觉得非常难过。梅特·伊冯·拉尔森，公益维护人小组的一位协调员，请求再指派另一组专家来进行评估，这样法庭就有两份报告可以比较了。越来越多的公益维护人开始极力要求进行一次全新的鉴定。

控方并不希望这么做。他们已经根据第一份报告开始了工作。利普施塔德也反对。布雷维克说过对于心理医生他已经受够了。而且还会有第二次观察与第一次得出相同结论的风险，利普施塔德想着，这样，要在法庭上提出布雷维克神志正常的观点，就像他现在想要证明的那样，就更加困难了。

"不管什么案子，多了解一些情况从来都没有坏处。"温彻·伊丽莎白·阿恩岑，受法庭委任领导相关协商的法官断定。她要求指派两名新的法医精神病学家。

挪威的法医精神病学圈子很小，而且有许多知名专家都被排除在外了，因为他们已经在媒体上表达了自己的观点。不过法院还是找到了特里耶·托里森和阿格纳尔·阿斯帕斯，两人符合筛选标准，既非过从甚密的同事，也不曾公开评论过本案。

除了与专家对话之外，安德斯·贝林·布雷维克如今还要接受为期四周的全天候观察。每天早晨，一支由十几位护士、心理学家以及精神病学助理护士所组成的队伍，会前来与他共同度过一整天，和他交谈，跟他一起吃饭，陪他玩棋类游戏，然后提交书面报告，新任命的这两位专家对于他们所提交的报告也必须加以考虑。

二〇一二年二月中旬，庭审开始前的两个月，布雷维克与新任法医精神病学家进行了第一次会面。布雷维克要求把谈话录下来，之后好拿给利普施塔德听。

特里耶·托里森是个身材矮小的人，长着布满皱纹的前额和凌乱的头发。他和由两名狱警护送着走进房间的布雷维克打了个招呼。

"我要知会你一声，我们还没有读过之前的报告。"托里森说，他的声音轻轻的，带着抑扬顿挫的挪威西部口音。

"啊，你们能够控制住自己我真是极其钦佩，"布雷维克笑着说，"我还以为没有发表过意见的精神病学家全挪威已经一个都不剩了呢，因为像本案那么重要的案子，报告可是很吸引人的。"

发现媒体对他的看法之后，布雷维克马上意识到，对于自己那身骑士装扮会带来怎样的效果，他的判断出现了差错。他的制服，殉道者的纪念品，奖状和勋章，他的头衔，甚至连他的语言都遭人耻笑。他决定缓和一下自己的用词，从今往后把自己说成是一介小卒，而非救世主。

"我这么说只是为了让你充分了解情况，"他对托里森说，"我从来没有对任何人有过威胁性的行为，除了二十二号的那三个小时之外。我对每一个人都彬彬有礼，亲切和气。媒体编造出来的形象，说我是个精神失常的魔鬼，把小孩儿当早饭吃……"

他笑了。托里森注意到这个笑容是自嘲、合理，而且恰当的。

"……纯粹是胡说，你们也没有必要对我担心害怕。我很期待跟你们合作。"

托里森问起了十天之前，他在公开预审上的表现，当时布雷维克做了一个简短的发言。宣称自己是挪威本土民族的骑士，把大厅里的AUF成员们引得笑了出来。他把杀戮说成是防御性进攻，是出于自卫才发动的，并且要求立即获释。笑声伴着他的讲话传开，一分钟后，法官制止了他。

"了解我的话，你们就会明白，这只不过是我装出来的样子而已，"布雷维克解释说，"我其实是和一小群人在谈，在欧洲境内的几千个人，不过这个数字是可以增加的。我很清楚，我所描述的现实，对于大多数人而言都是全然陌生的。不过这是一场表演……我在扮演自己的角色。虽然我说希望能被授予配着三支宝剑的战争十字勋章[1]，但我

1　战争十字勋章（War Cross with Sword），挪威最高级别的军功章，1941年由当时的国王哈康七世决定设立，用以表彰在战斗中异常勇敢或领导才能卓著的个人。标准形式为十字勋章加配一把宝剑形装饰，对于贡献尤为突出的受勋人，可以增加宝剑的数量。这种情况极为罕见，二战期间抗击纳粹德国的战斗英雄古纳尔·桑斯特比（Gunnar Sønsteby，1918—2012）是唯一获得战争十字勋章加配三支宝剑的人。

也很清楚勋章当然是不会授给我的。而我说希望马上被释放的时候，也知道这是不会发生的。我只是在沿着一直以来规划好的路线行动而已。"

"可你为什么不直接做自己呢？"

"某种程度上，我就是我自己，因为我代表了一种全然不同的世界景象，这种景象在二战之后就鲜为人知。在日本和韩国是存在的，但对马克思主义社会却是陌生的。"

"你所说的马克思主义社会，实际上更像是社会民主国家，不是吗？"

"我不介意称之为社会民主国家。我能区分得出来。不过在说文化马克思主义的时候，我是为了挑衅。从某种意义上来讲，这是一种压迫对手的技巧。左派他们就会运用这种技巧，而且还喜欢把别人说成是蒙昧主义者，所以现在我们也用这种手段来反对左派。顺便说一句，我提给前一组专家的七个问题，你们知道吗？"

"不太熟，不过现在你可以把那些问题拿来问我。"

"像七·二二那么大的事情在一个国家发生的时候，情绪上不受到影响是不可能的。精神病学专业对于出于政治动机的袭击者没有经验，而这是个大问题。他们不知道激进民族主义者是怎么想的，或者激进伊斯兰主义是怎么想的，同样，他们也不知道激进的马克思主义者是怎么想的。这是一个独立的世界，我觉得没有几个精神病学家对此有过任何了解。大学里不会教你们，我也不知道有没有什么额外的专业培训可以参加。说不定你可以跟我讲讲。"

托里森不能。他回答说自己受命进行的工作是弄清楚受试对象健康与否；也就是说，他是否罹患严重的精神疾病。

精神病学的一大弱点，便是对于宗教和意识形态没有回应，布雷维克主张。"假如是你们这个行业说了算的话，所有的神父肯定都已经给关到疯人院去了，因为他们都听到过上帝的召唤！"他笑了，随后花了一段时间描述伊斯兰教徒是如何每天祈祷五次，以成为无所畏惧的勇士。就他而言，他用的是武士道的冥想。他说其中包括操纵自己的意识来压抑恐惧，此外还有其他的感情。"我看上去冷酷无情就是这个原因。否则我是活不下来的。"

他从"基地"组织那里学到的东西的重要性，精神病学家们也不应该低估，他说道。他们激励了他。他就和他们一样。是一个有着政治目的的袭击者。"意识形态是不能分开考虑的，即使你决定不把它写进报告里去也一样。"布雷维克强调。

与前两位精神病学家不同，特里耶·托里森和阿格纳尔·阿斯帕斯对布雷维克曾经活跃过的网站，例如维也纳之门和document.no进行了研究，考察了站内的语言和观点。

就在开庭前的几天，新的报告交了上去。这两位精神病学家断定布雷维克患上的是反社会人格障碍伴有自恋型特征。他"对于自己的重要性有着不切实际的认识"，并将自己看成是"独一无二的"。对于"赞美、成功和权力"有着巨大的渴望，而且对于那些被他犯下的罪行所波及的人们完全缺乏"情绪上的共鸣、悔意或是情感流露"。

从法律上来说，自恋的人格障碍意味着当事人具有刑事责任能力，因为法医精神病学认为这种障碍并不是基于精神疾患而产生的。托里森和阿斯帕斯得出结论，布雷维克在实施其被控的行为以及接受观察期间都没有精神错乱。因而他能够承担法律责任。

案件于二〇一二年四月十六日上午开审之后，两份报告便开始互相交锋。

*

大雨已经在光秃秃的树干上冲刷了几个星期。脏兮兮的灰色积雪融化了，顺着街道不断流淌，身后留下冬日的一地狼藉，草坪上盖着去年的烂树叶，还有整整一季的狗粪。这座城市还没有进行春季的大扫除。

夜间的霜冻让种子和嫩芽继续沉睡，而白天那往冰点上面爬了几度的气温也不足以将它们唤醒。然而在这个晚上，云层散开了。这个周一的早晨，出现了人们已经许久未见的零星色彩。樱桃树枝条的上头，那不是一颗小花苞吗？还有那朵正要从叶片的保护中钻出来的郁金香，会是粉色还是黄色的呢？

天气好的时候更难受，格尔德·克里斯蒂安森说。悲伤在日光之下最难承受，因为安德斯，她的安德斯，曾经是那么地喜欢太阳。

想要参加第一天庭审的人们在黎明时分就起了床。预计要排上好几个小时的队才能通过安检。几顶装着塑料窗的大帐篷，在夏天开派对的时候会备在一边以防下雨的那种，在入口前方支了起来，用来放置便携式安检扫描仪。

法院门前几乎一点空地也没有；每一寸空间都被防挤栏杆和新闻媒体给占领了。顶上架着天线的转播车正在将直播画面传送到世界各地。出现在电视上的面孔都有一种事关重大的表情。

清晨的阳光在排队安检的记者周围染出层层光晕；光束在防挤的栏杆上闪闪发亮，在坚固的大门旁边，把荷枪实弹的警官们晃得睁不开眼。

在最初投下的几米日光之外，大楼暗了下来。通往二楼的台阶绕着玻璃的升降梯盘旋而上。黑色的绳索将法院分成了几个区域。入场卡片的颜色表明了允许进入的分区。蓝色卡片发给案件的受害方：幸存者、直系亲属、死者亲友以及公益维护人。黑色给案件的各方当事人。绿色是医务工作者。而媒体拿到的则是红色的卡片。案件审理期间，所有人都必须把塑封的卡片挂在脖子上面。

卡片的颈带都是黑色的，除了拿红卡的那些人之外。那些人的颈带也是红色的，而且必须一直戴在显眼的地方，这样即便他们误闯了不该去的区域，也很容易就能发现。卡上有姓名、照片、身份，以及一个条形码，要是有人试图进入禁区，扫描仪就可以侦测出来。

整个二楼都留了出来，供本案使用。有两个配有记者工作区的大房间，其中一间还有同声传译，以及一个电视传输用的编辑室。有目击证人的等候室，休息区，还有一间很大的屋子，直系亲属、死者亲友和幸存者们可以不受打扰地待在里面。深藏在大楼之中的便是二五〇号房间，由另一队警员守卫。走进这里的只有一小群人。

两根银灰色的指针都指向了九这个数字。

位子已经坐满了。挂着黑色和红色颈带的脖子，在成排的座位间营造出一种条纹的效果。两组人的数量大致相当，大约是一百个红色，一百个黑色。

在隔断靠近公众的一侧，经过挑选的摄影师们已经做好了准备，等着捕捉当事人走进法庭的画面。直到法院开庭之前，摄影师们都允许进行拍摄。

房间里还有几台安装在墙壁上的摄像机；它们的镜头覆盖了绝大多数的角度。在编辑室里，一位来自挪威广播公司的电视制作人端坐在一排屏幕跟前。她技巧娴熟、持续不断地从一个镜头接到另一个镜头："一号机，就是这里，二号机，停，转到六号机。"图像直接发往电视直播，以及位于全国各地的法庭。

公众在法庭上所能见到的场景，正在十七家地方法院中播出。各区的法院为奥斯陆的直播架起了大屏幕和喇叭。

北特罗姆斯地方法院里坐着托恩和古纳尔·赛博。格尔德和维果·克里斯蒂安森也在。这下他们能见到他了，能听到他说话了。那个把儿子从他们身边夺走的人。

拉希德一家避开了这整件事情。几个星期以来，报纸上都写满了即将到来的审判细节。穆斯塔法、巴彦、劳拉和阿里只想离开这儿，所以他们正在西班牙旅行。他们才不想紧跟庭审的进展，把注意力都放在凶手身上。

控方找到了自己的位置。接着是公益维护人，辩方。警卫人员已经就位。

他进大楼了，一名来自通讯社的记者写道。这些词语飞向了全世界：他进大楼了[1]。他进大楼了[2]。

时间是九点差十分。

候审囚室的门打开了。他从凳子上站了起来，被人戴上了手铐。穿浅蓝色衬衣的法警带着他走出囚室，穿过门厅。

电梯门打开，他和两名警卫一同走了进去。电梯非常狭窄。三个人紧紧地挤在一起。

电梯门向着一条白色的过道打开。他们踏了出来，绕过一个拐角，又转进另一条过道。最后这一段过道是和二五〇号房间一起重新装修的。两旁的窗玻璃是磨砂的。闩住的窗框漆成了带有工业感的灰色。日光几乎没法从户外穿透进来。

一名法警走在前面，然后是他，身后是另一名法警。他往肺里吸足了空气。挺直了身体，向后展开肩膀。二五〇室的大门打开了。他走了进去。

一个人也没有。他走进了顺着法庭的一侧延伸开去的过道，一个谁也看不见他的空间。他跟着身穿蓝色衬衫的人，又走了还不到十步——

1　原文为德语。

2　原文为法语。

随即便是一通闪光灯，一连串咔嚓作响的照相机。他进法庭了，新闻记者们敲击键盘。闪闪发亮的镜头只对准他一个人。

镜头推近了一张苍白的脸。他的身材不如以前结实了，双下巴更明显一些。

他忍不住笑了。自己一直在等待着，准备着，梦想着的时刻。如今就在眼前。他噘起嘴唇忍住笑，朝辩护团队点了点头，一边在他们中间就坐，一边偷瞄了一眼观众。他的双眼环视着房间；毕竟，庭审不是为了让他来观察公众，而是为了让公众能看到他。可他就是非瞧一眼不可，瞧瞧所有的这些人，所有这些正在注视着他的人。

他的两只手被铐在身前，并连在一根绕着臀部系好的皮带上。一位肩膀宽阔的看守摸索着钥匙，把他的手铐解开了。看守吃力地摘下手铐时，被告几乎是略带歉意地望了观众一眼。手铐刚一松开，刚刚从屁股上的皮带那里垂下来，他就将握拳的右手紧紧地贴到胸前，把手臂直挺挺地向外一伸，随后举起手来，敬了一个握拳礼。时间很长，足够让摄影师将这一刻永远定格，他把攥紧的拳头举得和脑袋一样高。一阵惊呼传遍了法庭。时间是九点差五分。

他抬起手臂，做了一个右翼极端分子的敬礼手势，新闻通讯社写道。他给自己倒了一杯水。喝了下去。端详了一下面前的一摞文件。消息一秒接着一秒，从屋内的记者手头迅速发出。

公诉人走过去和他握了手！

见到这般亲切友好的举动，让外国记者们大惑不解。他们真的是在跟他握手？

公益维护人和受害人的辩护律师们也和他握了手！

在某些国家，他们会把他关在囚笼里。会没收他的西装和白衬衫，还会剪短他的头发。他那条闪亮的真丝领带也是绝对不可能出现的。

囚笼关不关都好，审判室里的很多人都会非常乐意见到他蒙羞的。

而羞耻则是他本人最为恐惧的。遭人谩骂根本不算什么，如果是跟丧失尊严相比的话。

如果是跟让人揭穿他身上的漏洞相比的话。

托里森曾经问过他关于弱点的话题。"你有脆弱的一面吗？"当时他问道。"得不到爱，"布雷维克回答，"这一定是每个人最害怕的事情，得不到爱。""或者没有人欣赏。"他加了一句。

如今他就指望一件事。他的母亲不会出现在证人席上。她曾经被叫去提供证据，不过已经请求免于出席了。她是他的阿喀琉斯之踵，他对精神病学家们说。现在她是唯一能够让他难堪的人，能让一切都垮下来的人。就是因为这样，他在审讯之前，才一次也没有同意让她前来探视。到目前为止，每件事情的发展都如他所愿。整个世界的目光都在他的身上。

握过手之后，公诉人和公益维护人回到了自己的位置上。他坐了下来。

他坐下了。

时间到了九点整。

法官入场了。

法庭全体起立：两位公诉人，辩护律师，公益维护人，民众，记者，大家都站了起来，除了一个人：被告。

他留在座位上。他笑了。

准确地说，他是在努力地掩饰着笑容。他坐在那里，两条腿大大地分开，稳稳地踩在地上。人人都能看见桌子底下他并没有戴着脚镣。他在椅子上动来动去，椅子非常舒适，有很不错的宽大靠背。他四下打量，放松地坐进了椅子里。目光扫视着一排排座位。忽然，他的嘴唇一弯，又一次露出了微笑。他瞥见了一个自己认识的人。克里斯蒂安，他从前的朋友和搭档，正坐在前排。他在这儿干什么？

哦，原来《世界之路报》请他坐到了属于他们的一个位置上，这样庭审之后他就能告诉他们的读者，再次见到自己的昔日好友有什么感受。两个人都移开了目光。

"现在开庭！"

坐席上传来法槌快速敲击的声音。主法官温彻·伊丽莎白·阿恩岑是一位很有威信的人物。她是一名经验丰富的法官，大概五十岁的年纪。花白的短发，明亮的蓝眼睛和薄薄的嘴唇。法袍的领口处隐约能看到一件蕾丝上衣。

被告希望一开始就定下议题，于是立即开了口。

"我不承认挪威的法庭和法律，因为你们是由支持多元文化主义的党派所委任的。"

他清了清嗓子。法官直直地盯着他，正要讲话的时候，他又接着说。

"我也知道你跟格罗·哈莱姆·布伦特兰的妹妹[1]是朋友。"

他的声音很尖。

法官问他这么说的意思，是否想对她参与这场诉讼提出具体的异议。辩方团队摇了摇头。据他们所知并非如此。

不，他并不希望这么做。只是想提出一个观点而已。

温彻·阿恩岑说明了审判的程序规则。她快速而简练。现在可没时间浪费。她要被告起立，确认自己的全名和出生日期。

"安德斯·贝林·布雷维克，生于一九七九年二月十三日。"

他显得很温顺，说话几乎就是在咕哝。

1　汉妮·哈莱姆·布伦特兰（Hanne Harlem Brundtland），格罗的胞妹，挪威工党政治家，曾担任挪威司法部长。

提到职业的时候，法官说："嗯，你没有工作。"

布雷维克提出抗议。

"我是个作家，在狱中写作。"他说道。

法官命令他坐下。

接下来，控方两名成员中的女性，一头金发、优雅大方的英嘉·贝耶尔·英格，将会朗读指控。

"请开始吧。"阿恩岑说。

贝耶尔站了起来。她看上去非常镇定。开始用清晰的声音宣读诉状：根据挪威《刑法典》第一百四十七条，恐怖主义条款，被告遭到起诉。

奥斯陆公诉机关兹判定，安德斯·贝林·布雷维克，由于在精神失常状态下犯下原本应受法律惩处的罪行……依照第三十九条，或《刑法典》……应转移至强制精神医疗机构。

换句话说，控方赞同第一份精神鉴定报告，其中所持的观点是布雷维克患有精神疾病，可以接受治疗。

指控继续宣读。恐怖行动，贝耶尔·英格念道。爆炸。人员丧生。预谋杀人。情节特别严重。

炸弹于十五时二十五分二十二秒引爆，伴随着强大的爆炸威力以及随之产生的压力波，蓄意将身处政府区建筑物内或街面上的大量人员直接置于极度危险的境地，并在物质方面造成了严重的破坏……爆炸导致以下八人死亡……

公诉人念得颇具节奏感，甚至很有表现力。所有的音节都要朗读清楚，所有的名字都要让人听见。没有迟疑；这些人名她都已经练习过了。这些名字都是有意义的。这些人曾经都是活生生的。他们是这个案件当中最重要的人。所有的一切全部都是为了他们。

他处在塔楼入口处，货车附近，当场死亡，死于爆炸压力波以及碎片／物体撞击所造成的严重创伤。

　　她处在塔楼入口处，货车附近，当场死亡，死于爆炸压力波以及碎片／物体撞击所造成的严重创伤。

　　对于两位律师命运的叙述，只有一个代词的区别。爆炸发生的时候，他们就在那里，偏偏是那里，一个最不应该在的地方。他们分别生于一九七九年和一九七七年。

　　公诉人抿了一小口水。她身旁的玻璃杯不断地喝空又重新倒满。除了在念出几个姓名之后，一声压低了的抽噎之外，房间里非常安静。没有人公然哭泣。死者的亲友把手按在嘴上，免得发出声音。他们把头低了下来，免得让人看见。

　　公诉人念到了于特岛。

　　他在餐厅大楼跟前。

　　他在营地里。

　　他在小厅里。

　　她在大厅里。

　　她在恋人小径上。

　　他在校舍东面的树林里。

　　她在斯托尔滕贝格之石那里。

　　她在布尔什维克湾。

　　他在抽水站。

　　她在小岛南端的湖岸边。

　　他在六米深的地方被人发现。

　　他飞奔躲避，跌下了悬崖。

　　所有的六十九名被害人都是起诉书中的一部分。

　　除上述谋杀之外，他还企图杀害一些其他人，但未能达成目的，公诉人说。

第一次听到子弹射入的位置的时候，来自一家瑞典通讯社的记者喃喃地，几乎是自言自语地说了：后脑，他们被打中了后脑。这个上了年纪的男人把这句话写进了他的报道里。每隔几秒钟他就把最新写好的几句话发到斯德哥尔摩的编辑那里，编辑纠正他打字时的错误，如果文字太过直白，就校订一下，然后迅速地发给他们的订户，遍布瑞典各地的电视台和地方报纸。写完第一句话，他们被打中了后脑。他又加了一个短语。他敲击键盘，给订户们发去了几个用来解释的短语——在逃跑的时候。在逃跑的时候，他们被打中了后脑。

贝耶尔·英格在读的时候，被告没有看她；他的眼睛一直在朝下看。不过他的辩护律师们一直盯着她，仔细地听着。今天也没有其他什么要准备的。现在就只有他们的姓名和年纪嵌进听众的脑海。生于一九九五年，一九九三年，一九九四年，一九九三年，一九九四年，一九九三年，一九九六，一九九二，一九九七，一九九六……

布雷维克把头低着。有时候他动动嘴唇，吸吮一下，摆弄一下他的笔。这是一支特殊的笔，非常柔软，这样他就不能用它来伤害任何人了，比如说，他自己。

贝耶尔·英格从死难者转到了幸存者身上。

这样的转换也并没有带来安慰。截肢。体内留有弹片。内脏器官损伤。视神经受损。大面积软组织损伤。脑出血。颅骨开放骨折。结肠摘除。肾脏摘除。胸壁留有弹片。皮肤移植。眼眶破裂。永久性神经损伤。弹片嵌入面部。胃，肝，左肺及心脏损伤。从面部取出残片。手臂肘部以下截肢。同侧手臂及腿部截肢。

这些是战场上才有的创伤。

于特岛上的事件在部分挪威人民当中引起了巨大的恐慌。被告人犯下了极其严重的罪行，其规模在我国的现代历史上，此前从未经历过。

贝耶尔·英格差不多快念到结尾了。

布雷维克选择继续埋着头向下看。后来他会说这是一种体谅的表现。他不希望让死者亲友的这一天变得更加难过。

十点半，公诉人读完了起诉，被告人获准发声。他站起来说："我承认这些行为，但我不承认有罪，无罪的理由是必要性原则。"

法庭休庭。

随后，一个头发稀疏的高个子男人来到庭上。他的动作无拘无束，轻松自如，看起来胸有成竹。这是另一位公诉人，三十八岁的斯文·霍尔登。他将对被告的生平，以及他的罪行做出开庭陈述。

在描述他对七十七个人所进行的屠杀时，被告自始至终都面无表情地坐着，而现在他则显得非常放松。公诉人通读生平经历时，他就在房间里东张西望。

几个月的警方讯问产生了几千张写得密密麻麻的纸页。哪些是真的，哪些不是，哪些重要，哪些不重要，弄清楚所有这一切便是公诉人的工作。布雷维克所说的许多内容都经过了追查与核实，警察并未发现他有明显的撒谎行为。

不过有些问题他却答得含糊其词，比如关于他声称自己所属的那个组织的问题。公诉人断定，布雷维克坚称于二〇〇二年在伦敦成立的那个组织，圣殿骑士团，他表示自己在其中担任指挥官的那个组织，并不存在。

这是彻头彻尾的编造。

又或者是幻想？妄念？

问题是，布雷维克自己是否相信这个组织的存在？

同样地，他究竟是疯子还是政治恐怖分子？

十个星期的庭审期间，这将是贯穿始终的核心问题。

霍尔登支持前者。他认为布雷维克的生活在二〇〇六年发生了明显的转变。他不再向进步党支付会费，关闭了售卖假文凭的公司，在股票上损失了大量资金，并且搬回家中与母亲同住。他开始不分昼夜地玩电脑游戏。

在公益维护人身后的大屏幕上，出现了一张布雷维克房间的照片。这是七月二十二日他离开时的样子，也是警察找到房间，并在当天晚上给它贴上封条时的样子。

桌上有一罐打开的红牛。地上放着一只保险箱。一台打印机。到处都是便利贴。墙上挂着涂鸦。一张没有铺过的床。

照片是在一个晴天拍下的。几道阳光从拉起的百叶窗帘后面透了进来。

搬到这里的时候，他的生活正在分崩离析，这是霍尔登传递出来的印象。他的妄想就是在这时开始产生的吗？这个时候，布雷维克正在以审判者安德斯诺迪克的身份扮演着《魔兽世界》的骨干中坚。

"这个游戏暴力吗？"法官打断了他。

"这就要看您如何定义暴力了。"霍尔登回答，并且保证稍晚一些会回头再来讲这个问题。

他开始写作那部纲要，是在打了一两年游戏之后的事，霍尔登断言，更确切地说，几乎没有他自己撰写的东西，而是随意地借鉴极端博客上所能够找到的内容。霍尔登花了一些时间来阐述纲要当中的三卷书，他表示自己想集中谈一下第三卷，布雷维克的自我在这一卷的字里行间表现得更为明显。这是一份开战的宣言，激励着读者加入内战，关于准备工作的说明，以及制作炸弹的指南也包括在其中，霍尔登告诉法庭。

亲属们静静地坐着，低着头，聆听着。记者们拼命地捕捉着一字一句，有几个人不断地发着推特。霍尔登的话在说出口的一瞬间，就被传到了网上。

一个化着浓妆的CNN记者坐在第一排听着，耳麦小心地戴在头发上面，一阵非常迷人、充满阳刚之气的麝香则从后排传来。那是半岛电视台的记者，刚刚做完一次直播回来。没错，今天全世界都在看着。

几位AUF的领导人则更加关心自己的手机，而不是公诉人在说些什么。好像他们其实并不想听这些东西，听所有这些有关凶手和他生平的东西似的。对他们而言，他这个人根本就不存在，不管疯还是不疯，即便他就坐在他们跟前也一样。这件事情是那么的突然，痛楚是那么的强烈。如今他们想要抛开过去，继续前行。他们想要脱身。离他远远的。对于他心智是否健全的问题，AUF也没有官方的表态；这跟他们没有关系，必须要处理这件事情的是这个宪政国家。关键是他一定永远也不能从监狱里放出来。他们在各自的手机上收发着消息，手机都设成了静音。

霍尔登开始说起了他购置的物品。武器，设备，制作炸药的化学品，化肥，制服。警察给假人模特套上了被告人在七月二十二日穿着的全套服装，包括那双挂着靴刺、沾满烂泥的靴子。

布雷维克笑了，他看见了一张照片，拍的是他自己缝到制服袖子上面的徽章。多元文化主义叛徒猎杀许可证，上面写着，仅对ABC类有效。

霍尔登展示了在一个晴朗夏日拍下的沃斯图阿农场的照片；他展示了伊莱克斯搅拌机，买来的袋子。警方证实，炸弹的制作方法，与布雷维克在宣言中描述的一模一样。他们对同类型的炸弹进行了引爆测试，霍尔登也同样展示了照片。

布雷维克聚精会神地听着所有这一切。他是在参加一场关于他自己的研讨会。

"他还制作了一部影片，"霍尔登说，"被告人用微软的影音剪辑程序上传了一部电影预告片。"短片由九十九幅剪接在一起的画面构成。

听来颇有宗教意味的音乐传遍了二五〇房间。一幅标志性的黑白照片出现在屏幕上；一九四五年，苏联红军的士兵把苏联的旗帜插上了德国国会大厦。按照片中的说法，这便是文化马克思主义的诞生。教堂风格的曲子之间穿插着电子音乐。接着配乐变了。阿拉伯音乐的四分音[1]从法庭的喇叭里流淌出来，一个男人的声音唱着啊吗哪吗哪哪的挽歌。画面上有蒙着面纱的女人，隆起的腹部里面不是胎儿而是手榴弹；还有成群结队的难民正在前往欧洲的路上。随后改变的希望来临了，用硕大的、单个词语的说明文字标示出来：力量、荣誉、牺牲和殉道。伴着中世纪图案和圣殿骑士团一同出现的，是来自电脑游戏《科南时代》的音乐。题为"新开始"的最后一幕，则描画了一个理想的社会。影片以一句话作结：伊斯兰将再次被逐出欧洲。

布雷维克的眼睛眯了起来，眼中充满了泪水。他的嘴巴向上抬起，扯向鼻子的方向。他满脸通红，毫不羞愧地落下了眼泪，死死地盯着逐渐隐去的画面。

在那之前，谁也没有见他掉过一滴眼泪。这会儿他却在大庭广众之下哭了起来。

"你没事吧？"坐在他左手边的女律师问的是这个，《世界之路报》雇来读唇语的人说。

"嗯，没事，"布雷维克回答，"我只是对于这件事情没有思想准备而已。"

对于播放他的影片。他的。影片。

---

1 四分音（Quarter Tone），长度为全音的四分之一，即四四拍中的一拍，是古代波斯和阿拉伯音乐的特征之一。

庭审稍事休息。

门外的大厅里，记者们努力为他的泪水寻求解释。

"他对自己有着一种超乎寻常的、温柔的、热烈的爱。见到自己制作出来的东西，感动得不得了。我是这么理解的。"一位心理学家对媒体说。

《科南时代》里的歌曲是海莲娜·布克施勒[1]用古挪威语演唱的。"想象一下……一边听着这首歌，一边浴血奋战，消灭敌人的侧翼……"他在第三卷中这样写道，"那天使般的声音从天堂向着你歌唱……当一切明亮的东西都转为黑暗，唯一能听见的只有这个声音，而你进入了天国……那一定是作为殉道者光荣牺牲，最为美妙的方式。"

有那么一个瞬间，他又一次成了骑士。

公诉人展示小岛照片的时候，时间是下午一点半，五百米长，三百五十米宽，一九五〇年作为礼物赠予AUF。

布雷维克忍住了一个呵欠。

霍尔登从布雷维克搭乘托尔比约恩号，被送到小岛上开始，讲述了事件的经过。讲到餐厅大楼里发生的事情的时候，公诉人说他要播放一个从那里打来的紧急求救电话。

每次咧开嘴唇想笑出来，布雷维克都会固执地试图去控制住。这次他用吸吮下唇来隐藏自己的肌肉活动。

拨号音在扬声系统中回荡着，传到了审讯室和十七个地方法院里。

听筒被人提了起来，一个冷静的声音说道："报警中心。"

"你好，比斯克鲁德区蒂里湖上的于特岛有人在开枪打人。"一个女

---

1 海莲娜·布克施勒（Helene Bøksle），挪威民歌和流行乐女歌手，为游戏《科南时代》演唱了名为《天崩地裂》（*Ere the World Crumbles*）的歌曲。

孩带着浓重的口音说。她喘气的声音比说出来的话语还要响。打通电话的时候，她刚刚目睹自己的男友中枪丧命。当时是十七点二十六分，距离布雷维克上岛已经过了十分钟。他刚刚走进餐厅大楼。那个女孩，她的名字叫做蕾娜特·托内斯，正躲在一间厕所里。

警察问她还有没有枪声继续传来。蕾娜特喘了一口气之后才回答。

"有，枪一直在响。大家都慌得要命。他就在这屋子里。"

女孩把声音压得很低，几乎成了耳语。她再也没说什么，只是把电话举了起来，好让接线员能听见她所听见的东西。

录音里忽然传来一声尖叫。另一声。接着又是好几声。法庭里的人一动不动。有那么一会儿一点动静也没有，就连键盘都没有人敲。你就在现场，置身事外，没错，安全地坐在屋里的位子上，然而你就在现场，被卷进了这场大屠杀里。你能听见布雷维克的武器所发出来的声音。一开始，枪声零星地响起。一声接着一声地传出来，后来则是连续不断的好几声。随即变得越来越频繁。

录音持续了三分钟。霍尔登把它从头到尾地放完了。

三分钟。五十枪。杀了十三个人。

审讯室里有许多人哭了起来。

布雷维克低头瞟了瞟一根手指的指甲。

然后又重新抬起了眼睛。

独白

第二天。这是他筹备已久的一天。

日后，会有许多其他人在这个案子上打下属于他们的印记：公诉人，目击证人，专家，辩护律师。不过今天，发言权只属于他一个人。

他缓缓走向证人席。手里拿着一叠材料。他把材料放到面前的桌子上，整了整袖扣。

"涉及本案相关问题，被告所言必须仅限于事实。"法官严厉地说。

"尊敬的阿恩岑法官，本人请求获准陈述自己的辩护原则，也希望您不会打断我；我有一系列观点……"

"为了让其他法院的传输播送能够正常工作，你要把麦克风的音量调低一点。"

他准备好了。这是他的新书首发式。

"今天我作为挪威以及欧洲抵抗运动的代表站在这里。为那些不希望自己身为本国居民的权利遭到剥夺的挪威人说话。媒体和控方坚持说实施袭击是因为我是个非常可悲、心怀恶意的失败者，我毫无原则，是个臭名昭著、没有道德的骗子，是精神病人，所以应该被欧洲其他的文化保守主义者所遗忘。他们说我拒绝工作、自恋、反社会，受到细菌恐惧症的折磨，跟母亲有乱伦关系；说我因为没有父亲而深受打击，是儿童杀手、婴儿杀手，尽管实际上我没有杀害任何一个不满十四岁的人；说我是胆小鬼、同性恋、恋童癖、恋尸癖、犹太复国主义者、种族主义者、精神变态和纳粹。所有这些话都说了出来。还说我心理生理都发育迟缓，智商大约八十。"

他念得很快。要讲的东西有很多。话语的内涵比朗读的方式重要。"对于这些描绘我并不感到意外。我预料到了。我知道文化精英们会讥笑我。不过这些已经近乎荒唐了。"

他抬头扫了一眼，跟着又低下头去看材料。

"答案很简单。我执行了自第二次世界大战以来，欧洲最精密也最精彩的一次袭击。我本人以及我的民族主义兄弟姐妹们，代表了他们所恐惧的一切。他们想要把我们吓跑，吓得再也不敢做出同样的事来。"

法官密切地注视着他，专心地听着。他信马由缰的时候是什么样的？他语无伦次吗？他的话前后一致吗？这是他们第一次听到他不受限制地发言。他会如何填满分配给他的这半个小时呢？

挪威和欧洲都被从众心理束缚了手脚，他告诉他们。

"轴心国战败后，民族主义和文化保守主义者就被打断了脊梁。欧洲从来没有出过麦卡锡[1]，因而马克思主义便打入了校园和媒体。这种状况也为我们带来了女权主义，性别配额，性解放，改头换面的教会，社会准则的解构，以及一种社会主义、平等主义的社会理想。由于多元文化的意识形态，挪威正在因为文化自卑而受苦。"

被告提议进行一场全民公投，询问以下问题：挪威成为一个多种族国家这件事，从未询问过挪威人民的意见，你认为这是否非民主？挪威接纳大量的非洲人和亚洲人，以至于挪威人在自己的首都面临着成为少数派的危险，你认为这是否非民主？

"民族主义与文化保守的党派遭到媒体的抵制。我们的见解被视为

---

1 约瑟夫·麦卡锡（Joseph McCarthy，1908—1957），美国参议员。借由冷战紧张局势所造成的恐慌情绪，声称美国政府内外藏匿着大量共产主义者，苏联间谍及其支持者，多次利用"共产党"或"间谍"等莫须有的指控攻击政府及军队内外的其他人。1950年诞生了"麦卡锡主义"（McCarthyism）一词，用来形容类似的反共活动。

低人一等，我们是二等公民，而这并不是名副其实的民主！看看瑞典民主党还有他们身上所发生的事[1]。在挪威，媒体对进步党有组织有计划的污蔑已经进行了二十年，而且还会继续进行下去。百分之七十的英国人视移民为严重的问题，并且认为英国已经变成了一个不正常的国家。百分之七十的人对多元文化主义不满。"

"你现在是在念宣言里的内容吗？"法官问道。

"不是。"布雷维克回答，然后又接着说，"你们认为在挪威有多少人有同感？越来越多的文化保守主义者开始认识到，民主的斗争毫无成果。既然如此，离揭竿而起便只有一步之遥了。当和平革命变得不再可能，那么暴力革命就是唯一的选择。"

他用一成不变的音调念着，丝毫没有感情的投入。即便内心汹涌澎湃，他在表面上也没有展现出来。和他在进步党的时候一样。就算站上了讲台，他也没能鼓舞大家，没能引发任何热情的掌声。他的声音里有一种愤愤不平的口吻。

"那些说我邪恶的人，误解了残忍与邪恶之间的区别。残暴的并不一定是邪恶的。残忍也可能会有善意的动机。"

坐在成排座位上的人叹气，耸肩。有几个AUF的成员已经凑在一起窃窃私语起来。

"倘若处决七十个人，能够迫使他们转变方向，那么这就是为了防止失去我们的民族、我们的基督教义、我们的文化而做出的贡献。这么做也有助于防止一场可能会导致成千上万挪威人丧生的内战。实施小规

1　瑞典民主党（Sweden Democrats，瑞典语 Sverigedemokraterna，简称SD），1988年成立，自称为社会保守主义和民族主义的基石。从2006年大选开始崭露头角，2010年首次获得议会席位，最近一次于2014年举行的大选中更进一步，获得12.9%的选票，在议会赢得49席，在所有党派中列第三位。但距离第一大党，中左派的社会民主党（31%，议会113席）仍有差距。

模的残忍行径好过犯下更加严重的暴行。"

他吸了一口气，开始论述他所谓的挪威巴尔干化，以及针对文化保守主义者的迫害。

"AUF和工党这么做，是因为他们邪恶，还是因为他们天真呢？而假如他们仅仅只是天真——我们应该原谅他们，还是惩罚他们呢？答案是，大多数AUF成员都已经被教化和洗脑了，被他们的父母，被学校的课程，被工党里的成年人教化和洗脑了。这些并不是无辜的平民儿童，而是政治积极分子。许多人都担任着领导职务。AUF非常像希特勒青年团[1]。于特岛则是政治教化营。这是——"

"为了顾及幸存者和死者亲友的感受，我必须要求你缓和措辞。"阿恩岑厉声说。

"必将到来的入狱监禁并不让我害怕。我就是在狱中出生的，我这一生都活在一座监狱里，这个地方没有言论自由，反对意见不被容许，还要指望让我为同胞的毁灭而鼓掌叫好。这座监狱就叫挪威。我究竟是关押在斯古耶恩还是伊拉并不重要。无论身在哪里问题都一样紧迫，因为最终整个国家都会被拆解成我们称之为奥斯陆的那个多元文化地狱。"

"你快念完了吗，布雷维克？"法官问。他已经超出了限定的半个小时。

"我读到十三页里面的第六页。"

"你现在必须开始结尾了。"阿恩岑说。

"我的整个辩护完全有赖于能够将所有的内容念完。"他喝了一小口水，继续用一成不变的语调读着。"根据中央统计局的资料，到二〇四〇年，移民将成为奥斯陆居民当中的大多数。而且这个数字还没有把第三代移民、领养儿童、没有证件或是非法居留在此的人口计算在

1　希特勒青年团（Hitler Youth，德语 Hitlerjugend），德国纳粹党的青年团体。

内。在奥斯陆医院出生的人当中有百分之四十七不属于挪威民族。绝大部分开始入学的儿童也同样如此。"

三位男性法医精神病学家坐在那里望着布雷维克，而希恩·瑟海姆则在笔记本电脑上做着详尽的笔记。

"欧洲的左派坚称伊斯兰教徒爱好和平且反对暴力。这是谎言和政治宣传。"

"布雷维克，我必须要求你停下了。"阿恩岑急切地说。

"我的辩护词不可能缩短，"他回答，又补充说，"如果不允许我阐明原则，那就根本什么话也没必要让我说了。"

法官从一开始就下定决心要对庭审严加控制。她不能在第二天就放松标准。

"欧洲精英与伊斯兰教徒之间达成了共识，实施多元文化计划，以便拆解挪威和欧洲的文化，从而将一切彻底颠覆。好的变成坏的，坏的变成好的。在奥斯陆，像伊斯兰这样的文化会日益占据主导地位。要理解这一点很难吗？我们的民族才是最珍贵也最脆弱的东西，我们的基督教义和我们的自由。最终我们是会端着寿司坐在那里看着平板电视，但却会失去最为宝贵的——"

"布雷维克！"法官说道。她突然念出了他的名字，几乎没有发元音，所以听起来像是"伯克！"似的。

"我还剩五页。"

"这远远超出了昨天提出的要求。"阿恩岑对利普施塔德说。

"我理解法庭的规则，但还是请求允许他继续发言。"利普施塔德回答，不过他也要求布雷维克压缩他的讲稿。强调安排给他辩护的时间限额只有五天。

"最初是二十页，不过我设法精简到了十三页。对于我得到的这五天有许多议论。我从来没要求过五天，我只要求一个小时！就是我现在手上的这一个小时。对我来说解释所有这一切是至关重要的。"布雷维克大声说。

"继续吧！"阿恩岑接口。

"谢谢！"布雷维克回答。

"然后就要说到欧洲的另一个问题。挪威把石油收入用来为移民提供社会保障福利。而沙特阿拉伯则为欧洲的伊斯兰中心花费了几千亿美金，还资助了一千五百座清真寺和两千所学校……"

公益维护人梅特·伊冯·拉尔森是奥斯陆审判室与地方法院之间的联络员，她打断说，地区法院里的受害人以及亲属，对于布雷维克能获准发言这么长时间感到非常愤怒。

"死者亲属的反应你已经听到了。你愿意体谅他们的感受吗？"法官问。

"我愿意。"布雷维克回答。

"这么做对你而言重要吗？"

"体谅别人的感受很重要。"

"既然如此，我就要求你这么做，并且尽快收尾。"

"我还剩三页，"布雷维克说，"如果不许我念到最后，我就根本不会对法庭做出自我陈述！"

这时公诉人斯文·霍尔登开了口。"我们认为允许布雷维克继续发言非常重要。"

他接着往下说：

"奥斯陆这座城市已经毁了。我在西区长大，却眼见着市政当局购买公寓，购买公共房屋，提供给移民，而他们则建起了贫民窟。许多移民蔑视挪威文化，女性主义，性解放，奢华堕落。他们开始是要求特殊豁免，最终就会是寻求独立自治。坐牛和疯马是广受美国原住民赞誉的英雄——他们与卡斯特将军作战。他们是罪恶还是勇敢？美国的历史书把他们描绘成英雄，而不是恐怖分子。与此同时，民族主义者却被称为恐怖分子。这难道不是非常虚伪，而且极其种族歧视的做法吗？"

法官专注地紧盯着他。

"挪威人是挪威的原生居民！挪威支持那些声援玻利维亚的人，可对自己的国家却不是这样。我明白我说的情况不容易理解，因为政治宣传告诉你们的刚好相反。但过不了多久人人都会意识到的。马克·吐温说过，在变革的时代，爱国的人会被看作失败者。然而一旦证明了他是对的，大家便都想与他同行，因为到那时，做一个爱国的人就不需要付出任何代价了。这场庭审是为了查明真相。我在这里所展示的资料和案例都是真实的。因此，我的所作所为又怎么会是非法的呢？"

精神病学家希恩·瑟海姆一边在电脑上输着笔记一边嚼着口香糖。与她同坐一桌的三个男人都把下巴支在叠放的双手上，观察着眼前发生的事情。

阿恩岑身边的其他法官们都向后靠着，微微陷进了安着黑色高靠背的椅子里。他们的眼睛凝视着被告，脸上却非常平静，没有透露出任何信息。布雷维克的发言拖得很长，他们的嘴角也渐渐耷拉到了放松的位置。

被告拿起玻璃杯喝水。

"你念完了吗，布雷维克？"阿恩岑问。

"我还有一页要念。"

他放下了杯子。

"萨科齐、默克尔和卡梅伦都承认多元文化主义在欧洲已经失败了。这是行不通的。而挪威却在发生截然相反的事情：我们赞成更大规模的亚非移民。"

他低头扫了一眼材料，犹豫了几秒钟，然后大声说："哪，现在我是在自我审查了，好极了，我就是说明一下！"

"我们是最初的几颗水滴，预示着即将到来的暴风雨！一场净化的暴风雨。欧洲的城市将会血流成河。我的兄弟姐妹们将会胜利。我怎么会如此肯定？人们正戴着繁荣的有色眼镜活着。他们将会失去一切，他们的日常生活将会充满苦难，他们将会丢失自我认同，因而眼下让更多爱国的人担起责任，就像我所做的那样，是非常重要的事情。欧洲需要更多的英雄！"

他的演讲已经提前润色过，观点按照逻辑互相支撑，都包含在他自己的领域里，就像在宣言当中一样，他忍不住又重申了最为精华的要点。

"托马斯·杰斐逊说过下面的话：自由之树必须时常用爱国者和暴君的鲜血来浇灌……"

他清了清喉咙。

"我差不多快讲完了。我们国家的政治精英实在是厚颜无耻，还指望我们为这场毁灭拍手喝彩。那些没有喝彩的人就被说成是恶毒的种族主义者和纳粹。这才是真正的疯狂——他们才应该去接受精神评估，并且被说成是有病的人，不是我。让国家被非洲人和亚洲人挤满、到了丢失自身文化的地步，并不是理智的做法。这才是真正的疯狂。这才是真正的罪恶。"

他吸了一口气。

"我根据必要性原则实施了行动，代表的是我的同胞，我的宗教，我的城市和我的国家。因此我要求宣判我的罪名不成立。这就是我所准备的十三页内容。"

———

"你个人与基督教是什么关系？"公益维护人西弗·霍尔格伦在第二

天问道。这位经验丰富的律师代理了好几位死者的亲属，她自己也有一个十多岁的女儿。

"这个嘛，我是一个激进的基督徒，不是特别信教。但是有一点信。我们想要一份基督教的文化遗产，想在学校里教授基督教义，还想让欧洲拥有基督教的体制。"

"那你个人的情况呢？你信奉基督教吗？你相信耶稣复活吗？"

"我是基督徒，我相信上帝。我有一点信教，不过不是那么虔诚。"

"你读过《圣经》吗？"

"当然。从前读过，在我们还在学校里学基督教义的时候。在这堂课被工党取消之前。"

霍尔格伦请他定义挪威文化。那个他为了加以维护、不惜为之杀人的东西。

"你可以……没错，你可以说挪威文化的核心，正是挪威民族。"

他犹豫片刻，沉思了一下，随后找到了答案："在挪威的一切，从门把手到设计，从啤酒标签到习俗。都是文化。礼貌的用语，对人说话的方式。所有的一切都是文化。"

布雷维克说。

案件的心脏

在这桩诉讼案的中心，有一颗跳动的心脏。

被害人。

在庭审前的准备阶段，有关凶手精神和思想的讨论，几乎将谋杀的问题推到了幕后。然而要受法律制裁的是谋杀，不是他的思想。

前一年的秋天，斯文·霍尔登和英嘉·贝耶尔·英格受命负责制订庭审计划。两人都是年轻的父母，都有几个孩子，过着普普通通的挪威精英生活。霍尔登在主持完第一份精神病学报告的新闻发布会之后，直接赶到了医院，迎接第二个孩子的出生。

制订诉讼计划的时候，两位公诉人花了很长时间与死者的亲属和幸存者交谈，从托儿所接回孩子，再准备庭审，换尿布，阅读谈话笔录，唱摇篮曲。与那些只比自己年长几岁的父母们见面，在他们的心里留下了深深的烙印。有些人满腔怒火，其他人则被悲伤压得喘不过气。所有人的心里都有什么东西被打碎了。公诉人面对过敌意，也聆听过倾诉，我的儿子，我的女儿，我们的孩子。

重点是既要心中有情，又要将情绪排除在案件之外。自问该如何以最恰当的方式划定审理范围的时候，两位公诉人是这样判断的。

斯文·霍尔登列出了几条：

与受到牵连的各方保持良好沟通。

与警方的交接程序符合标准。

把握好庭审的大局。

像对待其他刑事案件一样处理本案。

然而这个案子和其他任何刑事案件都不一样。涉案范围那么大。杀害了七十七个人。

公诉机关负责人坚持每一宗谋杀都必须调查。时间地点要查实确认，什么时候，怎么死的。失去至亲的人们需要尽可能多的细节；据说这样能帮助他们走出痛苦。

警方从马德里和伦敦的爆炸案当中吸取了教训。这两起案件在审理时，并没有确认每一名被害人的死亡时间和死因。法庭没有将个人的遭遇作为独立的事件来对待。他们只是作为一场恐怖袭击的受害人而被提及。

调查也必须越彻底越好，这样，面对未来几年当中可能会出现的潜在阴谋论，才能经得起推敲。

许多人都想在诉讼中占据一席之地。一场宣传运动开始了，强烈要求在起诉书中将当天身在于特岛和政府区内的所有人都列为被害人。毕竟他们都遭遇了未遂的谋杀。而在常规审讯当中，未遂谋杀是不会被排除在起诉之外的。

一般来说，在起诉书中被提到的人，也必须作为目击证人接受传唤。这会让审判旷日持久。

那么界限应该划到哪里为止呢？

两位公诉人坐在负责人的办公室里，数着数字。政府区有多少人被炸弹击中？于特岛上有多少人中枪？

他们确认了总数，并以此作为在起诉书中列入姓名的依据。身上被金属碎片或者铅弹打中的人。政府区里有九个，外加八个遇害的人。于特岛上有三十三个，此外还有六十九名死者。

庭审的时间表已经确定了，因此公诉机关的负责人估计了一下。要花十个星期。可以，能来得及。这些人都可以作为证人传唤出庭。留给控方使用的那段时间，刚好能够挤进这么些人。

但恐怖袭击直接伤害到的人有多少呢？

就政府区而言，他们决定写下"此外还有两百人在爆炸中受伤"。其中包括外伤、骨折及听力损伤。至于于特岛，他们则希望重点提及许多年轻人因为目睹自己认识的人遇害，因为失去挚友而受到的精神创伤。

没有一个人会被遗忘，即便有一些没有具名。

普通凶杀案件审理期间，死者的照片会在法庭内的大屏幕上展示出来。既有表明遗体发现地点的全景，也有记录死因的特写。

斯文·霍尔登认为七·二二案也应该这样。"刑事案件里就是这么做的，"他说，"把照片放出来。一切照旧。"病理学家也赞成这样。

贝耶尔·英格则比较怀疑。她担心画面会太暴力了。公诉人再次征求了互助小组的意见。死者的亲友一点也不想看到照片。那太让人难受了。在政府区，有些遗体受损非常严重，留下的只有些许残骸。在于特岛上，头骨被击碎，受害人身上沾满了鲜血和脑浆。第一组照片是由犯罪现场的技术人员在小径上、树林里、湖水边或是餐厅的地板上拍下来的。后来，受害人接受尸检的时候，又拍摄了一组照片，洗净了身上的血迹，好让枪伤更加明显。通常在法庭上展示的照片就是这样两组。

直系亲属的意见说服了霍尔登。公诉人拿定了主意，他们会把照片证据放进只有法庭成员才会拿到的资料夹里。

英嘉·贝耶尔·英格寻思着自己会如何处理这些照片。她应该只在非看不可的时候迅速瞄上一眼？还是一直盯着，直到不受影响为止？

在于特岛上中枪身亡的被害人遗体全都拍摄了X光片。每一个人都制作了三维图像。这些图像显示出每块弹片在人体组织当中膨胀的位置。能看见子弹射进心脏，碎片在大脑中四散，金属切开颈动脉或是穿入脊椎。能追踪每一颗子弹的弹道，找出致命的究竟是哪一枪。

医疗专家们一心只想把枪伤展示得越清楚越好，因而希望能在法庭上呈现被害人的三维图像。

"不能把他们的遗体投到屏幕上去！"贝耶尔·英格反对。

二五○房间里展出的一切都会在其他法院中播出，他们并不能保证那里不会有什么人拿着iPhone拍照。

"那我们怎么办，用素描吗？"霍尔登问道。

在与病理学家交谈的过程中，霍尔登想到了一个主意，用一个可以让他们指出枪伤位置的假人。他们需要一个不分性别的假人和一根指示杆。

那好。他们去订一个假人。

可是要把假人放在哪儿呢？地上？弄个架子？或者转台？这个假人得要代表七十七个不同的被害人。用一种有尊严的方式来对待它是很重要的。

而且假人看起来应该是什么样的呢？皮肤是什么颜色的呢？

不能是白色——那是种族歧视。那些不是白人的受害者，他们的父母会作何反应？

也不能是黑色；那会让人产生错误的印象。

他们做出了一致的决定。

假人会是灰色的。

今天是五月八日。时间是上午十一点。离二五○房间只有短短一段距离的自助餐厅里，桌子渐渐空了出来，因为原本坐在那里的人们又要回到法庭去了。休庭的时候，自助餐厅被一群吵吵嚷嚷的人给占领了。跟一般的餐厅客人相比，这群人彼此坐得更近一些，笑的次数要多得多，也更喧闹。他们有同一种颜色的头发，同一种颜色的皮肤，色调比门厅里的大多数人要深一些，而且还是好几代人聚在一起。他们点了咖啡，也喝水。他们是一个大家庭。是为了巴诺走进法庭的。

他们是库尔德人，来自挪威、瑞典和伊拉克。和巴诺关系最近的亲属当中，没有几个拿到了签证来参加她的葬礼；他们的申请来不及处理。巴诺是在确认身份的第二天下葬的。她是有史以来第一个在内索登长眠的伊斯兰教徒。一位女牧师在教堂里主持了仪式，一位伊玛目在葬礼上讲了话。

庭审在很久以前就安排好了。如今，亲人们来到了她的身边。

从五月初至今，法庭每天都会听取十二份尸检报告。除了提交关于伤情的证据之外，每一位被害人都会用一张照片和一段由亲友选定的文字来加以缅怀。这为五月的第一个星期赋予了一种仪式感。这一天，庭审进行到了于特岛上的第三十一号受害人。

亲属都有预留的位置。口译员在同传室里做好了准备。巴彦握紧了穆斯塔法的手，他正坐在她的身边。

法官请来自克里波斯的法医技术人员戈兰·第维斯维恩说得慢一点，清楚一点，好让口译员不要遗漏了什么。他答应了。这时是十一点十一分。

"巴诺·拉希德在恋人小径上。她死于头部的枪伤。"第维斯维恩说。有三位法官转过椅背，到身后的架子上去找那份放有巴诺照片的卷宗。在卷宗里的几张照片上，他们能看见她侧身躺在绵延起伏的小径上。他们能看见受害人紧紧挨着躺在一起的全景，靠得非常近，几乎挤成了一团。在其中的一张照片上，十个人都被羊毛毯子盖住了。看起来就像是小径上隆起的一大块。他们似乎是靠在了一起以寻求庇护，在生命最后的时刻。

巴诺的舅舅，巴彦的哥哥，正坐在妹妹的另一侧，也紧紧地抓住了她的手。不久，整排的人都拉起了手。大人的身前坐着劳拉和阿里，周

482

围则是他们的表亲。他们同样攥着彼此的手。

法庭的墙上有一块屏幕，上面展示了一张小径的照片——凶杀案的现场，但却没有受害人。一个红色的小点指出了发现巴诺的位置。

"这个点标出了她的头部所在的方位。"法医技术员说。

接着，他的医疗组同事奥希尔德·维格走到假人旁边，假人的身上覆盖着一种柔软的材料。灰色的天鹅绒。

维格介绍了巴诺的伤情。"巴诺死于头部的枪伤。枪伤当即导致了意识丧失和迅速死亡。"

同样的信息也出现在墙上的显示屏上。这个十八岁孩子的姓名，以及子弹击中的部位。

霍尔登是一个把法庭上的美感看得很重的人。他希望所有的公告，所有的图表，所有由法医技术人员、专家证人和病理学家所带来的资料在语言上都没有错误，并且在展示之前还要再最后校对一遍。他也坚持所有的内容都要使用同样的黑色文字，用一种最不会分散注意力的字体：Times New Roman。

法庭上的一切看起来都要干净整洁。

描述巴诺枪伤的说明文字换成了两张她的照片。法院请父母寄照片过去的时候，他们发觉很难选定该用哪张，于是就寄去了两张。一张是穿着那套来自特吕西尔的布纳德欢笑的巴诺。另一张则是穿着一身传统库尔德服饰微笑的她。

"巴诺出生在《一千零一夜》的国度，"她的公益维护人开口说，"七岁时，她和家人一起逃离了伊拉克的战火。每一个认识她的人都很肯定，她一定会有所成就……"

律师的声音有些颤抖。梅特·伊冯·拉尔森对巴诺非常熟悉，好几年前就认识她了，因为她的女儿是巴诺的同班同学，也是她最好的朋友之一。她朗读了一份简短的陈述，提到了那些曾让巴诺兴趣盎然、充满热情的事物，还说她已经被追选进入了内索登的地方议会。

这时是十一点十九分。一共花了八分钟。

法庭开始听取有关安德斯·克里斯蒂安森的报告。那个在巴诺去世的时候，用一只手臂搂住了她、呵护着她的男孩。

他是小径上的下一个红点。

"现在我们转向一路延伸至水面的陡坡。悬崖区域。该区域有五人身亡。"把巴诺、安德斯以及小径上的其他被害人指给大家看的第二天，来自克里波斯的戈兰·第维斯维恩说道。

"五个人都被运到了大陆上，案件现场调查开始的时候，并不在他们死亡的位置／地点。"

安在墙上的大屏幕上，地图被放大了，第维斯维恩在全景地图上指出了他们的方位。"陡坡就在恋人小径的南侧，"他指着地图说，"昨天我们看到那十个人躺着的地方是这里。眼下这道坡将是我们关注的焦点。"

照片是从湖上拍摄的，显示出这道山坡究竟有多么险峻。垂直落差大约有十三米。"对任何人而言，这里通常都不会是一个下山前往湖边的地方，"戈兰·第维斯维恩表示，"我可以说，这么陡的一个地方，没有人帮忙的话是没法重新爬上去的。"

照片上的一个白色圆圈标出了一块石头。法医技术人员解释说，一个男孩是在这里被发现的。病理学家描述了他的伤情。每次她都会首先报出被害人的姓名和年龄。

"离西蒙的十九岁生日还差三天。"她说。她在假人身上指出了子弹击中的地方：从后背进入，胸前穿出。"西蒙死于胸部的枪伤，枪伤迅速导致了昏迷和死亡。"

法庭上能听见沉重的呼吸声。托恩和古纳尔感觉这一切一点都不真实。西蒙绝对不在那里，不在那个地方。

公益维护人纳迪娅·霍尔念出了短短的悼文。"西蒙很早就表现出对社会的责任和对文化的兴趣。从十五岁起就是当地青年议会的领袖。他是AUF萨兰根支部的创始人，原本应该直接从于特岛赶赴俄罗斯参加会议。他还曾前往柬埔寨拍摄一部关于饮用水的影片。他在年满十九岁之前遭到残忍杀害，令人深感悲哀。在未来的岁月里，失去西蒙会让许多人的生活更加痛苦。他身后留下了母亲、父亲和一个弟弟。"

听取验尸报告期间，布雷维克在大多数时间里都埋头浏览着自己的材料。这一天也同样如此。

他什么也没有说。没有发表评论。

那天，法庭休庭之后，托恩和古纳尔·赛博与安德斯·克里斯蒂安森的父母一同走了出来。过去的几天里，这两对父母一直待在一起；如今奥斯陆的事情已经结束了，他们要回特罗姆斯的家了。

从法院大楼出来的时候，四个人朝着皇宫周围的公园走去。在国家美术馆，一个警察正在封路。父母们停了下来。

紧接着他们就看见了。

一辆摩托车全速驶来，后面是一辆白色的厢式车，最后则是一辆警车。

"小石子！这里有小石子吗？"维果·克里斯蒂安森嚷着。

然而并没有散落的石子。

厢式车呼啸而过。留下两位父亲站在原地。

"啊，我们会用足力气朝他们扔过去的！"古纳尔·赛博说。

两位父亲面面相觑。深深地凝视着彼此的无力。

"为什么我们就这么坐在那儿？"维果气愤地质问，"就这么坐在法庭上。为什么不做点什么？为什么不喊点什么？为什么我们他妈的表现得这么有礼貌?"

在那间漆成灰色的房间里，他们甚至还拼命地忍住呜咽。他们不想引人注意。不想惹出任何麻烦。

古纳尔望着维果。

"当时我们束手无策，"他回答，"现在也一样。"

生的意志

花了一个星期听取于特岛遇难者的验尸报告和悼词之后，法院的日程安排表上写着：受害方。

挪威国庆放假四天之后，参与审讯的人们脸上都晒得黝黑。奥斯陆五月中旬的温热天气里，审判室里的公众都换上了更加轻便的衣衫。死者的家人已经返回家中，回到了各自所在的地区，如今正在全国各地的地方法院里，关注着庭审的进展。

已经没有悼念的文章要读了。该是幸存者们说出证词的时候了。

我失去了最好的朋友。

我听见了一声很响，很低沉的呼喊。

我说不准是先听到枪声再听到尖叫，还是先听到尖叫再听到枪声。

他在哀求着：求求你，不要开枪。

我觉得下一个肯定要轮到我了。

我手里捏着两块石头。

我把舌头伸到牙齿中间，不让牙齿打战发出声音。

活下来的孩子们说得很轻。他们很严肃。许多人都觉得很内疚。幸存者的内疚。

我就游在他的前面。他落到了后边。后来我转过头去，他已经不在了。

或者是那个从自己的大腿上取出一颗子弹然后游泳逃生的女孩：我是我们郡代表团的领队，而我却失去了团里年纪最小的三个孩子。

所有的幸存者都被问到他们的现状。他们没有说大话的余地。

挺好的。算是半速前进吧。

或者：一切都会好的。

或者：反复无常，时好时坏，说实话挺艰难的。

有几个布雷维克企图杀害的年轻人，要求他在他们作证的时候从法庭里出去。不过大多数人都希望他在场。常常他们都不屑于去看他。而他则坐在自己的位子上，不得不听着他们发言。没有人破口大骂或是直接跟他说话。最为激烈的表达来自于一个说他是蠢货和白痴的女孩。

对许多人而言，看着他坐在那里，是他们努力克服创伤的一个步骤。那个对着他们开枪的家伙，再也不会伤害任何人了。

有一个男孩，对于作证准备得比他之前做过的任何事情都要仔细。

他在五月二十二日作为证人被传唤出庭。

他是维利亚尔。

在第六天的晚上唱起歌来之后，他又睡了过去。时而清醒，时而昏沉，逐渐由昏迷不醒变成了一种由吗啡引发的混沌状态。他醒过来又睡下去，苏醒了又再次打起盹儿来。父母和医生对他大脑的情况仍然一无所知，打穿了眼睛、击碎了头骨的那一枪，造成的损伤究竟有多严重。他还记得那首歌的歌词是个好现象，医生说。然而在那之后他什么话也没有说，就这么重新昏睡了过去。马丁提到什么滑稽的事情的时候，母亲轻抚他面颊的时候，父亲拥抱他的时候，或是托尔热把自己参加的挪威杯比赛讲给他听的时候，他的嘴角偶尔会抽动。只有维利亚尔知道自己的脑袋里究竟在想些什么，可他却没有力气告诉大家。

在他苏醒过来，也能使出足够的力气发出声音说点儿什么的那一天，维利亚尔大声对母亲说道："妈妈，我一点儿也看不清楚。能帮我把眼镜拿来吗？"

"维利亚尔，你……你的一只眼睛没有了，你的眼睛中枪了，但是另一只眼睛——"

"戴上眼镜还是会好一点的。"他坚持说。这是他从于特岛上被送过来到现在说的最长的一句话。

"眼镜在最上面的架子上，就是在罗格的房子里，一进客厅靠左手边的那个架子。"维利亚尔说。

确实就在那里。"这是很好，很好的现象。"医生欣慰地说。

马丁在第六天晚上所讲的荒诞故事，维利亚尔还能重新复述出来，那个晚上，医生说他和死神最为接近，他的全身变得越来越冷。每一次心跳都是一次努力。持续不断的脉搏是接连送来的礼物。维利亚尔从头到尾都有意识；他记得那种寒冷，记得自己抖得有多厉害。他能想起那些拥抱和眼泪，而且他也想要回应，想要微笑，想要睁开眼睛笑出声来，可他的身体却不听指挥。它太累了。而且他又那么冷。

后来，等到他能正常醒着的时候，在大家还没开口之前，他就已经意识到了。于是他就自己说了出来。

"我知道安德斯现在肯定会在这儿的，还有西蒙，如果……"

维利亚尔望着马丁。

"至少会传个什么口信过来的，如果他们……"

马丁点了点头。眼泪流了出来。

"……还是……他们死了，对吗？"

维利亚尔错过了安德斯和西蒙的葬礼。那是在他满十八岁的那个星期举行的。延斯·斯托尔滕贝格出席了西蒙的葬礼。而拉尔斯·布雷姆内斯则在安德斯的葬礼上演唱了他的那首歌《如果我能在天堂里写字》。

整个秋天，维利亚尔都待在奥斯陆接受治疗。他经历了一系列的手术。直到十月份，在遭到枪击三个月之后，医院才让他回到了斯瓦尔巴。

大部分时间他都在睡觉。要恢复体力真的很不容易。他原本就是个精瘦的少年，如今又掉了二十公斤的体重。一道红色的伤疤从头顶延伸到一边的侧脸上。眼眶已经复原了。还装上了一只玻璃的眼球和一只假手。

生活满是痛苦和失落。对死亡的恐惧会毫无征兆地让他寸步难移。他常常觉得自己不是一个完整的人。并不是因为身体上经历的伤痛，而是因为失去了最好的朋友。他们还有那么多的梦想没有成真！

冬天的时候，他收到了让他在庭审期间作证的信函。

夜里他睁着眼睛躺在床上，思索着该说些什么才好。第二天，他会把想好的话试着说给同学们听。

"你爱往我身上开几枪就开几枪！不过那是不会有结果的！"他试着说，"我他妈的一定会让 ABB[1] 看看，我会安然无恙地好起来的！"

一天晚上，约翰内斯·布厄一家过来看望汉森他们。约翰内斯，十四岁的柔道爱好者兼金属乐队歌迷，托尔热最好的朋友，在校舍旁边的森林里中枪身亡。他的父亲是斯瓦尔巴的艺术文化主席；过去几年里，约翰内斯一直和父母，还有比他小三岁的弟弟艾利亚斯一起住在岛上。五月初，约翰内斯的尸检报告在法庭上进行陈述的时候，一家人去到了奥斯陆的现场。他们的座位在隔断后面，因而他们发觉自己一直在盯着凶手的后脑勺。艾利亚斯忽然离开了自己的座位，独自坐到了前排最远处一个空着的位子上。法庭全体起立准备休息的时候，这个长着螺旋形鬈发的小男孩站起身来，径直走到了角落里的玻璃幕墙跟前。站在那里等着。他注意到布雷维克从辩护律师中间的座位上起身往外面走的时候，是一定得朝着这个方向看的。他只能直接向着艾利亚斯走过来。他们中间只会隔着一面玻璃。然后，在布雷维克接近的时候，这个满脸雀斑的小男孩打算摆出自己所能做出来的最最嫌恶的表情，盯着他看。

1　安德斯·贝林·布雷维克（Anders Behring Breivik）姓名的首字母。

而他也正是这么做的。

在汉森家的客厅里，布厄一家给维利亚尔画了一幅法庭的示意图。"他会坐在这里，"他们指着示意图说，"和他的辩护团队坐在一起。而你会坐在这里。"

他们在房间正中央画了一个方块。证人席。又加进了法官、公诉人和旁听的民众。

"他会坐在离你两米远的地方，你能应付得了吗？"

"越近越好。"维利亚尔回答。

要想完成这个任务，他就得把自己要说的话演练一下。必须抛开自己的感情，否则他是办不到的。这就是为什么他一直在不断练习，好让自己不会面对任何让他吃惊意外的东西，任何应付不了的东西，任何会让他控制不住哭出来的东西。他可不能因为这样让ABB幸灾乐祸。

飞机降落在奥斯陆的时候，他浑身都在颤抖。不过现在他准备好了。他一定不能让他们失望——这是为了安德斯，这是为了西蒙，是为了他们一直坚信的东西。就像从前经常会发生的那样，他寻思着此时此刻他们会说些什么。会给他什么样的建议。安德斯会说内容，西蒙会说风度。有一次他碰到了难题，就拨起了安德斯的号码，这时才想起——该死！安德斯死了！

这一次他只能孤身上阵。而且他只能成功。

五月二十二日，维利亚尔穿上了适合这个严肃场合的黑色衬衣和长裤。在衬衣的外面，他套上了一件深蓝色的夹克，右手的手腕上系着一根细细的皮革手带，戴着时髦的黑框眼镜。维利亚尔·罗伯特·汉森去奥斯陆作证的时候，可绝对不能有任何纰漏。

他用轻快的脚步沿着中间的过道向证人席走去。布雷维克扫了他一眼，有人进来的时候他总会这样看上一眼。维利亚尔用严厉的神色迎上他的目光，紧紧地盯着，睁大眼睛集中视线时也还是盯着。

"哈，"维利亚尔心想，"空空荡荡。就像约翰内斯的弟弟说的：'在他的眼睛里什么也找不到。'"

一个轻柔的声音从他的左侧传来。那是英嘉·贝耶尔·英格。

"你可以先告诉我们你在于特岛上的经历吗？"

嗯，他可以。

"我在营地里。弟弟在帐篷里睡觉。我去了在主楼里开的大会，想弄清楚奥斯陆发生了什么事。我记得和西蒙·赛博聊了几句。记得他说假如这次袭击带有政治目的，那么我们在岛上也并不安全。"

他说他们把特罗姆斯所有的人都集合了起来。接着就听见了砰的声音。于是便开始逃跑。

"我们跑过恋人小径。我和弟弟从一个类似山坡、悬崖之类的地方爬了下去。响声越来越近，到最后真的非常，非常近。"

控方要求看一下那个陡坡的地图。维利亚尔尽力在图上指着。"我是跳下去的时候——在这里——还是在落地的时候被打中的，我也不知道，不过最后我落到了这里，弟弟就在附近。"

维利亚尔作证期间，布雷维克有时会同辩护团队里的一位见习律师小声耳语，说几句自己的意见。

"然后右边的耳朵里听到了一种非常奇怪的嗖的声音，我发觉自己就在湖边上。我试了几次想站起来，有点像是冰上的小鹿斑比，你明白吗，我还在喊着弟弟的名字。但后来我决定最好还是就用像胎儿一样的姿势，躺在一个什么地方。我在湖边的一块石头附近蜷了起来，一直待在那里。我从头到尾都是清醒的。被枪打中的感觉很奇怪，并不疼——只是很不舒服。是一种以前没有过的疼痛感。我躺在那里，开始试着搞清楚自己的状况。我看了一下手指，发现上面只有几块皮肤还连着。我发觉自己有一只眼睛看不见东西，肯定是出了什么问题了。我开始用手在头上捋，最后碰到了一种软软的东西，然后就摸到了自己的大脑；我在摸着自己的大脑。这种感觉非常诡异，所以我很快就把手拿开了。我记得西蒙·赛博就躺在那里，不过那时候我并不知道他已经死了。我记得自己跟他说话，说会没事的，我们会一起挺过去的。"

"你跟他熟悉吗？"

"非常熟悉。"

"直到后来你才发现他死了？"

"对，当时……我猜我只是不想接受。我记得非常清楚，躺在那里，然后……嗯，我看过很多不怎么样的美国电影，里面说过保持呼吸，保持清醒有多重要。所以我想方设法继续说话，说了很多稀奇古怪的东西。我猜最后我是在语无伦次地讲着海盗还是什么的。"

"有人和你说话吗？"

"他们都叫我别出声。他肯定是又回来了，我觉得，但我没有察觉到。所以大家都让我安静，像是，'拜托你快闭嘴！'这样。"

"你的弟弟，他怎么样了？"

"我找不到他了。我最后看到的是他离我越来越远。就像我想要让他去做的一样。在那之后我就再也没有见过他了，这一点对我来说是最难受的。我努力转移自己的注意力，去想一些日常生活当中自己很喜欢的东西。我想着回到斯瓦尔巴的家里，开雪地摩托，女孩子，还有其他棒极了的事情。我什么都想，除了弟弟在哪。对我来说，死是不容许的，这么想很聪明。嗯，某种程度上来说，当时我并没有意识到自己伤得有多重。我记得我开始觉得很冷，而且还抽筋，浑身拼命地哆嗦。我记得，虽然不知道持续了多长时间，但是我昏过去了。我不知道是在什么时候，不过我想肯定是在他们来救我们之前的一小会儿。"

从那时起，直到他被人放到船上为止，维利亚尔什么也不记得。"波浪在撞着我的后背，撞得相当猛。旁边有一个人，在问我：'你叫什么名字？你住在哪里？'好让我不要昏过去。我记得自己问他们有没有见过一个红头发的小男孩。他们说没有。"

"你中弹的地方在哪里？"

"大腿上有一枪，就是轻轻擦了一下。然后是我的手指这里，你们肯定会注意到的，子弹打在了手上，然后是肩膀，一直到这里全都被打得粉碎。然后是前臂，这个小伤疤，然后是头上。如果这样算是五枪的话，那就是这么多了。"

"头部的那一枪，到目前为止它对你有什么影响吗？"

"我的一只眼睛没有了，不过这倒挺实用的：也就是说我不用往那边看了。"

维利亚尔朝被告的方向扬了扬头，他正坐在他的右侧。布雷维克花了一两秒钟，仿佛是需要一点时间来领会证人席上的男孩所说的话似的，随后才笑了起来。整个法庭的人都笑了。

"不过至于脑袋什么的……"维利亚尔接着说，"我的机智幽默还在。"

法庭里传来轻轻的笑声。有几个人大声笑了出来。有一种如释重负的轻松感。布雷维克也还是笑着。

"我们也听出来了，"贝耶尔·英格说，"会一直这样下去吗？"

维利亚尔事先就决定好了哪些东西他愿意说出来，哪些不说。"很艰难但也还不错，很糟糕但也相当好。"问到他在学校里过得怎么样时，维利亚尔回答。他可以谈幻肢痛，谈头部的手术，谈那颗能像大理石一样拿进拿出的眼珠。但内心深处的想法，他想要保密。那个地狱，他会和ABB以及整个挪威共同经历。他简短地回答了公诉人有关他现在情况如何的问题。

"这是相当大的挑战，所有的那些焦虑和紧张，"他说，"我只有待在移动的车里才能觉得安全。很焦虑也很多疑。我好像还是觉得生活非常艰难。在斯瓦尔巴不会，或许在特罗姆瑟也不会，但在奥斯陆我觉得很不舒服。现在待在这里很不舒服。"

他顿了顿。"我只好取消在一次AUF的活动上定好的位子，因为我怕得不敢去。很不容易。生活确实变了。"他说着，然后告诉法庭上的人们他必须得要重新去学习的一切：握住一支笔，系自己的鞋带。他曾经是那么的活跃，踢足球，开雪地摩托，去滑雪，喜欢一切高速又刺激的东西，这些事情现在他一件也没法再做了。他的大脑里还留有子弹的碎片。这些碎片离重要的神经太近，无法取出。倘若它们移动了哪怕是一毫米，都有可能致命。任何会让头部遭到撞击的风险他都需要避免。直到过完这一辈子为止。

"我再也不能给滑雪板上个蜡然后就出发了……"他开口道，随后停了一下才继续讲下去，"我们都需要有自信，需要感觉踏实。当你的整张面孔都变了样的时候，这对你是会有影响的，而且……"

说到这里，布雷维克低下了头。

维利亚尔没别的话要说了。

他告诉大家的已经够多了。

"好，我想你要说的已经说完了。"阿恩岑法官说。

"棒极了。"维利亚尔回答。

他站起来，倏地一下转过身，然后迈开步子，走了出去。

几乎已经是夏天了。

他的眼前还有一辈子的人生。他可以走，可以坐，可以站。他的机智幽默还在。他还要为了很多人活下去。

精神分析研讨会

"这是侮辱!"布雷维克喊道,"是冒犯!"

"布雷维克,之后才有你说话的机会!"

"现在不让我发表意见太荒谬了。这是直播的。太侮辱人了!"布雷维克满脸通红。

"NRK必须停止播出!"温彻·阿恩岑法官下令。

传输渐渐中止,远离布雷维克愤怒的面孔,转成了一幅法院大门的图像,与此同时,戏剧性的场面正在二五〇号法庭上演。

争执起于布雷维克的个人经历。对布雷维克来说,这事关私生活保密的权利。对法庭而言,则是为了做出正确的判断。

布雷维克把自己的人生筑成了一副闪闪发亮的盔甲。而在这间暗淡的法庭里面,在亚光的灰色高墙中间,一群专家从天而降,用各种各样的方法试图推倒、潜入、强行冲进他的防御之内。

今天是六月八日星期五。前一天,法院没有开庭。

温彻·伊丽莎白·阿恩岑去了父亲的葬礼。最高法院顾问安德列亚斯·阿恩岑于两周前去世。葬礼安排在了法院不开庭的第一天。

七·二二案中的两名专职法官都来自显赫的法律世家。温彻·阿恩岑的祖父斯文·阿恩岑在一九四五年担任公诉机关的负责人,正是他拟定了针对维德孔·吉斯林的指控。与阿恩岑同席的法官阿内·林恩,他的祖父约翰·林恩则是一九四五年依法清除通敌分子期间的公诉人,也是纳粹亨利·林南一案中的公诉人,林南与吉斯林一样被判处了死刑[1]。

和林恩与阿恩岑在一起的还有三名陪审员，是从法院的名单上随机选出来的。一位怀着孕的哥伦比亚裔青年教师，一位七十多岁、退了休的家庭关系辅导员，以及一位教育部的中年顾问。法院第一天开庭的时候，席上还有另外一位陪审员，但在当天晚上，大家发现，就在屠杀事件发生之后，他曾在社交网络上发言说："死刑是这个案子唯一公正的结果！！！！！！！！！！！"这个人被迫退出，原先作为候补的那位老年家庭关系辅导员递补上来，取代了他的位置。

这会儿五位法官正注视着布雷维克撒泼捣乱。

他已经在位子上安安静静地坐了八个星期。眼下却彻底失控了。

之前那一周他还相当满意。辩方传唤了证人，强调拥有类似想法的不只布雷维克一个。宗教、恐怖主义和右翼极端主义领域的历史学家、哲学家和研究员出庭作证，阐明了布雷维克在这一虽然过激却并非不为人知的思想范畴内所处的位置。"阻止挪威伊斯兰化"与"挪威人保卫联盟"的代表也受邀表达了他们的政治主张。

法庭从各种不同的角度了解到了一个世界，布雷维克的思想在其中司空见惯。他的想法并非离奇的偏见，实际上有许多人都有同感。

辩方也想过要传唤在思想上指引着布雷维克的峡湾人，他的真名原来叫作彼得·阿尔·内斯特沃德·延森。从峡湾人的掩护罩里被拖出来之后，一个三十五岁左右，相当矮小，长着鬈发的男人，出现在众人面前。他在奥斯陆的一家养老院里当夜班保安，业余时间则是一名博主。他拒绝承担任何激励布雷维克的责任。

布雷维克把延森的见解变成了他自己的。区别在于布雷维克将想法诉诸了行动。

延森不愿作证，并且搬到了国外，挪威警方在当地没有执法权力，无法强迫他到法院来。

另外一个没有出庭的人是温彻·贝林·布雷维克。秋天里有一段时间，她成了一家精神病诊所的住院病人。申请免于出庭作证的时候，地区法院同意了，认为她"没有能力"作为证人出庭。

精神病学教授乌尔里克·弗雷德里克·莫尔特是一位上了年纪的谦谦君子，给人一种已经习惯了侃侃而谈的印象。一共有十多位专家会向法庭汇报精神病学方面的问题，协助法官做出正确的裁决。健康还是患病。要不要承担责任。服刑还是治疗。而他是第一个。

头发灰白的教授在证人席上坐定，向各方当事人致意。他先花了半个小时介绍如何正确使用法庭接下来将要仰仗的指导手册，然后才说起了离他几米开外的这个病例。"在指挥官救世主这方面，"他说，"生与死。我这里考虑的是处决。这其中显然有一种倾向于宏大概念的趋势，但这些是自大的妄想吗？"

不。布雷维克太轻易就让步了。在妄想的病例当中，高贵地位遭到剥夺的人会变得富于攻击性，会准备好了为了宝座拼死抵抗。而刚有人告诉布雷维克圣殿骑士团和制服看上去很可笑，他就马上减弱了骑士团的重要性，而且还脱下了制服。

莫尔特继续讲解他的诊断表。

"让我们看看反社会人格障碍——对他人的感受冷淡漠视。对社会规范和义务长期抱有鲜明的不负责任的态度。缺乏维持长期关系的能力。对挫折的容忍度很低，极易爆发激烈情绪，包括使用暴力。缺乏感到内疚或是从惩罚当中吸取教训的能力。具有对他人造成负罪感，或者将引发自身与社会冲突的行为合理化的明显趋势。"

这会儿，屋里已经有许多人在心里给所有的这些判断标准都打上了钩。但是——这些条件必须要在七月二十二日之前就已经存在才能作数。"在他的朋友所做的证人陈述当中，我没有看见任何一个人说他是个冷酷无情的混蛋。他画过一点涂鸦，但是很多人也都画过。他在国外有过一些可疑的账户，但是熟悉奥斯陆西区这个圈子的人都知道，类似的做法在那个地方屡见不鲜。如果这也算是一条标准的话，那患有障碍症的人数就得大幅上调了。极易爆发愤怒情绪。在七月二十二日之前并没有此种迹象。缺乏感到内疚以及从惩罚当中吸取教训的能力。这方面可能是存在问题。"

然而这还不够，莫尔特还不愿意以此作为他的诊断结论。那么托里森和阿斯帕斯的判断，反社会人格障碍伴有自恋型特征呢？"如果去看一下他在自己的卧室里编出来的宣言当中所写的东西，那么关于权力、金钱以及理想爱情的幻想都是存在的。他是独一无二的，而且非常欣赏自己，没错，两者皆有。独享的权力，没错，我们可以说他觉得这些权力是他所拥有的，他对法律绝对没有认识。缺乏情感共鸣，这一点无疑吻合。做出反社会人格障碍伴有自恋型特征的诊断完全是自然而然的。到目前为止，进展顺利，你们可能会这么想。但事实并不是这样。现在我们就要说到我们作为社会，作为人类，以及作为心理学家，必须要扪心自问的那个问题了。这么多的问题，究竟给了我们一个什么样的答案？"

一个巨大的问号填满了墙上的整块屏幕。

阿恩岑法官打断了他，询问是否有时间休息片刻。

"这可真是遗憾，"莫尔特大声说，"不过我们可以把问号留在那儿，因为现在我们就要讲到真正激动人心的部分了。"

布雷维克怒不可遏。"他非住嘴不可！"休庭的时候他告诉利普施塔德。

让他感到气愤的是，这些证词正在直接向电视观众进行播送。与验尸报告和于特岛目击证人的陈述不同，这是直播的。而且说的还是他的心思。人们尽可以打开电视，坐在沙发上取笑他。诚然，每天庭审结束的时候都允许他为自己进行辩护。然而精神病学专家们的证词会播出去，他的回应却不会。他的意见会经过记者们的筛选，永远没法直接让人听见。

短暂的休息过后，利普施塔德请求发言，并要求证人离席，因为他已经超出了不侵害个人隐私的法律界限。

"证人宣读的这些诊断，在某些方面，是极其带有侮辱性的。"

莫尔特正在证人席上，迫不及待地想要继续。整个局面演变成了激烈的交锋。法官退庭以慎重斟酌并得出结论。

坐在审判室里等待结果的人们展开了热烈的讨论。有些民众离开了座位，去了法院大楼附近的露天咖啡馆。精神分析研讨会扩展到了街头巷尾。

审讯的气氛经历了明显的变化。听取尸检报告和触目惊心的目击者陈述期间，整个法庭一片哀悼，就连报道犯罪资历最深的记者也心情压抑，而诊断病情的智力游戏也打开了他们的话匣子。

同样活跃的讨论在工作场所的食堂餐桌周围，在奥斯陆顶级餐厅的觥筹交错里，在朋友和同事当中，在夫妻之间如火如荼地进行着。公交车上，人们为了布雷维克能否对自己的行为负责而争辩起来。晚宴的宾客可以从开胃酒起就聚精会神地谈着这个话题，一直到白兰地喝完还在继续。案件把全国的人都变成了业余心理学家。

挪威有这么多人因为他的所作所为受到波及，他强行闯入了众人的思绪，如今大家都在自忖：

"布雷维克出了什么问题？"

答案倾向于沿着党派界限分野。在那些将他看作右翼极端恐怖分子的人当中，左派的占了绝大多数。他利用了当代的潮流，而这些意识形态以及它们的拥护者都必须要通过辩论来彻底击垮。换句话说，他的神志是正常的。越是向右派的阵营里望去，则越有可能找到认为他精神错乱的人。觉得他是个无足轻重的家伙，不必当回事。

精神失常同样也是那些他最为仰慕的人的看法。"他疯了吗？也许他真的是个疯子。神经病。"峡湾人在一篇博文里写道。他的结论也得到了汉斯·鲁斯塔德、罗伯特·斯宾塞、巴特耶尔、帕米拉·盖勒和波德西男爵的认同。在七月二十二日之前，他们所坚持的对于伊斯兰的批评是那么的完美和纯正。如今布雷维克却用血腥玷污了它。

布雷维克的要求遭到驳回。莫尔特获准继续说下去。巨大的问号再次出现在屏幕上。

"引爆炸弹是一回事。然而登陆一座小岛，对着年轻人开枪，还说得好像自己只是去摘了点樱桃一样，就完全是另外一回事了。有没有一种疾病可以解释这种我宁愿称之为机械屠杀的行为呢？此外，性行为方面也有变化，这一点我们是知道的。"

"主席。在这里不允许我反对太荒谬了。这是会播出去的。这是无理冒犯！"布雷维克打断说。

阿恩岑要他保持安静。

"但我的意见电视是不播的！"

"对，不播。"

莫尔特得出了结论。

"自闭症，又叫阿斯伯格综合征。读懂社交信号很费力。理解他人的想法和感受有困难。大多数患者用来应付的方法就是在社交当中获得这方面的知识。他们变得极为有礼貌，极为体面，尽自己所能学习游戏的规则。但关键在于，对他们而言，情感共鸣仍然是一种理论性的东西。他们没有能力分担别人的痛苦。他们能交朋友，能做生意，一切都进展得很不错，可是到了想要和一个人拥有亲密的关系……双方之间应当要交流感情的时候……他们却做不到。从而我们来到了所有这一切之中最为重要也是最令人痛心的一点……"

他停下来喘了一口气。"我第一次看见布雷维克走进这个法庭的时候——作为精神病学家，我们对于最初的两到三个毫秒非常重视——指出这一点非常重要。我并没有看见一个恶魔，我看见了一个极其孤独的人……极其孤独……紧接着，一眨眼的工夫，他就躲进了自己的外壳里，把自己变得铁石心肠……然而……在他的内心里，有的只不过是一个极其孤独的人。和我们一起坐在这里的不仅仅是一个极右翼的恶棍，也是一个和我们一样的人，这个人，无论他对我们当中的其他人做了些什么，也正在遭受着折磨。我们必须试着将心比心，让他的世界变得能够理解。他的人格，与他极右翼的思想意识，在他逃出自己这座牢笼的努力之中合二为一。最终，他不仅毁掉了自己的，也毁掉了其他许多人的人生。和我们一起坐在这里的，是一个和我们一样的人，他不但会囚禁在自己的牢笼里，也会被关进一座真正的监狱。对我们而言，重要的是要意识到他远远不只是一个单纯的右翼极端分子而已。对挪威，对我们，这都是一场悲剧。我认为这也是布雷维克的悲剧。"

分析结束了。摄像机关闭。轮到布雷维克发言了。

"我要为如此技艺精湛的人身攻击，向莫尔特表示祝贺。虽然一开始相当生气，不过我渐渐开始将它看成了一桩相当滑稽的事情。"

他在一张纸上匆匆写下各种不同的要点。"童年时代，我的行为从未偏离正常轨道，"他说道，"至于有关孤独的主张：我从未感到孤独。无法胜任友谊，这一点，实际上我的……呃，确切地说，曾经和我做过朋友的人，已经对此提出了质疑。多次出现精神忧郁：我从来没有抑郁过。关于我有权决定他人生死的说法：号召革命的人也必然会带来可能的牺牲。分析声称我从未有过长期的感情关系。自二○○二年以来，我有过两段大约为期六个月的感情。每天要工作十二到十四个小时的时候，你是没有时间谈恋爱的。不过那段时间我也在约会，与女性的接触也没有困难。庭审给出的印象是我憎恨女性，可是我热爱女性。我恨的是女性主义。一旦决定了要实施武装行动，我便感到建立一个家庭，拥有妻子和孩子，对我而言是不合理的。自恋：按照这里的描述，奥斯陆西区有一半的人会被归入此类。这样的诊断看起来非常愚蠢。莫尔特是公益维护人请来的，他们要做的，是要让我看起来越疯癫越好，但又不至于疯到会被判定为不需要对自己的行为负责，弄清楚这一点非常重要。既然如此，法官应该让所有精神病学方面的证人退席。本案所关乎的是政治极端主义而非精神病学分析。谢谢。"

第二天，七位新证人受到了传唤，他们都是精神病学家和心理学家。之后的一天，又传唤了五位。有些人曾经见过他，其他人则没有。诊断结果众说纷纭。

年轻的心理医生埃里克·约翰内森是与布雷维克相处时间最长的人之一。他受雇于伊拉监狱，就被告的观念意识和宏伟幻想，与他进行了大量的交谈。审讯进行期间，他也依旧同他会面，且没有发现任何精神疾病的迹象。布雷维克的想法是一种极右翼观点的表达，而他展现自己的方式则可以用夸大的自我形象来解释，约翰内森断定。他强调说，在十个月的时间里，每周都有一连串的人对布雷维克进行观察，他们都没有发现任何精神疾病的特征。

就像托里森和阿斯帕斯一样，伊拉的小组最终做出了自恋人格障碍的诊断。在胡斯比与瑟海姆看来，布雷维克提到自己在圣殿骑士团中的地位是患有精神疾病的征兆，然而约翰内森却有一个更加简单的解释：他在撒谎。

这只不过是布雷维克编造出来的内容而已。他相当清楚这个组织是不存在的。

"你认为他为什么要撒这些谎?"英嘉·贝耶尔·英格问。

"他想要把人招募到一个网络中来,独自一个人的话是很难做到的。再说这么做也有助于引发恐惧,而他也想要让反对自己的人活在恐惧之中。"

"他撒谎是为了让我们更加害怕?"公诉人接着又问。

"也是为了让自己看上去是个更加有意思的人,而不是一个失败者。"

失败者这个词被提到的时候,布雷维克拿出了一张纸条,在上面写了些什么。他很不自在地坐着,向后晃着椅子。

约翰内森用布雷维克从前的一个朋友举例,这个人曾向法庭表示,布雷维克一直怀有远大的理想。

"没有实现那些理想,成了一个失败者,着实让他难以承受,起到了将他推向极端主义的作用。对他而言,这套思想体系成了非常重要的东西,成了他自救的手段。"

约翰内森认为,布雷维克在童年和青少年时期常常遭到拒绝。而在决心将自己完全奉献给这套思想体系的时候,他却发现即便是在这个领域,自己也还是不被接受,他与峡湾人建立联系的尝试便是如此。

证人在说话的时候,布雷维克做了很多笔记。每当年轻的心理学家暗示他撒了谎,或是夸大了自己的重要性,他就会猛地向前一倾,记上一笔。坐在他身边的利普施塔德仍旧非常平静,把眼镜的镜腿咬在嘴里。

约翰内森提醒大家要注意布雷维克从外部对自己进行观察的能力,这是精神病患者无法做到的。"一天的审理结束之后,他可能会说'今天我看上去不太能负刑事责任',而之后我们就能看到,同样的结论在晚间的电视上得到了评论员的证实。"

约翰内森离开了证人席。布雷维克得到了发言的机会。他火冒三丈;他抬起了头。

"说峡湾人拒绝了我是完全错误的。"布雷维克气急败坏地说。他联系峡湾人只是为了得到邮件地址,而对方也把地址给了他。

"我这一生当中从来没有被任何人拒绝过。"他总结道。

*

最后,两组精神病学家被请来陈述他们的观察所得。第一组的两个人,对原先的报告几乎连一个逗号也没有改。法庭上的所见所闻,一点也没能改变他们的结论。对于就在庭审开始之前,对布雷维克做了四个星期追踪调查的那个团队提交的全天候观察报告,他们也不愿作出回应。瑟海姆和胡斯比在二〇一一年十一月完成了自己的报告,也依旧坚持着自己当初写下的结论。布雷维克无须为他的行为负责。

对精神病学家进行讯问的时候,温彻·阿恩岑法官想要弄清楚有关布雷维克各种妄想的结论,两人是如何做出来的。

"他关于什么人应该活,什么人应该死的看法,你们之所以称其为妄想,是因为这种想法太不道德了吗?"

"这下您可把我搞糊涂了。"希恩·瑟海姆回答。

"恐怖行为在思想上有可能是正当合理的,无论这种做法多么荒谬,一个人都有可能觉得这是自己的天职,难道不是吗?"阿恩岑问。

"我认为我们的出发点做不到像法官那么复杂。我们的看法是,他一个人坐在那里,极其认真地花了好几年的时间,来搞清楚哪一些人必须处死。"

在他们所代表的精神病学领域当中，没有道德思考这个类别。

另一组精神病学家则坦承他们无法确定。在法庭上的这么多天里，布雷维克丝毫没有流露出任何感情，这让特里耶·托里森有些捉摸不定，于是便又申请了一次面谈。他走到地下室，在候审的囚室里同布雷维克见了面。在那里，他发现这就是他在观察过程当中所了解到的那个人，友好、礼貌，也很像样。为了完成庭审，他正在演戏，托里森断定。阿斯帕斯和托里森在审讯期间所递交的补充声明当中，将布雷维克称为一个特例。他在庭上的麻木状态，"是对通行分类体系和理解模式提出的一次挑战，尤其是在应如何划分缺乏现实性与政治狂热之间界限的问题上"。经过英嘉·贝耶尔·英格的讯问，两人收回了反社会人格障碍的诊断。唯一剩下的便是自恋型特征。因而留给他们的结论便是布雷维克需要为自己的行为负责。

一旦所有的证词听取完毕，公诉人就必须做出判断。被告是否要为自己的所作所为承担责任？对于他没有刑事责任能力这一点，两人虽然没有十足的把握，却也有着相当的怀疑。在法律规范当中有一条重要的原则，对于怀疑不能置之不理。无论何种罪行，一律必须适用。这便是他们所提出的理由。

控方的结论：被告无须对其行为负责。

案件审理的最后一天，按照挪威法庭的标准程序，受害方要进行影响陈述[1]。一位政府区的雇员为同事的离世而悲痛不已；三位母亲回忆起

1　影响陈述（Victim Impact Statement），受害方在司法审判期间所做的口头或书面陈述。影响陈述让受害方在法院判决过程中发声，使案情更加贴近个人，提升受害方的地位，同时也能帮助被害人早日走出阴影。

各自的子女，说着失去他们是如何影响了整个家庭。AUF的总书记谈到了政治团体所蒙受的损失；而最后，一个失去了姐姐的女孩，将为整场庭审作结。

前一天晚上，这个十七岁的女孩接到了她的公益维护人打来的电话，问她能否为庭审做最后的陈述。

劳拉心里想着，我做不到的。

她嘴上答着："好的，可以。"

在清晨开往市区的繁忙渡轮上，在巴诺曾经钟爱的渡轮上，她坐在那儿，眺望着峡湾，思索着自己究竟要说些什么。

她要如何才能说清失去巴诺究竟意味着什么？

她在法院大楼旁的"将军"咖啡馆和四个朋友见了面。服务员借给她一本点单用的便笺和一支笔。她写了起来，写完之后再大声朗读出来。朋友们听着，随即给出批评和建议。多说点这个，少说点那个。这份讲稿要做到最好，差一点儿都不行。"你一定得写上你们全家是从哪儿来的！"他们说，"写上你是谁，巴诺是谁！"

劳拉想要退出。她做不到的。她在白色的钩花上衣底下感到浑身冰冷，感觉牛仔裤也绷得紧紧的。可是上庭的时间已经到了。她的双脚带着她通过安检，穿过沉重的大门，踏上盘旋的楼梯，走进了二五〇号房间。

现在她正朝着中间的过道走去。现在她要见到杀害姐姐的凶手了。

她走上证人席，很担心自己的声音会失控。就在这时，她察觉到了落在自己身上的目光。那位留着黑色长卷发、怀着身孕的哥伦比亚裔陪审员正在注视着她。她的眼神很亲切，劳拉想着，放下了手里的那张纸。她要把关于巴诺最重要的东西说出来。那些放在她心里的东西。

"一九九九年我和巴诺逃离了伊拉克。我们逃离了内战和萨达姆·侯赛因。痛苦的经历让我的生活非常不易，来到这里之后花了很长时间才感觉安全。我做过警察来把我们抓走的噩梦。是巴诺帮了我。虽然相差两岁，但是我们之间没有秘密。我还记得她说：'就算不巧失去了朋友，你也永远不会失去我。'"

她的声音依然平稳。"我根本没想到我第一个失去的会是她。"

劳拉说起于特岛事件之后的那段时间，自己除了睡觉什么也不干。"我梦到自己死了，而她才是活下来的那个。我分不清什么是真的，什么是假的，醒过来的时候，我觉得现实生活才是噩梦。花了好几个月才明白哪个是哪个。见到大家那么伤心，让我觉得非常内疚。死的那个人应该是我，那样就不会有那么多人难过了。"

她完全说出了心里的话。

"大家悲痛万分的时候，我只觉得自己碍事。这毁掉了我的自信。我生下来就是妹妹。从来没有经历过只当姐姐的生活。"

成排的座位上有人一阵阵地起身走动。今天是最后一天。审判要结束了。但是劳拉还没有说完。

"我只能学着自立。学着开始相信别人。这段日子很不好过，我也不想这样活着。他不仅夺走了我的安全感，更夺走了我生命中最最可靠的人。悲伤从来不曾缓解，失落的感受更加强烈，不过也有新的感觉出现。"

她顿了顿。

"希望。这在从前是没有的。巴诺并没有白白牺牲。她是为了一个多元文化的挪威而牺牲的。我心里有一个巨大的空洞，她再也不会出席我的婚礼，或是见到我的孩子，这让我心碎不已。但我为她骄傲，也知道她希望我幸福快乐。"

她是这样结尾的。巴诺始终陪伴着她。

离开证人席的时候，劳拉转身望向父母。他们的眼中噙着泪水。父亲抬起手朝她挥了一挥，母亲也是。

　　劳拉感觉全身暖融融的。父母的表情仿佛在说：我们为你自豪。你活着我们真是太高兴了。

判决

二〇一二年八月二十四日，判决即将宣布。头两个星期之后便失去了兴趣的全球记者们，又一次坐满了法庭。座位上又一次有了分量。

被告人已经就位，他的右翼敬礼又回来了，公诉人到了，公益维护人，辩方，观众。

法官入场，全体起立。

温彻·阿恩岑没有坐下，她念出了裁决。

"安德斯·贝林·布雷维克，生于一九七九年二月十三日，被判触犯《刑法典》第一百四十七条，第一款a项和b项……判处羁押监禁……"

笑容在布雷维克脸上绽开。需要为自己的行为负责！

他遭到了法律所允许的最高刑罚：二十一年。不过羁押监禁的意思也就是说，只要他对社会意味着威胁，刑期就可以延长五年，再五年，再五年——一直到他死去为止。

第三部

青山

他麻利地爬下峭壁。

一下子跳到了石头后面。

他跌跌撞撞地下了悬崖。

然后跑到了岩架底下。

他滑落在泥土和碎石子上。

随即匍匐到一块大圆石背后。

他大跨步地纵身一跃。

做好准备。跳三下就能到山下了。

你知道的，托恩，我们的西蒙跑得很快，游泳也游得很好。

那个星期五，他曾经这么说过。

有多少次，他替西蒙爬下了那道悬崖……

夜里爬，白天爬，在梦里也爬。

一百次。一千次。

一次又一次，他见到儿子在自己的身前——跃过那根原木，没有在半路停住，而是继续向下。

快跑，西蒙！快跑！

古纳尔滑了下去。

他踉跄了一下。

跟着又绊了一跤。

失去西蒙就像是坠入了黑洞。

*

马斯特巴克湖平静无波。偶尔有微微的涟漪在水面漾开；一条红点鲑浮出来透气。几羽渡鸦飞上了树顶。

现在是夏末，已经过了两年。托恩已经睡了。而古纳尔依旧坐着。

他觉得自己是个失败的父亲。他对孩子的教育一定有哪里出了问题。他让儿子认识了大自然中的危险：灰狼，棕熊，雪崩。暴风雪、发怒的驼鹿和幽深的水域。

但在真正的紧要关头却没有帮上他。

他为什么等了那么久才逃跑？为什么会待在那儿，把别人抱下去，自己却不脱身？他一定已经意识到必须马上离开了！

他们从小就培养两个儿子要为他人着想，乐于助人，让其他人优先。古纳尔还记得自己在萨兰根给男孩子们的足球队当教练的日子。他们去参加挪威杯的比赛，西蒙非常生气，因为虽然他踢得很好，可上场的时间却不长。古纳尔要他记住大家都是平等的、优秀的球员，和那些稍显逊色的。每个人在场上踢的时间都一样长，而假如比赛时间不够让所有的人都出场，那西蒙就得先被换下来。只能这样。

古纳尔重新回到萨兰根工商开发部上班。整天闲坐着于事无补。托恩则每周工作三天，照顾有特殊需求的儿童。

霍瓦尔在沃斯的民间高等教育学院[1]拿到了一个名额，学习体育及户外活动课程。

1　民间高等教育学院（Folk High School），由挪威民间组织、宗教团体、基金会等主办的非学历教育培训机构，提供包括艺术、手工制作、体育、户外活动等各方面的专业技能培训，学制一般为一年，招生时无学历要求，也不设入学及毕业考试，毕业后发放结业证明。

不过他首先去应征服了兵役。要填写个人信息的时候，他愣住了。姓名，地址，父母……兄弟姐妹……

兄弟姐妹。如有请打钩。

他应该打钩吗？

他有哥哥吗？

西蒙去世后，霍瓦尔失去了支点。一切的基础都没有了。那块通向未来的跳板，兄弟二人曾经并肩而立，如今少了其中一个，自然也就无以为继。起初，霍瓦尔想把一切都揽下来。他接过了萨兰根 AUF 的领导职务。接替了为难民辅导作业的任务；他要集霍瓦尔和西蒙于一身。但这是行不通的。第一年的秋天，十一月的暗夜降临的时候，他被压垮了。

每次闭上眼睛，他都会见到西蒙的脸。然而尽管如此，母亲落泪的时候他却大发脾气，也无法容忍父母直瞪瞪地坐在屋里茫然失神。他在家里再也住不下去了，便搬去和女友住到了一起。

痛苦是如此强烈。撕心裂肺。

海雅路的蓝色大房子，对这个如今只剩下三口人的家庭而言，实在是憋闷得透不过气。霍瓦尔管这里叫"伤心之屋"。

有两千个人出席了西蒙的葬礼。镇上的居民全都来了。办公室、商店和企业都因为葬礼关门歇业。首相飞到现场，在教堂里讲了话。

整个夏季，西蒙每天早上都会出门去教堂的墓园里干杂活。前往于特岛之前，他做的最后一件事情是为一块墓地剪草，如今他自己就被葬到了这里。这真是叫人无法承受。现在，轮到他的父母走上这段陡直的小路了。只要爬上山坡，转过马路的拐弯处，然后就到了。

花束，花圈，玫瑰花扎成的爱心，朋友们的书信，照片，眼泪。他坟上的所有这一切之中，还有一张小小的手写的纸条：致西蒙。我唯一的挪威朋友。迈赫迪。

西蒙葬礼之后的第三天，古纳尔接到一个朋友打来的电话。

"我听说达尔的小木屋要出售了。"

"噢。"古纳尔没精打采地应道。

一个月后，朋友又打来了。

"房子已经开售了。在网上就能看到。你和托恩一直想有一栋小木屋的啊。"

马斯特巴克山区难得能见到小块的土地出售。这是萨米人居住的地区，驯鹿的王国。山区是为畜养驯鹿的牧人保留的特殊地区，每年五月，鹿群都会待在那里，然后再向东迁往其他的草场。在萨兰根以北的山冈上，为数不多的木屋都已经传了好几代人。新的地块从来不会出售。

可现在达尔小屋就在眼前，位置绝佳，无人使用。屋主一家已经搬到了南方，不再需要位于特罗姆斯腹地的小木屋了。

托恩和古纳尔也不需要。他们的白天是黑色的。他们的夜晚更加黑沉。

那位朋友不愿放弃。

"想想风平浪静，鲑鱼咬饵的马斯特巴克湖，"他对古纳尔说，"想想八月被云莓染黄的勒尔肯山。想想二月阳光回来的时候，在萨格瓦斯亭峰上滑雪。想想冬天的北极光，那时候——"

"我知道，我知道。"古纳尔回答。他陷入了沉默，随后又跟了一句，"我要和托恩说一下。"

一个月之后，这家人的朋友又来了电话。"开始竞价了。"

那好吧。古纳尔也出了一个价。不过那根本不值得考虑；价格多半会一路飞涨的。

吸引他们的并不是连绵的山峦，也不是可以垂钓的碧湖。而是一种远远逃离的可能。挣脱眼前的一切。并不是要摆脱悲伤，悲伤早已是他们生命中的一部分，但是或许，群山能为他们带走一点哀愁。

价格升了上去。最后再出一次价，再高他们就不敢出了。可就在这时，卖家忽然叫停了竞标。

有一个人，说不定是一个朋友，对他暗示说竞标的人中间有赛博一家。

"嗯，我觉得现在的价钱用来买这栋小木屋已经绰绰有余了，"卖家说，"房子就归最近一次出价的买家。"

那是赛博一家。

达尔小木屋已经同周围的环境融为了一体，正在渐渐重回自然的怀抱。刺柏丛蚕食了墙壁。山上背风处的草坡已经成了羊群的休憩地。越橘的灌木在门前的台阶上长了起来。屋子已经很长时间没人打理，原木正在一点点腐烂，装饰的木板也糟朽了。

托恩和古纳尔想着他们可以把木屋修好，用油灰封好窗户，让裂缝不会漏雨。这点儿活他们能应付得了。

"我们把这破房子拆了吧，"某天和古纳尔一起上山察看情况的时候，他们的一个朋友开口道，"你们俩想有一栋刮风的时候也能住的小屋，不是吗？气温降到零下的时候也能住的？我们来造一间新的吧。我来负责施工。"他主动提议。

在第一个没有西蒙的五月十七日，他们上山来到冻硬了的雪地上。

天空晴朗，风势也减弱了；夜里还有霜冻，而白天则是夏日的天气。太阳整天都不落山。

他们在墙壁和茅草屋顶上泼了汽油。然后把火柴扔了进去。老旧的木材一下子就点着了。他们站在那里，望着火苗迅速蹿升，席卷了墙壁。屋顶很快就燃烧起来。

托恩和古纳尔同几个亲密的朋友待在一起。大家谁也不愿意在山下的镇上过国庆节。去年的记忆实在太鲜活了。托恩没有精神出门见人。她变成了一个沉默寡言的人。

积雪仍旧堆得很高。他们周围尽是大片的银白。在小木屋的火堆下面，马斯特巴克湖依然封冻着，就躺在斯讷尔肯与勒尔肯这双峰之间。

啊，真是这颗星球上一个美丽的地方！

然而不想起一年之前是不可能的。

"去年，西蒙站在讲台上……"古纳尔说。

"是啊，他的演讲太精彩了！"有人接口。

托恩勉强笑了一下。

"想想他讲起肯尼迪轶事的样子。"古纳尔说。

大家点了点头。"是啊，再想想……"

有一天，托恩和古纳尔偶然发现了西蒙为演讲所准备的稿子——五月十七日作为毕业生主席的演讲。

看着稿子，就好像是听见了西蒙的声音。

"他们决定叫我J·F·肯尼迪。你们都知道，他和我一样是一位领袖。不幸的是，他在达拉斯被人开枪打死了。不过我的性格太乐观了，可不会坐在那儿等待同样的结局……"

真是叫人心痛不已。

这是在最黑暗的岁月里迎来的第一个五月十七日，而他们正在这个地方，放火烧着一座小木屋。没过多久，唯一剩下的便是雪地里的余烬了。

积雪融化。夏天到了。

"我们就是来问问你们要不要帮忙。"一对臂膀有力的夫妻说。

"这个，反正我一样在烤点心。"一位邻居说着，从包里拿出了一个苹果派。

"夏天我们也没有特别的打算，所以如果你们需要帮忙的话，我们有时间。"几个朋友说。

"我认识一个开锯木厂的人，这些材料多下来了。"一个男人说。

"这个砂锅说不定你们能用上？"

"今天香肠特价，我想着不如就买一点带来……"

"你们要人帮忙砌砖头吗？我正好也闲着。"

达尔的小屋非常偏僻。从老远就能见到有人走近。一开始，只能猜测远处的那些小点可能是谁。走近一点的时候，他们的脑袋会消失在山间的最后一道土坡后面，随后一下子就来到眼前了。他们总会带点什么过来。几块木板，一把榔头，自家烤好的面包。

夏天结束的时候，小屋完工了。唯一还缺的就是门上的一块新牌子了。一个朋友让人做了一块，用蜷曲的字母刻好了名字。把它挂到了屋脊下面。

这是他们见过的最漂亮的牌子。从前的达尔小木屋不见了；这幢小房子焕然一新，自然也需要一个新名字：西蒙斯图阿——西蒙小屋。

古纳尔一个人坐在游廊上。标牌在他身后挂着。小屋里，托恩已经睡熟了。霍瓦尔去一场婚礼上唱歌了。

那个黑洞仍旧占去了巨大的空间。他们必须紧紧抓牢才不至于被它吞噬。

他还在往下滑。

他趔趄了一下。他跌倒了。

失去儿子的痛苦能把他逼疯。

不过他们已经开始望见了繁星璀璨的夜空。

还有北极光。还有身边那美好的一切。

编织乐园

"你是在你的编织乐园里吗，妈妈？"

她仿佛听见了他的声音。从前他常常会冲进来，给她一个拥抱，点评几句披肩的花样，随后又飞奔而去。从孩提时代起他就看着母亲编织，看着她的手指缠绕毛线，从一种颜色变到另外一种，看着线团如何组成这般美丽的图案。

在巴尔迪，格尔德·克里斯蒂安森是非常热门的编织能手。她织出了全村各家各户墙上的花毯，芬斯内斯的床罩和萨兰根的桌布。

对她而言，编织就像是进入了另外一个世界。在织布机旁，她能够整理思绪，也能在巴尔迪养老院助理护士的繁重工作结束之后，找到喘息的空间。

春季里的一天，儿子走进了她腾出来作为编织作坊的房间，站在那里端详她各式各样的作品。

"妈妈，你能帮我织一块吗？"

"哦，你想要吗？"母亲高兴地应道，"想要什么颜色的？"

"蓝色，像天空一样的蓝色。"他回答。

她织了很长时间。把蓝色和白色混在一起，好让他的床罩变成真正的天蓝。完成的时候，床罩完全就是她所期待的那样。就好像是晴朗的夏日躺在草坪上抬头仰望，见到几缕白云悠悠飘过的天空。

那时她才刚刚织完。安德斯用一只手抚过柔软的毛毯，对她说了谢谢，说了毯子有多美。跟着就出发了。

那已经是两年前的事了。

最初的几个月里她根本碰不得织机。

现在她又渐渐开始织了起来。不过进展得非常艰难。她的手指僵硬迟缓，织得疲惫不堪。

两年过去了，生活却只是越来越糟。

那种失落感，那种空虚，那些孤独的日子。悲伤并没有消散。它变得日益强烈。因为如今结局已经不可更改：他再也不会回来了。

格尔德害怕见人，因为她要是哭了会很难堪。眼泪随时随地都可能涌出来。她觉得似乎身边的每个人都以为，到了这会儿，情况应该已经好一些了。她能从大家的眼睛里看出来。他们的神情仿佛在说：你得要重新开始了。

人们会问她："你现在回去工作了吗？"

好像这就是判断的标准似的。没有，她没有回去。要不是因为工作同样也意味着面对生死的话，她说不定还能够应付过去。巴尔迪养老院里经常有老人去世。她受不了。他们风烛残年，正常死亡，这是自然规律。然而即便如此，他们还是死了。她再也无法承受死亡了。

养老院的管理安排非常灵活。她可以按照自己的意愿来去，如果觉得能够胜任，就零星地当几个班。

关于儿子的念头总是在她的脑袋里横冲直撞。

维果一直在思念着他。

他们的记忆在原地打转。

回忆在脑海中萦绕翻腾。在他们的梦里。在他们无眠的夜里。

格尔德说自己是"一分钟一分钟地过活"。感觉每一分钟都像是一场战斗。时间流逝，而生命却停滞了。可是其他人都说他们得把生活重新建立起来。可是没有了儿子，他们要如何重建人生？就像两人的大儿子斯蒂安，在受够了挪威战胜邪恶和仇恨的言论的时候说的，"只要还少了一个弟弟，我就谁也不会战胜"。

号称能将凶手打败的玫瑰、彩虹和民主，对他们而言只是徒增伤悲。听到政党领袖们谈起工党是大屠杀的受害者，让他们极其反感。凶案的被害人还没入土，AUF的成员们就说着要"收复于特岛"，则让他们痛心难过。

他们无法忘记庭审的第一天，AUF的领导人埃斯基尔·佩德森的话语："现在已经不那么痛苦了。"

难道他没跟死者的亲友谈过吗？他们很纳闷。难道他一点也不知道自己那些死去了的团员们，他们的父母有什么感受吗？他的那句话，在杀戮才刚刚过去九个月的时候，让他们没法再听他说任何其他的话。

有很多事情都让克里斯蒂安森一家愤愤不平。首先是AUF。二〇〇八年，十五岁的安德斯建立了巴尔迪的工人青年团。他在这个本地的支部担任了两年的领袖。在西蒙和维利亚尔政变未遂的第二年，安德斯成为特罗姆斯郡青年议会主席的时候，他便从巴尔迪AUF领导人的位置上退了下来，改任财务主管。

而在安德斯去世之后的第二年，埃斯基尔·佩德森来到巴尔迪访问的时候，他的父母还是从本地的报纸上才得知了消息。在《特罗姆斯人民报》上，他们看到了这位AUF领导人与新一批年轻团员的合影。没有人通知他们。他们连一个说他希望向新近去世的巴尔迪AUF财务主管的父母表示哀悼的电话都没有接到。不，安德斯死了，所以他已经无关紧要了；留给他们的感觉就是这样。

AUF计划把大屠杀的第一个周年纪念日，二〇一二年七月二十二日，安排在于特岛上。计划当中并不包括受害人的父母。他们可以改天再去。

什么？难道父母们不准在一年之后，在自己的孩子们遇难的地方怀念他们吗？

不行，因为于特岛是AUF的岛。

工党里面没有成年人吗？没有规矩吗？没有，工党只是说这是AUF的岛，因而做决定的也必须是年轻人们自己。最终，AUF在受害者家属互助小组的压力下作出让步，双方达成了一个折中方案：允许父母们在早上八点钟到岛上来。不过他们必须确保在幸免于难的AUF成员，在那些打败了凶手的孩子们到达之前就动身离开。最后一班船将在十一点四十五分从岛上开出。在那之后，父母一个也不准留下，因为少年们要重现于特岛的氛围。

"我是多想留在那里，走进她的世界。"一位来自诺尔兰郡的父亲对挪威广播公司说。他失去了自己十六岁的女儿，很希望能"走进那种氛围，和AUF的年轻人待在一块儿"，好试着去了解这个夏令营究竟有什么魔力，会让他的女儿期盼了一整年。他只是想要和AUF的这群孩子们一起待在岛上而已。

"我想看看这里有什么东西让我女儿觉得这么重要，"一位母亲说道，"这有那么让人讨厌吗？"

一看到允许上岛的条件，格尔德和维果就不打算去了。他们觉得小岛并不欢迎自己。托恩和古纳尔还是决定去一次。托恩后来说，那次周年忌，是西蒙去世以来她所经历过的最让人难受的事情。匆匆忙忙来到悬崖边上，把鲜花放到岩石一旁，接着就要赶紧从岛上离开，因为幸存者们就要到了。在托尔比约恩号的码头上下了船，还得从一大群兴高采烈、争先恐后往船上去的AUF成员们身边经过。托恩只得低着头从拥挤的年轻人中间钻了出去。他们避开了她的目光。或许这都是年轻的一部分，不沉湎于事物的阴暗面。也不考虑别人的感受。

中午，AUF的成员们搭乘渡船来到岛上。斯托尔滕贝格来了，丹麦首相赫勒·托宁-施密特来了，还有全国总工会主席、诸位内阁部长、瑞典左翼歌手米凯尔·维厄[1]、AUF领导人和许许多多的年轻人。他们坐在露天舞台周围的坡地上，听着关于民主和团结的华丽演说。父母们不

1　米凯尔·维厄（Mikael Wiehe），瑞典歌手和作曲家。

522

适合这里。让他们留下会带来风险，他们可能会大喊大叫，破坏这场精心编排的活动。

作为折衷协议的一部分，父母们接到通知说，下午五点钟之后他们可以回到岛上去，因为这时候AUF的成员们已经出发去参加当天安排的下一项活动了，在市政大厅旁边的码头上举行的大型纪念音乐会。布鲁斯·斯普林斯汀[1]将会登台表演，让许多人兴奋不已。

"有时候我真搞不懂儿子被卷进了一个什么样的地方，"格尔德说，"他也会变成这个样子吗？"

第一年的圣诞节，克里斯蒂安森一家收到了首相一张事先打印好的圣诞卡。AUF的领导人一个字也没有寄。随后延斯·斯托尔滕贝格在第一个没有安德斯的平安夜给他们打来了电话。大屠杀的第二个周年纪念日，前外交部长约纳斯·加尔·斯特勒打来了电话。他们还收到了一封他亲笔手写的信，血案之后他第一次路过特罗姆斯期间，也向死难者致了哀。

安德斯的父母也收到了AUF副主席奥斯蒙德·奥克如斯特寄来的一封长信，信里写到安德斯对于AUF的意义，以及失去他自己是多么的伤心。

那封信他们看了很多遍。

悲伤是一段孤独的旅程。他们最害怕的便是安德斯会被人忘记。

儿童保护委员会[2]给他们寄来了一张光盘，里面是安德斯作为代表

1　布鲁斯·斯普林斯汀 (Bruce Springsteen)，美国摇滚乐手，以充满诗意的歌词，独特的嗓音，以及充满激情，可持续长达四小时的精彩现场演唱而闻名。获得二十座格莱美奖杯，两项金球奖和一项奥斯卡奖，入选摇滚名人堂及创作名人堂。

2　挪威于1981年成立儿童保护委员会 (Children's Ombudsman)，是全球最早成立此类组织的国家。委员会调查投诉案件，监督法律政策，推广人权教育，对弱势儿童尤为关注。

在埃滋沃尔参加全国青年议会时的照片和录像，郡议会也给他们寄来了几段安德斯的演讲视频，这都让他们从心底里感到温暖。不过最棒的还是维利亚尔来看他们的时候。那时候就好像是安德斯马上就要踏进门里来似的。

让他们满心愤懑的，是觉得对于已经发生的事情，谁也没有承担起真正的责任。差不多就在同时，区里有一名公交车司机被控过失杀人，因为他一时疏忽，车辆失控，导致三人丧生。"只要地位够低，就会被人起诉，是这样吗？"维果问道。

各种疑问搅得他们心烦意乱。

可以说警方在七月二十二日工作疏忽吗？可以说当局在这之前就工作疏忽吗？挪威唯一的警用直升机整个七月都在休假，可以说是不负责任吗？可以说有个别警官没有遵守对于"正在开火"的情况，明确要求进行直接干预的指令吗？应该有人因为玩忽职守被起诉吗？

维果对于所有这些问题都可以给出肯定的回答。斯托尔滕贝格说，我负责，却又不承担错误的后果引咎辞职，这让他气愤不已。一系列的事件已然暴露出挪威警方的指挥在危急时刻陷入瘫痪的事实。整个体制都崩塌了。七十七个人遇害身亡。难道没有人应该为此受到谴责吗？

没错，凶手是被关了起来，维果也希望他一辈子厄运连连。他应该被判七十七个二十一年的有期徒刑。但除此之外：

AUF为岛上的孩子和年轻人负了什么责任吗？

奥斯陆炸弹爆炸之后，AUF的领导人做过什么安全评估吗？

有疏散计划吗？

有应急预案吗？

如果需要从岛上撤离的话，要使用托尔比约恩号吗？

事件之后AUF并没有就这些问题给出答案。维果没有收到任何答复。唯一听到的便是他们要"收复于特岛"。

大屠杀一年之后，AUF拿出了一家名为"精彩挪威"的建筑公司绘制的草图。图片上描绘着用电脑制作出来的快乐年轻人，围绕在崭新的房屋四周，正中央一座钟楼，还有明亮的、赏心悦目的现代建筑。许多受害者的亲友都觉得新方案拟得太快了。悲伤仍旧让他们肝肠寸断。我女儿遇害的那栋楼要被拆掉了吗？年轻的孩子们要在那么多人惨遭屠戮的恋人小径上浪漫地散步了吗？他们要在少年流血惨死的岩石上晒日光浴了吗？

大量死者亲属对公布出来的方案提出了抗议。AUF的领导人却回应道："归根结底，我认为这个问题还是得交给AUF来决定。"

"AUF的领导人应该这么说话吗？"维果问。

"嗯，说不定挺应该的，"格尔德的回答很是简短，"说不定AUF向来如此。"

他们觉得自己从来没有真正理解儿子所投身的事业。这些人都是谁啊？前任的AUF领导人都继续晋升，几乎无一例外。他们被提拔进入权力系统。被选为政治顾问，国务秘书，获得政府部门的职务。

不过这个组织竟会对悲痛欲绝的亲人们如此残酷无情，不，这一点他们没有想到。"就好像他们是想让我欢呼：哈利路亚！我儿子是AUF的成员，"格尔德叹着气说，"我能说的一点就是挪威没有照顾好安德斯，而且这个国家现在也没有照顾好我们。照顾同样也意味着不忘记。"

维果出门了。他有事情要做。

该给安德斯在花园里的小屋刷油漆了。小屋原封不动地立在那里，和安德斯走的时候一模一样。他的外套挂在大门里。他的电影放在架子上。维果找到了安德斯从前选好的那种，他想要的蓝绿色。

他的儿子说起过要粉刷小屋的大门，可是他一直在参加会议，从特罗姆瑟来回往返，从来没能挤出时间。眼下大门需要漆一层新的涂料了。他们身边的一切都在分崩离析的时候，至少还有一些东西，维果一定要让它井井有条。伤心并不是一件轻松的事情。

维果没法习惯，没法接受安德斯再也不会跳下校车，再也不会沿着那条小路走上前来。校车还在，小路还在，可安德斯却不在了。

不单是国家机关、警察和AUF的问题萦绕在维果的脑海里。他对儿子也有不少疑问。

你为什么会在小径上躺下来？

你为什么不逃跑？

在他开枪之前，你在想些什么？

疼吗？

他在小屋上漆了一层，门上漆了两层。他把门开着，让油漆风干。

"想想看安德斯要是见到小屋看起来这么漂亮，会有多高兴啊。"进门的时候，他对格尔德说。

傍晚的时候，他们会上楼到安德斯的房间里去。天黑的时候，他们总会把他的灯给打开。

该睡觉的时候，他们会探头进屋说声晚安，睡个好觉，然后再把灯关上。

格尔德把房间弄得有条有理。换句话说，她没有收拾或是移动任何东西，只是确保里面不会积满灰尘。斯蒂安放假回家的时候，喜欢把弟弟的衣服穿在身上。安德斯的几个朋友也挑了几件他的衣服，好让自己能时时想起他来。

安德斯去于特岛的时候，衣橱里面挂着一套崭新的西服。格尔德和他一起去了特罗姆瑟购物，因为十八岁的他想要一套像模像样的西装。他第一套深色的、大人的西装。他想去挪威心情[1]看看有什么款式。在店

1　挪威心情（Moods of Norway），2003年创立的挪威服装品牌，参与设计了2014年索契冬奥会开幕式挪威代表团服装。

里，他把自己找到的最漂亮的一套穿上身试了一试。格尔德从没见过儿子这么昂首挺胸，看上去这么英俊潇洒。

"买下来吧。"她说。

"可是这套很贵，妈妈。"

"我跟你各出一半。"格尔德说。

接着她的目光落到了一件配套的背心上。"试试这件。"她说。

完全合身。"这件我们也要了，"她说，"我来付钱。"

他们让他穿着这套衣服下了葬。把他桌上放着的三枚徽章别到了西服的翻领上。拒绝一切种族歧视，其中一枚写着。革命骄傲，第二枚写着。最后那枚徽章上面，白色的AUF字样在鲜红的底色上闪闪发光。

在巴尔迪那座漆成白色的教堂里，安德斯躺进棺椁的时候，格尔德把那条蓝色的织毯盖到了他的身上。天蓝色，像天空一样的蓝色。就是安德斯想要的样子。

她再也没法织这个颜色的东西了。

徒刑

他带了几件自己的衣服来。不过这里不像家里，在家里，他的房间里有衣橱。

他之前那段人生里穿过的衣服和其他犯人的行头一起放在贮藏室里。想换衣服的时候，他必须提出请求。

开始服刑之后不出几个月，他就受够了，还给伊拉监狱的狱政部写了一封投诉信。

"由于牢房里通常相当寒冷，我一般都穿一件厚毛衣或是夹克，"他写道，"要拿一件衣服的时候，我经常会遇到问题。出于某些原因，他们往往会拿给我一件鳄鱼牌的毛衫，尽管我已经在多个场合指出，我不想要鳄鱼牌的，因为那些衣服很贵，需要保养，不能过多地磨损。因而到头来我有好几次都只能挨上一两天的冻，然后才能说服一名看守，从三件厚毛衣里面拿一件来给我。"

安德斯·贝林·布雷维克被关押在警戒森严的区域；日常作息非常严格。这让他极其不满。在家里，他有各种面霜和瓶装香水，然而在这里，他就连小小的一管保湿霜都不许留。每天早晨，他会领到一只小塑料杯，里面装了一些他用的日霜。不幸的是，在一天当中，不少面霜都会干掉，变得不能再用了。这是他投诉的理由。

他拿到的黄油常常只够涂满两片，或者，在必要的时候，三片面包，虽然他们非常清楚他要吃四片。"这就带来了不必要的烦恼，因为我要么就只能吃干面包，要么就会因为要求多给一点黄油而感到过意不去。"他把看守在饭后收走塑料餐具和其他物品的做法称为一种低强度的心理恐怖。他们来得太快了，让他觉得自己不得不狼吞虎咽。而且因为他不准在牢房里放保温瓶，所以他拿到手里的咖啡，百分之八十的时候都是冷的。

在投诉信当中，他声称自己正在考虑向警方举报，说监狱违反了挪威宪法、人权法规以及禁止酷刑公约。

他被单独监禁在一间清空了家具的牢房里，墙壁是白色的，上面不允许有任何装饰。这个区域通常被称为地下室。他抱怨缺少家具，还说自己"无法得到墙上的艺术作品所能给予的灵感和精神力量"。他也不满意牢房的视野："除了树顶之外，那道九米高的狱墙把一切都给挡住了。"他埋怨窗户上面都盖着一层深色的薄膜，遮住了一部分自然光线。"我因此不得不服用维生素片，以预防包括缺乏维生素D在内的各种问题。"

电灯是普遍的问题。开关在牢房之外。要等上"多达四十分钟"，等他们带着他的牙刷露面，然后再把灯关上，让人非常泄气。电视的开关也在牢房外面。他只能告诉他们自己想看什么，在哪个频道。画面质量很差，还有一种令人讨厌的回声，因为电视机安在一只用有机玻璃和钢材制成的安全箱里。至于收音机，只能收到P1和P3的节目，却收不到文化频率P2[1]，让他很不高兴。这不利于他的智力健康。

他有三间囚室可以任意使用。第一间是生活囚室，有一张床、一个吃饭的地方和一只壁橱。第二间是工作囚室，有一台牢牢固定在桌子上的打字机。第三间是锻炼囚室，里面有一台跑步机。他对于跑步机并不

1　P1、P2和P3是挪威广播公司的三个全国性广播频道，其中P1针对成熟人群，P2以新闻时事、文化和科学等内容为主，P3针对年轻听众，主要播送音乐和娱乐节目。

满意。他不是长跑选手，他对监狱说，而是健身爱好者。当然，出于安全原因，使用负重器械是不可能的，不过他在入狱的第一个星期就想出了利用自身重量来强健身体的方法。后来却又失去了动力。二〇一二年秋季期间，他的热情渐渐消失。"听天由命了。"他的律师觉得。

他正在写一份有关庭审的稿子，题目叫做《布雷维克日记》。是用英语写的。他对挪威的读者没有兴趣；他想打入的是国际图书市场。

然而他的工作环境并非最佳。他不能在几个牢房之间自由来去。要求转到工作囚室的时候，他常常需要等待。有一段时间，他一点儿也不想到那儿去。"我感到自己为了使用这一设施而不得不付出的代价太高昂了，因为每天都得为了进入囚室度过一个完整的工作日而斗争。"

在牢房之间走动的时候，最让他受不了的便是光身搜查。"光身搜查需要我按照命令把所有的衣服统统脱掉，然后这些衣服会被一件一件地仔细检查。"他写道。这是他每天都担心害怕的事情，他评论说。每次搜查之后都得重新整理自己的材料，这也让他很不痛快。他还得重新铺床。只要他们来过，房间就会被搞得一团糟。

假如不去安着桌上打字机的工作囚室，他能用的就只有纸和笔了。他拿到的是一支橡胶软笔，他抱怨说用这支笔一分钟最多只能写十到十五个字。这支笔不符合人体工学，会弄疼他的手。

监狱生活当中，有各种各样的事情都让他觉得非常痛苦。其中之一就是他在囚室之间走动以及被带到户外运动场地的时候都必须戴上的手铐。他声称自己出现了"摩擦引起的伤口"，因为"手铐内侧的钢圈把我手腕上的皮肤磨得生疼"。他提到自己对于手铐产生了一种焦虑感，认为它们是"一种侵犯以及一种精神负担"。类似的心理负担和压力还有若干。

"工作室里的两个摄像头和门上的猫眼促成了一种始终存在的紧张

烦躁和一种被人监视的感觉"。通过门上的小窗口进行的检查也可能会来得很不是时候，譬如"正好在别人上厕所的当口，这会大大增加人的身体负担。有时候，这种检查感觉就像是一种精神打击，如果窗口是砰的一下大声关上的话便尤其如此"。晚上，他也可能会被透过小窗照进来的手电筒给弄醒。

有时他在写作的时候会很难集中精神。有几个单独监禁的犯人会把他们的音乐调得很响，就为了刺激他，他写道。看守呼喝咆哮和其他犯人叫嚷的声音也会打乱他的思路。"我想要清静。我想要不受打扰。"他写道。

有一段时间，监狱里的生活并不算太糟。通信和探视的禁令在二〇一一年十二月，也就是开庭前的四个月被解除的时候，等待着他的是一大叠的信笺。有一些是和他想法一致的人寄来的。他回了很多信，而他所写的内容又随即被复制到了不同的博客上。警方兑现了承诺，提供了一台电脑，于是他制作了一封回信的模板，只要填上收信人的姓名，偶尔再略微修改一下引言就行了。跟着他唯一要做的便是要求将信件打印出来，然后就可以邮寄出去了。就像他所希望的一样。他的言论正在广为传播。在博客上重现，在网络空间里流传，被他的支持者看到。他的宝座变得越发高高在上。

唯一的小问题便是邮票不足。因而他敦促所有给他写信的人附上回信所需的邮票。邮票每张要十克朗，他每天四十一克朗的津贴买不了几张。

其中一个给他写信的人自称安格斯。这个用户名把他收到的所有内容都放到了一个名叫布雷维克档案的网站上。

二〇一二年七月，庭审结束几周之后，布雷维克写信给他说："现在我可以睡上一整年了！"他写道自己非常渴望通过博客和社交网络，与网上的拥护者建立联系。他很乐意写一些有关与文化马克思主义、多元文化主义和伊斯兰化作斗争的文章。

"我在七月二十二日牺牲并放弃了昔日的家庭和朋友，因此对我而言，最像亲人的就是和我通信的人了。可别被这句话吓倒了，因为我可以向你保证，我正在和世界各地的许多兄弟姐妹通信呢 :-) 如今我过着孤独的生活，而且很可能会过上很多很多年。这不成问题，因为这显然是我自己的选择。我已经习惯了过苦行僧一样的日子，所以继续这样下去并不会很难 :-) 事实上，这种生活让我的头脑目标明确，冷静沉着，不被贪婪、渴望和食欲所污染——而且还能工作。假如我经常这么告诉自己，到最后我肯定会这么相信的，哈哈！"

简而言之，服刑的犯人安德斯·贝林·布雷维克想和谁通信就能和谁通信。除了会被看成是直接煽动犯罪行为的文字之外，他什么都可以写。

审判结束后，伊拉监狱询问对于如何处理他的信件有没有新的指导准则。传回的答复是要对现有的规定进行更加严格的阐释和执行。鉴于囚犯所实施的恐怖主义行为，及其在审理期间有关使命尚未完成的言论，所有对于其拥护者的政治表态都将被视为煽动暴力。

更加严格的管理制度在二〇一二年八月开始生效。九月，对于监禁判决进行上诉的最后期限一过，电脑就被收走了。对这名在押人员负责的不再是警方，而是狱政部。监狱的犯人只有在特殊情况下才被允许借用电脑，而且只能是出于教育学习的目的。狱方并不会为布雷维克破例。

这对他而言是巨大的损失。没有电脑，他便再也不能剪切、粘贴和复制写过的信了。只能一封一封地手写。此外，信件还常常被审查员拦下。他的生活质量一落千丈。

情况不断恶化，不堪忍受，他在投诉信中写道。

他手头拮据，而且想要香烟、鼻烟和他最喜欢吃的糖——甘草卷心糖。要是自己打扫三间囚室的话，他每天的津贴就能涨到五十九克朗。他这辈子几乎从来没有打扫过。在霍夫斯路，母亲会负责打扫，而在那之前，他一个人住的时候，母亲也会过来帮他打扫。在沃斯图阿农场，一层层的污垢越积越厚。

他曾经在希恩监狱[1]待过一段时间，在那里他有拖把可以用。在伊拉，他拿到了一块抹布。

"换句话说，我不得不跪在地上擦洗三间牢房，我认为这样有辱尊严。"

———

儿子在伊拉服刑期间，温彻·贝林·布雷维克在霍夫斯路和挪威肿瘤医院之间来回往返。恐怖袭击发生数月之后，一颗肿瘤开始在她体内生长。肿瘤发展得很快。她接受了一次手术，还拿到了进行化疗与缓解疼痛和恶心的药。

冬天快结束的时候，她在肿瘤医院的二楼分到了一间病房。癌症已经扩散到了维持生命的重要器官。

温彻·贝林·布雷维克的病房所在的走廊前面有一扇玻璃门，门上的标志牌告诉前来探望的人，鲜花和植物，无论新鲜的还是干燥的，一律要留在病房门外。不能把外界的细菌带进去。

走廊的墙面是灰白色的。病房的大门是绿色的，上面贴着黑色的数字。其中一扇门上用金属的链条挂着一块小小的牌子：访客需向员工报告。

---

1 希恩监狱（Skien Prison），位于挪威南部泰勒马克郡的高安全级别监狱。

这间房里住的是恐怖分子的母亲。

房门很宽。病床能够毫不费力地推进推出。但房间本身却很狭窄，床边的空间只够放下一把扶手椅和一张小桌子。看出去的风景每天都是同样的灰色，因为病房在大楼的一角，灰色的墙壁凸出来的地方。病房俯瞰着下一层楼的楼顶，楼顶的面板是灰色的。把脑袋靠在枕头上的话，可以看见一小块天空。

"我是全挪威最不幸的母亲，"儿子刚刚被捕之后，温彻曾经对警察说过，"我的心都凉透了。"

到了冬天，她的心里暖和了一点。她不愿意去想已经发生过的那些可怕的事情。既不愿意提起，也不愿意把它留在脑海里。她想要记住那些美好的，那些曾经美好过的东西。

三月初的一天，她决定把自己的经历说出来。

医院门外的地面依旧像冰块一样又白又硬，在一个冬天之后已经被踩平了。这个冬天，新雪不断地飘落。这座城市已经好几年没有下过那么大的雪了，路面从未如此艰险难走，在医院顶上的山坡滑雪也从未如此畅快过瘾。

温彻直直地坐在床上，穿着浅蓝色的病号服，头抬得很高。她的头皮光秃秃的，只有头顶上有些许零星的鬓发。她有一双蓝色的眼睛，刷了黑色的睫毛膏，眼皮上还闪着蓝灰色的眼影。她的脸庞瘦削憔悴；皮肤薄薄地绷在棱角分明的颧骨上，上面长着老年斑和一块块的日光角化斑。她的目光坦率而直接。

"我非常自豪……"她开了口。

她的声调变了。正在努力克制住自己。"……身为安德斯和伊丽莎白的母亲……我非常自豪……"

抽噎让她没法开口，她的双肩不住地颤抖。她拼命让自己能重新说出话来。"我，我……我已经尽力了……"

她任由情绪泛滥了片刻，随后让自己镇定了下来，清楚地说道：

"唉，我们还以为自己已经找到了幸福！"

她的声音里有一种金属感，有一点机械，有一点老派。

"然后就是天丝公寓。我们在一九八二年买了一个单元，搬了进去，开始了我们作为一个家庭寻求幸福的过程。这是我这辈子最棒的经历。啊，我觉得那房子可真是太棒了。孩子们也觉得那里很好。我们盼着能开始全新的生活。前进的路上再也没有阻碍。我们有各种事情可以忙，需要去做的事情，比如把房子装饰一下之类的，而且我也还有工作，所以那可是大好的时光……"

她的电话播起了小调。她接了起来。

"对，啊你好，伊丽莎白。嗯，挺好的。对，恶心得厉害，我每天都在吐。没什么变化，很不好，是啊。没，他们还没让我搬，还得等等看。嗯，他们事事都解释，不过我已经没什么头绪了。你知道的，癌症病人对别人告诉自己的话总是容易怀疑。不管在哪儿我其实都觉得不大舒服，现在我应该很快就能回家了。好的，那么再见了，伊丽莎白。"

她又继续说起了自己的事情。

"那时候安德斯的情况不是很好。糟透了。他的生活里有很多东西都破裂了。这么千头万绪的时候他当然被忽略了。被卷进纷争里的时候，人是看不见自己的孩子，也看不见其他人，也看不清自己。做不到的。"她顿了顿。"而且我也因为觉得自己不够好而感到很内疚。我肯定自己曾经这么想过。"

"你哪方面不够好？"

"我不够成熟。我不够成熟，完成不好这个任务。"

"哪个任务？"

"做母亲。"

她停了下来，动了动自己的后背。"安德斯的事情和我自己的童年有点关系，我猜。我成长的环境非常艰苦。我从来没遇见过比我更苦的人。条件非常差。真的是极其恶劣的情况。我必须要照顾母亲。大多数事情都是禁忌。我不知道自己能说什么，才不会透露太多。所有的一切都是禁忌。抱歉，我现在想吐了。"

"要帮你叫护士吗？"

"嗯，麻烦你叫一下。"

从走廊里找来了一位穿着白色制服的年轻姑娘，而她则对另一位护士喊道三三四房间的女士要呕吐。

吐完之后，温彻坐在床上笑着；恶心消失了，她感觉好了一点。便继续讲了起来。"唉，我们总会说回天丝。在那儿不管谁过生日都会有一大堆可爱的小衣服和小礼物装在袋子里。那时候就是这样的。好多好多生日和学校的聚会，还有类似的让人开心的事情。每天的生活差不多也就是很平常的，早起，上学，做作业，看电视上的儿童节目，烤苹果蛋糕，就像普通人一样，没什么可挑剔的。"

"报告上说安德斯在玩的时候很消极。"

"这个你得这样考虑。一来，他们把他放在那个中心里，和陌生人在一起，在一个陌生的环境里，所以什么都不对了。我很清楚待在那里会让他变得很消极。安德斯是一个害羞的孩子。非常内向。而且那个给他写了报告的精神病医生，很可恶的那个……他们也到公寓里来了，那个精神病医生和心理医生，来调查我们，对我们说三道四的。"

他们想观察一家人晚上睡觉的时候有什么习惯，温彻说起。

"而安德斯是那么的干净整洁，你知道吗。有一个喜欢整齐的妈妈，他也没有办法。"

她喘了一口气。"这不是他的错。我把他教育得和我一样。"她疲惫地叹息着，"我会跟安德斯说：我们要在家里开始玩一个新游戏。我和你要换衣服，看谁先完成。我来给我们两个计时，现在开始！于是我就计了时间，安德斯赢了。他的衣服整整齐齐地理成一叠，旁边是我的一叠，他们说这样也不正常。等他有了一个像样的精神……精神……精神，不行。我不知道该怎么说。不管怎么样，得要先换衣服再去洗手，他很喜欢洗手，弄得干干净净的，然后换上睡衣，再吃一点晚饭，吃完之后收拾桌子之类的，接着再洗一次手。而他们把这些也说成是不正常的。"

她摇了摇头。

"安德斯小时候最喜欢什么？"

"他非常喜欢在耍机灵的时候被人表扬。晚上我们玩那个换衣服的游戏，他赢了，第一名，那时候他觉得真是太棒了。我看得出来他有多喜欢这个游戏。他们怎么能说出完全相反的话来，说这个孩子不对劲，我不明白。"

"他在家里的时候都玩什么？"

"我们玩乐高，真的。百乐宝。我们把家里有的东西都玩遍了。得宝，塔宝，波宝[1]，凡是你能想到的我们都玩。"她笑着说。

"儿童精神病学中心的报告里说，你一方面把他束缚在自己身边，你们两个紧挨在一起睡在同一张床上，而另一方面你有时候也会突然嫌弃他，对他说些很难听的话。"

"我还想吐。"她一面说，一面摸索着放在手边的那只薄薄的塑料呕吐袋。

"我出去叫护士来。"

"唉，要吐的时候自然会吐出来的，不必担心。"温彻说。

恶心的感觉刚刚缓和，温彻就想继续说下去。

"一定要有……有……那个词叫什么来着？一定要有——和解的余

1　得宝（Duplo），乐高旗下积木玩具系列。塔宝和波宝是母亲的杜撰。

地，就是这个。是时候和解了。"她慢慢地说着，一字一顿。"毕竟已经发生的事情我们没法改变。所以就让一切到此为止吧。我们应该试着互相理解。要弄清楚的事情还有很多。"

"对你来说也是这样？"

"嗯，对我来说也是。"

"安德斯的所作所为，你已经接受了吗？"

"事情发生几个月之后我就接受了。我确信自己是能够做到的。说不定只不过是因为我是个很宽容的母亲。"

"你原谅他了吗？"

"嗯，原谅他了。"

"你怎么看，是安德斯发病，还是政治行为？"

"是理性的政治行为。毫无疑问。确实意外，不过兴许也不是那么意外。"

"你这么说是什么意思？"

"我想今天我们就到这儿吧。最好还是之后再继续。呐，你回家去，好好地想一想。"她说。就在那天的最后，所有的告别再见和越来越好的祝福都说完之后，她开口道：

"嗯，不管怎么说，安德斯现在很满足。至少他是这么告诉我的。"

护士拿着止痛片走了进来。"啊，你真是太贴心了，"温彻·贝林·布雷维克对穿着一身白衣的年轻女孩说，"能麻烦你把窗户也关上吗？我快冻僵了。"

护士关上了窗，之前窗户一直勾在窗闩上，让屋外三月天的寒意渗了进来。春日姗姗来迟。空中有了一丝雨夹雪的意味。

三三四房间的窗台上有一支粉色的塑料兰花，还裹在挺括的玻璃纸包里面。时间已经不早了。把脑袋靠在枕头上的时候，温彻能够看见的那一小块天空，正在渐渐变暗。躺在床上，她能见到一片片细小的雪花，无比轻盈，仿佛永远也不会落到地上。

屋外的走廊里，立着一束黄色的郁金香和柔荑花。有人把鲜花放在了门外，门里便是只有塑料兰花才允许进入的无菌区。

走廊里的郁金香不久就会凋萎；甜软的柔荑花会干枯零落。最终它们都将汇入尘泥，化作全新的生命。

———

温彻·贝林·布雷维克死于八天之后。

她去世的那天正值复活节前。她的儿子请求获准出席葬礼。他的请求被拒绝了。

他和父亲没有往来。和姐姐也是。他的朋友没有一个跟他取得联系。许多最亲密的朋友都说自己已经把他抛到了脑后。"我和安德斯已经没关系了。"有一个说道。然而他们几乎每天都会想起他来。内疚感困扰着许多人。他们应该早一点发觉吗？

几乎已经没什么人跟他通信了。真正收到的信里，大部分的字句也被涂黑了。他则写一些明知会被审查员截下来的回信给他们。信件往来渐渐地停了。牢房并没有像他计划的那样，变成作家的工作室。有几个新闻记者提出了采访的要求。他想象着大排长龙迫不及待要采访他的记者们，人人都想当第一个。然而这些记者他一个也不想见。要是接受了采访，他猜想那条长队就会散去，兴趣就会消失。他就不会再抢手了。

他倒是回复了一份采访的请求。请求是在审判刚刚结束的时候寄到的。直到一年之后，二〇一三年六月，他才决定回复。他花了很长时间思考要不要回信。那位记者附上了一个贴好了邮票、写好了地址的回邮信封。他从其他文件中间把放了快一年的信封找了出来，并选择了一种欢快的语调开头。

亲爱的奥斯娜！ :-)

　　从二〇〇三年起我就对你很感兴趣，一直在关注着你。对于你的思想、能力和智慧，我既尊敬又羡慕，这些素质也让你拥有了几乎所有女人和大多数男人都只能梦想的机会 ;-)

　　恭维是他的习惯。"尤其与众不同的是，你那么年轻就取得了那么高的成就，而且除此之外还那么漂亮！ ;-)"他写道。

　　接着他描述了自己在庭审期间所采取的策略。双重心理学，他称之为。简单说来，就是精心策划的骗局。是为了反击宣传攻势和其他各方的诡计，不得已而为之的做法。而且也正是因为如此，有关他行动的全部真相才没有公之于众。他写道，自从审讯以来，他就想要公开一切，然而宣判之后，执行了更加严格的管理制度，至今一直让他无法畅所欲言。

　　我知道在左翼记者当中，第一个真正把刀子捅到"二战以来欧洲世界最恶劣的极端民族主义恐怖分子"身上，并且造成最严重的伤害的人，会拥有很高的威望，也知道在欧洲无疑有很多"右翼极端分子"会愚蠢到愿意自己开口去诋毁自己。在我眼里，像你这样的人是极其危险的天敌，我本能地想和你保持距离。我也知道像你这样的人会把刀子捅得很深，而且假如我傻头傻脑地参与配合，那么你捅上的那一刀，说不定甚至要比胡斯比／瑟海姆和利普施塔德还要深。我无意造成这样的结果，无论是通过与你见面，还是通过澄清尚未澄清的事实，除非是按照我自己的条件来。因此我不想和你的作品有任何瓜葛。

真相只能在他自己出版的书里水落石出，他写着。信写到这里，他笔锋一转。

不过，我愿意跟你还个价。我并不糊涂，我非常清楚《布雷维克日记》将会被有声望的出版社抵制，因而我想给你一个机会，把我的这本书，作为你出版计划的一部分，成套销售，也就是说，把我快马加鞭写出来的蹩脚文章，加在你那本书的前面或者是后面，书上写不写你的名字都可以，此外你还能拿到所有的收入（作者部分）。这样你会获得经济上的收益，而那些你想要打动的人，也仍旧会恭喜你，完成了一次绝妙的人身攻击。我可以容忍自己的故事以这种形式面世，只要这本书至少能从几家主流经销商的抵制名单上撤下来就行。

为了配合新书发布，如果这个方案成功的话，你将有机会对我进行第一次，也是唯一的一次专访，而且你也将拥有专访内容的销售权，让你能够再写一篇粗略的诋毁文章，这样，对于到时候说不准已经出现的指责，说你是个被人利用的传声筒之类的，你也可以洗脱嫌疑。

致以自恋和革命的祝福。

安德斯·贝林·布雷维克

信的末尾是这样写的。

之后的那一个月，在那封用一句冷酷得多的"塞厄斯塔小姐"开头的信里，他写道，所有针对他的批评，实际上都可以视作是意外的收获。因为这些批评极其脱离现实，反而赋予了他一种宝贵的优势，他打算充分利用这种优势来对抗那些宣传鼓吹分子。如今他正在等待言论自由的禁令得到解除，而且认为自己应该有权利在眼下出现的各种宣传论调面前为自己进行辩护。"因为由左派的作家和记者们所构建和宣扬出来的这个'人'，离真相毕竟还差得很远。"

采访一次也没有进行过。

收到的信不对路让布雷维克非常恼火。他只会收到"《新约》基督徒和不喜欢我的人"寄来的信，他抱怨说。

这并不是他想看到的信。

他想看其他的信。那些信一定都积压在审查员的办公室里。那些写给挪威抵抗运动指挥官的。那些想拿到他亲笔签名书的人写来的。写给安德鲁·布雷维克的。写给安德斯·B的。那些才是他想看到的信。

可是那些信并没有送来。

他的目标是建立一个以他为首的激进民族主义者监狱同盟。到目前为止，他还是其中唯一的成员。不过话说回来，随着内战的展开，随着人们受到感染，被他的宣言所激励，弟兄们就会让他重获自由了。

与此同时，在他耐心等待的时候，他的鳄鱼牌毛衣得以幸免，被安全地收进了监狱阴暗的贮藏室里。

他唯一见到的真实世界便是监狱周围的树顶。

还有白色的墙壁。

后记

这原本应该只是一篇写给《新闻周刊》[1]的文章。

"任何关于那个人的东西，你能找到的都写给我！"《新闻周刊》的编辑蒂娜·布朗从纽约打来电话说。那还是很早以前；我们刚刚经历了恐怖袭击。整个国家惊魂未定；我也惊魂未定。

二〇一一年夏天，我没有找到多少关于那个人的东西。

转而写了挪威对于袭击的反应之后，我像往常一样，把这个国家抛到了脑后，继续自己这年秋天最初的计划——报道整个阿拉伯世界持续不断的动荡。我的下一站是利比亚的的黎波里。在挪威陷入悲痛的时候，我回到了中东。

后来庭审的日期定了。《新闻周刊》要我在二〇一二年四月，安德斯·贝林·布雷维克的诉讼案开庭的时候，再写一篇报道。这仅仅会是我第二篇关于挪威的文章。之前我从来没有写过自己的祖国。这是未知的领域。整个职业生涯，我都是驻外记者，一开始是在二十三岁的时候驻莫斯科。对于祖国我从来都不怎么感兴趣。这是我的避难所，不是一个下笔去写的地方。就在审讯预定开始之前，我从的黎波里回到家中，拿到了媒体证和法庭里的一个座位，发现自己被惊得目瞪口呆。

我措手不及。

*

我坐在二五〇房间里度过了审判的十个星期。在那四堵高墙之内，我们一点一滴地得知恐怖行动策划和实施的细节。证词简短、精炼，切合庭审目标。有的非常深入，有的则很发散。有的能相互补充，带来全新的视角，其他的则独立成篇。一名证人可能会在席上停留十到十五分钟，然后再由另一名证人继续。

我必须找出它们是从哪儿来的，这些点滴呈现的事实。它们发起的源头在哪里？

审理结束后，我意识到自己必须深究下去，弄清楚到底发生了什么，于是便开始了搜寻。

我找到了西蒙、安德斯和维利亚尔。我找到了巴诺和劳拉。

这就是他们的故事。

《我们中的一个》的诞生，得益于每一位把自己的经历讲给我听的人。有些人的童年和青年有若干个章节专门记述，其他人则出现在一幅由朋友、邻居、老师、同学、恋人、同事、上司和亲属所构成的背景画面之中。所有人的贡献都非常宝贵。

父母和手足告诉我家族的往事。好友则谈起了同志的情谊。

我们的合作持续不断。在成书的过程中，每一个人都读过与自己相关的文本。也都非常理解这是我的书，我的诠释。

有些对话夜以继日地进行，其他的则是简短的电话交流。我们在爬下崇山峻岭的半路上，在巴尔迪河沿岸的久久漫步中，在特罗姆瑟的酒吧里，或是在内索登享用库尔德炖鸡的同时娓娓畅谈。

我要衷心感谢那些对我敞开心扉的人们。巴彦，阿里，穆斯塔法和劳拉·拉希德。格尔德，维果和斯蒂安·克里斯蒂安森。托恩，古纳尔

---

1 《新闻周刊》（*Newsweek*），1933 年创立的美国新闻类周刊杂志，目前在全球发行四个英语版本和十二个外语版本。

和霍瓦尔·赛博。以及维利亚尔·汉森和他的家人。他们向我讲述的是这世间最为痛苦的经历：失去自己所爱的人。

无论他们说出的故事是被删成了两三行还是占去了好几页，正是这些为数众多的对话才让这本书的出版成为可能。非常感谢所有的人。我知道你们为此付出了很多。

书中出现的大多数人都用了全名，有一些则没有提及姓氏，比如玛特和玛利亚。我觉得用名字来称呼她们更适合当时的场景，两个童年好友手拉着手，躺在小径之上。两人的全名是玛特·菲万·史密斯和玛利亚·玛格罗·约翰内森。玛特是在恋人小径上中弹的十一人中唯一的幸存者。子弹没有对她的头部造成重创，只是影响了她的平衡，所以她不能再像从前那样跳舞了，而她最好的朋友玛利亚则死在了十七岁的年纪。有关小径在屠杀开始之前和发生期间的场景，我的叙述便是基于玛特的回忆。

第一次提及一个人物的时候，我通常都会写下他们的全名。有些人直到"星期五"——关于七月二十二日的那个章节——才在书里出现，又在遭到杀害的那一刻从叙述当中消失。将这些段落寄给父母是最让人心痛的。我请所有受害人的父母都读了有关子女的段落，并请他们自行选择要不要在书里提到他们的孩子。最后，没有一位家长反对我写下孩子们遇难的瞬间。对此我非常感激。对我而言，为了后世的读者，准确描绘当天的情形非常重要。

我也给为这本书做出贡献的年轻幸存者们寄去了属于他们的文本，以便他们通读纠正。

这本书的另一条线索是那个人。那个许多人不愿意用名字来称呼的人。凶手、接受观察的对象、嫌疑人、被告，以及最终：遭到判刑的囚犯。我还是用了他的姓名。童年时代，只称呼名字是很自然的做法；从七月二十二日开始，我用的一直是他的姓氏或者全名。

在新闻行业，获得一手资料至关重要。这也是我对他提出采访请求的原因。请求遭拒，使我不得不基于旁人对他的评价来展开叙述。我与他的朋友、家庭成员、同班同学、同事，以及昔日的政治伙伴交谈。我阅读他自己写下的东西：在宣言里，在网络上，在书信中。我也留心着他在庭审期间所说的话，以及随后在给媒体的信件和正式投诉信中所写的内容。

许多与他关系亲近的人什么也不肯说。有些人啪的一声挂断了电话。其他人则回答："我已经忘记这个人了。我和他之间已经了结了。"

但我和他之间还没有了结，最后也找到了愿意说起他的人，大多都是以匿名的形式。他从前的朋友和同学当中，在这本书里公开姓名的寥寥无几。就好像认识过他会败坏名声似的。即便如此，也还是有一些人做出了重要的贡献，让我了解到安德斯·贝林·布雷维克在童年、青少年和成年生活当中的样子。记录他涂鸦党岁月的那一章中，我所提到的人物都给出了真实的涂鸦艺名，因而会在他们自己的圈子里被人认出来。在关于进步党的那一章中，谁也没有要求匿名。我给他的两位生意伙伴和两个童年好友取了新的名字。

我花了一年的时间争取采访温彻·贝林·布雷维克的机会，但她通过律师拉格茜尔·托格森所传来的答复始终如一：不行。

二〇一三年三月，我从温彻的友人口中得知，她的癌症已经到了晚期，便又给她的律师打了电话。托格森表示会和自己的委托人再谈一次。她回电说："明天你能到我的办公室来吗？"

我获准与温彻·贝林·布雷维克见面，条件是采访结束后允许她和她的律师通读文稿。我们达成协议，假如温彻·贝林·布雷维克本人无法读完稿件，则将由律师代劳。律师就是这么做的，也同意让我使用访谈的内容。我与温彻交谈期间，托格森同样在场，我们两人也都对谈话做了记录。采访的一部分以问答的形式出现；其余部分则在有关安德斯早年生活的章节之中，用来加深读者对他童年时代的了解。

我也曾多次请求与凶手的父亲延斯·大卫·布雷维克见面，但他不愿接受采访。因而我只能写下别人向我描述的情况。直到把与他相关的文本全数寄去，我才得以开始和他对话，在对话的过程中，他纠正了一些他认为有误的条目，也向我提供了关于儿子的全新资料。对于安德斯·贝林·布雷维克的童年，儿童与青少年精神病学中心的报告是极有价值的信息来源。我也和曾在那段时期对他进行过观察的专家谈了。我认为这宗个案与公众利益密切相关，因而使用这些非公开报告中的资料是合情合理的。

另外，和庭审相关的精神病学专家希恩·瑟海姆与托妮盖·胡斯比，以及特里耶·托里森与阿格纳尔·阿斯帕斯所撰写的报告对我也很有帮助。有关他们与布雷维克会面经过的描述，均摘自他们的报告。部分报告以印刷的形式出现在了媒体上；我写作期间使用的是未经审查删改的版本。

我也大量使用了警方在本案当中的审讯记录。我有几万页的问讯笔录、目击者证词和背景资料可供阅读和挑选。在某些情况下，我直接引用了审讯当中的原话。这部分内容涉及在于特岛和奥斯陆警察局总部对凶手进行的讯问，以及他的母亲在七月二十二日被带走时所进行的讯问，既包括在警车内的，也包括同一天夜里稍晚的时候在警察局总部的。之所以决定使用这些公众无法获得的材料，是因为我认为让读者进一步了解这一恐怖案件至关重要，因此有充足的理由这样去做。

我也使用了几名与布雷维克相识的证人在接受警方问讯期间的记录。在这些情况下，我隐去了所有的姓名。

曾经在安德斯·贝林·布雷维克两岁时带过他几次的那对夫妇不愿

意参与本书的写作。我所提供的信息全部来自他们与警方的谈话。

除此之外，我主要将警方的审讯记录用来作为背景资料，并用来核实安德斯·贝林·布雷维克人生经历的真实性。

*

书中，我在多个场合都提到了凶手的想法或是看法。读者也许会感到疑惑：这些东西作者是怎么知道的？

所有的一切都来自他本人在警方问讯期间、在法庭审理当中，以及在精神病学家面前所说过的话。

为了将我的写作方法解释清楚，我想举几个例子。在题为"星期五"的那一章中，我详细地描写了布雷维克在刚刚开始进行屠杀时的心理活动。这个片段当中有许多句子都是直接摘自庭审笔录。布雷维克在恐怖袭击发生数天后向警方叙述了自己的想法和感受，又在九个月之后对法庭进行了如下陈述："我一点儿也不想这么干"，"机不可失，时不再来"。这些句子我都用了直接引语的形式呈现。在有些地方我将他的表述转成了间接的语言："他的身体在反抗，肌肉在抽搐。他觉得自己永远也完不成这项任务。一百个声音在他的脑袋里尖叫怒吼：住手，住手，住手！"是布雷维克说起了他的身体和肌肉，提到了他脑袋里尖叫着的一百个声音。我用了他自己的话。全书的写作手法皆是如此。每一次提到他的所思所想，都可以通过警方或是法庭的文件加以证实。

我关于在最初的杀戮之后再继续残害人命就很容易的说法，来自枪手对警察和法庭直言不讳的表达。他非常详细地说起要开第一枪有多么艰难，而一旦打破了障碍，打破了这道几乎是有形的障碍之后，又立刻感觉一切是多么的轻而易举。他说最初自己觉得杀人是很不正常的事情。

那么接下来的问题就是：我们能不能相信他所说的话？

对于任何一份声明，记者都必须不断评估其真实程度，并将之牢牢记在心里。就布雷维克而言，他所说的有些内容似乎相当牵强。尤其是涉及他对于童年和青少年时期的描述，他对那段生活经历与自身受欢迎程度的虚假美化，还有他关于自己是嘻哈圈中的国王以及进步党里冉冉升起的新星的说法。针对他关于这些人生片段的刻画，我的怀疑源自发现了大量与他企图传递的理想画面相抵触的证词。这些证词大都彼此吻合，却和他本人所叙述的事件经过相去甚远。

另外一个他看起来像是在无中生有的地方，是关于圣殿骑士团这个组织的叙述。他所谓这个组织确实存在，抑或他本人是其中的指挥官或领导人的说法，挪威警方始终未能找到任何证据加以证实。控方也没有发现这个组织有任何事实根据。

这也是他在法庭上拒绝进行详细阐述的两个话题：他的童年和青春期，以及圣殿骑士团。他说前者与本案无关，而他拒不谈论后者则是为了"保护网络中其他成员的身份"。

圣殿骑士团问题也是讨论安德斯·贝林·布雷维克神志是否正常时的核心问题。倘若这个网络并不存在，那它究竟是妄想还是谎言？法庭的判决肯定了后者。

至于在于特岛上的那一天，他曾在多个不同的场合非常具体地解释了自己的行动、实施行动的顺序，以及行动期间的心理活动。事件发生当晚他在岛上说过，第二天早晨在警察局说过，后来在前往小岛进行实地勘察的时候说过，对精神病学家和法官也说过。他说话的方式自然且不牵强；他详细说明，展开联想，认真思考自己不确定的部分，并对陈述作出相应的修改，也承认有些事情自己不记得了。复述内容，一遍又一遍地回答同样的问题对他似乎并不困难，而在编造谎言的时候，要做到这些是很不容易的。警方对他在日志当中的说法和时间表进行了全面的调查。迄今为止，并未发现他对于特岛的陈述有任何地方与身在现场的年轻人所提供的证词不符——包括他与旁人的交谈，他所喊的话，或是屠杀发生时的具体情况。警方也曾声明，在他对袭击的准备和实施方面，他们没有发现一句赤裸裸的谎言。

不过，在布雷维克开始策划袭击的时间上却有一些分歧。凶手自称是在二〇〇二年。但无论警方还是控方都认为并没有那么早。我的职责不是猜测，而是搜寻信息。从警方的记录当中，我们能知道他在什么时候登录了哪个网站，以及在站内停留了多久。我们知道在二〇〇六年搬回家中与母亲同住之后，他就一门心思地玩着电脑游戏（比如说，他在新年前夜玩了十七个小时）。然后渐渐从游戏转向了右翼极端分子的网站。在"选一个世界"这一章中，我只用有根据的事实描述他所参与的游戏世界如何构建，以及诸如他的房间外观和他不停敲击电脑键盘之类的外部要素。我甚至推断说"这是一个很不错的地方"，且"游戏把他吸引进去，让他平静下来"，让他对现实生活失去了兴趣。这两句引语当中，前一句是基于他自己所说的话，而后一句则是来自朋友和母亲的评价。我写作的另一个根据是其他玩家所提供的信息，那些认识化身成为安德斯诺迪克的他的人。

警方的数据能显示出在任意一个特定的时刻，他在网上做些什么。也能表明开始策划恐怖行动的时间比他自己所说的要晚得多，说不定一直要推迟到二〇一〇年的冬天，他最后一次被进步党拒绝，又没有从网络上的偶像那里收到反馈的时候。我们所知道的是，他直到二〇一〇年春天才开始购置武器和子弹。同年晚些时候，他开始买入制造炸弹的原料。

在调查他生平的过程当中，我的首要任务是要找到每一块碎片，把它们放在一起，拼成一幅安德斯·贝林·布雷维克的拼图。还有许多碎片没有找到。这只是一个开始，一幅完整画面中的一小部分。

二○一二年八月，挪威的七·二二委员会提交了事件报告。我借助报告当中的陈述来描绘恐怖袭击的事态发展。我利用委员会的报告来确认当天各项事件发生的时间。我也从中引用了安德烈亚斯·奥尔森的报警电话、克里波斯和警务长关于发布全国警报的对话，以及布雷维克本人从于特岛上所拨打的电话。

我还从报告当中查到了布雷维克购买武器、服装、化学品和化肥的时间。

在描绘七月二十二日事件经过的过程当中，谢蒂尔·斯图尔马克的《当恐怖袭击挪威》给了我很大的帮助。我也从斯图尔马克的《大屠杀凶手的私人邮件》一书当中引用了布雷维克发出的私人邮件。斯图尔马克还在写作期间向我提出了宝贵的建议。

律师盖尔·利普施塔德在七月二十三日接到警方电话，以及在二○一一年十二月二十三日与布雷维克会面时的场景，均出自由其本人撰写的《我们的主张》。共济会的入会仪式来自罗格·卡什滕·奥瑟的《共济会的秘密》。卡尔·伊瓦尔·哈根的引语摘自伊丽莎白·斯卡什布·穆恩的《先知在祖国——卡尔·哈根传》。而莫妮卡·布赛和于特岛的故事则来源于约尔·斯坦·穆恩和特隆德·基斯克的《于特岛传》。

其他提供了实用背景资料，却并非直接引用出处的书籍和杂志，都列在本书最后的参考文献当中。

此次恐怖袭击在挪威媒体上得到了广泛而全面的报道。其中有许多文章对我的写作都很有价值。我也一再地利用《世界之路报》，挪威广播公司和挪威通讯社[1]的庭审报道进行反复核对。有关娜塔莎的细节采自《挪威日报》[2]，而布雷维克向狱政部投诉的具体内容则来自《世界之路报》。

我在"毒药"和"化学家日志"这两章中所引用的记录来自布雷维克的宣言。其中的日期通过与警方侦查结果的关联比对，看来似乎吻合。警方也仔细研究过宣言当中有关炸弹制作过程的叙述，认为他按照所写的步骤进行操作的可能性很大。

对霍夫斯路十八号公寓的刻画是基于照片以及二〇一三年夏天的一次实地探访汇集而成。二〇一三年十月的一次参观，则让描绘法庭后侧为庭审各方当事人所设的区域成为了可能。

对时任首相延斯·斯托尔滕贝格的采访一共进行了三次，第一次就在恐怖袭击发生之后，与为《新闻周刊》撰写的报道相关，最后一次则是在二〇一三年七月，袭击两周年纪念日之后的一天。

二〇一三年二月，格罗·哈莱姆·布伦特兰就她担任首相期间的经历，以及七月二十二日的事件经过接受了一次采访。

这本书是在与编辑凯瑟琳·桑内斯以及图瓦·厄尔贝克·瑟海姆的紧密合作下成形的。非常感谢你们所有的建议、探讨和修改。单靠我一个人是绝对无法完成的。

在调查方面，我得到了托勒·马里乌斯·洛滕的鼎力相助，另外，像我之前出版的所有书籍一样，我要感谢我的父母，弗洛依迪丝·古德

1　挪威通讯社（Norwegian News Agency，挪威语 Norsk Telegrambyrå，简称 NTB），创立于1867年的挪威新闻通讯社，由多家媒体集团及通讯社员工共同所有，主要提供国内、国际及体育新闻。

2　《挪威日报》（Dagbladet），挪威第二大通俗小报。

哈尔以及达格·塞厄斯塔，他们都清楚逗号的正确用法，也是我最为挑剔的两位读者。

《我们中的一个》是一本关于归属感的书，一本关于团体的书。三个来自特罗姆斯的好友都归属于一个明确的位置，地理上的，政治上的，以及家人之间的。巴诺既属于库尔德斯坦又属于挪威。她最强烈的渴望便是成为"我们中的一个"。要实现这个目标并没有捷径可走。

这也是一本关于想方设法寻求成为集体当中的一分子，却求而不得的书。凶手最终决定退出这个集体，并用最为残忍的手段向它发起攻击。

写作这本书的时候，我忽然想到，这也是一个关于挪威的故事。一个关于我们大家的当代的故事。

我要对所有曾经向我倾诉、给我写信，或是评论过我作品的人说：这是我们一起完成的一本书。

我也想通过这本书，来为孕育了它的这个集体做出一些回报。这本书在挪威所获得的版税将全数捐给"En av oss"基金会。基金会的章程让这些资金能够分配到国际国内的各类公益事业当中，涉及发展、教育、体育、文化和环境等领域。

我选择让那些为这本书贡献最多的人们来决定基金所要支持的项目。

我想这也是为了他们的孩子。

奥斯娜·塞厄斯塔

2014 年 1 月 20 日于奥斯陆

参考文献

书 籍

罗格·卡什滕·奥瑟，《共济会的秘密——内部揭秘》，Kagge出版社，奥斯陆，2009

汉娜·阿伦特，《艾希曼在耶路撒冷：一份关于平庸的恶的报告》[1]，Gyldendal出版社，哥本哈根，1992（原作为英文，1963年出版。中文版由译林出版社2017年出版）

奥格·斯托姆·博克格雷温克，《挪威的悲剧——安德斯·贝林·布雷维克与通往于特岛之路》，Gyldendal出版社，奥斯陆，2012（英文版于2013年由Polity出版社出版）

斯蒂安·布罗马克，《就算阳光不灿烂——7·22侧记》，Cappelen Damm出版社，奥斯陆，2012（英文版于2014年由Potomac Books出版社出版）

大卫·卡伦，《科伦拜恩》[2]，Hachette Book Group出版社，纽约，2009

艾瑞卡·法特兰德，《没有夏天的一年》，Kagge出版社，奥斯陆，2012

罗杰·格里芬，《恐怖分子的信条：极端暴力与人类对意义的需要》，Palgrave Macmillan出版社，贝辛斯托克，2012

塞西莉亚·黑古德，《街头画廊》，Pax出版社，奥斯陆，2007

乌伦·欧文，迈克尔·野口，《嘻哈——涂鸦，饶舌，霹雳舞与打碟》，Cappelen Damm出版社，奥斯陆，2009

乌伦·欧文，《嘻哈迷——从节奏到饶舌》，Spartacus出版社，奥斯陆，

2005

托姆·艾格尔·维勒温，斯维勒·梅林，《7·22庭审素描》，Flamme 出版社，奥斯陆，2013

西格弗·英德莱嘉德（编），《解药——学术界对"新右翼"极端主义的回应》，Flamme/Manifest 出版社，奥斯陆，2012

安德斯·拉维克·约普斯科斯，《极端的欧洲——意识形态，成因及后果》，Cappelen Damm 出版社，奥斯陆，2012

尤维特·比约恩，阿斯·玛格丽特，《性命攸关——于特岛救援行动》，Gyldendal 出版社，奥斯陆，2012

克努特·基尔德斯塔德利，《挪威移民史》，1-3卷，Pax 出版社，奥斯陆，2003

《古兰经》，奥斯陆大学出版社，1989（英文版采企鹅经典2008年版，译者塔里夫·克拉迪。中文版采中国社会科学出版社2003年版，译者马坚）

汉斯·奥拉夫·拉赫吕姆，《四分之一的人生——霍瓦德·维尔德鲁斯，1989—2011》[3]，Cappelen Damm 出版社，奥斯陆，2013

盖尔·利普施塔德，《我们的主张》，Aschehoug 出版社，奥斯陆，2013

---

1 汉娜·阿伦特（Hannah Arendt，1906—1975），美籍犹太裔政治理论家。《艾希曼在耶路撒冷》（*Eichmann in Jerusalem: A Report on the Banality of Evil*）一书源自其为《纽约客》杂志所撰写的报道，书中记述针对纳粹德国军官，清洗犹太人行动主要负责人阿道夫·艾希曼而进行的审判，回顾纳粹犹太政策，提出"平庸的恶"这一概念，引发激烈争议。

2 科伦拜恩（Colombine），1999年美国科罗拉多州科伦拜恩高中枪击事件，造成12人死亡，24人受伤，凶手为该校两名高年级学生，在行凶后饮弹自尽。该事件引发广泛讨论，除本书外还有众多相关文学、音乐及影视作品。

3 霍瓦德·维尔德鲁斯（Håvard Vederhus，1989—2011），2011年2月当选奥斯陆 AUF 主席，同年7月于特岛大屠杀中丧生。

伊丽莎白·斯卡什布·穆恩，《先知在祖国——卡尔·哈根传》，Gyldendal 出版社，奥斯陆，2006

约尔·斯坦·穆恩，特隆德·基斯克，《于特岛传》，Gyldendal 出版社，奥斯陆，2012

托莉尔·莫伊，《右翼：表达和关注》，Aschehoug 出版社，奥斯陆，2013

斯维恩·伍斯特伍德（编），《7·22—理解—阐释—防患》，Abstrakt 出版社，奥斯陆，2012

谢蒂尔·斯滕斯维克·阿斯特利，《公正只是个字眼——7·22以及针对安德斯·贝林·布雷维克的审讯》，Cappelen Damm 出版社，奥斯陆，2013

阿德里安·普拉孔，埃里克·穆勒·索海姆，《寸心击顽石——于特岛幸存者口述》，Cappelen Damm 出版社，奥斯陆，2012

西门·萨特里，《峡湾人——反伊斯兰主义者肖像》，Cappelen Damm 出版社，奥斯陆，2012

克里斯托弗·绍，《7·22庭审笔记》，No Comprendo 出版社，2012

欧斯滕·索伦森，邦特·哈格特温特，阿内·比约恩·斯泰纳（编），《极右翼——欧洲思想与运动》，Dreyer 出版社，奥斯陆，2012

鲁纳·巴里伦·斯蒂恩，《挪威难民政策黑皮书》，Manifest 出版社，奥斯陆，2012

谢蒂尔·斯图尔马克，《当恐怖袭击挪威》，Kagge 出版社，奥斯陆，2011

谢蒂尔·斯图尔马克，《大屠杀凶手的私人邮件》，Spartacus 出版社，奥斯陆，2012

欧文·斯特拉门，《黑暗网络——欧洲极右翼，反圣战主义与恐怖主义》，Cappelen Damm 出版社，奥斯陆，2012

索尔·维克斯维恩，《延斯·斯托尔滕贝格肖像》，Pax出版社，奥斯陆，2011

文 章

《伊拉克屠杀：针对库尔德人的安法尔行动》，中东观察报告，人权观察，纽约，1993

卡尔·奥韦·诺斯加德，《单声道的人》，《当代》2012年第3期[1]

托莉尔·莫伊，《市场逻辑与文化批评——关于布雷维克与后现代文化的不适》，《当代》2012年第3期

奥弗·瓦纳博[2]，《进步党的建立》，《当代》2013年第1期

其他资料

安德斯·贝林·布雷维克，《2083：欧洲独立宣言》，2011

《7·22案调查取证报告》，奥斯陆地方法院，2013

特罗姆斯郡档案馆，青年议会报告与会议纪要，2008—2011

《7·22调查委员会报告》，挪威官方报告1012：14

希恩·瑟海姆，托妮盖·胡斯比，《递交奥斯陆地方法院的法医精神鉴定报告》，2011年11月29日

特里耶·托里森，阿格纳尔·阿斯帕斯，《递交奥斯陆地方法院的法医

1　卡尔·奥韦·诺斯加德（Karl Ove Knausgård），挪威小说家，代表作为六卷本自传体小说《我的奋斗》（*Min Kamp*）。中文版第一卷于2016年由广西师范大学出版社·理想国出版。《当代》（*Samtiden*），挪威政治及文学季刊。

2　奥弗·瓦纳博（Ove Vanebo），挪威进步党政治家，2008—2012年间任进步党青年团主席。

精神鉴定报告》，2011年4月10日

https://www.ssb.no/statistikkbanken/SelectVarVal/Define.asp?MainTable=Inn UtNet&KortNavnWeb=innvutv&PLanguage=0&checked=true（挪威统 计局移民信息查询相关页面）